U0587775

唐诗学书系之六

唐诗汇评

增订本

陈伯海　主编

孙菊园　刘初棠　副主编

书系主编　陈伯海

副　主　编　朱易安
　　　　　　查清华

六

上海古籍出版社

第六册篇目表

温庭筠

温庭筠（约801—约870），本名岐，字飞卿，太原祁（今山西祁县）人。才情敏捷，每入试，八叉手而成八韵，人号"温八叉"。然恃才傲物，放浪不羁，又好讥讽权贵，多犯忌讳，故屡举进士不第。曾东游吴越，南极黔巫，西北至萧关、回中，行踪极为广泛。大中末，谪为隋县尉。徐商镇襄阳，辟为巡官，与段成式、韦蟾等唱和。咸通七年，官国子助教，竟流落而终。工诗，与李商隐齐名，时号"温李"。又工词，为《花间集》中首要词人，后人尊为花间鼻祖。有《握兰集》三卷、《金筌集》十卷、《诗集》五卷、《汉南真稿》十卷，均佚。今有《温飞卿集》七卷，别集一卷行世。《全唐诗》编诗九卷。

【汇评】

（李商隐）与太原温庭筠、南郡段成式齐名，时号"三十六"。文思清丽，庭筠过之。（《旧唐书·文苑传》）

温庭筠烛下未尝起草，但笼袖凭几，每赋一咏一吟而已，故场中号为"温八吟"。（《唐摭言》）

温庭云字飞卿，或"云"作"筠"字，旧名岐，与李商隐齐名，时号曰"温李"。才思艳丽，工于小赋，每入试，押官韵作赋，凡八叉手而

八韵成。多为邻铺假手，号曰"救数人"也。(《北梦琐言》)

(庭筠)少敏悟，天才雄赡，能走笔成万言。……侧词艳曲，与李商隐齐名，时号"温李"。才情绮丽，尤工律赋。(《唐才子传》)

温生作诗，全无兴象，又乏清温，句法刻俗，无一可法，不知后人何故尊信。大抵清高难及，粗俗易流，差便于流俗浅学耳。余恐郑声乱耳，故特排击之。(《批点唐音》)

温庭筠诗如浪芷浮花，初无根蒂，丽而浮者，伤其质矣。(《唐诗镜》)

温飞卿与义山齐名，诗体丽密概同，笔径较独酣捷。七言乐府，似学长吉，第局脉紧慢稍殊，彼愁思之言促，此淫思之言纵也。(《唐音癸签》)

庭筠五言律有六朝体，酷相类。七言入录者调多清逸，语多闲婉，在晚唐另为一种。(《诗源辩体》)

大抵温氏之才，能瑰丽而不能澹远，能尖新而不能雅正，能矜饰而不能自然，然警慧处，亦非流俗浅学所易及。正如苎萝女，昵之虽欲倾城，然使其终身负薪，则亦不平。(《载酒园诗话又编》)

飞卿乐府歌行，不妨出义山之上，而今体诗不逮远甚。虽曰义山学杜，飞卿学李，渊源本异，而工力浅深，自不可掩。(《唐音审体》)

飞卿古诗与义山近体相埒，题既无谓，诗亦荒谬；若不论义理而只取姿态，则可矣。(《野鸿诗的》)

语曰："情生于文，文生于情。"情不足而文多，晚唐诗所以病也。得此意以去取温诗，则真诗出矣。(《唐诗别裁》)

温飞卿，晚唐之李青莲也，故其乐府最精，义山亦不及。……唯长诗则温不逮李。李有收束法，凡长篇必作一小束，然后再收，如山川跌换之势；温则一束便住，难免有急龙急脉之嫌。(《一瓢诗话》)

飞卿七古,调子元好,即如《湖阴词》等曲,即阮亭先生之音节所本也。然飞卿多作不可解语。且同一浓丽,而较之长吉,觉有伧气,此非大雅之作也。(《石洲诗话》)

温诗五律,在姚武功之上。(同上)

温飞卿久困名场,故学力独为透到。其于玉谿,何止偏师之攻!顾华玉盛诋之,亦蚍蜉撼树也。(《读雪山房唐诗序例》)

愚谓飞卿才思艳丽,韵格清拔,随题措辞,无不工致,恰如其"有丝即弹,有孔即吹"之妙。(《石园诗话》)

温飞卿五律甚好,七律唯《苏武庙》、《五丈原》可与义山、樊川比肩。五七古、排律则外强中干耳。(《南堂辍锻录》)

飞卿与玉谿并称,其歌谣岂玉谿所能幾及!清拔处亦不似长吉刿心镂肝。(《东目馆诗见》)

温、李并称,飞卿松秀似胜义山,而宋人学西昆者有此精到否?(《唐七律隽》)

其源滥觞明远,而衍派子山,是义山一流。顾律多浮藻,无婉密之音。五言规古,自存瑝亮。歌行炼色揣声,密于义山,疏于长吉。刘彦和谓"穷力追新",陆士衡谓"雅而能艳"者。(《三唐诗品》)

鸡鸣埭歌

南朝天子射雉时,银河耿耿星参差。
铜壶漏断梦初觉,宝马尘高人未知。
鱼跃莲东荡宫沼,濛濛御柳悬栖鸟。
红妆万户镜中春,碧树一声天下晓。
盘踞势穷三百年,朱方杀气成愁烟。
彗星拂地浪连海,战鼓渡江尘涨天。

绣龙画雉填宫井,野火风驱烧九鼎。

殿巢江燕砌生蒿,十二金人霜炯炯。

芊绵平绿台城基,暖色春容荒古陵。

宁知玉树后庭曲,留待野棠如雪枝!

【汇评】

《中晚唐诗叩弹集》:诏按:庾信《哀江南赋》:"将非江表王气,终于三百年乎!"此下言祯明中,隋军压境,以至灭亡("盘踞势穷"句下)。　　诏按:祯明二年,隋下诏伐陈。明年正月朔,陈主会朝,大雾四塞。是日,贺若弼自广陵引兵济江,韩擒虎自横江宵济采石。缘江诸戍,望风尽走("战鼓渡江"句下)。陈主与张丽华、孔贵嫔投景阳井,以避隋兵("绣龙画雉"句下)。

织锦词

丁东细漏侵琼瑟,影转高梧月初出。

簇簇金梭万缕红,鸳鸯艳锦初成匹。

锦中百结皆同心,蕊乱云盘相间深。

此意欲传传不得,玫瑰作柱朱弦琴。

为君裁破合欢被,星斗迢迢共千里。

象尺熏炉未觉秋,碧池已有新莲子。

【汇评】

《王闿运手批唐诗选》:写景新僻(末句下)。

莲浦谣

鸣桹轧轧溪溶溶,废绿平烟吴苑东。

水清莲媚两相向,镜里见愁愁更红。

白马金鞭大堤上，西江日夕多风浪。

荷心有露似骊珠，不是真圆亦摇荡。

【汇评】

《载酒园诗话又编》：《塞寒行》后曰："心许凌烟名不灭，年年锦字伤离别。彩毫一画竟何荣，空使青楼泪成血！"《照影曲》结云："桃花百媚如欲语，曾为无双今两身。"《莲蒲谣》末曰："荷心有露似骊珠，不是真圆亦摇荡。"《织锦词》末曰："象尺熏炉未觉秋，碧池已长新莲子。"皆意浅体轻，然实秀色可餐。此真所谓应对之才，不必督之干理；蛾眉之质，无俟绳之井臼也。

郭处士击瓯歌

佶栗金虬石潭古，勺陂潋滟幽修语。

湘君宝马上神云，碎佩丛铃满烟雨。

吾闻三十六宫花离离，软风吹春星斗稀。

玉晨冷磬破昏梦，木露未干香著衣。

兰钗委坠垂云发，小响丁当逐回雪。

晴碧烟滋重叠山，罗屏半掩桃花月。

太平天子驻云车，龙铲勃郁双蟠挐。

宫中近臣抱扇立，侍女低鬟落翠花。

乱珠触续正跳荡，倾头不觉金乌斜。

我亦为君长叹息，缄情远寄愁无色。

莫沾香梦绿杨丝，千里春风正无力。

【汇评】

《唐诗快》：结处忽推开作深闺情语，若远若近，不即不离，飞卿故善用此法。

《中晚唐诗叩弹集》：庭珠按：虬，龙无角者。此言瓯之制（首句

下）。　　庭珠按：三句是形容其声（"碎佩丛铃"句下）。　　庭珠
按：自"三十六宫"句至此，皆追溯往事，总言击瓯之声，满宫倾听，
不觉日之斜也。下为处士生慨（"倾头不觉"句下）。　　诏按：处
士在武宗朝尝供奉内廷，其后沦落不偶，故为之叹息。"金乌斜"谓
武宗崩，江淹赋所云"宫车晚出"也；"愁无色"，怜其憔悴；"春风无
力"，振拔为难，亦寓自伤意。

晓仙谣

玉妃唤月归海宫，月色澹白涵春空。
银河欲转星屚屚，碧浪叠山埋早红。
宫花有露如新泪，小苑丛丛入寒翠。
绮阁空传唱漏声，网轩未辨凌云字。
遥遥珠帐连湘烟，鹤扇如霜金骨仙。
碧箫曲尽彩霞动，下视九州皆悄然。
秦王女骑红尾凤，半空回首晨鸡弄。
雾盖狂尘亿兆家，世人犹作牵情梦。

【汇评】

《唐诗快》："晓仙"之号亦新隽。　　此即长吉之"雄鸡一声天
下白"、"遥望齐州九点烟"也。情境虽同，语意自别。

《王闿运手批唐诗选》：写晓景甚工（首四句下）。

锦城曲

蜀山攒黛留晴雪，簝笋蕨芽萦九折。
江风吹巧剪霞绡，花上千枝杜鹃血。
杜鹃飞入岩下丛，夜叫思归山月中。

巴水漾情情不尽，文君织得春机红。

怨魄未归芳草死，江头学种相思子。

树成寄与望乡人，白帝荒城五千里。

【汇评】

《唐诗镜》：闲情野况，缭绕如一梦中。

《载酒园诗话》：温飞卿《锦城曲》曰："蜀山攒黛留晴雪，……白帝荒城五千里。"按：新、旧本无不作"五十里"者，独杨士宏《唐音·遗响》作"五千里"。细味语气，当以"千"字为美，若止"五十里"，亦安用"望"，又安用"寄"？

《唐贤小三昧集续集》：显于长吉，深于铁崖。

舞衣曲

藕肠纤缕抽轻春，烟机漠漠娇娥颦。

金梭淅沥透空薄，剪落交刀吹断云。

张家公子夜闻雨，夜向兰堂思楚舞。

蝉衫麟带压愁香，偷得莺簧锁金缕。

管含兰气娇语悲，胡槽雪腕鸳鸯丝。

芙蓉力弱应难定，杨柳风多不自持。

回颦笑语西窗客，星斗寥寥波脉脉。

不逐秦王卷象床，满楼明月梨花白。

【汇评】

《唐诗选脉会通评林》：周珽曰：脉络婉委，自成晚唐一机局。　宋瑛曰："压"字奇（"蝉衫麟带"句下）。

《唐诗快》：此则纯乎情语也。然丽而不妖，妖而不淫，依然得情之正。

张静婉采莲歌并序

静婉，羊侃妓也。其容绝世。侃自为采莲二曲，今乐府所存，失其故意，因歌以俟采诗者。事具载《梁史》。

兰膏坠发红玉春，燕钗拖颈抛盘云。
城边杨柳向娇晚，门前沟水波粼粼。
麒麟公子朝天客，珂马珰珰度春陌。
掌中无力舞衣轻，剪断鲛绡破春碧。
抱月飘烟一尺腰，麝脐龙髓怜娇娆。
秋罗拂水碎光动，露重花多香不消。
鹡鸰交交塘水满，绿芒如粟莲茎短。
一夜西风送雨来，粉痕零落愁红浅。
船头折藕丝暗牵，藕根莲子相留连。
郎心似月月未缺，十五十六清光圆。

【汇评】

《唐诗镜》：语极妖艳之致，末数语更多风骚。"麒麟公子"四句，属何要紧？

《王闿运手批唐诗选》：专炼句，不必有意，此晚唐之穷处（首四句下）。

塞寒行

燕弓弦劲霜封瓦，朴簌寒雕睨平野。
一点黄尘起雁喧，白龙堆下千蹄马。
河源怒浊风如刀，剪断朔云天更高。
晚出榆关逐征北，惊沙飞迸冲貂袍。

心许凌烟名不灭,年年锦字伤离别。

彩毫一画竟何荣,空使青楼泪成血。

【汇评】

《唐贤小三昧集续集》:健如生猱,较浓丽诸作,进得一格。

湖阴词 并序

王敦举兵至湖阴,明帝微行,视其营伍。由是乐府有湖阴曲而亡其辞,因作而附之。

祖龙黄须珊瑚鞭,铁骢金面青连钱。

虎髯拔剑欲成梦,日压贼营如血鲜。

海旗风急惊眠起,甲重光摇照湖水。

苍黄追骑尘外归,森索妖星阵前死。

五陵愁碧春萋萋,霸川玉马空中嘶。

羽书如电入青琐,雪腕如槌催画鞞。

白虬天子金煌铤,高临帝座回龙章。

吴波不动楚山晚,花压阑干春昼长。

【汇评】

《苕溪渔隐丛话》:苕溪渔隐曰:温庭筠《湖阴曲》警句云:"吴波不动楚山远,花压阑干春昼长。"庭筠工于造语,极为绮靡,《花间集》可见矣。《更漏子》一词尤佳。

《升庵诗话》:"王敦屯于湖,帝至于湖,阴察营垒而去。"此《晋纪》本文。于湖,今之历阳也。"帝至于湖"为一句,"阴察营垒"为一句。温庭筠作《湖阴曲》,误以"阴"字属上句也;张耒作《于湖曲》以正之。

《诗镜总论》:温飞卿有词无情,如飞絮飘扬,莫知指适。《湖阴词》后云:"吴波不动楚山晓,花压阑干春昼长。"余直不知所谓。

《唐诗快》：结语若与题绝不相关，正是咏史妙境。

《柳亭诗话》：温飞卿《湖阴词》曰："祖龙黄须珊瑚鞭，铁骢金面青连钱。虎眸拔剑欲成梦，日压贼营如血鲜。"按：王敦犯顺，屯兵于湖。明帝单骑阴察贼垒。敦梦日坠帐前，惊曰："黄须鲜卑儿来耶？"遣骑追之。帝以鞭遗村妪，诡词脱走。于湖，盖地名。

《中晚唐诗叩弹集》：诏按：五陵、灞川，皆长安地，时为刘曜所据。羽书鼙鼓，远震江东，未可以敦死而遂宴衍也。下正讥之（"五陵愁碧"四句下）。

兰塘词

塘水汪汪兔噤喋，忆上江南木兰楫。
绣颈金须荡倒光，团团皱绿鸡头叶。
露凝荷卷珠净圆，紫菱刺短浮根缠。
小姑归晚红妆浅，镜里芙蓉照水鲜。
东沟滴滴劳回首，欲寄一杯琼液酒。
知道无郎却有情，长教月照相思柳。

【汇评】

《唐诗镜》：深著语，浅著情，是温家本色。

昆明池水战词

汪汪积水光连空，重叠细纹晴漾红。
赤帝龙孙麟甲怒，临流一盼生阴风。
鼍鼓三声报天子，雕旌兽舰凌波起。
雷吼涛惊白石山，石鲸眼裂蟠蛟死。
溟池海浦俱喧阗，青帜白旌相次来。

箭羽枪缨三百万，踏翻西海生尘埃。
茂陵仙去菱花老，唼唼游鱼近烟岛。
渺莽残阳钓艇归，绿头江鸭眠沙草。

罩鱼歌

朝罩罩城南，暮罩罩城西。
两桨鸣幽幽，莲子相高低。
持罩入深水，金鳞大如手。
鱼尾迸圆波，千珠落湘藕。
风飔飔，雨离离，菱尖茭刺鸂鶒飞。
水连网眼白如影，淅沥篷声寒点微。
楚岸有花花盖屋，金塘柳色前溪曲。
悠溶杳若去无穷，五色澄潭鸭头绿。

【汇评】

《唐诗镜》：翠色欲滴（末句下）。

达摩支曲

捣麝成尘香不灭，拗莲作寸丝难绝。
红泪文姬洛水春，白头苏武天山雪。
君不见无愁高纬花漫漫，漳浦宴馀清露寒。
一旦臣僚共囚虏，欲吹羌管先汍澜。
旧臣头鬓霜华早，可惜雄心醉中老。
万古春归梦不归，邺城风雨连天草。

【汇评】

《唐诗快》：读至末二语，不知几许销魂。

《中晚唐诗叩弹集》：诏按：首四句，兴也。"高纬无愁"，终为囚虏，求如苏武、文姬及身归汉，不可得也。此诗盖深著淫佚之戒。

《王闿运手批唐诗选》：以高纬比文、苏，未知其意，大约言"有节能久，高不能久"耳。用意甚拙。

春江花月夜词

玉树歌阑海云黑，花庭忽作青芜国。
秦淮有水水无情，还向金陵漾春色。
杨家二世安九重，不御华芝嫌六龙。
百幅锦帆风力满，连天展尽金芙蓉。
珠翠丁星复明灭，龙头劈浪哀笳发。
千里涵空澄水魂，万枝破鼻飘香雪。
漏转霞高沧海西，颇黎枕上闻天鸡。
蛮弦代写曲如语，一醉昏昏天下迷。
四方倾动烟尘起，犹在浓香梦魂里。
后主荒宫有晓莺，飞来只隔西江水。

【汇评】

《诗源辩体》：庭筠七言古声调婉媚，尽入诗馀。……如"四方倾动烟尘起，犹在浓团梦魂里。后主荒宫有晓莺，飞来只隔西江水"、"为君裁破合欢被，星斗迢迢共千里。象尺薰炉未觉秋，碧池已有新莲子"、"回嗔笑语西窗客，星斗寥寥波脉脉。不逐秦王卷象床，满楼明月梨花白"、"玉墀暗接昆仑井，井上无人金索冷。画壁阴森九子堂，阶前细月铺花影"、"百舌问花花不语，低回似恨横塘雨。蜂争粉蕊蝶分香，不似垂杨惜金缕"等句，皆诗馀之调也。

《载酒园诗话又编》：温不如李，亦时有彼此互胜者。如义山《隋宫》诗"玉玺不缘归日角，锦帆应是到天涯"，飞卿《春江花月夜》

曰："十幅锦帆风力满,连天展尽金芙蓉。"虽竭力描写豪奢,不及李语更能状其无涯之欲。至结句"地下若逢陈后主,岂宜重问《后庭花》",较温"后主荒宫有晓莺,飞来只隔西江水",则温语含蓄多矣。

《中晚唐诗叩弹集》：诏按：《古诗纪》、《乐府诗集》并云：《春江花月夜》、《玉树后庭花》并陈后主所作,出《晋书·乐志》。今考之,初无此说。且晋前陈百四十年,何由牵涉后主之曲邪？又考《古乐苑》,《春江花月夜》,隋炀帝所作。观此诗,盖赋隋炀,《玉树后庭》不过借作比兴耳！宜从《乐苑》。　　此下总言炀帝游幸江都,荒淫无度也（"不御华芝"句下）。　　庭珠按：起讫俱用后主事。金陵、广陵,隔江相望。与义山《隋宫诗》结语同意,所谓"后人哀之,而不鉴之"也。

《网师园唐诗笺》：借陈后主陪起,思新彩艳（首四句下）。

仍应起处作结,如连环钩带（末二句下）。

懊恼曲

藕丝作线难胜针,蕊粉染黄那得深。
玉白兰芳不相顾,青楼一笑轻千金。
莫言自古皆如此,健剑刜钟铅绕指。
三秋庭绿尽迎霜,惟有荷花守红死。
庐江小吏朱斑轮,柳缕吐芽香玉春。
两股金钗已相许,不令独作空成尘。
悠悠楚水流如马,恨紫愁红满平野。
野土千年怨不平,至今烧作鸳鸯瓦。

【汇评】

《唐诗镜》：末二语最奇丽。庭筠诗只欲词色相当,不必定情何似。

《载酒园诗话又编》：（庭筠）七言古诗，句雕字琢。当其沾沾自喜之作，虽竭其伎俩，止于音响卓越，铺叙藻艳，态度生新，未免其美悉浮于外，有腴而实枯、纡而实近、中干外强之病。如《懊恼曲》后云："悠悠楚水流如马，恨紫愁红满平野。野土千年怨不平，至今烧作鸳鸯瓦。"语诚警丽，细思之有深意否？

春晓曲

家临长信往来道，乳燕双双拂烟草。
油壁车轻金犊肥，流苏帐晓春鸡早。
笼中娇鸟暖犹睡，帘外落花闲不扫。
夭桃一树近前池，似惜红颜镜中老。

【汇评】

《苕溪渔隐丛话》：苕溪渔隐曰：温飞卿《晚春曲》云："家住长信往来道，乳燕双双拂烟草。……"殊有富贵佳致也。

《诗源辩体》：庭筠七言古声调婉媚，尽入诗馀。如"家临长信往来道"一篇，本集作《春晓曲》，而诗馀作《玉楼春》，盖其语本相近而调又相合，编者遂采入诗馀耳。

西州词

悠悠复悠悠，昨日下西州。
西州风色好，遥见武昌楼。
武昌何郁郁，侬家定无匹。
小妇被流黄，登楼抚瑶瑟。
朱弦繁复轻，素手直凄清。
一弹三四解，掩抑似含情。

南楼登且望，西江广复平。

艇子摇两桨，催过石头城。

门前乌臼树，惨淡天将曙。

鹚鹕飞复还，郎随早帆去。

回头语同伴，定复负情侬。

去帆不安幅，作抵使西风。

他日相寻索，莫作西州客。

西州人不归，春草年年碧。

【汇评】

《唐诗镜》：《西州词》、《江南曲》情致散漫，古词当不如是。稍傍梁语，了无真绪。

《唐诗选脉会通评林》：周珽曰：深情婉谲，古练多致。杨用修谓晚唐古诗可选者唯此篇，诚不诬也。

《诗源辩体》：（庭筠）《西州词》、《江南曲》转韵体，用六朝乐府语。《湘官人》、《故城曲》、《边笳曲》，略似长吉。

《唐贤小三昧集续集》：迷离惝恍，得乐府神境（"门前"句下）。　　微词婉调，何减原词！

烧　歌

起来望南山，山火烧山田。

微红久如灭，短焰复相连。

差差向岩石，冉冉凌青壁。

低随回风尽，远照檐茅赤。

邻翁能楚言，倚插欲潸然。

自言楚越俗，烧畲为早田。

豆苗虫促促，篱上花当屋。

废栈豕归栏,广场鸡啄粟。

新年春雨晴,处处赛神声。

持钱就人卜,敲瓦隔林鸣。

卜得山上卦,归来桑枣下。

吹火向白茅,腰镰映赪蔗。

风驱槲叶烟,槲树连平山。

逆星拂霞外,飞烬落阶前。

仰面呻复嚏,鸦娘咒丰岁。

谁知苍翠容,尽作官家税!

【汇评】

《唐诗镜》:语绪棼如。

侠客行

欲出鸿都门,阴云蔽城阙。

宝剑黯如水,微红湿馀血。

白马夜频惊,三更霸陵雪。

【汇评】

《唐诗别裁》:温诗风秀工整,俱在七言,此篇独见警绝。

《删正二冯先生评阅才调集》:纪昀:纯于惨淡处取神,节短而意阔。

《石洲诗话》:温诗短篇则近雅,如五古"欲出鸿都门"一篇,实高作也。

春日野行

骑马踏烟莎,青春奈怨何?

蝶翎朝粉尽,鸦背夕阳多。

柳艳欺芳带,山愁紫翠娥。

别情无处说,方寸是星河。

【汇评】

《苕溪渔隐丛话》:《雪浪斋日记》云:温庭筠小诗尤工,如“墙高蝶过迟”,又“蝶翎胡粉重,鸦背夕阳多”,又《过苏武庙》诗云:“归日楼台非甲帐,去时冠剑是丁年。”

《唐诗镜》:末语巧思。

《唐诗快》:黯然(“鸦背”句下)。　　奇峭语,从无人道(末句下)。

《唐诗成法》:一破题,二情,中四景,七、八情。二,全篇主意,中四皆承二写;景分两项,而“尽”、“多”、“欺”、“愁”字既承上“怨”字,又起下“别情”。“方寸”又遥应“怨”字,“无处说”应首句。

开圣寺

路分溪石夹烟丛,十里萧萧古树风。

出寺马嘶秋色里,向陵鸦乱夕阳中。

竹间泉落山厨静,塔下僧归影殿空。

犹有南朝旧碑在,耻将兴废问休公。

【汇评】

《近体秋阳》:纯以古怀发其怆感,以怆感出其题赋,作手哉!

《唐诗近体》:秋晚摹写最工(“出寺马嘶”二句下)。

赠蜀府将

十年分散剑关秋,万事皆随锦水流。

志气已曾明汉节,功名犹自滞吴钩。

雕边认箭寒云重，马上听笳塞草愁。

今日逢君倍惆怅，灌婴韩信尽封侯。

【汇评】

《五朝诗善鸣集》：笔壮。

《唐诗绎》：七、八顶"滞吴钩"申说，妙用托笔。

《唐诗贯珠》：言艺精而边徼凄凉之况（"雕边认箭"二句下）。

《唐诗别裁》：惜其立功而不侯，同于李广（末二句下）。

《网师园唐诗笺》：不脱蜀地（首二句下）。　　　壮丽（"雕边认箭"二句下）。

《老生常谈》：温飞卿七律，如《赠蜀将》、《马嵬》、《陈琳墓》、《五丈原》、《苏武庙》诸作，能与义山分驾，永宜楷式。

西江贻钓叟骞生

晴江如镜月如钩，泛滟苍茫送客愁。

夜泪潜生竹枝曲，春潮遥上木兰舟。

事随云去身难到，梦逐烟销水自流。

昨日欢娱竟何在？一枝梅谢楚江头。

利州南渡

淡然空水对斜晖，曲岛苍茫接翠微。

波上马嘶看棹去，柳边人歇待船归。

数丛沙草群鸥散，万顷江田一鹭飞。

谁解乘舟寻范蠡，五湖烟水独忘机。

【汇评】

《贯华堂选批唐才子诗》：水带斜晖加"淡然"字，妙！分明画出落日帖水之时,不知其是水"淡然",斜晖"淡然"也。再加"曲岛苍茫"字,妙! 曲岛相去甚近,而其苍茫之色,遂与翠微不分,则一时之荒荒抵暮,真更不能顷刻也。三、四,"波上马嘶"、"柳边人歇",妙,妙! 写尽渡头劳人,情意迫促。自古至今,无日无处,无风无雨,而不如是,固不独利州南渡为然矣(首四句下)。 日愈淡,则岛愈微;渡愈急,则人愈哗。于是而鸥至鹭飞,自所必至。我则独不晓其一一有何机事,纷纷直至此时,始复喧豗求归去耶? 末以范蠡相讽,正如经云:如责蜣螂成妙香,佛固必无是理矣(末四句下)。

《唐诗鼓吹笺注》:朱东岩曰:一、二写是日南渡晚色。三、四写渡头劳人,情意迫促,自古至今,无日无处而不然者,不独一利州为然也。五、六即"鸥散"、"鹭飞",以逼出八之"独忘机"三字耳。

《山满楼笺注唐诗七言律》:"水带斜晖"以下十一字,只是写天色将暝,妙在"水"字上加一"空"字,而"空"字上又加"淡然"二字,以反挑下文之"棹去船归",见得水本无机,一被有机之人纷纷扰乱,势必至于不能空、不能淡而后已,则甚矣机心之不可也。三、四写日虽已晡,人马不堪并渡。五六写人方争渡,禽鸟为之不安。吾不知人生一世,有何机事,必不容已,碌碌皇皇,至于如此,真不足当范少伯之一哂也已!

《古唐诗合解》:此联野渡如画("波上马嘶"二句下)。"独"字与"一"字应,与"谁解"字相呼,言独有范蠡忘机,而世人不但不能学,且不能解也(末二句下)。 前解写渡,后解因所渡之事而别以兴感也。

《精选评注五朝诗学津梁》:高旷夷优之致,落落不群。

南　湖

湖上微风入槛凉,翻翻菱荇满回塘。

野船着岸偎春草，水鸟带波飞夕阳。

芦叶有声疑雾雨，浪花无际似潇湘。

飘然篷艇东归客，尽日相看忆楚乡。

【汇评】

《贯华堂选批唐才子诗》：坐槛中，看湖上，初并无触，而微凉忽生，于是黯然心悲，此是湖上风入也。一时闲闲肆目，见他翻翻满塘，嗟乎，秋信遂至如此，我今身坐何处？便不自觉转出后一解之四句也。前解只写得"风"字、"凉"字，言因凉悟风，因风悟凉，"翻翻菱荇"，则极写风色也。三、四"着岸偎"、"带波飞"，亦是再写风，然"春草"写为时曾几，"夕阳"写目今又促。世传温、李齐名，如此纤浓之笔，真为不忝义山也（首四句下）！　　"疑夜雨"非写"芦叶"，"似清湘"非写"浪花"，此皆坐篷艇、"忆楚乡"人，心头眼底，游魂往来，惝恍如此。细读"尽日相看"四字，我亦渺然欲去也（末四句下）！　　金雍补注：比义山又别是一手（首四句下）。　　笔墨之事，真是奇绝。都来不过一解四句，二解八句，而其中间千转万变，并无一点相同。正如路人面孔，都来不过耳、眼、鼻、口四件，而并无一点相同也。即如飞卿齐名义山，乃至于无义山一字，唯义山亦更无飞卿一字，只是大家不袭一字，不让一字，是始得齐名。然所以不袭、不让之故，乃只在一解四句、二解八句之间！我真不晓法性海中，大漩澓轮，其底果在何处也（末四句下）！

《五朝诗善鸣集》："偎"字用在船上，亦佳（"野船着岸"句下）。

《山满楼笺注唐诗七言律》：前六句皆写湖上之景，七、八结出全旨，而先用"似潇湘"三字，暗伏"楚乡"之脉，又其针线也。笔态纤秾合度，无忝一时才名。

《唐诗成法》：前六俱写景，七、八方写情。句虽典雅，但少意味耳。

《唐体肤诠》：通篇暗写微风，不露色相，使读者了然会心。

《古唐诗合解》：看此浪花芦叶，且并看此夕阳春草、水鸟野船，头头是景，种种动情，然其如非我之楚乡何哉？故因看而遂有故乡之忆也（末句下）。

春日偶作

西园一曲艳阳歌，扰扰车尘负薜萝。
自欲放怀犹未得，不知经世竟如何。
夜闻猛雨判花尽，寒恋重衾觉梦多。
钓渚别来应更好，春风还为起微波。

【汇评】

《围炉诗话》：义山诗思深而大，温断不及。而温之"钓渚别来应更好，春风还为起微波"，宁不淡远？大抵古人难以一语断尽。

《唐诗鼓吹笺注》：朱东岩曰：夜雨寒衾，是自写寂寞无聊、优游无事，正与"负薜萝"相应。"扰扰车尘"，竟尔如此！回想故园钓渚，不如早作归计为妙。

《山满楼笺注唐诗七言律》："夜闻猛雨""寒恋重衾"：此二句正极写长安邸中无聊况味。试思况味如此，其所谓"放怀"者安在耶？所谓"经世"者又安在耶？"钓渚"即"西园"、"应更"、"还为"，致想弥深。至此盖不得不思归隐矣。

《唐诗别裁》：诸本作"判花尽"。"判"，分也，无平音，应是"拌"字之讹。

《一瓢诗话》：读之不觉泪下沾襟。

《诗境浅说》："夜闻猛雨拌花尽，寒恋重衾觉梦多。"此类之句，贵心细而意新，必确合情事，乃为佳句。且一句中自相呼应：唯雨猛，故花尽；恋衾，故梦多。……诗中此类极多，固在描绘细确，尤在用虚字之精炼也。

马嵬驿

穆满曾为物外游，六龙经此暂淹留。

返魂无验青烟灭，埋血空生碧草愁。

香辇却归长乐殿，晓钟还下景阳楼。

甘泉不复重相见，谁道文成是故侯？

【汇评】

《贯华堂选批唐才子诗》："暂淹留"三字，斟酌最轻，中间便藏却佛堂尺组、玉妃就尽无数惨毒之状也。三、四承"暂淹留"，言自从此日，直至于今，玉妃既死，安有更生？碧血所埋，依然草满！人经其地者，直是试想不得也（首四句下）！ 上解写马嵬，此解又终说玉妃之事也。"香辇"七字，言既而乘舆还京；"晓钟"七字，言依旧春宵睡足。嗟乎！宫中事事如故，细思只少一人。又何言哉！又何言哉（末四句下）！

《唐诗鼓吹笺注》：朱东岩曰：不便明言玄宗，而曰"穆王"；不便明言避胡，而曰"物外游"；不便明言车驾，而曰"六龙"；不便明言军士不发，请诛罪人，而曰"暂淹留"：此三字中便藏却无数惨毒之状，可为斟酌，至轻至妙。三、四承写"暂淹留"意。五、六即七之"不复重相见"也；只是轻轻一手，便为空行绝迹之作。世传温、李齐名，读此却高义山一筹矣。

《唐诗别裁》：借穆王比玄宗（首句下）。 通体俱属借言，咏古诗另开一体。

和道溪君别业

积润初销碧草新，凤阳晴日带雕轮。

风飘弱柳平桥晚，雪点寒梅小苑春。

屏上楼台陈后主，镜中金翠李夫人。

花房透露红珠落，蛱蝶双飞护粉尘。

【汇评】

《唐诗镜》：三、四风味绝佳。

《贯华堂选批唐才子诗》：先生诗总是此轻轻一手。此解轻轻先写春雨新霁，出门闲行，初经柳桥，遂访梅院，所谓一路行来，犹未写到别业也（首四句下）。此解始写别业，五是写其亭轩高低，六是写其波光映漾。看他用"陈后主"、"李夫人"，写尽新霁娇红稚绿，妙，妙！至七、八，亦只用细琐之笔，写一花上蛱蝶，便结之也，总是轻轻一手（末四句下）。

《山满楼笺注唐诗七言律》：一，宿雨初收；二，新阳载道：此写其出游之日也。三，溪边之柳色舒黄；四，墙角之梅梢破白：此写其经行之路也，犹未到别业也。五、六写别业中全景：轩窗高下，如楼台画于屏中；花木参差，似金翠照于镜里。"陈后主"、"李夫人"，却牵合得甚妙，自来诗人不取如此想头也。七、八再一小景，不过是闲闲著笔，有意无意，便成绝妙好辞。人言温、李诗体轻浮，吾则但见其妩媚也。

《唐诗别裁》：形别业之胜，非实写也（"屏上楼台"二句下）。

《诗境浅说》：此诗"弱柳"、"寒梅"句，不事揣炼，而风致如画，为写景之秀句。五、六言"陈后主"之楼台，"李夫人"之金翠，极人间之美丽矣，而于"屏上"、"镜中"见之，可望而不可即。色即是空，本无诸相，丽句而兼妙悟也。但中四句专用字面，而不用语意相贯，大陆才多，偶为之固无不可，句亦殊佳；乃其起结亦用词藻，而少意义，似未尽美。

题　柳

杨柳千条拂面丝，绿烟金穗不胜吹。

香随静婉歌尘起，影伴娇娆舞袖垂。

羌管一声何处曲？流莺百啭最高枝。

千门九陌花如雪，飞过宫墙两自知。

【汇评】

《升庵诗话》：李太白诗："风吹柳花满店香。"温庭筠《咏柳》诗："香随静婉歌尘起，影伴娇娆舞袖垂。"……其实柳花亦有微香，诗人之言非诬也。

《唐诗鼓吹笺注》：朱东岩曰：通首只起二句实写杨柳，馀俱用比用兴，曲尽其妙。　　唐人咏物，必有所托，细玩自知其意，即实咏一物，决不纯用赋体也。

《近体秋阳》：感怆夷浩，迥出凡等，是绝不关情，而情深百道，岂非至文哉！

池塘七夕

月出西南露气秋，绮罗河汉在斜沟。

杨家绣作鸳鸯幔，张氏金为翡翠钩。

香烛有花妨宿燕，画屏无睡待牵牛。

万家砧杵三篙水，一夕横塘似旧游。

【汇评】

《唐诗鼓吹笺注》：同一秋也，月也，其在艳冶之地，斜楼、绮寮与绣帐、金钩、香烛、晓屏相映，何等富贵！其在岑寂之地，扁舟、横塘与砧杵、烟水作伴，何等凄凉！细玩诗意，温公必有所见，忽有所能,追写旧游以托讽耳。

《唐贤清雅集》:实景兴起,参用活法,与义山《隋宫》同调。

赠知音

翠羽花冠碧树鸡,未明先向短墙啼。

窗间谢女青娥敛,门外萧郎白马嘶。

星汉渐移庭竹影,露珠犹缀野花迷。

景阳宫里钟初动,不语垂鞭上柳堤。

【汇评】

《贯华堂选批唐才子诗》:一解写下床惊晏,一解写出门惜早。 虽复淫词,然一解写晏,一解写早,不知定晏定早,甚有顿挫之状也。

《唐诗别裁》:颈联写晓别之景,令人辄唤奈何。

《一瓢诗话》:《赠知音》直刺人未成名人心里。

《诗境浅说》:此诗虽非飞卿之杰作,而层次最为清晰。诗题仅写"赠知音",其全首皆言侵晓别离之意。 首二句墙畔鸡声已动,纪残宵欲别之时也。三句言长眉不展,满镜都愁,指所赠者言也。四句言门外斑骓,匆匆欲发,谓己之不得暂留也。五、六纪分袂之时,斜月微星,仅淡淡写晓天光景,而黯然魂消之意自在言外。末句已行之后,远处闻上阳钟动,已晨光熹微,无聊情绪,垂鞭信马而行,唯见晓风杨柳披拂长堤,而画楼人远矣。

过陈琳墓

曾于青史见遗文,今日飘蓬过古坟。

词客有灵应识我,霸才无主始怜君。

石麟埋没藏春草，铜雀荒凉对暮云。

莫怪临风倍惆怅，欲将书剑学从军。

【汇评】

《批点唐音》：此篇前四句浊俗，后语颇实，终不脱晚唐。

《唐诗隽》：感怀寄意中，尽伤心语。

《唐诗选脉会通评林》：周弼列为前虚后实体。　　　　周珽曰：自古称才难；才非难，知之为难。知而宠遇唯艰，犹弗知也；遇而明良乖配，犹弗遇也。如陈琳名列"邺中七子"，比贾生之于汉文，终屈长沙差殊，而飞卿犹以"霸才无主"为琳叹息。若祢衡不免杀戮之惨，怀才至此，时运之厄，不令人千载感吊乎？

《东岩草堂评订唐诗鼓吹》：朱东岩曰：一言昔读公之文，二言今过公之墓，无端于二句十四字中，忽地插入"飘零"二字，顿将读史、过墓二句文字，一齐都收到自己身上来，妙，妙……通首只将"飘零"二字，写尽满腔怨愤，参差屈曲，绝妙之章。

《贯华堂选批唐才子诗》：三、四"词客有灵"、"霸才无主"、"应识我"、"始怜君"，其辞参差屈曲，不计如何措口，妙，妙！

《五朝诗善鸣集》：凭吊古人诗，得恁般亲切，性情不远。

《唐三体诗评》：感愤抑扬，不觉其词之过。

《围炉诗话》：诗意之明显者，无可著论，唯意之隐僻者，词必纡回婉曲，必须发明。温飞卿《过陈琳墓》诗，意有望于君相也。飞卿于邂逅无聊中，语言开罪于宣宗，又为令狐绹所嫉，遂被远贬。陈琳为袁绍作檄，辱及曹操之祖先，可谓酷毒矣，操能赦而用之，视宣宗何如哉？又不可将曹操比宣宗，故托之陈琳，以便于措词，亦未必真过其墓也。……"霸才无主始怜君"，"怜"字诗中多作"羡"字解，因今日无霸才之君、大度容人之过如孟德者，是以深羡于君。"石麟埋没藏春草"，赋实景也；"铜雀荒凉起暮云"，忆孟德也。此句是一诗之主意。"莫怪临风倍惆怅，欲将书剑学从军"，言将受辟于幕府,永为朝廷所弃绝,无复可望也。怨而不怒,深得风人之意。

《唐诗绎》:此诗吊陈琳,都用自己伴说,盖己之才与遇,有与琳相似者,伤琳即以自伤也。

《唐诗贯珠》:五、六承古坟,是中二联分承一二之法。结仍以三、四之意归于己,欲学古人,故"倍惆怅"耳。自有一种回环情致。

《唐体肤诠》:自写飘零,已伏下意(首二句下)。 以琳自况,回顾飘零(末二句下)。

《唐诗成法》:抑扬顿挫,沉痛悲凉,法亦甚合。"飘零"一篇之主,三、四紧承二字。

《山满楼笺注唐诗七言律》:题是吊古,诗却是感遇。看他起手,一提一落,何尝不为陈琳而设,而特于其中间下得"飘零"二字,此便是通篇血脉也。

《唐诗别裁》:补入自己凭吊("词客有灵"句下)。 魏武亦难保其荒台矣,对活("铜雀荒凉"句下)。 己与琳踪迹相似(末二句下)。

《网师园唐诗笺》:同调相惜,才不是泛然凭吊。

《唐诗笺要》:飞卿此篇,不愧与义山对垒。

《一瓢诗话》:《过陈琳墓》一起,汉唐之远,知心之迹,千古同怀,何曾少隔! 三、四神魂互接,尔我无间,乃胡马向风而立,越燕对日而嬉,惺惺相惜,无可告语。

《瀛奎律髓汇评》:冯班:第四句自叹也。 纪昀:"词客"指陈,"霸才"自谓,此一联有异代同心之感,实则彼此互文。"应"字极兀傲,"始"字极沉痛,通首以此二语为骨,纯是自感,非吊陈琳也。

《精选五七言律耐吟集》:飘然而来,声泪俱下,自写骚扰。

《唐七律隽》:飞卿负才不遇,一尉终身,此诗借他人杯酒,浇自己块垒,读之堕千古才人之泪。

题崔公池亭旧游

皎镜方塘菡萏秋，此来重见采莲舟。

谁能不逐当年乐？还恐添成异日愁。

红艳影多风袅袅，碧空云断水悠悠。

檐前依旧青山色，尽日无人独上楼。

【汇评】

《贯华堂选批唐才子诗》：欲写昔日莲舟，反写今日莲舟，欲写今日感慨，反写后日感慨。不知其未措笔先如何设想？又不知其既设想后如何措笔？真为空行绝迹之作也（首四句下）！　　　"红艳"七字写今日池亭也，"碧空"七字写昔日池亭也；"红艳"七字写不是昔日池亭也，"碧空"七字写不是今日池亭也。"依旧青山色"，妙！犹言不依旧者多矣。"无人独倚楼"，妙！犹言虽复喧喧若干游人，岂有一人是昔人哉（末四句下）。

《唐体肤诠》：承"重见"以伤旧游，笔意既曲，情味无限（"谁能不逐"二句下）。　　　五句略松，六句急照本意（"红艳影多"二句下）。

《唐诗成法》：情景兼到，照应有法，而三四从已往、未来，夹写"重来"，生新有致。此画家之最忌正面也。

《山满楼笺注唐诗七言律》：首句先将尔日池亭之景，一笔写开。次句亦不过是找足上文，妙在轻轻点得"重见"二字，而旧游之神理无不毕出，三四承之，便全不费力矣。三一顿，四一宕，言目前已不如昔，后来安得如今？此盖从右军《兰亭记》中撮其筋节也。五、六再写首句："红艳袅风"，"菡萏秋"也；"碧空映水"，"方塘皎"也。一结无限感慨："依旧青山色"，是青山而外，更无有"依旧"者矣；至"尽日无人"，则崔公亦且不在，此来之客独倚楼而已矣。当年之乐,岂可得而逐;而异日之愁,又宁待异日而始添也耶!

回中作

苍茫寒空远色愁,呜呜戍角上高楼。

吴姬怨思吹双管,燕客悲歌别五侯。

千里关山边草暮,一星烽火朔云秋。

夜来霜重西风起,陇水无声冻不流。

【汇评】

《唐诗评选》:温、李并称,自今古皮相语。飞卿,一钟馗傅粉耳;义山风骨,千不得一。唯此作纯净可诵。

西江上送渔父

却逐严光向若耶,钓轮菱棹寄年华。

三秋梅雨愁枫叶,一夜篷舟宿苇花。

不见水云应有梦,偶随鸥鹭便成家。

白蘋风起楼船暮,江燕双双五两斜。

【汇评】

《贯华堂选批唐才子诗》:人生一样年华,却有各样寄法,直至到头平算,始悟"钓纶菱棹"之人,真是落得无量便宜也。三、四写之,特地兜上心来愁闷,却因微雨一回,置之度外;身世只有扁舟,以视世上之秦重楚重、君忧民忧、生难死难、碑踣碑立,诚为快活不了也(首四句下)。　　　五言更无不见水云之时也;六言更无不似鸥鹭之人也;七、八言一任风起风息,只在水云鸥鹭之中间,不似艑舸楼船,五两占风,临暮又欲他去也(末四句下)。

《东岩草堂评订唐诗鼓吹》：朱东岩曰：将渔父写得无量便宜，异常受用，正与世上君忧民忧、生难死难、碌碌风尘者迥别矣。

《载酒园诗话又编》：七言近体之佳者，如"暂对杉松如结社，偶同麋鹿自成群"、"醉后独知殷甲子，病来犹作《晋春秋》"、"不见水云应有梦，偶随鸥鹭便成家"，不问而知为高僧、隐士、渔父矣。

《古唐诗合解》：今因白蘋风动，双燕欹斜，而楼船中人方且朝欢暮乐，盖不知楼船外之风色何如也！此盖用反衬法，以入世人与出世人对照言之，自觉冷热两途，盖有所感也。

七 夕

鹊归燕去两悠悠，青琐西南月似钩。
天上岁时星右转，世间离别水东流。
金风入树千门夜，银汉横空万象秋。
苏小横塘通桂楫，未应清浅隔牵牛。

【汇评】

《唐七律选》：佳句俗调（"天上岁时"二句下）。

《唐体馀编》：暗伏结意（"世间离别"句下）。　正意反作借用，笔墨灵巧（末二句下）。

《唐七律隽》：七夕诗未有不用黄姑女事而以艳笔出之者，此偏写得大雅，不可以绮丽病"西昆"也。

经李徵君故居

露浓烟重草萋萋，树映阑干柳拂堤。
一院落花无客醉，五更残月有莺啼。

芳筵想象情难尽，故榭荒凉路已迷。

惆怅羸骖往来惯，每经门巷亦长嘶。

【汇评】

《贯华堂选批唐才子诗》：一解先写故居。细思天下好诗，乃只在眉毛咳吐之间，如此前解：一、二，露自浓、烟自重、草自萋萋、树自映栏杆、柳自拂堤，会有何字带得悲凉之状？却无奈作者眉毛咳唾之间，早有存亡之感。于是读者读未终口，亦便于眉毛咳唾之间，先领尽其存亡之感也。三、四，逐字皆人手边笔底寻常惯用之字，而合来便成先生妙诗！若知果然学做不得，便须千遍烂熟读之也（首四句下）。　　一解次写徽君。看他避过自家眼泪，别写羸马长嘶，便令当时常常过从尽意出（末四句下）。

《五朝诗善鸣集》：心骨悄然。

《载酒园诗话又编》：（温诗）写景如"一院落花无客醉，五更残月有莺啼"、"绿昏晴气春风岸，红漾轻轮野水天"，……真令人谡谡在耳，忽忽在目。

《山满楼笺注唐诗七言律》：此诗前半先写故居，后半乃是追悼徽君也。勿谓起手十四字何曾有悲凉之状，予读之，早已觉其悲凉满目矣。三、四一承，乍见之，如不过是诗人口头语言，乃一连吟咀数十遍不厌者，何耶？以其情深而调稳耳。大凡好诗必从自然中得来，此类是也。

《网师园唐诗笺》：的是故居（"一院落花"二句下）。

《精选五七言律耐吟集》：全从"故"字中想象得来。

《诗境浅说》："一院落花无客醉，五更残月有莺啼。"此经李徽君故宅而作。当日莺花庭院，列长筵招客，醉月飞觞，何等兴采！乃旧地重过，但有"一院飞花"、"五更残月"，故其第七句有"风景宛然人事改"之叹。（按：本诗末联一作"风景宛然人事改，却经门巷马频嘶"。）

过五丈原

铁马云雕久绝尘，柳阴高压汉营春。

天晴杀气屯关右，夜半妖星照渭滨。

下国卧龙空误主，中原逐鹿不由人。

象床锦帐无言语，从此谯周是老臣。

【汇评】

《五朝诗善鸣集》：成事在天，唯有鞠躬尽瘁而已。武侯知己。

《唐诗解》：七、八是题后托笔，言亮卒后，蜀汉无人，老臣唯一谯周，卒说后主降魏耳。

《围炉诗话》：结句结束上文者，正法也；宕开者，别法也。上官昭容之评沈宋，贵有馀力也。"曲终人不见，江上数峰青"，贵有远神也。……温飞卿《五丈原》诗以"谯周"结武侯，《春日偶成》以"钓渚"结旅情。刘长卿之"白马翩翩春草绿，邵陵西去猎平原"，宕开者也。

《唐诗贯珠》：二、三可以言目今，亦可以言武侯当年，是活句。

《唐诗别裁》：《出师》二表是也，天意不可知（"下国卧龙"二句下）。　消之比于痛骂（末句下）。

《唐诗笺注》：首言铁马云雅，当时争战，久已绝尘矣。

《五七言近体诗钞》：第二句借用细柳营比武侯之营。五丈原在武功，东望鳌屋，有汉离宫。然终是凑句，不佳。

《精选五七言律耐吟集》：收二句痛煞、愤煞之言，却含蓄无穷。

《石园诗话》：《过陈琳墓》、《经五丈原》、《苏武庙》三诗，手笔不减于义山。温、李齐名，良有以也。

山中与诸道友夜坐闻边防不宁因示同志

龙砂铁马犯烟尘，迹近群鸥意倍亲。

风卷蓬根屯戊己，月移松影守庚申。

韬钤岂足为经济，岩壑何尝是隐沦？

心许故人知此意，古来知者竟谁人！

【汇评】

《贯华堂选批唐才子诗》：一，写世上有一等人，有一等事；二，写世上另有一等人，另有一等事。三，写世上一等人、一等事如此其急；四，写世上另一等人、另一等事，如此其闲。真是其人既各不相闻，其事又各不相碍；其人本各不相为，其事亦各不相通。诚以上界天眼视之，直可付之雪淡一笑者也（首四句下）！　　上解分画两人已尽，此解出手判断之也。言屯戊己人，自云第一经济，守庚申人又自云第一隐沦；殊不知轰天轰地事业，必须从"月移松影"处守出，分阴分阳道理，必须从"龙砂铁马"时锻成也。

《一瓢诗话》：边上正屯戊己，山中坐守庚申。此时岂吾辈忘筹国、希长生之时哉？身闲如云，心热如火，举世滔滔，谁其知我，岂不可叹！

赠少年

江海相逢客恨多，秋风叶下洞庭波。

酒酣夜别淮阴市，月照高楼一曲歌。

【汇评】

《唐诗绝句类选》：少年豪侠之气可掬。

《而庵说唐诗》：第一句是不遇。第二句是时晚。第三句是不屑,淮阴市乃韩信受辱处。第四句便行。总写其侠气,高手。

《古唐诗合解》:少年眼空一切,侠气如云,故将所恨一概捐却;当此月照高楼之际,浩歌一曲,以自抒其洒落胸襟而已(末句下)。

蔡中郎坟

古坟零落野花春,闻说中郎有后身。

今日爱才非昔日,莫抛心力作词人。

【汇评】

《五朝诗善鸣集》:借古人发泄,立意遂远。

《唐人绝句精华》:此感已不为人知而作。以蔡邕曾识王粲,欲以藏书赠之,伤今日无爱才如蔡者,故有“莫抛心力”之句。

咸阳值雨

咸阳桥上雨如悬,万点空蒙隔钓船。

还似洞庭春水色,晚云将入岳阳天。

【汇评】

《唐人万首绝句选评》:景味俱远。

弹筝人

天宝年中事玉皇,曾将新曲教宁王。

钿蝉金雁今零落,一曲伊州泪万行。

【汇评】

《批点唐诗正声》:时移代换,极悲处正不在弹筝者。

《唐风定》:可与中山“何戡”比肩。

《诗境浅说续编》：唐天宝间，君臣暇逸，歌舞升平，由极盛而逢骤变，由离乱而复收京。残馀菊部，白头犹念先皇；老去词人，青琐重瞻禁苑。闻歌感旧，屡见于诗歌。如"白尽梨园弟子头"、"旧人唯有米嘉荣"、"一曲《淋铃》泪万行"、"村笛犹歌《阿滥堆》"，皆有"重闻天乐不胜情"之感；与玉谿之"金雁钿蝉"齐声一叹也。

《唐人绝句精华》：弹筝人当系唐明皇宫伎，诗语系追忆昔时而生感叹，必弹筝人自述而诗人写以韵语也。

瑶瑟怨

冰簟银床梦不成，碧天如水夜云轻。

雁声远过潇湘去，十二楼中月自明。

【汇评】

《注解选唐诗》：此诗铺陈一时光景，略无悲怆怨恨之辞，枕冷衾寒、独寐寤叹之意在其中矣。

《诗薮》：此等入盛唐亦难辨，惜他作殊不尔。　温庭筠《瑶瑟怨》、陈陶《陇西行》、李洞《绣岭词》、卢弼《四时词》，皆乐府也，然音响自是唐人，与五言绝稍异。

《唐诗选脉会通评林》：展转反侧，所闻所见，无非悲思，含怨可知。

《唐诗快》：不言瑟而瑟在其中，何必"二十五弦弹夜月"耶！

《唐诗摘钞》：因夜景清寂，梦不可成，却倒写景于后。《瑶瑟》用雁事，亦如《归雁》用瑟事。

《网师园唐诗笺》：深情遥寄（末句下）。

《精选评注五朝诗学津梁》：神韵独绝。

《历代诗发》："月自明"，不必言怨，而怨已深。

《唐人万首绝句选评》：此作清音渺思，直可追中、盛名家。

《唐诗近体》：只此三字（按指"梦不成"）露怨意。通幅布景，正以浑含不尽为妙。

《诗境浅说续编》：通首纯写秋闺之景，不着迹象，而自有一种清怨。……首句"梦不成"略露闺情，以下由云天而闻雁，而南及潇湘，渐推渐远，怀人者亦随之神往。四句仍归到秋闺，剩有亭亭孤月，留伴妆楼，不言愁而愁与秋宵俱永矣。此诗高浑秀丽，作词境论，亦五代冯、韦之先河也。

《唐人绝句精华》：瑟有柱以定声之高下，瑟弦二十五，柱亦如之，斜列如雁行，故以雁声形容之。结言独处，所谓"怨"也。

经故翰林袁学士居

剑逐惊波玉委尘，谢安门下更何人？
西州城外花千树，尽是羊昙醉后春。

【汇评】

《唐诗镜》："春"字最楚，花时对此，倍为惨然。

《诗式》：首句以"故"字落笔。次句说"谢安门下"，言己为袁学士之甥也。三句、四句承次句，写"居"字，而"经"字之神理亦见。引羊昙事，系翻用句法，与刘禹锡"玄都观里桃千树，尽是刘郎去后栽"同一机轴，而此尤新颖。　　　[品]哀艳。

《诗境浅说续编》：此诗情词凄恻，洵谊重师门者。唐人诗："曾接朱门吐锦茵，欲披荒径访遗尘。秋风忽洒西园泪，满目山阳笛里人。"亦有飞卿之感也。

题城南杜邠公林亭

原注：时公镇淮南，自西蜀移节。

卓氏垆前金线柳，隋家堤畔锦帆风。

贪为两地分霖雨，不见池莲照水红。

【汇评】

《北梦琐言》：杜邠公自西川除淮海，温庭云（筠）诣韦曲杜氏林亭，留诗云："卓氏垆前金线柳，……"邠公闻之，遗绢一千匹。

《围炉诗话》：杜悰以西川节度移淮南，温飞卿题其林亭云："卓氏垆前金线柳，……"杜氏赠之千缯。使明人作此题，非排律几十韵，则七律四首，说尽道德文章、功业名位，必不作此一绝句；又，如此轻浅造语，杜氏亦必以为轻己。风俗已成，莫可如何也！

过华清宫二十二韵

忆昔开元日，承平事胜游。
贵妃专宠幸，天子富春秋。
月白霓裳殿，风干羯鼓楼。
斗鸡花蔽膝，骑马玉搔头。
绣毂千门妓，金鞍万户侯。
薄云鼓雀扇，轻雪犯貂裘。
过客闻韶濩，居人识冕旒。
气和春不觉，烟暖霁难收。
涩浪和琼甃，晴阳上彩斿。
卷衣轻襞懒，窥镜淡蛾羞。
屏掩芙蓉帐，帘褰玳瑁钩。
重瞳分渭曲，纤手指神州。
御案迷萱草，天袍妒石榴。
深岩藏浴凤，鲜隰媚潜虬。
不料邯郸虱，俄成即墨牛。
剑峰挥太皞，旗焰拂蚩尤。

内嬖陪行在，孤臣预坐筹。

瑶簪遗翡翠，霜仗驻骅骝。

艳笑双飞断，香魂一哭休。

早梅悲蜀道，高树隔昭丘。

朱阁重宵近，苍崖万古愁。

至今汤殿水，呜咽县前流。

【汇评】

《艇斋诗话》：《华清宫》诗精切，如"月白霓裳殿，风干羯鼓楼"，霓裳则言"月白"，羯鼓则言"风干"，皆移换不动，所以为佳。

《唐诗快》：可想盛世气象（"过客"二句下）。　　摹写精妙（"重瞳"二句下）。　　此即诗史也，盛衰理乱之感，无一不备其中，令观者慨当以慷。

《中晚唐诗叩弹集》："深岩"二句，隐含讽刺。以上叙开元盛时事，以下叙禄山乱后事（"深岩"二句下）。　　四句谓禄山之叛也（"不料"四句下）。　　谓贵妃从幸也（"内嬖"句下）。　　谓陈玄礼之密启也（"孤臣"句下）。　　二句谓四军不进也（"瑶簪"二句下）。　　二句谓马嵬赐死之事（"艳笑"二句下）。　　二句谓改葬贵妃他所也（"早梅"二句下）。　　冯班云：此篇著意只在开元盛时，禄山乱后便略，与《华清》、《长恨》不同。

《唐贤清雅集》：飞卿取材之富，过于义山。此首气清词丽，最好是不横着议论，而情事显然，得诗人忠厚之意。以丽词写事，是南北史体。温、李都熟六朝书。

题卢处士山居

西溪问樵客，遥识楚人家。

古树老连石，急泉清露沙。

千峰随雨暗，一径入云斜。

日暮飞鸦集，满山荞麦花。

【汇评】

《瀛奎律髓》：温飞卿诗多丽而淡者少。此三四乃佳。

《唐诗笺注》：笔致别甚。

《网师园唐诗笺》："老"字、"清"字，非八叉平时能下（"古树"一联下）。

《瀛奎律髓汇评》：冯班：温诗多名句，颇好用事耳，以"昆体"抑之，岂公论耶？五言佳处不减张文昌。　　查慎行：五六有景。　　纪昀：飞卿诗固伤丽，然亦有安身立命处。如以此为佳，则不如竟看姚武功。

早秋山居

山近觉寒早，草堂霜气晴。

树凋窗有日，池满水无声。

果落见猿过，叶干闻鹿行。

素琴机虑静，空伴夜泉清。

【汇评】

《唐诗归》：钟云：五字虽小景，却是深思实见中出（"树凋"二句下）。

《五朝诗善鸣集》：蔚然深秀。

《唐诗摘钞》："机虑静"三字本俗，句法之妙，足以掩之。近人只知避俗，而不思理会句法；俗或可避，而句法之生硬僻涩，遂不可耐：总由未梦见唐人脚汗气也。

《石园诗话》：愚最爱飞卿"树凋窗有日，池满水无声"、"僧居随处好，人事出门多"两联，与义山"高阁客竟去，小园花乱飞"、"五更疏欲断,一树碧无情"同为佳句。

碧涧驿晓思

> 香灯伴残梦,楚国在天涯。
> 月落子规歇,满庭山杏花。

【汇评】

《唐贤小三昧集续集》:晓色在纸。

《唐人万首绝句选评》:写得情景悠扬婉转,末句更含无限寂寥。

《唐诗近体》:别有风致("月落"二句下)。

《诗境浅说续编》:诗言楚江客舍,残梦初醒,孤灯相伴,其幽寂可想。迨起步闲庭,斜月西沉,子规啼罢,其时群嚣未动,唯见满庭山杏,挹晨露而争开。善写晓天清景。飞卿尚有咏春雪诗,……不若《晓思》诗之格高味永也。

商山早行

> 晨起动征铎,客行悲故乡。
> 鸡声茅店月,人迹板桥霜。
> 槲叶落山路,枳花明驿墙。
> 因思杜陵梦,凫雁满回塘。

【汇评】

《六一诗话》:温庭筠"鸡声茅店月,人迹板桥霜",贾岛"怪禽啼旷野,落日恐行人",则道路辛苦,羁愁旅思,岂不见于言外乎!

《王直方诗话》:欧阳文忠《送张至秘校归庄诗》云:"鸟声梅店雨,柳色野桥春"。此"茅店月"、"板桥霜"之意。

《苕溪渔隐丛话》：《三山老人语录》云：六一居士喜温庭筠诗"鸡声茅店月，人迹板桥霜"，尝作《过张至秘校庄》诗云："鸟声梅店雨，野色柳桥春。"效其体也。

《诗人玉屑》：如"鸡声茅店月，人迹板桥霜"，则羁旅穷愁，想之在目。

《麓堂诗话》："鸡声茅店月，人迹板桥霜"，人但知其能道羁愁野况于言意之表，不知二句中不用一二闲字，止提掇出紧关物色字样，而音韵铿锵，意象具足，始为难得。

《诗薮》：盛唐句如"海日生残夜，江春入旧年"，中唐句如"风兼残雪起，河带断冰流"，晚唐句如"鸡声茅店月，人迹板桥霜"，皆形容景物，妙绝千古。而盛、中、晚界限斩然，故知文章关气运，非人力。

《唐诗隽》：对语天然，结尤苍老。

《唐诗镜》：三、四太似逼削。至《渚宫晚春》："凫雁野塘水，牛羊春草烟。"更为少味矣。

《唐诗快》：三四遂成千古画稿。

《初白庵诗评》：颔联出句胜对句。

《唐诗分类绳尺》：作诗贵于意在言外，必须状难写之景如在目前，含不尽之意见于言外，作者得以心，览者会以意，然后为至。如此诗"鸡声"一联，岂不意见于言外乎？

《唐诗选脉会通评林》：何新之为典实体。　　周弼为四实体。　　此诗三、四二语，庭筠以之名于世，信古今绝唱……唐人赋早行者不少，必情景融浑，妙极形容，无如此诗矣。即一起发行役劳苦之怀，一结含安居群聚之想；而五、六"落"字、"明"字，诗眼秀拔。谁谓晚唐无盛中音调耶？

《唐三体诗评》："人迹"二字，亦从上句"月"字一气转下，所以更觉生动，死对者不解也。

《碛砂唐诗》：敏曰：非行路之人，不知此景之真也。论章法，承接自在；论句法，如同呓出，描画不得者，偏能写得（"鸡声"二句下）。　句句是"早行"，故妙（"槲叶"二句下）。

《唐律消夏录》：三、四写晨起光景，极妙。若五、六自应说出"悲故乡"意来，又写闲景无谓。结句轻忽，亦与悲故乡不合；"因思"二字，接五六耶，接三四耶，总之依稀仿佛而已。

《唐诗成法》：此诗三、四名句，后半不称。

《唐诗别裁》：早行名句，尽此一联（"鸡声"二句下）。　中晚律诗，每于颔联振不起，往往索然兴尽。

《唐诗笺注》："鸡声"一联，传诵人口，写早行而旅人之情亦从此画出。诗有别肠，非俗子所能道也。

《唐贤小三昧集续集》：三、四脍炙人口，虽气韵近甜，然浓香可爱，不失为名句也。

《历代诗发》：三、四空微淡远，非复人间烟火，六一公甚喜此语，固非漫然。

《瀛奎律髓汇评》：冯班：颔联真名句。　查慎行：颔联出句胜对句。　何义门：中四句从"行"字，次第生动。　又云：次联东坡亦叹为绝唱。　纪昀：归愚讥五、六卑弱，良是。七、八复，衍第二句，皆是微瑕，分别视之。

《葚原诗说》：温岐《商山早行》，于"鸡声茅店月，人迹板桥霜"下接"槲叶落山路，枳花明驿墙"，便直塌下去，少振拔之势。

送人东游

荒戍落黄叶，浩然离故关。
高风汉阳渡，初日郢门山。
江上几人在，天涯孤棹还。

何当重相见？尊酒慰离颜。

【汇评】

《带经堂诗话》：律诗贵工于发端，承接二句尤贵得势，如懒残履衡岳之石，旋转而下，此非有伯昏无人之气者不能也。如"万壑树参天，千山响杜鹃"，下即云"山中一夜雨，树杪百重泉"；……"古戍落黄叶，浩然离故关"，下云"高风汉阳渡，初日郢门山"；……此皆转石万仞手也。

《说诗晬语》：贾长江"秋风吹渭水，落叶满长安"，温飞卿"古戍落黄叶，浩然离故关"，卑靡时乃有此格。后唯马戴亦间有之。

《唐诗笺注》：首联领起，通篇有势，中四语结撰亦称。如此写离情，直觉有浩然之气。

《唐诗别裁》：起调最高。

《网师园唐诗笺》：中晚罕此起笔，竟体亦极浑脱（首四句下）。

《唐贤小三昧集续集》：高朗明健，居然盛唐格调。晚唐五言似此者，亿不得一。

《删正二冯先生评阅才调集》：纪昀：苍苍莽莽，高调入云。温、李有此笔力，故能熔铸一切浓艳之词，无堆排之迹。

《唐诗三百首》：直逼初、盛。

《读雪山房唐诗序例》：温庭筠"古戍落黄叶"，刘绮庄"桂楫木兰舟"，韦庄"清瑟怨遥夜"，便觉开、宝去人不远。可见文章虽限于时代，豪杰之士终不为风气所囿也。

鄠郊别墅寄所知

持颐望平绿，万景集所思。
南塘遇新雨，百草生容姿。
幽鸟不相识，美人何可期？

徒然委摇荡，惆怅春风时。

【汇评】

《唐诗快》：旷然有怀，莫知起止（"持颐"二句下）。

《唐诗归折衷》：唐云：古炼莫测，未尽为晚唐。

《五朝诗善鸣集》：温、李艳诗有艳在色者，有艳在意者。此艳在意，非绘染者所及。

《唐诗成法》：此首神似韦苏州。"望"字起"万景集所思"。"新雨"承"万景"，五六承"所思"。"徒然"、"惆怅"应"集所思"，"春风"应"平绿"，兼结中四，亦不失法也。

卢氏池上遇雨赠同游者

篁翻凉气集，溪上润残棋。

萍皱风来后，荷喧雨到时。

寂寥闲望久，飘洒独归迟。

无限松江恨，烦君解钓丝。

【汇评】

《瀛奎律髓》："萍皱"、"荷喧"一联工。

《载酒园诗话又编》：（庭筠）短律尤多警句，如《题卢处士居》："千峰随雨暗，一径入云斜。"《赠越僧岳云》："一室故山月，满瓶秋涧泉。"《题采药翁草堂》："衣湿木棉雨，语成松岭烟。"《题造微禅师院》："照竹灯和雪，看松月到衣。"《卢氏池上遇雨赠同游者》："萍皱风来后，荷喧雨到时。"清不减贾（岛），润更过之。世徒称其"鸡声茅店月，人迹板桥霜"，殊未尝全鼎之味。

《唐诗别裁》：四语与"荷枯雨滴闻"同妙。

《瀛奎律髓汇评》：纪昀：次句凑泊。

题薛昌之所居

所得乃清旷，寂寥常掩关。

独来春尚在，相得暮方还。

花白风露晚，柳青街陌闲。

翠微应有雪，窗外见南山。

【汇评】

《唐诗归折衷》：钟云：淡冶近古。　　又云：幽淡动人（"独来"句下）。

《唐诗摘钞》：通首总写"清旷"二字。意已尽三、四二句，末只写景作结，更有馀味。

《唐律消夏录》：此等诗止得一光景而已，按之实无意味。既云"所得乃清旷"，又云"相得暮方还"，何也？若说我亦得此清旷而去，岂非稚语。"花白"、"柳青"承"春尚在"，口气是春将尽矣，忽说到雪，又说到山，殊没要紧。古人用虚字，不是照应上句，便是勾起下句，所以为章法也。"应有"二字，既不承上，又不勾下，真正落空。

《唐诗笺要》："独来春尚在"二语，飞卿可传矣。

河中陪帅游亭

倚阑愁立独徘徊，欲赋惭非宋玉才。

满座山光摇剑戟，绕城波色动楼台。

鸟飞天外斜阳尽，人过桥心倒影来。

添得五湖多少恨，柳花飘荡似寒梅。

【汇评】

《贯华堂选批唐才子诗》：陪节使春游，忽然欲拟古人秋赋，知其中之所感甚深,更非一人得晓,故曰"愁立独徘徊"也。三、四,人见是满座剑戟、绕城楼台,我见是满座波光、绕城山色。所谓人是满眼节使,我是满肚五湖,只此眼色不同,便是徘徊独立也(首四句下)。　　　五,是闲看闲鸟;六,是闲看闲人。言同在柳花飘荡之中,而彼自悠悠,我自伤感;徘徊独立之故,正不能以相喻也(末四句下)。

《一瓢诗话》:《陪河中节度游河亭》诗,写得节度何等风光,诗人何等牢落!以极牢落之客,陪极风光之主,是何等局面? 曲曲写来,何等彼此,真令人无奈。

苏武庙

苏武魂销汉使前,古祠高树两茫然。
云边雁断胡天月,陇上羊归塞草烟。
回日楼台非甲帐,去时冠剑是丁年。
茂陵不见封侯印,空向秋波哭逝川。

【汇评】

《风月堂诗话》:"回日楼台非甲帐,去时冠剑是丁年。"尝见前辈论诗云:用事属对如此者罕见。

《后村诗话》:温飞卿《苏武庙》云:"回日楼台非甲帐,去时冠剑是丁年。""甲帐"是武帝事,"丁年"用李陵书"丁年奉使,皓首而归"之语,颇有思致。

《瀛奎律髓》:"甲帐"、"丁年"甚工,亦近义山体。

《初白庵诗评》:三、四用子卿事,点缀景物,与他手不同。

《唐诗绎》:首点苏武,提"魂消汉使前"五字,最为篇主。

《唐七律选》:"丁年"亦是俊语,然使高手作此,则"回日"、"去时"不如是板煞矣("回日楼台"二句下)。

《唐诗别裁》：五、六与"此日六军同驻马"一联，俱属逆挽法，律诗得此，化板滞为跳脱矣。

《历代诗发》：子卿一生大节，八句中包括无遗。

《瀛奎律髓汇评》：冯班：自是飞卿。　何义门：五、六不但工致，正逼出落句，落句自伤。　纪昀：五、六生动，馀亦无甚佳处。结少意致。

《兰丛诗话》：温之《苏武庙》结句："空向秋波哭逝川"，"波"字误。既"川"复"波"，涉于侵复。且"波"专言"秋"，亦觉不稳，上有何来路乎？老杜云"赋诗新句稳"，名手有不稳耶？当是"风"字，用汉武帝《秋风辞》乃非泛设凑句，乃与通篇之用事实者称。

《精选五七言律耐吟集》：全以议论行之，何尝有意属对？近人学之，便如优孟衣冠矣。

《小清华园诗谈》：如此诸作，其凄恻既足以动人，其抑扬复足以惩劝，犹有诗人之遗意也。

《筱园诗话》：玉谿生"此日六军同驻马，当时七夕笑牵牛"，飞卿"回日楼台非甲帐，去时冠剑是丁年"此二联皆用逆挽句法，倍觉生动，故为名句。所谓逆挽者，倒扑本题，先入正位，叙现在事，写当下景，而后转溯从前，追述已往，以反衬相形，因不用平笔顺拖，而用逆笔倒挽，故名。且施于五、六一联，此系律诗筋节关键处……二诗能于此一联提笔振起，逆而不顺，遂倍精采有力，通篇为之添色，是以传诵人口；亦非以"马""牛"、"丁""甲"见长，故求工对仗也。

寄岳州李外郎远

含颦不语坐持颐，天远楼高宋玉悲。
湖上残棋人散后，岳阳微雨鸟来迟。

早梅犹得迴歌扇，春水还应理钓丝。

独有袁宏正憔悴，一尊惆怅落花时。

【汇评】

《贯华堂选批唐才子诗》：看他"湖上"、"岳阳"十四字，又字字皆手边笔底之所惯用，而不知何故一出先生，便成佳制，此不可不细学也。　"落花知"妙。非妙于写更无人知，妙于写自早梅至落花，凡经一春，无日不惆怅也。（按：贯华堂本结末作"落花知"。）

《唐诗鼓吹笺注》：世称"温李"齐名，如此纤浓之笔，真不忝义山也。最爱其"湖上"、"岳阳"一联，尤为清隽可喜。

杨柳八首（选三首）

其三

苏小门前柳万条，毵毵金线拂平桥。

黄莺不语东风起，深闭朱门伴细腰。

【汇评】

《唐风定》：《瑶瑟怨》亦佳，而痕迹太露。此作乃极浑成。骨韵苍古，不特声调之美，所以高于"清江一曲"也。

其五

馆娃宫外邺城西，远映征帆近拂堤。

系得王孙归意切，不关春草绿萋萋。

【汇评】

《唐诗广选》：杨用修曰："王孙"、"芳草"，创自《楚辞》；而咏入诗句，则是谢、陆始。唐人竞相效慕，好以此作。

《唐诗训解》：美色可爱，非关柳茂。

《唐诗选脉会通评林》：宗臣曰：构语闲旷，结趣潇散，豪纵自然。　　唐汝询曰：馆娃、邺城多柳，"映帆"、"拂堤"，状其盛也。古人见春草而思王孙，我以为添王孙归意者，在此不在彼。　　周珽曰：推开春草，为杨柳立门户，一种深思，含蓄不尽。奇意奇调，超出此题多矣。　　郭濬曰："系"字实着柳上，妙。落句反结，有情。

《删订唐诗解》：吴昌祺曰：借客尊主之法。

《唐诗摘钞》：言王孙归意虽切，而杨柳能系之，非为春草之故：盖讽惑溺之士也。

《而庵说唐诗》：馆娃宫，吴地；邺城，魏都。此二处多柳树，远近皆是。"映征帆"与"拂堤"，乃是衬贴的字面。"系得王孙归意切，不关春草绿萋萋"，此不是翻案，又不是重添注脚。作诗要知宾主，此题是《杨柳枝》，则柳为主，定当抬举他也。此诗妙有风致。

《唐贤小三昧集续集》：刻意生新。

其八

织锦机边莺语频，停梭垂泪忆征人。
塞门三月犹萧索，纵有垂杨未觉春。

【汇评】

《唐诗笺注》：此咏塞门柳也。感莺语而伤春，却停梭而忆远；悲塞门之萧索，犹春到而不知。少妇闺中，能无垂泪？

《唐人绝句精华》：结句乃进一层说。塞上三月尚无柳，故曰"三月犹萧索"。结言纵有柳亦不觉是春时，征人之情苦矣，此所以思之垂泪也。

【总评】

汤显祖《花间集》评：《杨柳枝》，唐自刘禹锡、白乐天而下，凡数十首。然唯咏史咏物，比讽隐含，方能各极其妙。如"飞入宫墙不见人"、"随风好去落谁家"、"万树千条各自垂"等什，皆感物写怀,言不尽意,真托咏之名匠也。此中三、五、卒章(按即所选三首),真堪方驾刘、白。

郑文焯《花间集》评:宋人诗好处,便是唐词。然飞卿《杨柳枝》八首,终为宋诗中振绝之境,苏、黄不能到也。

南歌子词二首(其二)

井底点灯深烛伊,共郎长行莫围棋。
玲珑骰子安红豆,入骨相思知不知?

【汇评】

《云溪友议》:裴郎中诚,晋国公次弟子也。足情调,善谈谐。举子温岐为友,好作歌曲,迄今饮席,多是其词焉……温岐曰:“一尺深红朦麴尘,旧物天生如此新。合欢桃核终堪恨,里许元来别有人。”又曰:“井底点灯深烛伊,……”

《读雪山房唐诗序例》:诗中谐隐,始于古《槀砧》诗,唐贤绝句,间师此意。刘梦得“东边日出西边雨,道是无晴却有晴”,温飞卿“玲珑骰子安红豆,入骨相思知不知”,古趣盎然,勿病其俚与纤也。

《唐人绝句精华》:此二首(按指同题二首)皆乐府词也。……“烛”字隐喻“嘱”,“围棋”隐喻“违期”,“长行”本古之双陆戏名,以隐喻“长别”。此首言与郎长别时,曾深嘱勿过时而不归。三四以骰子喻己相思之情,骰子各面刻有红点,以喻入骨之相思也。闺情词作者已多,此二首别开生面,设想极为新颖,庭筠本长于乐府也。

段成式

段成式(约803—863)，字柯古，祖籍临淄邹平(今山东邹平)，后徙荆州(今湖北江陵)。段文昌之子。以门荫入仕，官秘书省校书郎。开成五年，为秘书省著作郎、集贤殿修撰，累迁尚书省郎中。大中初，出为吉、处二州刺史。大中末，居襄阳，与温庭筠、韦蟾等唱和。咸通初，出为江州刺史。官终太常少卿。成式博览群书，猎奇好异，撰《酉阳杂俎》二十卷、《续集》十卷，今存。其与温庭筠等襄阳唱和之作编为《汉上题襟集》十卷，已佚。《全唐诗》存诗一卷。

【汇评】

段成式与温、李同号"三十六体"，思庞而貌瘠，故厥声不扬。(《唐音癸签》)

段柯古，宰相文昌子，研精苦学，秘阁书籍，披阅皆遍，与义山、飞卿齐名，时号"三十六体"。然其诗长于用典，较之温、李，固曹、邻也。(《石园诗话》)

段酉阳与温、李并称"三十六体"，非唯不及李，亦不及温。僻典涩体，至不可解，与所著《酉阳杂俎》类书相似。其奇丽似长吉，实非长吉；其沉厚似昌黎，实非昌黎；其纤密似武功，实非武功。当

为唐诗别派，后人亦鲜效之者。(《卧雪诗话》)

题谷隐兰若三首 (其三)

风带巢熊拗树声，老僧相引入云行。

半陂新路畬才了，一谷寒烟烧不成。

【汇评】

《唐诗归》：钟云：自成坚响。

折杨柳七首 (选二首)

其一

枝枝交影锁长门，嫩色曾沾雨露恩。

凤辇不来春欲尽，空留莺语到黄昏。

【汇评】

《唐诗广选》：托喻凄婉。

《唐诗选脉会通评林》：谢枋得曰：此即《长门怨》，怨而不怒，得风人之体。唐汝询曰：孤寂可怜。此假宫人咏柳之词，岂柯古拙于仕宦，托以自况欤？　胡次焱曰："凤辇不来"、"空留莺语"，隐然见孤处寂寞无人共诉之意。曰"春尽"，曰"黄昏"，又隐然见老之将至。少而蒙恩，老而失宠，以色事人，恩爱难久，岂可以容貌自恃也！

《唐风定》：几近自然。

《五朝诗善鸣集》：雅正。

《删订唐诗解》：吴昌祺曰：柯古能不用其博，故佳。

《唐人绝句精华》：此虽咏柳，实借柳以叹今昔盛衰也。

《诗境浅说续编》：白乐天咏故宫杨柳诗："楼前一株柳，长庆二年人",赋体也。此托之《折杨柳》词,以感怀故主,兴体也。诗人之咏柳者,曰"菀彼柳斯",曰"杨柳依依",曰"有菀者柳",曰"东门之杨",藉曼绿柔条之态,各写其歌离感事之怀,而未有寓弓剑之悲者。此诗沾恩随凤辇之尘,吊影剩莺簧之语,词臣恋主,音哀以思。顾亭林咏灵和殿柳,泪洒西风,同此感也。

其五

微黄才绽未成阴,绣户珠帘相映深。

长恨早梅无赖极,先将春色出前林。

【汇评】

《唐诗直解》:托喻凄惋,怨而不激,大是宫体。

《唐诗训解》:道出冷落之情,令人恨恨。

《五朝诗善鸣集》:赋柳而说及梅,拓开去更有生发。

刘　驾

刘驾（822—?），字司南，自云"故山彭蠡上"，当今江西北部人。应进士举，不第，屏居长安逾三年。大中三年，河湟收复，作《唐乐府十首》以贺。六年（852）登进士第。官终国子博士。与曹邺、薛能、李频等交游唱和。卒，聂夷中以诗哭之。驾能诗，尤工古调，多比兴含蓄，为时所宗。有《刘驾集》一卷。《全唐诗》存诗一卷。

【汇评】

高古奥逸主：孟云卿。……升堂六人：李观、贾驰、李宣古、曹邺、刘驾、孟迟。（《诗人主客图》）

（驾）初与曹邺为友，深相结，俱工古风诗。……驾诗多比兴含蓄，体无定规，意尽即止，为时所宗。（《唐才子传》）

司南矫时新体，多作古诗。其《赠先达》云："昔蒙大雅匠，勉我工五言。业成时不重，辛苦只自怜。"今观所录，虽乏华致，亦颇浑雄，若生晋魏间，获与陈思、公干之徒比近，亦可《白马》之流也。（《唐诗品》）

（驾）以古诗鸣于时。（《唐诗别裁》）

刘驾闲雅平澹，见天然超旨，论风致亦极飘宕。（《东目馆诗见》）

筑台词

原注：汉武筑通天台，役者苦之。

前杵与后杵，筑城声不住。
我愿筑更高，得见秦皇墓。

【汇评】

《唐诗选脉会通评林》：周珽曰：说筑城，垂想到败兴处，亦空中造奇。

寄 远

雪花岂结子？徒满连理枝。
嫁作征人妻，不得长相随。
去年君点行，贱妾是新姬。
别早见未熟，入梦无定姿。
悄悄空闺中，蛩声绕罗帏。
得书喜犹甚，况复见君时。

【汇评】

《五朝诗善鸣集》：少陵《新婚别》中未做到语。

《载酒园诗话又编》：《寄远》作亦工，如"去年君点行，贱妾是新归。别早见未熟，入梦无定姿。悄悄空闺中，蛩声绕罗帏。得书喜犹甚，况复见君时"，殊有情致也。

早 行

马上续残梦，马嘶时复惊。

心孤多所虞，僮仆近我行。

栖禽未分散，落月照古城。

莫羡居者闲，家边人已耕。

【汇评】

《升庵诗话》：刘驾诗体近卑，无可采者，独"马上续残梦"一句，千古绝唱也。

《艺苑卮言》：刘驾"马上续残梦"，境颇佳。下云"马嘶而复惊"，遂不成语矣。苏子瞻用其语，下云"不知朝日升"，亦未是。至复改为"瘦马兀残梦"，愈坠恶道。

《唐诗镜》："马上续残梦"最佳，末语带感怀。

《唐诗归》：钟云：妙于自遣（末二句下）。

《唐诗选脉会通评林》：吴山民曰：前四句说得早行精彻无蕴。妙绝，妙绝。摹写早行，极尽情景。结忽下排遣语，带感脱略。

唐仲言云：行者信自仆仆，居者未尝安闲：达者视之，直可发一笑。

《唐诗归折衷》：敬夫云：语本佳，以作起语更佳（首句下）。

《唐诗快》：早行情景，宛在目中。其老于道途可知。

《载酒园诗话又编》：刘驾诗亦多直，然集中尚不乏佳篇。世传其"马上续残梦"一诗，诚为杰构。

《唐诗成法》：一起高妙，东坡曾用之，想亦赏极也。

《网师园唐诗笺》：早行名语，尽于五字中（首句下）。

《唐贤小三昧集续集》：语语真景，亦可号"刘晓行"。

《问花楼诗话》：诗有一字之差，工拙迥别。刘驾在晚唐，诗格最卑；东坡，大才也。驾诗"马上续残梦"句，妙绝一世；坡老易作"瘦马兀残梦"，了无意趣矣。

战城南

城南征战多，城北无饥鸦。
白骨马蹄下，谁言皆有家？
城前水声苦，倏忽流万古。
莫争城外地，城里有闲土。

【汇评】

《唐诗镜》：三、四语苦，末二语警。

《石园诗话》：徐献忠谓刘司南（驾）"矫时新体，多作古诗，虽乏笔致，亦颇浑雄"。愚谓司南《筑城词》云："我愿筑更高，得见秦皇墓"。《战城南》云："莫争城外地，城里终闲土。"《桑妇》云："妾颜不如谁，所贵守妇道。一春常在树，自觉身如鸟。"《弃妇》云："路旁见花发，似妾初嫁时。"《寄远》云："别早见未熟，入梦无定姿。得书喜犹甚，况复见君时。"《醒后》云："不记折花时，何得花在手。"《早行》云："马上续残梦，马嘶时复惊。"《秋夕》云："求名为骨肉，骨肉万馀里。"其笔致甚佳，胡云"乏"也？

弃　妇

回车在门前，欲上心更悲。
路傍见花发，似妾初嫁时。
养蚕巳成茧，织素犹在机。
新人应笑此，何如画蛾眉？
昨日惜红颜，今日畏老迟。
良媒去不远，此恨今告谁！

《唐诗别裁》：见妇之不当弃也。怨而不怒，高于顾况之作。

秋 夕

促织灯下吟，灯光冷于水。

乡魂坐中去，倚壁身如死。

求名为骨肉，骨肉万馀里。

富贵在何时？离别今如此。

出门长叹息，月白西风起。

【汇评】

《五朝诗善鸣集》：此岂诗耶？纯是一片情、一片泪、一片血，遂成一片高云，一片美玉。

晓登迎春阁

未栉凭栏眺锦城，烟笼万井二江明。

香风满阁花满树，树树树梢啼晓莺。

【汇评】

《升庵诗话》：刘驾，晚唐人。诗一卷，余家旧有之，今逸其本。尝记其四首：……《晚登成都迎春阁》云："未栉凭栏眺锦城，烟笼万井二江明。香风满阁花满树，树树树头啼晓莺。"诗颇新异，聊为笔之。近阅司马才仲《无题》二首云："香梦依稀逐断云，桃根渡口惜离分。春愁满纸无多句，句句句中多为君。"其二："肌生香雪步生莲，一捻腰肢一捻年。频见樽前浑不语，心心心在阿谁边？"盖效之也。

《浪迹丛谈》：诗中用叠字，实本《三百篇》，后人乃复错综变化之。有一句三叠字者，吴融《秋树》诗"一声南雁已先红，槭槭凄凄叶叶同"是也。……有一句连三字者，刘驾诗"树树树梢啼晓莺"、"夜夜夜深闻子规"是也。

《问花楼诗话》："未栉凭栏眺锦城……树树树梢啼晓莺"，刘驾《登成都迎春阁》诗也。《秋怀》云："秋来何处开怀抱？日日日斜空醉归。"《望月》云："酒尽露零宾客散，更更更漏月明中。"意新调别，录之以备一格。

《石园诗话》：七绝如"夜夜夜深闻子规"、"树树树梢啼晓莺"，又皆以笔致胜也。

《唐人绝句精华》：此诗写出城市晓景，如在目前，人但赏其能用叠字，未免皮相。

刘　沧

刘沧,生卒年不详,字蕴灵,河南(今河南洛阳)人。初,屡应进士举不第,曾漫游齐鲁、吴越、荆楚、巴蜀等地。大中八年(854),登进士第,授华原尉,时已白发苍苍。后官龙门令。工七律,风格与许浑、赵嘏相近。有《刘沧诗》一卷。《全唐诗》编诗一卷。

【汇评】

(刘沧)诗颇清丽,句法绝类赵嘏。(《郡斋读书志》)

赵嘏、刘沧七言,间类许浑,但不得其全耳。(《对床夜语》)

马戴在晚唐诸人之上,刘沧、吕温亦胜诸人。(《沧浪诗话》)

刘蕴灵大中八年进士,其诗乃尚有大历以前风味。所以高于许浑者无他,浑太工而贪对偶,刘却自然顿挫耳。(《瀛奎律髓》)

(沧)体貌魁梧,尚气节,善饮酒,谈古今令人终日喜听。慷慨怀古,率见于篇。……诗极清丽,句法绝同赵嘏、许浑,若出一绚综然。(《唐才子传》)

元和后律体屡变,其间有卓然成家者,皆自鸣所长,若李商隐之长于咏史,许浑、刘沧之长于怀古,此其著也。……(许)用晦之《凌歊台》、《洛阳城》、《骊山》、《金陵》诸篇,与乎蕴灵之《长洲》、《咸阳》、《邺都》等作，至今古废兴，山河陈迹，凄凉感慨之意，读之可为一唱而三叹矣。三子者，虽不足以鸣乎大雅之音，亦变风之得其正者矣。(《唐诗品汇》)

刘沧一卷止七言律，音节促促，无远大语。唐至大中间，国体伤变，气候改色，人多商声，亦愁思之感也。(《唐诗品》)

唐七律，……许浑、刘沧角猎俳偶，时作拗体，又一变也。(《诗薮》)

刘沧诗长于怀古，悲而不壮，语带秋意，衰世之音也欤？(《唐音癸签》)

刘沧集，七言律之外，惟五言律一篇。其诗气格声韵与于武陵五言相类，而意亦多露，亦晚唐一家，严沧浪云"刘沧亦胜诸人"是也。然以二集观，虽调多一律，却少斧凿痕。(《诗源辩体》)

刘龙门极有高调，且终卷无败群者，但精出处亦少。高棅置之于"正变"，与义山、用晦并列，便是唐玄宗之重萧嵩。(《载酒园诗话又编》)

刘沧、许浑琢句之秀，拗字之工，亦称杰作。(《古欢堂杂著》)

七言律，……中、晚之钱、刘、李义山、刘沧，亦悠扬婉丽，飒飒乎雅人之致。(《漫堂说诗》)

刘沧、刘威独多七言律，崇尚景物，为后世写景者所宗。(《全唐刘氏诗》)

高廷礼盛许刘沧，今观怀古诸篇，全不争工，起讫殆无一篇完善。(《读雪山房唐诗序例》)

(刘沧)诗品在许用晦下。(《唐诗五七言近体五七言绝句选评》)

谓"刘沧七言律，音节促促，无远大语"，则非也。……"半壁楼台秋月过，一川烟水夕阳平"，"霜落雁声来紫塞，月明人梦在青楼"，语亦远大。(《石园诗话》)

长洲怀古

野烧原空尽荻灰，吴王此地有楼台。
千年事往人何在，半夜月明潮自来。
白鸟影从江树没，清猿声入楚云哀。
停车日晚荐蘋藻，风静寒塘花正开。

【汇评】

《唐诗选脉会通评林》：周弼列为前虚后实体。　　周珽曰：世称蕴灵善于怀古，与许用晦并驱。余观其《咸阳》、《邺都》等什，虽极伤感用情，而气调不免粗拙，短促处实成晚唐下乘。惟此篇与《炀帝行宫》差得凭吊之致，而声律不失为名手矣。　　"自来"二字妙，与"芳草自生宫殿处"同意。五六即景，以见王业不复存，吴事为可恨也。结纪游览之时，以致感怀之意。

《诗源辩体》：刘七言如"千年事往人何在，半夜月明潮自来。白鸟影从江树没，清猿声入楚云哀"、"青山空出禁城日，黄叶自飞宫树霜。御路几年香辇去，天津终日水声长"、"花开忽忆故山树，月上自登临水楼。浩浩晴原人独去，依依春草水分流"、"秋风汉水旅愁起，寒木楚山归思遥。独夜猿声和落叶，晴江月色带回潮"、"风生寒渚白蘋动，霜落秋山黄叶深。云尽独看晴塞雁，月明遥听远村砧"等句，虽气格遒紧，而实出于矫，非若盛唐诸公以古为律者，出于才力之自然也。

《五朝诗善鸣集》：蕴灵诗得力总在对处能变。

《贯华堂选批唐才子诗》：此落手七字最奇，意欲先写空原直空到尽情，便只荒荒一点芦荻亦不存留，都付野烧尽烧作灰。夫而后翻手掉笔，焕然点出"吴王楼台"四字，使人读之，别自心眼闪烁，不复作通套沧桑语过目也。三四"人何在"、"潮自来"，此二句在讲家谓之有问无答法,言问者自是不得不问,而答者实是更无能答,妙绝,妙绝!

《唐诗鼓吹笺注》:五、六虽即景而言,已具无限伤今吊古之意。眼望寒塘日晚,风犹昔日之风,花犹昔日之花,而楼台终归无有,惟有"野烧空原"而已。

《唐三体诗评》:五、六说得旷远,方是极荒寒也。

《山满楼笺注唐诗七言律》:一、二非是倒句,从今日溯当年,吊古之体宜然也。三言骄主之声灵销亡已久,四言忠臣之精魂激烈犹初;盖"人何在"明指吴王,"潮自来"暗伏子胥也:作如是观,则题中"怀古"二字方不落空。五、六换笔重写现景:五是见之远,六是听之高。七,蘋藻之荐,殆为何人?恐非伍大夫无足以当之者。八,寒塘之上适见花开,此不过是从闲处着想,淡中取致,所谓馀情也。

《唐诗成法》:刘沧怀古俱耐人读,虽不甚切,而跳掷凄宛,较许浑之工切却胜十倍。可见诗之好处又不尽在工切也。

《一瓢诗话》:《长洲怀古》用"清猿",人议其背题,不知楚为吴破,正可借以形喻。

《瀛奎律髓汇评》:何义门:首联倒出,有力。　　纪昀:如夫差等,皆无应祀之处,此直凑句耳。

《历代诗发》:感叹盈眸。

经炀帝行宫

此地曾经翠辇过,浮云流水竟如何。
香销南国美人尽,怨入东风芳草多。
残柳宫前空露叶,夕阳川上浩烟波。
行人遥起广陵思,古渡月明闻棹歌。

【汇评】

《诗法家数》：诗要炼字，字者眼也。……如刘沧诗"香销南国美人尽，怨入东风芳草多"，是炼"销"、"入"字。"残柳宫前空露叶，夕阳江上浩烟波"，是炼"空"、"浩"字：最是妙处。

《五朝诗善鸣集》：许浑、刘沧本同一格，而许艳刘淡，似刘胜之。总是晚唐中正宗，未可执瑜执亮。

《贯华堂选批唐才子诗》：言更无美人，徒馀芳草，亦用三承一、四承二法也（"香销南国"二句下）。　　金雍补注："美人尽"，写出"香销南国"四字，使人作数日想；"芳草多"，写出"怨入东风"四字，又使人作数日想。盖此八字止是一个缘故，然是两样文字也。

《唐诗摘钞》：结句闻棹歌之声，因想当日楼船歌舞之盛，从此而达广陵也，妙在前面已说得声消影灭，结处却重复掉转，此是死里重生、跌断复起，绝妙古文结法也。　　凡吊古者，只是"浮云流水"四字已尽，此偏从四字中剥出一层，言所谓"浮云流水竟如何"也，如此用笔，便是将寻常吊古笔舌从新漱刷一番也！

《三体唐诗评》：句二事实，绝不繁酿，又一格。

《碛砂唐诗》：次联词意极其俊逸。

《唐诗鼓吹笺注》：一起曰"此地曾经"，又曰"竟如何"，是已一无所有矣；眼见"浮云流水"，因之想起炀帝行宫，故曰"翠辇过"也。三曰"美人尽"，是一无所有矣；四曰"芳草多"，是更无所有矣。然写"美人尽"，则曰"香销南国"；写"芳草多"，则曰"怨入东风"，真使人可作数日想也。

《载酒园诗话又编》：黄白山评：刘沧长律如《经炀帝行宫》、《题王母庙》、《秋日山寺怀友人》、《经麻姑山》、《春日旅游》诸篇，皆晚唐铮铮者。

《唐诗贯珠》：五、六写凄凉之景，"浩"字厚。

《山满楼笺注唐诗七言律》：此首作法，与前（按指《长州怀古》）不同，先提往事，趁手转落今时；盖上句是炀帝行宫，下句是我经之地。三、四总承：想来二句一十四字，亦只是"南国美人尽"之五字耳。美人尽处，香易销而怨难销，对此春来碧色、一望凄凄者，知其为当年馀恨之所积也。此种思致，真在笔墨蹊径之外，非寻常学力所能到。吾不知其未有下句以前，如何忽得上句；又不知其既有上句以后，如何忽得下句。具此慧性，升天成佛，无不在灵运之先矣。

《唐诗成法》：三、四言美人已尽，而民怨犹未尽也。五、六今日荒凉之景，行人经此，"浮云流水"，良可叹也。

《唐诗别裁》：（刘沧）怀古诗如《咸阳》、《邺都》、《长洲》诸作，设色写景可以互相统易，诗品在许用晦下；惟此首稍见典切，馀韵犹存。

《瀛奎律髓汇评》：纪昀：亦是许浑怀古之流，此种诗似乎风韵，实则俗不可医。

《唐诗笺注》：首联唱叹而起，哀音动人。

《网师园唐诗笺》："香销南国"一联典切。

《一瓢诗话》：刘蕴灵人谓其调苦，如"渭水故都"、"香销南国"之句，正复不然。

秋夕山斋即事

衡门无事闭苍苔，篱下萧疏野菊开。
半夜秋风江色动，满山寒叶雨声来。
雁飞关塞霜初落，书寄乡闾人未回。
独坐高窗此时节，一弹瑶瑟自成哀。

【汇评】

《贯华堂选批唐才子诗》：无事闭门，只加"苍苔"二字，便知不是以无事故偶闭门,直是以无人故特不开门也。再写篱下野菊,极诉其更无相对。三、四,半夜风动,满山雨来,于遥遥异乡,兀兀独住人分中,真为极大不堪也。此解与许仲晦"溪云初起"一解,便是一副机杼,危苦既同,呻吟如一,笔墨所至,不谋而然。诗之为言为思,夫岂不信乎哉(首四句下)!　　　五,雁飞关塞,是今年新雁;六,书寄乡山,是去年旧书,言见新雁又欲寄新书,而忆旧书尚未接旧雁,此时此情真成独坐,何暇更弹别鹄等曲耶(末四句下)?

《载酒园诗话又编》:黄白山评:(刘沧)警联尚多,如"半夜秋风江色动,满山寒叶雨声来"、"绿芜风晚水边寺,清磬月高林下禅"、"停灯深夜看仙箓,拂石高秋坐钓台"、"霜落雁声来紫塞,月明人梦在青楼"、"萧郎独宿落花夜,谢女不归明月春",虽气格未超,而风韵独绝。

《龙性堂诗话续集》:许浑"溪云初起日沉阁,山雨欲来风满楼",刘沧"半夜秋风江色动,满山寒叶雨声来",语意工妙相似,亦相敌。

《山满楼笺注唐诗七言律》:一、二,门闭苍苔,篱开野菊,写秋来斋中,阒其无人。三、四,江风乍起,山雨骤来,写此夕斋中咄咄逼人。"满山"对"半夜","寒叶"对"秋风","雨声"对"江色",错综得妙。五、六,因飞雁之又到,思寄书之未回;雁是今年新到之雁,书是旧年所寄之书:交互得妙。旅邸景色,萧条者如彼;家乡音信,辽阔者又如此:哀从中来,岂须弹瑟?七一承,八一宕,千载下人读之,为之惨然不乐也。

《一瓢诗话》:《秋夕山斋即事》:"半夜秋风江色动,满山寒叶雨声来",是因半夜风声,从山斋中想到江光摇动;满山寒叶,恍惚雨势骤来。

秋日寓怀

海上生涯一钓舟，偶因名利事淹留。

旅涂谁见客青眼，故国几多人白头。

霁色满川明水驿，蝉声落日隐城楼。

如何未尽此行役，西入潼关云木秋。

【汇评】

《贯华堂选批唐才子诗》：斗地吐口，便有海上钓舟七字，自明胸中本非无算画者，无何淹留未决，直至今兹，真成两头俱误也。三承二，言淹留虽久，曾有何望？四承一，言淹留既久，多恐尽非也。一解，以一枝妙笔写两副伤心，无不坦然明净，此为先生能事也(首四句下)。　　写霁，则知连日雨潦之后；写蝉，则知三伏溽暑之馀。既是行役未尽，那怕低头不就。然而心极念鲁，身反入秦，满心忖度，此果如何？"如何"二字，全领一解。人生一出门后，真有如此不可解事也(末四句下)。

《一瓢诗话》：《秋日寓怀》："旅涂谁见客青眼，故国几多人白头。"是无人垂青于我，乃疑天下人谁曾见人青眼；自羞鬓发星星，乃忆故园亲友多少白头。活现落魄人自叹自乐光景。

《东岩草堂评订唐诗鼓吹》：朱东岩曰：题曰"寓怀"，通首皆写"寓怀"也。"霁色"、"蝉声"点出"秋日"二字意。

经龙门废寺

因思人事事无穷，几度经过感此中。

山色不移楼殿尽，石台依旧水云空。

唯馀芳草滴春露，时有残花落晚风。

杨柳覆滩清濑响，暮天沙鸟自西东。

【汇评】

《贯华堂选批唐才子诗》：他诗皆先触景，后伤心；此诗独先伤心，后触景。只看他"因思人世"四字，便是不止经此龙门；再看他"几度经过"四字，便是亦不止经此一遍龙门，是为用笔与人独异也。三、四眼色分明，不顾楼殿之尽，水云之空，直是熟睹山色不移，石台依旧。因而通算其前后阅历，方且无穷无尽，实有一部十七史更写不尽者（首四句下）。　　五、六之"唯馀"字即"时有"字，"时有"字即"唯馀"字也。而又必分作两句者，见为昔之所剩，则谓之"唯馀"；见为新之所添，则谓之"时有"也。然又妙于芳草新，春露新，而反加"唯馀"字，谓之昔之所剩；残花旧，晚风旧，而反加"时有"字，谓之新之所添。此中大有妙理，解人正未易也。末又直指柳滩濑响，暮鸟西东，大悟耳畔声销，空中迹灭，人世无穷，直须听之，不惟不必感，乃亦不必思也（末四句下）。

《唐诗鼓吹笺注》：看他劈头一起，曰"因思"，其不止经一龙门可知。次接曰"几度"，其不止一次经此龙门可知。三、四实写"废"字……五、六虚写"废"字。曰"惟馀"，曰"时有"，初无两意，偏以早色之"芳草"、"春露"为"惟馀"，以暮景之"残花"、"晚风"为"时有"：此中妙有微理。

晚秋野望

秋尽郊原情自哀，菊花寂寞晚仍开。
高风疏叶带霜落，一雁寒声背水来。
荒垒几年经战后，故山终日望书回。
归途休问从前事，独唱劳歌醉数杯。

《石园诗话》：蕴灵诗如"半夜秋风江色动，满山寒叶雨声来"、"空江独树楚山背，暮雨孤舟吴苑来"、"高风疏叶带霜落，一雁寒声背水来"、"千年事往人何在？半夜月明潮自来"，四押"来"字，皆音节悠扬。

咸阳怀古

经过此地无穷事，一望凄然感废兴。
渭水故都秦二世，咸原秋草汉诸陵。
天空绝塞闻边雁，叶尽孤村见夜灯。
风景苍苍多少恨，寒山半出白云层。

【汇评】

《对床夜语》：刘沧《咸阳》云："渭水故都秦二世，咸阳秋草汉诸陵。"唐彦谦《蒲津河亭》云："烟横博望乘槎水，日上文王避雨陵。"论句法则刘不及唐，然序怀感之意，得讽兴之体，则刘诗胜。

《批选唐诗》：雄隽高朗。

《唐诗隽》：结语情景迭现，不堪高诵。

《五朝诗善鸣集》：上下两截绝不相蒙，怀古情深正在此处。

《贯华堂选批唐才子诗》："闻边雁"，言今则所闻止此而已；"见水灯"，言今则所见止此而已。不信秦汉当时，亦徒止此而已乎？忽转笔曰：秦汉风景固有在者，不见白云之上高矗寒山，此即自昔至今，何尝兴废也哉（末四句下）！

《碛砂唐诗》：谦曰：观此诗并不用虚字，偏极灵动。

《东岩草堂评订唐诗鼓吹》：朱东岩曰："此地"之为言，不过一望荒草平原，如篇中所云"孤村"耳，"绝塞"耳，"寒山半出"、白云在望已耳。无端经过此地，猛然省是故都，回想"秦二世"、"汉诸陵"，不知有千千万万人成败于其间,故曰"无穷事"、"感废兴"也。

《载酒园诗话又编》:《咸阳怀古》,最刘诗之胜处。"天空绝塞闻边雁,叶尽孤村见夜灯",真堪与许浑《南庭夜坐贻开元寺道者》"高树有风闻夜磬,远山无月见秋灯"并驱。

《唐诗贯珠》:五虽闲句,而气犹朗润;六寒苦而气索,所言者小耳。结亦句顺而气寡。怀古者须有议论典实意味,不应呆写也。然亦成一家,可供采用。

《山满楼笺注唐诗七言律》:五、六写景:天空闻雁而曰"绝塞",见气象高寒;叶尽见灯而曰"孤村",见人事萧索。七,"风景苍苍"一承,"多少恨"一顿;"多少恨"三字紧应"无穷事"三字,唯事无穷,故恨亦不计其多少也。八,一宕。

《唐诗成法》:结句含无穷事在内。　　王士禛曰:二联亦是俗调。

《瀛奎律髓汇评》:何义门:空阔清峭。　　纪昀:前四句气魄甚大,如此种便不俗,其故可思而不能口舌争也。惜后半稍弱,"层"字亦押得不稳。

《历代诗发》:起得陡,接得紧,心手融成一片,炉锤既到,无迹可寻,惟叹其天造地设而已。

《唐诗近体》:不必持论而自深于情("渭水故都"二句下)。上切"咸阳",此用宽衍("天空绝塞"二句下)。

晚归山居

寥落霜空木叶稀,初行郊野思依依。
秋深频忆故乡事,日暮独寻荒径归。
山影暗随云水动,钟声潜入远烟微。
娟娟唯有西林月,不惜清光照竹扉。

【汇评】

《贯华堂选批唐才子诗》：题曰"晚归山居"者，言近来日日说归，究竟无有归理，今日日虽抵暮，我已发兴真归也。前解"初行郊野"，妙！言日在城中，长衢夹巷，马粪车尘，何意忽然出城，快睹霜高木落，于是故乡不用频忆，荒径连夕便行，盖不如是将终不得而归也（首四句下）。　　此承上写日暮也，言山影则已没，钟声则已微，然我亦一任其没，一任其微，而总之归兴既发，归志自决，一心只念故居竹扉，此时当有娟娟早月，西林先照也（末四句下）。

《五朝诗善鸣集》：结语佳甚，深得风人之音。

《唐律偶评》：五、六写晚景极其寥落。结到月照，于寂寞之中仍有情致。

《东岩草堂评订唐诗鼓吹》：朱东岩曰：读诗中"初行"、"频忆"、"独寻"、"暗随"、"渐入"、"知有"、"不惜"等意，自是连夜归山神理。

李　频

李频（?—876），字德新，睦州寿昌（今浙江建德）人。幼秀悟，长能诗，与同里方干为友。开成中，姚合以诗名，频走千里丐其品第，合大奖赏，以女妻之。大中八年（854），登进士第，授校书郎，参黔中幕府。府罢，东归。授南陵主簿，迁武功令。咸通初，为京兆府参军，曾主府试。迁侍御史。咸通末，官都官员外郎。乾符二年，求出为建州刺史，有能政，民赖以安。卒，民为立庙梨山，且尊山为岳，岁祠之。有《李频诗》一卷，后人改题《梨岳集》行世。《全唐诗》编诗三卷。

【汇评】

（频）属辞，于诗尤长。与里人方干善。给事中姚合名为诗，士多归重，频走千里丐其品，合大加奖挹，以女妻之。（《新唐书·李频传》）

李频不全是晚唐，间有似刘随州处。（《沧浪诗话》）

唐人咏太和公主还宫诗极多，惟李频一联最佳，词云："禁花半老曾攀树，宫女多非旧识人。"其他五言如"河声入峡急，地势出关低"、"秋尽虫声急，夜深山雨重"，可与"十才子"并驱。（《对床夜语》）

频睦州人，姚合婿也。诗虽晚唐，却多壮句。（《瀛奎律髓》）

频诗虽出晚年，体制多与刘随州相抗，骚严风谨，惨惨逼人。（《唐才子传》）

李建州诗松活似姚监，其不全似者，意思少，更率于选琢也。然亦可谓才倩矣。（《唐音癸签》）

建州集中五律居大半，格调俱稳称。（《初白庵诗评》）

李频和平委婉，然清夷宕往中仍有俊逸气格。（《东目馆诗见》）

湘口送友人

中流欲暮见湘烟，苇岸无穷接楚田。
去雁远冲云梦雪，离人独上洞庭船。
风波尽日依山转，星汉通宵向水连。
零落梅花过残腊，故园归醉及新年。

【汇评】

《唐诗选脉会通评林》：周弼列为四虚体。　　徐用吾曰：清新可爱，次联尽有意思。　　吴山民曰：起直景，第四句"独上"有情。　　唐汝询曰："离人独上"语稍佳，恨援"去雁"作对。

《删订唐诗解》：吴昌祺曰：诗在君平、君虞之间。三、四言雁以群飞，人惟独往。五、六言洞庭之远而阔。结言岁暮未能到家也。

《五朝诗善鸣集》：风神奕奕。

《唐诗评选》：成响不杂（首句下）。

《唐诗摘钞》：起写别景，所以伤离。五、六写舟中景，所以怀远。七写客中景，所以自悲。三句虽系衬景，作者意谓己在羁旅，今日眼中所见，不惟有归人，且有去雁，如之何己独在羁旅耶？此名写景,而实写情;若与上二句例观,便不成章法矣。　　一本作"回首羡君偏有我,故园归醉及新年",则诗意尽露,不见法度矣。

《贯华堂选批唐才子诗》:一句是面前湘江,二句是江之隔岸,三句是极望前途。由面前,而隔岸,而极望,盖先默忖别事,悄窥船势,一递一递,转远转远。然则此间斗地分手,便是杳不相见,而如之何可以放离人独上船也。看他一解,先次第写一、二、三句,下独接第四句,又一斩新章法(首四句下)。　　前解写未上洞庭船已前,此解写既上洞庭船已后也。"风波尽日",是写洞庭船昼行;"星汉通霄",是写洞庭船夜行。七、八,言如此昼夜兼行,则冬春之交必得到家,然而独奈我何哉(末四句下)!

《唐三体诗评》:发端画出"独"字。第三用反衬,为添毫极貌孤穷之况。　　送别诗,六句剧道行路险艰,落句忽然翻转,可谓蹈险争奇手也。

《碛砂唐诗》:敏曰:"离人独上洞庭船"七字,含蓄无限情思。细观其妙:洞庭渺渺,烟波孤棹,当其天涯落落,行李长征,只用"独上"二字衬出。

《唐体肤诠》:地经楚服,即效楚吟,触景兴怀,情味无限。刘文房之《岳阳》、卢允言之《鄂州》,得此而三矣。

《唐诗贯珠》:此是中流送别,非陆路分手。起处幽情寓思,精妙之极。

《唐诗成法》:先写湘水连天,为下离人独往凄凉一衬。又用"去雁"一陪,况涉洞庭之远险,为新年始到起。以"去雁"承"楚天",以"云梦雪"点时,以"洞庭"承"苇岸",以"尽日"承暮前,以"通霄"承暮后,以"风波"、"向水"承"中流",以"梅花"、"残腊"遥应"雪"字,以"及新年"伤己之未能归在言外。

《唐诗别裁》:犹近大历十子。

《唐贤清雅集》:天骨开张,气魄甚大,自是唐季好手。

《唐贤小三昧集续集》：飘然欲仙，只此一语便是妙绝（首句下）。

寄　远

槐欲成阴分袂时，君期十日复金扉。
槐今落叶已将尽，君向远乡犹未归。
化石早曾闻节妇，沉湘何必独灵妃。
须知此意同生死，不学他人空寄衣。

【汇评】

《网师园唐诗笺》：前四后四，俱以二十八字作一句。

乐游原春望

五陵佳气晚氛氲，霸业雄图势自分。
秦地山河连楚塞，汉家宫殿入青云。
未央树色春中见，长乐钟声月下闻。
无那杨华起愁思，满天飘落雪纷纷。

【汇评】

《批点唐诗正声》："五陵佳气"、"秦地山河"、"汉家宫殿"、"未央树色"、"长乐钟声"，五平头下，律格不宜如此，岂可为法？大方自能知之。

《诗薮》：中四句居然盛唐，而起结晚唐面目尽露，余甚惜之。

《唐诗贯珠》：通体浑圆，调高色润。

《唐七律隽》：结劣。

春日思归

春情不断若连环，一夕思归鬓欲斑。
壮志未酬三尺剑，故乡空隔万重山。
音书断绝干戈后，亲友相逢梦寐间。
却羡浮云与飞鸟，因风吹去又吹还。

【汇评】

《近体秋阳》：四句一气仄下，却羡云鸟收结。情近而挚，语浅而奇，只在口头，人不能及。

闻金吾妓唱梁州

闻君一曲古梁州，惊起黄云塞上愁。
秦女树前花正发，北风吹落满城秋。

【汇评】

《唐诗摘钞》：此首稍似李白。

送孙明秀才往潘州访韦卿

北鸟飞不到，北人今去游。
天涯浮瘴水，岭外问潘州。
草木春冬茂，猿猱日夜愁。
定知迁客泪，应只对君流。

【汇评】

《瀛奎律髓汇评》：纪昀：起超脱，接挺拔。　　又云："只敢"字妙，言非至相知，则不免有所避耳。

秦原早望

一叕乡书荐，长安未得回。
年光逐渭水，春色上秦台。
燕掠平芜去，人冲细雨来。
东风生故里，又过几花开。

【汇评】

《瀛奎律髓》：其思优游而不深怨，可取。

《唐诗矩》：尾联见意格。　　年光空逐渭水，春色又上秦台，此背面对法。一说平日，一说目前，意更深一层。

《瀛奎律髓汇评》：纪昀：兴象天然，不容凑泊。此五律最熟之境，而气韵又不涉甜俗，故为唐人身份。

山中夜坐

归家来几夜，倏忽觉秋残。
月满方塘白，风依老树寒。
戏鱼重跃定，惊鸟却栖难。
为有门前路，吾生不得安。

【汇评】

《唐诗归》：谭云：细（"戏鱼"句下）。　　钟云："却"字妙（"惊鸟"句下）。　　又云：可笑、可伤（末二句下）。

《唐风定》：镂人物情，至细至确，现鱼鸟身说法（末四句下）。

《唐诗摘钞》：六喻己不得安居之意，五喻不求名者潜跃自如，此反语相映法。……七、八意谓明年又将入京耳。人不能自安其生，故常仆仆奔走；此反咎于道路，自嘲自笑，无理有趣。

《唐诗笺要》:"定"字押"重跃"字下,便不浅率("戏鱼"句下)。　　作埋怨语,是修道人衷肠(末二句下)。

长安感怀

一第知何日,全家待此身。
空将灞陵酒,酌送向东人。

【汇评】

《五朝诗善鸣集》:"全家待此身",只五字可堕灞亭泥神之泪。
《唐诗快》:伤心苦语("全家"句下)。

李郢

李郢,生卒年不详,字楚望,长安(今陕西西安)人。曾居杭州。开成中,在京,上诗裴度。大中四年,在湖州,与杜牧唱和。十年(856),登进士第,为藩镇从事。咸通中,屡官侍御史、员外郎,卒,卢延让有诗哭之。郢大中中以诗名,与李商隐、温庭筠、方干、女道士鱼玄机等均有唱酬。有《李郢诗》一卷。《全唐诗》编诗一卷

【汇评】

李郢诗调美丽,亦有子弟标格,郑尚书颢门生也。……初将赴举,闻邻氏女有秀德,求娶之。遇同人争娶之,女家无以为辞,乃曰:"备一千缗,先到即许之。"两家具钱,同日皆往。复曰:"请各赋一篇,以定胜负,负者乃甘退。"女竟适郢。(《金华子》)

郢工诗,理密辞闲,个个珠玉。其清丽极能写景状怀,每使人竟日不能释卷。与清塞、贾岛最相善。时塞还俗,闻岛寻卒,郢重来钱塘,俱绝音响,感而赋诗曰:"却到城中事事伤,惠休还俗贾生亡。谁人收得章句箧,独我重经苔藓房。一命未沾为逐客,万缘初尽别空王。萧萧竹坞残阳在,叶覆闲阶雪拥墙。"其他警策率类此。(《唐才子传》)

李楚望调亦溜亮,不甚弱。《钱塘西斋》一篇,置之卢纶、李端集中,难别泾渭。(《唐音癸签》)

李郢七言律,……入录者声多宣郎,语多藻丽,然去赵嘏实远。(《诗源辩体》)

自元、白而下,七律惟趋卑熟浅薄,或雕琢伤气,辞语盖工,而气骨不振,毋论盛唐典型荡然,较之大历诸公亦迥然不同。惟郢三诗,尚有刘文房遗响。(《唐七律隽》)

阳羡春歌

石亭梅花落如积,玉薛斓班竹姑赤。
祝陵有酒清若空,煮糯蒸鱼作寒食。
长桥新晴好天气,两市儿郎棹船戏。
溪头锐鼓狂杀侬,青盖红裙偶相值。
风光何处最可怜,邵家高楼白日边。
楼下游人颜色喜,溪南黄帽应羞死。
三月未有二月残,灵龟可信淹水干。
莴草青青促归去,短箫横笛说明年。

【汇评】

《唐贤小三昧集续集》:馀韵锵洋,通篇绵丽,晚唐七古中杰构也。

赠羽林将军

虬须憔悴羽林郎,曾入甘泉侍武皇。
雕没夜云知御苑,马随仙仗识天香。
五湖归去孤舟月,六国平来两鬓霜。

唯有桓伊江上笛,卧吹三弄送残阳。

【汇评】

《诗源辩体》:李郢七言律"虬须憔悴"一篇,亦晚唐俊调。

七言律,盛唐诸子酝藉和平;大历诸子气格虽衰,而和平未改;开成而后,意态过于轩举,声韵伤于急促。意态轩举者,如……李郢"雕没夜云知御苑,马随仙仗识天香"。

《五朝诗善鸣集》:见首而不见尾,将军其犹龙乎?五、六作转折语,甚得力。

《贯华堂选批唐才子诗》:一解四七二十八字,只除"虬须憔悴"四字,其馀尽写少年豪事,妙,妙!看他不写侍武皇如何近幸,只写雕知御苑、马识天香,便令羽林恩宠如画。此皆唐人秘法,不可不学也。须知此解写憔悴,非写恩宠也。细读"曾入"字便知之(首四句下)。 "孤舟月","两鬓霜",言一无所有也。昔年豪事竟何在哉?惟有弄笛江上,眼看残阳而已。嗟乎,嗟乎!虬须憔悴一至此乎(末四句下)?

《唐三体诗评》:李诗多慷慨。

《唐诗鼓吹笺注》:"虬须羽林郎"五字极其豪迈,中夹入"憔悴"二字,便觉意气索然,读之真可为英雄下泪也。

《山满楼笺注唐诗七言律》:只起句七字,已明明画出一个鸟尽弓藏之故将军矣。却用"曾入"二字振起一笔,将昔日豪华,今朝寂寞,两两相比。然又暗暗插入"五湖归去"、"六国平来",见将军于国勋劳不浅,未若他人虚邀宠遇者也。夫既不是虚邀宠遇,便不应如此"憔悴",此言外意也。

《唐诗别裁》:承入侍("雕没夜云"句下)。 承憔悴("六国平来"句下)。 末点江上送人。

上裴晋公

四朝忧国鬓如丝，龙马精神海鹤姿。

天上玉书传诏夜，阵前金甲受降时。

曾经庾亮三秋月，下尽羊昙两路棋。

惆怅旧堂扃绿野，夕阳无限鸟飞迟。

【汇评】

《诗学禁脔》：美中有刺格。　　第二联上句叙尊任之隆，下句叙元勋之建，皆应第一联二句。第三联上句亦是应第一句。第四联是刺朝廷不用老臣，下句见唐衰气象。

《升庵诗话》：如韦庄"昔年曾向五陵游"一首，罗隐《梅花》"吴王醉处十馀里"一首，李郢《上裴晋公》"四朝忧国鬓成丝"一首，皆晚唐之绝唱，可与盛唐峥嵘，惟具眼者知之。

《唐诗鼓吹注解大全》：前四句颂之，下有惜之之意。

《唐诗选脉会通评林》：周敬曰：庄浑老笔，为晋公写照。周珽曰：中唐雄浑之诗，"建牙吹角"之后，多诵昌黎"南伐旅师"与杨巨源"西河战罢"为佳什，李郢州在晚唐，如"四朝忧国"、"虬须憔悴"二首，读之，未尝不铿铿成盛世之音。

《五朝诗善鸣集》：伟丽可赠晋公。

《贯华堂选批唐才子诗》：看他一解四句，非晋公谁敢当者？便欲矫矫平视韩昌黎《平淮西碑》也。

《唐诗快》：如见冠剑大臣，伟然挺立。

《山满楼笺注唐诗七言律》：裴晋公是何等样人物？握管时，正不知作何等样言语，始可相称！今读此诗，竟除晋公外，更无人足以当之也者。公以一身辅相四朝，其尊荣可谓至矣，先生偏用一"忧"字，写出三十载文武元老无限苦心；再加"鬓如丝"三字，以显其鞠躬尽瘁,未敢少安,而晋公生平大节,已尽于此。次句疾忙抽笔,再写精神,再写姿言,种种非常人可及。而三、四又独举平蔡一事,见宪宗之倚重晋公,晋公之誓擒元济,君臣相遇,不啻千载一时;如"天上"、"阵前"、"玉书"、"金甲"、"传诏"、"受降"等字,字字郑重,字字光彩,正无愧笔大如椽。"曾经"句,表晋公一片虚怀;"下尽"句,忆自己独被恩私。七、八用"惆怅"二字递下,言今日者,旧堂扃而飞鸟下,其忍再过西州路耶?言外有无数眼泪。

《唐诗成法》:连写六句,当用两句收转。亦恐用笔太直,五、六用古人影射过去,一扫板腐之迹,此要法也。

《唐诗别裁》:晋公后不得于君,故望其归田,玩末二句可见。

《唐诗笺注》:末联伤其老于作相,不能在家行乐,惆怅旧堂之长扃而已。似讽其当归。

《网师园唐诗笺》:乔皇典丽。

《唐诗近体》:按切时事("天上玉书"句下)。　　美其功("阵前金甲"句下)。　　美其度("曾经庾亮"二句下)。

春日题山家

偶与樵人熟,春残日日来。
依岗寻紫蕨,挽树得青梅。
燕静衔泥起,蜂喧抱蕊回。
嫩茶重搅绿,新酒略炊醅。
漠漠蚕生纸,涓涓水弄苔。
丁香政堪结,留步小庭隈。

【汇评】

《瀛奎律髓》:六韵无句不工,唯圣俞《许发运寒食偶书六韵》足以敌之。

《载酒园诗话》：李郢《春日题山家》极多警句，中云："燕静衔泥处，蜂喧抱蕊回。"思路曲折，造语亦工。余尝嫌起"处"字不唯不及"回"字之响，且下一句中含三意，上止两意。后偶得元板书观之，乃"燕静衔泥起"，殊为快然。

《瀛奎律髓汇评》：何义门：句句新。　　纪昀：又是一种妙，无酸馅气。

江亭晚望

碧天凉冷雁来疏，闲望江云思有馀。
秋馆池亭荷叶后，野人篱落豆花初。
无愁自得仙人术，多病能忘太史书。
闻说故园香稻熟，片帆归去就鲈鱼。

【汇评】

《唐诗鼓吹笺注》：当时先看凉天，次见飞雁，因之心动。晚秋俱于江亭见之，着眼在"闲看"二字上。三、四池亭荷歇，篱落豆初，是一片晚秋，是一片愁绪。五忽将"无愁"一转，自是唐人极奇之笔，……看他急急思归，偏又作此闲笔，文人笔墨自是不同。

《贯华堂选批唐才子诗》：五、六如此转岂不奇？言自从学道之后，颇复不被缘感。然一向病魔见侵，未免有意玄功。则值此稻熟鲈肥之际，何为而不片帆归去耶？看他满肚欲归，偏又作此闲闲之笔，所谓文人各自有其专家也（后四句下）。

宿杭州虚白堂

秋月斜明虚白堂，寒螀唧唧树苍苍。
江风彻晓不得睡，二十五声秋点长。

【汇评】

《金华子》：（郢）兄子咸通初，来牧馀杭。郢时入访犹子，留宿虚白堂云："阙月斜明虚白堂，……"

《唐诗纪事》：郢有诗云："江风彻曙不成睡，二十五声秋点长。"最为警绝。

《升庵诗话》："秋月斜明虚白堂，……"《唐语林》盛称此诗。

崔 珏

> 崔珏,生卒年不详,字梦之,清河(今属河北)人,寄家荆州(今湖北江陵)。大中中,登进士第。佐崔铉扬州幕,铉荐之于朝,授秘书省校书郎。后为淇县令,官至侍御。与李商隐善,珏游西川,商隐有诗送。及商隐卒,珏亦为诗哭之。其诗以《和友人鸳鸯之什》较著,世称"崔鸳鸯"。有《崔珏诗》一卷。《全唐诗》编诗一卷。

【汇评】

崔珏佐大魏幕,与副车袁充常侍不叶,公俱荐之于朝。崔拜芸阁雠校,纵舟江浒。……公从容为客请(诗)一篇。珏方怀怫郁,因以发泄所蓄。诗曰:"七条弦上五音寒,此艺知音自古难。唯有河南房次律,始终怜得董庭兰。"公大惭恚。(《唐摭言》)

崔侍御珏与李义山善,《岳麓》长歌、《鸳鸯》近体,分有义山馀艳,岂亦三十六体之一耶?(《唐音癸签》)

钝吟云:此公诗甚浅。(《才调集补注》)

哭李商隐(其二)

虚负凌云万丈才,一生襟抱未曾开。

鸟啼花落人何在,竹死桐枯凤不来。

良马足因无主踠,旧交心为绝弦哀。

九泉莫叹三光隔,又送文星入夜台。

【汇评】

《钱何评注唐诗鼓吹》:此其二,又玄取其一较有味。要之,有其一在前,则此篇反覆嗟惜亦自佳也。

《东岩草堂评订唐诗鼓吹》:朱东岩曰:义山为绝世之才,不能大用,坎坷终身。一起二句自是先生知己,九原有灵当为泣下。三、四用一问一答法,二句不平是哭其死也。五、六是哭其未遇而死也。七、八是开说,聊为先生作慰词耳。

《一瓢诗话》:崔珏以《鸳鸯》得名,而《哭义山》之作,亦是九原知己。

《精选五七言律耐吟集》:后人无数挽词,未能出此。

和友人鸳鸯之什 (其一)

翠鬣红衣舞夕晖,水禽情似此禽稀。

暂分烟岛犹回首,只渡寒塘亦共飞。

映雾乍迷珠殿瓦,逐梭齐上玉人机。

采莲无限兰桡女,笑指中流羡尔归。

【汇评】

《唐诗鼓吹注解大全》:此感物兴怀,有不胜其致羡者。此其情又当何似耶?

《五朝诗善鸣集》:可称"崔鸳鸯"。

《唐诗鼓吹笺注》:二句本首句来,下又本二句来,全诗有相生之法。　　前四句用赋体,后四句用比体、兴体。大概咏物诗用兴最好,用比亦最好,若纯用赋体,犹之画工金碧屏幛,有何妙处?此篇与郑都官咏《鹧鸪》同一体格,并传不朽,其深得比兴之遗也。时崔公以《鸳鸯》诗得名,号"崔鸳鸯"。

《围炉诗话》:崔珏《鸳鸯》、郑谷《鹧鸪》,死说二物,全无自己。

《唐风怀》:清溪曰:此诗家所谓一字脉者也,总从"情"字握定,后六句尽情描出,无非此意。

《载酒园诗话》:又崔珏《鸳鸯》诗凡数章,其佳句如"暂分烟岛犹回首,只渡寒塘亦并飞"、"溪头日暖眠沙稳,渡口风寒浴浪稀"、"红丝毳落眠汀处,白雪花成蹙浪时",亦微有致,但神似亦不及雍(按指雍陶《白鹭》诗)也。至"映雾尽迷珠殿瓦,逐梭齐上玉人机",语虽可观,然循之瓦与锦,终属牵曳。

《雪涛小书》:大凡诗句要有巧心,盖诗不嫌巧,只要巧得入妙。如唐人咏鹧鸪云"游子乍闻征袖湿,佳人频唱翠眉低",咏鸳鸯诗云"乍过烟岛犹回首,只渡寒塘亦共飞",……此等语难具述,大都由巧入妙。

《山满楼笺注唐诗七言律》:"翠鬣红衣"先把鸳鸯画出,添"舞夕晖"三字,便是活鸳鸯,不是死鸳鸯。次句特点一"情"字,为通篇血脉。三四乃极写之,曰"暂",曰"犹",曰"只",曰"亦",皆其情之发乎自然,而流为必不容已者如此。五六用衬贴法,衬起七八。

《唐诗别裁》:三四写情,五六映衬,此次第法,不犯复也。

《唐贤小三昧集续集》:作风匀净秀雅,自是名作。

《唐七律隽》:陈鹤崖云:咏物之体,在抑扬宛转,有不即不离之妙,此与郑之《鹧鸪》,皆名不虚得也。

《诗境浅说》:写两禽情爱之深,可谓善于体物矣。三四句已言鸳鸯之情,五六乃变换句法,言殿上覆鸳鸯之瓦,闺中织鸳鸯之锦,故用其故实,而以映雾迷离,逐梭来往以衬贴之,中二联遂虚实兼到。收句更翻新意,言采莲女伴,见同命文禽依依相并,能不感幽情而生叹羡耶!全首中六句皆咏本题,而结处别开意境,律诗中恒有之法也。

曹　邺

　　曹邺，生卒年不详，字邺之，桂林（今属广西）人。初，屡举进士不第，后为韦悫所知，力荐于礼部侍郎裴休，大中四年（850），登进士第。佐天平节度使幕。咸通中，任太常博士，历主客员外郎、祠部郎中，出为洋州刺史。乾符元年，官吏部郎中。后免官归，卒。与李频、郑谷、张蠙、李洞等交游。其诗多古风，颇多讽谕之作。有《曹邺诗》三卷，已佚。后人辑《曹祠部集》二卷行世。《全唐诗》编诗二卷。

【汇评】

　　高古奥逸主：孟云卿。……升堂六人：李观、贾驰、李宣古、曹邺、刘驾、孟迟。（《诗人主客图》）

　　刘驾与曹邺为友，俱攻古风诗。邺既擢第，而不即出京，俟驾成名同去，果谐所志。（《唐摭言》）

　　予尝见曹邺之《监察从兄》、《读李斯传》诸作于选集中，窃谓唐之诗人鲜出其右，恨不多得。去冬，过阳朔衙推，雨岩陈君遗以全帙，凡若干首。其意隽以永，其风肆以则，其欣戚感遇各得乎性情之正，读之不忍去手。（杨泂《曹邺古风诗序》）

　　（邺）为《四怨》、《三愁》、《五情》诗，雅道甚古……看榜日上主司诗

云:"一辞桂岩猿,九泣都门月。年年孟春至,看花如看雪。"杏园宴间
呈同年云:"歧路不在天,十年行不至。一旦公道开,青云在平地。"又
云:"忽忽出九衢,童仆颜色异。故衣未及换,尚有去年泪。"又云:"永持
共济心,莫起胡越意。"佳句类此甚多,志特勤苦。(《唐才子传》)

　　邺之诗得于乐府古辞,其《四怨》、《三愁》、《五情》之作,盖亦平子
之流,综词虽拙,使人忘其鄙近。其受知韦悫,殆不为过。世晚类
孤,游从缺丧,遂使幽兰丛委,不能自异于蘪芜间耳。(《唐诗品》)

　　钟云:此君艳诗好手,以快情急响为妙,而少含蓄;若含蓄则
不能妙,选者无处着手矣。采其妙处,则其馀当耐之,此看中晚诗
法也。(《唐诗归》)

　　曹邺(五古)间学六朝,亦无足采。(《诗源辩体》)

　　邺之诗说得出,说得尽,蕴藉少而透快多,有髓有神,少肤少
肉。(《五朝诗善鸣集》)

　　曹邺诗,世所谓晚唐格卑者也。然此等诗亦安得都废?……
读晚唐诗,当观其法之所自变,不取其辞;当观其意之所专注,不仿
其声。合百家之风骨,以成一美。至于求雄浑而粗疏,欲藻丽而芜
秽者,尤宜考邺辈诗以涤除之,使进于岑、韦、储、柳之姿态。(费密
《曹邺诗序》)

　　晚唐之曹邺,中唐之孟郊也。逸情促节,似无时代之别。(《龙
性堂诗话初集》)

　　曹邺、刘驾,古诗皆无足取。(《石洲诗话》)

捕鱼谣

　　　　天子好征战,百姓不种桑。
　　　　天子好年少,无人荐冯唐。
　　　　天子好美女,夫妇不成双。

【汇评】

《唐诗归》：钟云：直得妙。

《五朝诗善鸣集》：好风谣，直而有曲体。

《龙性堂诗话初集》：古谣云："城中好高髻，四方高一尺。城中好广眉，四方且半额。城中好大袖，四方全匹帛。"曹邺仿之云："天子好征战，百姓不种桑。……"合读之，觉古语欲笑，曹语欲哭矣。上好下甚如此。

四望楼

原注：楼在洛阳东，今废。秦时，有贵公子贾虚每日宴其上。

> 背山见楼影，应合与山齐。
> 座上日已出，城中未鸣鸡。
> 无限燕赵女，吹笙上金梯。
> 风起洛阳东，香过洛阳西。
> 公子长夜醉，不闻子规啼。

【汇评】

《唐诗归》：谭云：笔如风电（"风起"二句下）。　　钟云：写豪华安乐入微（末二句下）。　　钟云：艳而爽。

《唐诗快》：此公子之福力，能过于吕政、杨广否？

《唐诗评选》：风刺如霜，为物薄而刑气已最。

《唐诗别裁》：形楼之高（"座上"二句下）。

筑城三首（选二首）

其二

呜呜啄人鸦，轧轧上城车。

力尽土不尽，得归亦无家。

其三

筑人非筑城，围秦岂围我。

不知城上土，化作宫中火。

【汇评】

《唐人绝句精华》：此伤劳役也。第三首（按即本首）三四句语尤激昂。盖秦筑长城，本以御外，而劳役伤民，致召刘、项之起义，而咸阳一炬，根本倾覆。故曰"城上土""化作宫中火"。

官仓鼠

官仓老鼠大如斗，见人开仓亦不走。

健儿无粮百姓饥，谁遣朝朝入君口。

【汇评】

《唐人绝句精华》：此刺贪也。鼠邪？贪官邪？二而一也。

碧寻宴上有怀知己

荻花芦叶满溪流，一簇笙歌在水楼。

金管曲长人尽醉，玉簪恩重独生愁。

女萝力弱难逢地，桐树心孤易感秋。

莫怪当欢却惆怅，全家欲上五湖舟。

【汇评】

《唐诗归》：钟云：将七言律作艳情，以代古乐府读曲，亦惟晚唐人能之。

《唐诗归折衷》：唐云：疑所宴之主非相知，故忆"玉簪恩重"知己,借此二字,以喻亲昵,非艳情也。　　　敬夫云:全用比体,风艳之中,神味自远。

《贯华堂选批唐才子诗》:二是"一簇笙歌",一衬之,却是"荻花芦叶"。相其神态,早自不欢。三,"人尽醉",妙!中有不醉者。然则此七字,便是不醉人眼中更看不得之事也。四,"玉簪",即其所怀知己可知。看他三、四写满眼人不是心中人,人生感恩不感恩,真是大段勉强不得(首四句下)。　　　此诗与题,章法最奇。题是"碧寻宴上有怀知己",诗却是碧寻宴上无一知己。五写至今未有托足,六写对人只是心孤。然则逝将弃汝,适彼沧波。"全家"字妙,言决于去,已更无少恋。三复吟之,令人下泪也。

《答万季野诗问》:问:金圣叹谓唐诗必在第五句转,信乎?答曰:不尽然也。如曹邺"荻花芦叶满汀洲,一簇笙歌在水楼。金管曲长人尽醉,玉簪恩重独生愁。"于第二联流水对中转去。杜少陵律诗如古诗,难论转处。……起承转合,唐诗之大凡耳,不可固也。

《唐诗成法》:写"怀"字微妙。　　　笙歌鼎沸中每吟此诗,凄然欲绝。

读李斯传

一车致三毂,本图行地速。

不知驾驭难,举足成颠覆。

欺暗尚不然,欺明当自戮。

难将一人手,掩得天下目。

不见三尺坟,云阳草空绿。

【汇评】

《吴氏诗话》：曹邺《读李斯传》诗云："难将一人手，掩得天下目。不见三尺坟，云阳草中绿。"姚铉《文粹》只摘取四句，一篇精英尽矣。

《唐音戊签》：张为取此（按指《自退》）及《读李斯传》、《杏园上同年》诗作《主客图》。

《五朝诗善鸣集》：亦是东野一派，而曹多径露，当逊孟为大巫。

代罗敷诮使君

常言爱嵩山，别妾向东京。
朝来见人说，却知在石城。
未必菖蒲花，只向石城生。
自是使君眼，见物皆有情。
麋鹿同上山，莲藕同在泥。
莫学天上日，朝东暮还西。

【汇评】

《唐诗镜》：慧心钝口。

《唐诗归》：钟云："常言"二字，绝是妇人口齿（首句下）。谭云：二语怨而诚（"未必"二句下）。

《唐风定》：曹生诗峭刻透快处，往往不让孟、贾，此皆竟陵所拔也。

《五朝诗善鸣集》：代罗敷诮使君，不涉赠金一字，方是拟古作法。

《唐诗评选》：亦寓无穷。语益直，情益曲，此公真乐府好手，亦真诗人。

始皇陵下作

千金买鱼灯，泉下照狐兔。

行人上陵过，却吊扶苏墓。

累累圹中物，多于养生具。

若使山可移，应将秦国去。

舜殁虽在前，今犹未封树。

【汇评】

《对床夜语》：（许浑）《始皇墓》云："一种青山秋草里，路人惟拜汉文陵。"曹邺亦有"行人上陵过，却拜扶苏墓"，扶苏非有德于人者，意亦不如许。

《唐诗镜》：语多警切。

《唐诗归》：钟云：三字（按指"照狐兔"）便说得冰冷（首二句下）。　钟云：写出秦皇愚处在此五字（"多于"句下）。　谭云：风刺深淡（末二句下）。

《唐诗归折衷》：吴敬夫云：笑尽狂愚（首二句下）。　又云：许浑咏秦墓："一路空山秋草里，路人惟拜汉文陵"，语意同，而此说扶苏，更为警切（"行人"二句下）。　杜牧赋《阿房》，快在说尽，此又快在不说尽。

《五朝诗善鸣集》：邺中诗说得出，说得尽，蕴藉少而透快多，有髓有神，少肤少肉。

老圃堂

邵平瓜地接吾庐，谷雨乾时手自锄。

昨日春风欺不在，就床吹落读残书。

【汇评】

《鹤林玉露》：农圃家风，渔樵乐事，唐人绝句模写精矣。余摘十首题壁间，每菜羹豆饭饱后，啜苦茗一杯，偃卧松窗竹榻间，令儿童吟诵数过，自谓胜如吹竹弹丝。今记于此："邵平瓜地接吾庐，……"

《唐诗绝句类选》：末二句，无情翻出有情。

储嗣宗

储嗣宗,生卒年不详,润州延陵(今江苏丹阳南)人,郡望兖州(今属山东)。储光羲曾孙。大中十三年(859),登进士第,授校书郎。与顾非熊、顾陶、司马扎友善。有《储嗣宗集》一卷。《全唐诗》编诗一卷。

【汇评】

(嗣宗)与顾非熊先生相结好,大得诗名,苦思梦索,所谓逐句留心,每字著意,悠然皆尘外之想。览其所作,及见其人。警联如"绿毛辞世女,白发入壶翁",又"片水明在野,万花深见人",又"黄鹤有归语,白云无忌心",又"蝉鸣月中树,风落客前花",又"池亭千里月,烟水一封书",又"鹤语松上月,花明云里春",又"一酌水边酒,数声花下琴",又"宿草风悲夜,荒村月吊人",《哭彭先生》云"空阶鹤恋丹青影,秋雨苔封白石床",《题闲居》云"鸟啼碧树闲临水,花满青山静掩门"等句,皆区区所当避舍者也。(《唐才子传》)

垓 城

百战未言非,孤军惊夜围。

山河意气尽，泪湿美人衣。

【汇评】

《唐诗解》：咏史之作多涉议论，独此隐然。使羽有知，当为失笑。

《唐诗快》：岂止泣数行下！

《而庵说唐诗》：将羽事直叙，无大出奇处，而笔下倜傥英伟。亦唐人中之铮铮者。

南陂远望

闲门横古塘，红树已惊霜。

独立望秋草，野人耕夕阳。

孤烟起蜗舍，飞鹭下渔梁。

唯有田家事，依依似故乡。

【汇评】

《网师园唐诗笺》：十字句法难得此自然（"独立"二句下）。

《历代诗发》：会心处不必在远（"独立"句下）。

早　春

野树花初发，空山独见时。

踟蹰历阳道，乡思满南枝。

于武陵

于武陵，生卒年不详，京兆（今陕西西安）杜曲人。大中中，登进士第。曾漫游巴蜀、商洛、吴楚等地，后归老嵩阳别墅。工五言诗，多羁旅行役、送别寄赠之作。有《于武陵诗》一卷，又《于邺诗》一卷。《全唐诗》于邺、于武陵名下各编诗一卷，其中十八首诗重出互见。或云武陵名邺，然此事未见北宋前记载，唐末有于邺，恐别是一人。

【汇评】

清奇雅正主：李益。……及门八人：僧良乂、潘诚、于武陵、詹雄、卫准、僧志定、喻凫、朱庆馀。（《诗人主客图》）

（武陵）诗多五言，兴趣飘逸多感。每终篇一意，策名当时。（《唐才子传》）

于邺诗小小有致，拟项斯、马戴未足，方储嗣宗、司马扎有馀。（《唐音癸签》）

《于武陵集》五言律之外，惟绝句数篇而已。其诗气格遒紧，故为矫激，而声韵急促，语意快露，实多出于元和，亦晚唐一家。（《诗源辩体》）

于邺五律外无别体，所得句亦镂心刻骨者也。虽乏峭削之致，

然自不得混水部派,附贾氏门后。(《重订中晚唐诗主客图》)

赠卖松人

入市虽求利,怜君意独真。
剧将寒涧树,卖与翠楼人。
瘦叶几经雪,淡花应少春。
长安重桃李,徒染六街尘。

【汇评】

《唐诗快》:便见是滞货("剧将"二句下)。　此亦不专为卖松而发。

《唐诗成法》:一、二虚写卖松人,三、四实承一、二,五、六写松之清高,逼出结句俗人不买,法好。卖松人有何可赠?寄托之旨,言外自见。虽浅近,取其有意。

《唐诗别裁》:所卖非所需("剧将"二句下)。

《诗境浅说》:"草木有本心,何求美人折",于诗寄慨深矣。寒松与翠楼,格不相入,卖松者但为己谋,不为松谅,作者故赠诗警之。松本寒柯,勿羡翠楼之豪侈,而易地托根;翠楼中人宜谅其山野之性,勿强入朱门,以辱岁寒之操。意有怅触,偶书数语,亦以告作诗者,欲有寄托,宜师其婉而多讽也。

友人南游不回因而有寄

相思春树绿,千里亦依依。
鄠杜月频满,潇湘人未归。
桂花风半落,烟草蝶双飞。
一别无消息,水南车迹稀。

【汇评】

《唐诗摘钞》：起二语可谓工于发端，晚唐人最难得如此。三、四接得又好。

《瀛奎律髓》：三、四整峭，尾句有味。

《瀛奎律髓汇评》：纪昀：（尾句）实无味。　　又云：六句对面落笔，所谓兴也。此种用意，虚谷不知，乃专取三、四及末句。

东门路

东门车马路，此路在浮沉。

白日若不落，红尘应更深。

从来名利地，皆起是非心。

所以青青草，年年生汉阴。

【汇评】

《唐诗纪事》："白日不西落，红尘应亦深"，……张为取作《主客图》。

《唐诗快》：尚有夜行不休者，奈何！（"白日"二句下）。结得闲冷有趣。

《五朝诗善鸣集》：似晚唐人古诗，入律遂成别韵。

《重订中晚唐诗主客图》：逆笔写，即加倍写法也。与老杜"砍却月中桂，清光应更多"同意（"白日"联下）。　　"所以"二字，每嫌此等处带训诂气（"所以"句下）。

南　游

穷秋几日雨，处处生苍苔。

旧国寄书后，凉天方雁来。

露繁山草湿,洲暖水花开。

去尽同行客,一帆犹未回。

【汇评】

《重订中晚唐诗主客图》:全以韵胜。　　本阆仙"叶下故人去,天中新雁来",尤觉有深味("旧国"一联下)。

客　中

楚人歌竹枝,游子泪沾衣。

异国久为客,寒宵频梦归。

一封书未返,千树叶皆飞。

南过洞庭水,更应消息稀。

【汇评】

《瀛奎律髓》:久客而梦归家,人情之常。愈远则愈难得家书,尾句意似又高也。

《瀛奎律髓汇评》:纪昀:(尾句)亦是常意,未见其高。

《唐诗摘钞》:尾联进步格。

《重订中晚唐诗主客图》:他人泛作晚唐调,不知实贾氏之变格也。　　此贾派之近张者("异国"联下)。　　古人得一意,常作数句炼之。如"一叶初飞树"、"千树又黄叶",与"千树叶皆飞"同一感也,而以此二句为最,以能匠此情至极也("一封"联下)。

劝　酒

劝君金屈卮,满酌不须辞。

花发多风雨,人生足别离。

【汇评】

《增定评注唐诗正声》：郭云：二语(按指"花发"二句)感人，那得不满饮。

《唐诗解》：欲劝以饮，举下二事感动之，言佳景难长，良会不数，酒固不当辞也。"花发"一联，在《三百篇》为兴体。"足"犹满也，百年之中，皆别离也。

《唐诗训解》：辞婉竟长，令人悲悲乐乐。

《唐诗选脉会通评林》：是真能劝酒者。

《唐风怀》：南邨曰：浅浅语，读之不堪。

《删订唐诗解》：吴昌祺曰：衬"花发"句妙，诗更一气浑成。

《龙性堂诗话续集》：尝读唐乐府"征人烧断蓬，对泣沙上月"，与"花发多风雨，人生足别离"句，知其妙，不知其作者谓谁。……

高　楼

远天明月出，照此谁家楼。
上有罗衣裳，凉风吹不休。

【汇评】

《唐诗归》：钟云：三字(按指"吹不秋")孤迥，恶本皆作"吹不休"，便通首索然矣。

《唐风定》："凉风吹不休"，本正调也。竟陵本作"吹不秋"，托以为奇怪。怪哉，怪哉！

《唐诗快》：此原本如此，不知何人，改"色"为"裳"，改"秋"为"休"，自难免伯敬之批驳。

《唐诗摘钞》：诗咏楼中之人，而题但曰"高楼"，此命题妙处。诗亦不显言其人，而但曰"上有"云云，此措词雅处。六朝诸小诗乐府，作艳情尽有透快于此者，闲雅秀亮，殆不能过。此唐人五言绝身份也。

《唐贤清雅集》：只就比兴，用意极高。

秋夕闻雁

星汉欲沉尽，谁家砧未休。

忽闻凉雁至，如报杜陵秋。

千树又黄叶，几人新白头。

洞庭今夜客，一半却登舟。

【汇评】

《重订中晚唐诗主客图》：作意为起（"星汉"二句下）。　尚嫌此"报"字（"忽闻"二句下）。　偏泛说妙（"洞庭"二句下）。　结句及前《江口》诗，正以泛说，乃写出深至。后人每求粘贴，却不能写到深至处。

司马扎

司马扎,生卒年里贯均未详。大中时人,与储嗣宗友善。曾登进士第,游踪遍今河南、山西、陕西、江苏等地,莫知所终。有《司马先辈集》一卷。《全唐诗》编诗一卷。

锄草怨

种田望雨多,雨多长蓬蒿。

亦念官赋急,宁知荷锄劳。

亭午霁日明,邻翁醉陶陶。

乡吏不到门,禾黍苗自高。

独有辛苦者,屡为州县徭。

罢锄田又废,恋乡不忍逃。

出门吏相促,邻家满仓谷。

邻翁不可告。尽日向田哭。

东门晚望

青门聊极望，何事久离群。
芳草失归路，故乡空暮云。
信回陵树老，梦断灞流分。
兄弟正南北，鸿声堪独闻。

【汇评】

《甚原诗说》：句法最忌直率，直率则浅薄而少深婉之致。……
贯休之"故国在何处？多年未得归"，不若司马扎"芳草失归路，故乡
空暮云"。两相比较，浅薄深婉自见。

送孔恂入洛

洛阳古城秋色多，送君此去心如何。
青山欲暮惜别酒，碧草未尽伤离歌。
前朝冠带掩金谷，旧游花月经铜驼。
行人正苦奈分手，日落远水生微波。

【汇评】

《唐诗摘钞》：取其拗。拗则调高而气扬，可救晚唐之衰飒。

宫　怨

柳色参差掩画楼，晓莺啼送满宫愁。
年年花落无人见，空逐春泉出御沟。

【汇评】

《唐诗绝句类选》：哀怨宽缓。

《唐诗归》：托喻凄婉，怨而不激。

《唐诗直解》：竟与前首（按指许浑《秋思》）颉颃。

《唐诗训解》：末句与前首（按指段成式《折杨柳词》"枝枝交影"）同调。

《唐诗选脉会通评林》：杨慎曰：此诗幽情、雅调兼到。　　周敬曰：哀怨宽缓。末句与"空留莺语到黄昏"同调，与"却羡落花春不管，御沟流得到人间"同意。

《春酒堂诗话》：司马扎《宫怨》云："年年花落无人见，空逐春泉出御沟。"人说与李建勋"却羡落花春不管，御沟流得到人间"之句相似，予谓不然。司马诗较蕴藉，不碍大雅。

《唐诗摘钞》：此首犹具盛唐风韵，晚唐绝句当推第一。李建勋"却羡落花春不管，御沟流得到人间"，恨己身之拘闭，此云悲己色之渐衰。语各一意，怨情则同。

《古唐诗合解》：莺啼于晓，柳最宜莺。当幽梦乍醒，晓妆未理之际，忽闻莺啼，提起伤春情绪，是莺送愁来也（"晓莺啼送"句下）。　　花落而委于沟中，再妍无日。然花犹能逐春泉而出御沟，而人则老死于宫中已耳，情实可怜，此所谓"怨"也（末二句下）。

高　骈

高骈(821—887),字千里,幽州(今北京西南)人。高崇文孙,家世禁军,少娴弓马,且好文,与儒者游。初为长武城使朱叔明司马,历神策都虞侯、秦州刺史。咸通五年,为安南都护,有功,诏以都护府为静海军,授骈节度使,累加同平章事。乾符中,为剑南西川节度,徙荆南。六年冬,移镇淮南。广明元年,黄巢攻占京师,时骈握重兵,朝廷倚重,进检校太尉、东面都统、京西京北神策军诸道兵马都使。骈拥兵自重,不赴命。后为部下毕师铎所杀。有《高骈诗》一卷。《全唐诗》编诗一卷。

【汇评】

唐高骈幼好为诗,雅有奇藻,属情赋咏,横绝常流,时秉笔者多不及之。故李氏之季,言勋臣有文者,骈其首焉。(《谢蟠杂说》)

(骈)家世禁卫,颇修饰,折节为文学,与诸儒交,硁硁谈治道,两军中人更称誉之,号"落雕侍御"。(《唐诗纪事》)

(骈)诗情挺拔,善为壮语。(《诗学渊源》)

步虚词

青溪道士人不识,上天下天鹤一只。

洞门深锁碧窗寒,滴露研朱点周易。

【汇评】

《对床夜语》:七言仄韵,尤难于五言。……高骈云:"清溪道士人不识,上天下天鹤一只。洞门深锁碧窗寒,滴露研硃点《周易》。"骈为吕用之所绐,至于杀身亡家而不悟,固无足取;然此等辞语,决非尘埃人可道。

《唐诗选脉会通评林》:周珽曰:飘洒灵脱,此紫烟客也。周启琦曰:真正"天风吹下《步虚声》"。

赠歌者二首(其二)

公子邀欢月满楼,双成揭调唱伊州。

便从席上风沙起,直到阳关水尽头。

【汇评】

《唐诗纪事》:骈好为诗,雅有奇藻。……《听歌》诗云:"公子邀欢月满楼,佳人揭调唱《伊州》。便将席上秋风起,直到萧关水尽头。"

《升庵诗话》:乐府家谓"揭调"者,高调也。高骈诗:"公子邀欢月满楼,佳人揭调唱《伊州》。……"

山亭夏日

绿树阴浓夏日长,楼台倒影入池塘。

水精帘动微风起，满架蔷薇一院香。

【汇评】

《注解选唐诗》：此诗形容山亭夏日之光景，极其妙丽，如图画然。想山亭人物，无一点尘埃也。"水精帘"乃微风吹池水，其波纹如水精帘也。

《网师园唐诗笺》：盛唐格调。

风　筝

夜静弦声响碧空，宫商信任往来风。
依稀似曲才堪听，又被移将别调中。

【汇评】

《北梦琐言》：（骈）镇蜀曰，以南诏侵暴，乃筑罗城，城四十里。朝廷虽加恩赏，亦疑其固护。或一日闻奏乐声，知有改移，乃题《风筝》寄意曰："夜静弦声响碧空，……"旬日报到，移镇渚宫。

《升庵诗话》：古人殿阁，檐稜间有风琴、风筝，皆因风动成音，自谐宫商。元微之诗："为啄风筝碎珠玉。"高骈有《夜听风筝》诗，……此乃檐下铁马也。今名纸鸢曰风筝，亦非也。

《随园诗话》：唐高骈节度西州，又调广陵，咏《风筝》云："依稀似曲才堪听，又被风移别调中。"吴（信辰）官山左，又调楚江，《咏怀》云："阿婆经岁抚婴孩，饥饱寒暄总费猜。才识呱呱真痛痒，家人又报乳娘来。"两意相同。

于 濆

于濆,生卒年不详,字子漪,京兆长安(今陕西西安)人。会昌五年,应进士举,咸通二年(861),方登进士第。曾官泗州判官。因不满于唐末颓靡诗风,作《古风》三十首,以矫时弊。有《于濆诗》一卷。《全唐诗》编诗一卷。

【汇评】

于濆为诗,颇干教化。《对花》诗云:"花开蝶满枝,花谢蝶还希。惟有旧巢燕,主人贫亦归。"(《诗话总龟》)

(濆)患当时作诗者拘束声律而入轻浮,故作古风三十篇以矫时俗,自号《逸诗》。今一卷传世。观唐诗至此间,弊亦极矣,独奈何国运将绁,士声日丧,文不能不如之。嘲云戏月,刻翠粘红,不见补于采风,无少裨于教化,徒务巧于一联,或伐善于只字,悦心快口,何异秋蝉乱鸣也。于濆、邵谒、刘驾、曹邺等,能返棹下流,更唱瘖俗,置声禄于度外,患大雅之凌迟,使耳厌郑、卫,而忽洗云和;心醉醇酨,而乍爽玄酒。所谓清清泠泠,愈病析酲,逃空虚者,闻人足音,不亦快哉?晋处士戴颙春日携斗酒,往树下听黄鹂曰"此俗耳针砭,诗肠鼓吹"者,岂徒然哉!于数子亦云。(《唐才子传》)

子漪悯时轻格,力窥古调,然市游而被章甫,终骇俗目,泯泯无闻,几至沉晦。今观其诗,虽有结构,而音节不朗,终愧囊之作者,岂风气囿诸情性,欲发而未扬耶?(《唐诗品》)

晚唐五言古,温、李而后,作者绝响,……于濆、苏拯,鄙陋益甚。(《诗源辩体》)

晚唐人,余最喜于濆、曹邺。邺诗为钟、谭表章殆尽,濆诗至一篇不收,殊不可解。……至其无关风化而工者,更不胜举。(《载酒园诗话又编》)

其源出于储太祝,唯作短编,自才力不如。特乃归途简净:《野蚕》、《织素》,同体华阴;《里女》、《田翁》,追风谣谚。揽章虽少,古风所存,在晚唐自成一家之作。(《三唐诗品》)

塞下曲

紫塞晓屯兵,黄沙披甲卧。
战鼓声未齐,乌鸢已相贺。
燕然山上云,半是离乡魂。
卫霍待富贵,岂能无乾坤。

【汇评】

《四溟诗话》:作诗亦有权宜,或先句法而后体制。譬匠氏选材,虽有巨细长短,而各致其用,可堂则堂,不可则亭矣。于濆《塞下曲》,先得"乌鸢已相贺"之句,出自《淮南子》"大厦成而燕雀相贺"。此"贺"字尤有味。如赋一绝,则不孤此句;流于敷演,格斯下矣。

《龙性堂诗话续集》:(于濆诗)如《拟古意》云:"国色久在室,良媒亦生疑。"《思归引》云:"身同树上花,一落又经岁。"《塞下曲》云:"战鼓声未齐,乌鸢已相贺。"《村居晏起》云:"起来花满地,戴胜鸣桑间。""朱门与蓬户,六十头尽斑。"《东门路》云:"白日不西没,红尘应更深。""所以青青草,年年生汉阴。"此体人都说王建、张籍,那识有于子漪? 甚矣,唐人之磊落英多也!

马嵬驿

常经马嵬驿,且说坡前客。

一从屠贵妃,生女愁倾国。

是日芙蓉花,不如秋草色。

当时嫁匹夫,不妨得头白。

【汇评】

《唐诗笺要》:"芙蓉"逊"秋草",人犹能说,加"是日"妙! 好歹生于片刻,写尽伧见俗肠。

苦辛吟

垅上扶犁儿,手种腹长饥。

窗下抛梭女,手织身无衣。

我愿燕赵姝,化为嫫母姿。

一笑不值钱,自然家国肥。

【汇评】

《四溟诗话》:于濆《辛苦吟》:"垅上扶犁儿,手种腹长饥。窗下掷梭女,手织身无衣。"此作有关风化,但失之粗直。

《五朝诗善鸣集》:奇想。

《王闿运手批唐诗选》:家国岂因女笑而贫耶? 所见亦偏(末句下)。

古宴曲

雉扇合蓬莱,朝车回紫陌。

重门集嘶马,言宴金张宅。

燕娥奉卮酒,低鬟若无力。

十户手胼胝,凤凰钗一只。

高楼齐下视,日照罗衣色。

笑指负薪人,不信生中国。

【汇评】

《载酒园诗话又编》:《塞下曲》曰:"战鼓声未齐,乌鸢已相贺。"《长城曲》曰:"死者倍堪伤,僵尸犹抱杵。"《戍客南归》曰:"莫渡汨罗水,回君忠孝肠。"《古宴曲》曰:"燕娥奉卮酒,低鬟若无力。……笑指负薪人,不信生中国。"如此数篇,真当备矇瞍之诵。

田翁叹

手植千树桑,文杏作中梁。

频年徭役重,尽属富家郎。

富家田业广,用此买金章。

昨日门前过,轩车满垂扬。

归来说向家,儿孙竞咨嗟。

不见千树桑,一浦芙蓉花。

戍客南归

北别黄榆塞,南归白云乡。

孤舟下彭蠡,楚月沉沧浪。

为子惜功业,满身刀箭疮。

莫渡汨罗水,回君忠孝肠。

【汇评】

《四溟诗话》:"忠孝"二字,五、七言古体用之则可,若能用于近体,不落常调,乃见笔力。于濆《送戍客南归》诗云:"莫渡汨罗水,回君忠孝肠。"此即野蔬借味之法,而濆亦知此耶?

经馆娃宫

馆娃宫畔顾,国变生娇妒。

勾践胆未尝,夫差心已误。

吴亡甘已矣,越胜今何处。

当时二国君,一种江边墓。

【汇评】

《五朝诗善鸣集》:说得索然。

巫山高

何山无朝云,彼云亦悠扬。

何山无暮雨,彼雨亦苍茫。

宋玉恃才者,凭虚构高唐。

自垂文赋名,荒淫归楚襄。

峨峨十二峰,永作妖鬼乡。

【汇评】

《五朝诗善鸣集》:晚唐古诗非不纯,所伤太直,此章婉曲入雅。

《养一斋诗话》：罗隐《陇头水》诗："借问陇头水，年年恨何事？全疑呜咽声，中有征人泪。"于濆则云："借问陇头水，终年恨何事？深疑呜咽声，中有征人泪。"或以二诗为相袭，亦非是。人即不善诗，未必有全首或数句相袭者。于濆《巫山高》极佳，固铮铮者，而肯八句诗袭隐四句乎？

拟古意

白玉若无玷，花颜须及时。
国色久在室，良媒亦生疑。
鸦鬟未成髻，窝镜徒相知。
翻惭效颦者，却笑从人迟。

【汇评】

《唐诗镜》：于濆诗意想绝饶，色不润语。

《载酒园诗话又编》：《拟古意》曰："国色久在室，良媒亦生疑。"不惟说尽寻声逐影之士，即端木氏之莫容少贬，亦已刻划须眉矣。

翁 绶

翁绶,生卒年里贯均未详。咸通六年(865),登进士第。工近体诗。《全唐诗》存诗八首。

【汇评】

（翁绶）工诗,多近体,变古乐府,音韵虽响,风骨憔悴,真晚唐之移习也。（《唐才子传》）

陇头吟

陇水潺湲陇树黄,征人陇上尽思乡。

马嘶斜日朔风急,雁过寒云边思长。

残月出林明剑戟,平沙隔水见牛羊。

横行俱是封侯者,谁斩楼兰献未央。

【汇评】

《贯华堂选批唐才子诗》：前解写陇头诸公意思。"朔风急",想见纯是怨声；"边势长",想见并无斗志。此极写"尽思乡"之三字也。　　后解写自己胸前意思。"明剑戟"、"见牛羊",此极写楼兰之蠢动也。

武 瓘

武瓘，生卒年不详，贵池（今属安徽）人。咸通四年（863），应进士举，行卷于主司萧仿，以《感事》诗见赏，遂登第。后官益阳县令。《全唐诗》存诗三首。

感 事

花开蝶满枝，花谢蝶还稀。

惟有旧巢燕，主人贫也归。

【汇评】

《唐诗纪事》：《感事》云："花开蝶满枝，花谢蝶还稀。唯有旧巢燕，主人贫亦归。"瓘初投卷于知举萧仿，见是诗，赏其有存故之志，遂放及第。

《唐诗选脉会通评林》：周启琦曰：愧杀势利之交。

《雪涛小书》：唐两人罢官，各题小诗。其一云："避贤初罢相，乐圣且衔杯。试问门前客，今朝几个来。"其一云："花开蝶满枝，花谢蝶还稀。唯有旧巢燕，主人贫亦归。"二诗用意虽同；然有怨而怒，有怨而不怒，可以观矣。

《唐诗笺注》：暄凉之悲，不易者鲜。"旧巢"二句，用意沉痛。

李 拯

李拯(? —886),字昌时,郡望陇西(今属甘肃)。咸通十二年(871),登进士第。乾符中,累辟使府。黄巢义军起,避居平阳。光启元年,僖宗自蜀还,召拜尚书郎,转考功郎中、知制诰。次年,嗣襄王李煴称帝,僖宗奔宝鸡,拯扈从不及,被逼为翰林学士。煴败,为乱兵所杀。《全唐诗》存诗一首。

【汇评】

襄王僭位,朱玫秉政,百揆失序,逼李拯为内署。拯尝吟曰:"紫宸朝罢缀鹓鹭,……"拯终为乱兵所杀。(《南部新书》)

李拯《读史》曰:"佳人自折一枝红,把唱新词曲未终。惟向眼前怜易落,不如抛掷任东风。"谢叠山谓寓梁武事,未详。(《四溟诗话》)

退朝望终南山

紫宸朝罢缀鸳鸾,丹凤楼前驻马看。
惟有终南山色在,晴明依旧满长安。

【汇评】

《旧唐书·李拯传》：僖宗再幸宝鸡，拯扈从不及，在凤翔。襄王僭号，逼为翰林学士。拯既污伪署，心不自安。后朱玫秉政，百揆失叙，典章浊乱。拯尝朝退，驻马国门，望南山而吟曰："紫宸朝罢缀鹓鸶，……"吟已涕下。

《注解唐诗选》：巧在"惟有"、"依旧"四字。

《唐诗品汇》：谢云：此诗复长安后，车驾还京，人物萧条，感慨而作，唯终南依旧。

《唐诗选》："惟有"、"依旧"四字是诗眼。

《唐诗绝句类选》：乱后还朝，惟有山色如旧。悲慨之词，写得浓丽。　　桂天祥曰：此诗高绝沉雅。

《删订唐诗解》：唐汝询云：黄巢乱后，京师风景悉非，往时所存者独终南山色耳。可悲也夫！　　吴昌祺云：意亦多所包含。

《姜斋诗话》："昔我往矣，杨柳依依；今我来思，雨雪霏霏。"以乐景写哀，以哀景写乐，一倍增其哀乐。知此，则"影静千官里，心苏七校前"，与"惟有终南山色在，晴明依旧满长安"，情之深浅、宏隘见矣。

《围炉诗话》：唐诗固有惊人好句，而其至善处在乎淡远含蓄。宋失含蓄，明失澹远。唐如李拯诗云："紫宸朝罢缀鹓鸶，……"兵火后之荒凉，不言自见。但此法唐人用之已多，今不可用也。

《唐诗别裁》：老杜"王侯第宅"、"文武衣冠"之感，然以蕴藉出之，得绝句体。

《网师园唐诗笺》：诗当黄巢乱后车驾初还作，悲楚语能以蕴藉出之。

李昌符

李昌符，生卒年不详，字岩梦，陇西成纪（今甘肃秦安）人。淮南王李神通裔孙。应进士举，久不第，因出一奇，作《婢仆诗》五十首，行卷公卿间，遂于咸通四年（863）登进士第。累官至膳部员外郎、郎中。与郑谷、李洞友善。工诗，与张乔、许棠等合称"咸通十哲"。有《李昌符诗集》一卷。《全唐诗》存诗一卷。

【汇评】

唐咸通中，前进士李昌符有诗名，久不登第，常岁卷轴，怠于装修。因出一奇，乃作《婢仆诗》五十首，于公卿间行之。其间有诗云："春娘爱上酒家楼，不怕归迟总不忧。推道那家娘子卧，且留教住待梳头。"又云："不论秋菊与春花，个个能噇空肚茶。无事莫教频入库，一名闲物要些些。"诸篇皆中婢仆之讳。浃旬京城盛传，为姝妪辈怪骂腾沸，尽要捆其面。是年登第。与夫桃杖、虎靴，事虽不同，用奇即无异也。（《北梦琐言》）

（昌符）工诗，在长安与郑谷酬赠。……尝作《奴婢》诗五十首，有云"不论秋菊与春花，个个能噇空肚茶。无事莫教频入库，每般闲望要些些"等句。后为御史劾奏，以为轻薄为文，多妨政务，亏严

重之德,唱诽戏之风;谪去,鞄系终身。(《唐才子传》)

开成以后,作者内无含意,外无宗声。当时元气既漓,人才削薄,其致使然耳。昌符既仕中朝,殆欲矫迹词林,以图拙构,而才非宗匠,意靡所骋,传之后世,只见狼疾。(《唐诗品》)

李昌符《婢仆诗》五十韵,路敬延《稚子诗》一百韵,皆可鄙可笑者,然曲尽形容,颇见才致。(《艺苑卮言》)

李昌符写景最为刻划,而无蹇涩之态,胜诸苦吟者多矣。……《晓行》"破月衔高岳,流星拂晓空",《题友人屋》"数家分小径,一水截平芜",皆若目击。(《载酒堂诗话又编》)

书边事

朔野烟尘起,天军又举戈。
阴风向晚急,杀气入秋多。
树尽禽栖草,冰坚路在河。
汾阳无继者,羌虏肯先和。

【汇评】

《唐音癸签》:李昌符存藻不多。"四座列吾友,满园花照衣",善写赏席乐兴,语不在饰。"树尽禽栖草,冰坚路在河",虽未目塞垣者,亦颔之。

《载酒园诗话又编》:"树尽禽栖草,冰坚路在河",恍见塞外萧条之状。

《网师园唐诗笺》:奇景,真景,未经人道("树尽"二句下)。

远归别墅

马省曾行处,连嘶渡晚河。

忽惊乡树出，渐识路人多。

细径穿禾黍，颓垣厌薜萝。

乍归犹似客，邻叟亦相过。

【汇评】

《五朝诗善鸣集》：绝似少陵《羌村》诗。　写"远归"神理入妙。

《围炉诗话》：李昌符《归故居》诗，情景浃洽。

《载酒园诗话又编》："忽惊乡树出，渐识路人多"，俨然自远还家也。

旅游伤春

酒醒乡关远，迢迢听漏终。

曙分林影外，春尽雨声中。

鸟思江村路，花残野岸风。

十年成底事，羸马倦西东。

【汇评】

《瀛奎律髓》：第四句最佳。

《唐诗选脉会通评林》：周弼为四实体。　唐汝询曰：起摹写客况，直而不肤。次尚不落晚唐调。三（联）花鸟属想象，不作写景看。　周珽曰：伤春之思，由夜及晓，由林影、雨声，想到鸟倦、花残。盖人情醉中忘情，醒则怀土，倦游之心并起。此诗尽羁客真境，沉细纯正。再观其《归故居》（按即《远归别墅》）一首，始信"客行虽云乐，不如早旋归"之语为不虚。

《唐诗解》：此伤春苦雨，厌行役也。醉中忘情，醒而始觉乡关之远。因不寐而听漏声之终，且待旦也。既睹林中之曙色，复伤雨际之春光。意此时必有飞倦之鸟，将尽之花。花、鸟难堪，而况人乎？我想十年于外，一事无成，能不厌羸马之驱驰也。

《删订唐诗解》：结语言马亦厌往来之路也。

《而庵说唐诗》：此诗情文交至，与题目有骨肉停匀之妙，珠圆玉润，不足以喻之也。

《古唐诗合解》：此诗写前后旅游之春，而字字心伤，情文兼至。

《瀛奎律髓汇评》：纪昀：起句藏过梦归一层，用笔超妙。五句稍晦。

《养一斋诗话》："曙分林影外，春尽雨声中。""乱离何处甚，安稳到家无？""长疑即见面，翻致久无书。"五言之次也。

《精选评注五朝诗学津梁》："中"字句浑括无痕，"风"字句幽媚。

秋夜作

数亩池塘近杜陵，秋天寂寞夜云凝。
芙蓉叶上三更雨，蟋蟀声中一点灯。
迹避险巇翻失路，心归闲澹不因僧。
既逢上国陈诗日，长守林泉亦未能。

【汇评】

《五朝诗善鸣集》：冷极，然喜其句法不破碎，此晚唐所难。

《载酒园诗话又编》：《秋夜》诗："芙蓉叶上三更雨，蟋蟀声中一点灯。"读之真亦凄然。惜颈联强弩，结更入俗耳。此则晚唐通病。

汪遵

汪遵,生卒年不详,宣州泾县(今安徽泾县)人。家贫,初为县小吏,借书于人,昼夜苦读,工为诗,人皆不觉。后辞吏就试。咸通七年(866),登进士第。有《咏史诗》一卷。《全唐诗》编诗一卷。

【汇评】

遵初与乡人许棠友善,工为绝诗,而深自晦密。……洛中有李相德裕平泉庄,佳景殊胜,李未几坐事贬朱崖。遵过题诗曰:"平泉风景好高眠,水色岚光满目前。刚欲平它不平事,至今惆怅满南边。"又《过杨相宅》诗云:"倚伏从来事不遥,无何平地起青霄。才到青霄却平地,门对古槐空寂寥。"俱为诗人称赏。其馀警策称是。(《唐才子传》)

"负罪将军在北朝,秦淮芳草绿迢迢。高台爱妾魂应断,始拟丘迟一为招。"此咏梁将军陈伯玉之事,……括书咏史如此,射雕手也。如胡曾、汪遵,不堪为奴仆矣。(《升庵诗话》)

晚唐七言绝,周昙有咏史一百四十六首,胡曾一百首,孙元晏七十馀首,汪遵五十馀首,……俱庸浅不足成家,兹并不录。(《诗源辩体》)

咏酒二首（其二）

万事销沉向一杯，竹门哑轧为风开。

秋宵睡足芭蕉雨，又是江湖入梦来。

长 城

秦筑长城比铁牢，蕃戎不敢过临洮。

虽然万里连云际，争及尧阶三尺高。

【汇评】

《诗话总龟》：汪遵咏史云："秦筑长城比铁牢，……"何光远称此诗卓绝千古，集中无以加。

《诗薮》：汪遵咏《长城》："虽然万里连云际，争似尧阶三尺高。"许浑咏秦墓："一路空山秋草里，路人惟拜汉文陵。"用意同而语格顿超。然汪诗固是学究，许作犹近小儿，盛唐必不缠绕如此。

许 棠

许棠(822—?),字文化,宣州泾县(今安徽泾县)人。大中朝,应进士举,困举场二十馀年。咸通十二年(871),登进士第,时年已五十。任泾县尉。陆肱出守虔州,辟为从事。又尝官江宁丞。与李频等友善。工诗,与张乔、郑谷等合称"咸通十哲"。有《许棠诗》一卷。《全唐诗》编诗二卷。

【汇评】

(棠)苦于诗文,性僻少合。……初作《洞庭诗》,脍炙时口,号"许洞庭"云。(《唐才子传》)

许以《洞庭》诗得名,然读其全集,数篇以外,皆枯寂无味,不惟不及李(才江)、刘(得仁),并非郑(巢)匹也。(《载酒园诗话又编》)

文化五七言律之外,他体并绝句亦无之。沉着刻入,略与马虞臣相等,宜其一见如故也。次之升堂第三。(《重订中晚唐诗主客图》)

过洞庭湖

惊波常不定,半日鬓堪斑。

四顾疑无地，中流忽有山。

鸟高恒畏坠，帆远却如闲。

渔父闲相引，时歌浩渺间。

【汇评】

《北梦琐言》：洞庭湖，凡阔数百里，而君山宛在水中。秋水归壑，此山复居于陆，唯一条湘川而已。海为桑田，于斯验也。前辈许棠《过洞庭诗》，最为首出，尔后无继斯作。

《唐诗纪事》：棠《洞庭》诗有"四顾疑无地，中流忽有山"之句，人以题扇。

《唐音癸签》：许文化致语楚楚，《洞庭》一律，时人多取以题扇。"四顾疑无地，中流忽有山"，视老杜"乾坤日夜浮"愈切愈小。

《唐诗选脉会通评林》：周珽曰：极言湖之汪洋灏瀚险荡。三、四妙在"疑无"、"忽有"四字；五、六妙在"恒"、"却"二字，俱以虚字摹出洞庭形势来。半日不觉鬓斑，惊心所摄也。……浩然之后，此诗见称于世。　　许棠此诗形容湖为无地，窦叔向《檜石湖》诗并言无其无，语大是幻绝，因知文翰场中每多勍敌。若读第三联，窦不若许矣。

《五朝诗善鸣集》：第四句写君山神到。

《初白庵诗评》：句句是过湖景象，余尝身历其境，故知此诗之工。

《瀛奎律髓汇评》：纪昀：刻意张皇，而根柢浅薄，转形竭蹶，五句尤为拙俚，观此乃知孟、杜二公不愧凌跨一代也。

《网师园唐诗笺》：无声画（"四顾"四句下）。

《重订中晚唐诗主客图》：力求新奇，乃力求写生，故妙。文化以此诗得名，然在集中尚非极诣。　　二句何必是洞庭，然确是洞庭，非身到者不知也（"四顾"联下）。　　想头妙绝（"鸟飞"联下）。

《养一斋诗话》：许棠有《洞庭》诗，号为"许洞庭"。然"四顾疑无地，中流忽有山"语意平弱，"鸟飞应畏堕"尤涉痕迹，惟"帆远却如闲"五字佳，然亦不必是洞庭诗。少陵、襄阳后，何为动此笔耶！

早发洛中

半夜发清洛，不知过石桥。
云增中岳大，树隐上阳遥。
暂黑初沉月，河明欲认潮。
孤村人尚梦，无处暂停桡。

【汇评】

　　《瀛奎律髓》：此一早发诗，"不知"二字便佳，盖曙中船过桥下也。"中岳"、"上阳"，以"云增"而"大"，以"树隐"而"遥"，极有味。第六句亦佳。末句则予尝夜航浙河，熟谙此况也。与许浑全不同。

　　《唐诗归》："大"字痴得好。

　　《唐诗成法》："不知"承"半夜"。三前望，四回首，皆写半夜景，又切洛阳沉月、河明将晓之景。七、八紧接五、六，言此时村人尚梦，以形己之早发也。

　　《瀛奎律髓汇评》：冯班：未见胜许。　又云：较之大历以前，家数便小。　查慎行：第三、第六俱拙。　纪昀：第三句意工而语拙，"大"字尤拙。

　　《重订中晚唐诗主客图》："不知"字妙，恍惚中得早发神理（"不知"句下）。　"大"字好（"云增"句下）。

塞外书事

征路出穷边，孤吟傍戍烟。
河光深荡塞，碛色迥连天。

残日沉雕外，惊蓬到马前。

空怀钓鱼所，未定卜归年。

【汇评】

《瀛奎律髓汇评》：纪昀：五、六雄阔，不类晚唐。

《重订中晚唐诗主客图》："深荡"二字匠妙（"河光"句下）。

"迥连"二字匠妙（"碛色"句下）。　此乃同右丞诗意，其摹写高迥逼真处，亦几不多让矣。

雁门关野望

高关闲独望，望久转愁人。

紫塞唯多雪，胡山不尽春。

河遥分断野，树乱起飞尘。

时见东来骑，心知近别秦。

【汇评】

《重订中晚唐诗主客图》：实刻是贾。　文化久游边塞，故诗中多得风沙寒阔之概。其于老杜诗无意学之，亦每有相近处，后略仿此。　"不尽"二字著力（"胡山"句下）。　写边景逼真（"河遥"一联下）。　有馀味，耐思（末二句下）。

闻蝉十二韵

造化生微物，常能应候鸣。

初离何处树，又发去年声。

未蜕唯愁动，才飞似解惊。

闻来邻海徼，恨起过边城。

骚屑随风远，悠扬类雪轻。

报秋凉渐至，嘶月思偏清。

互默疑相答，微摇似欲行。

繁音人已厌，朽壳蚁犹争。

朝士严冠饰，宫嫔逞鬓名。

乱依西日噪，多引北归情。

篆露凝潜吸，蛛丝忽迸萦。

此时吟立者，不觉万愁生。

【汇评】

《唐诗归》：谭云：替他想到此，只是心细（"初离"二句下）。　　谭云："过"字妙（"恨起"句下）。　　钟云："悠扬"声也，却"类雪轻"，妙！妙（"悠扬"句下）！　　谭云：深极，不意咏物中有此静想（"互默"句下）。　　钟云：咏物诗不难于精切，而难于高简；然高简易妙，而精切难妙。此诗精切而未尝不妙者也，高简又当别论。

赠天台僧

赤城霞外寺，不忘旧登年。

石上吟分海，楼中语近天。

重游空有梦，再隐定无缘。

独夜休行道，星辰静照禅。

【汇评】

《重订中晚唐诗主客图》："分"字奇（"石上"句下）。　　刻峭似贾（"重游"句下）。　　朴老似贾（末句下）。

成纪书事二首（其二）

蹉跎远入犬羊中，荏苒将成白首翁。

三楚田园归未得，五原岐路去无穷。
天垂大野雕盘草，月落孤城角啸风。
难问开元向前事，依稀犹认隗嚣宫。

邵　谒

邵谒,生卒年不详,韶州翁源(今广东翁源)人。少为县小吏,客仓卒至,招待不周,县令怒而逐之。遂发愤读书,野服苦吟。咸通七年,至京师,隶国子监。国子助教温庭筠悯擢寒苦,榜其诗三十馀首,并加赞语。后不知所终。有《邵谒集》一卷。《全唐诗》存诗一卷。

【汇评】

(谒)苦吟,工古调。咸通七年抵京师,隶国子。时温庭筠主试,悯擢寒苦,乃榜谒诗三十馀篇,以振公道,曰:"前件进士,识略精微,堪裨教化,声词激切,曲备风谣,标题命篇,时所难著,灯烛之下,雄词卓然。诚宜榜示众人,不敢独专华藻,仍请申堂,并榜礼部。"(《唐才子传》)

邵君数奇分浅,发忿苦吟作古调,诗今传三十馀篇,即庭筠所榜以振公道者也。其《寒女》、《别离》直似汉人语,虽质木盈馀,而缋藻乏缺;要之泗石未雕,终非俗品。(《唐诗品》)

邵谒(五古)学孟郊,而浅鄙者实多。(《诗源辩体》)

凡词不足者,须理有馀,所谓"大圭不琢",非率直之谓。邵谒诗真为粗硬,如顾氏所喜"朝看相送人,暮看相送人。若遣折杨柳,此地无树根",高楝所取"莫辞吊枯骨,千载长如此。安知今日身,不是昔时鬼",有何意味! 集中惟《汉宫井》一篇可存:"辘轳声绝离宫静,班姬几度照金井。梧桐老去残花开,犹似当时美人影。"(《载酒园诗话又编》)

古乐府

对酒弹古琴,弦中发新音。
新音不可辨,十指幽怨深。
妾颜不自保,四时如车轮。
不知今夜月,曾照几时人。
露滴芙蓉香,香销心亦死。
良时无可留,残红谢池水。

【汇评】

《李希声诗话》:余亡友李秉彝德叟尝为余曰:"家藏唐邵谒诗八十篇,甚工。谒选于吏部,部中榜此诗曰:'有能过此者,当先注官。'众无间言。如李太白云:'今人不见古时月,今月曾经照古人。'世以为工矣。谒诗云:'不知天上月,曾照几多人',造语尤更省力。"余欲借传,因循不果。

《唐诗镜》:绝有感意,意尽了无馀音。

《唐诗快》:只"残红谢池水"五字,足使香销心死矣。

岁 丰

皇天降丰年,本忧贫士食。
贫士无良畴,安能得稼穑。
工佣输富家,日落长叹息。

为供豪者粮,役尽匹夫力。

天地莫施恩,施恩强者得。

【汇评】

《唐诗快》:此"强者",想天地亦无如之何,姑请冷眼观之何如?

寒女行

寒女命自薄,生来多贱微。

家贫人不聘,一身无所归。

养蚕多苦心,茧熟他人丝。

织素徒苦力,素成他人衣。

青楼富家女,才生便有主。

终日著罗绮,何曾识机杼。

清夜闻歌声,听之泪如雨。

他人如何欢,我意又何苦。

所以问皇天,皇天竟无语。

【汇评】

《唐诗选脉会通评林》:周敬曰:绝有感伤。　　周珽曰:孤寒贫士,悬梁刺股,终老伤屋。贵族子弟,不识"丁"字,多膺金紫。以之问天,天又岂有语耶?邵君数奇分浅,此是愤恨之辞也,同病者能不痛心!

《唐诗快》:皇天纵有语,不过曰:努力养蚕织丝,将来自有人聘而已。舍此更有何说?

苦别离

十五为君婚,二十入君门。

自从入户后，见君长出门。

朝看相送人，暮看相送人。

若遣折杨柳，此地树无根。

愿为陌上土，得作马蹄尘。

愿为曲木枝，得作双车轮。

安得太行山，移来君马前。

【汇评】

《唐诗选脉会通评林》：周敬曰：后段六语，意气横厉，超距灵奇。　　　周珽曰：前言"若遣折杨柳，此地树无根"，见别离无有尽时，即杨柳不胜其折，盖看人之别以自伤也。后言"安得太行山，移来君马前"，见我欲无别离，必须前有阻隔，不使得去乃可；否则，虽作"蹄尘"、"轮木"，终属空想也。

《石园诗话》：韶州邵谒，少博闻，为县吏。客至，令怒其不撑床迎待，逐去。遂截髻著县门，发愤读书，已而释褐。古诗如《寒女吟》、《苦别离》诸作，情词悱恻。

林　宽

　　林宽,生卒年不详,侯官(今福建闽侯)人。登进士第。与许棠、李频同时唱和。乾符中在长安,有送李频赴建州及送郑畋、卢携罢相分司等诗,后不知所终。有《林宽集》一卷。《全唐诗》编诗一卷。

【汇评】

　　林宽与许棠同时,《记事》不载姓氏。余录得其集,大抵贾氏派也。(《载酒园诗话又编》)

　　林君无所考,或谓与"许洞庭"同时。《律髓》止录其《少年行》一诗,今检全集,实贾氏派也。才少力薄,不及李才江、马虞臣诸君,而幽僻苦涩,足征燕本衣钵。录之为初学入手,然须分别观之,勿使瑕瑜相掩。(《重订中晚唐诗主客图》)

寓　兴

西母一杯酒,空言浩劫春。
英雄归厚土,日月照闲人。
衰草珠玑冢,冷灰龙凤身。

茂陵骊岫晚，过者暗伤神。

【汇评】

《唐诗快》：神仙帝王、英雄美人，皆在其中。如此寓兴，岂是寻常！

《龙性堂诗话续集》：唐人林宽《寓兴》一律，悲感情深，选本多不录，为搜出，……亦佳作也。

少年行

柳烟侵御道，门映夹城开。
白日莫空过，青春不再来。
报仇冲雪去，乘醉臂鹰回。
看取歌钟地，残阳满坏台。

【汇评】

《瀛奎律髓》：三、四本形容侠少汲汲皇皇为游乐之事，不肯虚度时光。幼时见人书此句以戒学堂儿曹。

《载酒园诗话又编》：《少年行》如"报仇冲雪去，乘醉臂鹰回"，语亦佳。

哭栖白供奉

侍辇才难得，三朝有上人。
琢诗方到骨，至死不离贫。
风帐孤萤入，霜阶积叶频。
夕阳门半掩，过此亦无因。

【汇评】

《唐诗快》：上人作供奉，奇矣。三朝侍辇而不离贫，此岂紫衣僧之流乎？

　　《重订中晚唐诗主客图》：刻意学长江。　　　著此二句起，以见不宜贫也（首二句下）。　　　二句撰力纯是贾、喻矣，然愚意不甚取者，以此可赞高士，不宜赞高僧。盖贫乃僧之本等，何足异耶！"方"字古（"琢诗"二句下）。　　　逊出句（"霜阶"句下）。　　　刻意学长江。

张 孜

张孜,生卒年不详,京兆(今陕西西安)人。嗜酒如狂,与李山甫友善。中和中,黄巢攻占长安,僖宗奔蜀,孜作诗讽刺。及僖宗还京,捕之,易姓名亡匿,不知所终。《全唐诗》存诗一首,残句二。

【汇评】

　　僖宗在蜀,孜有伤时之作,其间云:"著牙卖朱紫,断钱赊举选。"帝还京,相府遣人捕之。孜易姓,越淮而遁。(《唐诗纪事》)

雪　诗

长安大雪天,鸟雀难相觅。
其中豪贵家,捣椒泥四壁。
到处爇红炉,周回下罗幕。
暖手调金丝,蘸甲斟琼液。
醉唱玉尘飞,因融香汗滴。
岂知饥寒人,手脚生皴劈。

【汇评】

《鉴诫录》：懿宗之代，有处士张孜，本京兆人，耽酒如狂，好诗成癖，然于吟咏，终昧风骚，尔来二十馀年，不成卷轴……张乃图写李白真仪，日夕虔祷。忽梦一人，自天降下，飒曳长裾。是夕，星月晃然，当庭而坐，与孜对酌，论及歌诗，孜问姓名，自云"李白"。孜因备得其要，白亦超然上升。孜后所吐篇章，悉干教化，当时诗者稍稍善之。有《雪》云："长安大雪天，……"

皮日休

皮日休（约834—约883），字逸少，后改字袭美，自号鹿门子、间气布衣、醉吟先生等，襄阳（今湖北襄樊）人。家贫，隐鹿门山，苦学。早年曾南涉洞庭，登庐山，经箕颍、樊邓入蓝关，行程二万馀里。咸通七年应举不第，退居鹿门，自编诗文十卷为《文薮》。八年（867），登进士第，苏州刺史崔璞召为军事判官，与陆龟蒙等交游唱和，唱和诗编为《松陵唱和集》十卷。后入朝任著作郎、太常博士。广明元年，黄巢入长安，以日休为翰林学士。巢败，被杀。或云为巢所杀，或云流落江南病死。有《胥台集》七卷、《皮日休集》十卷、《诗》一卷、《皮氏鹿门家钞》九十卷，均佚。其《文薮》十卷及《松陵唱和集》存。《全唐诗》编诗九卷。

【汇评】

唐人惟柳子厚深得骚学，退之、李观皆所不及；若皮日休《九讽》，不足为骚。（《沧浪诗话》）

和韵最害人诗，古人酬唱不次韵。此风始盛于元、白、皮、陆，而本朝诸贤乃以此而斗工，遂至往复有八九和者。（同上）

日休性冲泊无营，临难不惧。……在乡里，与陆龟蒙交拟金

兰,日相赠和。(《唐才子传》)

有韵则生,无韵则死;有韵则雅,无韵则俗;有韵则响,无韵则沉;有韵则远,无韵则局。物色在于点染,意态在于转折,情事在于犹夷,风致在于绰约,语气在于吞吐,体势在于游行:此则韵之所由生矣。陆龟蒙、皮日休知用实,而不知运实之妙,所以短也。(《诗镜总论》)

七律,……皮日休、陆龟蒙驰骛新奇,又一变也。(《诗薮》)

皮袭美……律体刻画堆垛,讽之无音,病在下笔时先词后情,无风骨为之干也。(《唐音癸签》)

皮、陆律诗实流于恶,而或以为巧,此千古大谬。(《诗源辩体》)

予尝以唐律比闺媛:初唐可谓端庄,盛唐足称温惠……皮、陆乃怪恶其丑,见之必唾其面。今好奇之士反以为姣好而慕悦之,此人情之大变,不可以常理推也。(同上)

皮、陆松陵唱和诗奕奕自别,巧心佳句,诚不可掩,如天台、雁宕自不欲与岱、华竞品目。(《唐诗评选》)

五七言近体第一句借用旁韵,谓之借韵。……至皮、陆《松陵集》,则举之不胜举矣。(《十驾斋养新录》)

渊明《五柳先生赞》曰:"不汲汲于富贵,不戚戚于贫贱",读《松陵集》仿佛犹存其致。诗不为佳,笔墨之外,自觉高韵可钦,其神明襟度胜耳。吾尤喜其诗序,或数十百言,或数百言,皆疏落有古意。皮、陆并称,吾之景皮,更甚于陆。……读其《五贶》诸篇,令人忽忽与之神游。(《载酒园诗话又编》)

(日休)集中诗亦多近宋调,吴体尤为可憎。四声、叠韵、离合、回文,俱无意味。(同上)

袭美好以"僧"、"鹤"为对仗,如《题鲁望屋壁》十首,言鹤者五,及"因分鹤料家赀减,为置僧餐口数添"、"昨夜眠时稀似鹤,今朝餐数减于僧"、"园蔬预遣分僧料,廪粟先教算鹤粮"之类,皆未免词意重复,数见不鲜。与郑都官诗多用"僧"字凡四十馀处,韦庄诗好用"马"字,同是一癖。(《石园诗话》)

袭美律诗无晚唐衰苶气。……《正乐府》十章,虽不及乐天《新乐府》深透沉痛,而指抉利弊,何让讽谕。时无忌讳,乃得此稗世之作。杂体拟作,亦不减韩、孟。(《东目馆诗见》)

其源出于王绩、王建二家,而祖述汉魏乐府谣谚。寄情疏逸,怀词讽诽,毁华去饰,自有林下风;而显露无馀,排比见迹,是鲁望一流,神情又减。(《三唐诗品》)

三羞诗三首并序(选二首)

其二

日休旅次于许传舍,闻叫咷之声动于城郭。问于道民,民曰:蛮围我交阯,奉诏征许兵二千征之。其征且再,有战皆没。其哭者,许兵之属。呜呼,扬子不云,夫朱崖之绝,捐之之力也。否则介鳞易我衣裳,其是之谓耶。皮子为之内过曰:吾之道不足以济时,不可以备位,又手不提桴鼓,身不被兵械,恬然自顺,恬然自乐,吾亦为许师之罪人耳。作诗以吊之。

> 南荒不择吏,致我交阯覆。
> 绵联三四年,流为中夏辱。
> 懦者斗即退,武者兵则黩。
> 军庸满天下,战将多金玉。
> 刮则齐民瘫,分为猛士禄。
> 雄健许昌师,忠武冠其族。
> 去为万骑风,住作一川肉。
> 昨朝残卒回,千门万户哭。

哀声动闾里，怨气成山谷。

谁能听昼甓，不忍看金镞。

吾有制胜术，不奈贱碌碌。

贮之胸臆间，惭见许师属。

自嗟胡为者，得蹑前修躅。

家不出军租，身不识部曲。

亦衣许师衣，亦食许师粟。

方知古人道，荫我已为足。

念此向谁羞，悠悠颍川绿。

其三

丙戌岁，淮右蝗旱，日休寓小墅于州东。下第后，归之，见颍民转徙者，盈途塞陌，至有父舍其子、夫捐其妻、行哭立匀、朝去夕死。鸣呼！天地诚不仁耶，皮子之山居，橵有袭，镬有炊，晏眠而夕饱，朝乐而暮娱，何能于颍川民而独享是，为将天地遗之耶。因羞不自容，作诗以唁之。

天子丙戌年，淮右民多饥。

就中颍之汭，转徙何累累。

夫妇相顾亡，弃却抱中儿。

兄弟各自散，出门如大痴。

一金易芦菔，一缣换兔芷。

荒村墓鸟树，空屋野花篱。

儿童啮草根，倚桑空赢赢。

斑白死路旁，枕土皆离离。

方知圣人教，于民良在斯。

厉能去人爱，荒能夺人慈。

如何司牧者，有术皆在兹。

粤吾何为人，数亩清溪湄。

一写落第文，一家欢复嬉。

朝食有麦馌，晨起有布衣。

一身既饱暖，一家无怨咨。

家虽有畎亩，手不秉锄基。

岁虽有札瘥，庖不废晨炊。

何道以致是，我有明公知。

食之以侯食，衣之以侯衣。

归时临金帛，使我奉庭闱。

抚己愧颍民，奚不进德为。

因兹感知己，尽日空涕洟。

七爱诗并序（选二首）

皮子之志，常以真纯自许。每谓立大化者，必有真相，以房、杜为真相焉；定大乱者，必有真将，以李太尉为真将焉；傲大君者，必有真隐，以卢徵君为真隐焉；镇浇俗者，必有真吏，以元鲁山为真吏焉；负逸气者，必有真放，以李翰林为真放焉；为名臣者，必有真才，以白太傅为真才焉。呜呼！吾之道时耶，行其事也，在乎爱忠矣；不时耶，行其事也，亦在乎爱忠矣。苟有心歌咏者，岂徒然哉！

元鲁山德秀

吾爱元紫芝，清介如伯夷。

辇母远之官，宰邑无玷疵。

三年鲁山民，丰稔不暂饥。

三年鲁山吏，清慎各自持。

只饮鲁山泉，只采鲁山薇。

一室冰檗苦,四远声光飞。

退归旧隐来,斗酒入茅茨。

鸡黍匪家畜,琴尊常自怡。

尽日一菜食,穷年一布衣。

清似匣中镜,直如琴上丝。

世无用贤人,青山生白髭。

既卧黔娄衾,空立陈寔碑。

吾无鲁山道,空有鲁山辞。

所恨不相识,援毫空涕垂。

【汇评】

　　《后村诗话》:皮有《七爱诗》,为房、杜、李西平、卢鸿、元鲁山、李太白、白居易七人而作。以嵩山处士、鲁山,令次三大臣;李翰林、白少傅名位不轻,列于处士、县令之下:其高致卓识如此。

白太傅居易

吾爱白乐天,逸才生自然。

谁谓辞翰器,乃是经纶贤。

欻从浮艳诗,作得典诰篇。

立身百行足,为文六艺全。

清望逸内署,直声惊谏垣。

所刺必有思,所临必可传。

忘形任诗酒,寄傲遍林泉。

所望标文柄,所希持化权。

何期遇訾毁,中道多左迁。

天下皆汲汲,乐天独怡然。

天下皆闷闷,乐天独舍旃。

高吟辞两掖,清啸罢三川。

处世似孤鹤，遗荣同脱蝉。

仕若不得志，可为龟镜焉。

【汇评】

《岁寒堂诗话》：世言白少傅诗格卑，虽诚有之，然亦不可不察也。元、白、张籍诗，皆自陶、阮中出，专以道得人心中事为工，本不应格卑；但其词伤于太烦，其意伤于太尽，遂成冗长卑陋尔。比之吴融、韩偓俳优之词，号为格卑，则有间矣。若收敛其词而少加含蓄，其意味岂复可及也。……皮日休曰："天下皆汲汲，乐天独恬然；天下皆闷闷，乐天独舍旃"、"仕若不得志，可为龟鉴焉"，此语得之。

《诗学渊源》：（日休）诗效元和，《七爱》及《（正）乐府》十篇虽未出奇，亦足制胜一时，惜气质有馀，而韵格清拔不如耳。

正乐府十篇并序（选三首）

乐府盖古圣王采天下之诗，欲以知国之利病、民之休戚者也。得之者，命司乐氏入之于埙篪，和之以管龠。诗之美也，闻之足以劝乎功；诗之刺也，闻之足以戒乎政。故周礼太师之职，掌教六诗；小师之职，掌讽诵诗。由是观之，乐府之道大矣。今之所谓乐府者，唯以魏晋之侈丽、陈梁之浮艳，谓之乐府诗，真不然矣。故尝有可悲可惧者，时宣于咏歌，总十篇，故命曰正乐府诗。

卒妻怨

河湟戍卒去，一半多不回。

家有半菽食，身为一囊灰。

官吏按其籍，伍中斥其妻。

处处鲁人鬐，家家杞妇哀。

少者任所归，老者无所携。

况当札瘥年，米粒如琼瑰。

累累作饿殍，见之心若摧。

其夫死锋刃，其室委尘埃。

其命即用矣，其赏安在哉。

岂无黔敖恩，救此穷饿骸。

谁知白屋士，念此翻欷歔。

橡媪叹

秋深橡子熟，散落榛芜冈。

伛伛黄发媪，拾之践晨霜。

移时始盈掬，尽日方满筐。

几曝复几蒸，用作三冬粮。

山前有熟稻，紫穗袭人香。

细获又精舂，粒粒如玉珰。

持之纳于官，私室无仓箱。

如何一石馀，只作五斗量。

狡吏不畏刑，贪官不避赃。

农时作私债，农毕归官仓。

自冬及于春，橡实诳饥肠。

吾闻田成子，诈仁犹自王。

吁嗟逢橡媪，不觉泪沾裳。

哀陇民

陇山千万仞，鹦鹉巢其巅。

穷危又极崄，其山犹不全。

蚩蚩陇之民，悬度如登天。

空中觇其巢，堕者争纷然。

百禽不得一,十人九死焉。

陇川有戍卒,戍卒亦不闲。

将命提雕笼,直到金台前。

彼毛不自珍,彼舌不自言。

胡为轻人命,奉此玩好端。

吾闻古圣王,珍禽皆舍旃。

今此陇民属,每岁啼涟涟。

【汇评】

《放胆诗》:(皮日休《正乐府》)与白香山《秦中吟》十首匹休。

《东目馆诗见》:《正乐府》十章,虽不及乐天《新乐府》深透沉痛,而指抉利弊,何让《讽谕》! 时无忌讳,乃得此稗世之作。

蚊　子

隐隐聚若雷,嘬肤不知足。

皇天若不平,微物教食肉。

贫士无绛纱,忍苦卧茅屋。

何事觅膏腴,腹无太仓粟。

【汇评】

《王闿运手批唐诗选》:亦孟郊一派,而逊其锤炼。

偶　书

女娲掉绳索,纟亘泥成下人。

至今顽愚者,生如土偶身。

云物养吾道,天爵高我贫。

大笑猗氏辈,为富皆不仁。

吴中苦雨因书一百韵寄鲁望

全吴临巨溟，百里到沪渎。
海物竞骈罗，水怪争渗漉。
狂蜃吐其气，千寻勃然鬑。
一刷半天墨，架为鼓危屋。
怒鲸瞪相向，吹浪山豰豰。
倏忽腥杳冥，须臾坼崖谷。
帝命有严程，慈物敢潜伏。
嘘之为玄云，弥亘千万幅。
直拔倚天剑，又建横海纛。
化之为暴雨，潨潨射平陆。
如将月窟写，似把天河扑。
著树胜戟支，中人过箭镞。
龙光倏闪照，虬角挐琤触。
此时一千里，平下天台瀑。
雷公恣其志，矸磹裂电目。
蹋破霹雳车，折却三四辐。
雨工避罪者，必在蚊睫宿。
狂发铿訇音，不得慵怠僇。
顷刻势稍止，尚自倾薮薮。
不敢履洿处，恐蹋烂地轴。
自尔凡十日，茫然晦林麓。
只是遇滂沱，少曾逢霡霂。
伊余之廯宇，古制拙卜筑。
颓檐倒菌黄，破砌顽莎绿。

只有方丈居，其中蹐且踽。
朽处或似醉，漏时又如沃。
阶前平泛滥，墙下起趦趄。
唯堪著笞笠，复可乘舢宿。
鸡犬并淋漓，儿童但咿噢。
勃勃生湿气，人人牢于镬。
须眉渍将断，肝膈蒸欲熟。
当庭死兰芷，四垣盛赘蔌。
解帙展断书，拂床安坏椟。
跳梁老蛙黾，直向床前浴。
蹲前但相眊，似把白丁辱。
空厨方欲炊，渍米未离簏。
薪蒸湿不著，白昼须然烛。
汙菜既已汀，买鱼不获鱿。
竟未成麦馔，安能得粱肉。
更有陆先生，荒林抱穷蹙。
坏宅四五舍，病篆三两束。
盖檐低碍首，藓地滑汰足。
注欲透承尘，湿难庇厨簏。
低摧在圭窦，索漠抛偏裻。
手指既已胼，肌肤亦将瘯。
一苞势欲陊，将撑乏寸木。
尽日欠束薪，经时无寸粟。
蜿蝓将入甑，蟗蟏已临镟。
娇儿未十岁，枵然自啼哭。
一钱买粗粆，数里走病仆。
破碎旧鹤笼，狼藉晚蚕蔟。

千卷素书外，此外无馀蓄。

著处纻衣裂，戴次纱帽襆。

恶阴潜过午，未及烹葵菽。

吴中铜臭户，七万沸如膗。

嚚止甘蟹蝑，侈唯僭车服。

皆希尉吏旨，尽怕里胥录。

低眉事庸奴，开颜纳金玉。

唯到陆先生，不能分一斛。

先生之志气，薄汉如鸿鹄。

遇善必擎跽，见才辄驰逐。

廉不受一芥，其馀安可黩。

如何乡里辈，见之乃蜎缩。

粤予苦心者，师仰但踔跦。

受易既可注，请玄又堪卜。

百家皆搜荡，六艺尽翻覆。

似馁见太牢，如迷遇华烛。

半年得酬唱，一日屡往复。

三秀间稂莠，九成杂巴濮。

奔命既不暇，乞降但相续。

吟诗口吻吻，把笔指节瘃。

君才既不穷，吾道由是笃。

所益谅弘多，厥交过亲族。

相逢似丹漆，相望如胕肭。

论业敢并驱，量分合继躅。

相违始两日，忡忡想华缛。

出门泥漫漶，恨无直辕毂。

十钱赁一轮，逢上鸣斛觫。

赤脚枕书帙,访予穿诘曲。

入门且抵掌,大噱时碌碌。

兹淋既浃旬,无乃害九谷。

予惟饿不死,得非道之福。

手中捉诗卷,语快还共读。

解带似归来,脱巾若沐浴。

疏如松间篁,野甚麋对鹿。

行谭弄书签,卧话枕其局。

呼童具盘餐,抆衣换鸡鹜。

或蒸一升麻,或煤两把菊。

用以阅幽奇,岂能资口腹。

十分煎皋卢,半榼挽醹醁。

高谈繄无尽,昼漏何太促。

我公大司谏,一切从民欲。

梅润侵束杖,和气生空狱。

而民当斯时,不觉有烦溽。

念涝为之灾,拜神再三告。

太阴霍然收,天地一澄肃。

燔炙既芬芬,威仪乃翟翟。

须权元化柄,用拯中夏酷。

我愿荐先生,左右辅司牧。

兹雨何足云,唯思举颜歜。

【汇评】

《石园诗话》:皮、陆《苦雨》诗,俱善铺叙,而各有佳处,视陈思王之《愁霖赋》、谢康乐之《愁霖》诗,较胜数倍。

太湖诗并序(选六首)

　　余顷在江汉,尝樽鹿门,敝洞湖,然而未能放形者,抑志于道也。尔后以文事造请,于是南浮至二别,涉洞庭,回观数浅源。登庐阜,济九江,由天柱抵霍岳。又自箕颍转樊邓,陟商颜,入蓝关。凡自江汉至于京,干者十数侯,绕者二万里,道之不行者,有困辱危殆;志之可适者,有山水游玩,则休戚不孤矣。咸通九年,自京东游,复得宿太华,乐荆山,赏女几,度轘辕,穷嵩高,入京索,浮汴渠至扬州。又航天堑,从北固至姑苏。噫! 江山幽绝,见贵于地志者,余之所到,不翅于半,则烟霞鱼鸟、林壑云月,可为属厌之具矣。尚枵然于志者,抑古圣人所谓独行之性乎,逸民之流乎,余真得而为也。尔后闻震泽包山,其中有灵异,学黄老徒乐之,多不返,益欲一观,豁平生之郁郁焉。十一年夏六月,会大司谏清河公忧霖雨之为患,乃择日休,将公命,祷于震泽。祀事既毕,神应如响,于是太湖之中,所谓洞庭山者,得以恣讨。凡所历皆图籍称为灵异者,遂为诗二十章,以志其事,兼寄天随子。

初入太湖

原注:自胥口入,去州五十里。

闻有太湖名,十年未曾识。

今朝得游泛,大笑称平昔。

一舍行胥塘,尽日到震泽。

三万六千顷,千顷颇黎色。

连空澹无颣,照野平绝隙。

好放青翰舟,堪弄白玉笛。

疏岑七十二，巉巉露矛戟。

悠悠啸傲去，天上摇画艒。

西风乍猎猎，惊波卷涵碧。

倏忽雷阵吼，须臾玉崖坼。

树动为蜃尾，山浮似鳌脊。

落照射鸿溶，清辉荡抛擿。

云轻似可染，霞烂如堪摘。

渐暝无处泊，挽帆从所适。

枕下闻澎湃，肌上生瘆痵。

讨异足邅回，寻幽多阻隔。

愿风与良便，吹入神仙宅。

甘将一蕴书，永事嵩山伯。

【汇评】

《柳亭诗话》：李赞皇得醒酒石，置之平泉，一时传播。叶石林谓：灵壁石也。或曰即太湖石。……然皮袭美《泛太湖》诗曰："闻有太湖石，十年未曾识"、"疏岑七十二，巉巉露剑戟"、"讨异足邅回，寻幽多阻隔"，似乎千顷玻璃，未易剔云根、搜石髓也。

入林屋洞

斋心已三日，筋骨如烟轻。

腰下佩金兽，手中持火铃。

幽塘四百里，中有日月精。

连亘三十六，各各为玉京。

自非心至诚，必被神物烹。

顾余慕大道，不能惜微生。

遂招放旷侣，同作幽忧行。

其门才函丈，初若盘薄砎。

洞气黑映映，苔发红鬐鬐。
试足值坎窞，低头避峥嵘。
攀缘不知倦，怪异焉敢惊。
匍匐一百步，稍稍策可横。
忽然白蝙蝠，来扑松炬明。
人语散颒洞，石响高玲玎。
脚底龙蛇气，头上波涛声。
有时若服匿，逼仄如见绷。
俄尔造平澹，豁然逢光晶。
金堂似镌出，玉座如琢成。
前有方丈沼，凝碧融人睛。
云浆湛不动，瑀露涵而馨。
漱之恐减算，酌之必延龄。
愁为三官责，不敢携一甖。
昔云夏后氏，于此藏真经。
刻之以紫琳，秘之以丹琼。
期之以万祀，守之以百灵。
焉得彼丈人，窃之不加刑。
石匮一以出，左神俄不扃。
禹书既云得，吴国由是倾。
藓缝才半尺，中有怪物腥。
欲去既嚘唶，将回又伶俜。
却遵旧时道，半日出杳冥。
屡泥惹石髓，衣湿沾云英。
玄箓乏仙骨，青文无绛名。
虽然入阴宫，不得朝上清。
对彼神仙窟，自厌浊俗形。

　　　　却憎造物者，遣我骑文星。

【汇评】

　　《唐诗归》：钟云：以诗代记。　　　　又云：写异境须入以异情，
又有异笔，不然直而散矣。

缥缈峰

　　头戴华阳帽，手拄大夏筇。
　　清晨陪道侣，来上缥缈峰。
　　带露嗅药蔓，和云寻鹿踪。
　　时惊餇黔鼠，飞上千丈松。
　　翠壁内有室，叩之虚碅磳。
　　古穴下彻海，视之寒鸿濛。
　　遇歇有佳思，缘危无倦容。
　　须臾到绝顶，似鸟穿樊笼。
　　恐足蹈海日，疑身凌天风。
　　众岫点巨浸，四方接圆穹。
　　似将青螺髻，撒在明月中。
　　片白作越分，孤岚为吴宫。
　　一阵暧靆气，隐隐生湖东。
　　激雷与波起，狂电将日红。
　　磬磬雨点大，金髇轰下空。
　　暴光隔云闪，仿佛亘天龙。
　　连拳百丈尾，下拔湖之洪。
　　捽为一雪山，欲与昭回通。
　　移时却擔下，细碎衡与嵩。
　　神物谅不测，绝景尤难穷。
　　杖策下返照，渐闻仙观钟。

烟波渍肌骨，云壑阆心胸。

竟死爱未足，当生且欢逢。

不然把天爵，自拜太湖公。

圣姑庙

原注：在大姑山，晋王彪二女，相次而殁，有灵，因而庙焉。

洛神有灵逸，古庙临空渚。

暴雨驳丹青，荒萝绕梁栒。

野风旋芝盖，饥乌衔椒糈。

寂寂落枫花，时时斗鼯鼠。

常云三五夕，尽会妍神侣。

月下留紫姑，霜中召青女。

俄然响环珮，倏尔鸣机杼。

乐至有闻时，香来无定处。

目瞪如有待，魂断空无语。

云雨竟不生，留情在何处。

【汇评】

《五朝诗善鸣集》："乐有闻时"、"香无定处"，十倍义山"梦雨"、"灵旐"之句。

太湖石

原注：出鼋头山。

兹山有石岸，抵浪如受屠。

雪阵千万战，藓岩高下刳。

乃是天诡怪，信非人功夫。

白丁一云取，难甚网珊瑚。

厥状复若何，鬼工不可图。

或拳若尶蝎，或蹲如虎貙。

连络若钩锁，重叠如萼跗。

或若巨人骼，或如太帝符。

胮肛筼筜笋，格磔琅玕株。

断处露海眼，移来如沙须。

求之烦耄倪，载之劳舳舻。

通侯一以眄，贵却骊龙珠。

厚赐以睬睬，远去穷京都。

五侯土山下，要尔添岩崿。

赏玩若称意，爵禄行斯须。

苟有王佐士，崛起于太湖。

试问欲西笑，得如兹石无。

崦 里

原注：傍龟山下有良田二十顷。

崦里何幽奇，膏腴二十顷。

风吹稻花香，直过龟山顶。

青苗细腻卧，白羽悠溶静。

塍畔起鸥鶄，田中通舴艋。

几家傍潭洞，孤戍当林岭。

罢钓时煮菱，停缲或焙茗。

峭然八十翁，生计于此永。

苦力供征赋，怡颜过朝暝。

洞庭取异事，包山极幽景。

念尔饱得知，亦是遗民幸。

【汇评】

《唐音癸签》：皮袭美未第前诗，尚朴涩无采。第后游松陵，如《太湖》诸篇，才笔开横，富有奇艳句矣。

《石园诗话》：（陆龟蒙）和皮《太湖诗》，略逊于皮，以皮得之亲历，故议论更透彻，而描写更奇特也。

奉和鲁望渔具十五咏（选二首）

射　鱼

注矢寂不动，澄潭晴转烘。

下窥见鱼乐，恍若翔在空。

惊羽决凝碧，伤鳞浮般红。

堪将指杯术，授与太湖公。

种　鱼

移土湖岸边，一半和鱼子。

池中得春雨，点点活如蚁。

一月便翠鳞，终年必颁尾。

借问两绶人，谁知种鱼利。

酒中十咏并序（选一首）

鹿门子性介而行独，于道无所全，于才无所全，于进无所全，于退无所全，岂天民之蠹者邪。然进之与退，天行未觉于余也。则有穷有厄，有病有殆，果安而受邪，未若全于酒也。夫圣人之诫酒祸也大矣，在书为沈湎，在诗为童羖，在礼为豢豕，在史为狂药。余饮至酣，徒以为融肌柔神，消沮迷丧，颓然无思，以天地大顺为隄封；

傲然不持，以洪荒至化为爵赏，抑无怀氏之民乎，葛天氏之民乎。苟沈而乱，狂而身，祸而族，真蚩蚩之为也。若余者，于物无所斥，于性有所适，真全于酒者也。噫！天之不全余也多矣，独以曲蘖全之，抑天犹幸于遗民焉。太玄曰：君子在玄则正，在福则冲，在祸则反；小人在玄则邪，在福则骄，在祸则穷。余之于酒得其乐，人之于酒得其祸，亦若是而已矣。于是征其具，悉为之咏，用继东皋子酒谱之后。夫酒之始名，天有星，地有泉，人有乡，今总而咏之者，亦古人初终必全之义也。天随子深于酒道，寄而请之和。

酒　床

> 糟床带松节，酒腻肥如柠。
>
> 滴滴连有声，空疑杜康语。
>
> 开眉既压后，染指偷尝处。
>
> 自此得公田，不过浑种黍。

【汇评】

《珊瑚钩诗话》：余暇日曾作《酒具诗》三十首，有引曰："咸通中，皮袭美著《酒中十咏》，其自序云：'……有《酒星》、《酒泉》、《酒筹》、《酒床》、《酒炉》、《酒楼》、《酒旗》、《酒樽》、《酒城》、《酒乡》之咏。以示吴中陆鲁望，鲁望和之，且曰：昔人之于酒，有注为池而饮之者，有象为龙而吐之者，亲盗瓮间而卧者，将实舟中而浮者，徐景山有酒枪，嵇叔夜有酒杯，皆传于世。故复添六咏。'余览之，慨然叹曰：余亦嗜酒而好诗者也。昔退之有言送王含曰：'少时读《醉乡记》，私怪隐居者无所累于世，而犹有是言，岂诚旨于味耶？及读阮籍、陶潜诗，然后知彼虽偃蹇，不欲与世接，然犹未能平其心，或为事物是非相感发，于是有托而逃焉者也。'……于是更作《酒后》、《酒仙》、《酒徒》、《酒保》、《酒钱》、《酒债》、《酒正》、《酒材》、《酒杓》、《酒盆》、《酒壶》、《酒舥》一十二诗，而附益之，庶古今同志而终始相成之义耶?"

茶中杂咏并序（选一首）

案《周礼》,酒正之职,辨四饮之物,其三曰浆。又浆人之职,共王之六饮:水、浆、醴、凉、医、酏,入于酒府。郑司农云,以水和酒也。盖当时人率以酒醴为饮,谓乎六浆,酒之醨者也,何得姬公制。《尔雅》云,槚,苦茶,即不擿而饮之,岂圣人纯于用乎。抑草木之济人,取舍有时也。自周已降,及于国朝茶事,竟陵子陆季疵言之详矣。然季疵以前,称茗饮者必浑以烹之,与夫瀹蔬而啜者无异也。季疵之始为经三卷,由是分其源,制其具,教其造,设其器,命其煮,俾饮之者除病而去疠,虽疾医之不若也。其为利也,于人岂小哉。余始得季疵书,以为备矣。后又获其顾渚山记二篇,其中多茶事。后又太原温从云、武威段砀之,各补茶事十数节,并存于方册。茶之事,由周至于今,竟无纤遗矣。昔晋杜育有荈赋,季疵有茶歌,余缺然于怀者,谓有其具而不形于诗,亦季疵之馀恨也,遂为十咏,寄天随子。

茶　灶

南山茶事动,灶起岩根傍。

水煮石发气,薪然杉脂香。

青琼蒸后凝,绿髓炊来光。

如何重辛苦,一一输膏粱。

早春病中书事寄鲁望

眼晕见云母,耳虚闻海涛。

惜春狂似蝶,养病躁于猱。

案静方书古,堂空药气高。

可怜真宰意,偏解因吾曹。

【汇评】

《唐诗镜》:四语清雅,结亦佳。

《唐诗快》:写病况字字逼真。

临顿为吴中偏胜之地陆鲁望居之不出 郛郭旷若郊墅余每相访款然惜去 因成五言十首奉题屋壁(其六)

经岁岸乌纱,读书三十车。

水痕侵病竹,蛛网上衰花。

诗任传渔客,衣从递酒家。

知君秋晚事,白愦刈胡麻。

【汇评】

《随园诗话》:人仗气运,运去则人鬼皆欺之。每见草树亦然,其枝叶畅茂者,蛛不敢结网;衰弱者,则尘丝灰积。偶读皮日休诗:"水痕侵病竹,蛛网上衰花。"方知古人作诗,无处不搜到也。

游栖霞寺

不见明居士,空山但寂寥。

白莲吟次缺,青霭坐来销。

泉冷无三伏,松枯有六朝。

何时石上月,相对论逍遥。

【汇评】

《瀛奎律髓》:三、四细看有味,五、六忽然出奇。

《唐诗选脉会通评林》：周珽曰：因明居士旧居，想见其人而不得，故结有"何时相对"之语。三、四承"寂寥"说，五六见寺之幽隐古远，格调亦整秀。

《瀛奎律髓汇评》：冯班：三、四好。　　何义门：三、四生动有情，五六是寻常板对。　　纪昀：三句翻用莲社事，殊不自然。末句用支道林事，见刘孝标《世说注》。

西塞山泊渔家

白纶巾下发如丝，静倚枫根坐钓矶。
中妇桑村挑叶去，小儿沙市买蓑归。
雨来莼菜流船滑，春后鲈鱼坠钓肥。
西塞山前终日客，隔波相羡尽依依。

【汇评】

《唐诗鼓吹注解大全》：前六句写渔家景物，末联自谓也。

《五朝诗善鸣集》：不言渔家之乐，而乐在其中。

《唐诗评选》：轻好殆为欧、梅先驱，而风骨健利非彼可及。

《钱何评注唐诗鼓吹》：三、四方是渔家，非是只咏渔父。"流"字、"坠"字，言之津津，逼出"羡"字。

《贯华堂选批唐才子诗》：写此渔人白发如丝，则是静坐钓矶殆已终身也，特未悉其生计如何耳。乃闻挑叶桑村，中宵机杼，买蓑沙市，暑雨力田，则是男耕女织，又堪终岁也。人生但得如斯，便是羲皇以上。我殊不解长安道上策蹇疾驱者，彼方何为也（首四句下）？　　若更就其终日论之，则又有雨馀莼菜，春后鲈鱼。一日既然，无日不尔。山前过客，隔波劳羡，于是终日依依，欲托暂宿。不知今日虽终，明日仍别，虽复依依，竟成何益哉（后四句下）？

金雍补注：注眼须看"白纶"七字。

《东岩草堂评订唐诗鼓吹》：朱东岩曰：只"静"、"坐"二字，写尽渔家乐趣，又将"枫根"、"钓矶"衬出一白发渔翁，宛然如画。三，桑村挑叶，四，沙市买蓑，写男女各有所事，以形出静坐人之无事。五、六又将莼菜、鲈鱼以形出静坐人之受用。一日既然，无日不尔。

《唐诗贯珠》：起得耸秀，服饰已非俗人。三、四言其家庭勤于治生。五、六风物情佳。结言己之健羡。通篇秀雅。

南　阳

昆阳王气已萧疏，依旧山河捧帝居。

废路塌平残瓦砾，破坟耕出烂图书。

绿莎满县年荒后，白鸟盈溪雨霁初。

二百年来霸王业，可知今日是丘墟。

【汇评】

《五朝诗善鸣集》："烂图书"得非赤伏符耶？用意隐秀。

暇日独处寄鲁望

幽慵不觉耗年光，犀柄金徽乱一床。

野客共为赊酒计，家人同作借书忙。

园蔬预遣分僧料，廪粟先教算鹤粮。

无限高情好风月，不妨犹得事吾王。

【汇评】

《柳亭诗话》：皮袭美诗："野客共为赊酒计，家人同作借书忙。"陆务观诗："供家米少因添鹤，灵宅钱多为见山。"清贫乐事，世人罕有知其趣者。吾欲绘以为图，着之斋壁。

开元寺客省早景即事

客省萧条柿叶红，楼台如画倚霜空。
铜池数滴桂上雨，金铎一声松杪风。
鹤静时来珠像侧，鸽驯多在宝幡中。
如何尘外虚为契，不得支公此会同。

【汇评】

《贯华堂选批唐才子诗》：一写客省，用"柿叶红"字，便知是深秋也。二写楼台庄严，已自如画，又加"倚霜空"字，既是秋空，又是晓空，便是加倍如画也。三、四，"雨"，池上雨也，忽地举头，又是桂上雨；"风"，塔上风也，偶然回看，又是松上风。皆极写最胜伽蓝无上境界也（首四句下）。因自忏言如此境界，久契宿心，如何鹿鹿，久虚嘉会，曾鹤与鸽之不若，岂不惭颜哽恸哉（末四句下）！

《山满楼笺注唐诗七言律》：客在省中，省在寺中：首句先将省中之景写开。二、三、四三句，写寺中、寺外全景，而为省中之客所目见而心领者也。"柿叶红"是写秋，"倚霜空"是写早，承霤滴而知雨，静而会之，则雨在桂上；塔铃响而知风，徐而察之，则风在松杪：写景至此，神矣，化矣！真是不可思议功德也。五之"鹤"，妙在一"静"字；六之"鸽"，妙在一"驯"字。彼一鸟耳，惟其静也驯也，故得常居尘外，常伴支公；我犹然人也，既不能静，又不能驯，则示"虚为契"而已矣，曾鹤与鸽之不如！"如何"一喝，真令人毛骨悚然。

奉和鲁望春雨即事次韵

织恨凝愁映鸟飞，半旬飘洒掩韶晖。
山容洗得如烟瘦，地脉流来似乳肥。

野客正闲移竹远，幽人多病探花稀。

何年细湿华阳道，两乘巾车相并归。

【汇评】

《唐诗镜》：瘦雅肥俚，三、四语此其定评矣。

病后春思

连钱锦暗麝氛氲，荆思多才咏鄂君。

孔雀钿寒窥沼见，石榴红重堕阶闻。

牢愁有度应如月，春梦无心只似云。

应笑病来惭满愿，花笺好作断肠文。

【汇评】

《五朝诗善鸣集》：皮、陆多似元、白，"春梦无心"句又夺温、李之席。

《唐诗鼓吹笺注》：题是《病后春思》，看其通首语意，确是病新愈，人眠又无奈，起又不得，闲思闲想神理。

《唐诗快》：体物深细，不减人定老僧（"石榴红重"句下）。

口头语耳，他人却说不出（"春梦无心"句下）。

《贯华堂选批唐才子诗》：一解分明是病后人眠，又无奈起又不得，于是迁延被中，闲思闲算、闲见闲闻也。"连钱"，被上锦纹也；"麝"，被之馀香也。此因一向病中，全然不觉，乃今始复，闲看闲嗅也。"荆思"七字，接上闲自谴浪也。言设有楚人来见之者，定被说是舟中王子也。"见"，言一向病中不见，我今见也；"闻"，言一向病中不闻，我今闻也。问其何见？曰：我见孔雀窥沼也。又自释曰：为屏开，故窥沼也。问其何闻？曰：我闻石榴堕阶也。又自释曰：为红重，故堕阶也。便活画尽病新愈人，詹詹自喜（首四句下）。　　后解妙绝，妙绝！言我生平多愁，曾不暂辍，不料一病，反得尽捐,此亦苦中之一乐,近来之私幸也。乃今病如得去,必当愁将又来。譬如初月再苏,终至渐渐盈满,可奈何?然我亦惟悉将春梦尽付浮云,并弃笔墨永除绮语,一任世人笑我沈满愿犹存断肠诗,而子病后竟至才尽耶?亦任受之矣(后四句下)! 金雍补注:此俱是被中语。

馆娃宫怀古

艳骨已成兰麝土,宫墙依旧压层崖。
弩台雨坏逢金镞,香径泥销露玉钗。
砚沼只留溪鸟浴,屧廊空信野花埋。
姑苏麋鹿真闲事,须为当时一怆怀。

【汇评】

《四溟诗话》:九佳韵窄而险,虽五言造句亦难,况七言近体。押韵稳,措词工,而两不易得。自唐以来,罕有赋者。皮日休、陆龟蒙《馆娃宫》之作,虽吊古得体,而无浑然气格,窘于难韵故尔。

《唐诗选脉会通评林》:周弼列为前实后虚体。 周珽曰:通篇典实感慨。第"弩台"、"香径"、"砚沼"、"屧廊"四平头,用不觉其病矣。 "逢金镞"、"露玉钗",亦无中生有,形容故宫景物零落入细。

《五朝诗善鸣集》:"金镞"、"玉钗",怀古不粘不脱,必以吴越事实之,真笨伯矣。

《东岩草堂评订唐诗鼓吹》:朱东岩曰:一起劈云:"艳骨已成兰麝土,宫墙依旧压层崖。"读之真可为英雄下泪也。

夏首病愈因招鲁望

晓入清和尚裕衣,夏阴初合掩双扉。

一声拨谷桑柘晚，数点春锄烟雨微。
贫养山禽能个瘦，病关芳草就中肥。
明朝早起非无事，买得莼丝待陆机。

【汇评】

《唐体馀编》：清和节物，宛然在目。

奉和鲁望病中秋怀次韵

贫病于君亦太兼，才高应亦被天嫌。
因分鹤料家资减，为置僧餐口数添。
静里改诗空凭几，寒中注易不开帘。
清词一一侵真宰，甘取穷愁不用占。

【汇评】

《载酒园诗话又编》：皮、陆倡和诗，唯《樵》诗陆为胜，……馀诗则袭美殊多俊句，如"野歇遇松盖，醉书逢石屏"、"压酒移溪石，煎茶拾野巢"、"白石净敲蒸术火，清泉闲洗种花泥"、"静探石脑衣裙湿，闲炼松脂院落香"、"石床卧苦浑无藓，藤匣开稀恐有云"、"白石煮多熏屋黑，丹砂埋久染泉红"、"静里改诗空凭几，寒中著《易》不开帘"、"凉后每谋清月社，晚来专赴白莲期"、"迎潮预遣收鱼笱，防雪先教盖鹤笼"，又《送日本僧归国》"取经海底收龙藏，诵咒空中散蜃楼"，《以纱巾寄鲁望》"今朝定见看花侧，明日应闻漉酒香"，较陆诗更觉醒目。

初冬偶作寄南阳润卿

寓居无事入清冬，虽设樽罍酒半空。
白菊为霜翻带紫，苍苔因雨却成红。

迎潮预遣收鱼笱，防雪先教盖鹤笼。

唯待支硎最寒夜，共君披氅访林公。

【汇评】

《五朝诗善鸣集》：皮、陆此种诗雅正可法，令人触处皆可成诗。

《贯华堂选批唐才子诗》：此诗前解只写入冬，后解只写无事。如三、四菊紫苔红，此是初冬景物也，妙在"虽设樽罍酒半空"，言一向更无馀人，专心单待闰卿也。五、六正见无事之至也，妙又在闰卿若来，便乃匆匆又有一事也。　　金雍补注："唯"字可知。

《柳亭诗话》：皮袭美有"白菊为霜翻带紫"、"霜残白菊两三花"之句，司空图、韩偓、张蝃俱有此题，不甚美。许棠云："人间稀有此，自古乃无诗。"

《山满楼笺注唐诗七言律》："清冬无事"，是一篇之主。"樽罍半空"，不是无酒，乃是不得润卿同饮，故无兴也。三、四承"清冬"；"白菊紫"、"苍苔红"，眼前妙景，他人却写不到。五、六承无事；"收鱼笱"、"盖鹤笼"，自是一时清课，算不得事。七、八转笔，言只有寒夜访僧一事，思与君共之，不能无待也。

闲夜酒醒

醒来山月高，孤枕群书里。

酒渴漫思茶，山童呼不起。

【汇评】

《唐诗真趣编》：琐屑闲事，见之于诗，必如此风致翩翩，乃令人把玩不置。

和鲁望风人诗三首 (其三)

江上秋声起，从来浪得名。

逆风犹挂席，苦不会凡情。

【汇评】

皮日休《杂体诗序》：古有采诗官，命之曰风人。"围棋烧败袄，看子故依然。"由是《风人》之作兴焉。

《诗筏》：自元、白及皮、陆诸人以和韵为能事，至宋而始盛，至今踵之。而皮日休、陆龟蒙更有《药名》、《古人名》、《县名》诸诗。……有风人体，皮诗所谓"江上秋风起，从来浪得名。送风犹挂席，苦不会帆情"是也。……皮、陆二子清才绝伦，其所为诗，自有可传，必欲炫才斗巧，以骇俗人，则亦过矣！

馆娃宫怀古五绝 (其一)

绮阁飘香下太湖，乱兵侵晓上姑苏。

越王大有堪羞处，只把西施赚得吴。

【汇评】

《瓯北诗话》：杜牧之作诗，恐流于平弱，故措词必拗峭，立意必奇辟，多作翻案语，无一平正者。……皮日休《馆娃宫怀古》："越王大有堪羞处，只把西施赚得吴。"亦是翻新，与牧之同一蹊径。

钓侣二章 (其二)

严陵滩势似云崩，钓具归来放石层。

烟浪溅篷寒不睡,更将枯蚌点渔灯。

汴河怀古二首（其二）

尽道隋亡为此河,至今千里赖通波。

若无水殿龙舟事,共禹论功不较多。

【汇评】

皮日休《汴河铭》:隋之疏淇、汴,凿太行,在隋之民不胜其害也,在唐之民不胜其利也。今自九河外,复有淇、汴,北通涿郡之渔商,南运江都之转输,其为利也博哉!

《五朝诗善鸣集》:开河同,而所以开河不同,语奇而确。

《诗式》:首句言因凿此河,发丁滋怨,亦隋之足以取亡,翻起。次句言有此河水利可通,今日赖之,正承。三句开一笔,其意全在四句发之。　　［品］严栗。

金钱花

阴阳为炭地为炉,铸出金钱不用模。

莫向人间逞颜色,不知还解济贫无。

【汇评】

《诗式》:花名"金钱",须双关做,切花又映带金钱方合式。首句"阴阳"二字、"地"字切花,阴阳生万物而花发于地也;"炭"字、"炉"字映带金钱,钱冶于炉而需炭烧之也。次句承首句,亦双关写。三句"颜色"二字切花,仍映带金钱。四句"济贫"二字切金钱,而托在空际,与花字亦双关也。

陆龟蒙

陆龟蒙(? —约881)，字鲁望，自号甫里先生、天随子、江湖散人，苏州吴(今江苏吴县)人。幼聪颖，善属文，通《六经》大义，尤明《春秋》。举进士不第。从湖、苏二州刺史张搏游，引为从事。后隐居松江甫里，多所论撰。与皮日休为友，世称"皮陆"。后以高士召，不至。与李蔚、卢携交厚，二人为相，召拜左拾遗，诏下，已卒。有《笠泽丛书》三卷、与皮日休唱和诗《松陵唱和集》十卷，今存；又《诗编》十卷、《赋》六卷，已佚。宋人辑有《甫里先生集》二十卷行世。《全唐诗》编诗十四卷。

【汇评】

有进士陆龟蒙字鲁望者，以其业见造凡数编。其才之变，真天地之气也。近代称温飞卿、李义山为之最，俾生参之，未知其孰为之后先也。(皮日休《松陵集序》)

少攻歌诗，欲与造物者争柄，遇事辄变化，不一其体裁。始则凌轹波涛，穿穴险固，四锁怪异，破碎阵敌，卒造平淡而后已。(陆龟蒙《甫里先生传》)

陆龟蒙，字鲁望，三关人也。幼而聪悟，文学之外，尤善谈笑，常体江、谢赋事，名振江左。居于姑苏，藏书万馀卷，诗篇清丽，与皮日休为唱和之友。……吴子华奠文千馀言，略云："大风吹海，海波沧涟；涵为子文，无隅无边。长松倚雪，枯枝半折，挺为子文，直上巅绝。风下霜时，寒钟自声，发为子文，铿锵杳清。武陵深闽，川长昼白，间为子文，渺芒岑寂。豕突鲸狂，其来莫当；云沈鸟没，其去倏忽。腻若凝脂，软于无骨。霏漠漠，澹涓涓，春融冶，秋鲜妍。触即碎，潭下月；拭不灭，玉上烟。"（《唐摭言》）

冷斋序《鲁訔注杜工部诗》云："陆龟蒙得杜诗之赡博，尚轩然自号一家，吓世喧俗。"（《诗林广记》）

万古幽人在涧阿，百年孤愤竟如何？无人说与天随子，春草输赢较几多。（元好问《论诗绝句三十首》）

陆鲁望江湖自放，诗兴宜饶，而墨彩反复黯钝者，当由多学为累，苦欲以赋料入诗耳。陶潜诗胸中若不著一字者。弘景识字多，呫毫弥拙矣。参三隐君得失，可证林吟功。（《唐音癸签》）

陆龟蒙、皮日休唱和多次韵之作，七言律《鼓吹》所选仅得一二可观，其他多怪恶奇丑矣。（《诗源辩体》）

陆龟蒙另具清逸之慨，开宋人通衢也。（《唐诗品汇删·七言律》）

龟蒙与皮日休倡和，另开僻涩一体，不能多采。（《唐诗别裁》）

七言律古今所尚，……陆鲁望自出变态，觉苍翠逼人。（《贞一斋诗说》）

鲁望诗最多，时有佳句，而率笔亦甚，晚唐习气如此。（《唐诗笺注》）

鲁望行芳品洁，为吾邑诗人之最。其《松陵倡和集》多脍炙之句，但芜音累气亦所不免，实开宋人粗□一派，故甄汰颇严，不敢阿所好也。（《唐七律隽》）

陆鲁望古风律体，不散漫则凑帖，佳诗甚寥寥；每览其诗，仓卒惟恐不尽。然有三绝句可喜，皮袭美不能为也。"陵阳佳地昔年游，谢朓青山李白楼。惟有日斜溪上思，酒旗风影落春流。""且将丝纩系兰舟，醉下烟汀减去愁。江上有楼君莫上，落花随水正东流。""素蘤多蒙别艳欺，此花端合住瑶池。无情有恨何人见？月晓风清欲堕时。"而人以皮、陆为晚唐高手，且谓皮、陆为唱和劲敌。（《养一斋诗话》）

陆甫里之风致，似较袭美为优。五言如"分野星多蹇、连山卦少亭"、"匹夫能曲踊，万骑可横行"、"砚拔萍根洗，舟冲蓼穗撑"、"短床编翠竹，低几凭红椅"，……七言如"清樽林下看香印，远岫窗中挂钵囊"、"庭前有蝶争烟蕊，帘外无人报水筒"、"繁弦似玉纷纷碎，佳使如鸿一一惊"、"登山凡著几纳屐，破浪欲乘千里船"，……凡此诸联，澹冶之间，仍寓冲融之态，不似袭美一味幽奇也。（《通斋诗话》）

其源出于杜子美、韩退之，极力驰骋，排比为多，精意为文，时发深抱，然如枯树生秋，已无风采。夫其散漫渔樵，流连酒茗，天情自朗，故发语犹超。《五歌》、《二遗》，独深寄托，开后来之体。《自遣》三十咏，雅怀深致，妙有遗音。（《三唐诗品》）

（龟蒙）诗与袭美同体，而琢削过之，盖效退之而未至者也。而近体或似温、李，而清丽则逊前人矣。（《诗学渊源》）

读襄阳耆旧传因作诗五百言寄皮袭美

汉皋古来雄，山水天下秀。
高当轸翼分，化作英髦囿。
暴秦之前人，灰灭不可究。
自从宋生贤，特立冠耆旧。
离骚既日月，九辩即列宿。

卓哉悲秋辞，合在风雅右。
庞公乐幽隐，辟聘无所就。
只爱鹿门泉，泠泠倚岩漱。
孔明卧龙者，潜伏躬耕耨。
忽遭玄德云，遂起鳞角斗。
三胡节皆峻，二习名亦茂。
其馀文武家，相望如斥堠。
缅思齐梁降，寂寞寡清胄。
凝融为溮澜，复结作莹琇。
不知粹和气，有得方大受。
将生皮夫子，上帝可其奏。
并包数公才，用以殿厥后。
尝闻儿童岁，嬉戏陈俎豆。
积渐开词源，一派分万溜。
先崇丘旦室，大惧隳结构。
次补荀孟垣，所贵亡蠦漏。
仰瞻三皇道，蚍虱在宇宙。
却视五霸图，股掌弄孩幼。
或能醢醴醏，或与翼雏毂。
或喜掉直舌，或乐斩邪脰。
或搰钽臀荟，或整理错谬。
或如百千骑，合沓原野狩。
又如晓江平，风死波不皱。
幽埋力须掘，遗落赀必购。
乃于文学中，十倍猗顿富。
囊乏向成镐，马重迟步骤。
专场射策时，缚虎当羿彀。

归来把通籍，且作高堂寿。

未足逞戈矛，谁云被文绣。

从知偶东下，帆影拂吴岫。

物象悉摧藏，精灵畏雕镂。

伊余抱沈疾，憔悴守圭窦。

方推洪范畴，更念大玄首。

陈诗采风俗，学古穷篆籀。

朝朝贲薪米，往往逢责诟。

既被邻里轻，亦为妻子陋。

持冠适瓯越，敢怨不得售。

窘若晒沙鱼，悲如哭霜狖。

唯君枉车辙，以逐海上臭。

披襟两相对，半夜忽白昼。

执热濯清风，忘忧饮醇酎。

驱为文翰侣，驽皂参骥厩。

有时谐宫商，自喜真邂逅。

道孤情易苦，语直诗还瘦。

藻匠如见酬，终身致怀袖。

【汇评】

《石园诗话》：晚唐诗人之相得者，以陆鲁望、皮袭美为最。陆寄皮云："将生皮夫子，上帝可其奏。并包数公才，用以殿厥后。"又云："鹿门先生才，大小无不怡。就彼六籍内，说诗直解颐。不敢负建鼓，唯忧掉降旗。希君念馀勇，挽袖登文陴。"又云："鹿门皮夫子，气调真俊逸。截海上云鹰，横空下霜鹘。文坛如命将，可以持玉钺。"……真意孚洽，不比后人之退有后言，而面相标榜也。

奉和袭美太湖诗二十首（选一首）

桃花坞

行行问绝境，贵与名相亲。

空经桃花坞，不见秦时人。

愿此为东风，吹起枝上春。

愿此作流水，潜浮蕊中尘。

愿此为好鸟，得栖花际邻。

愿此作幽蝶，得随花下宾。

朝为照花日，暮作涵花津。

试为探花士，作此偷桃臣。

桃源不我弃，庶可全天真。

【汇评】

《柳亭诗话》：诗家用僻字，自沈云卿始，而松陵极喜效之。然《（和）袭美〈桃花坞〉》一首，忽似《闲情赋》体，游戏成文。有曰："愿化为东风，吹起枝上春。愿化作流水，潜浮水中尘。愿化为好鸟，得栖花际邻。愿化作幽蝶，得随花下宾。朝为照花日，暮作涵花津。试为探花士，出作偷花臣。"岂所谓情随境迁，聊复尔尔者耶？

《石园诗话》：（龟蒙）和皮《太湖诗》，略逊于皮，以皮得之亲历，故议论更透彻，而描写更奇特也。

杂讽九首（选二首）

其四

赤舌可烧城，才邪易为伍。

诗人疾之甚，取俾投豺虎。

长风吹篑木，始有音韵吐。

无木亦无风，笙簧由喜怒。

女娲炼五石，天缺犹可补。

当其利口衔，蜱漏不复数。

元精遗万类，双目如牖户。

非是既相参，重瞳亦为瞽。

【汇评】

《困学纪闻》：《杂讽》云："红蚕缘枯桑"、"童麋来触犀"、"鹡鸰惨于冰"、"赤舌可烧城"，皆用《太玄》语。

其九

朝为壮士歌，暮为壮士歌。

壮士心独苦，傍人谓之何。

古铁久不快，倚天无处磨。

将来易水上，犹足生寒波。

捷可搏飞狄，健通超橐驼。

群儿被坚利，索手安冯河。

惊飙扫长林，直木谢樀科。

严霜冻大泽，僵龙不如蛇。

昔者天血碧，吾徒安叹嗟。

美 人

美人抱瑶瑟，哀怨弹别鹤。

雌雄南北飞，一旦异栖托。

谅非金石性，安得宛如昨。

生为并蒂花，亦有先后落。

秋林对斜日，光景自相薄。

犹欲悟君心，朝朝佩兰若。

【汇评】

《唐贤小三昧集续集》：比语也可悟矣（"秋林"句下）。

赠　远

芙蓉匣中镜，欲照心还懒。

本是细腰人，别来罗带缓。

从君出门后，不奏云和管。

妾思冷如簧，时时望君暖。

心期梦中见，路永魂梦短。

怨坐泣西风，秋窗月华满。

【汇评】

《齐东野语》：只笙一部，已是二十馀人。自十月旦至二月终，日给焙笙炭五十斤，用绵熏笼藉笙于上，复以四和香熏之。盖笙簧必用高丽铜为之，靘以绿蜡，簧暖则字正而声清越，故必用焙而后可。陆天随诗云："妾思冷如簧，时时望君暖。"乐府亦有"簧暖笙清"之语，举此一事，馀可想见也。

《唐诗选脉会通评林》：周敬曰：晚唐悲调之琳琅者。

别　离

丈夫非无泪，不洒离别间。

杖剑对尊酒，耻为游子颜。

蝮蛇一螫手，壮士即解腕。

所志在功名，离别何足叹。

【汇评】

《历代五言诗评选》：皮、陆松陵唱和，皆不在《文薮》《丛书》中，诗多松浮，此为清紧。

渔具诗并序（选三首）

天随子戯于海山之颜有年矣，矢鱼之具，莫不穷极其趣。大凡结绳持纲者，总谓之网罟。网罟之流曰罛、曰罾、曰䍡，圆而纵舍曰罩，挟而升降曰罺。缗而竿者总谓之筌。筌之流曰筒、曰车，横川曰梁，承虚曰笱，编而沈之曰箪，矛而卓之曰矠，棘而中之曰叉，镞而纶之曰射，扣而骇之曰椔，置而守之曰神，列竹于海澨曰沪，错薪于水中日簺，所载之舟曰舴艋，所贮之器曰笭箵。其他或术以招之，或药而尽之，皆出于诗书杂传。及今之闻见，可考而验之，不诬也。今择其任咏者，作十五题以讽。噫！矢鱼之具也如此，予既歌之矣；矢民之具也如彼，谁其嗣之？鹿门子有高洒之才，必为我同作。

网

大罟纲目繁，空江波浪黑。

沈沈到波底，恰共波同色。

牵时万礨入，已有千钧力。

尚悔不横流，恐他人更得。

簺

斩木置水中，枝条互相蔽。

寒鱼遂家此，自以为生计。

春冰忽融冶，尽取无遗裔。

所托成祸机，临川一凝睇。

舴艋

蓬棹两三事，天然相与闲。

朝随稺子去，暮唱菱歌还。

倚石迟后侣，徐桡供远山。

君看万斛载，沈溺须臾间。

【汇评】

《汇编唐诗十集》：唐云：六语幽闲，二语骂世，是此公本质。

【总评】

《石园诗话》：《渔具》、《樵人》诸咏，亦多旨趣。

樵人十咏 并序（选一首）

环中先生谓天随子曰，子与鹿门子应和为渔具诗，信尽其道而美矣。世言樵渔者，必联其命称，且常为隐君子事。诗之言错薪，礼之言负薪，传之言积薪，史之言束薪，非樵者之实乎，可不足以寄兴咏，独缺其词耶。退作十樵，以补其阙漏，寄鹿门子。

樵 子

生自苍崖边，能谙白云养。①

才穿远林去，已在孤峰上。

薪和野花束，步带山词唱。

日暮不归来，柴扉有人望。

【原注】

① 山家谓养柴地为"养"。

【汇评】

《载酒园诗话又编》：皮、陆倡和诗，惟《樵》诗陆为胜。如《樵子》云："才穿远林去，已在孤峰上。"《樵径》云："方愁山缭绕，更值云遮截。"《樵斧》云："丁丁在前涧，杳杳无寻处。巢倾鸟犹在，树尽猿方去。"《樵家》云："门当清涧尽，屋在寒云里。"《樵担》云："风高势还却，雪厚疑中折。"《樵歌》云："出林方自转，隔水犹相应。"《樵火》云："深炉与远烧，此夜仍交光。或似坐奇兽，或如焚异香。"真若目击，皮所不及也。

奉和袭美茶具十咏（选一首）

茶 人

天赋识灵草，自然钟野姿。

闲来北山下，似与东风期。

雨后探芳去，云间幽路危。

唯应报春鸟，得共斯人知。①

【原注】

① 顾渚山有报春鸟。

【汇评】

《唐三体诗评》：茶在山僻自生者，其香味殊绝，此诗非深于茶事不能到也。

《碛砂唐诗》：龟蒙嗜茶，置园顾渚山下（"闲来"句下）。

谦曰：此与第一首（按指《茶坞》）相似（末句下）。

江湖散人歌并序

散人者，散诞之人也。心散，意散，形散，神散，既无羁限，为时之怪民。束于礼乐者外之曰：此散人也。散人不知耻，乃从而称之。人或笑曰：彼病子散而目之，子反以为其号，何也？散人曰：天地，大者也，在太虚中一物耳。劳乎覆载，劳乎运行，差之晷度，寒暑错乱。望斯须之散，其可得耶。水土之散，皆有用乎。水之散，为雨、为露、为霜雪；水之局，为潴、为洳、为潢汙。土之散，封之可崇，穴之可深，生可以艺，死可以入；土之局，埙不可以为埏，甓不可以为盂。得非散能通于变化，局不能耶！退若不散，守名之筌；进若不散，执时之权。筌可守耶，权可执耶，遂为散歌、散传，以志其散。

> 江湖散人天骨奇，短发搔来蓬半垂。
> 手提孤篁曳寒茧，口诵太古沧浪词。
> 词云太古万万古，民性甚野无风期。
> 夜栖止与禽兽杂，独自构架纵横枝。
> 因而称曰有巢氏，民共敬贵如君师。
> 当时只效乌鹊辈，岂是有意陈尊卑。
> 无端后圣穿凿破，一派前导千流随。
> 多方恼乱元气死，日使文字生奸欺。
> 圣人事业转销耗，尚有渔者存熙熙。
> 风波不独困一士，凡百器具皆能施。
> 众疏沪腐鲈鳜脱，止失检驭无谏疵。
> 人间所谓好男子，我见妇女留须眉。
> 奴颜婢膝真乞丐，反以正直为狂痴。
> 所以头欲散，不散弁峨巍。
> 所以腰欲散，不散珮陆离。
> 行散任之适，坐散从倾欹。
> 语散空谷应，笑散春云披。
> 衣散单复便，食散酸咸宜。

书散浑真草，酒散甘醇醨。

屋散势斜直，树散行参差。

客散忘簪屦，禽散虚笼池。

物外一以散，中心散何疑。

不共诸侯分邑里，不与天子专隍隍。

静则守桑柘，乱则逃妻儿。

金镰贝带未尝识，白刃杀我穷生为。

或闻蕃将负恩泽，号令铁马如风驰。

大君年小丞相少，当轴自请都旌旗。

神锋悉出羽林仗，绘画日月蟠龙螭。

太宗基业甚牢固，小丑背叛当歼夷。

禁军近自肃宗置，抑遏辅国争雄雌。

必然大段剪凶逆，须召劲勇持军麾。

四方贼垒犹占地，死者暴骨生寒饥。

归来辄拟荷锄笠，诟吏已责租钱迟。

兴师十万一日费，不啻千金何以支。

只今利口且箕敛，何暇俯首哀惸嫠。

均荒补败岂无术，布在方册撑颓隳。

冰霜襦袴易反掌，白面诸郎殊不知。

江湖散人悲古道，悠悠幸寄羲皇俄。

官家未议活苍生，拜赐江湖散人号。

【汇评】

《新唐书·陆龟蒙传》：龟蒙少高放，通六经大义，尤明《春秋》。……刺史蔡京率官属就见之，龟蒙不乐，拂衣去。……不喜与流俗交，虽造门不肯见。不乘马，升舟设篷席、赍束书、茶灶、笔床、钓具往来。时谓"江湖散人"，或号"天随子"、"甫里先生"，自比涪翁、渔父、江上丈人。后以高士召，不至。

五　歌并序（选一首）

　　古者歌咏言。《诗》云："我歌且谣。"《传》曰："劳者愿歌其事。"吾言之拙艰，不足称咏且谣。而歌其事者，非吾而谁，作五歌以自释意。

放　牛

　　江草秋穷似秋半，十角吴牛放江岸。

　　邻肩抵尾乍依限，横去斜奔忽分散。

　　荒陂断堑无端入，背上时时孤鸟立。

　　日暮相将带雨归，田家烟火微茫湿。

【汇评】

　　《三唐诗品》：《五歌》、《二遗》，独深寄托，开后来之体。

紫溪翁歌

　　原注：紫溪翁过甫里先生，举酒相属，醉而歌，先生侧弁而和之，歌阕而去

　　　　一丘之木，其栖深也屋，吾容不辱。

　　　　一溪之石，其居平也席，吾劳以息。

　　　　一窦之泉，其音清也弦，吾方在悬。

　　　　得乎人，得乎天，吾不知所以然而然。

【汇评】

　　《五朝诗善鸣集》：淡泊醇古，读之洒然。此似铭，复似骚。

战秋辞

八月空堂，前临隙荒。

抽关散扇，晨乌未光。

左右物态，森疏强梁。

天随子爽骣恂慄，恍军庸之我当。

濠然而沟，垒然而墙；

蠡然而桂，队然而箪。

杉巉攒茅，蕉标建常；

橘艾矢束，矫蔓弦张。

蛙合助吹，鸟分启行；

若革进而金止，固违阴而就阳。

无何，云颜师，风旨伯。

苍茫惨澹，隳危撼划。

烟蒙上焚，雨阵下棘。

如濠者注，如垒者辟；

如蠡者亚，如队者析；

如茅者折，如常者折；

如矢者仆，如弦者磔；

如吹者喑，如行者惕。

石有发兮尽枭，木有耳兮咸馘。

云风雨烟，乘胜之势骄；

杉箪蕉蔓，败北之气撼。

天随子曰：吁！秋无神则已，

如其有神，吾为尔羞之。

南北巇圻，盗兴五期。

方州大都，虎节龙旗。

瓦解冰碎，瓜分豆离。

斧抵耋老，戈穿乳儿。

昨宇今烬，朝人暮尸。

万犊一喈，千仓一炊。

扰践边朔，歼伤蛮夷。

制质守帅，披攘城池。

弓卷不刡，甲缀不离。

凶渠歌笑，裂地无疑。

天有四序，秋为司刑。

少昊负辰，亲朝百灵。

蓐收相臣，太白将星。

可霆可电，可风可霆。

可堑溺颠陷，可夭札迷冥。

曾忘麾剪，自意澄宁。

苟蜡礼之云责，触天怒而谁丁？

奈何欺荒庭，凌坏砌，

搽崇莒，批宿蕙，

揭编茅而逞力，断纬萧而作势？

不过约弱敧垂，戕残废替，

可谓弃其本而趋其末，舍其大而从其细也！

辞犹未已，色若愧耻。

于是堕者止，偃者起。

【汇评】

《王闿运手批唐诗选》：学玉川而不造句，徒见其拙（"方州"四句下）。

袭美见题郊居十首因次韵酬之以伸荣谢韵（其四）

故山空自掷，当路竟谁知。

只有经时策，全无养拙资。

病深怜灸客，炊晚信樵儿。

谩欲陈风俗，周官未采诗。

【汇评】

《石园诗话》：陆自撰《甫里先生传》云："少攻歌诗，遇事辄变化，不一其体裁，卒造平淡而后已。"集中如"朝朝贳薪米，往往逢责诟。既被邻里轻，亦为妻子陋"、"所贪既仁义，岂暇理生活"、"懒外应无敌，贫中直是王"、"只有经时策，全无养拙资"、"身从乱后全家隐，日校人间一倍长"、"一代交游非不贵，五湖风月合教贫"，皆能寓新奇于平淡。

鸂　鶒并序

客有过震泽，得水鸟所谓鸂鶒者贶予，黑襟青胫，碧爪丹喙，色几及项，质甚高而意甚卑戚，畏人。予极哀其野逸性，又非以能招累者，而囚录笼槛，逼迫窗户，俯啄仰饮，为活大不快，真天地之穷鸟也。为之赋诗，拟好事者和。

词赋曾夸鹠鶏流，果为名误别沧洲。

虽蒙静置疏笼晚，不似闲栖折苇秋。

自昔稻粱高鸟畏，至今珪组野人仇。

防徽避缴无穷事，好与裁书谢白鸥。

【汇评】

《贯华堂选批唐才子诗》：左太冲《吴都赋》，以鸂鶒书于鹠鶏鹓鹐之下，故曰词赋曾夸也。言何意沧洲之别，政复坐累，于此下一"果"字，妙！人人相传名能误人，今日乃知真有其事也。"晚"，既在笼中之晚也；"秋"，未至笼中之秋也。"疏"之为言宽织也；"静"之为言好放也，皆极写其矜爱也。苇不必折而曰"折苇"者，犹如泽雉未必五步始得啄，十步始得饮，而必故甚其辞也。"虽蒙"、"不似"，与之细商之辞，如祝宗人之玄端而说彘也（首四句下）。

　　因言世之求名之人，此岂非饥欲稻粱，饱恋珪组故耶？然而自昔至今，祸害甚著，讵犹不悟，而坐至于此？防徽者，防其内召，即人之好名之心；避缴者，避其外招，即世之操名之人也。谢，惭谢也（后四句下）。

　　《唐诗鼓吹笺注》："名误"二字，是一篇主意。三四是写名误也；"虽蒙"、"不似"，故为商词以惜之。"自昔"、"至今"二句，即七之"防徽避缴"四字也，正与"名误"对照。

　　《山满楼笺注唐诗七言律》：通首最苦是"果为名误"之四字。虚名大足误人，向有是说，不意今果于鸧鹒见之也。　　就诗只是咏鸧鹒，惟第六句插入"野人珪组"，反似比体，其实则为触物感兴、借题寓意之作。

　　《此木轩五言律七言律诗选读本》：语云言不尽意，如此诗又何必不尽意也。一结从古诗来。

闲　书

　　病学高僧置一床，披衣才暇即焚香。
　　闲阶雨过苔花润，小簟风来薤叶凉。
　　南国羽书催部曲，①东山毛褐傲羲皇。
　　升平闻道无时节，试问中林亦不妨。

　　① 时黄巢围广州告急。

【汇评】

　　《贯华堂选批唐才子诗》：维摩诘卧疾广严大城，世尊遣诸弟子往候，见其室中空无所有，止有一床。今因病中亦学之，特于室中尽出诸物，而独剩床也。"披衣才得"者，病少间也。"焚香"之为言，不作一切闲事，如书亦不看，笔亦不捉之类也。"闲阶"七字，床之所临。"小簟"七字，床之所施。一解四句，皆写一床（首四句下）。　　如下棋，偏是袖手侍坐人，心中眼中有上上胜着。天下大事，偏是水边树下人，心中眼中有坐致太平之全理。然则胡不试问，而竟成交臂，徒自羽书旁午，却已失之毛褐，可叹也。　　写到室中空无所有人，正是一代平定天下人，此为仲尼之微言，何意于近体中见之（后四句下）。

　　《唐诗鼓吹笺注》：三四写室中幽闲之况，即写心中幽闲之趣，以起下四句也。五言世界未宁，六言我独高卧。以我处之，即以升平之事，问之"中林"，亦何妨哉！言下有自任意。

中秋后待月

　　　　转缺霜轮上转迟，好风偏似送佳期。
　　　　帘斜树隔情无限，烛暗香残坐不辞。
　　　　最爱笙调闻北里，渐看星澹失南箕。
　　　　何人为校清凉力，欲减初圆及午时。

【汇评】

　　《贯华堂选批唐才子诗》："转缺"，是意思已坏；"转迟"，是意思初好。人生年过五十，偏是意思已坏，偏是意思初好，便果然有如此痴事也。好风送佳期，又妙！风之与月，曾有何与？乃为待月不到,且借风来自解。人生在不得意中,便又真有之也。"帘斜树隔",妙,妙!不是月来被遮,乃是月未来时先自为之清宫除道。"烛暗香残",妙,妙!不是真到黑暗,乃是未曾暗前先自发愿终身勿谖也。真是世间异样笔墨(首四句下)。　　五、六,又妙,又妙!言极意待月却不到,才分念月却已来也。七、八忽作微言,言今夜是十六,前夜是十四,昨夜是十五。十六是欲减,十四是初圆,十五是及午。此三夜相去至微,粗心人万乃不觉。然而但差一分气候,必差一分斤两,由辨之不早,辨此,胡可以不校耶?五、六,真出神入化妙笔,七、八,真茧丝牛毛妙理,并非笔墨之家之恒睹也(后四句下)。　　金雍补注:日以一日经天,故日中为午;月以一月经天,故月半为午。

《唐诗鼓吹评注》:"南箕"四句,皆"待"字意。"清凉力",月之精魄,何人为校?今夜之月魄,欲减于初圆八分,必待月午经天,风露俱清,云霞都敛,乃始知之耳。"待"字意得此更觉玄远。

《东岩草堂评订唐诗鼓吹》:朱东岩曰:此于望后待月,故首曰"转缺",惜之也。又曰"转迟",望之也。二曰"送佳期",而先言好风者,是待月不至,反借好风自解,故曰"偏似"也。三"帘斜树隔",是从月未来时设想,四"烛暗香残",是从未曾暗前坐守。五、六言专意待月,月偏来迟,偶然分念,却已月来,皆极写"待"字意也。七、八结得极细。盖日以一日经天,故日中为午,月以一月经天,故月半为午。"欲减"是望后,"初圆"是望前,三夜相去甚微,必待相校而始知。此真至精至微之妙理也。

《山满楼笺注唐诗七言律》:"转缺"是"后","转迟"是"待"也。二忽引出"好风",而曰"偏似送佳期",妙。未见月,先得风,正如小姐未离香阁,红娘先敛衾携枕而报曰"至矣,至矣"也者。三、四故作曲折,然俱是预拟之词。"帘斜树隔",言虽上犹未易相亲,然正妙于掩映也,故曰"情何限"。"烛暗香残",言欲待势必至甚久,然誓弗忍抛弃也，故曰"坐不辞"。……一结，其言至微，其义至显。"清凉力"，"力"字妙。犹是清，犹是凉，而以既阙之月校之初圆之月，及午之月，其力减矣。

别墅怀归

水国初冬和暖天，南荣方好背阳眠。
题诗朝忆复暮忆，见月上弦还下弦。
遥为晚花吟白菊，近炊香稻识红莲。
何人授我黄金百，买取苏君负郭田。

【汇评】

《优古堂诗话》：韩子苍作绝句："天长候雁作行远，沙晚浴凫相对眠。松醪朝醉复暮醉，江月上弦仍下弦。"陆龟蒙《别墅怀归》云："题诗朝忆复暮忆，见月上弦还下弦。"韩所出也。

《钱何评注唐诗鼓吹》："黄金百"用曹邱生语。

《唐诗鼓吹笺注》：通首只写一"怀"字耳。……前此因晚花而思故乡之"白菊"，眼前又因香稻而思故乡之"红莲"，真有刻刻在念，不去于怀者。

《唐诗评选》：调笑入雅。

《贯华堂选批唐才子诗》："水国"，言三吴笠泽之国也。"初冬"，言十月日行南陆也。笠泽之国，地气暄萋，故曰和也。日行南陆，景在檐下，故曰暖也。一、二，言五十始衰，身中洒洒，忽思南檐正宜暴背。三，言刻刻在意。四，言迟迟未归也（首四句下）。"遥"之为言多时，"近"之为言即日。言多时篱菊在怀，即日稻香扑鼻，此又加染南荣之下也。然而百金何来？负郭谁致？闲眠作梦，终成浪说也（后四句下）。

《山满楼笺注唐诗七言律》：水国则气蒸地暖，初冬则霜薄风和,炙背南檐,人生一乐,有墅如此,孰不怀归!三,何日不思归;四,何时始得归。五、六承三:"白菊",别墅所有之花,恨不相对;"红莲",别墅可栽之稻,恨未得亲耕。七、八承四,直写其所以不得归之故。

小雪后书事

时候频过小雪天,江南寒色未曾偏。

枫汀尚忆逢人别,麦陇唯应欠雉眠。

更拟结茅临水次,偶因行药到村前。

邻翁意绪相安慰,多说明年是稔年。

【汇评】

《唐诗评选》:妍骨天成,触物成好。嗣此音者,唯陆务观得其十七。

《贯华堂选批唐才子诗》:一,多一"频"字;二,多一"偏"字。频者,年年一样之谓;偏者,独有这里之谓。不争此二字,便是不复成诗也。三、四极写之。三,言江南小雪后,分明还是深秋,试看枫汀犹似有人握别也。四,言江南小雪后,分明直是初夏,试看麦陇,无非只少雉眠也。五、六为邂逅邻翁之因由也,然亦皆写寒色未多也。"意绪",字法,犹言不啻若自其口出。

《唐诗鼓吹笺注》:题曰"小雪后即事",是写江南小雪后之时景也。曰"未多偏"者,独有江南地暖,寒色最迟也。三、四承写此意。试看"枫汀"有人握别,分明深秋时候;试看"麦陇",只欠"雉眠",直似初夏光景。五、六即邻翁邂逅之根由,又极力洗发寒色未多之意也。

奉和袭美题达上入药圃二首（其二）

净名无语示清羸，药草搜来喻更微。
一雨一风皆遂性，花开花落尽忘机。
教疏兔镂金弦乱，自拥龙刍紫汞肥。
莫怪独亲幽圃坐，病容销尽欲依归。

【汇评】

《唐体馀编》：是物非物，即次句所谓喻也，妙在与寺僧纽合，得双关之妙（"一雨一风"下）。　　收归寺僧，与起句清羸相照（末二句下）。　　皮诗专咏药圃，轻点上人。分为二首，变原唱之格。

病中秋怀寄袭美

病容愁思苦相兼，清镜无形未我嫌。
贪广异蔬行径窄，故求偏药出钱添。
同人散后休赊酒，双燕辞来始下帘。
更有是非齐未得，重凭詹尹拂龟占。

【汇评】

《唐诗成法》：险韵押得自然。"双燕"句闲情最远。七、八言卜，亦结得病中意，但"清镜"句无着落，此诗法之模糊也。　　中、晚诸作不知有法，其起伏照应皆在半明半暗、似有如无之间，若初、盛森严，止万分之一耳。明人止在气象调度上较量，不知初盛中晚之是非不尽在彼也。

《唐七律隽》：《西河诗话》曰：鲁望《秋怀》中四颇佳。贪罗异蔬，不由正路；欲买僻药，不惜添钱。酒必客至而始赊，帘必燕去而始下。俱有意趣。　　义山不成练，此却陈练。义山无意，则噙腻；此颇有意，则生涩不圆滑，亦足避长庆缛气。向使以王右丞、崔司勋之笔，而作此等，未必不工部也，然则气韵可少耶？

和袭美褚家林亭

一阵西风起浪花，绕栏杆下散瑶华。
高窗曲槛仙侯府，卧苇荒芹白鸟家。
孤岛待寒凝片月，远山终日送馀霞。
若知方外还如此，不要秋乘上海槎。

【汇评】

《唐诗鼓吹笺注》：此必林亭而对太湖，忽见其景，冲口而出，随笔而起。……"仙侯府"是观其亭上之胜，极其华灿；"白鸟家"是望其亭下之趣，极其空旷。"孤岛"、"片月"，写出一片凄凉之景，不似人间。"远山"、"馀霞"，写出一片绮丽之色，直同天上。

《贯华堂选批唐才子诗》：相其意思，乃如不要作诗也者，闲闲然只就此林亭中，纵心定欲，搜捕奇景。而一时忽然注眼亲见此景大奇，于是大叫笔来，卷袖舒手，疾忙书之。到得书成放笔，已连自家亦不道适来有如此之事也。"一阵西风"，言直从太湖卷水来也。"起浪花"，言风卷水至亭根，泙湃而上也。绕栏散华，言溅水小大如盏如钱，如豆如珠，飞落于栏干两面也。"仙侯府"，言观其亭上，则一何朱碧窈窕也。"白鸟家"，言望其亭下，是又何萧骚空旷也（首四句下）。 孤岛片月，写出不是人间清凉；远山馀霞，写出不是人间绮丽。因言方外清凉绮丽，若复不过如此，则又何用舍此他去也（后四句下）。

《山满楼笺注唐诗七言律》：看他题咏人家林亭，思之思之，先将多少寻常点染布置之法，一切弃去不屑道，忽于坐久之后，时所偶值，目所亲睹，果然得一绝灵奇、绝变幻之景，不觉大叫疾书。只十四字,真有笔歌墨舞之乐也。"一阵西风起浪花",分明千倾湖光,平净如镜,风声响处,波涛陡作,其势莫可遏也。"绕栏干下散瑶华",水因风起,拍岸齐飞,直入亭轩,高低零乱,不啻碎玉满空也。妙哉,快哉!我今读之,犹当急浮一大白也。看他一、二如此突兀而来,三、四却故用缓笔承受:三写林亭以内之爽朗幽折,四写林亭以外之空旷萧疏:皆近景也。五、六再写远景,岛迎片月,自然一派清凉;山送馀霞,别是一般绮丽。七、八虚收法:七犹王维所云"仙家未必胜此",八犹宗楚客所云"无劳万里访蓬瀛"云尔。

筑城词二首

其一

城上一培土,手中千万杵。
筑城畏不坚,坚城在何处。

【汇评】

《历代诗发》:讽刺不露。

其二

莫叹将军逼,将军要却敌。
城高功亦高,尔命何劳惜。

【汇评】

《唐诗笺要》:似为将军分疏,实则怨悱之至。

《寒厅诗话》:屺公谓:"陆鲁望《筑城词》有云:'城高功亦高,尔命何足惜',直得好。高青邱则云:'大家举杵莫放手,城高不用官军守。'却比此婉得好。"

【总评】

《唐人绝句精华》:前首言筑城不如修德也;后首更明讥筑城

只为将军立功,何惜民命。语不嫌直,情最真也。

古 意

君心莫淡薄,妾意正栖托。

愿得双车轮,一夜生四角。

【汇评】

《苕溪渔隐丛话》:苕溪渔隐曰:天随子有《自遣》云:"数尺游丝堕碧空,年年长是惹东风。争知天上无人住,亦有春愁鹤发翁。"又《古意》云:"君心莫淡薄,妾意正寄托。愿得双车轮,一夜生四角。"皆思新语奇不袭前人也。

子夜四时歌(选一首)

秋

凉汉清沉寥,衰林怨风雨。

愁听络纬唱,似与羁魂语。

自遣诗三十首并序(选三首)

自遣诗者,震泽别业之所作也。故疾未平,厌厌卧田舍中,农夫日以来耘事相聒,每至夜分不睡,则百端兴怀搅人思,益纷乱无绪。且诗者,持也。谓持其情性,使不暴去,因作四句诗,累至三十绝,绝各有意。既曰自遣,亦何必题为。

其四

甫里先生未白头,酒旗犹可战高楼。

长鲸好鲙无因得,乞取舲艎作钓舟。

其十三

数尺游丝堕碧空,年年长是惹东风。

争知天上无人住,亦有春愁鹤发翁。

【汇评】

《唐诗选脉会通评林》:周弼为虚接体。　　徐充曰:自解之辞。比言"贵人头上不曾饶"又进一步,意尤超妙。　　焦竑曰:鲁望《自遣》诗新而有丰骨,劲而有馀味,在乾符中可谓铮铮者。

《载酒园诗话又编》:鲁望《自遣》诗曰:"数尺游丝坠碧空,……"似骇似戏,语荒唐而意纤巧,与义山"莫惊五胜埋香骨,地下伤春亦白头"同意,而陆尤味长,以从"游丝"转下,语有原委也。　　黄白山评:此沧浪所谓无理而有趣者。"理"字只如此看,非以鼓吹经史、裨补风化为理也。

其二十五

一派溪随箸下流,春来无处不汀洲。

游澜未碧蒲犹短,不见鸳鸯正自由。

【总评】

《三唐诗品》:《自遣》三十咏,雅怀深致,妙有遗音。

《唐人绝句精华》:《自遣诗》颇得隐居恬适之趣,当是退隐松江时所作者。

和袭美春夕酒醒

几年无事傍江湖,醉倒黄公旧酒垆。

觉后不知明月上,满身花影倩人扶。

《唐诗选脉会通评林》：周珽曰：珽读绝句，至晚唐多臻妙境。龟蒙别寻奇调，《自遣》之外，如《春夕（酒醒）》、《初冬（偶作）》、《寒夜》等作，俱有出群寡和之音；若《白莲》、《浮萍》，又当求之骊黄牝牡之外者也。

《诗式》：题系酒醒，从"醉"字入，系题前起法。首句第曰无事，徐徐引起"醉"字。次句正面入"醉"字。三句转到"醒"字。四句承三句吟咏，尤切春夕。　　[品]细丽。

和袭美木兰后池三咏（选二首）

浮　萍

晚来风约半池明，重叠侵沙绿罽成。

不用临池更相笑，最无根蒂是浮名。

【汇评】

《唐诗选脉会通评林》：谢枋得曰：人皆笑浮萍无根，而不知人多为浮名奔走，其无根蒂，尤可笑也。"约"字、"明"字、"侵"字巧，曾见风吹浮萍者方知其工。　　周启琦曰：咏物如龟蒙《浮萍》、《白莲》，意超象外，依然自遗馀旨，妙矣！　　周珽曰：先澹斋翁曰：泛于池，"约"于风，重送"侵"沙，浮荡无根故也。后说到"浮名"上，想头亦灵异矣。　　胡济鼎曰：此讥人之不自反已也，岂惟名浮！

白　莲

素蘤多蒙别艳欺，此花端合在瑶池。

无情有恨何人觉，月晓风清欲堕时。

【汇评】

《东坡志林》：诗人有写物之功。桑之"沃若"，他木殆不可以当此。林逋《梅花》诗云："疏影横斜水清浅,暗香浮动月黄昏。"决非桃李诗。皮日休(按:误,系陆龟蒙诗)《白莲》诗:"无情有恨何人见,月晓风清欲坠时。"决非红莲诗。此乃写物之功。若石曼卿《红梅》诗云："认桃无绿叶,辨杏有青枝。"此至陋语,盖林学究体也。

《霏雪录》:唐人咏物诗,于景意事情外别有一种思致,必心领神会始得,此后人所以不及也。如陆鲁望《白莲》……妙处不在言句上。

《焦氏笔乘》:花鸟之诗,最嫌太着。余喜陆鲁望《白莲》诗,……花之神韵,宛然可掬,谓之写生手可也。

《唐诗选脉会通评林》:周珽曰:落想下笔,直从悟得。咏物之入神者。　　陆时雍曰:风味绝色。

《带经堂诗话》:陆鲁望《白莲》诗:"无情有恨何人见,月白风清欲坠时。"语自传神,不可移易。《苕溪渔隐》乃云:移作白牡丹亦可,谬矣。予少时在扬州,过露筋祠有句云:"行人系缆月初堕,门外野风开白莲。"　宗梅附识:《渔隐丛话》谓皮日休诗移作白牡丹,尤更亲切。二说似不深究诗人写物之意。……牡丹开时,正风和日暖,又安得有月冷风清之气象耶?

《唐诗摘钞》:杜牧"多少绿荷相倚恨,一时回首背西风"与此末二句,皆极体物之妙。若长吉"无情有恨何人见,露压烟迷千万枝"乃咏竹也,天趣较减矣。

《增订唐诗摘钞》:末语的是白莲,移不动。

《唐诗别裁》:取神之作。

《网师园唐诗笺》:诗殆借以自况。

《诗境浅说续编》:"月晓风清"七字,得白莲之神韵。与昔人咏梅花"清极不知寒",咏牡丹诗"香疑日炙消",皆未尝切定此花,而他处移易不得,可意会不可言传也。

《唐人绝句精华》：此亦借白莲咏怀也。结句得白莲之神韵，故古今传诵以为佳句。

秘色越器

九秋风露越窑开，夺得千峰翠色来。
好向中宵盛沆瀣，共嵇中散斗遗杯。

【汇评】

《侯鲭录》：今之秘色瓷器，世言钱氏有国，越州烧进为供奉之物，臣庶不得用之，故云"秘色"。比见陆龟蒙集《越器》诗云："九秋风露越窑开，夺得千峰翠色来。……"乃知唐时已有秘色，非自钱氏始。

《唐音癸签》引《留青日札》：许浑诗："沉水越瓶寒"，又"越瓶秋水澄"。陆龟蒙诗："九秋风露越窑开，夺得千峰翠色来。"越窑为诸窑之冠，至钱王时愈精，臣庶不得通用，谓之"秘色"，即所谓"柴窑"者是。俗云："若要看柴窑，雨过青天色。"与许、陆诗正同。

《柳亭诗话》：陆鲁望诗："九秋风露越窑开，……"所谓秘色窑器"雨后晴天"者，世传柴皇帝始重之。……《松陵集》又有"越瓯犀液发茶香"之句。

《带经堂诗话》：常（尝）见一贵人，买得柴窑碗一枚，其色正碧，流光四照，价馀百金。始忆陆鲁望诗："九秋风露越窑开，夺得千峰翠色来。"可谓妙于形容，唐时谓之"秘色"也。　　宗楠附识：兄寒坪云：高江邨《宋均窑瓶歌》注：世传柴窑色如天，声如磬。今人得其碎片，皆以装饰玩具。

吴宫怀古

香径长洲尽棘丛，奢云艳雨只悲风。

吴王事事须亡国，未必西施胜六宫。

【汇评】

《诗式》：首句"香径长洲"，二句"奢云艳雨"，写吴宫之盛；"棘丛"、"悲风"写吴宫之衰。每句中由盛及衰，寓凭吊之意。三句、四句翻用故事，意义始新，他可隅反。做诗以议论行之，便有可观。　　〔品〕新颖。

新　沙

渤澥声中涨小堤，官家知后海鸥知。

蓬莱有路教人到，应亦年年税紫芝。

邺宫词二首（其二）

花飞蝶骇不愁人，水殿云廊别置春。

晓日靓妆千骑女，白樱桃下紫纶巾。

【汇评】

《笺注唐贤三体诗法》：只叙其事，而诗意自见，此极妙笔法。

《碛砂唐诗》：原注：谓"花飞蝶骇"不足愁人，而别有春在也。所谓"春"者，即"白樱桃下千骑女"也。　　敏曰：此亦怀古情深，只说邺宫石勒之事如此豪华，纵使花飞零落而"蝶骇春残"，实不足以愁人也。然章首先著此四字，而怀古之意偏只形容富丽，则此四字当是倒装法。有表有里之作。

《诗境浅说续编》：唐室盛时，宫闱恣纵，每有戎妆宫眷，跃马天衢。诗言云廊水殿，尚未畅游观，而别翻新样；晓色初开，已见千骑秾妆，纶巾耀日，奇丽则有之，其如朝政何？诗咏邺宫，盖借以讽谏也。

怀宛陵旧游

陵阳佳地昔年游，谢朓青山李白楼。

唯有日斜溪上思，酒旗风影落春流。

【汇评】

《唐诗绝句类选》：三、四佳，情景融会，句复俊逸。

《唐诗别裁》：诗中画本。

《诗法易简录》：通首以"佳地"二字贯下，第三句点入"怀"字，末句写景，可作画本。

《历代诗发》：掷地有金石声。

《诗式》：题有"怀"字，处处须从"怀"字著想。首句"昔年游"三字，便从"怀"字含咀而起。次句但写宛陵名胜，而"怀"字之神自在。以下言有一种风景最系人思，如溪上日斜之际酒旗风动，影照春流。三句变换，四句发之，十四字作一句读，神韵最胜。

［品］神韵。

《诗境浅说续编》：宛陵为溧江胜地，诗吟澄练，楼倚谪仙，更得"风影酒旗"佳句。客过陵阳，益彰名迹，犹之"桃花流水"，遂传西塞之名，"杨柳晓风"，争唱井华之句也。

张　贲

张贲，生卒年不详，字润卿，南阳（今河南邓县）人。大中中，登进士第，官广文博士。后归隐茅山。咸通末，旅居苏州，与皮日休、陆龟蒙交游唱和。《全唐诗》存诗十六首。

【汇评】

张贲，会昌五年陈商下状元及第，翰林覆落贲等八人，赵渭南贻贲诗曰："莫向春风诉酒杯，谪仙真个是仙才。犹堪与世为祥瑞，曾到蓬山顶上来。"（《唐摭言》）

（贲）唐末为广文博士，寓吴中，与皮、陆二生游。（《唐诗纪事》）

旅泊吴门

一舸吴江晚，堪忧病广文。

鲈鱼谁与伴，鸥鸟自成群。

反照纵横水，斜空断续云。

异乡无限思，尽付酒醺醺。

陆龟蒙《和张广文贲〈旅泊吴门〉次韵》:"高秋能叩触,天籁忽成文。苦调虽潜倚,灵音自绝群。茅峰曾醮斗,笠泽久眠云。许伴山中躅,三年任一醺。"

皮日休《鲁望示广文先生〈吴门〉二章情格高散可醒俗态因追想山中风度次韵属和》:"我见先生道,休思郑广文。鹤翻希作伴,鸥却觅为群。逸好冠清月,高宜著白云。朝廷未无事,争任醉醺醺?"

《唐诗纪事》:其诗多羁旅感激,若"异乡无限思,尽付酒醺醺"。

和鲁望白菊

雪彩冰姿号女华,寄身多是地仙家。

有时南国和霜立,几处东篱伴月斜。

谢客琼枝空贮恨,袁郎金钿不成夸。

自知终古清香在,更出梅妆弄晚霞。

【汇评】

《唐诗鼓吹笺注》:通首形容白菊,故以"雪彩冰姿"拟之。三、四是实写,以形其白也。五、六是抑扬以形其白也。惟"空贮恨"、"不成夸",其白也不更出于梅妆之上乎!

司空图

司空图(837—908),字表圣,自号知非子、耐辱居士,河中虞乡(今山西永济)人。咸通十年(869),登进士第,为宣歙观察使王凝幕僚。召拜殿中侍御史,以赴阙迟留,贬授光禄寺主簿分司东都,与旧相卢携游。携复相,召为礼部员外郎,迁郎中。僖宗幸蜀,图扈从不及,还河中。僖宗还京,召知制诰,拜中书舍人。后归隐。初居华阴,后居中条山王官谷。昭宗朝,累以谏议大夫、兵部侍郎等召,辞疾不赴。唐亡之明年,不食而卒。有《一鸣集》三十卷,已佚。后人辑有《司空表圣文集》十卷、《司空表圣诗集》五卷行世。《全唐诗》编诗三卷,中有郑谷诗羼入。

【汇评】

(王凝)知举日,司空一捷,列第四人登科。同年讶其名姓甚暗,成事太速,有鄙薄者,号为"司徒空"。琅琊知有此说,因召一榜门生开筵,宣告于众曰:"某叨忝文柄,今年榜帖,全为司空先辈一人而已。"由是声采益振。(《北梦琐言》)

唐末司空图,崎岖兵乱之间,而诗文高雅,犹有承平之遗风。其论诗曰:"梅止于酸,盐止于咸,饮食不可无盐梅,而其美常在咸

酸之外。"盖自列其诗之有得于文字之表者二十四韵,恨当时不识其妙。予三复其言而悲之。(苏轼《书黄子思诗集后》)

司空表圣自论其诗,以为得味外意,如"绿树连村暗,黄花入麦稀",此句最善。又云"棋声花院闭,幡影石坛高"。吾尝独游五老峰白鹤观,松阴满庭,不见一人,惟闻琴声之音,然后知此句之工。但恨其寒俭有僧态。若子美诗云:"暗飞萤自照,水宿鸟相呼"、"四更山吐月,残夜水明楼",则才力富健,过表圣远甚。(《王直方诗话》)

(司空图)性苦吟,举笔缘兴,几千万篇。自致于绳检之外,豫置冢棺,遇胜日,引客坐圹中,赋诗酌酒,沾醉高歌。(《唐才子传》)

司空图论诗,胡致堂评其清节高致,为晚唐第一流人物,信矣。(《升庵诗话》)

司空表圣自评其集,"撑霆裂月,劫作者之肝脾",夸负不浅。此公气体,不类衰末,但篇法未甚谐,每每意不贯浃,如炉金欠火未融。(《唐音癸签》)

晚唐惟司空图善论诗,……但其自为诗,亦未脱晚唐习气,而辄自誉云:"千变万状,不知所以神而自神。"抑太过矣。余于图所自摘警句之中,独赏其五言春诗"人家寒食月,花影午时天",又"雨微吟思足,花落梦无聊",山中诗"川明虹照雨,树密鸟冲人",丧乱诗"骅骝思故主,鹦鹉失佳人",美人诗"晚妆留拜月,春睡更生香";七言则"得剑乍如添健仆,亡书久似忆良朋",又"逃难人多分隙地,放生鹿大出寒林",数联而已。(《诗筏》)

司空图佳句,大有高致,又甚细密。(《围炉诗话》)

司空表圣《诗品》二十四则,无一毫剩义,学诗不可不熟读深思。余选《全唐正雅集》,所以将此二十四则列之于首。(《一瓢诗话》)

司空文明诗亦以情胜,真到处与卢允言可云鲁卫。(《大历诗略》)

司空表圣在晚唐中,卓然自命,且论诗亦入超诣。而其所自作,全无高韵,与其评诗之语,竟不相似。此诚不可解。《二十四品》真有妙悟,而其自编《一鸣集》所谓"撑霆裂月"者,竟不知何在也。(《石洲诗话》)

表圣诗,格韵清妙,与水部有神骨之肖。但遗文散失,五律才有二十首,稍汰之,仅得九篇。其他古体十首,七律十八首,五七言绝句三百馀首,多寡乃尔不伦,固知表圣五言诗尚多。其散见于他书者,如"人家寒食月,花影午时天"、"棋声花院静,幡影石坛高"等句,俱清新奇警,抉律格之精,今俱不得全篇,惜哉!聊就所存者,推为升堂第三人。(《中晚唐诗主客图》)

司空表圣品高,五律新隽闲澹,虽刻划而无迹,七绝有远致。观《二十四品》知其功力所到。(《东目馆诗见》)

其源出于元、白,而更落一尘;显露词华,尤为缛累。其纵横议论,蕴藉变衰,已启宋元末派。《诗品》四言,特为研妙,古峭不及齐、梁词赋,而艳采过之。(《三唐诗品》)

(司空图)诗效长庆,平淡不尚雕琢;绝句典雅清丽,有大历风。自此而后至于五代、宋初,皆尚西昆一体矣。(《诗学渊源》)

塞　上

万里隋城在,三边虏气衰。

沙填孤障角,烧断故关碑。

马色经寒惨,雕声带晚悲。

将军正闲暇,留客换歌辞。

【汇评】

《五朝诗善鸣集》:悲壮精严。

《唐诗摘钞》:五、六二句,极力形容边景之萧条。为将军者,此时当安不忘危,益励武备,何乃亭障不修,关隘不整,惟音乐是耽。一旦虏人复人,将何恃乎? 此诗家具文见意之法。

下　方

　　昏旦松轩下,怡然对一瓢。

　　雨微吟思足,花落梦无聊。

　　细事当棋遣,衰容喜镜饶。

　　溪僧有深趣,书至又相邀。

【汇评】

　　《容斋随笔》:予读表圣《一鸣集》,……五言句云:"人家寒食月,花影午时天"、"雨微吟思足,花落梦无聊"、"坡暖冬生笋,松凉夏健人"、"川明虹照雨,树密鸟冲人"、"夜短猿悲减,风和鹊喜灵"、"马色经寒惨,雕声带晚饥"、"客来当意惬,花发遇歌成",七言句云:"孤屿池痕春涨满,小栏花韵午晴初"、"五更惆怅回孤枕,犹自残灯照落花",皆可称也。

　　《唐诗评选》:此与郑云叟《山居》三首,幽细有度,庶几哀而不伤、怨而不怒者矣。表圣忠孝情深,尤为韶令。

华下送文浦

　　郊居谢名利,何事最相亲。

　　渐与论诗久,皆知得句新。

　　川明虹照雨,树密鸟冲人。

　　应念从今去,还来岳下频。

【汇评】

　　司空图《与李生论诗书》:近而不浮,远而不尽,然后可以言韵外之致耳。愚窃尝自负,既久而愈觉缺然。然得于早春,则有"草嫩侵沙长,冰轻著雨销";又"人家寒食月,花影午时天";又"雨微吟思足,花落梦无聊";又"夜短猿悲减,风知鹊喜灵"。得于山中,则有"坡暖冬生笋,松凉夏健人";又"川明虹照雨,树密鸟冲人"。

《瀛奎律髓》:《一鸣集》尝自夸数联,五、六其一也,其实工密。三、四亦自然,近中有远。

《瀛奎律髓汇评》:纪昀:"皆"字不甚稳。　　又云:此诗只炼此五、六两句,馀皆草草。后来"九僧"一派,自此滥觞。

《重订中晚唐诗主客图》:新("川明"句下)。　　新("树密"句下)。发难显之景如在目前,然从前人未经道得,即所谓"新"也,不必卢仝《月蚀》、李贺《梦天》。

许印芳《二十四诗品跋》:(图)自举所得句如"棋声花院闭,幡影石坛高"、"松日明金象,山风响木鱼"、"川明虹照雨,树密鸟冲人"、"暖景鸡声美,微风蝶影繁",此类皆有味外味。

秋　思

身病时亦危,逢秋多恸哭。
风波一摇荡,天地几翻覆。
孤萤出荒池,落叶穿破屋。
势利长草草,何人访幽独。

【汇评】

司空图《与李生论诗书》:得于寂寥,则有"孤萤出荒池,落叶穿破屋"。得于惬适,则有"客来当意惬,花发遇歌成"。虽庶几不滨于浅涸,亦未废作者之讥诃也。

《历代五言诗评选》:表圣大节,与韩致光相等。论诗酸咸之喻,东坡以为名言。

许印芳《与李生论诗书跋》：表圣论诗，味在酸咸之外。因举右丞、苏州以示准的，此是诗家高格，不善学之，易落空套。唐人中王、孟、韦、柳四家，诗格相近，其诗皆从苦吟而得。……其自举所得，亦多警句，如"松凉夏健人"、"树密鸟冲人"、"棋声花院闭"、"落叶穿破屋"、"得剑乍如添健仆"、"小栏花韵午晴初"等句，皆眼前实境，而落笔时若无淘洗熔炼工夫，必不能著此等语。由此而推，王、韦诸家诗能出奇之故，可默会矣。

早 春

伤怀同客处，病眼却花朝。
草嫩侵沙短，冰轻著雨消。
风光知可爱，容发不相饶。
早晚丹丘去，飞书肯见招。

【汇评】

《瀛奎律髓》：起句十字四折。此公有《一鸣集》，自夸其诗句之得意者五言，观此亦可知也。

《唐诗选脉会通评林》：（司空图）尝狂歌曰："昨日流莺今日蝉，起来又是夕阳天。六龙飞辔长相窘，何忍临歧更着鞭。"虽戒人嗜欲伤生，即此"风光知可爱，容发不相饶"之意。今读此篇，体裁冲雅，气清识到之什。

《瀛奎律髓汇评》：冯班：颔联名句。　　何义门：发端所谓"人生天地间，忽如远行客"也，已呼起结句，除是神仙不悲老至耳。三、四固名句。破题于"早春"，则微远极矣，诗至此真近佛心。

又云：宋以后高手所以不如唐人，意味有限者，在有句无篇，苦心极力，只学得三、四，不知妙在首尾。　　纪昀：刻画之至，不失自然。　　又云：固是苦吟有悟，亦由骨韵本清。姚武功搜尽枯肠,终是酸馅气。

《重订中晚唐诗主客图》：有味处全在细,故天下物之粗者味短("草嫩"联下)。　　此等却非乐天("风光"联下)。

江行二首（其一）

地阔分吴塞,枫高映楚天。
曲塘春尽雨,方响夜深船。[①]
行纪添新梦,羁愁甚往年。
何时京洛路,马上见人烟。

【原注】

① 《旧唐书》：方响以铁为之,长九寸,广二寸,员上方下。

【汇评】

《重订中晚唐诗主客图》：余每讽此,其味数日不能去怀,其音数日不能去耳。写景妙矣,当思其中之情,力得其中之味("曲塘"联下)。

杂　言

乌飞飞,兔蹴蹴,朝来暮去驱时节。
女娲只解补青天,不解煎胶粘日月。

【汇评】

《韵语阳秋》：古人诗勉人行乐,未尝不以日月迅驶为言。谢惠连云："四节竞阑候,六龙引颓机。"沈约云："驰盖转祖龙,回星引奔月。"……司空图云："女娲只解补青天,不解煎胶粘日月。"孟郊云："生随昏晓中,皆被日月驱。"皆佳语也。

《五朝诗善鸣集》：惯用奇字奇语,洞目骇心。

淅 上 （其二）

西北乡关近帝京，烟尘一片正伤情。

愁看地色连空色，静听歌声似哭声。

红蓼满村人不在，青山绕槛路难平。

从他烟棹更南去，休向津头问去程。

【汇评】

《唐诗鼓吹评注》：此言西北乡关近于帝京，回首而望，但见烟尘一片，欲归未得正尔伤情也。是以地色连天，歌声似哭，目之所睹，耳之所闻，无一而非伤情者。且世乱人稀、时危政险，更随烟棹向南而去则有懒于问津者，其何时而遂吾归志耶。

山 中

全家与我恋孤岑，蹋得苍苔一径深。

逃难人多分隙地，放生麋大出寒林。

名应不朽轻仙骨，理到忘机近佛心。

昨夜前溪骤雷雨，晚晴闲步数峰吟。

【汇评】

《唐诗鼓吹评注》：第二句虚含"中"字，神韵独妙。　　第五对发端，第六对三、四，落句从上，"忘机"带出"前"字，反映"中"字。"风雨"以比丧乱。

《石园诗话》：司空表圣论诗云："诗贯六义，讽谕、抑扬、渟蓄、渊雅皆在其间。唯近而不浮，远而不尽，然后可言韵外之致。"自序其五言佳句及"逃难人多分隙地，放生鹿大出寒林"、"得剑乍如添健仆，亡书久似忆良朋"、"孤屿池痕春涨满，小栏花韵午晴初"三联,谓皆不拘于一概。

丁未岁归王官谷

家山牢落战尘西,匹马偷归路已迷。

冢上卷旗人簇立,花边移寨鸟惊啼。

本来薄俗轻文字,却致中原动鼓鼙。

将取一壶闲日月,长歌深入武陵溪。

【汇评】

《山满楼笺注唐诗七言律》:上半叙事,下半寄慨。 "家
山"既隔"战尘",则行李未能安稳可知。"匹马偷归",写尽道路梗
塞、寸步难行之状。"路已迷",即下二句意:"冢上"非插旗之地,
"花边"岂立寨之场,今则"人簇立"矣,"鸟惊啼"矣,昔日旧观,倏而
尽改过者,安得不迷?五、六"本来"、"却致",一低一昂。"文字"
者,文教也。文教兴,则彝伦叙,贤才举,百姓安而天下治;文教废,
则彝伦斁,贤才优,百姓困而天下以乱,此自然之理也。

《读雪山房唐诗序例》:司空表圣《归王官谷》作,有蜕弃轩冕
之风。

《石园诗话》:愚谓表圣七言中,如"久无书去干新贵,时有僧
来自故乡"、"本来薄俗轻文字,却致中原动鼓鼙"、"乱来已失耕桑
计,病后休论济活心"、"名应不朽轻仙骨,理到忘机近佛心",合于
计敏夫所谓:清音泠然,变而不失其正者也。

退 栖

宦游萧索为无能,移住中条最上层。

得剑乍如添健仆,亡书久似失良朋。

燕昭不是空怜马，支遁何妨亦爱鹰。

自此致身绳检外，肯教世路日兢兢。

【汇评】

《唐诗鼓吹评注》：三、四是遭乱避地人语，所以有味。放翁专学此等句子，即得其皮也。三、四状"萧索"，五、六反"无能"，落句应"移住"。

《龙性堂诗话续集》：司空表圣诗清真高古，全无晚唐一点尖新涂泽习气。如《山中》云："名因不朽轻仙骨，理到忘机近佛心。"《争名》云："穷辱未甘英气阻，乖疏还有正人知。"《陈疾》云："霄汉逼来心不动，鬓毛白尽兴犹多。"《退栖》云："得剑乍如添健仆，亡书久似失良朋。"又"燕昭不是空怜马，支遁何妨亦爱鹰。"……即此数语，可想见其为人。

《网师园唐诗笺》：名语从格物得来（"得剑乍如"联下）。

《唐七律隽》：先生清节重望，有柴桑之高致，故诗亦矫矫不群。

《岘傭说诗》：晚唐七律，非无佳句，特少完章。且所云佳句，又景尽句中，句外并无神韵。如……"得剑乍如添健仆，亡书久似忆良朋"、"芳草有情多碍马，好云无处不遮楼"等类，皆无事外远致也。

《诗境浅说》：此类诗句难于言情写景之诗，因须取譬工切，且有意味也。近人有"欲霁山如新染画，重游路比旧温书"，与此诗相似。若林逋之"春水净于僧眼碧，远山浓似佛头青"，及"巫峡晓云笼短鬓，楚江秋水曳长裙"，则借风景取譬，较易著想也（"得剑乍如"联下）。

重阳山居

诗人自古恨难穷，暮节登临且喜同。

四望交亲兵乱后，一川风物笛声中。

菊残深处回幽蝶，陂动晴光下早鸿。

明日更期来此醉，不堪寂寞对衰翁。

【汇评】

《彦周诗话》：司空图，唐末竟能全节自守，其诗有"绿树连村暗，黄花入麦稀"，诚可贵重。又曰："四座宾朋兵乱后，一川风月笛声中。"句法虽可及，而意甚委曲。

《唐诗鼓吹笺注》：中二联皆言寂寞，而第六尤变化。

光启四年春戊申

乱后烧残数架书，峰前犹自恋吾庐。

忘机渐喜逢人少，览镜空怜待鹤疏。

孤屿池痕春涨满，小阑花韵午晴初。

酣歌自适逃名久，不必门多长者车。

【汇评】

《桐城吴先生评点唐诗鼓吹》："待鹤疏"，拙语。

《诗境浅说》：表圣在乾宁朝，以户兵二部侍郎召，不赴，归隐王官。闻哀宗之变，不食而卒，卓然唐末完人。此为归山次年所作，自写天怀之淡定，非以泉石鸣高也。首二句言乱后藏书散失，幸吾庐无恙，尚可陋室自安。三句言人以独处无聊为慨，己则孤秀自馨，转觉渐不逢人之可喜。四句言粗粝儒餐，分所应得，所歉怀者，并饲鹤之粮亦缺耳。后半首言，处境虽约，而吾庐中小阑孤屿犹存，每看春水波痕、午晴花韵，辄悠然自赏。逃名本以自适，即长者车亦不愿临门，何论馀子耶。全首固见高致，其五、六句若不经意，而秀润如画，洵推佳句也。

《东岩草堂评订唐诗鼓吹》：此（按指前四句诗）即杜工部所云

"侧身天地更怀古,回首风尘甘息机"是也。况乎吾庐之内孤屿池痕,小阑花韵,可酣可歌,尽可自适。逃名之念存之久矣。陶靖节诗云:"结庐在人境,而无车马喧。"正与此意相符耳。

独 望

绿树连村暗,黄花入麦稀。

远陂春草绿,犹有水禽飞。

【汇评】

《东坡志林》:司空表圣自论其诗,以为得味外味。"绿树连村暗,黄花入麦稀",此句最善。

《唐人绝句精华》:二十字构成一幅田园佳景,苏轼极赏此诗。

漫题三首(其一)

乱后他乡节,烧残故国春。

自怜垂白首,犹伴踏青人。

【汇评】

《养一斋诗话》:(司空图)佳句累累,终无可当"雄浑"之目者。若其《漫题》、《偶题》、《杂题》诸小诗,亦多幽致。

退居漫题七首(其一)

花缺伤难缀,莺喧奈细听。

惜春春已晚,珍重草青青。

【汇评】

《唐人绝句精华》:此二诗(按指本篇及同题第三首)贵无衰飒

气,两结句皆有新意。

即事九首（其一）

宿雨川原霁,凭高景物新。
陂痕侵牧马,云影带耕人。

【汇评】

《养一斋诗话》:(司空图诗)如"破巢看乳燕,留果待啼猿"、"鸟窥临槛镜,马过隔墙鞭"、"晒书因阅画,封药偶和丹"、"鸥和湖雁下,雪隔岭梅飘"、"溪涨渔家近,烟收鸟道高"、"陂痕侵牧马,云影带耕人"、"绿树连村暗,黄花入麦稀",颇令人应接不暇,要于"雄浑"两字,概乎未有闻也。

《唐人绝句精华》:确是新霁景象。

乐　府

宝马跋尘光,双驰照路旁。
喧传报戚里,明日幸长杨。

【汇评】

《批点唐诗正声》:第三句少转换。一得虚字斡旋,即成佳篇。

《诗境浅说续编》:一条软绣天街,遥见滚尘双骑驰来,雕鞍玉勒,照眼生辉。夹道朱门,非樊重之家,即王根之宅。道路喧传,至尊将于明日游幸长杨,故双骑驰报贵家以备侍从。诗境所言至此,而当日京都之繁盛、宸游之娱乐、车骑之辉煌、戚里之荣宠,皆含诗内,如展《清明上河图》一角也。

华上二首 （其一）

故国春归未有涯，小栏高槛别人家。

五更惆怅回孤枕，犹自残灯照落花。

【汇评】

《诗筏》：（司空图）绝句如"故国春归未有涯，……"亦自有致，然终非盛唐气象也。

《龙性堂诗话续集》：司空表圣诗多佳句，如"绿树连村暗，黄花入麦稀"、"川明虹照雨，林密鸟冲人"、"马色经寒惨，雕声带晚饥"、"孤屿池痕春涨满，小阑花韵午晴初"、"五更惆怅回孤枕，犹自残灯照落花"，皆足称也。

《诗境浅说续编》：表圣为唐末完人，此诗殊有君国之感。首句言收京之无望。次句言河山之易主。三、四句，明知颓运难回，犹冀一旅一成，倘能兴夏，不敢昌言，以残灯落花为喻，顾周原之禾黍，徘徊而不忍去也。

浔阳渡

楚田人立带残晖，驿迥村幽客路微。

两岸芦花正萧飒，渚烟深处白牛归。

河湟有感

一自萧关起战尘，河湟隔断异乡春。

汉儿尽作胡儿语，却向城头骂汉人。

【汇评】

《唐人绝句精华》：三、四言河湟沦陷之久也。此或是张义潮未复河湟前作。

赠日东鉴禅师

故国无心度海潮，老禅方丈倚中条。

夜深雨绝松堂静，一点飞萤照寂寥。

【汇评】

《读雪山房唐诗序例》：唐末七言绝句，不少名篇。司空图《赠日东鉴禅师》(诗略)、崔涂《读庾信集》(诗略)，骨色神韵，俱臻绝品，可以俯视众流矣。

漫书五首 (其一)

长拟求闲未得闲，又劳行役出秦关。

逢人渐觉乡音异，却恨莺声似故山。

【汇评】

《注解选唐诗》："逢人渐觉乡音异"，此去乡愈远，思乡愈深也。闻莺声似故山，必动故山之想，其怀抱当何如？所以不喜而反恨也。

《唐诗绝句类选》：末句不言思乡，而乡思自浓。

《唐诗镜》：琢意过巧而小。

冯燕歌

魏中义士有冯燕，游侠幽并最少年。

避仇偶作滑台客，嘶风跃马来翩翩。

此时恰遇莺花月，堤上轩车昼不绝。
两面高楼语笑声，指点行人情暗结。
掷果潘郎谁不慕，朱门别见红妆露。
故故推门掩不开，似教欧轧传言语。
冯生敲镫袖笼鞭，半拂垂杨半惹烟。
树间春鸟知人意，的的心期暗与传。
传道张婴偏嗜酒，从此香闺为我有。
梁间客燕正相欺，屋上鸣鸠空自斗。
婴归醉卧非仇汝，岂知负过人怀惧。
燕依户扇欲潜逃，巾在枕旁指令取。
谁言狼戾心能忍，待我情深情不隐。
回身本谓取巾难，倒柄方知授霜刃。
冯君抚剑即迟疑，自顾平生心不欺。
尔能负彼必相负，假手他人复在谁。
窗间红艳犹可掬，熟视花钿情不足。
唯将大义断胸襟，粉颈初回如切玉。
凤皇钗碎各分飞，怨魄娇魂何处追。
凌波如唤游金谷，羞彼揶揄泪满衣。
新人藏匿旧人起，白昼喧呼骇邻里。
诬执张婴不自明，贵免生前遭考捶。
官将赴市拥红尘，掉臂人来擘看人。
传声莫遣有冤滥，盗杀婴家即我身。
初闻僚吏翻疑叹，呵叱风狂词不变。
缧囚解缚犹自疑，疑是梦中方脱免。
未死劝君莫浪言，临危不顾始知难。
已为不平能割爱，更将身命救深冤。
白马贤侯贾相公，长悬金帛募才雄。

拜章请赎冯燕罪，千古三河激义风。

黄河东注无时歇，注尽波澜名不灭。

为感词人沈下贤，长歌更与分明说。

此君精爽知犹在，长与人间留炯诫。

铸作金燕香作堆，焚香酬酒听歌来。

【汇评】

《五朝诗善鸣集》：冯燕本一狎邪人，翻作烈丈夫、奇男子，情事逼真，是一篇有韵艳异编《虞初志》。

周繇

　　周繇,生卒年不详,字允之,池州(今安徽贵池)人。能诗,咸通中与许棠、张乔齐名,合称"咸通十哲"。十三年(873),登进士第。授校书,调福昌尉。后曾任建德令。大中末,徐商镇襄阳,幕中有御史中丞周繇,字为宪,与段成式、温庭筠、韦蟾等唱和,成式呼之为"老舅",当元繇之误。有《周繇集》一卷,已佚。《全唐诗》编周繇诗一卷,乃将周繇诗与元繇诗混编。

【汇评】

　　(繇)及咸通进士第,以《明皇梦钟馗赋》得名,弟繁,亦工为诗。调池之建德令,李昭象以诗送之曰:"投文得仕而今少,佩印还家古所荣。"(《唐诗纪事》)

　　(繇)家贫,生理索寞,只苦篇韵,俯有思,仰有咏,深造阃域,时号为"诗禅"。警联如《送人尉黔中》云:"公庭飞白鸟,官俸请丹砂。"《望海》云:"岛间应有国,波外恐无天。"《甘露寺》云:"殿锁南朝像,龛传外国僧。"又"山从平地有,水到远天无",又"白云连菌阁,碧树尽芜城",《江州上薛能尚书》云:"树翳楼台月,帆飞鼓角风。"又"郡斋多岳客,乡户半渔翁"等句甚多,读之皆使人竦,诚好手也。　　经云：过而不能改，是谓过矣。悟门洞开，慧灯深照，顿渐之境，各天所赋。观于时以诗禅许周繇，为不入于邪见，能致思于妙品，固知其衣冠于裸人之国。昔谓学诗如学仙，此之类欤！（《唐才子传》）

登甘露寺

盘江上几层，峭壁半垂藤。
殿锁南朝像，龛禅外国僧。
海涛捲砌槛，山雨洒窗灯。
日暮疏钟起，声声彻广陵。

【汇评】

《升庵诗话》：诗胜张祜《金山》寺，而人罕称之。

《唐诗选脉会通评林》：首咏登楼，在高峻之境。次咏台殿之古，与禅居之人。三咏楼前风景奇险幽美。结即"钟声两岸闻"之意。

《问花楼诗话》：北固山多景楼，明时已圮。余尝登山望大江，云影横空，金、焦两点，如青螺对峙玉盘中。彷徨岩石，楼虽圮，景犹昨也。因忆唐人周繇《多景楼》诗，其一："盘江上几层，峭壁半垂藤。……"繇诗绝佳，今人罕称之者。

望　海

苍茫空泛日，四顾绝人烟。
半浸中华岸，旁通异域船。
岛间应有国，波外恐无天。
欲作乘槎客，翻愁去隔年。

【汇评】

《唐诗选脉会通评林》：周珽曰：宋之问《洞庭湖》云"地尽天水合"，又"滢荧心欲无"，写尽眼界浩荡、心境奇幻。若周繇《海望》云"半浸中华岸"，又"波外恐无天"，亦称作手。然宋诗古调，气象空洞雄浑；周诗律体，规模整饬精深：两美并举，不无初、晚之别。

《唐诗别裁》：余谓咏海何难万言，惟简而该为贵也。读"岛间知有国，波外恐无天"，爽然自失也。

《网师园唐诗笺》：奇想（"波外"句下）。

聂夷中

聂夷中，生卒年不详，字坦之，河东（今山西永济）人，一云河南（今河南洛阳）人。咸通十二年（871），登进士第。官华阴县尉。有《聂夷中诗》二卷。《全唐诗》编诗一卷。

【汇评】

咸通十二年，高湜，榜内孤平者，夷中、公乘亿、许棠。夷中尤贫苦，精古诗。（《唐诗纪事》）

（夷中）性俭，盖奋身草泽，备尝辛楚，率多伤俗闵时之作，哀稼穑之艰难。适值险阻，进退维谷，才足而命屯，有志卒爽，含蓄讽刺，亦有谓焉。古乐府尤得体，皆警省之辞，裨补政治，乐而不淫，哀而不伤，正《国风》之义也。（《唐才子传》）

晚季以五言古诗鸣者，曹邺、刘驾、聂夷中、于濆、邵谒、苏拯数家。其源似并出孟东野，洗剥到极净极真，不觉成此一体。初看殊难入，细玩亦各有意在。就中邺才颖较胜，夷中语尤关教化，驾、濆、谒三子亦多有惬心句堪击节，唯拯平平为似学究耳。李于鳞云："唐无五言古诗，而有其古诗。"为初、盛言则过，以施此数子恰可。（《唐音癸签》）

聂夷中诗,有古直悲凉之气,但皆窃美于人。如"锄禾日当午,汗滴禾下土",李绅诗也,但改一"田"字,上加以"父耕原上田,子斸山下荒。六月禾未秀,官家已修仓"。又如"生在绮罗下"、"君泪濡罗巾",本东野《征妇怨》,移其次篇后四语于前,前篇则删前四句,第改"绿罗"为"绮罗","千里"为"万里","罗巾常在手"为"今在手","今得随妾身"为"日得随路尘","如得风"为"如烟飞"。至"欲别牵郎衣",则直用无所更定。(《载酒园诗话》)

其源出于王无功、储太祝。结思沉潋,但未苦吟。田野诸诗,托情讽喻,亦有古谣谚之风。取在晚唐,犹称作者。(《三唐诗品》)

杂 怨(其一)

生在绮罗下,岂识渔阳道。
良人自戍来,夜夜梦中到。
渔阳万里远,近于中门限。
中门逾有时,渔阳常在眼。

【汇评】

《唐诗归》:谭云:"下"字妙(首句下)。　　钟云:此首见孟郊集,而用孟诗后四句倒在前,遂觉意味深永,此诗家取势法也,于此可悟其妙。

《唐诗选脉会通评林》:周敬曰:汉魏遗韵。　　梦生于想,想极魂随心至,故觉中门远于渔阳。彼曰"梦魂不怕险,长得到关西",又"梦里分明见关塞,不知何路向金微",皆此意也。前四句,犹属虚想,后四句全成真梦矣。

《唐诗归折衷》:唐云:摹写戍妇专一之思,与《葛生》"归于其居",《伯兮》"使我心痗",摘词则异,注想则同。

咏田家

二月卖新丝，五月粜新谷。

医得眼前疮，剜却心头肉。

我愿君王心，化作光明烛。

不照绮罗筵，只照逃亡屋。

【汇评】

《资治通鉴》：上（后唐明宗）又问（冯）道："今岁虽丰，百姓赡足否？"道曰："农家岁凶则死于流殍，岁丰则伤于谷贱；丰凶皆病者，唯农家为然。臣记进士聂夷中诗云：'二月卖新丝，……'语虽鄙俚，曲尽田家之情状。农于四人之中最为勤苦，人主不可不知也。"上悦，命左右录其诗，常讽诵之。

《诗史》：（夷中）有诗曰："二月卖新丝，……"孙光宪谓有《三百篇》之旨，此亦为诗史。

《唐诗镜》：唐人入古，便少雅趣，所以为难。惟韩昌黎"青青水中蒲"最绝。

《五朝诗善鸣集》：烂熟不可删去。

《柳亭诗话》：聂夷中诗："二月卖新丝，五月粜新谷。"或谓："二月蚕尚未生，新丝乌有？"何燕泉曰："盖谓贫民预指丝谷作借贷之资耳。至丝谷出时，俱是他人之物。故谓'医得眼前疮，剜却心头肉'也。"……陆宣公奏议曰："蚕事方毕，已输缣税。农功未艾，遽敛谷租。有者急卖而耗其半直，无者求假而费其倍酬。"夷中盖用其意。

《网师园唐诗笺》：《国风》乎？《小雅》乎？悱恻乃尔（末四句下）。

公子行二首

其一

汉代多豪族,恩深益骄逸。

走马踏杀人,街吏不敢诘。

红楼宴青春,数里望云蔚。

金缸焰胜昼,不畏落晖疾。

美人尽如月,南威莫能匹。

芙蓉自天来,不向水中出。

飞琼奏云和,碧箫吹凤质。

唯恨鲁阳死,无人驻白日。

【汇评】

《中晚唐诗叩弹集》:诏按:《淮南子》:鲁阳公与韩构难,战酣日暮,援戈而㧑之,日为之退三舍。末二语似与第四联背,殊不知前言卜昼卜夜,为乐何极,末乃言更无他忧,惟去日苦多,力莫能挽耳。

其二

花树出墙头,花里谁家楼。

一行书不读,身封万户侯。

美人楼上歌,不是古《凉州》。

【汇评】

《升庵诗话》:"花枝满墙头,花里谁家楼?美人楼上歌,不是古《梁州》。"伤新声日繁,古调日微也。

早发邺北经古城

微月东南明，双牛耕古城。

但耕古城地，不知古城名。

当昔置此城，岂料今日耕。

蔓草已离披，狐兔何纵横。

秋云零落散，秋风萧条生。

对古良可叹，念今转伤情。

古人已冥冥，今人又营营。

不知马蹄下，谁家旧台亭。

公子家

种花满西园，花发青楼道。

花下一禾生，去之为恶草。

【汇评】

《北梦琐言》：(夷中)少贫苦，精于古体。有《公子家》诗，……所谓言近意远，合《三百篇》之旨也。

《唐诗真趣编》：不加勘断，棒痕已深。

《唐人绝句精华》：此讥富豪子弟之无知也。

田家二首 (其一)

父耕原上田，子劚山下荒。

六月禾未秀，官家已修仓。

【汇评】

《唐诗镜》：聂夷中诗第可作诗中之话，若竟作诗，未见有佳处，以意尽而无馀韵也。

《唐诗选脉会通评林》：周敬曰：坦之贫苦，精于古诗，此言近意远，有合《三百篇》之旨。　非熟谙世故，深鉴民情，安得痛心入骨之语！真一声一泪，一字一金。

《唐诗别裁》：唐时尚有采诗之役，故诗家每陈下民苦情，如柳州《捕蛇者说》亦其一也。此诗言简意足，可匹柳文。

《唐诗归折衷》：吴逸一云：由仁爱中写出，精透可怜，安得与风月语同看！

《唐人绝句精华》：此诗刺剥削者不知人民劳苦，但知夺取人民辛勤之果实也。夷中又有五古《咏田家》一首，……尤为沉痛。

乌夜啼

众鸟各归枝，乌乌尔不栖。
还应知妾恨，故向绿窗啼。

【汇评】

《唐人绝句精华》：乌乌何知，啼岂有意？此种无理牵涉，正以见其情之怨也。

长安道

此地无驻马，夜中犹走轮。
所以路傍草，少于衣上尘。

【汇评】

《唐人绝句精华》：此讽奔走名利者也。长安为求名利之地，人皆日夜奔走其中，以致路草亦为之践踏。衣尘多，亦以见奔走者之众。

顾 云

顾云（？—约894），字垂象，一字士龙，池州秋浦（今安徽贵池）人。盐商之子。少与杜荀鹤、殷文圭读书于九华山。咸通十五年（874），登进士第。淮南节度使高骈辟为观察支使、都统判官，由校书、侍御、协律累进检校虞部郎中。骈死，退居湖州霅川，闭门著书。大顺中，受诏与羊昭业等修宣、懿、僖三朝实录，加虞部员外郎，卒。与杜荀鹤友善。有《凤策联华》三卷，《顾氏编遗》、《苕川总载》、《纂新文苑》、《集遗具录》各十卷，又《启事》一卷、《赋》二卷，均佚。《全唐诗》存诗一卷。

【汇评】

《凤策联华》是国华，春来偶未上仙槎。乡连南渡思菰米，泪滴东风避杏花。吟耶暮莺归庙院，睡消迟日寄僧家。一般情绪应相信，门静莎深树影斜。（郑谷《同志顾云下第往京偶有寄勉》）

《凤策联华》三卷，唐虞部郎中淮南从事秋浦顾云垂象撰。多以拟古为题，盖行卷之文也。（《直斋书录解题》）

苔 歌

槛前溪夺秋空色,百丈潭心数砂砾。
松筠条条长碧苔,苔色碧于溪水碧。
波回梳开孔雀尾,根细贴著盘陀石。
拨浪轻拈出少时,一髻浓烟三四尺。
山光日华乱相射,静缕蓝馨匀纂积。
试把临流抖擞看,琉璃珠子泪双滴。
如看玉女洗头处,解破云鬟收未得。
即是仙宫欲制六铢衣,染丝未倩鲛人织。
采之不敢盈筐篚,苦怕龙神河伯惜。
琼苏玉盐烂漫煮,咽入丹田续灵液。
会待功成插翅飞,蓬莱顶上寻仙客。

张 乔

张乔,生卒年不详,池州(今安徽贵池)人。咸通中,应进士举。时京兆府试《月中桂》诗,乔诗擅场。与许棠、郑谷、喻坦之等齐名,合称"咸通十哲"。曾漫游吴越、荆襄、河洛、关中等地。黄巢兵起,罢举,归隐九华山。有《张乔诗集》二卷。《全唐诗》编诗二卷。

【汇评】

张乔,池州九华人也。诗句清雅,敻无与伦。(《唐摭言》)

(乔)有高致,十年不窥园以苦学,诗句清雅,迥少其伦。当时东南多才子,如许棠、喻坦之、剧燕、吴宰、任涛、周繇、张蠙、郑谷、李栖远与乔,亦称"十哲",俱以韵律驰声。(《唐才子传》)

乔之七言小诗,出于文昌律调,稍不作瘦语。时风方扇,亦与诸君联翩求出世耳。寻源远韶,安从发此致耶?(《唐诗品》)

张乔,咸通骑驴之客,吟价颇高。如《听琴》之幽淡,《送许棠》之惊耸,亦集中翘英。(《唐音癸签》)

张乔"波影逐游人,自是游人老",叠句可憎。(《诗辩坻》)

乔亦有一气贯串之妙,尤能作景语。如《华山》:"树粘青霭合,崖夹白云浓。"《赠敬亭僧》:"砌木欹临水,窗峰直倚天。"《沿汉东归》："绝壁云衔寺,空江雪洒船。"《题郑侍御蓝田别业》："云霞朝入镜,猿鸟夜窥灯。"《送许棠》："夜火山头市,春江树杪船。"《思宜春寄友人》："断虹全岑雨,斜月半溪烟。"至若"有景终年住,无机是处闲",则又真率而妙,此殆兼两派之长。(《载酒园诗话又编》)

乔诗高清,突绽漂忽而来,迥出尘外,读之令人风生习习。许浑以才情赡迈,雄视晚朝,每拈一题如泉涌云蒸,视张郎辈,几区区不屑,而不知一种不受烟火之气,飘萧遥越,虽百浑身要不能一得矣。(《近体秋阳》)

张乔《送许棠下第游蜀》云："天下猿多处,西南是蜀关。"工于发端。其五、七律起句,俱多挺拔语。(《石园诗话》)

宴边将

一曲梁州金石清,边风萧飒动江城。

座中有老沙场客,横笛休吹塞上声。

【汇评】

《唐诗直解》："座上恐有江南客"亦同此意。

《唐诗训解》：闻边乐亦悲,积古兵间之故。

《唐诗解》：此见边人之苦于战也。言作乐以宴将士,奏《凉州》之曲而边风忽起,彼老于沙场者已不胜情矣。

《删订唐诗解》：吴昌祺云：沙场之惨,隐然自见,最得绝句之妙(末二句下)。

书边事

调角断清秋,征人倚戍楼。

春风对青冢,白日落梁州。

大汉无兵阻,穷边有客游。

蕃情似此水,长愿向南流。

【汇评】

《唐诗矩》:前后两截格。　　凡五言律,首尾相称、位置停匀者,正调也。前半警策,后半更不用力,如此诗及岑参《寄严许二山人》诗者,变调也。后半亦非不用力,但声势气局为前段所摄,只以平平衬带过去耳。

《诗境浅说》:此诗高视阔步而出,一气直书,而仍有顿挫。亦高格之一也。前半首言正秋寒绝塞、角声横断之时,登戍楼而凭眺;近望则阴山之麓、明妃香冢、青草依然;远望则白日西沉、云天低尽处,约略是甘凉大野。五、六乃转笔写登楼之客,因大漠销兵,行人无阻,乃能作出塞壮游。末句愿蕃人向化,如水向南流,与"不作边城将,谁知恩遇深"同一诗人忠爱之思。

送友人进士许棠

离乡积岁年,归路远依然。

夜火山头市,春江树杪船。

干戈愁冀改,瘅疠喜家全。

何处营甘旨,潮涛浸薄田。

【汇评】

《围炉诗话》:张乔《送许裳》诗,情景浃洽。

《网师园唐诗笺》:三、四句,造语新确。

《瀛奎律髓汇评》:纪昀:三、四绝佳,写景警策。

《唐贤小三昧集续集》:楚蜀风景,十字写尽("夜火"二句下)。

试月中桂

与月转洪濛，扶疏万古同。

根非生下土，叶不坠秋风。

每以圆时足，还随缺处空。

影高群木外，香满一轮中。

未种丹霄日，应虚玉兔宫。

何当因羽化，细得问玄功。

【汇评】

《唐摭言》：咸通末，京兆府解，李建州时为京兆参军主试，同时有许棠与乔，及俞坦之、剧燕、任涛、吴罕、张蠙、周繇、郑谷、李栖远、温宪、李昌符，谓这"十哲"。其年府试《月中桂》诗，乔擅场。诗曰："与月长洪濛，……"其年，频以许棠在场席多年，以为首荐，乔与俞坦之复受许下。薛能尚书深知，因以时唁二子曰："何事尽参差，惜哉吾子诗。日令销此道，天亦负明时。有路当重振，无门即不知。何曾见尧日，相与啜浇漓。"

《诗人玉屑》："唐人句法·咏物"："影高群木外，香满一轮中。"

《五朝诗善鸣集》：语确而不纤巧，自应擅场。

《唐诗评选》：拙处自古意未坠。

《唐风怀》：宝树曰：与寻常咏桂不同，字字从月中着想，故尔落笔皆有仙韵。

《增订唐诗摘钞》："影超群木""香满一轮"，超秀绝伦。

《网师园唐诗笺》：描摹工切（"根非"四句下）。

《唐诗笺要》：宛肖之至，天工人巧，摇笔皆具。　　后四语微寓请托，却字字如题，何等身分。

《唐诗观澜集》：超心炼冶，笔有化工，顾封人作，徒色相语耳。　　　冲口而出，不知乃百炼而得，元气淋漓，此岂寻常蹊径（首四句下）？　　　名句（"影高"一联下）。　　　力破馀地（"未种"一联下）。

《唐人试律说》：刻画精警，而自然超妙，纯以神行。后四句接法矫变，递入祈请无痕，试律中之绝高者。

《唐诗近体》：一气相生（首联下）。　　　造语自然（"影高"联下）。　　　小诞相，妙（"未种"联下）。　　　清丽。

河湟旧卒

少年随将讨河湟，头白时清返故乡。
十万汉军零落尽，独吹边曲向残阳。

【汇评】

《对床夜语》：张乔多有好绝句。《河湟旧卒》云："少年随将讨河湟，……"《渔父》云："首戴圆荷发不梳，叶舟为宅水为居。沙头聚看人如市，钓得澄江一丈鱼。"不独"城锁东风十五桥"之句也。又："兄弟江南身塞北，雁飞犹自半年馀。夜来因得还乡梦，起读前秋转海书。"亦籍、牧之亚。

《匏庐诗话》：张乔《宴边将》云云，《河湟旧卒》云云，试掩其名，读者鲜不以为右丞、龙标。然则初盛中晚之分，其亦可以已乎？

《唐人绝句精华》：此为老卒抒久戍之情也。

题河中鹳雀楼

高楼怀古动悲歌，鹳雀今无野燕过。
树隔五陵秋色早，水连三晋夕阳多。
渔人遗火成寒烧，牧笛吹风起夜波。
十载重来值摇落，天涯归计欲如何。

【汇评】

《诗人玉屑》：“唐人句法·地名”：“树隔五陵秋色早，水连三晋夕阳多。”

《增定评注唐诗正声》：顾云：颈联新意婉曲。　　周云：自然旷逸。

《五朝诗善鸣集》：不愧与名“十哲”。

《贯华堂选批唐才子诗》：妙于“十载重来”四字写感；“欲如何”三字写悟。如此方是真正感，方是真正悟，不是他时他人传闻异辞之感，付之无奈之悟而已也。

《唐诗摘钞》：起联破题，颔联应“怀古”字，颈联起下“摇落”意，结则抚景思归，此动悲歌之由也。起是怀古，后是思乡，与许浑《咸阳晚眺》作同意，但彼是串插，此分两段，法自不同也。晚唐人写小景特精，若大景不能不让初、盛，然亦时得一二联，如温庭筠“帘向玉峰藏夜雪，砌因蓝水长秋苔”及此颔联是也。

《唐诗贯珠》：三、四神致佳，五亦妥，六不得力。“摇落”应“秋色”，结乃登临必致之情。所言怀古，尚未尽致。

《此木轩五言律七言律诗选读本》：便是《黄鹤楼》诗一样说话。

《山满楼笺注唐诗七言律》：一、二只是古今二字，其所以怀古而动悲歌者，正伤今之不逮也。三、四推而广言之。

《唐体肤诠》：中二联写景俱带怀古意。四句景物要分大小远近，其说详薛能诗下。　　与李益作同意，与殷尧藩作同格。

《历代诗发》：“渔人”一联是极力煅炼语，却似天衣无缝。

《唐贤小三昧集续集》：爽健有韵，不减李十郎作。

寄维扬故人

离别河边绾柳条，千山万水玉人遥。

月明记得相寻处，城锁东风十五桥。

【汇评】

《对床夜语》：唐人绝句，有意相袭者，有句相袭者。……张乔《寄维扬友》云"月明记得相寻处，城锁东风十五桥"，杜牧《怀吴中友》"惟有别时今不忘，暮烟秋雨过枫桥"，……此皆意相袭者。

《唐诗摘钞》：此似寄妓之作。与"二十四桥明月夜，玉人何处教吹箫"，俱妙在后二句，前二句并俗。

《诗辩坻》：张乔《寄维扬故人》："月明记得相寻处，城锁东风十五桥。"《解颐新语》谓："扬有二十四桥，乔盖想故人之居当过其半，乃知诗人无虚语。"予谓此真百泉魔语也。

《唐三体诗评》：下二句偷"梦中不识路，何以慰故里"，无迹。

曹　唐

曹唐，生卒年不详，字尧宾，桂州（今广西桂林）人。初曾为道士，工诗文。大中中，举进士不第。或云大和中进士。咸通中，为使府从事，卒。唐作《游仙诗》百馀篇，又作《病马》诗以自况，颇传于时。有《曹唐诗》三卷，已佚。《全唐诗》存诗二卷。

【汇评】

瑰奇美丽主：武元衡。……入室三人：赵嘏、长孙佐辅、曹唐。（《诗人主客图》）

唐进士曹唐，游仙诗才情缥缈，岳阳李远员外每吟其诗而思其人。一日，曹往谒之，李倒屣而迎。曹生仪质充伟，李戏之曰："昔者未睹标仪，将谓可乘鸾鹤，此际拜见，安知壮水牛亦不胜其载！"时人闻而笑之。（《北梦琐言》）

（曹）唐诗属对清切，如"鹧鸪思起歌声动，鸲鹆身翻舞袖齐"、"斩蛟青海上，射虎黑山头"，此类颇多。（《唐诗纪事》）

曹唐专借古仙会聚离别之事，以寓写情之妙。（《瀛奎律髓》）

于鹄、曹唐，仅如候虫之自鸣者耳。（《吴礼部诗话》）

唐始起清流，志趣澹然，有凌云之骨；追慕古仙子高情，往往奇

遇，而己才思不减，遂作《大游仙诗》五十篇，又《小游仙诗》等，纪其悲欢离合之要，大播于时。（《唐才子传》）

二曹之诗：尧宾《游仙》诸什，缥缈多世外语；邺之师法古则，故不为近体。（曹学佺《重刻二曹诗集序》）

曹尧宾诗能用多句，调颇充伟，为复类其仪质邪？（《唐音癸签》）

纪昀：颜延年始作《织女赠牵牛》诗，流及曹唐，遂有《游仙》诗，殊为俗格。（《瀛奎律髓汇评》）

曹唐如巫婆念咒化斋，令人掩耳，欲其亟去。（《石洲诗话》）

（曹唐）《大游仙诗》，愚爱其"山川到处成三月，绿竹径时即万年"一联。他诗每于结句能寄规诲而见议论。如《羽林贾中丞》云："胸中别有安边计，谁睬髭须白似银。"《赠南岳冯处士》云："支颐冷笑缘名山，终日王门强曳裾。"《奉送严大夫再领容州》云，"代北天南尽成事，肯将心许霍嫖姚。"《送刘尊师祗诏阙廷》云："五千言外无文字，更有何词赠武皇？"《病马》云："王良若许相抬策，千里追风也不难。"可以想其胸次。（《石园诗话》）

（曹唐）以游仙诗得名，辞采略可观，而格殊凡下，烟火气盛，思致落实，极少凌云之概。《病马》诗句法警挺，顾少含蓄耳。绝句与胡曾俱伤于真率，辞旨不属，转合多滞，馀兴索然矣。（《诗学渊源》）

刘晨阮肇游天台

树入天台石路新，云和草静迥无尘。
烟霞不省生前事，水木空疑梦后身。
往往鸡鸣岩下月，时时犬吠洞中春。
不知此地归何处，须就桃源问主人。

《唐诗选脉会通评林》：周珽曰：此拟游仙诗也。言天台石路人迹罕到，刘、阮至此不觉身世俱忘。盖以云草幽寂，疑非尘世；鸡犬相闻，又似人间：故不知归宿在何处，欲寻仙源，一问之也。"烟霞"、"水木"而曰"生前"、"梦里"，说得仙境虚玄，妙在"不省"、"空疑"四字。鸡鸣岩月、犬吠洞春，极清山矣；曰"往往"、"时时"，见仙家景物修异。刘、阮何物骨相，得此奇逢耶？今世遭遇，忽焉出自意表，有不自知其故者，何异于是！　　尧宾游仙诸作，大抵摹写神仙景事幻化，而寓意悠深，律调多不食烟火人语，非洞彻玄理道妙，不能深刻如是。

《唐体馀编》：迷离惝恍，意境宛然。

《唐诗成法》：此类题曹唐诗最多，皆不脱俗气，此首稍雅。

仙子洞中有怀刘阮

不将清瑟理霓裳，尘梦那知鹤梦长。
洞里有天春寂寂，人间无路月茫茫。
玉沙瑶草连溪碧，流水桃花满涧香。
晓露风灯零落尽，此生无处访刘郎。

【汇评】

《太平广记》引《灵怪录》：（曹唐）久举不第，尝寓居江陵佛寺中，亭沼境甚幽胜，每日临玩赋诗，得两句曰："水底有天春漠漠，人间无路月茫茫。"吟之未久，自以为常制皆不及此作。一日，还坐亭沼上，方用怡咏，忽见二妇人，衣素衣，貌甚闲冶，徐步而吟，则唐前所作之二句也。唐自以制以翌日，人固未有知者，何遽而得之？因迫而讯之，不应而去，未十馀步间，不见矣。……数日后，唐卒于佛舍中。

《诗话总龟》：曹唐、罗隐同时，才情不异。罗曰："唐有鬼诗。"或曰："何也？"曰："水底有天春寂寂，人间无路月茫茫。"

《唐诗鼓吹笺注》：此亦设为想念之意也。一、二即写"怀"字意，言仙凡迥隔，尘梦鹤梦，相去悬绝。三、四即承写此意。五、六言刘、阮已去，悠悠仙梦，但见"玉沙瑶草"而已，"流水桃花"而已，即结之"无处问刘郎"也。

《唐诗鼓吹评注》："月茫茫"用奔月事。

《野鸿诗的》："洞里有天春寂寂，人间无路月茫茫"，玉谿《无题》诗千妖百媚，不如此二语缥缈销魂。

题子侄书院双松

自种双松费几钱，顿令院落似秋天。

能藏此地新晴雨，却惹空山旧烧烟。

枝压细风过枕上，影笼残月到窗前。

莫教取次成闲梦，使汝悠悠十八年。

【汇评】

《唐诗鼓吹笺注》："藏新雨"、"惹旧烟"，极写院落似秋天意。"风过枕上"，耳之所闻，听松声也；"月到窗前"，目之所见，看松影也。"莫教"一结，极致期望之意。

《唐诗鼓吹评注》："自"字直贯注末句，不独呼起。"顿"字亦与"十八年"反对。　落句鞭策子侄，妙在五六中已含成梦。

《中晚唐诗叩弹集》：《三国志》：丁公固幼时梦松生其腹，谓人曰："松字乃'十八公'也。后十八年，吾其为公乎？"卒如梦兆（结句下）。

《网师园唐诗笺》：勉励作结，恰合题松。

病马五首呈郑校书章三吴十五先辈（其二）

陇上沙葱叶正齐，腾黄犹自跼羸蹄。

尾蟠夜雨红丝脆，头捽秋风白练低。

力惫未思金络脑，影寒空望锦障泥。

阶前莫怪垂双泪，不遇孙阳不敢嘶。

【汇评】

《唐才子传》：（曹）唐平生志甚激昂，至是薄宦，颇自郁悒，为《病马》诗以自况。警联如"尾盘夜雨红丝脆，头捽秋风白练低"，又云"风吹病骨无骄气，土蚀骢花见卧痕"，又云"饮惊白露泉花冷，吃怕清秋豆叶寒"，皆脍炙人口。

《唐诗选脉会通评林》：周珽曰：吾闻同一爱马，买死马者，英雄牢络之微权；赎老马、怜病马者，圣贤悲悯之深心。尧宾《病马》诗五首：一言牧失其所。二言遇无其主。三言有识而恩养者，未尝敢忘其报。四有志在千里之思。五有冀人提携之想。无非致属望之意于郑公也。用意措语，变化离奇，不可名状。

《唐诗鼓吹评注》：此以病马自喻，呈郑君而致属望之意焉。

《才调集补注》：钝吟云：寓托慷慨。

《围炉诗话》：诗以深为难，而厚更难于深。子美《秋兴》，每篇一意，故厚。曹唐《病马》只一意，而得好句六联，成诗三首，乌得不薄？眩于好句而不审本意，大历后之堕阮落堑处也。

《答万季野问》：（咏物）姑言其浅处。如少陵《黑鹰》、曹唐《病马》，其中有人。袁凯《白燕》诗，脍炙人口，其中无人，谁不可作？画也，非诗也。

小游仙诗九十八首（选四首）

其三

骑龙重过玉溪头，红叶还春碧水流。

省得壶中见天地，壶中天地不曾秋。

【汇评】

《唐诗选脉会通评林》：周珽曰：此极言仙家在烟霞水面之间，理乱不闻，荣辱不及，别成一世界也。按尧宾初为羽士，后加巾帻，举进士第，历仕诸府从事，郁郁不得志，见诸词章，不无托想于远游升天焉。其《小游仙》诗近百篇。如此作，玩"重过"、"省得"四字，分明有出山之悔，复兴绝尘之思乎！

其十七

玉诏新除沈侍郎，便分茅土镇东方。

不知今夕游何处，侍从皆骑白凤凰。

【汇评】

《北梦琐言》：沈询侍郎清粹端美，神仙中人也。制除山北节旄，京城诵曹唐《游仙诗》："玉诏新除沈侍郎，……"

《中晚唐诗叩弹集》：庭珠按：《神仙传》：沈羲将飞升，有羽衣持节拜碧落侍郎（首句下）。

《北江诗话》："不知今夜游何处？侍从皆骑白凤凰"，逼真神仙。

《读雪山房唐诗序例》：曹唐《小游仙》、王涣《惆怅词》，至为凡陋。然"玉诏新除沈侍郎"、"他年江令独来时"，未尝无孤鹤出群之致。

其四十

共爱初平住九霞，焚香不出闭金华。

白羊成队难收拾，吃尽溪头巨胜花。

【汇评】

《升庵诗话》：题赤松诗，舒道纪最佳。唐人如皎然、曹唐二绝句亦可喜。……曹云："共爱初平住九霞，焚香不出闭金华。白羊成阵难收拾，吃尽溪边莒胜花。"吾乡谈赤松题咏者，未有人拈出也。

其七十五

琼树扶疏压瑞烟，玉皇朝客满花前。

东风小饮人皆醉，短尾青龙枕水眠。

【总评】

《唐诗镜》：王建《宫词》百首、曹唐《游仙》九十八首，皆对境生情，令人有如在当年之趣。

《诗源辩体》：游仙诗其来已久；至曹唐则有七言绝九十八首。后人赋游仙绝句，实起于此。

来　鹏

　　来鹏，生卒年不详，豫章（今江西南昌）人。举进士，不第。乾符中，曾入福建观察使韦岫幕中。后游蜀，卒。为诗清丽，有《来鹏诗》一卷，今佚。或云来鹏即来鹄，据今人考订，实误。《全唐诗》未收来鹏诗，在来鹄名下编诗一卷，注云鹄一作鹏，然除《圣政纪颂并序》为来鹄作外，当均为来鹏所作。

【汇评】

　　唐进士来鹏，诗思清丽。福建韦尚书岫爱其才，曾欲以子妻之，而后不果。尔后游蜀，夏课卷中有诗云：“一夜绿荷风剪破，赚他秋雨不成珠。”识者以为不祥。是岁不随秋赋而卒于通议郎。（《北梦琐言》）

　　鹏工诗，蓄锐既久，自伤年长，家贫不达，颇亦岔岔，故多寓意讥讪。当路虽赏清丽，不免忤情，每为所忌，……坐是凡十上不得第。（《唐才子传》）

寒食山馆书情

独把一杯山馆中，每经时节恨飘蓬。

侵阶草色连朝雨，满地梨花昨夜风。

蜀魄啼来春寂寞，楚魂吟后月朦胧。

分明记得还家梦，徐孺宅前湖水东。

【汇评】

《贯华堂选批唐才子诗》：为经时节，故把一杯；为飘蓬，故独在山馆中。然则起句中，已尽有次句，而今又必重作一句者，只为欲加"每"字、"恨"字。犹言年年凡遇寒食，则无以自遣，必把一杯；年年凡把一杯，则无有好怀，必在逆旅，盖言不独今日之把一杯在此山馆中也。三、四，画时节亦尽此十四字，画飘蓬亦尽此十四字，更不须别动笔也（首四句下）。　　　　此五、六，正先与七句写梦回之时也。末句句法，言"徐孺宅前湖水"六字，是将到家下，路之所经，只得"东"一字，是其家下也。　　　　金雍补注：看唐人五六，其轻如此（末句下）。

《唐三体诗评》："独把一杯"，则不得预杏园之宴。草长花落，人才消长如此，安得不身世飘零乎？

《唐诗贯珠》：来鹏屡举进士不中而客死，则其潦倒可知，故诗多失意之语，发之于节序，非正赋寒食也。

云

千形万象竟还空，映水藏山片复重。

无限旱苗枯欲尽，悠悠闲处作奇峰。

【汇评】

《诗史》：（来鹏）喜以诗说讪当路，为人所恶，卒不第。《金钱花》云："青帝若教花里用，牡丹应是得钱人。"《夏云》云："无恨旱苗枯欲尽，悠悠闲处作奇峰。"《偶题》云："可惜青天好雷电，只能驱趁懒蛟龙。"

《唐人绝句精华》：此借云以讽不恤民劳者之词。

李山甫

李山甫，生卒年里贯均未详。咸通中，累举进士不第，归隐河东。中和中，为魏博节度使乐彦祯从事。光启二年，襄王李煴自立为帝，彦祯遣山甫使镇州，欲联河北诸镇同盟讨贼，事未成。山甫宦途失意，怨朝中大臣。四年，宰相王铎出为义昌军节度使，经魏州，山甫导彦祯子从训伏兵劫之，铎及家属吏佐三百馀人皆被害。后不知所终。有《李山甫诗》一卷。《全唐诗》编诗一卷。

【汇评】

李山甫，咸通中不第，后流落河朔，为乐彦祯从事，多怨朝廷之执政。尝有诗云："劝君不用夸头角，梦里输赢总未真。"（《南部新书》）

山甫诗文激切，耿耿有齐气，多感时怀古之作。（《唐才子诗》）

山甫诗多事刻削，殊乏神气。人微运仄，而取埋当代，不亦然哉！其《访隐》有云："好鸟共人语，异花迎客香。"安得历历如此！（《唐诗品》）

唐七言律，……至吴融、韩偓香奁脂粉，杜荀鹤、李山甫委巷丛谈，否道斯极，唐亦以亡矣。（《诗薮·内篇》）

李山甫求名不遂，满腔怨毒，语不忌俚，如"麻衣尽举一双手，桂树只生三十枝"。既知成事概难，何必佐备鸡泊憯刃？（《唐音癸签》）

初唐七言律质胜于文，盛唐文质兼备，大历而后文胜质衰，至李山甫、罗隐诸子，则文浮而质灭矣。（《诗源辩体》）

七言律轻浮纤巧，虽唐末所尚，而成家者实少。李山甫、罗隐诸子，间得一二可采，其他则多鄙俗村陋矣。（同上）

李山甫《柳》诗，善于自况。其"有时三点两点雨，到处十枝五枝花"、"新成剑戟皆农器，旧着衣裳尽血痕"、"谁陈帝子和蕃策？我是男儿为国羞"、"镜里只应谙素貌，人间多自重红妆"，皆自然流丽。司空表圣誉以诗曰："谁似天才李山甫，牡丹属思亦纵横。"然《牡丹》诗非其上乘也。（《石园诗话》）

隋堤柳

曾傍龙舟拂翠华，至今凝恨倚天涯。

但经春色还秋色，不觉杨家是李家。

背日古阴从北朽，逐波疏影向南斜。

年年只有晴风便，遥为雷塘送雪花。

【汇评】

《唐音癸签》：世岂有国号、国姓可入诗者哉？然如"人歌小岁酒，花舞大唐春"、"但经春色还秋色，不觉杨家是李家"，非佳句乎？观此，事无不可使，只巧匠少耳。

《唐诗贯珠》：全以亡国之恨为血脉。起得华丽，二却无限情深。四因有出落，连三俱有气色。五、六有物理，有情思。

《唐体肤诠》：于三、四得脉，感慨在言外，五、六略泛，故结处再醒隋堤。

《近体秋阳》：信口夷犹，千古绝调（"不觉杨家"句下）。
风流摇曳。

寒食二首（其一）

柳带东风一向斜，春阴澹澹蔽人家。
有时三点两点雨，到处十枝五枝花。
万井楼台疑秀画，九原珠翠似烟霞。
年年今日谁相问，独卧长安泣岁华。

【汇评】

《唐诗选脉会通评林》：周敬曰：唐人寒食诗多矣，余最爱李山甫"有时三点二点雨，到处十枝五枝花"与来鹏"侵阶草色连朝雨，满地梨花昨夜风"，为寒食时景传神。　　周珽曰："碍"字奇，"澹澹"二字韵。《诗旨》云：诗有喜怒哀乐，四时之词，喜而得之，其词丽，如"有时"、"到处"一联是也。盖时至寒食，天色乍晴乍雨，花枝或疏或密，城市繁华如织，丘陵树木郁然，风景物候原与四时不同。此诗妙境在"有时"、"到处"与"疑"字、"似"字。　　曰"疑"曰"似"，见目前荣华，倏成空寂，何等含蓄！结叹已无知己慰问，年年独有岁华之泣。旅思无聊，感慨中情，可谓怨而不怒者也。

《才调集补注》：钝吟云：画出寒食（"有时三点"二句下）。

《唐诗鼓吹笺注》："有时三点两点"，非写雨也，是写暮春乍雨乍晴时候。"到处十枝五枝"，非写花也，是写暮春绿暗红稀景象。

《唐诗别裁》："有时三点两点雨"，于不着力处见工。

《一瓢诗话》：李山甫《寒食》诗，真画出清明二月天也。就此一斑，可窥全豹。

《唐诗笺注》：通首写状寒食时候，不事点染，笔意自尔生动。

《诗境浅说》：此二句以轻活之笔，写眼前之景。全以不著力处见工。宋人集中每有此派。在骈文中，"一寸二寸之鱼，三竿二竿之竹"，其意境相似。此诗因寒食而作，上句以清明为多雨之际，故时有数点沾衣；下句言其时春花已放，而未繁盛，故时见数枝逗色，皆切寒食时令而发。其次联云"九原珠翠似烟霞"，语不可解。或因寒食上冢，谓九原之下视人间珠翠等烟霞之过眼，然语意亦不明了。凡作律诗者，须通体匀称，若此诗之瑜瑕互见，非上选也（"有时三点"联下）。

阴地关崇徽公主手迹

一拓纤痕更不收，翠微苍藓几经秋。

谁陈帝子和番策，我是男儿为国羞。

寒雨洗来香已尽，淡烟笼著恨长留。

可怜汾水知人意，旁与吞声未忍休。

【汇评】

《五代诗话》引《广川书跋》：初，仆固怀恩之叛，其女没入宫。大历四年，回纥请婚，因封为崇徽公主，降可汗。道汾州，以手掌拓石壁，遂有手痕，今灵石有崇徽公主手痕碑。李山甫诗云："一拓纤痕更不收，……"

《拜经楼诗话》：山甫此诗，盛有名于时。然音调则佳，而前首三、四一联，于崇徽事实颇未合。按《新唐书》："崇徽公主本仆固怀恩少女。怀恩叛，降于回纥，及兵败死，徙其家属于京师。大历四年，封其女为崇徽公主，以嫁回纥。"是公主本罪人之女，例当输之织室，代宗特沛殊恩，而封为公主，在崇徽当感激国恩，而朝廷亦未足以为羞也。尝谓二作（按指本诗与《代崇徽公主意》）若移咏乌孙公主及明妃乃合。盖唐屡以帝女和亲，故山甫假崇徽事以托讽耳。

公子家二首（其二）

柳底花阴压露尘，醉烟轻罩一团春。
鸳鸯占水能嗔客，鹦鹉嫌笼解骂人。
騕褭似龙随日换，轻盈如燕逐年新。
不知买尽长安笑，活得苍生几户贫。

【汇评】

《唐诗鼓吹笺注》：用鸳鸯欺客，鹦鹉骂人、騕褭如龙、轻盈如燕等意，言公子家奢侈成习，不知稼穑艰难为何事！即左右仆从窥公子家之馀光者，亦皆骄横从事，可即禽鸟以类推矣，故用"苍生"作结。

《唐诗鼓吹评注》：前结（按指《公子家》其一）见不惜文士，此结见不惜苍生。讽刺之意，二首一格。

《唐诗成法》：八以讽刺结，得体。　　贵家娇妒，从何处说得尽？只写禽兽且如此，他可知矣。

《一瓢诗话》：《公子家》二首，尤为绝伦，读之令人想到"伶伦吹裂孤生竹"、"侍臣最有相如渴"、"当关莫报侵晨客"等诗，不觉泪涔涔沾袖矣。

《秋窗随笔》：郑云叟《富贵曲》："美人梳洗时，满头间珠翠。岂知两片云，戴却数乡税！"李山甫《公子家》："不知买尽长安笑，活得苍生几户贫。"……此等诗读之令人知衣食艰难，有关风化，得《三百篇》遗意焉。

赠宿将

校猎燕山经几春，雕弓白羽不离身。

年来马上浑无力，望见飞鸿指似人。

【汇评】

《唐才子传》：（山甫）落魄有不羁才，须髯如戟，能为青白眼，生憎俗子，尚豪，虽箪食豆羹，自甘不厌。为诗托讽，不得志，每狂歌痛饮，拔剑斫地，少摅郁郁之气耳。……尝有《老将》诗曰："校猎燕山经几春，……"此伤其蹇薄无成，时人怜之。

《唐人绝句精华》：此美人迟暮之感。

李咸用

李咸用，生卒年里贯均未详。唐末人，与来鹏、修睦同时。曾寓居湘中。后官至浙西推官。有《披沙集》六卷，今存。《全唐诗》编诗三卷。

【汇评】

唐有李推官，以诗名当代，……清新警迈，极锻炼之妙。（陆游《宣城李虞部诗序》）

咸用诗名《披沙集》。谢益寿评潘黄门诗云："披沙简金，往往见宝。"今观咸用之诗，如杨公所简，似可采拾。然五言古诗颇有合调者，乃复委弃。其七言古体，慕长吉之风，而天才不振，音节猥琐。汤休谓吴迈远云："吾诗可为汝诗父。"若长吉视李，更复奴隶尔，不但可父也。（《唐诗品》）

李咸用乐府虽尚能肤立，亦有羊质虎皮之恨。呜呼！古调高言，须骨日近之，可妄效哉！（《载酒园诗话又编》）

李尝有咏《雪》诗："云汉风多银浪溅，昆山火烬玉灰飞。"较宋人"冻合玉楼"、"光摇银海"差雅。又一篇曰："横空络绎云遗屑，扑浪连翩蝶寄槎。"虽镂刻，殊觉捏扭，不及前语自然。（同上）

咸用字与里,皆不可考。生逢乱世,凄厉多而和平少。其诗各体俱备,五言近体独效张氏,盖亦及门之矫矫者。(《重订中晚唐诗主客图》)

塘上行

横塘日澹秋云隔,浪织轻飔罗幂幂。
红绡撇水荡舟人,画桡掺掺柔荑白。
鲤鱼虚掷无消息,花老莲疏愁未摘。
却把金钗打绿荷,懊恼露珠穿不得。

放歌行

蠢蠢茶蓼虫,薨薨避葵荠。
悠悠狷者心,寂寂厌清世。
如何不食甘,命合苦其噬。
如何不趣时,分合辱其体。
至哉先哲言,于物不凝滞。

【汇评】

《唐诗归》:钟云:"寂寂"二字,说出厌世人本领("寂寂"句下)。 钟云:洁。

春 日

浩荡东风里,裴回无所亲。
危城三面水,古树一边春。
衰世难修道,花时不称贫。

滔滔天下者，何处问通津。

【汇评】

《瀛奎律髓》："古木一边春"，绝好。"危城三面水"不知指何郡？盖多有之。"衰世难行道"，太浅露。以一句好，不容弃也。

《五朝诗善鸣集》：以句法不甚修饰见古。

《瀛奎律髓汇评》：冯班：古人行道，只在立身行己。平常处衰世薄俗，古道自然难行，……"衰世难行道"，正是妙句。　　纪昀：晚唐诗往往露骨，然佳句不可没。　　又云：六句却好。

《石园诗话》：《披沙集》中，不仅以"见后却无语，别来长独愁"、"危城三面水，古树一边春"诸句显也。

送从兄坤载

忍泪不敢下，恐兄情更伤。
别离当乱世，骨肉在他乡。
语尽意不尽，路长愁更长。
那堪回首处，残照满衣裳。

【汇评】

《五朝诗善鸣集》：情真至此，一切别离字面皆用不着，可拟"鹡鸰"之句。

《重订中晚唐诗主客图》：情至、味至，所以为水派（"骨肉"句下）。　　滑率易入时，最所当戒（"路长"句下）。

送　别

别意说难尽，离杯深莫辞。
长歌终此席，一笑又何时。

棹入寒潭急，帆当落照迟。

远书如不寄，无以慰相思。

【汇评】

《五朝诗善鸣集》：口头言语作结，其意自深。

访友人不遇

出门无至友，动即到君家。

空掩一庭竹，去看何寺花。

短僮应捧杖，稚女学擎茶。

吟罢留题处，苔阶日影斜。

【汇评】

《唐诗归》：钟云：孤衷深情，见此十字（首二句下）。

《唐诗摘钞》：全篇说得通家熟分，闲淡真率，情事逼真。三与六是目前景，四与五是意中景事，看他虚实相对之妙。　诗中见出宾主二人俱各萧散高旷，相知在形迹之外。

《增订唐诗摘钞》：真朴至此，不复思盛矣。然宋人学之即入率易一道，此魔、佛之别。

《唐诗成法》：逐句写来，情景相生，虚实互用，作法甚密。

《网师园唐诗笺》：一片神行（首四句下）。

《石园诗话》：李咸用诗《山居》云："邻居皆学稼，客至亦无官。"《访友人》云："出门无至友，动即到君家。"《冬夕喜友至》云："多少新闻见，应须语到明。"读之皆使人发融冶之欢，动惨感之感。

《诗境浅说》：诵此诗想见挚友过从之乐。李又有"见后却无语，别来长独愁"句，则言其思友之深。郑谷之《乱后途中忆友》云"乱离知又甚，安稳到家无"，烽火长途，怀人更切。刘绮庄之"故人从此去，远望不胜愁"句，淡淡着笔，而离情无际。循讽诸篇，知朋友之交本为彝伦所重,若徵逐趋走者,虽百辈亦等于无。高适《赠友》诗,所谓"世上谩相识,此翁殊不然",只可谓之相识,不得谓之友也。

草 虫

如缫如织暮咄咄,应节催年使我愁。
行客语停孤店月,高人梦断一床秋。
风低藓径疑偏急,雨咽槐亭得暂休。
须付画堂兰烛畔,歌怀醉耳两悠悠。

【汇评】

《五朝诗善鸣集》:说到"暂得休"处,正无如不休时也。此深入题间之法。

胡　曾

胡曾(约840—?),字秋田,邵阳(今属湖南)人。举进士,不第。咸通末,入剑南西川节度使路岩幕。乾符中,复佐高骈西川幕。又尝为汉南从事。曾作《咏史诗》一百五十餘首,均为七绝,传诵甚广。有《安定集》十卷,已佚。《全唐诗》编诗一卷。

【汇评】

(胡曾)作《咏史诗》,皆题古君臣争战废兴尘迹。经览形胜,关山亭障,江海深阻,一一可赏。人事虽非,风景犹昨,每感辄赋,俱能使人奋飞。至今庸夫孺子,亦知传诵。后有拟效者,不逮矣。至于近体律绝等,哀怨清楚,曲尽幽情,擢居中品不过也。惜其才茂而身未颖脱,痛哉!(《唐才子传》)

史诗勿轻作,或己事相融,或时政相关,或独出断案。若胡曾百篇一律,但抚景感慨而已。(《四溟诗话》)

旧见胡曾集一卷,皆《咏史》诗,浅直可厌,遂屏而不录。后读《才调集》所载,顾有可观者,如《塞下曲》:“晓侵雉堞乌先觉,春入关山雁独知。”《赠渔者》:“往来南越谙鲛室,生长东吴识蜃楼。”《独不见》曰:“窗残夜月人何处? 帘卷春风燕复来。”俱佳句也。《安定

集》中必尚有佳者，惜未之见。(《载酒园诗话又编》)

胡曾《咏史》绝句，俗下令人不耐读。(《石洲诗话》)

胡曾《咏史》以地名为题，平铺无味，不如曹唐《游仙诗》时有新意。(《东目馆诗见》)

寒食都门作

二年寒食住京华，寓目春风万万家。

金络马衔原上草，玉颜人折路傍花。

轩车竞出红尘合，冠盖争回白日斜。

谁念都门两行泪，故园寥落在长沙。

【汇评】

《贯华堂选批唐才子诗》：前解"寓目"字苦。"寓目"之为言，身立道旁，馋眼饱看，而于我全无分也。"万万家"，妙！便是万万"金络马"，万万"玉颜人"。再如"春风"，妙！人亦春风，马亦春风，便是万万春风。此自是写今年寒食，然于初动笔，便写"二年"字者，盖去年初至都门，或是挨插不入，今既遥遥又经三百有六十日，而再一寒食矣，犹然只得"寓目"，此为失路之至苦也（首四句下）。　此"轩车"、"冠盖"，即七句之"谁"字也。朝则"竞出"，不见人面上有两行泪也；暮则"争回"，又不见人面上有两行泪也。"红尘外"，写其"竞出"之势；"白日斜"，写其"争回"之势。末句，妙，妙！设不得此语，几谓"两行泪"是切望其残羹冷汁矣（末四句下）！　金雍补注：两行泪仍为故园落，然则二年前一段高兴，岂堪复问哉！

《才调集补注》：默庵云：题（首句下）。　默庵云：中二联，俱从"寓目"生下。

独不见

玉关一自有氛埃,年少从军竟未回。
门外尘凝张乐榭,水边香灭按歌台。
窗残夜月人何处,帘卷春风燕复来。
万里寂寥音信绝,寸心争忍不成灰。

【汇评】

《才调集补注》:《乐府古题要解》:"独不见",言思而不得见也。　　殷元勋注:李义山诗;"蜡烛成灰泪始干。"落句说至"成灰",较甘心首疾更深。

《近体秋阳》:直起直结,大有古致;虽古题之变声,而实近体逸作也。

《东岩草堂评订唐诗鼓吹》:朱东岩曰:此篇与前《车遥遥》一体,总描与写闺思情景。

自岭下泛鹕到清远峡作

乘船浮鹕下韶水,绝境方知在岭南。
薜荔雨馀山自黛,蒹葭烟尽岛如蓝。
旦游萧帝新松寺,夜宿嫦娥桂影潭。
不为箧中书未献,便来兹地结茅庵。

【汇评】

《五朝诗善鸣集》:三、四诗中之画,虽有名手,如何烘染得来。

《贯华堂选批唐才子诗》:孔子曰:"君子素其位而行素,患难行乎患难,无人不自得焉。"庄子曰:"知其不可奈何,而安之为命,德之盛也。"此诗便纯是此段意思,于极无滋味中寻出滋味来,于极苦滋味中寻出好滋味来。人方咨嗟,我独啸歌;人方怨毒,我独安和:此真为大段勉强不得之事也。看他岭南,人人传是鬼国,反偏说有"绝境"在此。绝境之为言第一洞天福地,非他山水之所得比。如三、四,"薜荔雨"、"蒹葭烟",即岭南;"山似黛"、"岛如蓝",即"绝境"也。妙笔又在"乘船今日"四字,说得恰似路旁无因忽然拾得夜光相似也者(首四句下)。   后解又言岂唯今日安之,且将终身安之。所以或犹未必不舍去者,只为胸中所学未试故耳。五、六,妙,妙!遇寺即游,遇潭即宿者,自言无恒游、无恒宿也,非曰必游萧寺、必宿桂潭也。虽且游桂潭,夜宿萧寺,无不可也。乃至不游萧寺,不宿桂潭,亦可也。悟得此段言语,始于岭南绝境,少分相应(末四句下)。

咏史诗(选三首)

渭　滨

岸草青青渭水流,子牙曾此独垂钓。

当时未入非熊兆,几向斜阳叹白头。

【汇评】

　　《答万季野诗问》:吕望何等人物?胡曾诗云:"当时未入非熊梦,几向斜阳叹白头。"非咏古人,乃自况耳。读唐诗须识活句,莫堕死句也。

瑶　池

阿母瑶池宴穆王,九天仙乐送琼浆。

漫矜八骏行如电,归到人间国已亡。

【汇评】

　　《五朝诗善鸣集》:八骏犹走不及,奇趣横生。

姑苏台

吴王恃霸弃雄才，贪向姑苏醉醁醅。

不觉钱塘江上月，一宵西送越兵来。

【汇评】

《蜀梼杌》：乾德五年重阳，宴群臣于宣华苑，夜分未罢。（王）衍自唱韩琮《柳枝词》曰："梁苑隋堤事已空，万条犹舞旧春风。何须思想千年事，惟见杨花人汉宫。"内侍宋光浦咏胡曾诗曰："吴宫恃霸弃雄才……"衍闻之不乐，于是罢宴。

《鉴诫录》：王后主咸康年，昼作鬼神，夜为狼虎，潜入诸宫内，惊动嫔妃，老小奔走，往往致卒。……又内臣严凝月等竞唱《后庭花》、《思越人》及搜求名公艳丽绝句，隐为《柳枝词》。君臣同座，悉去朝衣，以昼连宵，弦管喉舌相应，酒酣则嫔御执卮，后妃填辞，合手相招，醉眼相盼，以至履舄交错，狼藉杯盘。是时淫风大行，遂亡其国。……《思越人》者，亡吴之曲。故胡曾《咏史》诗曰："吴王恃霸弃雄才，贪向姑苏醉绿醅。不觉钱塘江上月，一宵西送越兵来。"

方　干

　　方干(？—约888)，字雄飞，睦州桐庐(今浙江桐庐)人。师徐凝
为诗。大和中，姚合出守金、杭二州，干携卷投谒，合叹赏之。后举进
士，不第，遂隐居会稽镜湖，与郑仁规、李频、陶详为三益友。曾漫游
岭南、江西等地。咸通末，浙东观察使王龟欲表荐之，无何，龟卒，事
竟无成。与段成式、吕述、于兴宗、李群玉等交游唱和。卒，私谥为
"玄英先生"。门人杨弇等编其诗为《玄英先生集》十卷，已佚。明人
辑有《玄英集》八卷。《全唐诗》编诗六卷，羼入戴叔伦诗多首。

【汇评】

　　清奇雅正主：李益。……升堂七人：方干、马戴、任蕃、贾岛、
厉玄、项斯、薛寿。(《诗人主客图》)

　　吴越故多诗人，末有新定方干，擅名于杭越，流声于京洛。夫
干之为诗，镂肌涤骨，冰莹霞绚；嘉肴自将，不吮馀隽；丽不葩粉，苦
不棘癯。当其得志，倏与神会，词若未至，意已独往。……予尝校
之：张祜升杜甫之堂，方干入钱起之室矣。(王赞《元英先生诗
集序》)

　　方干，桐庐人，幼有清才，为徐凝所器，诲之格律。干或有句

云：“把得新诗草里论。”反语云：“村里老”，谑凝而已。（《唐摭言》）

　　方干诗清润小巧，盖未升曹、刘之堂，或者取之太过，余未晓也。王赞尝称之曰：“锼肌涤骨，冰莹霞绚；嘉肴自将，不吮馀隽；丽不芬葩，苦不瘴棘。当其得志，倏与神会。”孙郃尝称之曰：“其秀也，仙蕊于常花；其鸣也，灵鼍于众响。”观其所作《登灵隐峰》诗云：“山叠云霞际，川倾世界东。”《送喻坦之》诗云：“风尘辞帝里，舟楫到家林。”此真儿童语也。《寄喻凫》云：“寒芜随楚尽，落叶渡淮稀。”如《送喻坦之下第》又云：“过楚寒方尽，浮淮月正沉。”《赠路明府》诗云：“吟成五字句，用破一生心。”《赠喻凫》又云：“才吟五字句，又白几茎须。”《湖心寺中岛》云：“雪折停猿树，花藏浴鹤泉。”而《寄越上人》又云：“窗接停猿树，岩飞浴鹤泉。”《于使君诗》云：“月中倚棹吟渔浦，花底垂鞭醉凤城。”而《送伍秀才》诗又云：“倚棹寒吟渔浦月，垂鞭醉入凤城春。”观其语言重复如此，有以见其窘也。至于“野渡波摇月，空城雨翳钟”、“白猿垂树窗边月，红鲤惊钩竹外溪”、“义行相识处，贫过少年时”等句，诚无愧于孙、王所赏。（《韵语阳秋》）

　　孙郃《玄英先生传》曰：先生新定人，字雄飞。章八元即先生外王父也。广明、中和间，为律诗，江之南未有及者。始谒钱塘守姚公合，公视其貌陋，初甚侮之。坐定览卷，骇目变容而叹之。先生一举不得志，遂遁于会稽，渔于鉴湖，与郑仁规、李频、陶详为三益友。弟子弘农杨弇，释子居远。先生卒，弇编其诗，请舍人王赞为之序。（《唐诗纪事》）

　　其诗高处在晚唐诸公之上。……罗隐《题方干诗》云：“九霄无鹤板，双鬓老渔舟。”（《后村诗话》）

　　晚唐之诗分为二派……一派学贾岛，则李洞、姚合、方干、喻凫、周贺、九僧其人也。（《升庵诗话》）

　　方干诗练句，字字无失，固应有“高坚峻拔”之目；但嫌其微带

经籍气,村貌棱棱尔。(《唐音癸签》)

敬夫云:同一矫时易俗之志,阆仙以刻削,雄飞以清脱,元、白格调尽变于此矣。而两人皆不得一第而死。胭脂画牡丹,无惑乎逢人者之俗也,然从前人之蹊径而求解脱,即所解脱之中而自成蹊径,是以不获跻位于大家。(《唐诗归折衷》)

何光远《鉴戒录》称干为诗炼句,字字无失,咏系风雅,体绝物理。郤传(按指孙郤所作小传)亦称其高坚峻拔。盖其气格清迥,意度闲远,于晚唐纤靡俚俗之中,独能自振,故盛为一时所推。然其七言浅弱,较逊五言。《郝氏林亭》而外,佳句无多,则又风会之有以限之也。(《四库全书总目》)

雄飞受诗律于徐侍郎(凝),遂举进士,其源盖出徐氏也。今考侍郎集,绝句之外,近体三篇而已,卒难定其何体。但读方诗,生新刻苦,似游泳长江而出者,七言尤逼肖。即安知徐之不为贾氏流耶?今但编雄飞为阆仙及门云尔。(《重订中晚唐诗主客图》)

方雄飞(干)……见赏于徐凝、姚合,自咸通得名讫文德,江之南未有及者。……集中如"野花多异色,幽鸟少凡声"、"无酒能消夜,随僧早闭门"、"野烟新驿曙,残照古山秋"、"地下无馀恨,人间得盛名"、"鹤盘远势投孤屿,蝉曳残声过别枝"、"驯鹿不知谁结侣,野禽多是自呼名",足当高坚峻拔之目。(《石园诗话》)

方干自云苦吟,只五律整紧,七律圆婉,而并乏新异。亦获重名,岂以宰辅张文蔚奏请官而显耶?(《东目馆诗见》)

其源出于孟浩然。古风告寝,犹自神清。五律虽温丽难言,而清真足喜。(《三唐诗品》)

其诗大雅不群,有盛唐风骨,五言尤佳。……三人(按指赵嘏、方干、姚合)诗皆取实境,造语自然,不着刻露迹象,而方干尤得子美之神,虽元、白未能过也。(《诗学渊源》)

采 莲

采莲女儿避残热,隔夜相期侵早发。
指剥春葱腕似雪,画桡轻拨蒲根月。
兰舟迟速有输赢,先到河湾睹何物。
才到河湾分首去,散在花间不知处。

寄李频

众木又摇落,望君还不还。
轩车在何处,雨雪满前山。
思苦文星动,乡遥钓渚闲。
明年见名姓,唯我独何颜。

【汇评】

《唐诗纪事》:(方)干《寄李频》,……张为取作《主客图》。

《重订中晚唐诗主客图》:流动中有力量,故非张派("轩车"联下)。 出句似近时("思苦"句下)。 妙看此对法("乡遥"句下)。 唐人以科名为重,虽韩退之不无此见。然志求必得而恶不由其道,正见骨力强毅处,如此结句便直说不讳。

君不来

闲花未零落,心绪已纷纷。
久客无人见,新禽何处闻。
舟随一水远,路出万山分。
夜月生愁望,孤光必照君。

《唐诗归》:钟云:未定语,着一"必"字,反虚活(末句下)。

《唐诗摘钞》:"夜月""孤光""必照君",故望之不禁生愁耳。见月怀人,诗中常意,此处妙在下一"必"字,遂觉情事警动。前俱暗说,至末始缴出"君"字,又即以之押韵,遂足振起一篇之意。

途中逢孙辂因得李频消息

> 灞上寒仍在,柔条亦自新。
> 山河虽度腊,雨雪未知春。
> 正忆同袍者,堪逢共国人。
> 衔杯益无语,与尔转相亲。

【汇评】

《重订中晚唐诗主客图》:欲识此诗之妙,先看此题之妙,有此题而不能如此叙述,虚此情矣。妙处正在淡而深挚无尽。　　前四说景全是感(首四句下)。　　"正忆"字妙("正忆"句下)。"堪逢"字妙("堪逢"句下)。　　淡极深极(末二句下)。

镜中别业二首(其二)

> 世人如不容,吾自纵天慵。
> 落叶凭风扫,香秔倩水舂。
> 花朝连郭雾,雪夜隔湖钟。
> 身外无能事,头宜白此峰。

【汇评】

《瀛奎律髓》:别业在越之镜湖。……此篇起句超放,末句有终焉之志。

《唐诗摘钞》："此峰"二字,结出题面,撑住全诗,甚有力(末句下)。

《围炉诗话》:盛唐人之用字,实有后人难及处。如王右丞之"鸾舆迥出千门柳,阁道回看上苑花。"其用"迥出"、"回看",景物如见……至杜荀鹤之"风暖鸟声碎",方干之"香秫倩水春","碎"字、"倩"字,费力甚矣!

《柳亭诗话》:方干岛在会稽山东北麓,实镜湖中也。一名寒山,亦称笋庄。干有句曰:"寒山压镜心,此处是家林。"又曰:"沙边贾客喧鱼市,岛上潜夫醉笋庄。"至如"落叶凭风扫,香秫倩水春"、"风雷前蛰雨,花木后岩香",……皆自题别业也。同时齐己、崔涂辈有诗遥慕之。

《瀛奎律髓汇评》:纪昀:出手便乖气。大抵温厚和平四字,晚唐不讲,亦时为之也。

赠喻凫

所得非众语,众人那得知。
才吟五字句,又白几茎髭。
月阁敲眠夜,霜轩正坐时。
沉思心更苦,恐作满头丝。

【汇评】

《五朝诗善鸣集》:极写苦吟之状,如或见之。

《瀛奎律髓汇评》:查慎行:末二句与三、四意复。   纪昀:矫语孤高之派,始自中唐,而盛于晚唐。由汉魏以逮盛唐,诗人无此习气也。盖世降而才愈薄,内不足者不得不嚣张其外。

《重订中晚唐诗主客图》:十字诗诀。唐人真实学术、真实识力,全在此等处,不然区区吟咏,何关世教耶(首二句下)?   尝见陈老莲写《唐人索句图》,真如此传真（"月阁"联下）。　　　燕本复生（"沉思"联下）。

题雪窦禅师壁

飞泉溅禅石，瓶注亦生苔。

海上山不浅，天边人自来。

长年随桧柏，独夜任风雷。

猎者闻疏磬，知师入定回。

【汇评】

《重订中晚唐诗主客图》：此是贾法（"海上"一联下）。　　　不曰僧随木老，而曰木随僧老，妙（"长年"句下）。　　　虚实对法，又当句对法（"独夜"句下）。

旅次洋州寓居郝氏林亭

举目纵然非我有，思量似在故山时。

鹤盘远势投孤屿，蝉曳残声过别枝。

凉月照窗敧枕倦，澄泉绕石泛觞迟。

青云未得平行去，梦到江南身旅羁。

【汇评】

《鉴诫录》：方干为诗炼句，字字无失。如寄友人云："鹤盘远势投孤屿，蝉曳残声过别枝。"齐梁以来未有此句。

《瀛奎律髓》：三、四绝佳。玄英一集诗，此联为冠。

《唐诗成法》：三、四写景最妙；人多赏下句，然上句亦妙。

《优古堂诗话》：前辈称苏子美诗："山蝉带响穿疏户，野蔓延清入破窗。"盖出于唐方干诗："鹤盘远势投孤屿，蝉曳残声过别枝。"

《载酒园诗话》：余儿时尝闻先君语曰："方干暑夜正浴，时有微雨，忽闻蝉声，因而得句。急叩友人门，其家已寝，惊起问故。曰：'吾三年前未成之句，今已获之，喜而相告耳。'乃'蝉曳馀声过别枝'也。"后余见其全诗，上句为"鹤盘远势投孤屿"，殊厌其太露咬文嚼字之态，不及下语为工。凡作诗炼字，又必自然无迹，斯为雅道。　　黄白山评：必是先有下句，然后寻上句作对，故一自然，一勉强。

《唐贤小三昧集续集》：信是好句（"蝉曳残声"句下）。

《瀛奎律髓汇评》：冯舒：落句似趁韵。　　查慎行：三、四一远一近，字字警策。起、结太平弱，三、四故不可弃。　　何义门：第三意态清远，第四情味酸寒，的是羁人失路身分。五、六承上"旅次"意，兼含青云未得去身分，划断不得。首句率直。　　纪昀：结二句鄙而弱。

《北江诗话》："蝉曳残声过别枝"，实属体物之妙。

《诗境浅说》：此诗体物浏亮，造句亦工。上句谓鹤之飞翔异于凡鸟，其在天空必作势盘旋，翔而后集。下句谓凡虫鸟之飞鸣，各为一事，惟蝉则枝柯已易，犹带馀音。以之取譬，则以鹤喻仕途择主，须审慎而委身，勿栖枳棘；以蝉喻飘零怨妇，感将衰之颜色，重抱琵琶。作者有此弦外之音乎（"鹤盘远势"联下）？

书法华寺上方禅壁

砌下松巅有鹤栖，孤猿亦在鹤边啼。
卧闻雷雨归岩早，坐见星辰去地低。
一径穿缘应就郭，千花掩映似无溪。
是非生死多忧恼，此日蒙师为破迷。

《贯华堂选批唐才子诗》：四句皆赋上方之高，此何待说，比则云何？一、二言静者在此，劳者亦复在此，此比如鹤边之有猿也。乃静者方自静，劳者终自劳，此又比如鹤自栖，猿只啼也。三言功成身退，终须到此，此比如"雷雨归岩"，看他下"早"字，妙！四言满朝诸公，俱不及此，此比如"星辰去地"，看他下"低"字，妙！此皆出上方老僧之所指示可知（首四句下）。　　五句指点世间路如梦相似。六指点出世间路亦如梦相似。不离世间，已是出世间，此是佛世尊千言道不尽语。此只以十四字，写来如画。唐人中除王维妙手外，已更无第二人能有此作。异哉！异哉！七结五，八结六，妙绝（末四句下）！　　金雍补注："砌下松巅有鹤栖"，真是好画。若"孤猿亦在鹤边啼"，便画亦画不出矣。

叙钱塘异胜

暖景融融寒景清，越台风送晓钟声。
四郊远火烧烟月，一道惊波撼郡城。
夜雪未知东岸绿，春风犹放半江晴。
谢公吟处依稀在，千古无人继盛名。

【汇评】

《唐体馀编》：分承起句寒、暖二景，真为隐秀（"夜雪未知"二句下）。

题龙泉寺绝顶

未明先见海底日，良久远鸡方报晨。
古树含风长带雨，寒岩四月始知春。

中天气爽星河近，下界时丰雷雨匀。

前后登临思无尽，年年改换去来人。

【汇评】

《四溟诗话》：方干："来明先见海底日，良久远鸡方报晨。"方晦叔："山鸡未鸣海日出。"此简妙胜干矣。

《唐三体诗评》：发端破出绝顶。中二联暗藏时序，含前后登临在内。

《碛砂唐诗》：谦曰：忌在绝顶上着句。结句稍用飏笔也。

《石园诗话》：方雄飞登临之作，皆整炼肖题。《题龙泉寺绝顶》云："未明先见海底日，良久远鸡方报晨。"《登扶风亭》云："东轩海日已先照，下界晨鸡犹未啼。"意复词重，而各见其妙。

思江南

昨日草枯今日青，羁人又动望乡情。

夜来有梦登归路，不到桐庐已及明。

【汇评】

《五朝诗善鸣集》：较嘉州"枕上片时春梦中，行尽江南数千里"，迟速不同，各有其妙。

《载酒园诗话》：诗有同出一意，而工拙自分者。如戎昱《寄湖南张郎中》："寒江近户漫流声，竹影当窗乱月明。归梦不知湖水阔，夜来还到洛阳城。"与武元衡"春风一夜吹乡梦，又逐春风到洛城"同意，而戎语为胜，以"不知湖水阔"五字，有搔头弄姿之态也。然皆本于岑参"枕上片时春梦中，行尽江南数千里"。至方干"昨日草枯今日青，……"则又竿头进步，妙于夺胎。

《南堂辍锻录》：唐人最善于脱胎，变化无迹，读者惟觉其妙，莫测其源……金昌绪"打起黄莺儿，莫教枝上啼。啼时惊妾梦，不得到辽西"，岑嘉州则脱而为"枕上片时春梦中，行尽江南数千里"，至家三拜先生则又从岑诗翻出，云："昨日草枯今日生，羁人又动故乡情。夜来有梦登归路，未到桐庐已及明。"或触影生形，或当机别悟，唐人如此等类，不可枚举。解得此法，《五经》、《廿一史》皆我诗心也。

东阳道中作

百花香气傍行人，花底垂鞭日易醺。

野父不知寒食节，穿林转壑自烧云。

【汇评】

《载酒园诗话又编》：方有《寒食》诗最佳："百花香气傍行人，……"虽寓意之远不及君平，然韩所述帝里风光，方自写山林景色也。

题画建溪图

六幅轻绡画建溪，刺桐花下路高低。

分明记得曾行处，只欠猿声与鸟啼。

【汇评】

《唐诗笺注》："只欠猿声与鸟啼"，点画欲活。少陵题画马等物，必以真者伴说；作者题此画，以"曾行"托出画意，又是一法。

题君山

曾于方外见麻姑，闻说君山自古无。

元是昆仑山顶石，海风吹落洞庭湖。

【汇评】

《唐人绝句精华》：此二诗（按指本篇及《题宝林寺禅者壁》）写山均设奇想，惟其如此，所以不及初、盛唐，不及王、孟、李、杜。盖诸公皆兴发情至，与山水景物融会而出，晚唐诗人则不免用思虑经营，有时似精工胜于初、盛唐，而不及初、盛唐亦正在此。

罗 邺

　　罗邺,生卒年不详,餘杭(今属浙江)人。父则,为盐铁小吏,二子俱以文学干进。邺尤长七言诗,与宗人罗隐、罗虬齐名,时称"三罗"。曾赴职单于都护府,又曾赴许昌节度使辟命。咸通末,崔安潜为江西观察使,欲辟为僚佐,为幕吏所阻。后俯就督邮,郁郁而卒。与方干、栖白为友。有《罗邺诗》一卷。《全唐诗》编诗一卷。

【汇评】

　　词人才子,时有遗贤,不沾一命于圣朝,没作千年之恨骨。据臣所知,则有李贺、皇甫松、李群玉、陆龟蒙、赵光远、温庭筠、刘德仁、陆逵、傅锡、平曾、贾岛、刘稚珪、罗邺、方干,俱无显遇,皆有奇才,丽句清词,遍在词人之口;衔冤抱恨,竟为冥路之尘。伏望追赐进士及第。(韦庄《乞追赐李贺、皇甫松等进士及第奏》)

　　(邺)家富于财,父则,为盐铁小吏,有子二人,俱以文学干进。邺尤长七言诗,时宗人隐亦以律韵著称,然隐才雄而粗疏,邺才清而已绵致。(《唐摭言》)

　　邺尤长律诗。时宗人隐、虬,俱以声格著称,遂齐名,号"三罗"。隐雄丽而坦率,邺清致而联绵,虬则区区而已。……邺素有

英资,笔端超绝,其气宇亦不在诸人下。初无箕裘之训,顿改门风,崛兴音韵,驰誉当时,非易事也。(《唐才子传》)

罗邺诗云:"荻花芦叶满汀洲,一簇新歌在水楼。金管曲长人尽醉",三句叙景已尽,第四句转云"玉簪恩重独生愁",以"愁"字意总贯下文之"女萝力弱难逢地,桐树心孤易感秋。莫怪当欢却惆怅,全家欲上五湖舟"也。罗邺此诗以"愁"字贯通篇,与崔珏《鸳鸯》同格。崔诗"情"字在次句,故易识;罗诗"愁"字在中间,实则上文三句皆愁也。崔诗板,罗诗生动。(《围炉诗话》)

邺屡试不第,然其伤时感遇散见于诸诗者,率皆惓惓忠厚,注望期必之意为多,盖犹有风人之遗焉。(《唐体馀编》)

牡　丹

落尽春红始著花,花时比屋事豪奢。
买栽池馆恐无地,看到子孙能几家。
门倚长衢攒绣毂,幄笼轻日护香霞。
歌钟满座争欢赏,肯信流年鬓有华。

【汇评】

《古今诗话》:咏牡丹诗甚多,罗邺云:"落尽春红始见花,幄笼轻日护香霞。买栽池馆恐无地,看到子孙能几家?"人皆谓之"诗中虎"。

《诗人玉屑》:"造理":"买栽池馆恐无地,看到子孙能几家?"

《瀛奎律髓》:此诗三、四绝好。

《唐音癸签》:罗邺名场无成,无一题不以寄怨。"买栽池馆恐无地,看到子孙能几家",人以为牡丹警句也,那知从伎求本怀中发出来。

《唐诗选脉会通评林》:周弼列为咏物体。　　周珽曰:牡丹,花之富贵者也。绳枢瓮牖之家，那得栽之？"恐无地"者，见人当自守其分也。人生富贵，多不长久，一身未必能保，况于子孙！"看到""几家"者，见在人者不足欣羡也。二句虽不过形容花之豪奢，实深入世故，勘破民懵。唐人咏《牡丹》，如李义山脍炙人口，未免伤于痴重，何如此虚实匀称？咏物至此，可称绝唱矣。　首联咏花开时候，次联写花姿贵美。三联言花取重于人。末联言人溺情于花。理意情景，格调兼至。

《才调集补注》：钝吟云：讽刺。

《瀛奎律髓汇评》：何义门："落尽春红"四字，已伏流年冉冉。后四句从"看"字来，正形容其奢且愚也。第四若在落句便无味，此唐、宋分歧处。　又云：佳在后半。　纪昀：三四腐气。

仆射陂晚望

离人到此倍堪伤，陂水芦花似故乡。
身事未知何日了，马蹄唯觉到秋忙。
田园牢落东归晚，道路辛勤北去长。
却羡无愁是沙鸟，双双相趁下斜阳。

【汇评】

《优古堂诗话》：近时称陈去非诗"案头簿书何时了，楼头风月又秋来"之句，或者曰此东坡"官事无穷何日了，菊花有信不吾欺"耳。予以为本唐人罗邺《仆射陂晚望》诗："身事未知何日了，马蹄惟觉到秋忙。"

《东岩草堂评订唐诗鼓吹》：朱东岩曰：此亦不得志而东归之作。故首曰"离人到此倍堪伤"也。三、四皆倍堪伤处也。五、六忽作自商自量语，以见进退之两难，反不如沙鸟之随在自得耳。上六句俱写望，末二句写晚望。

《才调集补注》：默庵云：晚望（首句下）。　　晚望（末句下）。

《石园诗话》：（罗邺）佳句如"身事未知何日了，马蹄惟觉到秋忙"、"马上多于在家日，尊前堪惜少年时"、"行迟暖陌花拦马，睡里春江雨打船"、"相见或于中秋梦，寄来多是隔年书"，调高味永，洵属清才。

早　发

一点灯残鲁酒醒，已携孤剑事离程。

愁看飞雪闻鸡唱，独向长空背雁行。

白草近关微有路，浊河连底冻无声。

此中来往本迢递，况是驱羸客塞城。

【汇评】

《瀛奎律髓》：第六句好。第五句"露"字疑当作"路"，先已言雪故也。

《初白庵诗评》：晚唐之壮浪者（"白草近关"一联下）。

《瀛奎律髓汇评》：纪昀：五、六雄阔，五代所难。　　许印芳：此题宜标出地名，"发"字方有着落。

《石园诗话》：罗邺与宗人隐、虬齐名，世称"三罗"……佳篇如《早发》、《途中寄友》、《牡丹》诸律，《秋怨》、《吴王古宫井》、《为人感赠》、《柳絮》、《放鹧鸪》诸绝句。

雁二首（其一）

暮天新雁起汀洲，红蓼花开水国愁。

想得故园今夜月，几人相忆在江楼。

《唐诗选脉会通评林》：唐汝询曰：已闻雁而思故园,安知故园之人不对月而思我？以景唤情,更是一法；终不离《陟岵》诗意。

《唐人绝句精华》：不言己思乡,却写人思己,与《陟岵》诗不写己思父母兄弟,而写父母兄弟念己,同一机杼。

放鹧鸪

好傍青山与碧溪,刺桐毛竹待双栖。
花时迁客伤离别,莫向相思树上啼。

【汇评】

《唐人绝句精华》：唐人诗"自起开笼放白鹇",因思归而放鸟,推己及物也。"莫向春风唱鹧鸪",因物感怀也。此则惠及羁禽,更嘱其勿伤迁客之心,推己及物而兼及人,更为仁人之言矣。

秋 怨

梦断南窗啼晓乌,新霜昨夜下庭梧。
不知帘外如珪月,还照边城到晓无。

【汇评】

《升庵诗话》：晚唐江东三罗：罗隐、罗邺、罗虬也。皆有集行世,当以邺为首。如《闺怨》云："梦断南窗啼晓乌……"《南行》云："腊晴江暖鹧鸪飞,梅雪香沾越女衣。鱼市酒村相识遍,短船歌月醉方归。"此二诗,隐与虬皆不及也。

《唐诗选脉会通评林》：杨慎列为妙品。　　周珽曰：低徊宛转,如临风堕羽,半斜又转；读之乐其风神,忘其凄恻。　　焦竑曰："如珪月",用江淹赋语,妙甚。又杜工部"露从今夜白,月是故乡明",又衍四字为十字,而情景入玄矣;及毛熙震小词"伤心一片如珪月",亦用之。乃此等语脍炙人口久哉!

《诗境浅说续编》:深闺绝塞,天远书沉,所空际寄情者,惟万里外共对一轮明月,已属幽渺之思。作者更言秋闺夜午,月渐西沉,不知塞外月斜,可还照征人铁甲?愈见思曲而苦矣。

赏　春

芳草和烟暖更青,闲门要路一时生。
年年点检人间事,唯有春风不世情。

【汇评】

《唐诗选脉会通评林》:何新之为奇隽体。　刘辰翁曰:只上二句自好。　徐充曰:"惟有"二字最佳;见世情则不能然,冷暖顿生向背矣。　谢君直曰:杜诗:"花柳更无私。"自通都大邑以至深山穷谷,自禁苑名园以至竹篱茅舍,当春和时,何处无花柳,何处无芳草?此造化之至公也。子美因花柳见春风之无私;此诗因芳草见春风之不世情:异辞同意。　斑尝见丘琼台云:唐人诗"公道世间惟白发",又"惟有春风不世情",又"花开蝶满枝,花谢蝶还稀。惟有堂前燕,主人贫亦归",皆悯世悼俗之语。味其词,可知其时矣。

《唐诗快》:闲门有草,要路安得有草?即谓春风私厚闲门亦可。

《秋窗随笔》:罗邺"唯有春风不世情"句,与许浑"公道世间惟白发"意同,然道破则无含蓄也。山谷诗:"窗外青山不世情。"即祖此意。

江 帆

别离不独恨蹄轮，渡口风帆发更频。

何处青楼方凭槛，半江斜日认归人。

【汇评】

　　《载酒园诗话又编》：杜紫薇："南陵水面路悠悠，风紧云轻欲变秋。正是客心孤迥处，谁家红袖凭江楼？"罗邺曰："别离不独恨蹄轮，……"每读此二诗，忽忽如行江上。

罗　隐

罗隐（833—909），字昭谏，自号江东生，新城（今浙江富阳）人。本名横，大中、咸通中屡举进士不第，遂改名隐。与宗人罗邺、罗虬齐名，时号"三罗"。咸通末，为湖南观察使于瓌掌书记，官衡阳主簿。又为淮南李蔚从事。广明中，避乱归乡里。光启三年，镇海节度使钱镠表为钱塘令，迁著作郎、节度掌书记，转司勋郎中，充节度判官。后梁开平二年，授给事中。次年，迁盐铁发运使。卒。隐工诗文。咸通八年，曾自编其杂文为《谗书》，皆抗争愤激之言，词锋犀利，今存。有诗集《甲乙集》十卷，亦存。清人辑有《罗昭谏集》八卷。《全唐诗》编诗十一卷。

【汇评】

罗隐，梁开平中累征夕郎不起。罗衮以小天倅大秋姚公使两浙，衮以诗赠隐曰："平日时风好涕流，《谗书》虽盛一名休。寰区叹屈瞻天问，夷貊闻诗过海求。向夕便思青琐拜，近年寻伴赤松游。何当世祖从人望？早以公台命卓侯。"隐答曰："昆仑水色九般流，饮即神仙憩即休。敢恨守株曾失意？始知缘木更难求。鸰原谩欲均馀力，鹤发那堪问旧游！遥望北辰当上国，羡君归棹五诸侯。"

（《唐摭言》）

邺王罗绍威喜文学，好儒士，每命幕客作四方书檄，小不称旨，坏裂抵弃，自劈笺起草，下笔成文。又癖于七言诗。江头有罗隐，为钱镠客，绍威伸南阮之敬。隐以所著文章诗赋酬寄，绍威大倾慕之，乃目其所为诗集曰《偷江东》。今邺中人士，多有讽诵。（《北梦琐言》）

（罗）隐常献卷于郑相公畋。郑女妙于篇什，每读隐诗，至"张华谩出如丹语，不及刘侯一纸书"，未尝不于父前三复，似慕其才。相国或一日因隐到宅，遂留从容，命女下帘窥之。女见隐为人迂差，永不复吟隐诗矣。（《鉴诚录》）

（罗隐）诗名于天下，尤长于咏史，然多所讥讽，以故不中第，大为唐宰相郑畋、李蔚所知。（《旧五代史》本传）

人才高下，各有分限。少陵、太白当险阻艰难、流离困踬，杰然出语自高。至罗隐诸人，向用偏伯之国，夸雕逞奇，虽欲高，而意未尝不卑。譬之秦武阳气概全燕，见秦王则战掉失色；淮南王虽为神仙，谒帝犹轻其举止。此岂由素习哉！天禀自然，不可强力至也。（《续唐三体诗》引《西清诗话》）

（隐）少英敏，善属文，诗笔尤俊拔，养浩然之气。……恃才忽睨，众颇憎忌。自以当得大用，而一第落落，传食诸侯，因人成事，深怨唐室。诗文多以讥刺为主，虽荒祠木偶，莫能免者。（《唐才子传》）

（隐）工诗，长于咏物。（《唐诗品汇》）

罗隐诗虽是晚唐，如"霜压楚莲秋后折，雨催蛮酒夜深酤"，亦自婉畅可讽。（《四友斋丛说》）

律诗由盛唐变至钱、刘，由钱、刘变至柳宗元、许浑、韦庄、郑谷、李山甫、罗隐，皆自一源流出；体虽渐降，而调实相承，故为正变。（《诗源辩体》）

虽曰邺、隐齐名，毕竟隐雄于邺。（《五朝诗善鸣集》）

温、李俱善作骈语,故诗亦绮丽。隐之表启不减两生,诗独带粗豪气,绝句尤无韵度,酷类宋人,不知尔时何以名重至此!邺州罗绍威至自号其集为《偷江东》,青州王师范遣使赍礼币求其一篇,然犹武人。令狐滈登第,隐贺之,其父绹曰:“吾不喜汝及第,喜汝得罗公一篇耳。”郑畋女频诵其诗,窥其貌寝乃已。由今视之,亦何烦尔乎?(《载酒园诗话又编》)

隐亦时有警句,但不能首尾温丽。(同上)

昭谏生于有唐末造,其亡已入五代矣。今体诗气雄调响,罕与为匹。然唐人蕴藉婉约之风,至昭谏而尽;宋人浅露叫嚣之习,至昭谏而开。文章气运,于此可观世变。(《唐音审体》)

罗昭谏诗,言中有响,《三百篇》后颇寓讽谏之意。或者以其语多平易而忽之,要之胜填词豪艳而无当于兴感者什佰矣。况其精邃自然处,正复不让唐之初、盛。(戴京曾《罗昭谏集序》)

“三罗”其名,隐为最,虬次之,邺斯下矣。(《一瓢诗话》)

罗昭谏为三罗之杰。调高韵响,绝非晚唐琐屑,当与韦端已同日而语。(同上)

七律至唐末造,惟罗昭谏最感慨苍凉,沉郁顿挫,实可以远绍浣花,近俪玉谿。盖由其人品之高,见地之卓,迥非他人所及。次则韩致尧之沉丽,司空表圣之超脱,真有念念不忘君国之思。孰云吟咏不以性情为主哉!若吴子华之悲壮,韦端已之凄艳,则又其次也。(《北江诗话》)

五代自以韩偓、韦庄二家为升堂入室,然执牛耳者必推罗江东。其诗坚浑雄博,亦自老杜得来,而绝不似宋西江派之貌袭。世人称之者少,何也?皮、陆辈雕文刻镂,近乎土木偶人,少生趣矣。(《雨村诗话》)

专裁七律,是郑都官一流,不得其源所出。伤乱情多,时见言旨,第词无蓄意,风格告衰。(《三唐诗品》)

曲江春感

江头日暖花又开，江东行客心悠哉。
高阳酒徒半凋落，终南山色空崔嵬。
圣代也知无弃物，侯门未必用非才。
一船明月一竿竹，家住五湖归去来。

【汇评】

《鉴诫录》：隐以讽刺颇深，连年不第。举子刘赞赠之诗曰："人皆言子屈，我独谓君非。……自古逃名者，至今名岂微！"隐睹之，因起"式微"之思，遂有《归五湖》诗曰："江东日暖花又开，……"

《瀛奎律髓》：此但是不得志之辞，不见怀古如何。第四句亦有所指。

《五朝诗善鸣集》：洒洒落落。

《贯华堂选批唐才子诗》："日暖花开"四字，岂非曲江胜景？中间无限伤心，只为一"又"字也。此时江东行客，直已心尽气绝，而反自谓"心悠哉"者，所谓哭不得反笑也。三、四，不说别样懊恼，只说酒徒凋落；不骂要人窃位，只骂南山崔嵬，皆甚愤之辞，反如不愤者也（首四句下）。　五照出"圣代"，六自引"非才"，妙，妙！七、八，亦是一例归家钓鱼，却是写得异样峭拔（末四句下）。

《瀛奎律髓汇评》：纪昀：在晚唐颇见风格，惟出语太激，非温柔敦厚之教。江东诗此病最多。　又云：题是有感，原无怀古字，曲江之游盛于唐，昭谏唐人，何得有怀古之事？第四句从"节彼南山"句凿出，昭谏谓旧交零落，惟有山色向人耳。　无名氏（甲）：昭谏一生不第，故有此作。

《问花楼诗话》：余尝诵其（罗隐）《归五湖》诗云："江头日暖又花开，……"旷怀高调，视奴事朱温之杜荀鹤辈，犹粪土矣。

牡丹花

似共东风别有因，绛罗高卷不胜春。

若教解语应倾国，任是无情亦动人。

芍药与君为近侍，芙蓉何处避芳尘。

可怜韩令功成后，辜负秾华过此身。

【汇评】

《冷斋夜话》：前辈作花诗多用美女比其状，如曰"若教解语应倾国，任是无情也动人"，尘俗哉！山谷作《酴醾》诗曰："露湿何郎试汤饼，日烘荀令炷炉香。"乃用美丈夫比之，特出类也。

《艺苑雌黄》：罗隐《牡丹诗》云："可怜韩令功成后，虚负秾华过此身。"余考之：唐元和中，韩弘罢宣武节制，始至长安私第，有花，命斸去，曰："吾岂效儿女辈耶？"当时为牡丹包羞之不暇，故隐有"辜负秾华"之语。

《唐诗鼓吹笺注》：一曰"别有因"，极写牡丹花之出众，不比凡卉。"不胜春"，正是"别有因"意。三、四，皆写"别有因"三字。五、六，引"芍药"、"芙蓉"以抬高牡丹，以见"秾华"之不可辜负也。

《唐风怀》：汉仪曰：此诗喜他略无俗气。

《载酒园诗话》：尝叹宋人论诗，如饮狂泉。……罗隐《牡丹》诗"若教解语应倾国，任是无情亦动人"，何等风致，反谓不能臻其妙处。如此风气，真诗中百六之运！

《唐诗成法》：起虚写。二实写。三、四写神韵，空灵高迈，无一毫渣滓。五、六衬笔。七、八题外写。　　评者为次联是泥美人。若咏泥美人，虽切，却是常语；若咏牡丹，似不切，却妙。

《小清华园诗谈》：从来咏物之诗，能切者未必能工，能工者未必能精，能精者未必能妙。……罗隐"似共东风别有因，绛罗高卷不胜春。……"工矣,而未精也。

黄　河

莫把阿胶向此倾,此中天意固难明。
解通银汉应须曲,才出昆仑便不清。
高祖誓功衣带小,仙人占斗客槎轻。
三千年后知谁在,何必劳君报太平。

【汇评】

《瀛奎律髓》:此以譬人心不可测者。

《瀛奎律髓汇评》:何义门:起处非人所能。三、四好讽刺。　纪昀:三、四语亦太激,然托于咏物,较胜质言。

忆夏口

汉阳渡口兰为舟,汉阳城下多酒楼。
当年不得尽一醉,别梦有时还重游。
襟带可怜吞楚塞,风烟只好狎江鸥。
月明更想曾行处,吹笛桥边木叶秋。

【汇评】

《才调集补注》:默庵云:忆(首句下)。　又云:夏口("襟带可怜"句下)。　又云:八句俱洗"忆"字。

春日独游禅智寺

树远连天水接空,几年行乐旧隋宫。
花开花谢还如此,人去人来自不同。

鸾凤调高何处酒，吴牛蹄健满车风。

思量只合腾腾醉，煮海平陈一梦中。

【汇评】

《瀛奎律髓》：感慨甚深。

《才调集补注》：苕溪渔隐《茶谱》云：扬州禅智寺，隋之故宫。　　默庵云：春日（首句下）。　　禅智寺（"几年行乐"句下）。

《唐诗鼓吹笺注》："树连天"，则树色依然；"水接空"，则水亦依然。独于隋宫则加一"旧"字，言当日离宫别院，三千鼓舞，何意今日忽变为梵王宫矣。……"楚凤调高"，言狂者至今尚多；"吴牛蹄健"，言牧者照旧不改。独"煮海平陈"，竟成一梦，思量及此，只合一醉耳。

《瀛奎律髓汇评》：冯班："日"下当有"独"字。　　何义门：起句即破尽"独"字，惟存水树，则广陵非复行乐之旧矣。前代荒宫，往时雄镇，都付诸梦想。五、六则欲罢举而归耕也。　　纪昀：昭谏风骨自别，三、四未免落套。　　又云："平陈"关照"隋宫"，"煮海"乃刘濞之事，未免添出，无根。　　无名氏（甲）：禅智寺，在扬州。汉吴王都扬州，煮海为盐。隋炀帝平陈亦在此。

金陵夜泊

冷烟轻澹傍衰丛，此夕秦淮驻断蓬。

栖雁远惊沽酒火，乱鸦高避落帆风。

地销王气波声急，山带秋阴树影空。

六代精灵人不见，思量应在月明中。

【汇评】

《历代诗发》：不无雕镂之痕，而气尚纡徐。

广陵开元寺阁上作

满槛山川漾落晖，槛前前事去如飞。
云中鸡犬刘安过，月里笙歌炀帝归。
江瘗海门帆散去，地吞淮口树相依。
红楼翠幕知多少，长向东风有是非。

【汇评】

《唐诗纪事》：国初高英秀者，与赞宁为诗友，辩捷滑稽，尝讥古人诗病云："罗隐曰：'云中鸡犬刘安过，月里笙歌炀帝归。'是见鬼诗。"

《瀛奎律髓》：戏者谓三、四为见鬼诗，其实骄王荒帝，亦自不宜引用，然俗口传之已熟。尾句亦可人也。

《载酒园诗话》：吾于古今人论诗，虽不喜随声附和，亦深恶洗垢索瘢。如罗昭谏《广陵开元寺作》："满槛山川漾春晖，槛前前事去如飞。云中鸡犬刘安过，月里笙歌炀帝归。"广陵即汉淮南、隋江都，此系怀古之作，自引其地之事，犹咏金陵者多言王濬、陈叔宝事也。高英秀乃云"定是鬼诗"，则少陵《玉台观》"遂有冯夷来击鼓，始知嬴女善吹箫"……亦神怪诗乎？

《一瓢诗话》：罗江东"云中鸡犬刘安过，月下笙歌炀帝归"，人谓之"见鬼"。阮亭先生谓二句最劣。余谓上句是无用之句，果然最劣；下句则宛然佳句也，顾用之何如耳！

《瀛奎律髓汇评》：冯舒：方君云"戏者谓三、四为见鬼诗"，巧诋无与诗。　　冯班：第二联紧顶前事。扬州止此二事，如何不用？且诗有美有刺，岂以荒王骄帝为疵乎？　　何义门：此篇逼真义山。落句言视理乱为盛衰耳。"东风"指人主说，"是非"言非复旧观，江山是而人民非也。　　纪昀：咏古用典，各因其地各寓其意,岂必择贤者而入诗耶?此评(按指方回评)胶固不通。

春中湘中题岳麓寺僧舍

蟾宫虎穴两皆休,来凭危栏送远愁。
多事林莺还谩语,薄情边雁不回头。
春融只待乾坤醉,水阔深知世界浮。
欲共高僧话心迹,野花芳草奈相尤。

【汇评】

《诗人玉屑》:"写景":"春融只恐乾坤醉,水阁深知世界浮。"

《瀛奎律髓》:罗昭谏生当乱离,多不得志哀怨之言。

《瀛奎律髓汇评》:何义门:天下大乱,富贵功名两无所就,故其言云。五六感慨身世,沉郁有力。言花草尚有得春而发,吾岂真无命乎?又欲自休,不得也。 纪昀:其词怨以怒,然晚唐诗又降一格论。 又云:"蟾宫虎穴",四字生凑。结句忧谗畏讥,然"相尤"字太著迹。

西 施

家国兴亡自有时,吴人何苦怨西施。
西施若解倾吴国,越国亡来又是谁。

【汇评】

《野客丛书》:唐人诗句中用俗语者,惟杜荀鹤、罗隐为多。……罗隐诗,如曰"西施若解亡人国,越国亡来又是谁",曰"今宵有酒今宵醉,明日愁来明日愁",……今人多引此语,往往不知谁作。

自 遣

得即高歌失即休，多愁多恨亦悠悠。

今朝有酒今朝醉，明日愁来明日愁。

【汇评】

《带经堂诗话》：恶诗相传，流为里谚，此真风雅之厄也。如"世乱奴欺主，时衰鬼弄人"，唐杜荀鹤诗也。"今朝有酒今朝醉，明日愁来明日当"，罗隐诗也。……"闭门不管庭前月，分付梅花自主张"，南宋陈随隐自述其先人藏一警句，为真西山、刘漫塘所赏击者也。

鹦 鹉

莫恨雕笼翠羽残，江南地暖陇西寒。

劝君不用分明语，语得分明出转难。

【汇评】

《后村诗话》：（罗隐）《鹦鹉》云："莫恨雕笼翠羽残，……"《曲江》云："别愁如疟避还来。"隐字昭谏，新城人，唐季有诗名，脍炙人口。

金钱花

占得佳名绕树芳，依依相伴向秋光。

若教此物堪收贮，应被豪门尽剧将。

【汇评】

《唐人绝句精华》：此讥豪门贪黩也。

登夏州城楼

寒城猎猎戍旗风，独倚危楼怅望中。

万里山河唐土地，千年魂魄晋英雄。

离心不忍听边马，往事应须问塞鸿。

好脱儒冠从校尉，一枝长戟六钧弓。

【汇评】

《才调集补注》：默庵云：城（首句下）。　登楼（"独倚危栏"句下）。从"怅望"落下（"万里山川"句下）。　钝吟云：并不椎琢，慷慨可爱。

《唐诗绎》：声情慷慨，笔力雄健，不以椎琢为工，固是晚唐之杰。

《唐诗鼓吹笺注》：一写夏州城楼，二写登夏州城楼，下六句皆凭栏怅望也。三、四是由今而吊古，五、六又吊古而悲今，无非自叹自伤之意。投笔从戎，固有满腔忧愤于言外见之者矣。

《唐诗别裁》：唐末昭谏诗，犹棱棱有骨。

《唐贤小三昧集续集》：高唱。

《唐诗近体》：健笔（"万里山河"联下）。　感怀（"离心不忍"联下）。

《精选五七言律耐吟集》：此老满眼涕泪，满腹骚愁，溢于言外。

水边偶题

野水无情去不回，水边花好为谁开。

只知事逐眼前去，不觉老从头上来。

穷似丘轲休叹息，达如周召亦尘埃。

思量此理何人会，蒙邑先生最有才。

【汇评】

《彦周诗话》：罗隐诗云："只知事逐眼前去，不觉老从头上来。"此语殊有味。

《瀛奎律髓》：三、四老，世人诵之甚稔，乃昭谏诗也。

《瀛奎律髓汇评》：何义门：三、四沉痛。　　纪昀：是粗野，非老也。以此为老，是宋诗所以为宋诗，而虚谷所以为虚谷。

桃　花

暖触衣襟漠漠香，间梅遮柳不胜芳。

数枝艳拂文君酒，半里红敧宋玉墙。

尽日无人疑怅望，有时经雨乍凄凉。

旧山山下还如此，回首东风一断肠。

【汇评】

《贯华堂选批唐才子诗》：前解写桃花。某一日言桃花本不难写，写桃花亦本不难读，然而谈殊未容易也。且如罗昭谏"暖触"一篇，浪读之，亦有何异？及细寻之，却见其"衣襟漠漠"七字，只是提笔空写，及至下笔实写，又只是"间梅遮柳"，不曾犯本位也。三妙于"艳覆"字，四妙于"半里"字。必欲执以相问，实亦不解何理。但读之不知何故，觉其恰是桃花，此绝不可晓也（首四句下）。　　后解插入人。"尽日无人"、"有时经雨"，为写桃花，为复自写。忽然想到"旧山山下"，此正是"疑怅望"、"乍凄凉"之根因也（末四句下）。

《唐诗鼓吹笺注》：前四句是虚写杏花（按此诗题一作《杏花》），后四句是实写自己。何以为虚写？"暖香漠漠"，提笔也；"间梅遮柳"，衬笔也；"艳拂"、"红敧"，空笔也：绝无一语实描，而读去恰是杏花,殊属不解。

《东岩草堂评订唐诗鼓吹》:朱东岩曰:五、六是罗公自寓感慨,读去殊觉意味寥落,与孟襄阳"不才明主弃,多病故人疏"同一气象。

《诗境浅说》:此昭谏咏杏花诗也。杏花之低拂酒卮,或高倚墙头,语本无奇。作者因酒而引用文君,因墙而引用宋玉,美人、词客与花枝相辉映,遂好句欲仙矣。昭谏有咏牡丹诗云:"公子醉归灯下见,美人朝插镜中看",言公子美人不及宋玉、文君,有妍情逸兴。唐人牡丹诗殊少佳什,罗诗虽咏花者皆可用,而此二句有富贵气,尚与牡丹相称也("数枝艳拂"句下)。

筹笔驿

抛掷南阳为主忧,北征东讨尽良筹。

时来天地皆同力,运去英雄不自由。

千里山河轻孺子,两朝冠剑恨谯周。

唯馀岩下多情水,犹解年年傍驿流。

【汇评】

《五朝诗善鸣集》:"时来天地皆同力"二句,括尽五代兴亡之事。晚唐中第一首关系之诗。

《瀛奎律髓汇评》:陆贻典:与义山同题,而各有所指,故各见其极妙。   纪昀:有义山一作在前,便觉此不称题。

《石园诗话》:昭谏《筹笔驿》诗,亦七律中最佳者,议论亦颇似义山。

梅 花

吴王醉处十馀里,照野拂衣今正繁。

经雨不随山鸟散，倚风疑共路人言。

愁怜粉艳飘歌席，静爱寒香扑酒樽。

欲寄所思无好信，为人惆怅又黄昏。

【汇评】

《升庵诗话》：许浑《莲塘》诗："为忆莲塘秉烛游，……"此为许《丁卯集》中第一诗，而选者不之取也。他如韦庄"昔年曾向五陵游"一首，罗隐《梅花》"吴王醉处十馀里"一首，李郢《上裴晋公》"四朝忧国鬓成丝"一首，皆晚唐之绝唱，可与盛唐峥嵘，惟具眼者知之。

《贯华堂选批唐才子诗》：分之，则"吴王醉处"句、"十馀里"句、"照夜"句、"拂衣"句、"今"句、"正繁"句；又分，则"吴王醉处十馀里照夜拂衣"十一字句、"今正繁"三字句。绝似感慨，绝无感慨，只如闲闲寓笔，而有无限感慨具在其中。此为唐人未经有之法。三、四只写"正繁"，可知（首四句下）。　　粉艳飘席，不过只争瞬眼；故寒香扑樽，必须分外留意。此是说梅花，是不但说梅花。"欲寄所思"，虽用梅花故事，然实只寄此意，故以"又黄昏"三字结出眼泪也（末四句下）。

《碛砂唐诗》：敏曰：咏物诗太泛固不佳，太切亦不妙，所谓认桃辨杏，情致索然也。故不得物之精神，总不足取矣。　　谦曰：此句亦静中冷眼（"经雨不随"句下）。

炀帝陵

入郭登桥出郭船，红楼日日柳年年。

君王忍把平陈业，只博雷塘数亩田。

【汇评】

《诗法易简录》：一"忍"字，隐隐将阿㜷弑父之罪提出，笔挟风霜，却又深而不露。

《唐人万首绝句选评》：一气浑成，格调亦琤琤暾暾。

《人间词话》："君王忍把平陈业，换取雷塘数亩田"，政治家之言也；"长陵亦是闲秋陇，异日谁知与仲多"，诗人之言也。政治家之言，域于一人之事；诗人之眼，则通古今而观之。

柳

灞岸晴来送别频，相偎相倚不胜春。
自家飞絮犹无定，争解垂丝绊路人。

【汇评】

《升庵诗话》："晓晴楼上卷珠帘，往往长条拂枕函。恰直小蛮初学舞，拟偷金缕押春衫。"……此无名氏《柳枝词》也，郭茂倩《乐府》所遗。今以未尽者，并为录之：……罗隐《柳枝词》云："灞岸晴来送别频，相偎相依不胜春。自家飞絮犹无定，争解垂丝绊路人？""一簇青烟锁玉楼，半垂栏畔半垂钩。明年更有新条在，恼乱春风卒未休。"

《精选评注五朝诗学津梁》：作诗宜翻新意。此诗后二句戛戛独造，柳亦不能辩之。

东归途中作

松橘苍黄覆钓矶，早年生计近年违。
老知风月终堪恨，贫觉家山不易归。
别岸客帆和雁落，晚程霜叶向人飞。
买臣严助精灵在，应笑无成一布衣。

【汇评】

《唐贤小三昧集续集》：苦语入情（"贫觉家山"句下）。

《唐七律隽》：风月本以娱情，年老人对之生感，家山本宜投足，窘乏人难以安居（"老知风月"联下）。

《石园诗话》：（罗隐）古诗无大出色，近体如《杜处士新居》云"寇馀无故物，时薄少深交"，《真娘墓》云"死犹嫌寂寞，生肯不风流"，《菊》云"千载白衣酒，一生青女霜"，及七言之"只知事逐眼前过，不觉老从头上来"、"长恐病侵多事日，可堪忙过少年时"、"老知风月终堪恨，贫觉家山不易归"、"漫道城池依险阻，可知豪杰亦尘埃"、"别酒莫辞今夜醉，故人知是几时来"，皆见聪明。彼刻于论诗者，谓《牡丹》一联为女障子，《扬州开元寺》一联为白日见鬼，又乌足以服隐也哉！

乱后逢友人

沧海去未得，倚舟聊问津。
生灵寇盗尽，方镇改更贫。
梦里旧行处，眼前新贵人。
从来事如此，君莫独沾巾。

【汇评】

《瀛奎律髓汇评》：何义门：起句耸擢天半。　又云：正为哭不得，只得如此道也。结句从《叹逝赋》来，所谓"文选理"。纪昀：五六浅鄙。

封禅寺居

盛礼何由睹，嘉名偶寄居。
周南太史泪，蛮徼长卿书。
砌竹摇风直，庭花泣露疏。

谁能赋秋兴，千里隔吾庐。

【汇评】

《瀛奎律髓》：题是封禅寺，昭谏身居乱世，故起句曰"盛礼何由睹"，奇哉句也！三、四好，岂能全不用事？善用事者不冗。

《瀛奎律髓汇评》：何义门：子美、义山之间。　　纪昀：因封禅而思及长卿，因长卿而思及谕巴蜀，而能通巴蜀又是能封禅之根。纡纡曲曲，总是居衰世而思太平之盛。

钱

志士不敢道，贮之成祸胎。

小人无事艺，假尔作梯媒。

解释愁肠结，能分睡眼开。

朱门狼虎性，一半逐君回。

【汇评】

《柳亭诗话》：徐寅咏《钱》诗云："能于祸处翻为福，解向仇家买得恩。"……罗昭谏诗："朱门狼虎性，一半逐君回。"陈元孝诗："只用上边三四字，从来深愧读书多。"可与孔方兄汇成一宗案。

雪

尽道丰年瑞，丰年事若何。

长安有贫者，为瑞不宜多。

【汇评】

《坚瓠集》：今人谚语多古人诗。"瓜田不纳履，李下不正冠"，曹子建诗。……"长安有贫者，为瑞不宜多"，罗隐诗。"但知行好事，莫要问前程"，冯道诗。"在家贫亦好"，戎昱诗。

《唐人绝句精华》：此仁者别有用心，与寻常但描写雪色、寒气者不同。

偶　兴

逐队随行二十春，曲江池畔避车尘。

如今赢得将衰老，闲看人间得意人。

【汇评】

《笺注唐贤三体诗法》：解者极得诗意，以为刻薄非也。谓其自满尤觉无味，妙在"闲看"二字。

《唐诗绝句类选》："赢得"二字殊有深意，想为白马之祸杀名士作也。

《唐诗快》：此盖指白马清流之祸而言也。嗟乎，"人间得意人"，其尚慎之哉！

魏城逢故人

一年两度锦江游，前值东风后值秋。

芳草有情皆碍马，好云无处不遮楼。

山将别恨和心断，水带离声入梦流。

今日因君试回首，澹烟乔木隔绵州。

【汇评】

《唐诗选脉会通评林》：程元初曰：诗人赋及国家与君子、小人处，嫌于伤时，不敢明言，皆托意讽喻。如……"芳草有情皆碍马，好云无处不遮楼"，"芳草"比小人，"马"喻势利之辈，"好云"喻谗佞，"楼"比钧衡之地。若此之类，可谓言近而意深。　　隐以讽刺久困场屋。友人刘费赠诗云："人皆言子屈，我独以为非。明主皆难谒，青山何不归?"隐见之，遂起归欤之思。此诗"芳草"、"好云"一联，正刺时事，不胜愤恨也。后四句言己自归后，与蔡氏昆仲不免烟树隔去（按：此诗一题作《绵谷回寄蔡氏昆仲》），回忆锦城两度相游，竟成往事；别离之念不深也乎?

《山满楼笺注唐诗七言律》：前半追叙旧游，后半感伤远别：大开大合，真七字中之正体也。

《唐诗成法》：锦江佳景，春秋为最。一年两度，正值二时。

《网师园唐诗笺》：分承春秋，兴会绝佳（"芳草有情"联下）。

《唐诗笺注》：上四句言自己在蜀乐事。"山将"一联，言去蜀以后常不能忘。末句因故人去彼，犹回想依依也。

《唐宋诗举要》：三、四写景极佳，而意极沉郁，是谓神行。若但以佳句取之，则皮相矣。

中秋夜不见月

> 阴云薄暮上空虚，此夕清光已破除。
> 只恐异时开霁后，玉轮依旧养蟾蜍。

【汇评】

《后村诗话》：罗隐《中秋不见月》诗："只恐异时开霁后，玉轮依旧养蟾蜍。"本于卢仝《月蚀》诗，然尤简明。

中元夜泊淮口

> 木叶回飘水面平，偶因孤棹已三更。
> 秋凉雾露侵灯下，夜静鱼龙逼岸行。
> 鼓枕正牵题柱思，隔楼谁转绕梁声。
> 锦帆天子狂魂魄，应过扬州看月明。

【汇评】

《老生常谈》：罗昭谏一辈人，劝钱镠讨梁，堂堂正正，岂词华之士所能及！其形于文字之间，风骨亦自可见。《夜泊淮口》云："秋凉雾露侵灯下，夜静鱼龙逼岸行。"亦非晚唐靡靡之响。

《才调集补注》：默庵云：淮口结（"锦帆天子"句下）。　　默庵云：中元（末句下）。

《诗境浅说》：此夜泊淮口所作。上句谓江乡卑湿之地，每多雾露，凉秋倚棹，觉窗前雾气，漾灯晕而迷濛；用一"侵"字，见雾露之深也。下句谓游鱼避舟楫往来，当昼潜伏，至夜静乃游泳岸边；用一"逼"字，见鱼龙之近也。余昔在湘江，屡逢晓雾，蓬蓬若蒸釜，夙有"蒸湘"之名。又尝泊舟越中绕门山深潭之侧，每至夜半，鱼腥上腾。知昭谏写水窗之景，新而确也（"秋凉雾露"一联下）。

莲塘驿

莲塘馆东初日明，莲塘馆西行人行。

隔林啼鸟似相应，当路好花疑有情。

一梦不须追往事，数杯犹可慰劳生。

莫言来去只如此，君看鬓边霜几茎。

【汇评】

《贯华堂选批唐才子诗》：动笔写得"莲塘馆东"、"莲塘馆西"，便知其是《黄鹤楼》好手。然此解用意乃在"初日明"、"行人行"六字。"初日明"，犹言一何太早；"行人行"犹言一何太忙也。三"鸟似相应"，四"花疑有情"，承上便极写此初日行人胸前一片衣锦前程，有如唾手可取也者，却被莲塘馆中一个闲坐人看见也，笑倒也。金雍补注：小儿女不知此诗，谓此写莲塘景物，胡可与语（首四句下）！　　前解写驿下劳人，后解写驿中闲人也。"一梦"，言往者亦尝疾行逐日也；"数杯"，言迄来只是日高犹卧也。"来去只如此"者，大多漠不动心之人，猥言此驿来来去去，直是终古热闹，殊不知其十年大变，五年小变，驿则犹是，人齿加长，其奈之何哉！痛喝之曰"莫言"，婉点之曰"几茎"，诗人风刺之良，于斯乎极矣。

题润州妙善前石羊

传云：吴主孙权与蜀主刘备尝此置会云。

> 紫髯桑盖此沉吟，很石犹存事可寻。
> 汉鼎未安聊把手，楚醪虽满肯同心。
> 英雄已往时难问，苔藓何知日渐深。
> 还有市廊沽酒客，雀喧鸠聚话蹄涔。

【汇评】

《蔡宽夫诗话》：润州甘露寺有块石，状如伏羊，形制略具，号"很石"；相传孙权尝据其上，与刘备论曹公。壁间旧有罗隐诗板云："紫髯桑盖两沉吟，……"时钱镠、高骈、徐温鼎立三方，润州介处其间，隐此诗比平时所作，亦差婉而有味也。

《瀛奎律髓》：此诗《昭谏集》中第一。今京口此石犹存，诗牌亦无恙云。

《唐体馀编》：急入正意（"英雄已往"联下）。

《瀛奎律髓汇评》：冯舒："桑盖"未稳。三、四句意谓李璟、钱镠辈。　　查慎行：《江东集》中好诗尚多，以此为第一，恐非笃论。　　纪昀：笔笔沉着。以"桑盖"二字代"刘"字不妥，与"紫髯"连用更不妥。"楚醪"二字，添出末句，讥时无英雄，僭窃纷纷也。　　又云：详"楚醪"句，题注"置"字下似脱一"酒"字。

无名氏（甲）：昭谏诗在唐末笔力独高，所以才名甚盛。

偶　题

　　钟陵醉别十馀春,重见云英掌上身。

　　我未成名君未嫁,可能俱是不如人。

【汇评】

　　《鉴诫录》:罗秀才隐,傲睨于人,体物讽刺。初赴举之日,于钟陵筵上与娼妓云英同席。一纪后,下第,又经钟陵,复与云英相见。云英抚掌曰:"罗秀才犹未脱白矣。"隐虽内耻,寻亦嘲之:"钟陵醉别十馀春,……"

　　《唐诗快》:"未成"、"未嫁",足伤心矣;又接"可能"一句,不觉令人进泪。

　　《诗法易简录》:迟暮之感,一往情深。

　　《北江诗快》:"我未成名君未嫁",同伤沦落也;"尔得老成余白首",同悲老大也:用意不同,而寄慨则一。

蜂

　　不论平地与山尖,无限风光尽被占。

　　采得百花成蜜后,为谁辛苦为谁甜。

【汇评】

　　《搜采异闻录》:士人于棋酒间好称引戏语以助谈笑,大抵皆唐人诗。后生多不知所从出,漫识所记忆者于此。……"今朝有酒今朝醉,明日愁来明日当"、"劝君不用分明语,语得分明出转难"、"自怜飞絮犹无定,争解垂丝绊路人"、"明年更有新条在,挠乱春风卒未休"、"采得百花成蜜后,不知辛苦为谁甜",罗隐诗也。

　　《唐人绝句精华》:诗意似有所悟,实乃叹世人之劳心于利禄者。

寄前宣州窦常侍

往年西谒谢玄晖，樽酒留欢醉始归。
曲槛柳浓莺未老，小园花暖蝶初飞。
喷香瑞兽金三尺，舞雪佳人玉一围。
今日乱雁寻不得，满蓑风雨钓鱼矶。

【汇评】

《贯华堂选批唐才子诗》：一诗只是二句，一句"往年"，一句"今日"，是为分解之最明者。　　"樽酒"句，未宜漫然读也，看他轻轻只用二字写主成妙主，三字写宾成妙宾，盖留者欢，醉者不归，此又岂是待留之宾与容归之主耶？此真一时出自偶然，千遍说之不足者。若徒漫然读之，则只是留住欢乐，醉倒失归，直一市魁眠酒肆无赖语耳，奈何乎污先生笔尖也！三、四"未"字、"初"字，妙，妙！一"未"字，便是前已不是一日二日，一"初"字，便是后亦不是一日二日。此正极写主留宾不归，一片两忘神理，为出神入化之笔也（首四句下）。　　诗中"金"、"玉"字自来难用。此又不知何故，再加"三尺"、"一围"二字，反更见其清空。此真天遣裁诗，别又有故，世人不复能知之也。末句"满蓑风雨"字，非为钓鱼点染，正特写来与上"金三尺"、"玉一围"作比对，读之眼泪不哭自流矣（末四句下）。　　金雍补注：便是唐初人佳笔，何意篇终见之。

《唐诗鼓吹笺注》：通篇只"往年"、"今日"四字尽矣。"尊酒"句写当年主宾情谊之笃，曰"留连"殆非一朝一夕也。三、四承之。"未"字、"初"字，妙，妙。曰"莺未老"，则前此之留连可想；曰"蝶初飞"，则后此之留连可知。唐人即景写情，笔墨俱化，不当以写景草草读过也。诗中"金"、"玉"等字最难安排，唐初人往往有之。此独再加"三尺"、"一围"二字，偶对极其闲雅，此诚唐人之绝唱也。

七 夕

月帐星房次第开，两情惟恐曙光催。

时人不用穿针待，没得心情送巧来。

【汇评】

《后村诗话》：近人长短句多脱换前人诗。《七夕》词云："做豪今夜为情忙，那得功夫送巧来。"然罗隐已云："时人不用穿针待，没得心情送巧来。"

《网师园唐诗笺》：翻新见妙（末二句下）。

严陵滩

中都九鼎勤英髦，渔钓牛蓑且遁逃。

世祖升遐夫子死，原陵不及钓台高。

【汇评】

《娱书堂诗话》：罗隐《严陵滩》诗，范文正公《钓台》诗，俱押"高"字。范诗特高妙，至用云台事，尤非隐所及。

《四溟诗话》：罗隐曰："世祖升遐夫子死，原陵不及钓台高。"范仲淹曰："世祖功臣三十六，云台争似钓台高。"储嗣宗曰："春风莫逐桃花去，恐引渔人入洞来。"谢枋得曰："花飞莫遣随流水，怕有渔郎来问津。"袁郊曰："后羿遍寻无觅处，不知天上却容奸。"瞿宗吉曰："后羿空能残九日，不知月里却容私。"范、谢、瞿皆出祖袭，瞿得点化之妙。

《唐人绝句精华》：诗以帝王陵不及隐士钓台高，见权势不足重之意。

帝幸蜀

原注：乾符岁。

马嵬山色翠依依，又见銮舆幸蜀归。
泉下阿蛮应有语，这回休更怨杨妃。

【汇评】

《鉴诫录》：僖宗在蜀，隐作诗数首以刺诸侯。及还梁，为朝贵所疾，乃谒钱武肃焉。献《僖宗在蜀》诗曰："白丁攘臂犯长安，……"又作《僖宗还京》曰："马嵬杨柳尚依依，……"

《韵语阳秋》：小说卢环《抒情诗》载：唐僖宗幸蜀，词人题于马嵬驿云："马嵬烟柳正依依，……"虽一时戏语，亦无乃厚诬阿瞒乎？

《五朝诗善鸣集》：唐人于再幸蜀都，为玉环洗刷，意皆别有所指。

牡　丹

艳多烟重欲开难，红蕊当心一抹檀。
公子醉归灯下见，美人朝插镜中看。
当庭始觉春风贵，带雨方知国色寒。
日晚更将何所似，太真无力凭阑干。

【汇评】

《唐诗别裁》：唐人牡丹诗，每失之浮腻浅薄；然如罗邺之"看到子孙能几家"，又索然兴尽矣。独存此篇，尚近雅音。

江南行

江烟湿雨蛟绡软，漠漠小山眉黛浅。

水国多愁又有情，夜槽压酒银船满。

细丝摇柳凝晓空，吴王台榭春梦中。

鸳鸯鸂鶒唤不起，平铺绿水眠东风。

西陵路边月悄悄，油碧轻车苏小小。

【汇评】

《笔精》：罗隐诗极浅俗，有《江南曲》云："江烟湿雨鲛绡软，……"奇丽可比温、李，然亦不可多得也。

感弄猴人赐朱绂

十二三年就试期，五湖烟月奈相违。

何如买取胡孙弄，一笑君王便著绯。

【汇评】

曾慥《类说》引《幕府燕闲录》：唐昭宗播迁，随驾伎艺人止有弄猴者。猴颇驯，能随班起居。昭宗赐以绯袍，号"孙供奉"。罗隐下第诗云："何如学取孙供奉？一笑君王便著绯。"

《唐诗快》：弄猴人乃赐朱绂，则朱绂亦不值一钱矣。唐末时事至此，安得不亡！

题磻溪垂钓图

吕望当年展庙谟，直钩钓国更谁如。

若教生在西湖上，也是须供使宅鱼。

【汇评】

《闲谈录》：钱氏时，西湖渔者日纳鱼数觔（斤），谓之"使宅鱼"；其捕不及额者，必市以供，颇为民害。一日，罗隐侍坐，壁间有《磻溪垂钓图》，武肃索诗，隐应声曰："吕望当年展庙谟，直钩钓国更谁如？

若教生得西湖上，也是须供'使宅鱼'。"武肃大笑，遂蠲其役。

《五朝诗善鸣集》：因是诗而遂停"使宅鱼"，此诗遂不可废。

题新榜

黄土原边狡兔肥，犬如流电马如飞。

灞陵老将无功业，犹忆当时夜猎归。

【汇评】

《唐摭言》：罗隐光化中犹佐两浙幕。同院沈崧得新榜，封示隐，隐批一绝于纸尾曰："黄土原边狡兔肥，……"

《载酒园诗话又编》：隐不得志于举场，故善作侘傺之言。如"一竿明月一竿竹，家在五湖归去来"、"灞陵老将无功业，犹忆当年夜猎归"，皆激昂悲壮。

延和阁诗

延和高阁上干云，小语犹疑太乙闻。

烧尽降真无一事，开门迎得毕将军。

【汇评】

《广陵妖乱志》：高骈末年惑于神仙之说。……起延和阁于大厅之西，凡七间，高八丈，皆饰以珠玉，绮窗绣户，殆非人工。每旦，焚名香，列异宝，以祈王母之降。及（毕）师铎乱，人有登之者，于藻井垂莲之上，见二十八字云："延和高阁上干云，……"

《鉴诫录》：（罗隐）又与顾云先辈谒淮南高相公骈。顾为人风雅，时渤海公辟留，隐遂辞归钱塘。……高后失政，因吕用之等幻惑，为毕师铎所害。隐自钱塘著《妖乱志》以非之，故有题延和阁云："延和高阁势凌云，轻语犹疑太乙闻。烧尽降香无一事，开门迎得毕将军。"

罗 虬

　　罗虬,生卒年不详,台州(今浙江临海)人。能诗,词藻富赡,与宗人罗邺、罗隐齐名,时号"三罗"。累举进士不第。广明中,为鄜州李孝恭从事。时有歌者杜红儿,虬令歌,赠以彩帛。孝恭以红儿为节度副使所属意,不令受。虬怒,杀之。后追感其冤,作《比红儿诗》百首,今存。《全唐诗》编为一卷。

【汇评】

　　葆光子曰:……虬有俊才,尝见雕阴官妓《比红儿》诗,他无闻也。(《北梦琐言》)

　　虬辞藻富赡,与宗人隐、邺齐名,咸通、乾符中时号"三罗"。(《唐诗纪事》)

　　虬词藻富赡,与族人隐、邺齐名,咸通间称"三罗",气宇终不逮。(《唐才子传》)

　　《侯鲭录》云:"东坡谓世之对偶,如'红生''白熟','手文''脚色',二对无复加也。"然予尝记唐罗虬诗云:"窗前远岫悬生碧,帘外残霞挂熟红。"然则罗虬已用"生碧"对"熟红"矣。(《优古堂诗话》)

比红儿诗 并序（选二首）

比红者，为雕阴官妓杜红儿作也。美貌年少，机智慧悟，不与群辈妓女等。余知红者，乃择古之美色灼然于史传三数十辈，优劣于章句间，遂题比红诗。

其九十
宿雨初晴春日长，入帘花气静难忘。

凝情尽日君知否？真似红儿舞袖香。

其一百
花落尘中玉堕泥，香魂应上窈娘堤。

欲知此恨无穷处，长倩城乌夜夜啼。

【总评】

《唐摭言》：（罗虬）广明庚子乱后，去从鄜州李孝恭，籍中有红儿者，善肉声，尝为贰车属意。会贰车聘邻道，虬请红儿歌而赠之缯彩，孝恭以副车所贮，不令受所赆。虬怒，拂衣而起。诘旦，手刃红儿。既而思之，乃作绝句百篇，号《比红诗》，大行于时。

《唐才子传》：虬狂宕无检束，时雕阴籍中有妓杜红儿善歌舞，姿色殊绝，尝为副戎属意。会副戎聘邻道，虬久慕之，至是请红儿歌，赠以缯彩。孝恭以为副戎所盼，为从事歌则非礼，勿令受赆。虬不称意，怒，拂衣起，诘旦，手刃杀之。孝恭以虬激己，坐之。顷会赦，虬追其冤，于是取古之美女有姿艳才德者，作绝句一百首，以比红儿，当时盛传。此外不见有他作。体固凡庸，无大可采。……其卒章云："花落尘中玉堕泥，……"情极哀切。初以白刃相加，今曰"余知红者"，虬实一狂夫也。

《唐诗品》：罗虬《比红》诗百篇，其事杂出载记语。其淫夸极于感荡，《国风》好色，固如此耶？直著以为风人之戒，无论其词之拙也。

《唐诗选脉会通评林》：黄预曰：罗虬感于红儿，既杀之，且追其冤。作绝句百篇，引古人以比其艳，其用心顾不谬哉！然览其诗词，访其事实，杂出诸史氏传纪，若稗官小说旁取曲引，上下数千载间，皆有依据：其闻见亦已博矣。　　哀其死，而以窈娘比之，深想其抱恨悲啼之无已也。

《五朝诗善鸣集》：三罗之中，惟虬最下。无故而杀美人，空作诗百篇以追念之，能赎其残暴之罪乎？红儿有灵索报，当甚于严武。其诗百首亦只如一首。余选其一首志其恶有馀恨焉，亦《巷伯》之意也。

《石洲诗话》：罗虬《比红儿》诗，俚劣之甚，亦胡曾《咏史》、曹唐《游仙》之类，乃以此得名于时，亦奇矣。

高　蟾

高蟾，生卒年不详，渤海（今河北沧县）人。出身寒素，累举不第。乾符三年（876），登进士第。乾宁中，累官至御史中丞。与郑谷友善。有《高蟾诗》一卷。《全唐诗》编诗一卷。

【汇评】

进士高蟾，诗思虽清，务为奇险，意疏理寡，实风雅之罪人。薛许州谓人曰："倘见此公，欲赠其掌。"（《北梦琐言》）

郑谷尝赠蟾诗云："张生'故国三千里'，知者唯应杜紫微。君有'君恩秋后叶'，可能更羡谢玄晖。"盖蟾有《后宫词》云："君恩秋后叶，日日向人疏。"（《唐诗纪事》）

高蟾工为绝句，然无甚高论矣。（《吴礼部诗话》引时天彝《唐百家诗选评》）

蟾本寒士，遑遑于一名，十年始就。性倜傥离群，稍尚气节。人与千金，无故，即身死亦不受。其胸次磊块，诗酒能为消破耳。诗体则气势雄伟，态度谐远，如狂风猛雨之来，物物竦动，深造理窟，亦一奇逢掖也。（《唐才子传》）

凡诗用"恩"字，不粗则俗，难于造句。陈思王"恩纪旷不接"，……高蟾"君恩秋后叶，日日向人疏"，李义山"但保红颜莫保恩"，此皆句法新奇，变俗为雅，名家自能吻合。（《四溟诗话》）

金陵晚望

曾伴浮云归晚翠，犹陪落日泛秋声。

世间无限丹青手，一片伤心画不成。

【汇评】

《唐诗笺注》："浮云"、"落日"，喻盛衰之不常；"曾伴"、"犹陪"，感佳丽之凄寂，正所谓"伤心"也。然"晚翠"、"秋声"，丹青能画，而望中心事，妙手难描。"画不成"三字，是"伤心"二字之神。

《诗境浅说续编》：画实境易，画虚景难。昔人有咏行色诗云："赖是丹青不能画，画成应遣一生愁。"与此诗后二句相似。行色固难着笔，伤心亦未易传神。金陵为帝王所都，佳丽所萃，追昔抚今，百端交集，纵有丹青妙手，安能曲绘其心耶？此诗佳处在后二句，迥胜前二句也。

春（其二）

明月断魂清霭霭，平芜归思绿迢迢。

人生莫遣头如雪，纵得春风亦不消。

【汇评】

《对床夜语》：杜牧《送隐者》云："公道世间唯白发，贵人头上不曾饶。"高蟾《春》诗："人生莫遣头如雪，纵得春风亦不消。"……此皆袭其句而意别者。

《唐诗绝句类选》：徐子扩曰：此前对体。后二句绝佳。

《唐诗快》：东风不能消矣，只合以淮南所言东风沉溢之酒消之（末句下）。

下第后上永崇高侍郎

天上碧桃和露种，日边红杏倚云栽。
芙蓉生在秋江上，不向东风怨未开。

【汇评】

《北梦琐言》：（高蟾）《落第》诗曰："天上碧桃和露种，……"盖守寒素之分，无躁进之心，公卿间许之。先是胡曾有诗曰："翰苑何时休嫁女，文章早晚罢生儿。上林新桂年年发，不许平人折一枝。"罗隐亦多怨刺，当路子弟忌之；由是渤海策名也。

《诗史》：高蟾累举不第，有诗云："月桂数条摧白日，天门几扇锁明时。阳春发处无根蒂，凭仗东风次第吹。"怨而切。又《下第上主司马侍郎诗》云："天上碧桃和露种，日边红杏倚云栽。芙蓉生在秋江上，独向秋风怨未开。"人颇怜其意。明年，李昭知举，遂擢第。

《唐诗绝句类选》：谢叠山曰：此诗妙在后二。

《唐诗选脉会通评林》：周珽曰：凡士值数奇，率多怨辞，未免得罪于人。如高蟾《下第》诗，不尤知贡举者不与吹嘘，但托意"芙蓉"自不开向东风，则其中含蓄何深远也！章碣亦有闻知贡举者以私意取其门客，不欲显言，而借"望幸"为题以写其心。　　胡济鼎曰：此所谓"主文而谲谏"者也。　　熊勿轩曰：孟东野《下第》诗不如高蟾一绝，为知时守分，无所怨慕，斯可贵也。

《唐诗摘钞》：语含比兴。前二句喻得第者沐知遇之恩；后二句喻己下第，皆时命使然，不敢归怨于主者，犹有诗人温柔敦厚之意。若孟郊之"恶诗皆得官，好诗抱空山"，几于怒骂矣，岂复可以为诗乎！

《唐诗别裁》：存得此心，化悲愤为和平矣。

《诗法易简录》：时命自安，绝无怨尤，唐人下第诗以此为最。

章碣

章碣,生卒年不详,字鲁封,桐庐(今属浙江)人,后移居钱塘(今浙江杭州)。或云章孝标之子。咸通中,屡试不第。乾符四年,高湘知贡举,擢其所知邵安石为进士,碣作《东都望幸》诗刺之。归乡,钱镠召为表奏孔目官,碣拒之,受笞,乃受命。或云后典苏州。与罗隐、方干友善。有《章碣诗》一卷,已佚。《全唐诗》存诗一卷。

【汇评】

章碣,……咸通末,以篇什著名。(《唐摭言》)

文章变态,固亡穷尽,然高下工拙,亦各系其人才。……唐末有章碣者,乃以八句诗平侧各有一韵。如"东南路尽吴江畔,正是穷愁暮雨天。鸥鹭不嫌斜雨岸,波涛欺得送风船。偶逢岛寺停帆看,深羡渔翁下钓眠。今古若论英达算,鸱夷高兴固无边。"自号变体,此尤可怪者也。(《蔡宽夫诗话》)

碣未第时,方干赠诗云:"织锦虽云用旧机,抽梭起样更新奇。何如且破望中叶,未可便攀低处枝。藉地落花春半后,打窗斜雪夜深时。此时才子吟应苦,吟苦鬼神知不知?"(《唐诗纪事》)

有律诗上下句双用韵者:第一句,第三、五、七句押仄韵;第二

句,第四、六、八句押一平韵。唐章碣有此体,不足为法。漫列于此,以备其体耳。(《沧浪诗话》)

碣有异才,尝草创诗律,于八句中足字平侧,各从本韵,……自称变体。当时趋风者亦纷纷而起也。(《唐才子传》)

晚唐章碣八句诗,平仄各押韵:一畔、二天、三岸、四船、五看、六眠、七算、八边。无聊之思,亦将以为格而步之乎?(《围炉诗话》)

对　月

残霞卷尽出东溟,万古难消一片冰。
公子踏开香径藓,美人吹灭画堂灯。
琼轮正辗丹霄去,银箭休催皓露凝。
别有洞天三十六,水晶台殿冷层层。

【汇评】

《唐七律选》:三、四亦贫态,但刻写明月,恐美人、公子未必有此。

《唐七律隽》:踏径吹灯,自是山人贫士常态,彼沉酣富贵者,何得有此雅人深致!

春　别

掷下离觞指乱山,趋程不待凤笙残。
花边马嚼金衔去,楼上人垂玉筯看。
柳陌虽然风袅袅,葱河犹自雪漫漫。
殷勤莫厌貂裘重,恐犯三边五月寒。

《唐诗鼓吹评注》：发端虚含赴警，看似无奇，然后人少能到其气脉。第五句中有"春"有"别"。合首尾四句对看，公义私恩两面俱到，为《三百篇》之馀裔。

《唐诗快》：伉爽中仍多婉挚，殊胜三叠《阳关》。

《唐诗贯珠》：通首离情。上界已布置如绘，对又工切矣，下界忽代楼上人措辞，一种幽思缥缈，仙笔也。　　不走平原，而指乱山，加凤笙以饰离筵，用偏锋，意愈峭。

《唐体徐编》：后段似代为送者嘱之辞。全篇意味甚洽。

《唐诗别裁》：结意温厚。

焚书坑

竹帛烟销帝业虚，关河空锁祖龙居。

坑灰未冷山东乱，刘项元来不读书。

【汇评】

《四溟诗话》：咏史宜明白断案，章碣曰："坑灰未冷山东乱，刘项元来不读书。"此孰不知邪？

《诗薮》："公道世间唯白发，贵人头上不曾饶"、"年年点检人间事，只有春风不世情"、"世间甲子须臾事，逢著仙人莫看棋"、"虽然万里连云际，争似尧阶三尺高"、"坑灰未冷山东乱，刘项元来不读书"，皆仅去张打油一间，而当时以为工，后世亦亟称之，此诗所以难言。

《唐诗绝句类选》：近人咏《长城》诗云："谁知削木为兵者，尽是长城里面人！"又咏《博浪沙》云："如何十二金人外，犹有民间铁未销？"皆从此诗翻出。

《唐诗选脉会通评林》：周敬曰：讽刺议论，字字可泣鬼神，纲目史断,当退三舍。　　周珽曰:起句便有擒王之勇。后推其心,不过以读书之儒口议心非,必尽去其书而天下无乱矣;岂知坑灰尚温而山东已乱,灭秦者又是刘、项不读书之人哉! 嗟乎,……乱不生于读书之辈,乃兆于焚书之时。

《围炉诗话》:"诗豪"之名,最为误人。牧之《题乌江亭》诗,求豪反入宋调;章碣《焚书坑》亦然。

《载酒园诗话又编》:章氏父子诗格俱单,碣尤力弱,然《焚书坑》一作,自足名家。

《碛砂唐诗》:今读此诗,如食哀家梨爽而有味。此又论史之最妙者,岂特使事为能!

《寒厅诗话》:章碣《焚书坑》诗:"竹帛烟销帝业虚,关河空锁祖龙居。坑灰未冷山东乱,刘项原来不读书。"陈刚中《博浪沙》诗:"一击车中胆气豪,祖龙社稷已动摇。如何十二金人外,犹有民间铁未消?"同一意也,而不觉其蹈袭,可悟脱换之妙。

《网师园唐诗笺》:如读老苏诸论(末二句下)。

东都望幸

懒修珠翠上高台,眉月连娟恨不开。
纵使东巡也无益,君王自领美人来。

【汇评】

《唐摭言》:乾符中,高侍郎湘自长沙携邵安石至京及第。碣赋《东都望幸》刺之。

《古今诗话》:高湘侍郎南迁归朝,途经连江,(邵)安石以所业投之,遂见知,同至辇下。湘知贡举,安石擢第,诗人章碣赋《东都望幸》诗刺之,曰:"懒修珠玉上高台,……"

秦韬玉

秦韬玉，生卒年不详，字中明，一作仲明，京兆（今陕西西安）人，或云郃阳（今陕西合阳）人。出身寒素，累举不第。因其父为左军军将，遂出入宦官田令孜门，交游中贵，为神策军判官。随僖宗入蜀。中和二年（882），特赐进士及第，编入春榜。四年，官至工部侍郎、判度支，为田令孜十军司马。韬玉工歌吟，有《投知小录》三卷，已佚。《全唐诗》存诗一卷。

【汇评】

韬玉有词藻，亦工长短歌……然慕柏耆为人，至于躁进，驾幸西蜀，为田令孜擢用，未期岁，官至丞郎，判盐铁，特赐及第。（《唐摭言》）

韬玉少有词藻，工歌吟，恬和浏亮，……每作人必传诵。《贵公子行》云："阶前莎毯绿未卷，银龟喷香挽不断。乱花织锦柳撚线，妆点池台画屏展。主人功（公）业传国初，六亲联络驰朝车。斗鸡走狗家世事，抱来皆佩黄金鱼。却笑书生把书卷，学得颜回忍饥面。"又潇水出道州九疑山中，湘水出桂林海阳山中，经灵渠，至零陵，与潇水合，谓之"潇湘"，为永州二水也，清泚一色，高秋八九月，才丈馀,浅碧见底,过衡阳,抵长沙,入洞庭。韬玉赋诗云:"女娲罗裙长百尺,搭在湘江作山色。"又云:"岚光楚岫和空碧,秋染湘江到底清。"由是大知名,号为绝唱。(《唐才子传》)

秦韬玉,调似李山甫,咏手押"髩"字诗,尤娇痴可喜。(《唐音癸签》)

春 雪

云重寒空思寂寥,玉尘如糁满春朝。
片才著地轻轻陷,力不禁风旋旋销,
惹砌任他香粉妒,萦丛自学小梅娇。
谁家醉卷珠帘看,弦管堂深暖易调。

【汇评】

《瀛奎律髓》:三、四颇切于春雪,但诗格稍弱。

《优古堂诗话》:韩退之《春雪》诗:"拂花轻尚起,落地暖初消。"秦韬玉《雪》诗:"片才落地轻轻陷,力不禁风旋旋消。"王定民《雪》诗:"天边密势来犹湿,地上微和积易消。"

《载酒园诗话又编》:《春雪》诗:"惹砌任教香粉妒,萦丛自学小梅娇。"弄姿处亦有小翻试风之态。

《瀛奎律髓汇评》:何义门:首句反呼结。又云:深刺童骏无识,以灾为瑞,非徒致叹于苦乐不均也。 纪昀:五、六俗格。

《宋石斋笔谈》:韬玉晚唐作手,其咏《贫女》、《春雪》二律脍炙人口。

贫 女

蓬门未识绮罗香,拟托良媒益自伤。

谁爱风流高格调，共怜时世俭梳妆。

敢将十指夸偏巧，不把双眉斗画长。

苦恨年年压金线，为他人作嫁衣裳。

【汇评】

《鉴诫录》：李山甫有《咏贫女》，天下称奇。秦韬玉之诗意转殊妙。

《瀛奎律髓》：此诗世人盛传诵之。

《唐诗鼓吹注解大全》：此韬玉伤时未遇，托贫女以自况也。

《唐诗选脉会通评林》：周珽曰：晋罗友好学，桓温虽以才遇之，许而不用。人有得郡者，温为席送别，罗友后至。温问之，对曰："且出，逢一鬼揶揄云：'我见汝送人，不见人送汝。'惭怖却回，不觉淹缓。"温心愧，遂以为襄阳守。罗之语，其即"为他人作嫁衣裳"之谓乎？衡文者闻是诗，亦有淹没贤才之愧否？此伤时未遇，而托"贫女"以自况也。首联喻己素贫贱，不托荐以求进。次联喻有才德者，见弃于世。二句一气读下，若谓世俱好修容者，谁人能怜取俭饰之士也。第五句见不以才夸人。六句见不以德自骄。末伤己少有著述措置，徒供藉人作进阶耳。

《唐律偶评》：有人画眉，则已嫁之妇也，反醒"女"字，诗律精密，上句亦用纤纤女手也。此即所谓贫女难嫁也，却不便自说要嫁人，结句借他人说，极巧。

《载酒园诗话又编》：秦韬玉诗无足言，独《贫女》篇遂为古今口舌。"苦恨年年压金线，为他人作嫁衣裳"，读之辄为短气，不减江州夜月、商妇琵琶也。

《山满楼笺注唐诗七言律》：此盖自伤不遇而托言也。贫士贫女，古今一辙，仕路无媒，何由自拔，所从来久矣。

《唐诗成法》：格调既高，所以不遇良媒；梳妆之俭，以其生长蓬门：(三、四)分承一、二。五、六自伤。七结五，八结六。　　　六句皆平头,是一病。　　　有托而言,通首灵动,结好,遂成故事。

《唐诗别裁》:语语为贫士写照。

《瀛奎律髓汇评》:冯班:托兴可哀。　　　何义门:高髻险妆,见《唐书·车服志》。此句就他人一面说。　　　纪昀:格调太卑。

《诗境浅说》:此篇语语皆贫女自伤,而实为贫士不遇者,写牢愁抑塞之怀。首二句言生长蓬门,青裙椎髻,从不知罗绮之妍华,以待字之年,将托良媒以通辞,料无嘉耦,只益伤心。三、四谓自抱高世之格,甘弃铅华,不知者翻怜我梳妆之俭陋也。五、六谓以艺而论,则十指神针,未输薛女;以色而论,则双眉远翠,不让文君。而藐姑独处,从不向采芳女伴夸绝艺而竞新妆。末句言季女斯饥,固自安命薄。所恨者年年辛苦徒为新嫁娘费金线之功,人孰无情,谁能遣此耶!孟郊诗"坐甘冰抱晚,永谢酒怀春","冰抱"为难堪之境,而栖迟至晚,枯坐自甘;"酒怀"喻声利之场,乃春色虽多,孤踪永谢。与《贫女》诗意境相似,而以五言隽永出之,弥觉有味。老友章霜根翁最喜诵之。

对　花

　　长与韶光暗有期,可怜蜂蝶却先知。
　　谁家促席临低树,何处横钗戴小枝。
　　丽日多情疑曲照,和风得路合偏吹。
　　向人虽道浑无语,笑劝王孙到醉时。

【汇评】

《唐律偶评》:二、四人对花,落句花对人,两层变换。"带小枝"是钗挂花上,作"戴"便是折花矣。

《唐诗鼓吹笺注》:花当春而开,似与春光暗期,而曰蜂蝶先知者,言花各有候,物各有情,借以兴起下意耳。"席临低树"、"钗横小枝",言人知而爱之也。"丽日"来临,"和风"轻拂,言风日知而爱之也;彼虽寂然无语,实与人意相关,正与首句"暗有期"相应。

亭 台

雕楹累栋架崔嵬,院宇生烟次第开。
为向西窗添月色,岂辞南海取花栽。
意将画地成幽沼,势拟驱山近小台。
清境渐深官转重,春时长是别人来。

【汇评】

《唐体馀编》:二语(按指"意将画地"二句)作势,落出结句冷然。

豪 家

石甃通渠引御波,绿槐阴里五侯家。
地衣镇角香狮子,帘额侵钩绣辟邪。
按彻清歌天未晓,饮回深院漏犹赊。
四邻池馆吞将尽,尚自堆金为买花。

【汇评】

《夷白斋诗话》:唐人秦韬玉有诗云:"地衣镇角香狮子,帘额侵钩绣辟邪。"后山有"坏墙得雨成蜗字,古屋无人燕作家",韬玉可谓状富贵之象于目前,后山可谓含寂寞之景于言外也。

燕 子

不知大厦许栖无,频已衔泥到座隅。

曾与佳人并头语，几回抛却绣工夫。

贵公子行

阶前莎毯绿不卷，银龟喷香揽不断。
乱花织锦柳撚线，妆点池台画屏展。
主人公业传国初，六亲联络驰朝车。
斗鸡走狗家世事，抱来皆佩黄金鱼。
却笑儒生把书卷，学得颜回忍饥面。

【汇评】

　《唐摭言》：韬玉有词藻，亦工长短歌，有《贵公子行》曰："阶前莎毯绿不卷，……"

唐彦谦

唐彦谦,生卒年不详,字茂业,自号鹿门先生,并州晋阳(今山西太原)人。少师温庭筠为诗。咸通中,应进士举,十馀年不第。或云咸通二年(861)登进士第。乾符末,避乱居汉南。中和中,王重荣镇河中,召为从事,历河中节度副使,晋、慈、绛三州刺史。光启末,重荣遇害,贬汉中掾曹。杨守亮镇兴元,署为判官,累官至副使,阆、壁二州刺史。有《唐彦谦诗集》(一名《鹿门先生集》)三卷。《全唐诗》编诗二卷。中羼入元人戴表元、许谦等诗数十首。

【汇评】

并山川英淑奇丽,……古多豪士,事武功健马,垂光宇内,未有钩锦绣绝擅声词翰者。君出其中,禀轻清以为性,结冷汰以为质,煦鲜荣以为词。偏于逸歌长句,骏奔踔厉,往往而剧。李白、杜甫死,非君而谁哉?(郑贻《鹿门诗集序》)

彦谦博学多艺,文词壮丽,至于书画音乐博饮之技,无不出于辈流。尤善七言诗,少时师温庭筠,故文格相类。(《旧唐书》本传)

唐人不学杜诗,唯唐彦谦与今黄亚夫庶、谢师厚景初学之。(《后山诗话》)

杨文公酷喜唐彦谦诗，至亲书以自随。……今太白诸集犹兼行，独彦谦殆罕有知其姓名者，诗亦不多，格力极卑弱，仅与罗隐相先后，不知文公何以取之？当是时以偶俪为工耳。(《蔡宽夫诗话》)

山谷言：唐彦谦诗最善用事。其《过长陵》诗云："耳闻明主提三尺，眼见愚民盗一抔。千古腐儒骑瘦马，灞陵斜日重回头。"又《题浦津河亭》云："烟横博望乘槎水，月上文王避雨陵。"皆佳句。(《洪驹父诗话》)

杨大年、刘子仪皆喜唐彦谦诗，以其用事精巧，对偶亲切。黄鲁直诗体虽不类，然亦不以杨、刘为过。(《石林诗话》)

鹿门先生唐彦谦，为诗蒙慕玉谿，得其清峭感怆，盖其一体也，然警绝之句亦多有。(《唐诗纪事》)

彦谦才高负气，毫发逆意，大怒叵禁。博学足艺，尤长于诗，亦其道古心雄，发言不苟，极能用事，如自己出。初师温庭筠，调度逼似，伤多纤丽之词，后变淳雅，尊崇工部。唐人效甫者，惟彦谦一人而已。(《唐才子传》)

唐彦谦绝句，用事隐僻，而讽谕悠远似李义山。如《奏捷西蜀题沱江驿》云："野客乘辀非所宜，况将儒服报戎机。锦江不识临邛酒，幸免相如渴病归。"即李义山"相如未是真消渴，犹放沱江过锦城"之意也。馀如《登兴元城观烽火》云："汉川城上角三呼，护跸防边列万夫。褒姒冢前烽火起，不知泉下破颜无。"《邓艾庙》云："昭烈遗黎死尚羞，挥刀斫石恨谯周。如何千载留遗庙，血食巴山伴武侯。"此即唐人《题吴中范蠡庙》云"千年宗国无穷恨，只合江边祀子胥"之句也。《汉殿》云："鸟去云飞意不通，夜坛斜月转桐风。君王寂虑无消息，却就真人觅钜公。"首首有酝藉，堪吟咏，比之贯休、胡曾辈天壤矣。(《升庵诗话》)

唐彦谦诗律学温、李，"下疾不成双点泪，断多难到九回肠"，何减"春蚕"、"蜡烛"情藻耶？又"盆稻"篇亦咏物之俊者。(《唐音

癸签》）

　　钝吟云：此君全法飞卿，时有玉豁之集，皆西昆所祖也。（《才调集补注》）

　　唐茂业有诗极似玉豁，想亦如李洞之师贾岛，故臭味不殊。（《一瓢诗话》）

　　唐彦谦诗秾丽如温、李，而骨力不如义山，神不如飞卿，然亦雕章间出。（《唐诗观澜集》）

　　唐彦谦师温八叉，而颇得义山风致，但稍弱耳。（《石洲诗话》）

　　其源出于韦苏州。而气浮伤骨，辞缛害体。律绝抽秘骋研，清拟杜、岑，艳如温、李，虽未成后者，亦备一流。（《三唐诗品》）

蒲津河亭

　　　宿雨清秋霁景澄，广亭高树向晨兴。
　　　烟横博望乘槎水，日上文王避雨陵。
　　　孤棹夷犹期独往，曲阑愁绝每长凭。
　　　思乡怀古多伤别，况此哀吟意不胜。

【汇评】

　　《对床夜语》：刘沧《咸阳》云："渭水故都秦二世，咸阳秋草汉诸陵。"唐彦谦《蒲津河亭》云："烟横博望乘槎水，日上文王避雨陵。"论句法，则刘不及唐；然序怀感之意，得讽兴之体，则刘诗胜。

　　《唐诗选脉会通评林》：周弼列为前实后虚体。　前四句叙河亭秋霁所临览，就蒲津之景言。后四句述临览之情，有无限凄楚之感。

　　《五朝诗善鸣集》：三、四用事精切。

　　《贯华堂选批唐才子诗》：通解只写得"向晨兴"三字。不知夜来思念何事，其早更不能寐，因而披衣下床，开户直视，见雨又收，

天又霁,庭又广,榭又高,如此好时好日,我当如何若何? 三、四,
"烟横"、"日上",正是写起得过早也。其"博望乘槎"、"文王避雨"
字,皆只文章点染可知(首四句下)。 　　　五,孤舟独往,言思乡,一
宜往也;怀古,二宜往也;伤别,三又宜往也。若得乘此清秋,果然
遂往,此真夷犹之至也。六,曲栏长凭,言思乡于此凭也,怀古于此
凭也,伤别又于此凭也。可惜如许清秋,每日长凭,岂非愁绝之至
也! 末又加"况此哀吟",此便是思乡、怀古、伤别外,自寻出第四件
苦事矣(末四句下)。

　　《唐七律选》:自是可念。有对此茫茫、百端交集之感("烟横
博望"句下)。

　　《瀛奎律髓汇评》:冯班:略点"乘槎"、"避雨"两故事。"烟
横"、"月上"二字含却古之无限感慨,如此用事,千古不得一句也。

长　陵

<blockquote>
长安高阙此安刘,祔葬累累尽列侯。
丰上旧居无故里,沛中原庙对荒丘。
耳闻明主提三尺,眼见愚民盗一抔。
千载腐儒骑瘦马,渭城斜月重回头。
</blockquote>

【汇评】

　　《石林诗话》:彦谦《题汉高庙》云:"耳闻明主提三尺,眼见愚
民盗一抔。"虽是著题,然语皆歇后。"一抔"事无两出,或可略"土"
字;如"三尺",则三尺律、三尺喙皆可,何独剑乎?"耳闻明主"、"眼
见愚民",尤不成语。

　　《庚溪诗话》:叶少蕴梦得《石林诗话》:"'耳闻明主提三尺,眼
见愚民盗一抔',语皆歇后,如三尺律、三尺喙皆可,何独剑乎? 又
苏子瞻云'买牛但自捐三尺,射鼠何劳挽六钧',亦与此同病。"然余

按《汉高帝纪》曰：“吾以布衣，提三尺取天下。”又《韩安国传》：“高帝曰：‘提三尺取天下者，朕也。’”皆无“剑”字，唯注曰：“三尺谓剑也。”出处既如此，则诗家用其本语，何为不可？

《瀛奎律髓》：此汉高帝陵也。“耳闻”、“眼看”或以为病，然“提三尺”、“盗一抔”属对亲切。诗体如李义山。彦谦又有警句云：“烟横博望乘槎水，月上文王避雨陵。”

《唐音戊签》：“三尺”、“一抔”一联，晁公武、刘后村以为人皆称之。

《五朝诗善鸣集》：“重回头”三字深，此时腐儒胸中有无限议论没处告语在。

《贯华堂选批唐才子诗》：高阙，陵上阙也。前解冷眼觑一“此”字，热话驳一“安”字，言昔者高帝封诸列侯，岂有他哉？只为安刘计也。以我论之，必到此陵此阙，则刘始得安矣。岂惟刘安，彼列侯亦得尽安矣。何则？庄子云“造化劳我以生，而逸我以死”是也。设不然，而必欲安者丰沛，则丰上旧居，已无故里，沛中原庙，只对荒丘，当时榻前顾命，竟复奚施哉（首四句下）？　　后解忽写腐儒，遂不复写长陵也。“闻”，腐儒闻也；“见”，腐儒见也。特为其腹中实实记得千载旧事之故，于是亦据实谥之曰“千载腐儒骑瘦马”，妙，妙！瘦马背上是腐儒，腐儒腹中是千载，不知是千载后来只合骑瘦马，不知是瘦马背上恰称驮腐儒？然我则见腐儒腹储千载，脚跨瘦马，既已自古至今矣！重回头“重”字，去声，写腐儒吃惊不小也（末四句下）。　　金雍补注：腐儒意中只道三尺至今犹自提，一抔至今不可盗。

《唐体肤诠》：松楸禾黍，寄兴虽佳，犹落套数。惟此句句切长陵，不泛作凭吊语，信为杰出。

《瀛奎律髓汇评》：冯舒：首句不可解。力在“耳”、“目”二字，包括却许多大议论，以为病者，眯目者也。　　冯班：只首句不妥，以下字字不苟，"昆体"妙作。　　钱湘灵："安刘"二字未妥。　　何义门：一路逼出末句，可谓揶揄殆尽。　　又云：贞观十一年诏从汉氏使将相陪陵，功臣密戚皆赐茔地一所。第二正用其事。　　纪昀：鹿门本学义山，此首却不似义山。"安刘"二字误用，饴山老人批《唐诗鼓吹》而为之词，非也。"竖儒"暗对嫚骂郦生事。　　许印芳："安刘"借言安唐，非误用也。"提三尺"乃往时事，故曰"耳闻"，"盗一杯"是后来事，故曰"眼看"，亦不得谓之为病。惟"旧居"、"故里"，意重复耳。后半讥其重武轻文，妙在语无痕迹。

春风四首

其一

春风吹愁端，散漫不可收。
不如古溪水，只望乡江流。

其二

新花红烁烁，旧花满山白。
昔日金张门，狼籍馀废宅。

其三

回头语春风，莫向新花丛。
我见朱颜人，多金亦成翁。

其四

多金不足惜，丹砂亦何益。
更种明年花，春风自相识。

《唐人绝句精华》：此四诗以讽当时权贵也。唐末朝政混浊，权豪贵要起伏无常，所谓"新花"、"旧花"，即此辈也。诗以前二句衬托出下二句，有古诗遗意。

小　院

小院无人夜，烟斜月转明。

清宵易惆怅，不必有离情。

【汇评】

《而庵说唐诗》：要看"无人夜"三字，下惆怅正为此，却把推到清宵上边去。于是寻夜之罪案来说，烟月是清宵之罪案也。月不明则烟不见，月明则烟受月光而见，见烟斜在那里，我正怕此烟，而月却又照得分明，自然生出惆怅来。此时独身无伴，凭栏不可，隐几不可，卷帘不可，下帷不可，煞有二十分过不去，总是离情在胸前梗塞。若说有离情，便落凡近；若说无离情又涉悬空。乃轻轻转下去曰"清宵易惆怅"。合曰"不必有离情"，的有雅人深致，唐贤之妙如此！

《删正二冯评阅才调集》：纪昀：真情新语，此乃妙于言情。

《古唐诗合解》："无人夜"便有"离情"，因"离情"而"惆怅"。今反云"惆怅"不由"离情"，乃"清宵"之故。诗人用笔深曲，令人览之不尽，妙有含蓄。

《诗境浅说续编》：人之闲恨闲愁，其来无自。场临广武，则凭吊英雄；宫过咸阳，则追怀故国；访贞娘之墓，叹息婵娟；经宋玉之居，兴嗟词客。其实皆悠悠陈迹，而言愁欲愁，亦如此诗之小院月明，无端惆怅，非必有离情暗恨也。近人听雨诗："明知关我心何事，只是撩人梦不成"颇与此诗同意。

仲 山

原注：高祖兄仲隐居之所。

千载遗踪寄薜萝，沛中乡里旧山河。
长陵亦是闲丘陇，异日谁知与仲多？

【汇评】

《唐诗品汇》：谢云：观此诗，则贫富贵贱等皆空花，有道者不以累其灵台。

《唐诗选脉会通评林》：唐陈彝曰：说得富贵冷落。　　周珽曰：茂业绝句，大多用事隐僻、讽喻悠远。此篇与《登兴元城》、《邓艾庙》、《汉殿》等什，杨用修谓首首蕴藉堪咏，比之贯休、胡曾辈天壤矣。　　蔡粹然曰：诗意以高祖得天下之后，乃与兄仲较产业所就多寡；及其死也，长陵与仲山，均之为一抔土耳，果何多寡之分耶？

《唐诗快》：使汉高闻之，亦当哑然一笑（末二句下）。

《而庵说唐诗》：结句即用高祖语，妙。读之何异冷水浇背。

《网师园唐诗笺》：汉高对太皇语原甚唐突，宜千载下来此诋娸。

韦 曲

欲写愁肠愧不才，多情练漉已低摧。
穷郊二月初离别，独傍寒村嗅野梅。

【汇评】

《笺注唐贤三体诗法》：此诗暗用王羲之事。羲之当晋乱，终日撷花嗅香无言，时人不会其意，盖忧晋乱也。按唐史云彦谦，乾符末河南北盗起，两都复没，旅于汉南，为王重荣参佐。光启中重荣杀死，所谓"练漉"、"低摧"者也。故末句忧思之意，悠然见于辞，讽之愈有味。

《碛砂唐诗》：昔王羲之当晋乱，终日撚花嗅香而无言，此暗用之，忧思自见。

《五朝诗善鸣集》：此诗幽到极处。

柳

春思春愁一万枝，远村遥岸寄相思。
西园有雨和苔长，南内无人拂槛垂。
游客寂寥缄远恨，暮莺啼叫惜芳时。
晚来飞絮如霜鬓，恐为多情管别离。

【汇评】

《唐诗贯珠》：通篇以"春思春愁"为章本。

《山满楼笺注唐诗七言律》：此咏柳之作，通首纯写结句中"多情"二字。"一万枝"，举成数也。言此一万枝柳，枝枝足以动人之春思，枝枝足以动人之春愁也。何则？以其多情也；"寄相思"不过是上句注脚。"远村遥岸"虚写，"西园"、"南内"实写，非有两层。"和苔长"、"拂槛垂"，柳之多情如此，无论"有雨"、"无人"，而其春思、春愁，何往不在耶？五、六衬贴法：客缄远恨，亦缄其情；莺惜芳时，亦惜其情，非有他也。七、八结出本旨。晚，迟暮之意，言多情则易老，又故插"霜鬓"字，以见己之多情与柳相似。

春　阴

一寸回肠百虑侵，旅愁危涕两争禁。

天涯已有销魂别，楼上宁无拥鼻吟。

感事不关河里笛，伤心应倍雍门琴。

春云更觉愁于我，闲盖低村作暝阴。

【汇评】

《唐体肤诠》：倒出"春阴"，手法甚别。"愁于我"三字以绾全篇。

春 雨

绮陌夜来雨，春楼寒望迷。

远容迎燕戏，乱响隔莺啼。

有恨开兰室，无言对李蹊。

花鼓浑拂槛，柳重欲垂堤。

灯䕩昏鱼目，薰炉烟麝脐。

别轻天北鹤，梦怯汝南鸡。

入户侵罗幌，梢檐润绣题。

新丰树已失，长信草初齐。

乱蝶寒犹舞，惊乌暝不栖。

庾郎盘马地，却怕有春泥。

【汇评】

《才调集补注》：默庵云：首二句提出题面，已下八韵，俱从第二句生下，落句收得杀。　　钝吟云：结句，真义山。

《唐诗观澜集》：佳句（"乱响"句下）。　　结得韵（末二句下）。

周　朴

　　周朴(？—878)，字见素，一云字太朴，桐庐(今属浙江)人。与方干、李频为诗友。后隐居福州(今福建闽侯)。杨发、李诲等为福建观察使，均曾召之，朴恐为征辟之牒所污，不赴。乾符五年，黄巢陷福州，求得之。朴不从，巢怒，斩之。中和中，朴友人僧栖浩得其遗诗一百首，嘱林嵩序之。有《周朴诗》二卷，已佚。《全唐诗》存诗一卷。

【汇评】

　　(朴)与李建州频、方处士干为诗友，一篇一咏，脍炙人口。……先生为诗思迟，盈月方得一联一句，得必惊人，未暇全篇，已布人口。(林嵩《周朴诗集序》)

　　清奇僻古主：孟郊。上入室二人：陈陶、周朴。(《诗人主客图》)

　　唐之晚年，诗人无复李杜豪放之格，然亦务以精意相高。如周朴者，构思尤艰，每有所得，必极其雕琢。故时人称朴诗“月锻季炼，未及成篇，已播人口”。其名重当时如此，而今不复传矣。余少时犹见其集，其句有云：“风暖鸟声碎，日高花影重。”又云：“晓来山鸟闹，雨过杏花稀。”诚佳句也。(《六一诗话》)

朴性喜吟诗，尤尚苦涩，每遇景物，搜奇抉思，日旰忘返，苟得一联一句，则忻然自快。尝野逢一负薪者，忽持之，且厉声曰："我得之矣。"樵夫矍然惊骇，掣臂弃薪而走，遇游徼卒，疑樵者为偷儿，执而讯之。朴徐往告卒曰："适见负薪，因得句耳。"卒乃释之。其句云："子孙何处闲为客，松柏被人伐作薪。"（《唐诗纪事》）

周朴从苦思中得猛句，陡目欲惊，其不合者亦多可憎，是贯休一流诗。（《唐音癸签》）

温飞卿七律，如《赠蜀将》、《马嵬》、《陈琳墓》、《五丈原》、《苏武庙》诸作，能与义山分驾，永宜楷式。……方干、罗隐、郑谷、周朴辈，皆有可观。（《老生常谈》）

秋夜不寐寄崔温进士

愁多难得寐，展转读书床。
不是旅人病，岂知秋夜长。
归乡凭远梦，无梦更思乡。
枕上移窗月，分明是泪光。

【汇评】

《五朝诗善鸣集》：平处生奇，正中藏变，亦是创调。

董岭水

湖州安吉县，门与白云齐。
禹力不到处，河声流向西。
去衡山色远，近水月光低。
中有高人在，沙中曳杖藜。

【汇评】

《唐诗纪事》：彼有一士人，以朴僻于诗句，欲戏之。一日，跨驴于路，遇朴在旁，士人乃欹帽掩头吟朴诗云："禹力不到处，河声流向东。"朴闻之忿，遽随其后，且行。士但促驴而去，略不回首。行数里追及，朴告之曰："仆诗'河声流向西'，何得言'流向东'？"士人领之而已。闽中传以为笑。

《唐诗归》：钟云：五字胆到（"禹力"句下）。　　谭云：理外至理。钟云：尤妙在"声"字（"河声"句下）。

《五朝诗善鸣集》：只一"西"字，使人脍炙千古。

《唐诗矩》：尾联补题格。　　题但云《董岭水》，结处见人，与王维《终南山》作同格。　　朴老高淡，在晚唐中傲然自立。

《唐诗摘钞》：本欲写董岭水，却先从"湖州安吉县"写起，以见因地高之故。此水西流，是当时禹迹偶然不到，未经疏凿，以与众水俱东耳。此一小水，因其西流之异，不肯使之埋没，特地写得冠冕大样，遂与此诗俱传。　　结语高傲，见出作者身分。

《唐律消夏录》：首句似记体。三、四佳句，亦接得下。五、六二句，其意以"去衙"句顶首联，"近水"句顶次联，而"山色远"、"月光低"六字添得枯率。结语甚佳，可惜无关合。

《唐诗成法》：三、四诚佳，但"山色"、"月光"全无关合，乃凑字耳，所以不为合作。中、晚不讲法多如此。

《葚原诗说》：诗有就题便为起句者，如李白"牛渚西江夜"，周朴"湖州安吉县，门与白云齐"……是也。　　三、四句法贵匀称，承上陡峭而来，宜缓脉赴之。五、六必耸然挺拔，别开一境；上既和平，至此必须振起也。……周朴赋《董岭水》，于"禹力不到处，河声流向西"，下接云"过衙山色远，近水月光低"，便直塌下去，少振拔之势。

《诗境浅说》：此太朴题《董岭水》之次联也。语因迥不犹人，而过于生拗，究非正轨。周自爱此二句，其实此诗首联云"吾家安吉县，门与白云齐"，格高而句新，较"禹力"句为佳（"禹力"联下）。

秋　深

> 柳色尚沈沈，风吹秋更深。
> 山河空远道，乡国自鸣砧。
> 巷有千家月，人无万里心。
> 长城哭崩后，寂绝至如今。

【汇评】

《唐诗归》：钟云：元气（首二句下）。　　又云：前首（按指《董岭水》）险，此首澹，皆不伤气，故是难得。

《唐诗选脉会通评林》：朴不作晚唐巧琢语，而深沉之思，含自言表。如此篇诗旨云："山河空远道，乡国自鸣砧。"言时之将静，王道无间阻也。"巷有千家月，人无万里心。"言比屋可封也。古色古声，远追初、盛。惜遭遇祸乱，佳什散失，剩珍恨不多得耳。

哭陈庚

> 系马向山立，一杯聊奠君。
> 野烟孤客路，寒草故人坟。
> 琴韵归流水，诗情寄白云。
> 日斜休哭后，松韵不堪闻。

【汇评】

《近体秋阳》：高清虚怆（"琴韵"一联下）。　　与贾岛《哭孟郊》之收结，气格略同。彼悲浩，此凄清，然彼有二句之累，三、四、五、六亦仅平稳尔，无甚警出，则此作殊过之。

春日秦国怀古

荒郊一望欲消魂,泾水萦纡傍远村。

牛马放多春草尽,原田耕破古碑存。

云和积雪苍山晚,烟伴残阳绿树昏。

数里黄沙行客路,不堪回首思秦原。

【汇评】

《五朝诗善鸣集》:"烟伴残阳绿树昏",说晚景第一佳句。

《唐体馀编》:通篇不入事迹,但寓深情于睇眺之中,令读者即景生慨。

塞上曲

一阵风来一阵砂,有人行处没人家。

黄河九曲冰先合,紫塞三春不见花。

【汇评】

《升庵诗话》:绝句四句皆对,杜工部"两个黄鹂"一首是也,然不相连属,即是律中四句也。唐绝万首,唯韦苏州"踏阁攀林恨不同"及刘长卿"寂寂孤莺啼杏园"二首绝妙,盖字句虽对,而意则一贯也。其馀如……周朴《边塞曲》:"一队风来一队沙,……"亦其次也。

《唐诗选脉会通评林》:(周朴)词章散佚,恨不多见;然其气节凛烈,见乎词辄自雄浑,如《塞上曲》固有唐之铿铿者。

《龙性堂诗话续集》:(周朴)好苦吟,仿佛贾瘦,诗亦清峭自好,有"古陵寒雨绝,高鸟夕阳明","风暖鸟声碎,日高花影重"及"黄河九曲冰先合,紫塞三春不见花"之句。欧阳公尝称之。

郑　谷

郑谷(851?—910?)，字守愚，袁州宜春(今江西宜春)人。幼聪颖，儿童时即有赋咏。及冠，应进士举，游举场十六年，与张乔、许棠等并称"咸通十哲"。又以《鹧鸪》诗得名，时称"郑鹧鸪"。广明初，避地西蜀。光启三年(887)，登进士第。景福二年，释褐鄠县尉，摄京兆参军，历右拾遗、右补阙，迁都官郎中。天复中，归宜春，与诗僧齐已交游唱和，已称为"一字师"。入梁，卒，世称"郑都官"。乾宁末，谷寓居华州云台精舍，自编歌诗为《云台编》三卷，今存。又有《宜阳集》三卷，已佚。《全唐诗》编诗四卷。

【汇评】

谷勤苦于《风》《雅》者，自骑竹之年，则有赋咏，虽属对音律未畅，而不无旨讽。同年文人故川守李公朋，同官文人马博士戴尝抚顶叹勉，谓他日必垂名。及冠，则编轴盈笥，求试春闱，历干于大匠。故少师相国太原公深推奖之，故薛许昌能、李建州频不以晚辈见待，预于唱和之流，而忝所得为多。游举场凡十六年，著述近千馀首，自可者无几。登第之后，孜孜忘倦，甚于始学也。(郑谷《云台编自序》)

郑谷诗名盛于唐末,号《云台编》,而世俗但称其官,为"郑都官诗"。其诗极有意思,亦多佳句,但其格不甚高。以其易晓,人家多以教小儿,余为儿时犹诵之,今其集不行于世矣。(《六一诗话》)

当时正人,咸称其善,尤工五七言诗,为薛能、李频所知,有《云台编》与《外集》凡四百篇行焉。士大夫家暨委巷间教儿童,咸以公诗与《六甲》相先后。盖取诸辞意清婉明白,不俚不野故然。
(祖无择《都官郑谷墓志铭》)

唐自牛、李植党之后,学士大夫不择所附,贪得躁进者罕能独守义命之戒,而不牵于名利之域;至于吟咏性情,出处语默之际能不悖于理者,固希矣,况至于僖、昭之世哉!守愚独能知足不辱,尽心于圣门六艺之一,丰入而啬出之。论其格虽若不甚高,要其锻炼句意,鲜有不合于道。(童宗说《云台编后序》)

谷诗属思,凝切于理,而格韵繁猥,语句浮俚不竞,不为议者所多。然一时传讽,号"郑都官"而弗名也。(《郡斋读书志》)

(郑谷)幼年,司空图与刺史同院,见而奇之,曰:"曾吟得丈夫诗否?"曰:"吟得。""莫有病否?"曰:"丈夫《曲江晚望》断篇云:'村南斜日闲回首,一对鸳鸯落渡头。'即深意矣。"司空叹息抚背曰:"当为一代风骚主!"(《唐诗纪事》)

谷不喜高仲武《间气集》,而喜殷璠《河岳英灵集》,尝有诗云:"殷璠鉴裁《英灵集》,颇觉同才得旨深。何事后来高仲武,品题《间气》未公心。"(同上)

郑谷在袁州,齐己因携所为诗往谒焉。有《早梅》诗曰:"前村深雪里,昨夜数枝开。"谷笑谓曰:"'数枝'非早也,不如'一枝'则佳。"齐己蹙然,不觉兼三衣叩地膜拜。自是士林以谷为齐己一字之师。(陶岳《五代史补》)

谷诗自好,然集中所作,若步趋薛能者。《读能集》云:"李白欺前辈,陶潜仰后尘。"太白视谷斐然小子,渊明人物高胜,何至仰能

辈后尘？（《后村诗话新集》）

　　咏物有二种：一种刻画，似画家小李将军，则李义山、郑谷、曹唐是也；一种写意，工者颇多，要以少陵为正宗。（《莲坡诗话》）

　　谷诗清婉明白，不俚而切，为薛能、李频所称赏，与许棠、任涛、张蠙、李栖远、张乔、喻坦之、周繇、温宪、李昌符唱答往还，号"芳林十哲"。（《唐才子传》）

　　谷自叙其诗曰："谷勤苦于风雅者，自骑竹之年，则有赋咏，虽属对声律未畅，而不无旨讽。"谷殆已自尽，予尚何言！开成已后，已无格气可论，而其为病，苦思者伤于巧，避巧者苦于直致，其于风人之轨，荡然无寻矣。都官乃少此病，而纤秾华媚，无远大气而已。其所尊事如马博士戴、薛许昌能、李建州频，诸公之诗，读之殊龊龊，而谷事之，谓文人行，又能远绍先辈、拔起流俗耶？（《唐诗品》）

　　予读都官之作，精刻洗炼，时有月露烟云之思。永夜静吟，至谓"得句胜于得好官"，则其平生殚力于斯，可谓勤矣。　　　　（严嵩《云台编序》）

　　郑都官诗非不尖鲜，无奈骨体太孱，以其近人，宋初家户习之。（《唐音癸签》）

　　谷有"诗无僧字格还卑"之句，故其诗入"僧"字者甚多，昔人尝以为讥。然大历已后，诸公借阿师作吟料久矣。（同上）

　　诗家宗派，虽有渊源，然推迁既多，往往耳孙不符鼻祖。如郑谷受知于李频，李频受知于姚合，姚合与贾岛友善，兼效其诗体。今以姚、郑并观，何异皋桥庑下赁舂妇与临邛当炉者同列？始知凡事尽然，子夏之后有庄周，良不足怪。黄白山评：姚诗亦未必美如彼，郑诗亦未必丑如此，何其轩轾过甚耶？（《载酒园诗话》）

　　郑谷诗以浅切而妙，……皆入情切景，然终伤婉弱，渐近宋元格调。……独绝句是一名家，不在浣花、丁卯之下。（《载酒园诗话又编》）

晚唐自应首推李（商隐）、杜（牧），……次则温飞卿、许丁卯，次则马虞臣、郑都官，五律犹有可观；外此，则郏、莒之下矣。（《辍锻录》）

郑谷与张乔莫逆交，张、郑齐名一时。郑诗苍挺奇逸，略同于张，然彼颇有蹭句类字，而此更婉细醇洁，似又过之。三唐风流，一代骚雅，至此观且止矣。（《近体秋阳》）

郑守愚声调悲凉，吟来可念，岂特为《鹧鸪》一首，始享不朽之名？（《一瓢诗话》）

谷以《鹧鸪》诗得名，至有"郑鹧鸪"之称，而其诗格调卑下。……方回《瀛奎律髓》又称谷诗多用"僧"字，凡四十馀处。谷自有句云："诗无僧字格还卑。"此与张端义《贵耳集》谓诗句中有"梅花"二字便觉有清意者，同一雅中之俗，未可遽举为美谈。至其他作，则往往于风调之中独饶思致。汰其肤浅，撷其菁华，固亦晚唐之巨擘矣。（《四库全书总目》）

守愚世但传其长律、绝句，不知五言诗生刻深细，抉贾氏之精而变其貌，至于如此之妙也。今直定为贾氏及门。（《中晚唐诗主客图》）

郑守愚幼年见赏于司空图，谓当为一代风骚主。李朋、马戴抚顶叹勉，谓他日必垂名。薛能、李频不以晚辈见待。及仕于朝，人号为"郑都官"而不名。与张乔、许棠辈同称"十哲"。虽以《鹧鸪》得名，而知己之多，享名之盛，为晚唐所未有。五言如"春阴妨柳絮，月黑见梨花"、"潮来无别浦，木落见他山"、"碓喧春涧满，梯倚绿桑斜"、"极浦明残雨，长天急远鸿"之类，尚多佳句。七言神韵完足，格律整齐，却无佳句可摘。（《石园诗话》）

感　兴

禾黍不阳艳，竞栽桃李春。
翻令力耕者，半作卖花人。

【汇评】

《唐人绝句精华》：此讥逐末忘本也，亦可作用人但取浮华观。

别同志

所立共寒苦，平生同与游。
相看临远水，独自上孤舟。
天澹沧浪晚，风悲兰杜秋。
前程吟此景，为子上高楼。

【汇评】

《诗格》："论诗腹"：亦云颈联，与颔联相应，不得错用。……《别同志》："天淡沧浪晚，风悲兰杜秋。"此两句别所经之景，情绪可量。　　"论诗尾"：亦云断句，亦云落句，须含蓄旨趣。……《别同志》："前程吟此景，为子上高楼。"此乃句尽意未尽也。

《石门洪觉范天厨禁脔》：《梅》："前村深雪里，昨夜一枝开。"《别所知》："相看临远水，独自上孤舟。"前对齐己作，后对郑谷作，皆十字叙一事，而对偶分明。

《唐诗归》：钟云：森远有高、岑风骨。

《唐诗从绳》：更说得缠绵真挚，觉道路虽分，精神不隔。

《五朝诗善鸣集》：淡雅至此，都官可继"长城"之誉。

《唐诗摘钞》：观题中"同志"二字与起二语，则知此友的系莫逆，分手之际千难万难者也；只"相看"、"独自"四字，尔时光景至今使人掩卷不乐。　　将结句之景，先提于五六结云尔，到"前程吟此景，为子上高楼"，更说得缠绵真挚，觉道路虽分，精神不隔。向因诗中二"上"字不入选，至今阅之，毕竟佳绝，安得以小疵弃之！

《重订中晚唐诗主客图》：澹语深情，味之无尽，似张氏派。　　清浅有深味，似水部派（"相看"二句下）。

长安夜坐寄怀湖外嵇处士

万里念江海，浩然天地秋。

风高群木落，夜久数星流。

钟绝分宫漏，萤微隔御沟。

遥思洞庭上，苇露滴渔舟。

【汇评】

《唐诗归》：钟云：此等高贵起句，中、晚最不易得，勿轻视之。

《唐诗选脉会通评林》：中四句总吟长安夜坐之景，承"浩然天地秋"句来。结见寄湖外嵇处士，应"万里念江海"句。大抵谷诗真至，一气森远，中多温厚。又如《别同志》、《送颜明经》等篇，往往有高、岑风骨。

《唐诗归折衷》：唐云：风格浑浑，何减盛唐？晚唐中最优者。

《唐诗快》：魏公子身江海而心魏阙，郑都官乃坐长安而念江海。读其诗，可知其人。

《五朝诗善鸣集》：庞厚之气，蕴酿诸有，安得轻视晚唐五字？

《唐诗摘钞》：首尾相应。　　夜坐时所见所闻秋气之可悲如此，因动念江海之士远隔万里。既下"江海"字，则不得不下"天地"字；既下"天地"字，则不得不下"浩然"字，以衬其气势。笔端有此二句，便觉挑灯夜坐之人精神魂魄，一夜皆遍万里之内，如亲见洞庭处士孤篷独宿也。

《增订唐诗摘钞》：从"怀"字虚喝一句起，次句补时，便撇开首句，至末方应，三次承明次句，四明点"夜"字，五、六写夜景，以起七、八。

《重订中晚唐诗主客图》：此忧乱诗也，故用如此起。

哭建州李员外频

令终归故里，末岁道如初。
旧友谁为志，清风岂易书。
雨坟生野蕨，乡莫钓江鱼。
独夜吟还泣，前年伴直庐。

【汇评】

景淳《诗评》：第三句见题格。……《哭李建州》："令终归故里，末岁道如初。旧友谁为志。"

《五朝诗善鸣集》："末岁如初"一语，将员外生平括定，足以书清风，志旧友矣。四十字重于九鼎。

《重订中晚唐诗主客图》：都于虚处写其实行（"旧友"联下）。　品高情深（"雨坟"联下）。

久不得张乔消息

天末去程孤，沿淮复向吴。
乱离何处甚，安稳到家无？
树尽云垂野，墙稀月满湖。
伤心绕村落，应少旧耕夫。

【汇评】

《唐诗归》：钟云：至情（"乱离"二句下）。

《近体秋阳》：坦挚人情，致令读者亦依依系想（"乱离"联下）。　写摹闲阔，思路笔致，迥不同于人（"树尽"联下）。

《重订中晚唐诗主客图》：守愚登第在光启三年，……迄唐之亡不过再传十四五年间事耳。……其诗忧伤凄厉，亦不免为亡国之音矣。　　看其刻意用力，是从贾氏门中来（"树尽"联下）。

《养一斋诗话》：晚唐于诗非胜境，不可一味钻仰，亦不得一概抹杀。予尝就其五、七律名句，摘取数十联，剖为三等，俾家塾后生，知所择焉。如……"乱离何处甚，安稳到家无？""长疑即见面，翻致久无书"，五言之次也。……上者风力郁盘，次者情思曲挚，又次者则筋骨尽露矣。

登杭州城

漠漠江天外，登临返照间。

潮来无别浦，木落见他山。

沙鸟晴飞远，渔人夜唱闲。

岁穷归未得，心逐片帆还。

【汇评】

《风骚要式》：夫用文字要清浊相半，言虽容易，理必求险，句忌凡俗，意便质厚。……郑谷《杭州城楼》诗："岁穷归未得，心函片帆还。"此君子舍此适彼。

《韵语阳秋》：钱塘风物湖山之美，自古诗人，标榜为多。如谢灵运云"定山缅云雾，赤亭无滞薄"，郑谷云"潮来无别浦，木落见他山"，张祜云"青壁远光凌鸟峻，碧湖深影鉴人寒"，钱起云"渔浦浪花摇素壁，西陵树色入秋窗"之类，皆钱塘城外江湖之景，盖行人客子于解鞍系缆顷刻所见尔。城中之景，唯白乐天所赋最多。

《对床夜语》：（郑谷）有句云："潮来无别浦，木落见他山。"李洞有"楼高惊雨阔，木落觉城空"，非不佳，但"惊"、"觉"两字失于有意，不若谷诗之自在。然谷他作，多卑弱无气。

江　行

漂泊病难任，逢人泪满襟。

关东多事日，天末未归心。

夜雨荆江涨，春云郢树深。

殷勤听渔唱，渐次入吴音。

【汇评】

《诗源辩体》：郑谷诗以全集观，去许浑、韦庄实远。五言律如"春亦怯边游"、"万里念江海"二篇声气稍胜，但前篇起语甚稚，后篇结语太弱耳。如"漂泊病难任"、"凄凉怀古意"、"泽国逢知己"三篇，亦中唐佳制。

旅寓洛南村舍

村落清明近，秋千稚女夸。

春阴妨柳絮，月黑见梨花。

白鸟窥鱼网，青帘认酒家。

幽栖虽自适，交友在京华。

【汇评】

《竹坡诗话》：郑谷雪诗，如"江上晚来堪画处，渔人披得一蓑归"之句，人皆以为奇绝，而不知其气象之浅俗也。东坡以谓此小学中教童蒙诗，可谓知言矣。然谷亦不可谓无好语，如"春阴妨柳絮，月黑见梨花"，风味固似不浅，惜乎其不见赏于苏公，遂不为人所称耳。

《藏海诗话》："春阴妨柳絮，月黑见梨花"、"登临独无语，风柳自摇春"，郑谷诗。此二联无人拈出。（注评："月黑见梨花"，此语少含蓄，不如义山"自明无月夜"之为佳也。）

《诗人玉屑》："眼用活字"：五言以第三字为眼，七言以第五字为眼。……"春阴妨柳絮，月夜见梨花。"

《近体秋阳》：奇押会使全句都灵（"秋千"句下）。　　描摹阴冥天，刻想逸韵（"月黑"句下）。

《唐贤小三昧集续集》：用字妙，此诗眼也（"春阴"句下）。

《秋窗随笔》：郑谷"月黑见梨花"，佳句也，不及退之"白花倒烛天夜明"为雄浑，读之气象自别。

《重订中晚唐诗主客图》：记自十四五时爱此诗，以为得寒食天气、心情，今三十馀年矣，每一讽之，仍不能全去。后来周清真词"正是夜堂无月，沉沉暗寒食"，仿佛此意，而逊其工妙远矣。字似嫩，而有情味（首二句下）。　　"妨"字，"见"字，皆造微景，与情并到（"春阴"联下）。

摇　落

夜来摇落悲，桑枣半空枝。

故国无消息，流年有乱离。

霜秦闻雁早，烟渭认帆迟。

日暮寒鼙急，边军在雍岐。

【汇评】

《重订中晚唐诗主客图》：通体得工部神骨。　　说"桑枣"，生下"故国"也，然必是实境（"桑枣"句下）。　　沉郁（"故国"联下）。　　"霜秦"、"烟渭"，练字法（"霜秦"联下）。

席上贻歌者

花月楼台近九衢，清歌一曲倒金壶。

座中亦有江南客，莫向春风唱鹧鸪。

【汇评】

《唐诗绝句类选》：宋人有诗云："莫向沙边弄明月，夜深无数采珠人。"与此诗俱以顾忌相戒。

《石洲诗话》：郑都官以《鹧鸪》诗得名，今即指"暖戏烟芜"云云之七律也。此诗殊非高作，何以得名于时？郑又有《贻歌者》云："坐中亦有江南客，莫向春风唱鹧鸪。"此虽浅，然较彼咏《鹧鸪》之七律却胜。

《养一斋诗话》：（郑谷）"扬子江头"一绝，今古流诵。然"花月楼台近九衢，……莫向春风唱鹧鸪。"何不以此"鹧鸪"得名？

《诗境浅说》：李白越中诗："宫女如花满春殿，至今唯有鹧鸪飞。"郑谷赠歌者诗："座中亦有江南客，莫向春风唱鹧鸪。"因其凄音动人，故怀古思乡，易生惆怅也。

《诗境浅说续编》：声音之道，最易感人。昔人诗若"此夜曲中闻折柳，何人不起故园情"、"横笛偏吹行路难，一时回首月中看"等句，孤客殊乡，每易生感，此诗亦然。听歌纵酒，本以排遣客愁；丁宁歌者，勿唱《鹧鸪》江南之曲，动我乡思，正见其乡心之深切也。

十日菊

节去蜂愁蝶不知，晓庭还绕折残枝。

自缘今日人心别，未必秋香一夜衰。

【汇评】

《冷斋夜话》：山谷云：诗意无穷而人之才有限，以有限之才追无穷之意，虽渊明、少陵不得工也。然不易其意而造其语，谓之"换骨法"。窥入其意而形容之，谓之"夺胎法"。如郑谷诗："自缘今日人心别，未必秋香一夜衰。"此意甚佳，而病在气不长。西汉文章，雄深雅健者，其气长故也。曾子固曰：诗当使人一览语尽而意有馀，乃古人用心处。

《休斋诗话》：唐人尝咏《十日菊》："自缘今日人心别，未必秋香一夜衰。"世以为工，盖不随物而尽；如"酒盏此时须在手，菊花明日便愁人"，自觉气不长耳。

吴景旭《历代诗话》：何燕泉云：陈无己《九日》诗："人事自今日异，寒花只作去年香。"郑谷《十日菊》诗："自缘今日人心别，未必秋香一夜衰。"陈诗于菊无夸，而郑诗无贬。人之视菊，直系其时焉耳。当其时则重之，而非为其有所加；过其时则否，而非为其有所损也。噫！亦可叹耳。东坡小词："万事到头都是梦，休休，明日黄花蝶也愁。"达者处世，盍于是求之？其心休休，何愁之有！

《唐诗镜》：响亮故佳，凡寓情忌暗。

《唐三体诗评》："晓"字最下得紧，与"一夜"二字呼应又密。

《删正二冯先生评阅才调集》：纪昀：刻画中有深意，又不太着色相，故佳。

《唐人绝句精华》：此讥世态炎凉也。"富贵他人合，贫贱亲戚离"，非"人心别"而何？

鹭　鸶

闲立春塘烟澹澹，静眠寒苇雨飕飕。
渔翁归后汀沙晚，飞下滩头更自由。

曲江春草

花落江堤蔟暖烟，雨馀草色远相连。
香轮莫辗青青破，留与愁人一醉眠。

【汇评】

《升庵诗话》：成文干《中秋月》："王母妆成镜未收，倚栏人在水晶楼。笙歌莫占清光尽，留与溪翁下钓舟。"此厌繁华而乐清静之意。郑谷《春草》诗："香轮莫碾青青破，留与游人一醉眠。"亦此意也。

《北江诗话》：诗除《三百篇》外，即《古诗十九首》亦时有化工之笔。即如"青青河畔草"及"四顾何茫茫，东风摇百草"，后人咏草诗有能及之否？次则"池塘生春草"、"春草碧色"，尚有自然之致。又次则王胄之"春草无人随意绿"，可称佳句。至唐，白傅之"草绿裙腰一道斜"、郑都官之"香轮莫碾青青破"，则纤巧而俗矣。孰谓诗不以时代降耶？

雪中偶题

乱飘僧舍茶烟湿，密洒歌楼酒力微。
江上晚来堪画处，渔人披得一蓑归。

【汇评】

《东坡志林》：黄州故县张憨子，行止如狂人，见人辄骂云"放火贼"。稍知书，见纸辄书郑谷雪诗。

《古今诗话》：郑谷《雪诗》云："乱飘僧舍茶烟湿，……"有段赞善者善画，因采其诗意为图，曲尽潇洒之意，持以赠谷。谷为诗以谢之云："赞善贤相后，家藏名画多。留心于绘素，得意在烟波。属与同吟咏，功成更琢磨。爱余风雨句，幽绝写渔蓑。"

《洪驹父诗话》：东坡言郑谷诗"江上晚来堪画处，渔人披得一蓑归"，此村学中诗也。

《石林诗话》：诗禁体物语，此学诗者类能言之也。欧阳文忠公守汝阴，尝与客赋雪于聚星堂，举此令，往往皆阁笔不能下。然此亦定法，若能者，则出入纵横，何可拘碍？郑谷"乱飘僧舍茶烟湿，密洒歌楼酒力微"，非不去体物语而气格如此其卑。苏子瞻"冻合玉楼寒起粟，光摇银海眩生花"，超然飞动，何害其言"玉楼"、"银海"？韩退之两篇力欲去此弊，虽冥搜奇诵，亦不免有"缟带"、"银杯"之句。

《吹剑录》：东坡效欧阳体作雪诗，不用"盐、玉、鹤、鹭、絮、蝶、飞、舞、皓、白、洁、素"等字。中间云："老僧斫路出门去，寒液满鼻清淋漓。洒袍入袖湿靴底，亦有执板上阶墀。"其他形容皆类此。然古今雪诗，不犯东坡所记字，如郑谷"乱飘僧舍茶烟湿，密洒歌楼酒力微"，又卢次春"看来天地不知夜，飞入园林总是春"，二诗亦未易及。

《唐诗选脉会通评林》：周启琦曰：后二句状一时佳景，得趣。　　周珽曰：首句见雪之阴舒，次句见雪之寒威，以形容言。后二句见雪之景趣，以想象言。诗中不言雪，而雪意宛然，与杜牧《雨》诗同调。唐人咏物多此体。

《带经堂诗话》：余论古今雪诗，唯羊孚一赞，及陶渊明"倾耳无希声，在目皓已洁"，及祖咏"终南阴岭秀"一篇、右丞"洒空深巷静，积素广庭闲"、韦左司"门对寒流雪满山"句最佳。若柳子厚"千山鸟飞绝"，已不免俗；降而郑谷之"乱飘僧舍"、"密洒歌楼"，益俗下欲呕。韩退之"银杯"、"缟带"亦成笑柄，世人怵于盛名，不敢议耳。

吴景旭《历代诗话》：东坡再用韵（按指《雪后书北台壁》二首云："……渔蓑句好真堪画，柳絮才高不道盐。"方（回）云：郑谷"渔蓑"、道韫"柳絮"，赖此增光。

《说诗晬语》：古人咏雪多偶然及之。汉人"前月风雪中，故人从此去"、谢康乐"明月照积雪"、王龙标"空山多雨雪，独立君始悟"，何天真绝俗也！郑都官"乱飘僧舍茶烟湿，密洒歌楼酒力微"，已落坑堑矣。昌黎之"凹中初盖底,凸处尽成堆",张承吉之"战退玉龙三百万,败鳞残甲满天飞",是成底语?

《筱园诗话》:柳子厚"千山鸟飞绝"一绝,笔意生峭,远胜祖咏之平,而阮翁反有微词,谓未免近俗;迨以人口熟诵而生厌心,非公论也。此外无可取者。郑谷之"乱飘僧舍"、"密洒歌楼",韩退之之"对镜鸾窥沼,行天马度桥"及"银杯"、"缟带"之句,格意卑俗,皆入诗魔。

《唐人绝句精华》:首二句虽亦写雪,但为三四句作陪耳。

淮上与友人别

扬子江头杨柳春,杨花愁杀渡江人。
数声风笛离亭晚,君向潇湘我向秦。

【汇评】

《批点唐诗正声》:调逸。郑谷亦有此作,不多见。

《震泽长语》:"君向潇湘我向秦",不言怅别,而怅别之意溢于言外。

《增定评注唐诗正声》:周云:茫茫别意,只在两"向"字写出。

《四溟诗话》:(绝句)凡起句当如爆竹,骤响易彻;结句当如撞钟,清音有余。郑谷《淮上别友》诗"君向潇湘我向秦",此结如爆竹而无余音,予易为起句,足成一绝曰:"君向潇湘我向秦,杨花愁杀渡江人。数声长笛离亭晚,落日空江不见春。"

《唐诗选脉会通评林》:何新之为掉句体。　　杨慎列为神品。　　吴山民曰:末以一句情语转上三句,便觉离思缠绵,佳。　　唐汝询曰:尔我皆客,偶集离亭,笛罢各向天涯,离愁已在言外,不必更相妆点。谢茂榛以落句太直,颠倒其文,反成套语。

《五朝诗善鸣集》:结句最佳。后人谓宜移作首句,强作解事,可嗤,可鄙!

《诗筏》:诗有极寻常语,以作发局无味,倒用作结方妙者。如郑谷《淮上别故人》诗,……盖题中正意,只"君向潇湘我向秦"七字而已,若开头便说,则浅直无味,此却倒用作结,悠然情深,令读者低回流连,觉尚有数十句在后未竟者。唐人倒句之妙,往往如此。

《唐诗摘钞》:后二语真若听离亭笛声,凄其欲绝。

《删订唐诗解》:以第三句衬起末句,所以有馀响,有馀情。

《古唐诗合解》:此诗偏以重犯生趣。

《唐诗别裁》:落句不言离情,却从言外领取,与韦左司《闻雁》诗同一法也。谢茂秦尚不得其旨,而欲颠倒其文,安问悠悠流俗!

《说诗晬语》:(七言绝句)李沧溟推王昌龄"秦时明月"为压卷,王凤洲推王翰"蒲萄美酒"为压卷,本朝王阮亭则云:"必求压卷,王维之'渭城'、李白之'白帝'、王昌龄之'奉帚平明'、王之涣之'黄河远上'其庶几乎?而终唐之世,亦无出四章之右者矣。"沧溟、凤洲主气,阮亭主神,各自有见,愚谓……郑谷之"扬子江头",气象稍殊,亦堪接武。

《唐诗笺注》:不用雕镂,自然意厚。此盛唐风格也,酷似龙标、左丞笔墨。

《诗法易简录》:风韵绝佳。

《网师园唐诗笺》:笔意仿佛青莲,可谓晚唐中之空谷足音矣。

《唐人万首绝句选评》:情致微婉,格调高响。

《精选评注五朝诗学津梁》:丰神骀荡,写别意迥不犹人。

《养一斋诗话》:王济之曰:"读《诗》至《绿衣》、《燕燕》、《硕人》、《黍离》等篇,有言外无穷之感。"唐人诗尚有此意,如"君向潇湘我向秦",不言怅别,而怅别之意溢于言外。

《梅崖诗话》:首二语情景一时俱到,所谓妙于发端;"渡江人"三字,已含下"君"字、"我"字。在三句用"风笛离亭"点缀,乃拖接法。末句"君"字、"我"字互见，实指出"渡江人"来，且"潇湘"字、"秦"字回映"扬子江"，见一分手便有天涯之感。

《诗境浅说续编》：送别诗，惟"西出阳关"，久推绝唱，此诗情文并美，可称嗣响。凡长亭送客，已情所难堪，况楚泽扬舲，秦关策马，飘零书剑，各走天涯，与客中送客者，皆倍觉魂销黯黯也。

《唐人绝句精华》：明胡元瑞称此诗有一唱三叹之致，许学夷不以为然，谓"'渭城朝雨'自是口语，而千载如新"，并谓此诗"气韵衰飒"。按气韵衰飒，乃唐末诗人同有之病，盖唐末国势衰微，乱祸频繁，反映入诗，自然衰飒也。

淮上渔者

白头波上白头翁，家逐船移浦浦风。
一尺鲈鱼新钓得，儿孙吹火荻花中。

【汇评】

《鹤林玉露》：农圃家风，渔樵乐事，唐人绝句模写精矣。余摘十首题壁间，每菜羹豆饭饱后，啜苦茗一杯，偃卧松窗竹榻间，令儿童吟诵数过，自谓胜如吹竹弹丝。今记于此。……郑谷云："白头波上白头翁，……"

早入谏院二首（其二）

紫云重叠抱春城，廊下人稀唱漏声。
偷得微吟斜倚柱，满衣花露听宫莺。

【汇评】

《诗源辩体》：郑谷七言绝，较之开成，句语亦不甚殊，而声韵益卑，唐人绝句至此不可复振矣。要亦正变也。中如"紫云重叠"、

"尘压鸳鸯"、"花落江堤"、"半烟半雨"、"移舟水溅"等篇,皆声韵益卑者也。

《唐诗观澜集》:微佻("偷得微吟"句下)。　　隽甚(末句下)。

《随园诗话》:富贵诗有绝妙者,如唐人"偷得微吟斜倚柱,满衣花露听宫莺",宋人"一院有花看昼永,八荒无事诏书稀"。谁谓欢娱之言难工耶?

《养一斋诗话》:司空表圣奇郑都官幼慧,许为一代风骚主。然观其《早入谏院》诗云:"紫云重叠抱春城,……"诗虽旖旎,岂谏院中言语?风骚意旨,未易窥寻也。

渚宫乱后作

乡人来话乱离情,泪滴残阳问楚荆。
白社已应无故老,清江依旧绕空城。
高秋军旅齐山树,昔日渔家是野营。
牢落故居灰烬后,黄花紫蔓上墙生。

【汇评】

《贯华堂选批唐才子诗》:一、二只是随手叙事,却为其中间乘空插得"残阳"二字,遂令下所问之二语,读之加倍衰飒。此为句前添色法也。

《唐诗鼓吹笺注》:前四句是叙问乡人之乱,后四句是述乡人答之之语。……凡人心所最急者,家耳,然必兼及乡国,乃为至情至理。看他叙问。曰"白社"、"故老",由家及乡也;"清江"、"孤城",由乡及国也。看他叙答,曰"高秋"、"渔家",由国及乡也;故居灰烬,由乡及家也;此真唐人绝妙章法,不可不知也。

《唐体馀编》:从外景渐渐引入故居,布置有序,伤感弥深。

鹧 鸪

暖戏烟芜锦翼齐，品流应得近山鸡。

雨昏青草湖边过，花落黄陵庙里啼。

游子乍闻征袖湿，佳人才唱翠眉低。

相呼相应湘江阔，苦竹丛深春日西。

【汇评】

《韵语阳秋》：许浑《韶州夜宴》诗云："鹧鸪未知狂客醉，鹧鸪先听美人歌。"《听歌鹧鸪词》云："南国多情多艳词，鹧鸪清怨绕梁飞。"又有《听吹鹧鸪》一绝，知其为当时新声，而未知其所以。及观……郑谷亦有"佳人才唱翠眉低"之句，而继之以"相呼相应湘江阔"，则知《鹧鸪曲》效鹧鸪之声，故能使鸟相呼矣。

《对床夜语》：郑谷《鹧鸪》诗云："雨昏青草湖边过，花落黄陵庙里啼。"不用"钩辀"、"格磔"等字，而鹧鸪之意自见，善咏物者也。

《瀛奎律髓》：郑都官谷因此诗，俗遂称之曰"郑鹧鸪"。

《雪涛小书》：大凡诗句，要有巧心，盖诗不嫌巧，只要巧得入妙。如唐人咏《鹧鸪》云："游子乍闻征袖湿，佳人频唱翠眉低"……此等语，难具述，大都由巧入妙。

《唐诗选脉会通评林》：周珽曰：咏物之诗，妙在别入外意，而不失摹写之巧。若郑谷之《鹧鸪》、崔珏之《鸳鸯》、罗邺之《牡丹》、罗隐之《梅花》，极灵极变，开宋元几许法门！

《五朝诗善鸣集》：《鹧鸪》词应推第一。

《贯华堂选批唐才子诗》：咏物诗纯用兴最好，纯用比亦最好，独有纯用赋却不好。何则？诗之为言思也。其出也，必于人之思；其入也，必于人之思。以其出入于人之思，夫是故谓之诗焉。若使不比、不兴，而徒赋一物，则是画工金碧屏障，人其何故睹之而忽悲忽喜？夫特地作诗，而人不悲不喜，然则不如无作，此皆不比、不兴，纯用赋体之过也。相传郑都官当时实以此诗得名，岂非以其"雨昏"、"花落"之两句，然此犹是赋也，我则独爱其"苦竹丛深春日西"之七字，深得比兴之遗也。　　　前解写鹧鸪，后解写闻鹧鸪者。若不分解，岂非庙里啼，江岸又啼耶？故知"花落黄陵"，只是闲写鹧鸪。此七与八，乃是另写一人闻之而身心登时茫然。然后悟咏物诗中，多半是咏人之句，如之何后贤乃更纯作赋体？

《围炉诗话》：诗人措词，颇似禅家下语。禅家问曰："如何是佛？"非问佛，探其迷悟也；以三身四智对，谓之"韩卢逐兔"，吃棒有分。云门对曰："干屎橛"，作家语也。刘禹锡之《玄都观》二诗，是作家语。崔珏《鸳鸯》、郑谷《鹧鸪》，死说二物，全无自己，"韩卢逐兔"，吃棒有分者也。　　　咏物非自寄则规讽，郑谷《鹧鸪》、崔珏《鸳鸯》，已失此意，何况（石）曼卿宋人耶！

《唐律偶评》：破题中下"烟芜"二字，敏妙绝人。鹧鸪飞极高，必争山顶，今在平芜之上，只为行不得也。"烟"字与下"雨昏"、"日暮"亦节节贯注，三、四即行不得也之意，乃变换作两层做耳，真神笔也。

《唐三体诗评》：守愚游举场十六年，此诗正是下第南游人语也。青草浪高，况复两添新涨，如何可过？三、四正画出行不得也。结句一意作两层写耳。体物之极诣。

《唐诗绎》：无一笔呆赋，而渲染有情，神韵欲绝。宜当时诗人称为"郑鹧鸪"也。

《载酒园诗话》：咏物诗惟精切乃佳，如少陵之咏马、咏鹰，虽写生者不能到。至于晚唐，气益靡弱，间于长律中出一二俊语，便嚣然得名。然八句中率着牵凑，不能全佳，间有形容入俗者。如……郑谷以《鹧鸪》诗得名，虽全篇匀净，警句竟不如雍（陶《白鹭》）。如"雨昏青草湖边过，花落黄陵庙里啼"，不过淡淡写景，未能刻画。　　　黄白山评：郑语正以韵胜,雍句反以刻画失之。贺之评倒置如此！

《寒厅诗话》：诗家点染法,有以物色衬地名者,如郑都官"雨昏青草湖边过,花落黄陵庙里啼"是也。

《唐诗快》：后人多拟《四禽言》,作"行不得也哥哥",故不如"花落黄陵"二句。

《山满楼笺注唐诗七言律》：三写其所飞之处,四写其所鸣之处,却用"雨昏""花落"四字,染成一片凄凉景色,为下半首伏案。

《初白庵诗评》：如此咏物,方是摹神。　　　结处与三、四意重。

《唐诗成法》：五、六借衬,"征袖湿"、"翠眉低",人自感伤也。七八犹不管人愁只管啼意。此题三首,惟此首匀称。

《唐诗别裁》：咏物诗刻露不如神韵,三、四语胜于"钩辀"、"格磔"也。诗家称"郑鹧鸪"以此。

《说诗晬语》：咏物,小小体。而老杜咏《房兵曹胡马》则云："所向无空阔,真堪托死生。"德性之调良,俱为传出。郑都官咏《鹧鸪》则云："雨昏青草湖边过,花落黄陵庙里啼。"此又以神韵胜也。

《唐诗笺注》：首美其毛羽。"雨昏"、"花落"句与牧之《早雁》诗"仙掌月明孤影过,长门灯暗数声来"略同,而牧之句似更超脱味胜。

《网师园唐诗笺》：不即不离,却成绝唱("雨昏青草"联下)。

《唐贤小三昧集续集》：声影俱出,较胜崔珏《鸳鸯》之作。

《咏物七言律诗偶记》：此诗格固未高,然三、四句正见神理。末句"春"字以平声特收,亦关神理也。

《葚原诗说》：咏物,小小体也,而老杜最为擅长。如郑谷咏鹧鸪则云："雨昏青草湖边过,花落黄陵庙里啼。"此以神韵胜。东坡咏尖叉韵诗,偶然游戏,学之恐人于魔。彼胸无寄托,笔无远情,如谢宗可、瞿佑之流,直猜谜语耳。

《瀛奎律髓汇评》:纪昀:"相呼相唤"字复,《本草衍义》引作"相呼相应",宜从之。

《精选五七言律耐吟集》:三四句一往有远神,耐人百回读。

《小清华园诗谈》:从来咏物之诗,能切者未必能工,能工者未必能精,能精者未必能妙。李建勋"惜花无计又花残,……"切矣而未工也。罗隐"似共东风别有因,……"工矣而未精也。雍陶之"双鹭应怜水满池,……"精矣而未妙也。郑谷之"暖戏烟芜锦翼齐,……"暨杜牧之"金河秋半虏弦开……"如此等作,斯为能尽其妙耳。

《诗境浅说》:首二句实赋鹧鸪,言平芜春暖,锦翼齐飞,颇似山鸡之文彩。三、四句虚咏之,专尚神韵。鹧鸪以湘楚为多,青草湖边,黄陵庙里,在古色苍茫之地,当雨昏花落之时,适有三两鹧鸪,哀音啼遍。故五、六接以游子闻声,而青衫泪湿,佳人按拍,而翠黛愁低也。末句言春尽湘江,斜阳相唤,就题作收束而已。崔珏以《鸳鸯》诗得名,称崔鸳鸯;郑谷以《鹧鸪》诗得名,称郑鹧鸪。故二诗连缀写之,崔写其情致,郑写其神韵,各臻妙境。惟崔诗通体完密,郑都官虽名出崔上,此诗后四句似近率易,逊催诗。若李群玉之赋鹧鸪,亦专咏其声,又逊于郑作也。　李白《越中》诗"宫女如花满春殿,至今惟有鹧鸪飞",郑谷《赠歌者》诗"座中亦有江南客,莫向春风唱鹧鸪",因其凄音动人,故怀古思乡,易生惆怅也。

燕

年去年来来去忙,春寒烟暝渡潇湘。
低飞绿岸和梅雨,乱入红楼拣杏梁。

闲几砚中窥水浅，落花径里得泥香。

千言万语无人会，又逐流莺过短墙。

【汇评】

《诗格》：冥搜意句，全在一字包括大义。贾岛诗："秋江待明月，夜语恨无僧。"此"僧"字有得也。郑谷诗咏《燕》："闲几砚中窥水浅，落花径里得泥香。"此"香"字有得也。

《瀛奎律髓》：都官诗格虽不高，《鹧鸪》、《海棠》、《燕》三着题诗亦不可废也。

《诗源辩体》：（郑谷诗）至如"残月露垂朝阙盖，落花风动宿斋灯"……"低飞绿岸和海雨，乱入红楼拣杏梁"、"一枝低带流莺睡，数片狂和舞蝶飞"等句，则声尽轻浮，语尽纤巧矣。

《五朝诗善鸣集》："郑鹧鸪"又可称"郑燕子"。

《瀛奎律髓汇评》：冯班：只第四句好。　　查慎行：东坡"新巢语燕还窥砚"句本于此。　　何义门：通篇自比，随计往来。落句则"有文百轴，未遇知音"也。　　纪昀：此亦浅俗。

海　棠

春风用意匀颜色，销得携筋与赋诗。

秾丽最宜新著雨，娇饶全在欲开时。

莫愁粉黛临窗懒，梁广丹青点笔迟。

朝醉暮吟看不足，羡他蝴蝶宿深枝。

【汇评】

《猗觉寮杂记》：郑谷《海棠》诗云："秾丽正宜新著雨，娇娆全在欲开时。"百花惟海棠未开时最可观，雨中尤佳。东坡云"雨中有泪益凄怆"，亦此意也。

《苕溪渔隐丛话后集》：郑谷《海棠》诗云："秾丽最宜新著雨，妖娆全在欲开时."前辈谓此两句说尽海棠好处.今(韩)持国"柔艳着雨更相宜"之句,乃用郑谷语也. 又:《复斋漫录》云:郑谷《蜀中海棠》诗二首,前一云:"浓丽最宜新著雨,娇娆全在欲开时."一云:"浣花溪上堪惆怅,子美无情为发扬."……近世陈去非常(尝)用郑意赋海棠云:"海棠默默要诗催,日暮紫锦无数开.欲识此花奇绝处,明朝有雨试重来."虽本郑意,便觉才力相去不侔矣.

《瀛奎律髓》:三、四似觉下句偏枯,然亦可充海棠案祖也.末句有风味,恨不得如是蝶之宿于是花.

《唐音戊签》:"梁广"善画花木,与"莫愁"两人名为对.俗本改为"果信",可为喷饭.

《瀛奎律髓汇评》:冯舒:流走,非偏枯.情对情,景对景,方谓不偏枯;情对景,景对情,又谓是变体:梦中之梦! 冯班:次联好.三、四流水对,非偏枯. 何义门:起句妙绝,便知是海棠. 纪昀:三、四似小有致,终是卑靡之音.

辇下冬暮咏怀

永巷闲吟一径蒿,轻肥大笑事风骚.
烟含紫禁花期近,雪满长安酒价高.
失路渐惊前计错,逢僧更念此生劳.
十年春泪催衰飒,羞向清流照鬓毛.

【汇评】

《唐音戊签》:初稿附记:"觅句干名只自劳,苦吟殊未补《风》《骚》.烟开水国花期近,雪满长安酒价高.旧业已荒青霭远,寒江空忆白云涛.不知春到情何限?惟恐流年损鬓毛."

《围炉诗话》:开成以后,诗非一种,不当概以晚唐视之.如"时挑野菜和根煮"、"雪满长安酒价高"之类,极为可笑;平浅成篇者,亦不足观。

《新镌郑都官集》:郑都官"雪满长安酒价高"句,正用《南史》王僧辩《平侯景表》也。《表》云:"长安酒食,于此价高。"隶事若绝不知有事,此为得隶事之法。

《养一斋诗话》:(郑谷)"游子乍闻征袖湿,佳人才唱翠眉低",亦属卑卑语,与"雪下文君酤酒市,云藏李白读书山"、"烟开水国花期近,雪满长安酒价高",皆便于流俗之耳目,无当于诗家之雅音。

石 城

石城昔为莫愁乡,莫愁魂散石城荒。
江人依旧棹艀艋,江岸还飞双鸳鸯。
帆去帆来风浩渺,花开花落春悲凉。
烟浓草远望不尽,千古汉阳闲夕阳。

【汇评】

《唐诗鼓吹笺注》:此郑都官学《黄鹤楼》也,其间有规摹《黄鹤》处,有不尽规摹《黄鹤》处,而神气绝似《黄鹤》。余最爱其"江人"、"江岸"二句,自翻机杼,另出新裁,可以补前人之未逮。

《贯华堂选批唐才子诗》:千古人只知李青莲欲学《黄鹤楼》,何曾知郑鹧鸪曾学《黄鹤楼》耶?看其一、二,照样脱胎出来,分明鬼偷神卸,已不必多赏。吾更赏其三、四"江人"、"江岸"之句,真乃自翻机杼,另出新裁,不甚规摹《黄鹤》。而凡《黄鹤》所有未尽之极笔,反似与他补写极尽,此真采神妙手,信乎名下无虚也(首四句下)。 更不必云秦、楚、汉、魏,只此"帆去帆来"、"花开花谢",便尽从来圈襆矣。"浩渺"字,妙!"悲凉"字,妙!从古至今,从今至后,只有浩渺,只有悲凉,欲悟亦无事可悟,欲迷亦无处得迷。看他如此后解,亦复奚让《黄鹤》耶(末四句下)? 金雍补注:汉阳、夕阳中间着一"闲"字,不知是汉阳闲,夕阳闲? 吾亦曰:眼前有景道不得,郑谷题诗在上头。

蜀中三首（其一）

马头春向鹿头关,远树平芜一望闲。
雪下文君沽酒市,云藏李白读书山。
江楼客恨黄梅后,村落人歌紫芋间。
堤月桥灯好时景,汉庭无事不征蛮。

【汇评】

《唐诗评选》:匀好不入俗,都官之长止此矣。《鹧鸪》、《海棠》取悦里耳而已。

《拜经楼诗话》:唐茂业《兴元沈氏庄》云:"江绕武侯筹笔地,雨昏张载勒铭山。"又《蒲津河亭》云:"烟横博望乘槎水,日上文王避雨陵。"世为名句。同时郑都官《蜀中》诗,亦有"雪下文君沽酒市,云藏李白读书山"之句,然气象殊不逮尔。

少华甘露寺

石门萝径与天邻,雨桧风篁远近闻。
饮涧鹿喧双派水,上楼僧蹋一梯云。
孤烟薄暮关城没,远色初晴渭曲分。
长欲然香来此宿,北林猿鹤旧同群。

【汇评】

《诗源辩体》:(郑谷)七言律如"饮涧鹿喧双派水,上楼僧踏一梯云"、"林下听经秋苑鹿,溪边扫叶夕阳僧"、"万顷白波迷宿鹭,一林黄叶送残蝉"、"情多最恨花无语,愁破方知酒有权"等句,皆晚唐语。

《唐诗摘钞》：字眼重复是诗一病，在盛唐特为小疵，至晚则此例当严矣。……此诗重"远"字，而取之何也？盖虚字犹可重，实字不可重。又当相其字法所在，碍与不碍耳。结句言外云：猿鹤与我有旧，想不见阻耳。

《雨村诗话》：郑谷诗喜用"僧"字，余独爱其"上楼僧踏一梯云"之句，以其神韵远也。他皆不及。

中　年

漠漠秦云澹澹天，新年景象入中年。
情多最恨花无语，愁破方知酒有权。
苔色满墙寻故第，雨声一夜忆春田。
衰迟自喜添诗学，更把前题改数联。

【汇评】

《后村诗话》：郑谷《送人下第》云："吾子虽云命，乡人懒读书"，七言云："愁破方知酒有权"，皆有新意。

《近体秋阳》：凄婉奇逸。"寻"、"忆"二字，细析驯稳，透入旅情，而终不露。"寻"字痴而奇，收结轻浅风逸，非得真趣于此道者不能。

《载酒园诗话又编》：《中年》："情多最恨花无语，愁破方知酒有权。"《寄杨处士》："春卧瓮边听酒熟，露吟庭际待花开。"皆入情切景，然终伤婉弱，渐近宋元格调。吾尤恨其"衰迟自喜添诗学，更把前题改数联。"何遽作此老婢声！

漂　泊

槿坠蓬疏池馆清，日光风绪澹无情。

鲈鱼斫鲙输张翰，橘树呼奴羡李衡。

十口漂零犹寄食，两川消息未休兵。

黄花催促重阳近，何处登高望二京。

【汇评】

《唐诗鼓吹笺注》：士当秋而悲，况当世乱漂泊，有何好坏？日光风绪，总自无情。三"输张翰"，是不得归；四"羡李衡"，是无生计；皆淡无情处也。五、六正发明所"输"、所"羡"之故。然十口之飘零事小，而两京之未宁实大，所恨异乡漂泊，无酒可饮，无高可登。"何处登高望两京"，郑公之念君父亦殷矣。

渼　陂

昔事东流共不回，春深独向渼陂来。

乱前别业依稀在，雨里繁花寂寞开。

却展渔丝无野艇，旧题诗句没苍苔。

潸然四顾难消遣，只有佯狂泥酒杯。

【汇评】

《贯华堂选批唐才子诗》："昔事"，谓渼陂之昔事也；"别业"，此别业也；"梨花"，此梨花也。俯首思之，曾几何时，而风流云散，遂至今日。陪一"东流"，妙，妙！便写尽昔年如同电拂，永无还理，一任刻苦思量，究竟无法可处也。"依稀在"，要知其不是写别业；"寂寞开"要知其不是写梨花：此是极写春深独来之一"独"字也（首四句下）。　　　"展钓丝"，是馀兴尚在；"看苍苔"，是陈迹尽非，只有佯狂饮酒。我读此言，而不觉深悲国破家亡又未得死之人，真不知其何以为活也（末四句下）。

长江县经贾岛墓

水绕荒坟县路斜,耕人讶我久咨嗟。

重来兼恐无寻处,落日风吹鼓子花。

【汇评】

《笺注唐贤三体诗法》：水啮路侵,墓且犁为田矣,致令已无寻处。第三句根脉全在上联,只申明"久咨嗟"意耳。　　点化变换("耕人讶我"句下)。

《柳亭诗话》：张司业《逢贾岛》诗"僧房逢着款冬花",郑都官《过岛故居》诗"日落风吹鼓子花",芝山施重光曰："款冬耐寒,鼓子无声,言岛死声消也。"则岛一生,比得两花。

长门怨二首（其一）

闲把罗衣泣凤凰,先朝曾教舞霓裳。

春来却羡庭花落,得逐晴风出禁墙。

崔　涂

崔涂，生卒年不详，字礼山，江南人。光启四年（888），登进士第。飘泊穷年，游踪遍巴蜀、吴楚、秦陇、河洛等地，故其诗多羁旅离怨之作。有《崔涂诗》一卷。《全唐诗》编诗一卷。

【汇评】

（崔涂）工诗，深造理窟，端能竦动人意，写景状怀，往往宣陶肺腑。亦穷年羁旅，壮岁上巴蜀，老大游龙山。家寄江南，每多离怨之作。警策如"流年川暗度，往事月空明"，《巫娥》云"江山非旧主，云雨是前身"，又如"病知新事少，老别故交难"，《孤雁》云"渚云低暗度，关月冷相随"，《山寺》云"夕阳高鸟过，疏雨一钟残"，又"谷树云埋老，僧窗瀑照寒"，《鹦鹉洲》云"曹瞒尚不能容物，黄祖何因解爱才"，《春夕》云"胡蝶梦中家万里，杜鹃枝上月三更"，《陇上》云"三声戍角边城暮，万里乡心塞草春"，《过峡》云"五千里外三年客，十二峰前一望秋"等联，作者于此敛衽。意味俱远，大名不虚。（《唐才子传》）

崔涂律诗音节虽促，而兴致颇多，身遭乱梗，意殊凄怅。虽喜用古事，而不见拘束，今人格体，类多似之，殆亦矫翮于林越间而儵

然欲举者也。（《唐诗品》）

礼山怀古诗都落第二层义，然亦不可废。（《五朝诗善鸣集》）

崔长短律皆以一气斡旋，有若口谈，真得张水部之深者。如"并闻寒雨多因夜，不得乡书又到秋"、"正逢摇落仍须别，不待登临已含悲"，皆本色语之佳者。至《春夕》一篇，又不待言。（《载酒园诗话又编》）

崔礼山"自是不归归便得，五湖烟景有谁争"，与"相逢尽道休官去，林下何曾见一人"同一妙理。（《一瓢诗话》）

礼山坊本但传其《春夕》篇，所谓"蝴蝶梦中家万里，杜鹃枝上月三更"也。按此殊未免俗气，不如"并闻寒雨多因夜，不得公书又到秋"、"正逢摇落仍须别，不待登临已舍悲"，本色语，乃绝得张水部格韵。今检其五言律，学水部尤切，但才短意近，不及朱庆馀、项斯诸君。要其格律所承，固为张氏嫡派子孙也。附及门后，以为初学入手。（《重订中晚唐诗主客图》）

夕次洛阳道中

秋风吹故城，城下独吟行。
高树鸟已息，古原人尚耕。
流年川暗度，往事月空明。
不复叹歧路，马前尘夜生。

【汇评】

《瀛奎律髓》：陈简斋"高原人独耕"，似胜"古原人尚耕"。为第四句下"古"字，第一句却只作"秋风吹故城"，"故"字不甚好。若曰"秋风吹古城"，此一句既妙，第四句却作"故原人尚耕"，亦可也。

《五朝诗善鸣集》：澹澹入古。

《近体秋阳》：高浑怆岸（首二句下）。　　　　平直收结，如绝不关情，而不知关情乃转甚也。此谓之古致，抑谓之得古气。

《网师园唐诗笺》：景外有情（"高树"联下）。

《瀛奎律髓汇评》：冯舒：接上"已息"，自然应下"尚"字。"古"与"故"相去几何？此等评（按指方回评）俱同梦魇。　　又云：前四句名句。　　查慎行：崔诗气力自弱，不如陈诗。若只换字，抑末矣。　　纪昀："故城"字，《水经注》多用之，何以谓之不好？　　又云：前四句有气格，后四句不佳。

《重订中晚唐诗主客图》：初学水部者宜从此入手。　　此自是水部家法（首二句下）。

秋夕与友人话别

怀君非一夕，此夕倍堪悲。
华发犹漂泊，沧洲又别离。
冷禽栖不定，衰叶堕无时。
况值干戈隔，相逢未可期。

【汇评】

《瀛奎律髓》：别情可掬。第六句妙，尾句近老杜。

《五朝诗善鸣集》：借景作比，着在五六句上，甚妙。

《瀛奎律髓汇评》：陆贻典：五、六是比。　　纪昀：五以比漂泊，六以比老病，故七、八可以直接。　　又云：不似老杜口吻。　　许印芳：层层转进，如此方无肤浅平直之病。三、四用意在"犹"字、"又"字。五句总承"漂泊"、"别离"而言，乃束上也。晓岚但解为"比漂泊"，谬矣。六句转进老病一层，七句又转进干戈一层，亦非直接之笔。尾句果近老杜，晓岚驳之非是。

《重订中晚唐诗主客图》：极刻绣，却不费力，所以为水部。　　正从水部"独游无定计，此中还别离"等句翻出（"华发"联下）。　　　三字（按指"栖不定"）匠得"冷"字（"冷禽"句下）。
三字（按指"堕无时"）匠得"衰"字（"衰叶"句下）。

蜀城春

无涯憔悴身，一望一沾巾。
在处有芳草，满城无故人。
怀才皆得路，失计自伤春。
清镜不能照，鬓毛愁更新。

【汇评】

《瀛奎律髓》：三、四佳，但太悲苦。

《五朝诗善鸣集》：对法有实有虚，有开有合，遂无板滞之病。

《瀛奎律髓汇评》：冯班：中四句伤心。　　　纪昀：五、六亦太直。

言　怀

干时虽苦节，趋世且无机。
及觉知音少，翻疑所业非。
青云如不到，白首亦难归。
所以沧江上，年年别钓矶。

【汇评】

《五朝诗善鸣集》："岂无青铜境，终日自疑丑"，语意直而浅。
"及觉知音少，翻疑所业非"，语意曲而深。

感　花

绣轭香鞯夜不归，少年争惜最红枝。

东风一阵黄昏雨，又到繁华梦觉时。

【汇评】

《唐诗选脉会通评林》：周珽曰：悟得透，说得彻，从梦觉关唤醒，顽石亦应点头。　人生荣辱盛衰，谁非尽在梦中？尝读乐天《疑梦》诗，辄悟人懵懵尘世，皆不知觉耳。若此诗后二句，含意无穷；"又是"二字，见前此人未尝不觉，由未之悟也。因感花而惜及人事，思致超然。

《唐人绝句精华》：三、四句讽意宛然，黄昏雨后梦觉之人亦不易得。

南山旅舍与故人别

一日又将暮，一年看即残。

病知新事少，老别旧交难。

山尽路犹险，雨馀春却寒。

那堪试回首，烽火是长安。

【汇评】

《瀛奎律髓》：三、四好，尾句亦近老杜。"那堪"二字，诗中不当用，近乎俗。

《四溟诗话》：诗有简而妙者，若……沈约"及尔同衰暮，非复别离时"，不如崔涂"老别故交难"。

《瀛奎律髓汇评》：查慎行：第四句白香山亦有之。　何义门：第三反呼末句，盖指甘露事也。五、六极言老病难行，却无奈时事如此，不得不别也。用笔甚曲折。

《重订中晚唐诗主客图》：此诗在张门下可与项子迁伯仲。　情深尤在理足（"病知"二句下）。　此等在水部集中不可胜赏，然在后人正不宜埋没（"山尽"二句下）。

孤　雁

几行归去尽，片影独何之。

暮雨相呼失，寒塘独下迟。

渚云低暗度，关月冷遥随。

未必逢矰缴，孤飞自可疑。

【汇评】

《瀛奎律髓》：老杜云："谁怜一片影，相失万重云。"此云："暮雨相呼疾，寒塘欲下迟。"亦有味，而不及老杜之万钧力也。为江湖孤客者，当以此尾句观之。

《唐诗选脉会通评林》：何新之为平淡体。　　李梦阳曰：起句即悲，通篇情景相称，优柔不迫，佳作也。　　徐充曰：此咏物体。周伯弼所谓于和易宽缓之中而精切者。　　周珽曰：首二语已尽孤雁面目，便含怜悯深心。三、四写其失群彷徨之景。五六写其孤飞索莫之态。结用宽语，致相悲相惜之意，以应起联；何等委婉顿挫！夫一孤雁微物，行止犹撄人念如此，士君子涉世，落落寡合、流离无偶者，何异于是？此诗诚可以观。

《五朝诗善鸣集》：写猿缥缈，写雁悲凉。

《初白庵诗评》：结意更深。

《瀛奎律髓汇评》：何义门："念"字贯注到落句。　　纪昀："相呼"则不孤矣，三句有病。"寒塘"句不言孤而是孤，不言雁而是雁，此为句外传神。"渚云"二句反衬出"孤"字。结处展过一步，曲折深至，语切境真，寓情无限。许印芳：孤雁乃失偶之雁，而未尝无群，"相呼"者呼其群也。晓岚訾之，非是。

《重订中晚唐诗主客图》：何尝有心自况，然寄托处妙甚，显然唐诗所以高也。起不作意而能得其分，正是水部（首二句下）。　　　一结真感深情,宛转无极(末二句下)。

《唐诗三百首》:四句(按指中四句)二十层。十字(按指末二句)切"孤"。

《诗境浅说》:通篇皆实赋孤雁。首二句言雁行归尽,念此天空独雁,怅怅何之。以首句衬出次句,乃借宾定主之法。三、四言暮雨苍茫,相呼失侣,将欲寒塘投宿,而孤踪自怯,几度迟徊。二句皆替雁着想,如庄周之以身化蝶,故入情入理。犹咏鸳鸯之"暂分烟岛犹回首,只渡寒塘亦并飞",替鸳鸯着想,皆妙入毫颠也。五六言相随者惟"渚云""关月",见只影之无依。末句谓未必遽逢弋者,而独往易生疑惧。客子畏人,咏雁亦以自喻,此诗乃赋而兼比者也。　　　三、四句即以表面而论,三句言其失群之由,四句言失群仓皇之态,亦复佳绝。

喜友人及第

孤吟望至公,已老半生中。
不有同人达,兼疑此道穷。
只应才自薄,岂是命难通。
尚激抟溟势,期君借北风。

【汇评】

《唐诗镜》:崔涂五律,气格棱棱。

《五朝诗善鸣集》:无一字及"喜"字,"喜"字深意却写得出。

南涧耕叟

年年南涧滨,力尽志犹存。
雨雪朝耕苦,桑麻岁计贫。

战添丁壮役，老忆太平春。

见说经荒后，田园半属人。

【汇评】

《瀛奎律髓》：第四句、六句、结句皆好。

《瀛奎律髓汇评》：何义门："存"字走韵。　　纪昀：惟六句好。

鹦鹉洲即事

怅望春襟郁未开，重吟鹦鹉益堪哀。

曹瞒尚不能容物，黄祖何曾解爱才。

幽岛暖闻燕雁去，晓江晴觉蜀波来。

何人正得风涛便，一点轻帆万里回。

【汇评】

《归田诗话》：崔涂《鹦鹉洲》诗云："曹瞒尚不能容物，黄祖何由解爱才？"后无继之者。

《唐诗选脉会通评林》：周珽曰：乾坤大矣，岂少祢生之才？如黄祖者固多，为曹瞒者亦不少。思及于此，负巨（才）者得不触景而兴哀也！　　崔涂在当时，屡被谗毁，故因过鹦鹉洲，托祢生以自况；见上无有容之君子，下多忌刻之小人。前四句即洲上堪哀之事，后四句即洲上春眺之景；因叹有才莫得，即转应前不能容物、无解爱才意。

《贯华堂选批唐才子诗》："怅望"之为言怅然而望也。胸中先有欲然之事，久之而终不然，于是欲望则已无味，不望则又可惜，因而望又怅，怅又望，为"怅望"也。夫怅望不必独于鹦鹉洲也，先亦无日不望，无处不望矣。至于此日，则偶于此洲而亦怅望。当其怅望之初，固并不觉此洲之为鹦鹉也。至于忽觉此洲之为鹦鹉，而其怅望之心，正不得不加倍其欲哭也。看他不于鹦鹉洲下添出一层，偏于鹦鹉洲上添出一层，妙，妙！三、四不骂黄祖，直骂曹公，此虽从来旧论，然亦可以寻其春襟久郁之故矣（首四句下）。　　　五、六言"燕雁去"，去到何处？"蜀波来"，来自何处？可知正即是我怅望之一处也。七、八因言：况又不止燕雁蜀波，尚有轻帆一点。嗟乎，嗟乎！同是万里，同是风涛，而便者已回，郁者未去，我亦犹人，如之何其独至于此哉（末四句下）！

《唐诗鼓吹评注》：落句振起一篇，反应郁有力。　　　《书》曰"诗言志"，诗而无志，不可以言诗也，如此诗首句尚是泛说先有郁而未开意，第二句方说望此洲而生哀也。详玩"益"字，有抚躬增感意。……详玩首尾，作者其有伊郁之思乎！

《唐诗近体》：前二句隶事，此二句写景（"幽岛暖闻"联下）。

《北江诗话》：唐崔涂诗："曹瞒尚不能容物，黄祖何因解爱才？"前人每以此二语为祢正平一生定论矣。

春　夕

水流花谢两无情，送尽东风过楚城。
胡蝶梦中家万里，子规枝上月三更。
故园书动经年绝，华发春唯满镜生。
自是不归归便得，五湖烟景有谁争。

【汇评】

《舆地纪胜》：（渠州）冲相寺距州城四十里，乃定光佛道场。此诗故老相传是唐崔涂僖宗时避乱至蜀所题。今墨迹无存。唯定光岩间有题云："前进士崔涂由此闲眺，翌日北归。"

《贯华堂选批唐才子诗》：水流是水无情，花谢是花无情。何谓无情？明见客不得归，而尽送春不少住，是以曰无情也。何人胸中无春怨,如此却是怨得太无赖矣。三,是家,却不是家,却是梦;却又不是梦,却是床上客。四,是月,却不是月,却是鹃;却又不是鹃,却是一夜泪。自来写旅怀,更无有苦于此者矣(首四句下)! 五、六,一"动"字,一"惟"字,直是路绝心穷,更无法处。七、八,却于更无法处之中,忽然易穷则变,变出如此十四字来,真令人一时读之,忽地通身跳脱也(末四句下)。

《唐诗摘钞》:"水流花谢",过楚城而去,人却羁系于此,寸步不能动移,然则有情之人何堪对此无情之物乎!妙在突然埋怨花水,而其所以怨之之故,则又轻轻只接第二句,不细读不知其意,此旅怀之最警策者也。三、四倒在后,有作法。连"蝴蝶梦"三熟字,却带好了五、六参差对:以"春"对"年"、"镜"对"书"。"满镜"有意,俗本作"两鬓",索然矣。

《唐三体诗评》:旅怀即恶,不意忽生对镜惊叹,于情事最生动也。

《唐七律选》:此亦脍炙人口之句,但终近俗调,奈何("蝴蝶梦中"二句下)!

《山满楼笺注唐诗七言律》:此诗之妙处在一起一结。

《唐体肤诠》:情生景,景生情,情中有景,景中有情,萦纡缥缈,使读者神为之移。刘、卢衣钵,此时尚在。

《西圃诗说》:唐人句如"一千里色中秋月,十万军声半夜潮"、"蝴蝶梦中家万里,杜鹃枝上月三更"、"深秋帘幕千家雨,落日楼台一笛风",人争传之。然一览便尽,初看整秀,熟视无神气,以其字露也。

《近体秋阳》:"移"字绝奇,然诠"华发"却有至理。 题虽《春夕》,而诗成于旅次,至此突起责其不归,开霍归法。口头语也,披千古理障,呼世人魇寐("自是不归"句下)。

《一瓢诗话》:崔礼山"自是不归归便得,五湖烟景有谁争"与

"相逢尽道休官去,林下何曾见一人"同一妙理。

《唐诗笺注》:此春夕留滞楚中,感而有作也。

《网师园唐诗笺》:秀语丽词,妙能传出旅情。

《唐七律隽》:此联(按指"蝴蝶梦中"一联)如在人意中,而未有人说出,非是俗调,觉熟溜耳。

湘中谣 (其二)

烟愁雨细云冥冥,杜兰香老三湘清。

故山望断不知处,鹧鸪隔花时一声。

【汇评】

《诗境浅说续编》:歌谣与《竹枝》、《水调》相类,重在音节入古,而用意则超于象外,斯为合作。此诗前二句写景,而已含愁思。三句表怀乡之意。四句言隔花鹧鸪,催换芳年,益复动人归思。悠然有弦外之音。

读庾信集

四朝十帝尽风流,建业长安两醉游。

唯有一篇杨柳曲,江南江北为君愁。

【汇评】

《中晚唐诗叩弹集》:诏按:庾(信)集有《杨柳歌》("唯有一篇"句下)。

《读雪山房唐诗序例》:唐末惟七言绝句不少名篇。司空图《赠日本鉴禅师》、崔涂《读庾信集》,骨色神韵,俱臻绝品,可以俯视众流矣。

《问花楼诗话》:诗宜含蓄,唐人不露论锋,所以可贵。庾子山本梁臣,后入东、西魏,又事后周,历四朝十主。唐人卢中(按系"崔涂"之误)《读子山集》云:"四朝十帝尽风流……"按庾信《杨柳曲》:"君言丈夫无意气,试问燕山那得碑?"盖欲自比孟坚从窦宪立功塞外,究亦书生大言耳。卢诗隶事精切,风刺之意,都在言外。

巴山道中除夜书怀

迢递三巴路,羁危万里身。
乱山残雪夜,孤烛异乡春。
渐与骨肉远,转于僮仆亲。
那堪正漂泊,明日岁华新。

【汇评】

《唐诗品汇》:刘云:平生客中除夕诵此,不复更作。　　刘云:句句亲切("渐与"联下)。

《批点唐音》:绝无字眼,自是工致。一字不可易。

《升庵诗话》:崔涂《旅中》诗:"渐与骨肉远,转于僮仆亲。"诗话亟称之。然王维《郑州》诗:"他乡绝俦侣,孤客亲僮仆。"已先道之矣,但王语浑含胜崔。

《艺苑卮言》:昔人谓崔涂"渐与骨肉远,转于僮仆亲",远不及王维"孤客亲僮仆",固然。然王语虽极简切,入选尚未;崔语虽觉支离,近体差可,要在自得之。

《增定评注唐诗正声》:唐云:戴(叔伦)、崔俱赋此题,首尾足敌。第三联,崔似胜戴;然切题,戴终胜耳。　　苦语实情("渐与"二句下)。

《诗薮》:司空曙"乍见翻疑梦,相悲各问年",戴叔伦"一年将尽夜,万里未归人",一则久别乍逢,一则客中除夜之绝唱也。李益"问姓惊初见,称名忆旧容",绝类司空;崔涂"乱山残雪夜,孤烛异乡人"，绝类戴作，皆可亚之。

《唐诗选脉会通评林》：刘辰翁曰：三、四，十字尤捏合。五、六，十字情痛能言。　　吴山民曰：次联惨淡，三联凄恻；结联着"除夜"，觉前六句俱有味。愚（周珽）谓：崔以"渐与"、"转于"四字，着意形出"远"与"亲"二字，则崔固晚唐中苦吟者也。　　"孤烛"句尤浑厚。

《唐风定》：比（戴）幼公作更尽、更悲。"僮仆"句，右丞有之，后出不妨同妙（"乱山"四句下）。　　此诗误入襄阳集中，岂声情稍稍有仿佛耶？

《五朝诗善鸣集》：旅况之真如此，真是至文。

《围炉诗话》：崔涂《除夜有感》，说尽苦情、苦境矣。

《唐诗摘钞》：戴叔伦"一年将尽夜，万里未归人"，虽中唐，却逊此三、四二句。若韩翃"千峰孤烛外，片雨一更中"，觉又胜此耳。五句全仄，名拗字句，五、六亦是必至之情。

《载酒园诗话又编》：崔《除夜有感》，……读之如凉雨凄风，飒然而至，此所谓真诗，正不得以晚唐概薄之。按：崔此诗尚胜戴叔伦作。戴之"一年将尽夜，万里未归人。寥落悲前事，支离笑此身"，已自惨然，此尤觉刻肌砭骨。

《删订唐诗解》：吴昌祺云：下句尚未极惨，加上句而困极矣（"乱山"二句下）。

《唐诗成法》：语意虽本幼公，而幼公三、四便出题，此三、四写景，较幼公五、六却胜，又结方出题，法变。　　昔人谓五、六不如"久客亲僮仆"简妙，良然。　　自一、二直贯至五、六，一气呵成。三、四景中有情，五、六"迢递"、"羁危"合写，七总收，八方出"除夜"。觉一篇无非"除夜"，与张睢阳《闻笛》同法。

《而庵说唐诗》："渐与骨肉远，转于僮仆亲"，二句写尽在外真境。　　今夕飘泊，幸得将完，明日又要飘泊起了，此所以感也。

转得好,合得好。

《唐诗别裁》:颔联名俊。"孤客亲僮仆",何许简贵! 衍作十字,便不及前人。

《唐贤小三昧集续集》:情景凄飒,较胜"一年万里"之句。

《历代诗发》:是阅历后语,客中除夕不堪展读。

《唐诗三百首》:十字(按指"乱山"一联)十层。

《岘佣说诗》:《宿卫州》诗"孤客亲僮仆",语极沉至。后人"渐与骨肉远,转于僮仆亲",衍作两句,便觉味浅。

《唐宋诗举要》:可与马虞臣"落叶他乡树"二句媲美("乱山"二句下)。

初过汉江

襄阳好向岘亭看,人物萧条值岁阑。

为报习家多置酒,夜来风雪过江寒。

【汇评】

《唐诗绝句类选》:蒋仲舒曰:此等用事乃得趣。

韩偓

韩偓(844—923?),字致尧,一云字致光。自号玉山樵人,京兆万年(今陕西西安)人。韩瞻之子,小字冬郎,十岁能诗,李商隐赠诗有"雏凤清于老凤声"之句。龙纪元年(889),登进士第,佐河中幕。召充左拾遗。乾宁末,以刑部员外郎为凤翔节度掌书记。光化中,自司勋郎中兼侍御史知杂入翰林充学士,迁左谏议大夫、中书舍人、兵户二部侍郎、学士承旨。昭宗数欲以为相,皆辞让。天复三年,以不附朱全忠,贬濮州司马,再贬荣懿尉,徙邓州司马。天祐二年,复召为学士,偓不敢归朝,入闽依王审知,卒。有《韩偓诗》一卷、《香奁集》一卷、《金銮密记》五卷,今存《香奁集》。后人辑有《韩翰林诗集》(或名《玉山樵人集》)行世。《全唐诗》编诗四卷。

【汇评】

十岁裁诗走马成,冷灰残烛动离情。桐花万里丹山路,雏凤清于老凤声。(李商隐《韩冬郎即席为诗相送一座尽惊他日余方追吟"连宵侍坐徘徊久"之句有老成之风因成二绝寄酬兼呈畏之员外》)

唐韩偓为诗极清丽,有手写诗百馀篇,在其四世孙奕处。……庆历中,予过南安见奕,出其手集,字极淳劲可爱。(《梦溪笔谈》)

高秀实又云:"元氏艳诗,丽而有骨;韩偓《香奁集》,丽而无骨。"时李端叔意喜韩偓诗,诵其序云:"咀五色之灵芝,香生九窍;咽三危之瑞露,美动七情。"秀实云:"动不得也,动不得也。"(《彦周诗话》)

偓(偓)为唐末宗社颠阶之际,窜身于戈戟森罗之中,虽崫从重围,犹复有作。当是之时,独能峥嵘于奸雄群小之间,自立议论,不至诡随,唐史臣称之,以谓有一韩偓尚不能容,况于贤者乎?则知偓非荏苒于闺房衽席之上者,特游戏于此耳。(周紫芝《书韩承旨别集后》)

偓为诗有情致,形容能出人意表。……富才情,词致婉丽。(薛季宣《香奁集叙》)

偓之诗,淫靡类词家语,前辈或取其句,或剪其字,杂于词中。欧阳文忠尝转其语而用之,意尤新。 (张侃《跋棟词》)

韩偓在唐末粗有可取者,如"沙头有庙青林合,驿步无人白鸟飞"、"细水浮花归别浦,断云含雨入孤村"、"白髭兄弟中年后,瘴海程途万里长",五言如"鸟啼深不见,人语静先闻",虽神气短缓,亦微有深致。其《秋夜忆家》绝句云:"垂老何时见弟兄,背灯悲泣到天明。不知短发能多少,一滴秋霖白一茎。"凄楚可悲,亦善于词者。若"挟弹少年多害物,劝君莫近五陵飞",又"萧艾转肥兰蕙瘦,可能天亦妒馨香",是直讪耳。诗人比兴扫地矣。(《对床夜语》)

偓自号"玉山樵人",工诗,有集一卷。又作《香奁集》一卷,词多侧艳新巧。(《唐才子传》)

韩致尧冶游情篇,艳夺温、李,自是少年时笔。翰林及南窜后,顿趋浅率矣。(《唐音癸签》)

韩偓《香奁集》皆裙裾脂粉之诗,高秀实云:"元氏艳诗,丽而有骨;韩偓《香奁集》,丽而无骨。"愚按:诗名《香奁》,奚必求骨?但韩诗浅俗者多,而艳丽者少,较之温、李,相去甚远。(《诗源辩体》)

唐诗七律，……韩致光香奁秀丽，别自情深。(《唐诗韵汇》)

温飞卿、韩致光辈，比事联词，波属云委，学之成一家言，胜于生硬干酸者远矣。(《古欢堂集·论七言律诗》)

韩偓、韦庄，亦宗中唐，而砥柱晚唐。(《唐诗笺注》)

其诗虽局于风气，浑厚不及前人，而忠愤之气，时时溢于语外。性情既挚，风骨自遒。慷慨激昂，迥异当时靡靡之响。其在晚唐，亦可谓文笔之鸣凤矣。变风变雅，圣人不废，又何必定以一格绳之乎！(《四库全书总目》)

《香奁》一集，词皆淫艳，可谓百劝而并无一讽矣。然而至今不废，比以五柳之闲情，则以人重也。著作之士，惟知文之能传人，而不知人之能传文，于此亦可深长思矣。……《香奁》之词，亦云亵矣。然但有悱恻眷恋之语，而无一决绝怨怼之言，是亦可以观其心术焉。(纪昀《书韩致尧〈香奁集〉后》)

致尧诗格不能出五代诸人上，有所寄托，亦多浅露。然而当其合处，遂欲上躏玉谿、樊川，而下与江东相倚轧，则以忠义之气发乎情，而见乎词，遂能风骨内生，声光外溢，足以振其纤靡耳。然则，诗之原本不从可识哉？(纪昀《书韩致尧〈翰林集〉后》)

韩致尧《香奁》之体，溯自《玉台》。虽风骨不及玉谿生，然致尧笔力清澈，过于皮、陆矣。何逊联句，瘦尽东阳，固不应尽以脂粉语擅场也。(《石洲诗话》)

韩致光哀音怨乱，不害其为丹山雏凤。(《七言律诗钞》)

晚唐有许用晦、曹尧宾、韩致尧、罗昭谏诸人，专为近体，古意寖哀。(《蛾术编》)

唐末七言律，韩致尧为第一，去其香奁诸作，多出于爱君忧国，而气格顿近浑成。(《读雪山房唐诗序例》)

韩致尧，……富于才情，词旨靡丽。初喜为闺阁诗，后遭故远遁，出语依于节义，得诗人之正。(《石园诗话》)

诗至晚唐，各体俱不振，独七律不乏名篇。韩致尧完节孤忠，苍凉激楚之音，洵属一时无两。（《唐七律诗钞》）

韩致尧身遭杌棿，激而去国，托之香奁，具有寄意。即论艳体，亦是高手。（《东目馆诗见》）

其源出于李益、卢纶，而专思律体，柔姿婉骨，最工言情。末遭乱离，故忧爱词多，虽于诗格少衰，要自情芳可选。（《三唐诗品》）

吴北江曰：晚唐唯韩致尧为一大家，其忠亮大节，亡国悲愤，具在篇章，盖能于杜公外自树一帜。（《唐宋诗举要》）

致尧少年，喜为香奁诗。其后节操岳然，诗格亦归雅正。（《诗境浅说》）

偓以香奁诗得名一时，《唐诗纪事》以为五代间和凝嫁名，葛立方《韵语阳秋》据《香奁集》中《无题》诗序证为偓作，许学夷《诗源辩体》又举出吴融集有和偓《无题》三首，与《香奁集》中《无题》诗同韵，断定香奁非和嫁名。考晚唐诗有两种：一沿白居易新体乐府道路，诗中多寓讽刺，流为宋代以议论为诗；一效温、李绮丽之体，而有香奁一类之作，流为五代之闺情词。盖风气推移有如此者，不足怪也。（《唐人绝句精华》）

中秋禁直

星斗疏明禁漏残，紫泥封后独凭阑。
露和玉屑金盘冷，月射珠光贝阙寒。
天衬楼台笼苑外，风吹歌管下云端。
长卿只为长门赋，未识君臣际会难。

【汇评】

《瀛奎律髓》：以上二诗（按指《雨后月中玉堂闲坐》与本诗），俱端重有体。

《唐诗鼓吹笺注》：通首只"君臣际会难"五字耳。……"天衬"二句，写禁中入直之所见、所闻也。当此君臣际会，自有一段忠君爱国念头，一番忠君爱国事业。托"长卿"正以自况耳。

《网师园唐诗笺》：工丽（"露和玉屑"联下）。

《一瓢诗话》：韩致尧《中秋禁直》，望宫阙于九霄，听弦歌于五夜，欲使主上亲贤远佞而不可得，展转不寐，隐约可念。

《小清华园诗谈》：记幼时先祖铁庵公每于花间小酌，辄呼寿昌至前，口授唐诗数首。一日，诵"星斗疏明禁漏残，紫泥封后独凭栏。……"诵至前六句，忽觉无限晶光异彩，陆离于眉睫之间；一片金石清音，琳琅于檐隙之际，此盖有自然之神韵，溢乎楮墨之外，初非人力所能与也。

《瀛奎律髓汇评》：陆贻典：中四句是中秋禁中，那移不得。　　　何义门：陈后废，以相如一赋复得召幸。昭宗幽于东内，身为内相，不能建复辟之绩，岂不负此际会乎？当于言外求之。

纪昀：致尧诗或纤或俚，此独深稳。第五句"衬"字炼得稳，以新巧论之，则胜下句，而下句却以天然胜。　　又云：胜前篇（按指《雨后月中玉堂闲坐》）处，在结句深挚。　　无名氏（乙）：最浑成。

《韩翰林集》：吴汝纶曰：旧说此为朱全忠之毁，非也。昭宗待韩公始终不衰，并不以全忠之毁而异。此诗当是未播迁时入直禁中之作。

《唐宋诗举要》：吴曰：此奏封事后作。前六句皆自幸遭际，故末句云云：言为《长门赋》者徒知沦落可怜，未知遭际后之弥不易也。盖公与昭宗有鱼水之契，而事势至亟，故叹其不易。此其忠悃勃郁处，词意至为深沉。

冬至夜作

原注：天复二年壬戌，随驾在凤翔府。

中宵忽见动葭灰，料得南枝有早梅。
四野便应枯草绿，九重先觉冻云开。
阴冰莫向河源塞，阳气今从地底回。
不道惨舒无定分，却忧蚊响又成雷。

【汇评】

《瀛奎律髓》：是时朱全忠围岐甚急，李茂贞有连和之意，偓之孤忠处此，殆知其必一反一覆，终无定在欤？此关时事，不但咏至节也。

《瀛奎律髓汇评》：纪昀：极有寓意，只措语浅耳。此则风气为之，作者不能自主。

《韩翰林集》：吴汝纶曰：是时昭宗幸凤翔，朱全忠自河中率兵围凤翔，奉表迎驾，所谓"阴冰莫向河源塞"也。"阳气今从地底回"者，谓李茂勋救凤翔，王师范讨朱全忠诈为贡献，包束兵仗入汴西至陕、华也。末句恐勤王之师又将尾大不掉尔。

寄湖南从事

索寞襟怀酒半醒，无人一为解馀酲。
岸头柳色春将尽，船背雨声天欲明。
去国正悲同旅雁，隔江何忍更啼莺。
莲花幕下风流客，试与温存谴逐情。

【汇评】

《唐诗鼓吹笺注》：或问："船背雨声天欲明"，如何是写索寞神理？大凡酒落快肠，一卧直到天明，尽有日高丈五而睡兴正浓者。偏是失意之人，未到半夜，酒醒梦回，左思右想，……正所谓"酒无通夜力，事满五更心"，令我凄然泪下矣。

《唐贤小三昧集续集》：此时此境难为情（"岸头柳色"句下）。

《一瓢诗话》：《寄湖南从事》诗中情境，竟可与屈大夫把臂。

醉　著

万里清江万里天，一村桑柘一村烟。

渔翁醉著无人唤，过午醒来雪满船。

【汇评】

《苕溪渔隐丛话后集》：苕溪渔隐曰：致尧《醉著》绝句云："万里清江万里天，一村桑柘一村烟。渔翁醉著无人唤，过午醒来雪满船。"葛亚卿集句云："万里清江万里天，一村桑柘一村烟。渔翁醉睡醒又睡，高唱夕阳孤岛边。"前辈集句，每一句取一家诗，今亚卿全用致尧前二句，极为无工。又后二句不是好诗，不称前二句，岂若致尧之浑成也。

《艇斋诗话》：山谷《清江引》云："全家醉著篷底眠，家在寒沙夜潮落。""醉著"二字出韩偓诗"渔翁醉著无人唤，过午醒来雪满船"。

《诗人玉屑》：致尧《醉著》绝句云："万里清江万里天，……"杜荀鹤亦有《溪兴》绝句云："山雨溪风卷钓丝，瓦瓯篷底独斟时。醉来睡着无人唤，流下前溪也不知。"语句俱弱，不若致尧之雅健也。

登南神光寺塔院

无奈离肠日九回，强揾离抱立高台。

中华地向城边尽,外国云从岛上来。

四序有花长见雨,一冬无雪却闻雷。

日宫紫气生冠冕,试望扶桑病眼开。

【汇评】

《笔精》:韩偓流寓闽中,所作诗仅传《南台怀古》一首,云:"无那离肠日九回,……"偓卒于闽。其子寅亮与郑文宝言,偓捐馆日,温陵帅闻其家藏箱笥颇多,而缄镏甚固。发观,得烧残龙凤烛,金缕红巾百馀条,烛泪尚新,巾香犹郁:乃偓为学士日视草金銮,夜还翰苑,当时皆宫人秉烛以送,悉藏之。

《瀛奎律髓》:此乃闽中依王审知时诗,谓近海迫南风土如此。

《中晚唐诗叩弹集》:诗题下注:丙寅,福州。　日冠如半晕,在上有两珥,尤吉(末二句下)。

《竹窗杂录》:钓龙台上有盘石,越王余善钓白龙处也,又名越王台。韩偓流寓闽中,题诗云:"无那离肠日九回……"

《瀛奎律髓汇评》:冯舒:平平八句,意态无尽,盖此中有作诗人性情在。非仅述风土也。　　冯班:额联妙,哀而不伤。
纪昀:格弱是晚唐通病,此尚有健气。

故　都

故都遥想草萋萋,上帝深疑亦自迷。

塞雁已侵池籞宿,宫鸦犹恋女墙啼。

天涯烈士空垂涕,地下强魂必噬脐。

掩鼻计成终不觉,冯驩无路敩鸣鸡。

【汇评】

《瀛奎律髓》:此为昭宗作,第六句佳。

《瀛奎律髓汇评》:冯班:三、四有比兴。　　何义门:次联妙极。第四自比,第六指崔昌遐。　　纪昀:此真所谓鬼诗,刘后村《老吏》诗从此生出而又加甚焉。　　无名氏(甲):昭宗本都长安,被朱温劫迁,而长安遂墟,乃称"故都"云。

《唐宋诗举要》:吴曰:此国亡后作,忼慨欲报之意,情见乎词,至意旨之悲哀抑郁,与《离骚》、《招魂》异曲同工矣。　　吴曰:一句开("上帝深疑"句下)。　　吴曰:再接("塞雁已侵"句下)。　　吴曰:提笔挺起作大顿挫。凡小家作感愤诗,后半每不能撑起;大家气魄,所争在此("天涯烈士"二句下)。

感事三十四韵

原注:丁卯已后。

紫殿承恩岁,金銮入直年。
人归三岛路,日过八花砖。
鸳鹭皆回席,皋夔亦慕膻。
庆霄舒羽翼,尘世有神仙。
虽遇河清圣,惭非岳降贤。
皇慈容散拙,公议逼陶甄。
江总参文会,陈暄侍狎筵。
腐儒亲帝座,太史认星躔。
侧弁聆神算,濡毫俟密宣。
宫司持玉研,书省擘香笺。[①]
唯理心无党,怜才膝屡前。
焦劳皆实录,宵旰岂虚传。
始议新尧历,将期整舜弦。[②]
去梯言必尽,仄席意弥坚。
上相思惩恶,中人诣省愆。

鹿穷唯觚触，兔急且猕猴。

本是谋除死，因之致劫迁。

氛霾言下合，日月暗中悬。

恭显诚甘罪，韦平亦恃权。

畏闻巢幕险，宁寤积薪然。

谅直寻钳口，奸纤益比肩。

晋谗终不解，鲁瘠竟难痊。

只拟诛黄皓，何曾识霸先。

喉襟翻丑正，养虎欲求全。

万乘烟尘里，千官剑戟边。

斗魁当北坼，地轴向西偏。

袁董非徒尔，师昭岂偶然。

中原成劫火，东海遂桑田。

溅血惭嵇绍，迟行笑褚渊。

四夷同效顺，一命敢虚捐。

山岳还青笋，穹苍旧碧鲜。

独夫长啜泣，多士已忘筌。

郁郁空狂叫，微微几病癫。

丹梯倚寥廓，终去问青天。

【原注】

① 宫司、书省皆宫人职名。　② 上自出东内幽辱，励心庶政，延接丞相之暇，日在直学士，询以理道，将致升平。

【汇评】

《韩翰林集》：原注：丁卯已后。丁卯四月，唐亡。　吴汝纶曰："上相"、"韦平"，皆谓崔胤等。"中人"、"恭显"谓韩全海等（"去梯"十二句下）。　吴汝纶曰："黄皓"谓宦官，"霸先"谓朱全忠。崔胤召朱全忠以诛宦官，此四句咏其事（"晋谗"四句下）。

自沙县抵龙溪县值泉州军
过后村落皆空因有一绝

原注：此后庚午年。

水自潺湲日自斜，尽无鸡犬有鸣鸦。
千村万落如寒食，不见人烟空见花。

【汇评】

《闽小纪》：闽中壤狭田少，山麓皆治为陇亩，昔人所谓"磳田"也。丧乱以来，逃亡略尽，磳田芜秽尽矣。余《寒食登邵武诗话楼》诗，有"遗令不须仍禁火，四郊茅舍久无烟"之句。及观唐韩偓过闽中，有"千村万落如寒食，不见烟火只见花"之句，……千古有同悲也。

《韩翰林集》：原注：此后庚午年。庚午，梁开平四年。

《唐人绝句精华》：此偓南依王审知于闽时所作，二十八字中一片乱后荒芜景象。如寒食者，无有举火之人家也。

赠隐逸

静景须教静者寻，清狂何必在山阴。
蜂穿窗纸尘侵砚，鸟斗庭花露滴琴。
莫笑乱离方解印，犹胜颠蹶未抽簪。
筑金总得非名士，况是无人解筑金。

【汇评】

《瀛奎律髓》：三、四工。五、六有议论。尾句一缴，为燕昭王金台所致，便非名士，况又无燕昭王之为人者乎？其说尤高矣。

《五朝诗善鸣集》：蜂一层，窗一层，纸一层，尘一层，砚一层，蜂弹窗纸一层,蜂弹窗纸尘侵砚一层:七层出于七字,新之至,细之至,天然之至。学中、晚人构得如此心思,方能使优孟盛唐者不敢轻视。

《瀛奎律髓汇评》:纪昀:体近武功,故为虚谷所取,实非高格。　又云:后四句笔仗沉着,晚唐所少。

南　浦

月若半环云若吐,高楼帘卷当南浦。

应是石城艇子来,两桨咿哑过花坞。

正值连宵酒未醒,不宜此际兼微雨。

直教笔底有文星,亦应难状分明苦。

深　院

鹅儿唼啑栀黄觜,凤子轻盈腻粉腰。

深院下帘人昼寝,红蔷薇架碧芭蕉。

【汇评】

《观林诗话》:李义山云:"小亭闲眠微酒消,山榴海柏枝相交。"韩致尧云:"深院下帘人昼寝,红蔷薇映碧芭蕉。"皆微词也。

《唐音戊签》:《文昌杂录》云:《古今注》:蛱蝶大者名"凤子",偓诗用此。

《诗境浅说续编》:写深闺昼寝,而以妍丽之风景映之,静境中有华贵气。唐树义诗:"行近小窗知睡稳,湘帘如水不闻声。"虽极写静境,而含情在言外,与韩诗略同。

野　塘

侵晓乘凉偶独来，不因鱼跃见萍开。

卷荷忽被微风触，泻下清香露一杯。

【汇评】

《碛砂唐诗》：谦曰：比兴之意居多。

安　贫

手风慵展一行书，眼暗休寻九局图。

窗里日光飞野马，案头筠管长蒲卢。

谋身拙为安蛇足，报国危曾捋虎须。

举世可能无默识，未知谁拟试齐竽。

【汇评】

《潘子真诗话》：山谷尝谓余言：老杜虽在流落颠沛，未尝一日不在本朝，故善陈时事，句律精深，超古作者，忠义之气感发而然。韩偓贬逐，末后依王审知，其集中所载"手风慵展八行书，……"其词凄楚，切而不迫，亦不忘其君者也。

《瀛奎律髓》：当崔胤、朱全忠表里乱国，独守臣节不变，宁不为相，而在翰苑无俸，竟忤全忠贬濮州司马。事见本传。所谓"报国危曾捋虎须"，非虚语也。王荆公选唐诗多取之，诗律精确。

《唐音戊签》：按：史称偓直内禁，屡参密谋，为全忠所忌。又侍宴时，全忠临陛宣事，众皆去席；偓守礼，不为动。全忠以为薄己。其云"危捋虎须"，非独荐赵崇一事也。

《东岩草堂评订唐诗鼓吹》：朱东岩曰：题曰"安贫"是托意也。一、二自写疏懒之状，言交游一概谢绝，胜负可以相忘。三、四自写淹留之苦,言游气不过借光,螟蛉总属依人。五、六感前事,"安蛇足"是自悔其拙,"捋虎须"是自蹈其危。当此为国忘身之际,世无有知而试之者,是终不免于安贫矣。

《唐七律选》:野马、尘气,从窗隙日影中见得;蒲卢是螺蠃,生长案头笔管间,拈至此亦刻酷矣。

《瀛奎律髓汇评》:纪昀:此为致尧最沉着之作。然终觉浅弱,风会为之也。 无名氏(甲):诗有远神,迥非宋人可及,并端己亦似逊然,盖端己才有馀而含蓄未逮也。

《老生常谈》:其《安贫》句云:"谋身拙为安蛇足,报国危曾捋虎须。"至今读之,犹有生气。

《诗境浅说》:此诗与白乐天之"曾犯龙鳞容不死,欲骑鹤背觅长生"句,用意及对句之工均极相似。皆以汲黯之敢言,学留侯之遁世,合则留,不合则去,得用行舍藏之义也。明季有赠遗老诗云:"立朝抗疏批鳞手,易世衣冠削发僧。"则以遗直而兼故国之悲矣("谋身拙为"联下)。

残春旅舍

旅舍残春宿雨晴,恍然心地忆咸京。
树头蜂抱花须落,池面鱼吹柳絮行。
禅伏诗魔归净域,酒冲愁阵出奇兵。
两梁免被尘埃污,拂拭朝簪待眼明。

【汇评】

《苕溪渔隐丛话》:丙戌之冬,余初病起,深居简出,终日曝背晴檐,万事不到,自以荆公所选《唐百家诗》反复熟味之,虽无豪放之气,而有修整之功;高为不及,卑复有馀,适中而已。荆公谓:欲观唐人诗,观此足矣。讵不然乎? 集中佳句所已称道者不复录出:

唯馀别所喜者,命儿辈笔之,以备遗忘。七言六联:韩偓《残春》云:"树头蜂抱花须落,池面鱼吹柳絮行。"又云:"细水流花归别涧,断云含雨入孤村。"又《访王同年村居》云:"门庭野水襦褪鹭,邻里断墙咿喔鸡。"

《瀛奎律髓》:致尧诗无句不工,唐季之冠也。

《四溟诗话》:崔涅《题唐都尉山池》:"雁翻蒲叶起,鱼拨荇花游。"联虽全美,但晚唐纤巧之渐;若与陪驾之作并论,譬诸艳姬从命妇升阶,气象自别。韩偓《晚春旅舍》:"树头蜂抱花须落,池面鱼吹柳絮行。"祖于涅而敷演七言,斯又下矣。

《五朝诗善鸣集》:晚唐人最善作新句,此"蜂抱"、"鱼吹"句极雕琢而又自然,非刻意尖新者所能及。

《东岩草堂评订唐诗鼓吹》:朱东岩曰:残春新霁,忆想京华,此旅舍之情怀也。三、四人止谓写"残春"耳,不知"蜂抱花须落"喻不忘君意,"鱼吹柳絮行"喻伤世乱意,……此二句正写忆咸京也。五"禅伏诗魔",六"酒冲愁阵",皆比体,言今日必藉将士用命,改邪归正,庶几"两梁"免污,可以"拂拭朝簪"而起耳。

《网师园唐诗笺》:巧不伤雅("树头蜂抱"联下)。　抽思亦奇("酒冲愁阵"句下)。

《瀛奎律髓汇评》:纪昀:"无句不工",谈何容易!李、杜不能,况致尧乎?又云:"恍惚心地"四字不佳。五、六已逗宋格。唐季究以江东为冠。　无名氏(甲):"两梁",朝冠也。

赠　僧

尽说归山避战尘,几人终肯别嚣氛。
瓶添涧水盛将月,衲挂松枝惹得云。
三接旧承前席遇,一灵今用戒香熏。

相逢莫话金銮事，触拨伤心不愿闻。

【汇评】

《诗源辩体》：(韩偓诗)如"瓶添涧水盛将月，衲挂松枝惹得云"、"树头蜂抱花须落，池面鱼吹柳絮行。禅伏诗魔归静域，酒冲愁阵出奇兵"等句，乃晚唐巧句也。

《东岩草堂评订唐诗鼓吹》：朱东岩曰：此赠僧诗也。细玩语意，俱含讽含刺；想此僧终非避世、别嚣氛之人也。

《韩翰林集》：吴汝纶曰：《唐诗鼓吹》解此诗未得本旨。此因僧为唐帝旧人，自触其故君故国之思耳。此乃乱后相遇之作也。

八月六日作四首（选三首）

原注：壬申年作。

其一

日离黄道十年昏，敏手重开造化门。

火帝动炉销剑戟，风师吹雨洗乾坤。

左牵犬马诚难测，右袒簪缨最负恩。

丹笔不知谁定罪，莫留遗迹怨神孙。

【汇评】

《唐音戊签》：前四语纪昭宗天复反正事，后四语纪甲子事。"神孙"殆指哀宗。

《中晚唐诗叩弹集》(杜)诏按：昭宗天复二年壬戌十月，全忠表迎车驾。癸亥正月，幸其营；至壬申，凡十年。此十年内，君弑国亡，天日昏惨。"敏手"以下三句，谓乘贼内变，兴复可为，乃悬望之词，非实事也。"犬马"指全忠，"簪缨"指附逆者，二语乃昭宗一朝定案。结言唐亡于诸臣之手，未可委罪昭宗。史臣谓：昭宗有志兴复，而外乱已成，内无贤佐，正与此诗同指。

《瀛奎律髓汇评》：何义门：连用"犬马"字，古人多有。　　纪昀：次句不佳。"风师"句好，"火帝"句即鄙矣，此故可思。五、六露骨。　　无名氏（甲）：此言昭宗出凤翔之围，大杀宦官。夫宦官犬马，诚难测矣；而附和朝绅，岂得无罪乎？

《读雪山房唐诗序例》：颔、颈两联，如二句一意，无异车前骈仗，有何生气？唐贤之可法者，如……韩偓"谋身拙为安蛇足，报国危曾捋虎须"、"左牵犬马诚难测，右祖簪缨最负恩"，谭用之"鹦鹉语中分百里，凤凰声里住三年"，皆神韵天成，变化不测。

其二

金虎挺灾不复论，构成狂猘犯车尘。
御衣空惜侍中血，国玺几危皇后身。
图霸未能知盗道，饰非唯欲害仁人。
黄旗紫气今仍旧，免使老臣攀画轮。

【汇评】

《中晚唐诗叩弹集》：此因全忠弑逆而并及刘季述之乱也。季述幽昭宗于少阳院，凡宫人左右为上所宠信者皆榜杀之。又胁帝内禅，何后恐贼加害，即取玺授之。"御衣"、"国玺"二语皆切指当时事迹。夫昭宗、何后前后为全忠所弑，曰"空惜"，曰"几危"，若为未弑者，然此深恶全忠而借季述以甚其罪也。全忠杀宦官数百人，名起晋阳之甲，以清君侧，似乎图霸，曾盗之不如，寻逐陆扆、王溥，又欲害偓。贬濮州二语显罪全忠也。末又申首章之意，言王气如存，庶几中兴可待，后死之辱吾知免夫。

《瀛奎律髓汇评》：何义门：纪朱温弑昭宗事。　　又云：晋帝播迁，汉家失国，未有如今日之酷也。不忍斥言，以古事相近者见忆，极得《春秋》书"子般卒"之旨。　　纪昀：三、四自是实语，然少蕴藉。五、六叠韵对，老杜"卑枝低结子，接叶暗巢莺"亦是此

格,然佳不在此。　　　　无名氏(甲):此言凤翔李茂贞在西,灾由
"金虎"而构成。朱温狂犬,以致被困。"图霸"二句纯说朱温,此时
尚未迁洛,故云"仍旧"耳。

其三

　　　簪裾皆是汉公卿,尽作锋铓剑血醒。
　　　显负旧恩归乱主,难教新国用轻刑。
　　　穴中狡兔终须尽,井上婴儿岂自宁。
　　　底事亦疑惩未了,更应书罪在泉扃。

【汇评】

　　《唐音戊签》:"用轻刑",指蒋玄晖、朱友恭、叔琮辈。"穴中狡
兔",指附逆诸臣。"井上婴儿"为哀宗危也。

　　《中晚唐诗叩弹集》:庭珠按:《周礼》:"刑新国,用轻典;刑乱
国,用重典。"郑玄曰:乱国,篡弑、叛逆之国。上句"归乱主",盖互
文见义("显负旧恩"二句下)。　　诏按:天祐二年,全忠与柳璨、
李振谋杀宰相以下三十餘人于白马驿,投尸黄河,"簪裾"、"剑血"
谓此也。负恩、从逆诸臣,宜从乱国之典。然全忠同穴相噬,危机
已萌,自取陨灭。既又言:虽赤族之诛,未足蔽滔天之恶,更当正
名定罪,戮及幽冥:皆极其愤懑之辞。　　庭珠按:昭宣迁洛未
久,故曰"新国";"婴儿"指昭宣,即位时年十三。

【总评】

　　《唐音戊签》:《集》云:壬申年作。然此诗自纪朱温弑昭宗事,
甲子年所作也。意温于壬申年被弑,此诗方敢出,故附之"壬
申"耳。

　　《中晚唐诗叩弹集》:诏按:壬申,梁乾化二年也。是时,晋、岐、
吴尚称唐天祐九年。致光惓惓故朝,不忘兴复之望。是年六月,全
忠为子友珪所弑。致光闻之,感今追昔,推原祸始而以自叙终焉。

观斗鸡偶作

何曾解报稻粱恩，金距花冠气逼云。

白日枭鸣无意问，唯将芥羽害同群。

【汇评】

《韩翰林集》：吴汝纶曰：此讥当时藩镇（末句下）。

《唐人绝句精华》：此讥同类相残也。

寄邻庄道侣

闻说经旬不启关，药窗谁伴醉开颜。

夜来雪压村前竹，剩见溪南几尺山。

【汇评】

《唐贤小三昧集续集》：峭削是冬郎别调。

惜　花

皎白离情高处切，腻香愁态静中深。

眼随片片沿流去，恨满枝枝被雨淋。

总得苔遮犹慰意，若教泥污更伤心。

临轩一盏悲春酒，明日池塘是绿阴。

【汇评】

《对床夜语》：韩偓《落花》诗："总得苔遮犹慰意，便教泥污更伤心。"弱甚。老杜有"纵教醉里风吹尽，可待醒时雨打稀"，去偓辈远矣。王建亦有"且愿风留着，唯愁日炙销"，正堪与偓诗上下。

《唐诗选脉会通评林》：周弼列为结句体。　　周珽曰：致尧诗清奥孤迥,此诗意调足玩。　　玭按:韩偓在唐末,志存王室,朱温恶之,贬濮州司马。天祐中,复召,不敢入,因挈家依王审知,悯时伤乱,往往寄之吟咏;此借惜花以寓意也。

《唐诗鼓吹笺注》:此篇句句是写惜花,句句是写自惜意,读之可为泪下。

《围炉诗话》:明人以集中无体不备,汗牛充栋者为大家。愚则不然,观于其志,不惟子美为大家,韩偓《惜花》诗,即大家也。　　余读韩致尧《惜花》诗结联,知其为朱温将篡而作,乃以时事考之,无一不合。起语云"皱白离情高处切,腻红愁态静中深",是题面。又曰"眼随片片沿流去",言君民之东迁也。"恨满枝枝被雨淋",言诸王见杀也。"总得苔遮犹慰意",言李克用、王师范之勤王也。"若教泥污更伤心",言韩建之为贼臣弱帝室也。"临轩一盏悲春酒,明日池塘是绿阴",意显然矣。此诗使子美见之,亦当心服。诗可以初盛中晚为定界乎?　　此诗(按指杜甫《秋兴八首》)及义山之《无题》、飞卿之《过陈琳墓》、韩偓之《惜花》诸篇,皆是一生身心苦事在其中,作者不好明说,读者不能即解。

《韩翰林集》,闽生案:此伤唐亡之旨,韩公诗多有此意。

《唐宋诗举要》吴曰:亡国之恨也(末句下)。

春　尽

惜春连日醉昏昏,醒后衣裳见酒痕。
细水浮花归别涧,断云含雨入孤村。
人闲易有芳时恨,地胜难招自古魂。
惭愧流莺相厚意,清晨犹为到西园。

【汇评】

《四溟诗话》:武元衡曰"残云带雨过春城",韩致光曰"断云含雨入孤村",二句巧思,不及子美"淡云疏雨过高城"自然。

《诗源辩体》:(韩偓)七言律如"无奈离肠"、"长日居闲"、"惜春连日"三篇,气韵亦胜。"星斗疏明"一篇,声亦宣朗。

《贯华堂选批唐才子诗》:"惜春"是春未尽前,"醒后"是春已尽后,"见酒痕"不复见花事矣,可为浩叹也。水"归别涧"下,再加"雨下孤村",写春尽真如扫除灭迹。庸手亦解用雨,却用在花句前,妙手偏用在花句后,此其相去无算,不可不知也(首四句下)。　春尽又何足惜?两行泪实为"人闲"、"地迥"堕耳。"流莺"上用"相厚"字、"惭愧"字,"独为"字,"清晨"字,妙!怨甚而又不怒,其斯为诗人之言也。　金雍补注:相厚在清晨,惭愧在独为。

《唐诗绎》:此亦应是避地之作。

《唐律偶评》:以春尽比国亡,王室鼎迁,天涯逃死,毕生所望,于此日已矣。

《东岩草堂评订唐诗鼓吹》:朱东岩曰:"连日醉昏昏",极是人生乐境,及看上加"惜春"二字,下接"醒后"二字,乃知一片皆是苦境也。　"水归别涧"、"雨入孤村",自是"春尽"神理,但庸手为之,必定将雨写花前;此独于"水归别涧"下,以"雨入孤村"作对,手法特妙。

《山满楼笺注唐诗七言律》:"惜春"二字,虽为主脑,然其中实有不止于惜春者。……怨而不怒,其斯为风人之遗乎?

《瀛奎律髓汇评》:纪昀:后半极沉着,不类致尧他作之佻。　又云:四句胜出句。六句言非惟今人无可语,并古人亦不可招,甚言其寥落耳。

《唐贤小三昧集续集》:"含"字、"入"字是诗眼。

伤　乱

岸上花根总倒垂,水中花影几千枝。

一枝一影寒山里，野水野花清露时。

故国几年犹战斗，异乡终日见旌旗。

交亲流落身羸病，谁在谁亡两不知。

【汇评】

《唐诗鼓吹注解大全》：此因唐之乱臣倡乱而作。首二句喻民生涂炭；三、四句喻君子投闲，小人冒宠；后四句言因离乱而伤心也。

《唐诗评选》：兴、赋不乱。李献吉有"江花朵朵照成双"之句，杨用修叹为绝唱，不知此已先得之。

《贯华堂选批唐才子诗》：写乱后园林一空，陂塘尽坏，花倒岸上，影照水中。凡用三"花"字、两"水"字、两"枝"字、两"影"字、两"野"字、两"一"字，撰成萧疏历乱之作，诵之使人悄然。追想当年车如流水，马若游龙，悲管切云，繁弦荡日，真欲遍身洒洒作寒也（首四句下）。　　"几年犹"，问之辞，言实不知还要战斗几年。何故乃作此言，则以终日见旌旗之故也。"交亲流落"，是我不知其为在为亡；"身羸病"，是彼不知我为在为亡，谓之"两不知"也。金雍补注：交亲零落，在故国。身羸病，在异乡。

《唐诗鼓吹笺注》：花根、花影、花枝，连用无数重叠字眼，写成萧疏历乱之作，看去自是一派乱离景象。

《唐体肤诠》：上截兴，下截赋，率然而起，戛然而终。似无关键，而神味融洽之至。

乱后春日途经野塘

世乱他乡见落梅，野塘晴暖独裴回。

船冲水鸟飞还住，袖拂杨花去却来。

季重旧游多丧逝，子山新赋极悲哀。

眼看朝市成陵谷，始信昆明是劫灰。

《瀛奎律髓》：吴质季重为曹操所杀。致尧之交，有为朱全忠所杀者。引庾信子山赋事，可谓极悲哀矣。

《贯华堂选批唐才子诗》："见落梅"，言又开春也。"独徘徊"，言一无所依，一无所事也。"飞还止"、"去又来"，虽写"水鸟"、"杨花"，然皆自比徘徊野塘无聊无赖也。看他一、二"乱世"下又接"他乡"字，"他乡"上又加"乱世"字，"乱世他乡"下又对"野塘晴日"字，使读者心头眼头，一片荒荒凉凉，直是试想不得（首四句下）。魏文帝《与吴季重书》："昔年疾疫，亲故罹灾。徐、陈、应、刘，一时俱逝。"庾子山序《哀江南赋》，不无危苦之辞，惟以悲哀为主。言此二篇之论，今日恰与我意怅然有当也。"眼看"妙，"始信"妙，不是眼看，亦不始信，此极伤痛之声也（末四句下）。

《载酒园诗话》："季重旧游多丧逝，子山新赋极悲哀"，正指魏文帝与质书"元瑜长逝，化为异物"，及"徐、陈、应、刘，一时俱逝，痛何可言耶"诸语耳。且丕受禅，质会洛阳，拜北中郎将，封列侯，使持节督幽、并诸（州）军事。太和四年，入为侍中，其夏始没。《魏志》所载甚明。（《瀛奎律髓》）乃注云："吴质季重为曹操所杀……"余意此不徒胸无古今，并不明作者之意；试以倨语徐思之，亦何尝谓季重死耶！

《瀛奎律髓汇评》：何义门：三、四反接"徘徊"，透出"经"字，斯须不可止泊矣。后四句极言其乱。　　纪昀：致尧难得此沉实之作。

乱后却至近甸有感

原注：乙卯年作。

狂童容易犯金门，比屋齐人作旅魂。
夜户不扃生茂草，春渠自溢浸荒园。

关中忽见屯边卒,塞外翻闻有汉村。

堪恨无情清渭水,渺茫依旧绕秦原。

【汇评】

《瀛奎律髓》:唐僖、昭以来,其乱如此。

《瀛奎律髓汇评》:纪昀:语亦沉着。中二联皆对句胜出句。

《韩翰林集》:吴汝纶曰:"乙卯"字误。韩公贬谪后,亦无却至近甸之事。此疑昭帝发凤翔至长安,公未贬濮州时,随驾还京之作。事在天复三年癸亥也。

避地寒食

避地淹留已自悲,况逢寒食欲沾衣。

浓春孤馆人愁坐,斜日空园花乱飞。

路远渐忧知己少,时危又与赏心违。

一名所系无穷事,争敢当年便息机。

【汇评】

《五朝诗善鸣集》:黯然销魂。

《贯华堂选批唐才子诗》:此避地竟不知何事,总是窜伏既久,急不得出,因触佳节,滴泪为诗也。一、二"已自"、"况逢",曲折写出。三、四,"人愁坐",悲在一"坐"字;"花乱飞",悲在一"乱"字。言天步方艰,那容闲坐;寸阴是宝,奈何急驰!写一日、二日关系无数失得,人却走入更不得出头之处,真欲血泪迸流也(首四句下)。   五、六,转笔。然则我今日之哭,自为避地,初不为寒食也。不然,而世有息机之人,静对众芳,闲观零落,尽委大化,我岂不能!无奈一时大事,尽属此身;况在青年,胡不戮力?固不能与早眠晏起、饱饭徐行老翁,较量"赏心"二字也(末四句下)。

《历代诗发》:闲放不拘束,然非草草。

《韩翰林集》：吴汝纶曰：此谓已之进退，系唐室安危也（末二句下）。

三 月

辛夷才谢小桃发，蹋青过后寒食前。
四时最好是三月，一去不回唯少年。
吴国地遥江接海，汉陵魂断草连天。
新愁旧恨真无奈，须就邻家瓮底眠。

【汇评】

《贯华堂选批唐才子诗》：某花谢，某花发，某日后，某日前，便如射覆著语相似，早令"三月"跳脱而出。遽读"四时最好"四字，只道通篇作快活语，不图其四之斗地直落下去，使读者声泪俱尽也（首四句下）。　　　五、六，即新愁旧恨也。地遥海接、碑断草连，并不明言愁恨是何事，然其为愁、为恨，亦已约略可知也。万无可奈，而欲学步兵醉眠，呜呼，惫矣！

《唐诗鼓吹笺注》：二句（按指"四时最好"一联）十四字，觉他人连篇累牍，书之不尽，经营惨淡，对之不工者，此却轻轻一跌一落，自成绝好议论、绝好文章，诚为快意之笔。

《石园诗话》："四时最好是三月，一去不回惟少年"、"一夜雨声三月尽，万般人事五更头"、"故人每忆心先见，新酒偷尝手自开"、"人泊孤舟青草岸，鸟鸣高树夕阳村"，为致尧集中佳句。

秋 村

稻垄蓼红沟水清，荻园叶白秋日明。
空坡路细见骑过，远田人静闻水行。

柴门狼藉牛羊气，竹坞幽深鸡犬声。

绝粒看经香一炷，心知无事即长生。

【汇评】

《唐诗归》：钟云：清奥孤迥，结响最高。　　谭云：绪孤途险，晚唐人不如此不能妙。　　谭云："行"字跟"闻"字妙（"远田人静"句下）。　　钟云：真闻道之言（末句下）。

《唐诗选脉会通评林》：周珽曰：《秋村》一首，结响最高，固晚唐佳品。

《五朝诗善鸣集》：纯是柴桑集内一片菁华。

午寝梦江外兄弟

长夏居闲门不开，绕门青草绝尘埃。

空庭日午独眠觉，旅梦天涯相见回。

羹向此时应有雪，心从别处即成灰。

如何水陆三千里，几月书邮始一来。

【汇评】

《贯华堂选批唐才子诗》：既言门不开矣，又言青草绕门，此便是写梦痴笔也。亦想亦因，自颠自倒，千里跬步，十年一刻，旁人见是独眠始觉，我自省是相见乍回，视门不开，视草无迹，真成一笑，却又欲哭矣（首四句下）。　　向此时，是顺写梦后。从别后，是逆写梦前。从梦后斗地逆转到梦前，言此梦实有因缘，不是无端之事也。

《唐诗鼓吹笺注》：作此等题者，必先写思念，后入午梦矣。此独从闲居写入午梦，反从梦觉转到想念，又从想念落到书邮，其笔法之妙，相去无算，须细读之。

《唐体肤诠》：结语似与上不相应，然仍从上意出。盖因得书而有梦耳，偏作低徊怅怏之词，与五、六尤为意味亲切。

草书屏风

何处一屏风，分明怀素踪。
虽多尘色染，犹见墨痕浓。
怪石奔秋涧，寒藤挂古松。
若教临水畔，字字恐成龙。

【汇评】

《宣和书谱》：偓自号玉山樵人，所著歌诗颇多，其间绮丽得意者数百篇，脍炙人口，或乐工配入声律，粉墙椒壁，窃咏者不可胜计。行书亦可喜，《题怀素草书》诗云："怪石会秋涧，寒藤挂古松。若教临水畔，字字恐成龙。"非潜心字学，作语不能逮此。

《瀛奎律髓汇评》：纪昀：语意并浅。　　　又云：起句俚而野。

夏　夜

猛风飘电黑云生，霎霎高林簇雨声。
夜久雨休风又定，断云流月却斜明。

半　睡

眉山暗澹向残灯，一半云鬟坠枕棱。
四体著人娇欲泣，自家揉损砑缭绫。

幽　窗

刺绣非无暇，幽窗自翦欢。

手香江橘嫩，齿软越梅酸。

密约临行怯，私书欲报难。

无凭谙鹊语，犹得暂心宽。

【汇评】

《瀛奎律髓》：致尧笔端甚高，唐之将亡，与吴融诗律皆不全似晚唐。善用事，极忠愤，惟"香奁"之作词工格卑，岂非世事已不可救，姑留连荒亡以纾其忧乎？

《五朝诗善鸣集》：此曲子相公之言耶？抑冬郎之句耶？嫁名与不嫁名姑不论，存此以法不删郑、卫之意。

《唐诗成法》：写美人从虚处比拟，不落熟径。临行转怯，欲报又难，写尽低徊一寸心也。

《瀛奎律髓汇评》：冯舒：能作"香奁体"者定是情至人，正用之决为忠臣义士。　何义门：五、六为"幽"字写神。三、四承"勘欢"意。结句反激，暗寓"喜"字。止闻"鹊语"，仍见其"幽"。
纪昀：致尧诗格不高，惟不忘忠愤，是其高于晚唐处。"纾忧"云云，论似是，然考致尧本叙，《香奁集》实作于未遇之前。　又云：此真正淫词，非义山有所寄托者比；就彼法论之，亦自细微。

闻　雨

香侵蔽膝夜寒轻，闻雨伤春梦不成。
罗帐四垂红烛背，玉钗敲著枕函声。

【汇评】

《五朝诗善鸣集》：写意而不及情，艳诗佳手。

《王闿运手批唐诗选》：极艳，极冷。

《诗境浅说续编》：闻雨由闺思着笔，帐垂烛背，幽寂无声，惟闻玉钗敲枕。但写景物，而深宵听雨，伤春怀人之意自在其中，句殊妍婉。

已　凉

碧阑干外绣帘垂，猩血屏风画折枝。

八尺龙须方锦褥，已凉天气未寒时。

【汇评】

《唐贤小三昧集续集》：中具多少情事，妙在不明说，令人思而得之。

《随园诗话》：人问：诗要耐想，如何而耐人想？余应之曰："八尺龙须方锦褥，已凉天气未寒时"、"狎客沦亡丽华死，他年江令独来时"，……皆耐想也。

《精选评注五朝诗学津梁》：句法整齐。

《唐诗三百首》：通首布景，并不露情思，而情愈深远。

《王闿运手批唐诗选》：龙须席上加方锦褥，是"已凉"也；然不必咏。

《诗境浅说续编》：由阑干、绣帘而至锦褥，迤逦写来，纯是景物，而景中有人。丽不伤雅，《香奁集》中隽咏也。

《唐人绝句精华》：《已凉》一首如工笔仕女图，古今传诵以此。

五　更

往年曾约郁金床，半夜潜身入洞房。

怀里不知金钿落，暗中唯觉绣鞋香。

此时欲别魂俱断，自后相逢眼更狂。

光景旋消惆怅在，一生赢得是凄凉。

《瀛奎律髓》：前四句太猥、太亵，后四句始是诗。

《瀛奎律髓汇评》：冯舒：不如此终未尽兴，岂病在猥亵耶？"猥"字直至杨铁崖方可加，唐人决下不得此评语。

哭　花

曾愁香结破颜迟，今见妖红委地时。

若是有情争不哭，夜来风雨葬西施。

【汇评】

《围炉诗话》：开成以后，诗非一种，不当概以晚唐视之。如落花之"高阁客竟去，小园花乱飞"、"夜来风雨葬西施"，皆是初唐人未想到者，故能发学者之心光，岂可轻视！

《载酒园诗话》：韩偓《哭花》："若是有情争不哭，夜来风雨葬西施。"韦庄《残花》："十日笙歌一宵梦，苎萝烟雨失西施。"两君同时，当非相袭，然韩语自胜。

《唐诗笺注》：首句谓其开迟，次句言其即落。第三句"若是有情争不哭"，致尧悲感身世，牢落结塞之怀，俱于此句中一恸矣。"夜来"句是比。

夜　深

恻恻轻寒翦翦风，小梅飘雪杏花红。

夜深斜搭秋千索，楼阁朦胧烟雨中。

【汇评】

《遁斋闲览》：韩致尧诗，词致婉丽，如此绝者是也。

《留青日札》：李贺"桃花乱落如红雨"，韩偓"杏花飘雪小桃红",桃花红而长吉以雨比之,杏花红而致光以雪比之,皆可为善用不拘拘于故常者,所以为奇。不然,柳雪、李月、梨雪、桃霞,谁不能道?

《诗境浅说续编》:春日多雨,唐人诗如"春在濛濛细雨中"、"多少楼台烟雨中",昔人诗中屡见之。此则写庭院之景,楼阁宵寒,秋千罢戏,其中有剪灯听雨人在也。

夏　日

庭树新阴叶未成,玉阶人静一蝉声。

相风不动乌龙睡,时有幽禽自唤名。

【汇评】

《槁简赘笔》:韩偓诗云:"洞门深闭不曾开,横卧乌龙作妒媒。"又云:"相风不动乌龙睡,时有幽禽自唤名。"又云:"遥知小阁还斜照,羡杀乌龙卧锦茵。"祝镒子权贤良穷探古诗,无不贯通,一日问余曰:"韩致光诗用'乌龙',为何事?"余答曰:"乐天《和元微之梦游春》诗云:'乌龙卧不惊,青鸟飞相逐',当是犬尔。"……后阅沈汾《续仙传》云:韦善俊携一犬号"乌龙",化为龙,乘之飞升而去。乐天、致光诗未必不用此事。

新上头

学梳松鬓试新裙,消息佳期在此春。

为要好多心转惑,遍将宜称问傍人。

【汇评】

《唐诗归》:钟云:全是一片徘徊自赏之意(末句下)。

《诗境浅说续编》:追吉有期,新妆乍试,明知梳裹入时,而犹问傍人者,一生爱好,不厌详求,作者善状闺人情性也。至嫁后,则画眉深浅,问夫婿而不问傍人,同一爱好,更饶风趣矣。

《唐人绝句精华》:《新上头》一首写女子爱好心情,亦极工细。

倚 醉

倚醉无端寻旧约,却怜惆怅转难胜。

静中楼阁深春雨,远处帘栊半夜灯。

抱柱立时风细细,绕廊行处思腾腾。

分明窗下闻裁翦,敲遍阑干唤不应。

【汇评】

《瀛奎律髓》:此诗方有味而不及乎猥。

《围炉诗话》:《倚醉》诗曰:"倚醉无端寻旧约……"昭宗在凤翔,制于李茂贞,使赵国夫人伺学士院二使不在,亟召韩偓、姚泊,窃见之于土门外,执手相泣。观此情事,必是又曾召偓而为事所阻,故有"寻旧约"之语。下文则叙立伺机会之情景也。

《初白庵诗评》:有景,有情,有味("静中楼阁"联下)。

《瀛奎律髓汇评》:冯舒:如此诗设景言情,几入神矣,正不病其猥亵。若忌猥亵,则亦更无可加。　　冯班:第三联亦未雅。　　纪昀:三、四空中淡写,何尝不有馀于情?虚谷讥致尧《五更》诗太猥亵,未为不是。冯氏乃曰不猥亵不尽兴,何哉?赵熙:淡写有味。

松 髻

髻根松慢玉钗垂,指点花枝又过时。

坐久暗生惆怅事,背人匀却泪胭脂。

《后村诗话》：韩偓《火蛾》："阳光不照临，积阴生此类。非无惜死心，奈有贼明意。"《幽窗》："手香江桔嫩，齿软越梅酸。"又云："和裙穿玉镫，隔袖把金鞭。"又："强语戏同伴，图郎闻笑声。"……《髻》云："髻根松慢玉钗垂，指点花枝又过时。坐久暗生惆怅事，因人匀却泪胭脂。"韩偓与吴融同为词臣，偓忠于唐，为朱三面斥，贬责不悔；如"捋虎须"之句，未尝传诵，似为香奁所掩。……余读其集而壮其志，录其警联于编内三数篇，自述其玉堂遭遇；唐季非复承平复观，而待词臣之礼犹然存之，以补《金銮记》之阙。

效崔国辅体四首

其一

澹月照中庭，海棠花自落。

独立俯闲阶，风动秋千索。

【汇评】

《而庵说唐诗》：无人作伴月也淡了，"照中庭"是月下寂然也，海棠花无人去赏他，只合自落而已。室中月映，户外花落，银釭屡剔，睡又不能，乃独身悄然立于帘前，低头看阶，只见冷风飕飕秋千架影两条摇动而已，未免有情，何以堪此。

《唐诗笺注》：一片凄寂光景，凝情独立，不言而神自伤。崔国辅绝句总妙在含蓄，故当时人争效其体。

《唐诗合选详解》：月明花落，独立闲阶，而秋千索动，倍生寂寞矣。

《唐诗评注读本》：寂寥庭院，花落无人，偶过闲阶，月色淡淡中，忽睹秋千之影。"俯"字、"动"字，最足耐人寻味。

其二

雨后碧苔院,霜来红叶楼。

闲阶上斜日,鹦鹉伴人愁。

【汇评】

《而庵说唐诗》：雨后霜来之际,无人作伴最是悄然。又见院中之苔碧得好,楼前之树又红得好。苔上并无行迹,叶上止有秋光,又当天色向晚,一片日光斜射到闲阶上来,此时无人在旁,架上挂一鹦鹉,此鸟虽能言,岂谙人心事者,于是人无暖气,鸟又寂然,大家愁去便了。试问鹦鹉,你那里晓得愁,曰以人愁见得如此然。鹦鹉岂无家乡,岂无匹配,今虽在锦闱之中,珠帘之下,伴则是美人,食则是红豆,何若雌雄相呼,陇天纵飞之为快乎。

《唐人万首绝句选评》：只是不堪秋思耳。上三句景中含情,末句更情中佳语。

《唐诗评注读本》：院无人居,只有碧苔;楼无人住,但见红叶,而闲阶斜日又作一种冷淡之色,惟有架上鹦鹉相对歉歔,伴人愁怅而已,盖极写无聊之致。

《诗境浅说续编》：前二句言碧苔深院,因雨洗而碧愈润;红叶高楼,因霜饱而红更酣。如此幽丽之地,而伊人独处。后二句言黄昏渐近,斜阳在砌,寸寸而移。此时院静无人,惟有闷寻鹦鹉,同说无聊。诗系效崔国辅体,其窈宛怀人之意,颇似崔之《怨词》及《王孙游》诸作也。

其三

酒力滋睡眸,卤莽闻街鼓。

欲明天更寒,东风打窗雨。

其四

罗幕生春寒,绣窗愁未眠。

南湖一夜雨,应湿采莲船。

【汇评】

《而庵说唐诗》:此见独处无聊,把一不要紧事来牵扯,南湖与罗幕何干,莲又与春何干,采莲船尚用不着,雨湿采莲船益觉得无干涉矣。"罗暮生春寒,绣窗愁未眠",尚坐在绣窗之前何故。预知罗幕中生出寒来,此总是愁在那里打搅,忽一念及到南湖夜来之雨,云夜来则雨落过矣。采莲船不曾被雨落坏,你放着香薰锦绣被中不去睡,却痛惜采莲船起来,可见身虽在闺中,而意不知却在何处。趁此未睡之时,呼侍儿秉烛上采莲船,荡到南湖里去散愁何如?亦省罗幕中冰冷睡不去耳。

《唐诗笺注》:"绣窗愁未眠",有所思也。"应湿采莲船",意故不在采莲。南湖夜雨,搅触情肠,含而不露。

《唐诗评注读本》:罗幕春寒,绣窗愁重,斯何如情状也,忽插入南湖二句,见得独处无聊,顿生遐想,儿女情怀,正复如是。

偶　见

千金莫惜旱莲生,一笑从教下蔡倾。

仙树有花难问种,御香闻气不知名。

愁来自觉歌喉咽,瘦去谁怜舞掌轻。

小叠红笺书恨字,与奴方便寄卿卿。

【汇评】

《瀛奎律髓》:意有馀而不及于亵,则风怀之作犹之可也。书妇人之言于雅什,不已卑乎?……此诗似三、四佳,尾句太猥。

《唐诗归》:钟云:仔细可想。

《唐诗选脉会通评林》：周珽曰：杨孟载读李义山《无题》诗，谓托于臣不忘君之意，深惜其才之不遇。珽观致尧《偶见》诗，寓感良不浅，秾丽清婉，极其描写，莫以寻常艳诗目之。

《初白庵诗评》：艳不伤雅（"仙树有花"联下）。　　末句近俗。

《瀛奎律髓汇评》：何义门：三、四可望而不可亲，故曰"莫惜旱莲生"，寄语移步相近也。

吴 融

　　吴融（？—903），字子华，越州山阴（今浙江绍兴）人。力学富文词。举进士，二十年不第，然才名甚著。曾隐茅山，又徙居苏州长洲，时年将四十。龙纪元年（889），登进士第。韦昭度讨蜀，表为掌书记，累迁侍御史。景福中，入朝为补阙、员外郎。乾宁二年，谪官江陵，与贯休酬唱。次年召入翰林，以礼部郎中充学士，迁中书舍人、兵部侍郎。天复元年，朱全忠犯阙，昭宗奔凤翔，融扈从不及，客阌乡。后复召还翰林，迁承旨学士，卒于官。有《吴融诗集》四卷，又《制诰》一卷，已佚。今有《唐英歌诗》三卷行世。《全唐诗》编诗四卷。

【汇评】

　　有唐翰林学士、兵部侍郎吴融。……先师（按指贯休）长谓吾门人曰："吴公文藻赡远，学海渊深。"（昙域《禅月集后序》）

　　吴融，广明、中和之际，久负屈声；虽未擢科第，同人多赞谒之如先达。（《唐摭言》）

　　子华才力浩大，八面受敌，八韵著称，游刃颇攻骚雅。（同上）

　　融学自力，富词调。（《新唐书》本传）

　　（融）初力学，富辞调，工捷，……为诗靡丽有馀，而雅重不足。

（《唐才子传》）

唐七言律，……至吴融、韩偓，香奁脂粉。（《诗薮》）

吴子华诗亦大松浅，与郑都官同一衰体，未易置优劣。（《唐音癸签》）

吴融七言律"太行和雪"一篇，气格在初、盛唐之间，"十二阑干"、"别墅萧条"、"长亭一望"三篇，声气亦胜，其他皆晚唐语也。（《诗源辩体》）

吴融近体亦有情致。（《围炉诗话》）

作诗最不宜强所不能。如吴子华近体诗，虽品格不高，思路颇细，兼有情致。如"檐外暖丝兼絮堕，槛前轻浪带鸥来"、"半岩云粉千竿竹，满寺风雷百尺泉"、"围棋已访生云石，把钓先寻急雨滩"，皆佳句也。至作长歌，大多可笑。《赠广利》末曰："乃知生是天，习是人，莫轻河边杀狝，飞作天上麒麟，但日新，又日新。李太白，非通神。"何异优伶傅粉墨者语言。诗道至此，风雅沦胥矣。（《载酒园诗话又编》）

温飞卿、吴承旨、韦蜀相诸公七律，圆朗妍逸，风调有馀，以之献酬群心，可使一座倾倒。若欲厉气骨，以格韵相高，号令风云，摧坚陷阵，须更上一层楼也。（《退馀丛话》）

吴融《李周弹筝歌》起句："古人之丝不如竹，竹不如肉，乃知此语未必然，李周弹筝听不足。"此起法，已开元人门径。（《石洲诗话》）

唐末七言律，韩致尧为第一。……次即吴子华，亦推高唱。（《读雪山房唐诗序例》）

红白牡丹

不必繁弦不必歌，静中相对更情多。

殷鲜一半霞分绮，洁澈旁边月飐波。

看久愿成庄叟梦，惜留须倩鲁阳戈。

重来应共今来别，凤堕香残衬绿莎。

偶　题

贱子曾尘国士知，登门倒屣忆当时。

西州酌尽看花酒，东阁编成咏雪诗。

莫道精灵无伯有，寻闻任侠报爰丝。

乌衣旧宅犹能认，粉竹金松一两枝。

【汇评】

《瀛奎律髓》：此乃感恩之言，必为某人为朱温之徒所杀，而未有能报之者也。

《唐音戊签》：融为韦昭度掌记，受知似深。韦在相位，崔昭纬忮而杀之。后昭纬势败，亦被杀于荆南。韦之死类晁错，故比昭纬于爰丝。方回以为感恩言，是矣。

《瀛奎律髓汇评》：冯班：结尾二句紧应第一联。　　何义门："伯有"、"乌衣"之语，冀当路者恤其后也。　　纪昀：前半稍平，后半自是健笔。

《唐宋诗举要》：吴曰："平空撑起，逆转突接"（"莫道精灵"句下）。　　吴曰：噤龂之声（"乌衣旧宅"句下）。　　吴曰：慷慨激烈，生气凛然，此公亦侠士也。又曰：前半追写盛时，五六忽倒入死后，此为逆转突接，大家用力全争此等，俗手不悟，终为凡近耳。

闲　望

三点五点映山雨，一枝二枝临水花。

蛱蝶狂飞掠芳草，鸳鸯稳睡翅暖沙。

阙下新居成别业，江南旧隐是谁家。

东迁西去俱无计，却羡暝归林上鸦。

【汇评】

《苕溪渔隐丛话后集》：丙戌之冬，余初病起，深居简出，终日曝背晴檐，万事不到。自以荆公所选《唐百家诗》反覆熟味之，见其格力辞句，例皆相似，虽无豪放之气，而有修整之功；高为不及，卑复有馀，适中而已。荆公谓："欲观唐人诗，观此足矣"，讵不然乎？集中佳句，世所称道者，不复录出。惟余别所喜者，命儿辈笔之，以备遗忘：……吴融《闲望》云："三点五点映山雨，一枝两枝临水花。"

《瀛奎律髓汇评》：冯舒：如此说"闲望"。　　冯班：四句"鸳鸯对浴"，熟睡；"翘暖沙"，晴。　　纪昀：虽薄而有疏落之致。　　许印芳：首联古调，次联拗调，三联平调，尾联平调兼拗调。三联与次联不粘，在拗调体中另是一格，故起住二句与李山甫《寒食》诗"有时三点两点雨，到处十枝五枝花"犯复，而皆有生趣，无妨并存。此种诗意味浅薄，不足学。唯格调生新，可为摹古者变化之助，故录之。

野　庙

古原荒庙掩莓苔，何处喧喧鼓笛来。

日暮鸟归人散尽，野风吹起纸钱灰。

书　怀

傍岩倚树结檐楹，夏物萧疏景更清。

滩响忽高何处雨？松阴自转远山晴。

见多邻犬遥相认，来惯幽禽近不惊。

争得便夸饶胜事，九衢尘里免劳生。

【汇评】

《对床夜语》：吴融"见多邻犬遥相认，来惯幽禽近不惊"，与雍陶"初归山犬翻惊主，久别江鸥却避人"之句同。

《唐诗归》：钟云："响"字高奇，着"雨"上尤奇（"滩响忽高"句下）。

《贯华堂选批唐才子诗》：须知此为九衢尘里受劳不过，酒醒梦觉无端设想，言如幸得有庐如此，真是快活无量也。看他满心满意，先写出"夏更清"三字，且不论人间何处存此快境，只据其才动笔，便早说至此，便知亦是世上第一怕夏人。嗟乎！安有怕夏人而又能奔走九衢尘里者哉？三、四，忽雨忽晴，撰景灵幻，桑经郦注，必真有之。人言唐诗难看，只是自己忘却其题是"书怀"也（前四句下）。　　　五、六，正写是山中忘机，反写是九衢多惧也。七、八，又自随笔迅扫，言何敢便说真有此处，但得免在此间已足。言外可见九衢之犬吠禽惊，殆有不可胜道者也。

《柳亭诗话》：温飞卿诗："檐前柳色分张绿，窗外花枝借助香。"吴子华诗："滩声忽高何处雨？松阴自转一峰晴。"不得中二字作句眼，便不陡健。温句实，吴句虚，须与上下文参之。

《瀛奎律髓汇评》：纪昀：三、四自好。六句自然，胜五句。结太直遂。　　　无名氏（乙）：次联句高迥出尘。"此山"二字善本作"一峰"，对既跳脱，势更峻绝。

重阳日荆州作

万里投荒已自哀，高秋寓目更徘徊。
浊醪任冷难辞醉，黄菊因暄却未开。
上国莫归戎马乱，故人何在塞鸿来。
惊时感事俱无奈，不待残阳下楚台。

【汇评】

《后村诗话》：吴融《和韩学士秋夕禁直偶书》云："砚冰忧诏急，灯尽惜更残。"《重阳日荆州》云："旧国莫归戎马乱，故人何在塞鸿来。"《丹阳》云："山带梁朝陵路断，水连刘尹宅基平。"……吴子华诗五言合作绝少，七言佳者不减致光。

西陵夜居

寒潮落远汀，暝色入柴扃。
漏永沉沉静，灯孤的的清。
林风移宿鸟，池雨定流萤。
尽夜成愁绝，啼蛩莫近庭。

【汇评】

《瀛奎律髓》：五、六绝妙，两字眼用工。

《瀛奎律髓汇评》：何义门：从初暝逐层细写，六句奔注"尽夜"二字。　又云：首句"西陵"起；二句见，三句闻；四句见，五句闻；六句见，八句闻。五、六言不复成寐也；"定"字与"流"字反激，妙。

纪昀：四句尤有神味。

途　中

柳弱风长在，云轻雨易休。
不劳芳草色，更惹夕阳愁。
万里独归去，五陵无与游。
春心渐伤尽，何处有高楼。

【汇评】

《唐诗归》：钟云："风长在"，非风也，妙，妙（首句下）。　　谭云：悲在"尽"字（"春心"句下）。　　钟云：意别有寄，亦不是一切登楼套语（末句下）。

华清宫二首（其一）

四郊飞雪暗云端，唯此宫中落旋乾。

绿树碧檐相掩映，无人知道外边寒。

【汇评】

《注解选唐诗》：知华清宫之暖，不知外边之寒，士怨、民怨、军怨皆不暇问矣，如之何不亡！此诗意在言外，非诗人不知其巧。

《唐诗绝句类选》：尝爱谢叠山《蚕妇吟》："子规啼彻四更时，起视蚕稠怕叶稀。不信楼头杨柳月，玉人歌舞未曾归。"合而观之，深宫之暖，不知外边之寒；玉人之乐，不知蚕妇之苦，词不迫切而意独至，深得风人之体。

《唐诗选脉会通评林》：吴子《华清宫》三诗俱讥明皇恣欲宴游，俾全盛世业召祸一朝而莫悟。如此篇言独乐而不恤其民，以致怨恨之意见于言外也。……此篇非但意好，亦法度森严。第三句与第二句相应，树、檐掩映，所以"落便干"也。第四句与第一句相应，四郊飞雪，所以"外边寒"也。

《唐诗快》：本晏子对齐景语来，而更加隽婉之致（末句下）。

彭门用兵后经汴路三首（选二首）

其一

长亭一望一徘徊，千里关河百战来。

细柳旧营犹锁月，祁连新冢已封苔。

霜凋绿野愁无际，烧接黄云惨不开。

若比江南更牢落，子山词赋莫兴哀。

【汇评】

《东岩草堂评订唐诗鼓吹》：朱东岩曰：关河百战，伤心惨烈，一望一徘徊，盖悲愤之甚，不堪寓目也。三、四写百战后所经之地，五、六写百战后所经之时，此即七之"更牢落"也。借子山翻案作结，正形其哀之甚耳。

《中晚唐诗叩弹集》：懿宗咸通中，庞勋反。徐州为康承训破灭。彭门，即徐州也。

其二

隋堤风物已凄凉，堤下仍多旧战场。

金镞有苔人拾得，芦花无主鸟衔将。

秋声暗促河声急，野色遥连日色黄。

独上寒城正愁绝，戍鼙惊起雁行行。

【汇评】

《贯华堂选批唐才子诗》：用兵后故曰"旧战场"，然上句却从隋堤写来，故又曰"新多"。细思此，固明明新战场也，而必名之曰旧者，既往不咎也。只此一"旧"字，便早为末句"戍鼙"二字异样阳秋。至于起笔之必欲故写"隋堤"七字，此则如《诗》所云"殷鉴不远，在夏后之世"也（首四句下）。　　五写大风大河，六写荒原荒日，十四字只为"独上寒城"之一"独"字引泪也。末又加写"戍鼙"字，言莫是又有新战场也（末四句下）。

《东岩草堂评订唐诗鼓吹》：朱东岩曰：三、四，战场必有之事，是虚写。五、六，战场现在之景，是实写。"日色黄"，"黄"字妙，妙，是一派昏惨之色，正为"独上寒城"之"独"字引泪也。

《唐诗贯珠》：徐州有隋堤，故言堤之风物已比炀帝时不同而凄凉矣。况堤下还有战场乎？

《山满楼笺注唐诗七言律》：欲写战场，而必先用风物之凄凉作衬，所谓"殷鉴不远"也。……人拾金镞，鸟衔芦花，皆纪实事。言外有其地一荒，不惟无人开垦，并亦无人收管意。

《近体秋阳》：结句正应二句，收拾"仍多战场"，有韵有法。

旅中送迁客

天南不可去，君去吊灵均。
落日青山路，秋风白发人。
言危无继者，道在有明神。
满目尽胡越，平生何处陈。

【汇评】

《唐诗归》：钟云：感动（"道在"句下）。

华清宫四首(其二)

渔阳烽火照函关，玉辇匆匆下此山。
一曲羽衣听不尽，至今遗恨水潺潺。

【汇评】

《注解选唐诗》：白乐天云："渔阳鼙鼓动地来，惊破霓裳羽衣曲"，与此诗意同。此诗云"一曲霓裳听不尽，至今遗恨水潺潺"，意味深远，尤胜乐天。

《唐诗绝句类选》：绝句全在第三句转换有力，则气慨精神，首尾照应。如此诗提拟霓裳一曲，可见禄山之乱、剑阁之行，皆原于此。而明皇曾无悔过之意，良可哀也。

卖花翁

和烟和露一丛花，担入宫城许史家。
惆怅东风无处说，不教闲地著春华。

情

依依脉脉两如何，细似轻丝渺似波。
月不长圆花易落，一生惆怅为伊多。

【汇评】

《唐诗快》：真不知情是何物？此王伯舆所以登茅山而大恸也。

王母庙

鸾龙一夜降昆丘，遗庙千年枕碧流。
赚得武皇心力尽，忍看烟草茂陵秋。

【汇评】

《唐诗归》钟云：分明笑汉武之呆，却似追咎王母，意绝不在此，深得立言之妙。

杨 花

不斗秾华不占红，自飞晴野雪濛濛。
百花长恨风吹落，唯有杨花独爱风。

【汇评】

《唐诗镜》：末句饶有情思，似为柳花解嘲，复为柳花写色。

《唐人绝句精华》：此诗似嘲似赞，当有所指。

阌乡寓居十首（选一首）

阿对泉

六载抽毫侍禁闱，可堪多病决然归。

五陵年少如相问，阿对泉头一布衣。①

【原注】

① 阿对是杨伯起家僮，尝引泉灌蔬，泉至今在。

【汇评】

《石园诗话》：七绝如《阌乡寓居》、《楚事》、《秋色》诸篇，风韵甚佳。

月夕追事

曾听豪家碧玉歌，云床冰簟落秋河。

月临高阁帘无影，风过回廊幕有波。

屈指尽随云雨散，满头赢得雪霜多。

此时空见清凉影，来伴蛩声咽砌莎。

【汇评】

《唐体馀编》：笔如转圜，声声哀楚。

废　宅

风飘碧瓦雨摧垣，却有邻人与锁门。

几树好花闲白昼，满庭荒草易黄昏。

放鱼池涸蛙争聚，栖燕梁空雀自喧。

不独凄凉眼前事，咸阳一火便成原。

【汇评】

《升庵诗话》：晚唐之绝唱。

《唐诗鼓吹注解大全》：此见废宅而伤世事之日变也。

《贯华堂选批唐才子诗》：飘瓦摧垣，不苦；有人锁门，真苦。盖一片荒芜败落，反是眼前恒睹，却因邻人一锁，斗地念着此门当时车马阗隘，呵殿出入，彼锁门人何处有其立地？不图今日管钥独把，开闭从心，真是一场痛哭也！三、四"好花"、"芳草"，即此邻人之所锁也。"闲白昼"，易解；"易黄昏"，难解：亦是一时眼头心底亲见有如此也（首四句下）。　　蛙聚雀喧，只是极写凄凉，何足又道？特地写者，"放鱼池"、"栖燕梁"，有此六字，便直想到春日濠梁，客皆庄、惠，郁金堂里，人是莫愁，何意今日一至于此！更妙于末句并及咸阳，所谓劫火终讫，乾坤洞然，虽复以四大海水为眼泪，已不能尽哭，于废宅乎又何言哉！

《唐三体诗评》："闹"字、"喧"字与"涸"字、"空"字反（按：第五句一作"蛙争闹"），"寒"字与"火"字反（按：末句一作"咸阳一火变寒原"），又与"风"、"雨"相映。

《唐三体诗》：言国犹有废兴，何况家乎？故作达语，感慨转深（末二句下）。

《东岩草堂评订唐诗鼓吹》：朱东岩曰：人皆以飘瓦摧垣写废宅，眼前恒睹；此独写及邻人锁门，殊出意想之外；然此句之中，包却无限凄凉，无限感慨，读之不觉泫然泪下也。……三、四虚写废宅，偏写"好花"，偏写"芳草"，偏于"好花"下接"虚白昼"；"芳草"下接"易黄昏"，愈觉伤心惨目矣。五、六更以"池涸"、"梁空"实写废宅。……末忽感及咸阳宫阙兵火一空，则凡古今可悲、可哭者类如此废宅也已。

《山满楼笺注唐诗七言律》：瓦飘垣摧，宅已无主，又谁为锁门耶？问之，曰：邻人也。可怜哉！不特子姓全虚，即奴仆亦不知何往矣！几树好花，满庭芳草，皆一锁之功也。"闲白昼"不过是无人赏玩，易知。"易黄昏"三字写出一片空庭，凄凄凉凉，毫无气色，正妙在可解不可解之间。五、六特于其中再写一放鱼池，再写一栖燕梁，想见当年烂醉桥边，佳宾珠履新妆，楼上少妇花颜，如何豪华，如何婉娈，今皆安在哉。说至此，真欲令一团红焰顿化寒波。七八忽用"不独"字一笔宕开，揭出许大比方，可知古今以来，何兴不废，何盛不衰，欲哭岂胜其哭，欲叹又岂胜其叹耶！而世之营营名利，惟日不足者亦可以少悟也。

《唐体肤诠》：中二联贴废宅，俱从"锁门"二字描写，落想甚幽。与温庭筠《南湖》诗通篇写微风相似。

《瀛奎律髓汇评》：纪昀：第三句不似废宅，第四句好。五、六句弱。结推到大处，不落套。

《历代诗发》：王嘉会诗话曰：缘景不尽曰情，此诗有之。今人一往无馀者，不知诗也。

金桥感事

太行和雪叠晴空，二月春郊尚朔风。
饮马早闻临渭北，射雕今欲过山东。
百年徒有伊川叹，五利宁无魏绛功。
日暮长亭正愁绝，哀筎一曲戍烟中。

【汇评】

《瀛奎律髓》：吴融、韩偓同时。慨叹兵戈之间，诗律精切，皆善用事。如此中四句，微而显也。

《瀛奎律髓汇评》：何义门：此指孙揆为河东所执之事。玉海、金桥，在上党南二里。　　纪昀：音节宏亮而沉雄，五代所少。

《贯华堂选批唐才子诗》：一、二虽是据景实写，然言外便有拔剑斫案、威毛毕竖、麾开妻子、蹦步出门、何雪何风、吾其行矣之意。三"早闻"，妙！四"今欲"，妙！大声呼他普天下忠孝男子，是谁容渠如此？真见一日坏过一日也。五言岂有一人不切悲愤？六言何无一人实能破贼？七、八言人正感奋，笳又催逼，忽然忘生，真在此时也。

《东岩草堂评订唐诗鼓吹》：朱东岩曰：一、二纪其时，三、四纪其事，连续四句，言外大有"奋身勇所闻，拔剑击大荒"气概。五言无一人不切感慨；六言无一人实能制敌。七、八言正当感奋之际，而笳声催逼，真可为之发愤也。

《唐贤小三昧集续集》：雄壮，开有明七字风格。

《唐宋诗举要》：此诗盖感李克用叛唐事也。克用，沙陀种，故诗中以戎狄斥之。……《新五代史·唐本纪》曰："大顺元年，克用取邢、洺、磁三州，宰相张濬谓沙陀前逼僖宗幸兴元，罪当诛。昭宗以濬为太原四面行营兵马都统，克用遣康君立取潞州。十一月，濬及克用战于阴地，濬军三战三败，克用兵大掠晋、绛，至于河中，赤地千里。"子华殆有感于此，而咎谋国者之失策也。

子　规

举国繁华委逝川，羽毛飘荡一年年。
他山叫处花成血，旧苑春来草似烟。
雨暗不离浓绿树，月斜长吊欲明天。
湘江日暮声凄切，愁杀行人归去船。

春归次金陵

春阴漠漠覆江城，南国归桡趁晚程。

水上驿流初过雨,树笼堤去不离莺。

迹疏冠盖兼无梦,地近乡园自有情。

便被东风动离思,杨花千里雪中行。

【汇评】

《唐诗归》:钟云:"不离莺"三字趣甚,然"不离"二字之妙在"堤去","去"字见之("树笼堤去"句下)。　　钟云:"雪中行"三字,说杨花便有景(末句下)。

《唐诗选脉会通评林》:周敬曰:机锋警拔。　　周珽曰:首尾总就春归而赋,中联即途次之情景。梦以想生,无心系迹冠盖,何梦之有?情因思起,身处既近乡园,何情不畅!起结映带,不脱本题,得趣。

《贯华堂选批唐才子诗》:要知此解乃是舟行如驶,顾见金陵而作。一,轻阴复城,可知是遥望。二,晚桡趁程,可知是不泊。三、四,雨后路湿,树随堤去,可知是稳坐篷底,顷刻而过也。看他笔墨何等轻,何等细,何等秀异,何等姣好(首四句下)!　　此解自释前解所以不泊之故也。言金陵不少冠盖,既已并无梦缘,乡关近在咫尺,又图立刻便到,所以连晚疾发,更不少停,然而此二三知己,终不可去诸怀,于是千里杨花,不免暗伤情抱也。看他又是何等闲畅,何等婉约,实备风人之众妙矣(末四句下)!

《唐诗成法》:不曰莺不离树,却云树不离莺,于无情致处写出情致。"树笼堤"而云"去"者,遥望不尽也。"兼无梦"因是晚程,亦见不徒迹疏,而心亦疏也。三、四炼句有法。

《唐贤小三昧集续集》:风调绵丽,元人皆学此种,而萨天锡最近之。

《唐诗近体》:"不离"字妙("树笼堤去"句下)。　　"兼"字、"自"字用意("迹疏冠盖"二句下)。　　合"春归"(末二句下)。　　前四写题面,后四写旅情,琢句尚不近纤。

途中见杏花

一枝红艳出墙头，墙外行人正独愁。
长得看来犹有恨，可堪逢处更难留。
林空色暝莺先到，春浅香寒蝶未游。
更忆帝乡千万树，澹烟笼日暗神州。

即　事

抵鹊山前云掩扉，更甘终老脱朝衣。
晓窥青镜千峰入，暮倚长松独鹤归。
云里引来泉脉细，雨中移得药苗肥。
何须一箸鲈鱼脍，始挂孤帆问钓矶。

【汇评】

　　《贯华堂选批唐才子诗》：前解"便堪"，后解"何须"；前解"寄掩扉"，后解"问钓矶"，分明便是一句话。盖必买山已定，而后乃今挂冠，则是终其身无得去之日，此一大可笑也。"寄"字，妙，妙！何必辨其人扉我扉，人掩我掩，但有掩扉之处，得寄一日亦足。"便堪终老"，妙，妙！非以掩扉终老，政以得寄终老也。"脱朝衣"字，只用笔稍略带。"晓"字，妙，妙！"暮"字，妙，妙！犹言而今而后，晓为我晓，暮为我暮，青镜已得窥，长松已得倚，又见千峰人，又见独鹤归也。真快活也！真自在也（首四句下）！　　五、六，细泉、肥药，不过翻下"鲈鱼"也，误解抵鹊山景便非。"始挂"，妙，妙！孟子亦曰："如知其非义，斯速已矣，何待来年！"（末四句下）　　题曰《即事》者，只是眼看抵鹊山耳。

　　《唐诗评选》：有意。

富 春

水送山迎入富春，一川如画晚晴新。
云低远渡帆来重，潮落寒沙鸟下频。
未必柳间无谢客，也应花里有秦人。
严光万古清风在，不敢停桡更问津。

【汇评】

《瀛奎律髓》：三四言景，五六怀人，至尾句乃归之严光，高矣。

《贯华堂选批唐才子诗》："入富春"上先写"水送山迎"，此非为连日纪程，正是衬出他"一川如画"，言前此水无此水，山无此山，况值晚晴，真为畅怀悦目也。三、四，承写"一川如画"，又用"云低"字再写晴，"潮落"字再写晓也。妙绝（首四句下）！　　此写富春人物，特伸仰止。看他向柳间、花里安个谢客、秦人，已是胜怀莫敌；却又用"未必无"、"也应有"字，别更推尊子陵，乃至不敢停桡问津。呜呼！其胸中岂以利禄为事者哉？

《唐诗绎》：此咏古体也。其得手处妙用托。起劈空以山水托，中展笔以人托，至入正位，仍用宕开之笔，作意可想。

《唐诗贯珠》：上半首山中行景，三、四有情致，三更佳，言帆为云压之意，其实无中生有。

《山满楼笺注唐诗七言律》：其笔墨十分蕴藉，全在"未必无"、"也应有"六字，真是秀媚天成，着不得一些脂粉。清风万古，至于不敢问津，即其推重子陵如此，先生殆有超然物外之思乎？

《瀛奎律髓汇评》：冯班：尾句有感托。　　纪昀：富春诗归到子陵，尤是习径，无所谓高。

《石园诗话》：吴子华七律中，惟《富春》、《废宅》、《金桥感事》、《彭门用兵后经汴路》诸作雄杰，馀多失之浮滑。

红　树

一声南雁已先红，槭槭凄凄叶叶同。
自是孤根非暖地，莫惊他木耐秋风。
晓烟散去阴全薄，明月临来影半空。
长忆洞庭千万树，照山横浦夕阳中。

【汇评】

《对床夜语》：吴融《秋树》诗云："晓烟散去阴全薄，明月临来影半空。"姚伦"乱声千叶下，寒影一巢孤"，或许其有摹写之工。

《浪迹丛谈》：诗中用叠字，实本《三百》篇，后人乃复错综变化之。有一句三叠字者，吴融《秋树》诗"一声南雁已先红，槭槭凄凄叶叶同"是也；本朝查初白"滔滔浩浩滚滚然"句用之。

新　雁

湘浦波春始北归，玉关摇落又南飞。
数声飘去和秋色，一字横来背晚晖。
紫阁高翻云幂幂，灞川低渡雨微微。
莫从思妇台边过，未得征人万里衣。

【汇评】

《五朝诗善鸣集》：与牧之《早雁》伯仲之间。

叶　落

红影飘来翠影微，一辞林表不知归。
伴愁无色烟犹在，替恨成啼露未晞。

若逐水流应万里，莫因风起便孤飞。

楚郊千树秋声急，日暮纷纷惹客衣。

【汇评】

《唐体肤诠》：此诗借叶自况，言行踪之无定也。"客衣"句映带有情。

赠方干处士歌

把笔尽为诗，何人敌夫子。

句满天下口，名聒天下耳。

不识朝，不识市；旷逍遥，闲徙倚。

一杯酒，无万事；一叶舟，无千里。

衣裳白云，坐卧流水，霜落风高忽相忆。

惠然见过留一夕，一夕听吟十数篇，

水榭林萝为岑寂，拂旦舍我亦不辞。

携筇径去随所适，随所适，无处觅，

云半片，鹤一只。

赠昙光上人草书歌

篆书朴，隶书俗，草圣贵在无羁束。

江南有僧名昙光，紫毫一管能颠狂。

人家好壁试挥拂，瞬目已流三五行。

摘如钩，挑如拨；斜如掌，回如斡；

又如夏禹锁淮神，波底出来手正拔；

又如朱亥锤晋鄙，袖中抬起腕欲脱。

有时软紫盈，一穗秋云曳空阔；

有时瘦巉岩，百尺枯松露槎枒。

忽然飞动更惊人，一声霹雳龙蛇活。

稽山贺老昔所传，又闻能者惟张颠。

上人致功应不下，其奈飘飘沧海边。

可中一入天子国，络素裁缣洒毫墨。

不系知之与不知，须言一字千金值。

【汇评】

《宋高僧歌》：（䛮光）长于草隶，闻陆希声谪宦于豫章，光往谒之。……苦祈其草法，而授其五指拨镫诀。光书体当见酋健，转腕回笔，非常所知。乃西上，昭宗诏对御榻前书，赐紫方袍。后谒华帅韩建，荐号曰广利。……出笔法，弟子从环、温州僧正智琮，皆得墨诀。有朝贤赠歌诗，吴内翰融、罗江东隐等五十家，仅成一集。

江　行

来时风，去时雨，萧萧飒飒春江浦。

敲敲侧侧海门帆，轧轧哑哑洞庭橹。

【汇评】

《五朝诗善鸣集》：只写江行之景，情在其中。

卢汝弼

卢汝弼（？—921），字子谐，一作字子谐，范阳（今河北涿县）人。卢纶之孙。少勤学，笃志科举，文采秀丽，为时所称。景福中，登进士第，仕至祠部员外郎、知制诰。从昭宗迁洛。时柳灿党附朱温，诬陷士族，汝弼惧祸退居，客游上党。太原李克用奏为节度副使，累奏户部侍郎。克用子存勖嗣为晋王，承制封拜皆出汝弼之手。《全唐诗》存诗八首。

【汇评】

（赵）光远等千金之子，厌饮膏粱，仰荫承荣，视若谈笑，骄侈不期而至矣。……有孙启、崔珏，同时恣心狂狎，相为唱和，颇陷轻薄，无退让之风。惟卢弼气象稍严，不迁狐惑，如《边庭四时怨》等作，赏音大播，信不偶然。（《唐才子传》）

和李秀才边庭四时怨

其一

春风昨夜到榆关，故国烟花想已残。

少妇不知归不得，朝朝应上望夫山。

【汇评】

《增订评注唐诗正声》：郭云：意婉，但伤气。

《唐诗选脉会通评林》：周启琦曰：善写戍卒苦情。

《唐诗摘钞》：此首兼王龙标边愁、闺怨之长。

《删订唐诗解》：吴昌祺曰：用"望夫石"方惨，言亦将化石也。

《而庵说唐诗》：描写边庭人心事如画。

《唐诗别裁》：恐己之家人，亦将化石。

《唐诗笺要》：此四首之一，命意新奇，格韵清迈。

其二

卢龙塞外草初肥，雁乳平芜晓不飞。

乡国近来音信断，至今犹自著寒衣。

【汇评】

《唐诗选脉会通评林》：陈仁锡曰：悲调极真。　　周珽曰：塞外当夏时，草肥雁乳，凡物皆知有候，奈乡国信断，至以暑月犹着寒衣：总见边塞路遥，军戍无有定所故也。

《删订唐诗解》：吴昌祺曰：此亦不恶。

《而庵说唐诗》：雁已哺子，夏衣犹未寄到，如何教人不怨？"至今犹自着寒衣"，"至今"二字，见得长远之极。"自"字，见汝不寄来，我自着寒衣过夏。夏，何时也，而可着寒衣哉！

《唐诗笺注》：暑将至矣，"犹自着寒衣"，一以悲家人之莫寄，亦以形边地之寒暑不同耳。

其三

八月霜飞柳半黄，蓬根吹断雁南翔。

陇头流水关山月，泣上龙堆望故乡。

《增定评注唐诗正声》：唐云：落句爽朗，直而多情。

《唐诗选脉会通评林》：蒋一梅曰：读之可涕。　　唐汝询曰：景既凄厉，复闻此二曲（按指《陇头水》及《关山月》曲），安得不起故乡之思？

《删订唐诗解》：吴昌祺曰："水"、"月"当是即景，非指二曲。

《而庵说唐诗》：秋高马肥，杀气方动，人之所恐惧者是战，而衣又其次者也。故此首与下首不用"衣"字。陇头流水，其声甚悲；关山明月，其色又甚惨。当此之际，独影难堪，思归心切。故乡何处？因泣上龙堆。嗟乎，故乡岂龙堆上可得望见者哉！亦只好一泣而已，见不敢放声哭也。

<h2 style="text-align:center">其四</h2>

朔风吹雪透刀瘢，饮马长城窟更寒。

半夜火来知有敌，一时齐保贺兰山。

【汇评】

《增定评注唐诗正声》：王云：言外便有锋镝之惧。　　失韵（"饮马长城"句下）。

《唐诗选脉会通评林》：周敬曰：卢弼四诗，此更超拔，语语凄楚，字字惨烈。恨"山"韵失拈。

《删订唐诗解》：唐汝询曰：风雪交侵，饮马无所，盛寒之夜也。然烽火一至，而收保不遑，征人之苦可想。

《而庵说唐诗》：冬之苦，更甚于秋，却不遑计及家乡矣。

《唐诗别裁》：冰冻恐胡马踏冰而来，所以急于防守。

《唐诗笺注》：如此朔风严寒，戍役之苦，夜半不息。哀怨之情，溢于词外。

《唐人万首绝句选评》：卢弼《边庭》四作调皆高，而此作气格尤佳。

《诗境浅说续编》：作边塞诗者，或述征戍之苦，或表怀乡之志，此独言防秋之忠勇。前二句极状边地严寒。后二句言夜半忽烽堠传警，虏骑窥边，一时万甲齐趋，竞保西陲险隘。军令之整迅，将士之争先，皆于末句七字见之，觉虎虎有生气也。

【总评】

《四溟诗话》：卢弼《和边庭四时怨》，颇似太白绝句。

《诗薮》：卢弼《边庭四时词》，语意新奇，韵格超绝。《品汇》云"时代不可考"，余谓此盛唐高手无疑。

《唐诗别裁》：四首犹近盛唐。

《唐人绝句精华》：四诗写边塞戍卒之苦，极苍凉之致。

王　驾

王驾,生卒年不详,字大用,自号守素先生,河中(今山西永济)
人。大顺元年(890),登进士第,授校书郎。累官至礼部员外郎。与
司空图、郑谷为诗友。有《王驾诗集》六卷,已佚。《全唐诗》存诗
六首。

【汇评】

王生寓居其间,沉渍益久,五言所得,长于思与境偕,乃诗家之
所尚者,则前所谓必推于其类,岂止神跃色扬而已哉!(司空图《与
王驾评诗书》)

(驾)与司空图、郑谷为诗友,所为诗少传者。《晴景》一篇最
佳,云:"雨前不见花间叶,雨后全无叶底花。蜂蝶飞来过墙去,应
疑春色在邻家。"(《诗话总龟》)

僖宗幸蜀,驾下第还蒲中,郑谷以诗送云:"孤单取仕休言命,
早晚逢人苦爱诗。"后有《次韵王驾校书结绶见寄之什》云:"直应归
谏苑,方肯别山村。勤苦常同业,孤单共感恩。"(《唐诗纪事》)

古　意

夫戍萧关妾在吴，西风吹妾妾忧夫。

一行书信千行泪，寒到君边衣到无。

【汇评】

《唐诗归》：钟云：此诗好处只"寒到君边"四字（末句下）。

《雪涛小书》：凄恻之怀，盘于胸臆。二十八字，曲尽其苦，转读转难为情。

《唐诗选脉会通评林》：周敬曰：两地相隔而忧怀莫传，至情至苦。末句巧。唐汝询曰：浅而近情，宜为世赏。　　周珽曰：凝腕脱手，触象敷衽，意融吻滑，妙绝妙绝。　　敖英曰：昔人有寄衣诗云："寄到玉关应万里，征人犹在玉关西。"与此诗俱婉娈沉着。

《唐诗笺注》：情到真处，不假雕琢，自成至文，且无一字可易，几于天籁矣。最好在第二句，绝似盛唐人语。

《网师园唐诗笺》：不落纤佻。

《评注精选五朝诗学津梁》：二十八字，一气浑成，情生文耶，文生情耶？

社　日

鹅湖山下稻粱肥，豚栅鸡栖半掩扉。

桑柘影斜春社散，家家扶得醉人归。

【汇评】

《鹤林玉露》：农圃家风，渔樵乐事，唐人绝句模写精矣。余摘十首题壁间，……张演（按本诗作者一作张演）云："鹅湖山下稻粱肥，……"

《唐诗选脉会通评林》：周弼为实接体。　　周敬曰：衢谣壤歌,点缀太平景象如画。

《唐诗别裁》：极村朴中传出太平风景。

《诗法易简录》：画出山村社日风景。

《王闿运手批唐诗选》：(《社日》、《古意》)以下皆是名篇,而不能指其佳处。

雨　晴

雨前初见花间蕊,雨后兼无叶里花。

蛱蝶飞来过墙去,却疑春色在邻家。

【汇评】

《苕溪渔隐丛话》：王驾《晴景》："雨前初见花间蕊,……"此《唐百家诗选》中诗也。余因阅荆公《临川集》,亦有此诗云："雨来未见花间蕊,雨后全无叶底花。蜂蝶纷纷过墙去,却疑春色在邻家。"《百家诗选》是荆公所选,想爱此诗,因为改七字,使一篇语工而意足,了无镵斧之迹,真削镴手也。

《对床夜语》："情新因意胜,意胜逐情新",上官仪诗也。王驾有"雨前初见花间蕊,雨后全无叶底花",脱胎工矣。人以为此格自驾始,非也。或又谓为荆公所作,亦非也。

《唐诗选脉会通评林》：周弼为实接体。　　何新之为奇隽体。　　周珽曰：贵幸之庭,车如流水;幽栖之户,可设雀罗：时势自然,何待挟刺扫门之徒纷纷他适,而后知荣华之有在也。"雨前"、"雨后"分景,蜂喧蝶扰异趋,识此可以悟彼。"却疑"二字,有不自信之意,妙。

《唐音戊签》：按驾此诗出荆公《唐百家诗选》中,乃荆公《临川集》复有此,云："雨前不见花间叶,雨后全无叶底花。……"想爱此诗,因改七字入集中耳。"雨前见花蕊"与"雨后并无花",两句未尝不相呼应。必云："不见花间叶"以言花盛，蠢矣。雨后花尽，疑邻家尚有春色，非真疑之；惜春尽，故意其未尽耳。蛱蝶过墙，妙在先着"飞来"两字，有寻索意，为有情耳。直言"纷纷过去"，不尤蠢乎？驾诗即非品金，却被荆公点成铁块。

《唐诗摘钞》：诗意盖讥炎凉之辈。

《载酒园诗话》：介甫所云"疑"，乃因蜂蝶过墙而人疑之也，着力在"纷纷"二字。驾所云"疑"，乃蛱蝶疑而飞去，人疑其疑也，着眼在"飞来"二字。两意俱佳。但"却疑"意只一层，"应疑"义有两层。　　黄白山评：王改"却"字，不过易平声为仄字较响耳，其意则犹前人。

王　涣

王涣(859—901),字文吉,太原(今属山西)人。大顺二年(891)登进士第。授校书郎,历长安尉、拾遗、补阙、起居郎、司勋考功员外郎。光化三年,授考功郎中兼御史中丞,为清海军节度掌书记,卒。工诗,其《惆怅诗》十二首,脍炙士林。有诗约三百篇,其他著述甚多,多佚。《全唐诗》存诗十四首。

【汇评】

君适当游戏之年,已无所弄,独于文学笔砚,乃天敕其性。才十馀岁,其章句之妙遽有老成人之风,遂稍稍布于名士之听。未数载,即妍词丽唱,喧著缙绅,靡不相传,成诵在口。既随计吏,自若闻人,赞执之初,声称籍甚。故凡所仰止者,皆世之名士,朝之钜贤,俾成羽翰,迭用唱和。(卢光济《太原王府君墓志铭》)

涣工诗,情极婉丽。尝为《惆怅诗》十三首(按当作十二首),悉古佳人才子深怀感怨者,以崔氏莺莺、汉武李夫人、陈乐昌主、绿珠、张丽华、王昭君及苏武、刘、阮辈事成篇,哀伤媚妩,如“谢家池馆花笼月,萧寺房廊竹飐风。夜半酒醒凭槛立,所思多在别离中”,又“梦里分明入汉宫,觉来灯背锦屏空。紫台月落关山晓,肠断君王信画工"等，皆绝唱，喧炙士林。在晚唐诸人中，霄壤不侔矣。
（《唐才子传》）

惆怅诗十二首（其十二）

梦里分明入汉宫，觉来灯背锦屏空。

紫台月落关山晓，肠断君恩信画工。

【汇评】

《升庵诗话》："梦里分明入汉宫，觉来灯背锦屏空。……""李夫人病已经秋，武帝来看不举头。……"剪裁之妙，可谓佳绝。

《唐诗选脉会通评林》：杨慎列为能品。　　周珽曰：此篇全用明妃事。谓君心一惑于奸险，即美能倾国，便教远置，纵梦不忘君，而身处异域，徒自断肠，无补也。

《带经堂诗话》：《才调集》载王之涣《惆怅词》，容斋因之。无论其诗气格迥异，而之涣开元时人，乃预咏霍小玉、崔莺莺事，岂非千古笑柄？按《惆怅词》乃王涣所作。

《读雪山房唐诗序例》：曹唐《小游仙》、王涣《惆怅词》，至为凡陋。

《唐人万首绝句选评》：此二首（按另一首为"陈宫兴废事难期"）较为含蓄，便有馀味。

《唐人绝句精华》：此题唐人作者甚多，白居易两首外，王涣此诗又别出一奇。

戴司颜

戴司颜，一作戴思颜，生卒年里贯均未详。大顺元年(890)，登进士第。景福中，官至太常博士。《全唐诗》存诗二首，残句一。

【汇评】

（司颜）有诗名，气宇盘礴，每有过人，遂得名家，岂泛然矣。（《唐才子传》）

江上雨

非不欲前去，此情非自由。

星辰照何处，风雨送凉秋。

寒锁空江梦，声随黄叶愁。

萧萧犹未已，早晚去蘋洲。

【汇评】

《唐诗归》：钟云：远（“星晨”句下）。

《围炉诗话》：戴司颜之《江上雨》，情景皆真，故能浃洽。

杜荀鹤

杜荀鹤（846—904），字彦之，号九华山人，池州石埭（今安徽石台）人。相传为杜牧出妾之子，实妄。初贫寒，读书九华山，与顾云、殷文圭等为友。累举进士不第，后归隐山中十五年。大顺二年（891），登进士第，时危世乱，复还旧山。宣州节度使田頵辟为从事。天复三年，出使大梁。值頵兵败，遂留大梁。天祐元年，朱温奏为翰林学士、主客员外郎，遇疾，旬日而卒。荀鹤工近体诗，于晚唐自成一体。初及第时，自编歌诗为《唐风集》三卷。今存《杜荀鹤文集》三卷。《全唐诗》编诗三卷。

【汇评】

（河东裴公）以生诗有陈（伯玉）体，可以润国风，广王泽，故擢以塞诏，竟勉为中兴诗宗。生谢而退。明年，宁亲江表，以仆故山偕隐者，出平生所著五七言凡三百篇见简。其雅丽清省激越之句，能使贪吏廉、邪臣正、父慈子孝、兄良弟悌，人伦之纪备矣。其壮语大言，则决起逸发，可以左揽工部袂，右拍翰林肩，吞贾、喻八九于胸中，曾不蚕介。或情发乎中，则极思冥搜，神游希夷，形兀枯木，五声劳于呼吸，万象悉于抉剔，信诗家之雄杰者也！（顾云《杜荀鹤

文集序》)

梁朝杜舍人荀鹤为诗愁苦,悉干教化,每于吟讽,得其至理。……杜在梁朝,献朱太祖《时世行》十首,欲令太祖省徭役,薄赋敛。是时方当征伐,不洽上意,遂不见遇,旅寄寺中。敬相公翔谓杜曰:"希先辈稍删古风,即可进身,不然者虚老矣。"杜遂课颂德诗三十章,以悦太祖。议者以杜虽有玉堂之拜,顿移教化之词,壮志清名,中道而废。(《鉴诫录》)

(荀鹤)善为诗,辞句切理,为时所许。(《旧五代史》本传)

顾云序其集(按指荀鹤《唐风集》)云:"壮语大言,则决起逸发,可以左揽工部袂,右拍翰林肩。"是以荀鹤可并李、杜也。荀鹤之诗溺于晚唐之习,盖韩偓、吴融之流,以方李、杜则远矣。然解道寒苦羁穷之态,往往有孟郊、贾岛之风。(《云谷杂记》)

《唐风集》中诗极低下,如"要知前路事,不及在家时"、"不觉里头成大汉,初看竹马作儿童"之句,前辈方之为《太公家教》。惟《春宫怨》一联云:"风暖鸟声碎,日高花影重。"为一篇警策。而欧阳永叔《归田录》乃云周朴之句,不知何以云然。(《艺苑雌黄》)

荀鹤苦吟,平生所志不遂,晚始成名,况丁乱世,殊多忧悁思虑之语,于一觞一咏,变俗为雅,极事物之情,足丘壑之趣,非易能及者也。(《唐才子传》)

杜彦之俚成,以衰调写衰代,事情亦真切。(《唐音癸签》)

杜荀鹤、李山甫则委巷说矣。(《唐诗品汇删·七言律》)

彦之诗风神隽雅。(《网师园唐诗笺》)

晚唐诗人有佳句而多俗言者,杜彦之荀鹤是也。"承恩不在貌,教妾若为容"、"溪山入城郭,户口半渔樵"、"古宫闲地少,水港小桥多"、"九州有路休为客,百岁无愁即是仙"、"故园何啻三千里,新雁才闻一两声"、"高下麦苗新雨后,浅深山色晚晴时",皆为佳句。"生应无暇日,死是不吟时"、"举世尽从愁里过,谁人肯向死前休",虽俗而有意趣。其馀如"世间何事好,最好莫过诗"、"争知百岁不百岁,未合白头今白头"之类,未免诗如说话矣。其起结之句,尤多率易。(《石园诗话》)

其诗虽晚唐,直入风雅,亦工部之的派也。佳章妙笔,可称合璧。(《爱日精庐藏书志》引叶坦跋)

杜荀鹤近体直摭胸臆,有一唱三叹之妙。(《东目馆诗见》)

(荀鹤)诗思清奇,以大历为归。七言气质尤高,为晚唐之上乘。(《诗学渊源》)

春宫怨

> 早被婵娟误,欲妆临镜慵。
> 承恩不在貌,教妾若为容。
> 风暖鸟声碎,日高花影重。
> 年年越溪女,相忆采芙蓉。

【汇评】

《六一诗话》:唐之晚年,诗人无复李、杜豪放之格,然亦务以精意相高。如周朴者,构思尤艰,每有所得,必极其雕琢,故时人称朴诗"月锻季炼,未及成篇,已播人口",其名重当时如此,而今不复传矣。今少时犹见其集,其句有云:"风暖鸟声碎,日高花影重。"又云:"晓来山鸟闹,雨过杏花稀。"诚佳句也。

《观林诗话》:杜荀鹤诗句鄙恶,世所传《唐风集》首篇"风暖鸟声碎,日高花影重"者,余甚疑不类荀鹤语。他日观唐人小说,见此诗乃周朴所作,而欧阳文忠公亦云耳。盖借此引编,已行于世矣。

《幕府燕闲录》:杜荀鹤诗鄙俚近俗,惟《宫词》为唐第一,云:"早被婵娟误,……"故谚云"杜诗三百首,惟在一联中。风暖鸟声碎,日高花影重"是也。

《诗人玉屑》:"绮丽":"风暖鸟声碎,日高花影重。"

《瀛奎律髓》:譬之事君而不遇者,初亦恃才,而卒为才所误。愈欲自衒,而愈不见知。盖宠不在貌,则难乎其容矣,女为悦己者容是也。风景如此,不思从平生贫贱之交可乎?

《艺苑卮言》:王勃"河桥不相送,江树远含情",杜荀鹤"承恩不在貌,教妾若为容",皆五言律也,然去后四句作绝乃妙。

《唐诗镜》:三、四善怨,五六缛绣语。

《雪涛小书》:有评者曰:"杜诗三百首,妙在一联中。风急鸟声碎,日高花影重。"余玩之,终不如次联更妙。"承恩不在貌,教妾若为容",二语寥寥,而君臣上下遇合处,情皆若此。杜以两语括之,可谓简而尽、怨而不怒者矣。

《唐诗归》:钟云:(鸟声碎)三字开诗馀思路("风暖"句下)。

《唐诗选脉会通评林》:何新之为富艳体。　　唐汝询曰:起道尽悔情。次联十字怨甚。张次璧谓"次句即'威仪棣棣,不可选也'",意想虽深,与上二句不洽。结二语无聊,正与起句相洽。　　吴山民曰:次联深得《国风》和婉之致。周启琦曰:三、四善怨。五、六缛绣。细玩五、六,终不如三、四更妙。　　周珽曰:魏菊庄以三、四为自然句法,五、六为绮丽句法;不知结语托意更深,想头又远,此诗若无此结,终入寻常套调。　　此篇构词转折,含情真至。

《姜斋诗话》:晚唐恒凑,宋人支离,俱令生气顿绝。"承恩不在貌,教妾若为容? 风暖鸟声碎,日高花影重。"医家名为关格,死不治。

《古诗评选》:"风急鸟声碎,日高花影重",词相比而事不相属,斯以为恶诗矣。

《才调集补注》:默庵云:奇妙在落句,得力在颔联。　　默庵云:怨(首二句下)。　　春宫怨("风暖"二句下)。

《唐诗摘钞》:此感士不遇之作也。

《唐三体诗评》：落句收足"早"字、"貌"字。

《载酒园诗话又编》：《春宫怨》不唯杜集首冠，即在全唐亦属佳篇。"承恩不在貌，教妾若为容"，此千古透论。卫硕人不见答，非貌寝也；张良娣擅权，非色胜也。陈鸿《长恨传》曰："非徒殊艳尤态独能致是，盖才智明慧，善巧便佞，先意希旨，有不可形容者焉。"即此诗转语。读此觉义山之"未央宫里三千女，但保红颜莫保恩"，尚非至论。

《带经堂诗话》：晚唐人诗"风暖鸟声碎，日高花影重"、"晓来山鸟闹，雨过杏花稀"，……皆佳句也，然总不如右丞"兴阑啼鸟缓，坐久落花多"自然入妙。

《唐律消夏录》：三、四临镜低徊，有无限意思在。五、六虽佳，与结句却不合筍。

《唐诗别裁》：恃貌而误（首句下）。　　　不得已而随俗（"承恩"二句下）。　　　回忆盛年以自伤也。须曲体此意。

《唐诗笺要》：负色人难得此透亮语（首二句下）。　　　宫怨题，能为律诗，难矣。终首不露"怨"字痕迹，可谓和平。

《近体秋阳》：第三句即首二句所以然之故，不说破更妙，说破便损起联之气。晚唐之所以不如初盛者，识此故也。　　　思致清迥，文气高老。

《瀛奎律髓汇评》：冯舒：五、六写出春宫，落句不测。　　　冯班：全首俱妙，腹联人所共知也。精极。　　　何义门：五、六是"慵"字神味。入宫见妒，岂若与采莲者之无猜乎？落句怨之甚也。　　　纪昀：前四句微觉太露，然晚唐诗又别作一格论。结句妙，于对面落笔，便有多少微婉。

《唐贤小三昧集续集》：点破春情，鬼当夜哭（"承恩"句下）。

《唐诗快》：当时谚云："杜诗三百首，唯在一联中。"即此"风暖"一联也。故《唐风集》以之压卷，想当不谬。

《养一斋诗话》：杜荀鹤以"风暖鸟声碎"一联得名，愚按不如"暮天新雁起汀洲，红蓼花疏水国秋"清艳入骨也。

《诗境浅说》：题面纯为宫怨而作。首言早擅倾城之貌，自赏翻以自误，寸心灰尽，临明镜而多慵。三、四谓粉黛三千，谁为丽质，而争宠取怜者，各工其术，则己之膏沐，宁用施耶。五、六赋"春"字，五句言天寒鸟声多噤，至风暖则细碎而多；六句言朝辉夕照之时，花多侧影，至日当亭午，则骈枝叠叶，花影重重。用"碎"字、"重"字，固见体物之工，更见宫女无聊，借春光以自遣，故鸟声花影体会入微。末句忆当年女伴，搴芳水次，何等萧闲，遥望若耶溪上，如笼鸟之羡翔云，池鱼之思纵壑也。此诗虽为宫人写怨，哀窈窕而感贤才，作者亦以自况。失意文人望君门如万里，与寂寞宫花同其幽怨已。

送人游吴

> 君到姑苏见，人家尽枕河。
> 古宫闲地少，水港小桥多。
> 夜市卖菱藕，春船载绮罗。
> 遥知未眠月，乡思在渔歌。

【汇评】

《唐诗别裁》：写吴中如画（"古宫"联下）。

《精选评注五朝诗学津梁》："多"字句如在画中。转韵贴切，无斧凿痕。一收反振。

《诗境浅说》：户藏烟浦，家具画船，江南之擅胜也。诗言其烟户之盛，桥港之多。余生长吴趋，诵之如身在鹂坊鹤市间。忆近人句云："履齿声喧沽酒市，波光红映过桥灯。"写江乡景物如绘。作旅行诗者，能掩卷若身临其地，便是佳诗（"古宫"联下）。

经废宅

人生当贵盛，修德可延之。

不虑有今日，争教无破时。

藓斑题字壁，花发带巢枝。

何况蒿原上，荒坟与折碑。

【汇评】

《唐诗归》：钟云：立想高出题外，妙在下语却似迁重（首二句下）。

《唐诗摘钞》：学究语，似为宋人滥觞；然实阅世至言，在五言律中，宜另具一眼也。

《载酒园诗话又编》：余尝谓《诗归》有得有失，如选李咸用、杜荀鹤，则其最当者。杜于晚唐为至陋，……读钟氏所录，不惟高朴苍雅，且几疑为有道者之言。如咏《废宅》曰："人生当贵盛，修德可延之。不虑有今日，争教无破时。"《送人宰吴县》曰："海涨兵荒后，为官合动情。字人无异术，至论不如清。"即曲江、少陵不能过也。

送人游江南

满酌劝君酒，劝君君莫辞。

能禁几度别，即到白头时。

晚岫无云蔽，春帆有燕随。

男儿两行泪，不欲等闲垂。

【汇评】

《五朝诗善鸣集》：彦之五律大都俱是一气呵成，派祖高、岑而更畅所未尽。

《吴氏诗话》：(左纬)能诗。陈了翁尝喜其"一别又经无数日，百年能得几多时"之句，以为非特辞意清逸可玩味也，老于世幻，逝景迅速，读之能无警乎！然此乃古人已道之句耳！戴叔伦《寄朱山人》云："此别又万里，少年能几时？"杜荀鹤《送人游江南》云："能禁几度别，即到白头时。"

霁后登唐兴寺水阁

一雨三秋色，萧条古寺间。

无端登水阁，有处似家山。

白日生新事，何时得暂闲。

将知老僧意，未必恋松关。

【汇评】

《唐诗归》：钟云：悲在"有处"二字，若云"何处"便浅矣（"无端"二句下）。

《王闿运手批唐诗选》：心目一开（"无端"二句下）。

秋夜晚泊

一望一苍然，萧骚起暮天。

远山横落日，归鸟度平川。

家是去秋别，月当今夕圆。

渔翁似相伴，彻晓苇丛边。

【汇评】

《瀛奎律髓》：三、四极宏阔，荀鹤诗所少也。

《瀛奎律髓汇评》：查慎行：三、四"横"字好，对少逊。五、六有低徊俯仰之致。　　纪昀：较荀鹤他诗宏整，云极宏阔，则太过。

又云："暮天"似当作"暮烟"。七句言渔翁之外，更无伴人。

许印芳：前四句颇有气格，后半写情亦含蓄有味，佳作也。

溪居叟

溪翁居静处，溪鸟入门飞。

早起钓鱼去，夜深乘月归。

见君无事老，觉我有求非。

不说风霜苦，三冬一草衣。

【汇评】

《瀛奎律髓》：荀鹤诗晚唐之尤晚者。此全篇可观。

《瀛奎律髓汇评》：冯班：晚唐诗非不好，只是偏枯浅薄，无首尾。若此诗，亦可谓雅淡，且起结俱佳，可入中唐矣。　　纪昀：清而太浅。

《养一斋诗话》：《溪居叟》云："溪翁居静处，溪鸟入门飞。早起钓鱼去，夜深乘月归。"极有老气。然此诗前四句，亦云僧景云作，殆未必出其手。

与友人对酒吟

凭君满酌酒，听我醉中吟。

客路如天远，侯门似海深。

新坟侵古道，白发恋黄金。

共有人间事，须怀济物心。

【汇评】

《云谷杂记》：(杜荀鹤)解道寒苦羁穷之态，往往有孟郊、贾岛之风。如"江湖苦吟士,天地最穷人"、"客路如天远,侯门似海深"、"宦情随日薄,诗思入秋多"、"时挑野菜和根煮,旋斫生柴带叶烧"之句,盖不减二公之作。

下第投所知

若以名场内,谁无一轴诗。
纵饶生白发,岂敢怨明时。
知己虽然切,春官未必私。
宁教读书眼,不有看花期。

【汇评】

《韵语阳秋》:杜荀鹤老而未第,求知己甚切,《投裴侍郎》云:"只望至公将卷读,不求朝士致书论。"《投李给事》云:"相知不相荐,何以谋自身。"《投所知》云:"知己虽然切,春官未必私。宁教读书眼,不有看花期。"……如此等句,几于哀鸣矣。

《唐诗快》:只得板薯、守店。

江岸秋思

驱马傍江行,乡愁步步生。
举鞭挥柳色,随手失蝉声。
秋稼缘长道,寒云约古城。
家贫遇丰岁,无地可归耕。

【汇评】

《宣和书谱》:杜荀鹤……善作诗,辞句切理,有"举鞭挥柳色,随手失蝉声"之句,为时所称。

送人宰吴县

海涨兵荒后，为官合动情。
字人无异术，至论不如清。
草履随船卖，绫梭隔水鸣。
唯持古人意，千里赠君行。

【汇评】

《唐诗归》：谭云：有心人之言（首二句下）。　　钟云：五字厚甚，却妙在语似无着（"唯持"句下）。

《唐诗摘钞》：五六承首句说。　　临歧嘱咐，已尽"至论不如清"五字。结言赠行无他物，唯尽古人忠告之道：是则朋友之情耳。

《唐诗快》：如此才真是温厚和平，真不愧风人之遗。

《唐诗别裁》：千古不易（"字人"二句下）。

《唐诗近体》：点缀风俗，见民之勤苦（"草履"二句下）。相送意收（末句下）。

《诗境浅说》：诗为作牧令者下顶门一针，较岑参之"此乡多宝玉，慎勿厌清贫"尤为简该，官箴而兼友道，不仅赠行诗也（"字人"一联下）。

冬末同友人泛潇湘

残腊泛舟何处好，最多吟兴是潇湘。
就船买得鱼偏美，踏雪沽来酒倍香。
猿到夜深啼岳麓，雁知春近别衡阳。
与君剩采江山景，裁取新诗入帝乡。

《瀛奎律髓》:"买得"、"沽来"等语,晚唐诗卑之尤卑者,然意新则亦可喜。此联世所共称,荀鹤句法大率如此。

《瀛奎律髓汇评》:冯班:三、四佳句也。　　钱湘灵:就船买鱼,鱼鲜而美;踏雪沽酒,雪寒而觉酒香。佳句也。　　查慎行:三、四直致。

旅泊遇郡中叛乱示同志

握手相看谁敢言,军家刀剑在腰边。

遍搜宝货无藏处,乱杀平人不怕天。

古寺拆为修寨木,荒坟开作甃城砖。

郡侯逐出浑闲事,正是銮舆幸蜀年。

【汇评】

《瀛奎律髓》:不经世乱,不知此诗之切。虽粗厉,亦可取。

《初白庵诗评》:末句纪年,章法好。通篇语太直率,不足取。

《瀛奎律髓汇评》:纪昀:此种殆不成诗,无用掊摘。冯氏乃亦取之,偏袒唐人至此,不可以口舌争矣。　　又云:但取其切,则无语不可入诗矣。　　无名氏(甲):僖宗因黄巢之乱幸蜀。此诗特因池州一郡而言,结出大旨。关系朝廷,真妙笔也。

赠秋浦张明府

君为秋浦三年宰,万虑关心两鬓知。

人事旋生当路县,吏才难展用兵时。

农夫背上题军号,贾客船头插战旗。

他日亲知问官况,但教吟取杜家诗。

《瀛奎律髓》：语俗而事或切。唐末之乱如此，县令之难可知也。

《瀛奎律髓汇评》：查慎行：第四句名言。五、六近俚。　何义门：第二句涵下联。　纪昀："知"字好。三、四自是真语，然苦太质。五、六更粗野。

雪

风搅长空寒骨生，光于晓色报窗明。

江湖不见飞禽影，岩谷时闻折竹声。

巢穴几多相似处，路岐兼得一般平。

拥袍公子休言冷，中有樵夫跣足行。

【汇评】

《坚瓠集》：《水浒传》有一歌："赤日炎炎似火烧，野田禾稻半枯焦。农夫心内如汤煮，公子王孙把扇摇。"与杜荀鹤《雪》诗"拥袍公子休言冷，中有樵夫跣足行"同意。

《山满楼笺注唐诗七言律》：五、六写雪已霁，辨巢穴，则巢穴莫辨；寻路岐，则路岐难寻。茫茫一白，不知其深之几尺也。结到"拥袍"、"跣足"，讽公子乎？恤樵夫乎？仁人之言，吾但觉其蔼如尔。

《东岩草堂评订唐诗鼓吹》：朱东岩曰：前六句写雪，后二句志感。

秋宿临江驿

南来北去二三年，年去年来两鬓斑。

举世尽从愁里老，谁人肯向死前闲。

渔舟火影寒归浦,驿路铃声夜过山。

身事未成归未得,听猿鞭马入长关。

【汇评】

《野客丛书》:高斋诗话曰:山谷尝云:杜荀鹤诗"举世尽从愁里老",正好对韩退之诗"谁人肯向死前休"。……退之在前,荀(鹤)用其语。

《瀛奎律髓》:三、四世俗所传。

《载酒园诗话又编》:杜于晚唐为至陋,今试漫举数联,如:"廉颇解武文无说,谢朓能文武不通""典尽客衣三尺雪,炼精诗句一头霜""遍搜宝货无藏处,乱杀平人不怕天""举世尽从愁里老,谁人肯向死前闲",……岂成人语!

《初白庵诗评》:三、四直遂无馀韵,学元和体而堕浅易者往往如此。

《瀛奎律髓汇评》:纪昀:三、四鄙俚。虚谷下"世俗"二字,却有分寸。

山中寡妇

夫因兵死守蓬茅,麻苎衣衫鬓发焦。

桑柘废来犹纳税,田园荒后尚征苗。

时挑野菜和根煮,旋斫生柴带叶烧。

任是深山更深处,也应无计避征徭。

【汇评】

《藏海诗话》:老杜诗:"本卖文为活,翻令室倒悬。荆扉深蔓草,土锉冷疏烟。"此言贫不露骨。如杜荀鹤"时挑野菜和根煮,旋斫青柴带叶烧",盖不忌当头,直言穷愁之迹,所以鄙陋也。切忌当头,要影落出。

《诗林广记》：此诗备言民生之憔悴，国政之烦苛，可谓曲尽其情矣。采民风者，观之其能动心否乎？

《瀛奎律髓》：荀鹤诗至此俗甚，而三、四格卑语率，最是"废来"、"荒后"。似此者不一，学晚唐者以为式，予心盖不然之。尾句语俗似诨，却切。

《五朝诗善鸣集》：大似"东邻扑枣"之诗，自是君家诗法。

《围炉诗话》：开成已后，诗非一种，不当概以晚唐视之。如"时挑野菜和根煮"、"雪满长安酒价高"之类，极为可笑。

《初白庵诗评》：一变樊川家法，但要说得爽快，此学香山而失之肤浅者。

《瀛奎律髓汇评》：冯舒：直写时事，然亦伤粗浅。　纪昀：虽切而太尽，便非诗人之致。　又云：五、六尤粗鄙。　无名氏（甲）：前六句叙事，而总括在末句，不独为一人也。诗与少陵气脉相通，岂非小杜贤子耶！

《唐诗析类集训》：总以首句"兵"字作主脑，死守以兵，征徭亦以兵耳。

闲居书事

竹门茅屋带村居，数亩生涯自有馀。
鬓白只应秋炼句，眼昏多为夜抄书。
雁惊风浦渔灯动，猿叫霜林橡实疏。
待得功成即西去，时清不问命何如。

【汇评】

《载酒园诗话又编》：杜（荀鹤）集中亦间有佳句，如"一溪寒色渔收网，半树斜阳鸟傍巢"、"雁惊风浦渔灯动，猿叫霜林橡实疏"、"秋登岳寺云随步，夜宴江楼月满身"、"寒雨旋疏丛菊艳，晚风时动小松阴"，殊不减许浑。但佳者止得一联，不能前茅后劲，又鄙俚者太不堪耳。

乱后逢村叟

经乱衰翁居破村，村中何事不伤魂。
因供寨木无桑柘，为著乡兵绝子孙。
还似平宁征赋税，未尝州县略安存。
至于鸡犬皆星散，日落前山独倚门。

【汇评】

《碧溪诗话》：荀鹤，朱梁时作《时世吟》十首，录其二云："夫因兵死守蓬茅，麻苎衣衫鬓发焦。……""八十衰翁住破村，村中牢落不堪论……"

《南村辍耕录》：尝读杜荀鹤诗，其《乱后逢村叟》曰："经乱衰翁居破村，……"《山中寡妇》曰："夫因兵死守蓬茅，……"《旅泊遇郡中乱》曰："握手相看谁敢言，……"然方之今日，始信其非寓言也。

自 叙

酒瓮琴书伴病身，熟谙时事乐于贫。
宁为宇宙闲吟客，怕作乾坤窃禄人。
诗旨未能忘救物，世情奈值不容真。
平生肺腑无言处，白发吾唐一逸人。

春闺怨

朝喜花艳春，暮悲花委尘。

不悲花落早,悲妾似花身。

再经胡城县

去岁曾经此县城,县民无口不冤声。
今来县宰加朱绂,便是生灵血染成。

【汇评】

《唐人绝句精华》:三、四句所以斥责之意严矣,非止于讽刺
也。如此县官,实乃民贼!……荀鹤另有《乱后逢村叟》七律一首,
反映更为具体。

蚕 妇

粉色全无饥色加,岂知人世有荣华。
年年道我蚕辛苦,底事浑身着苎麻。

【汇评】

《唐人绝句精华》:荀鹤又有《山中寡妇》诗,……皆代乡村妇
女呼吁之作也。

闽中秋思

雨匀紫菊丛丛色,风弄红蕉叶叶声。
北畔是山南畔海,只堪图画不堪行。

【汇评】

《云谷杂记》:(荀鹤)《送人游吴越》云:"夜市桥边火,春风寺
外船。"《维扬春日》云:"络岸柳丝悬细雨,绣田花朵弄残春。"《闽
中》云:"雨匀紫菊丛丛色,风弄红蕉叶叶声。……"可谓善状三处

景物者。如此等句,盖三百篇中之警策,其他往往伤于俚俗。

溪　兴

　　山雨溪风卷钓丝,瓦瓯蓬底独斟时。
　　醉来睡着无人唤,流下前溪也不知。

【汇评】

　　《后村诗话》:杜荀鹤《春宫怨》云:"风暖鸟声碎,日高花影重。"……《溪兴》云:"山雨溪风卷钓丝,……"荀鹤诗在罗隐、方干之下,半山选唐诗只取四首。其五言最多,然每失之容易,七言差胜。

　　《诗人玉屑》:杜荀鹤亦有《溪兴》绝句,……语句俱弱,不若(韩)致元(《醉著》)之雅健也。

　　《唐诗真趣编》:与"罢钓归来不系船"一样说话,比较挺健。　　刘仲肩曰:怀葛遗民。

田　翁

　　白发星星筋力衰,种田犹自伴孙儿。
　　官苗若不平平纳,任是丰年也受饥。

【汇评】

　　《容斋五笔》:张碧《农父》诗云:"运锄耕劚侵晨起,陇畔丰盈满家喜。到头禾黍属他人,不知何处抛妻子。"杜荀鹤《田翁》诗云:"白发星星筋骨衰,……"读之使人怆然。以今观之。何啻倍蓰也。

　　《唐人绝句精华》:两诗(按另一为《伤硖石县病叟》)所反映者,皆被惨重剥削者之无告苦情也。

旅舍遇雨

月华星彩坐来收，岳色江声暗结愁。

半夜灯前十年事，一时和雨到心头。

【汇评】

《云谷杂记》：（荀鹤诗）如《感春》云："无限青云有限身，眼前花似梦中春。浮生七十今三十，已是人间半世人。"《旅中遇雨》云："半夜灯前十年事，一时和雨到心头。"《宿临江驿》云："举世尽从愁里老，谁人肯向死前闲。"《感遇》云："大海波涛浅，小人方寸深。海枯终见底，人死不知心。"皆有意绪。

《养一斋诗话》：（荀鹤诗）辞气粗鄙，亦云至矣。除"暮天新雁起汀洲"一绝外，唯"字人无异术，至论不如清"、"高下麦苗新雨后，浅深山色晚晴时"数句，"月华星彩坐来收，……""山雨溪风卷钓丝，……"二绝耳。

闻子规

楚天空阔月成轮，蜀魄声声似告人。

啼得血流无用处，不如缄口过残春。

【汇评】

《野客丛书》：唐人诗句中用俗语者，惟杜荀鹤、罗隐为多。杜荀鹤诗如……曰"啼得血流无用处，不如缄口过残春"，曰"举世尽从愁里老，谁人肯向死前闲"，……今人多引此语，往往不知谁作。

《五朝诗善鸣集》：与少陵拜杜鹃之意，大相远矣。

韦 庄

韦庄(836—910),字端己,京兆(今陕西西安)杜陵人。少孤贫力学,才敏过人。黄巢攻陷长安,庄作长诗《秦妇吟》,人称"秦妇吟秀才"。后浪迹河南、吴越、江西、荆湖等地。乾宁元年(894),登进士第,任校书郎。李洵为两川宣谕和协使,辟为判官使蜀。还,任左补阙,光化三年,奏请追赐李贺、贾岛等进士及第。天复元年,王建辟为掌书记。召为起居舍人,建留之,遂终身仕蜀。王建称帝,庄历左散骑常侍,判中书门下事,官终吏部侍郎、平章事。工诗,词名尤著。天复三年,庄弟蔼曾编其诗近千首为《浣花集》。今《浣花集》十卷,仅存诗二百馀首。后人又辑其词作为《浣花词》。《全唐诗》编诗六卷。

【汇评】

(韦)庄早尝寇乱,间关顿踬,携家来越中,弟妹散居诸郡。江西、湖南,所在曾游。举目有山河之异,故于流离漂泛,寓目缘情,子期怀旧之辞,王粲伤时之制,或离群轸虑,或反袂兴悲,四愁九怨之文,一咏一觞之作,俱能感动人也。(《唐才子传》)

仲言云:韦庄于晚唐中最超,其七绝有类盛唐者,律诗虽不甚雄,亦是可讽。(《汇编唐诗十集》)

唐汝询曰：韦庄于晚唐中最超，律诗虽不甚雄，亦是可讽。（《唐诗选脉会通评林》）

韦端己体近雅正，惜出之太易，义乏闳深。（《唐音癸签》）

韦庄律诗七言胜于五言，……绝句在唐末诸人之上。（《诗源辩体》）

钝吟云：韦相诗声调高亮，不用晚唐人细碎苦涩工夫，是此书律诗法也。（《才调集补注》）

韦诗调响，与晚唐诸家不同，大略不宜多，才弱也。七言四韵平平说去，遒警动人。（同上）

韦庄在晚唐之末，稍为官样，虽亦时形浅薄，自是风会使然，胜于"咸通十哲"多矣。（《石洲诗话》）

韦端己《秦中吟》诸乐府，学白乐天而未到。《闻再幸梁洋》、《过扬州谒蒋帝庙》诸篇，学李义山、温方城而未到。然亦唐末一巨手也。（《北江诗话》）

西昆诸公之拟玉谿，但学其隶事耳，殊滞于句下，都成死语。其馀宋初诸贤，亦皆域于许浑、韦庄辈境内。（《五七言今体诗钞》）

韦庄流丽中感慨顿挫，语关飞动。（《东目馆诗见》）

其源出于元稹，有排比之能，无温丽之采。专为律体，时代所尚，章台清瑟，秀发遥音；七古开宕，犹存初体。（《三唐诗品》）

（庄）诗典雅绮丽，风致嫣然，七绝则王建、李益之亚也。（《诗学渊源》）

章台夜思

清瑟怨遥夜，绕弦风雨哀。

孤灯闻楚角，残月下章台。

芳草已云暮，故人殊未来。

乡书不可寄，秋雁又南回。

【汇评】

《唐诗归》：钟云：悲艳动人。　　　谭云：苦调柔情。

《唐诗镜》：二句佳，三、四盛唐气格。

《唐风定》：音韵忽超，但"芳草"一联太沿日暮碧云耳。

《带经堂诗话》：律诗贵工于发端，承接二句尤贵得势。……"古戍黄叶落，浩然离故关。"下云："高风汉阳渡，初日郢门山。""锦瑟怨遥夜，绕弦风雨哀。"下云："孤灯闻楚角，残月下章台。"此皆转石万仞手也。

《唐诗摘钞》：句调坚老，晚唐所罕。

《删正二冯评阅才调集》：纪昀：高调，晚唐所少。

《唐贤小三昧集续集》：起得有情，接得有力，所谓万钧石在掌上转也。此诗与飞卿"古戍落黄叶"之作，皆晚唐之绝品也。

《筱园诗话》：（五、七律）起笔得势，入手即不同人，以下迎刃而解矣。如……温飞卿之"古戍落黄叶，浩然离故关"，韦端己之"清瑟泛遥夜，绕弦风雨哀"，李玉谿之"高阁客竟去，小园花乱飞"，……以上诸联，或雄厚，或紧遒，或生峭，或恣逸，或高老，或沉着，或飘脱，或秀拔，佳处不一，皆高格响调，起句之极有力、最得势者，可为后学法式。

《吴氏诗话》：《能改斋漫录》云：淮南小山《招隐士》云："王孙游兮不归，春草生兮萋萋。"陆士衡《拟庭中有奇树》云："芳草久已茂，佳人竟不归。"即《招隐》语也。谢灵运诗"圆景早已满，佳人殊未适"，盖又祖士衡；而江则兼用陆、谢及魏文语也。其后，韦庄《章台夜思》云："芳草已云暮，故人殊未来"，……无非蹈袭前语，而视陆、谢则又绝类矣。

《读雪山房唐诗序例》：温庭筠"古戍落黄叶"，刘绮庄"桂楫木兰舟"，韦庄"清瑟怨遥夜"，便觉开、宝去人不远。可见文章虽限于时代,豪杰之士终不为风气所囿也。

《诗境浅说》:五律中有高唱入云、风华掩映而见意不多者。韦诗其上选也。前半首借清瑟以写怀,泠泠二十五弦,每一发声,若凄风苦雨绕弦杂遝而来。况残月孤灯,益以角声悲奏,楚江行客,其何以堪胜! 诵此四句,如闻雍门之琴、桓伊之笛也。下半首言草木变衰,所思不见,雁行空过,天远书沉,与李白之"鸿雁几时到,江湖秋水多"相似,皆一片空灵,含情无际。初学宜知此诗之佳处,前半在神韵悠长,后半在笔势老健。如笔力尚弱而强学之,则宽廓无当矣。

延兴门外作

芳草五陵道,美人金犊车。
绿奔穿内水,红落过墙花。
马足倦游客,鸟声欢酒家。
王孙归去晚,宫树欲栖鸦。

【汇评】

《唐诗归》:钟云:真("绿奔"四句下)。

《唐诗从绳》:全首直叙,妙在写景,润而不枯,艳而不俗,声格在中唐之间。

《唐诗选脉会通评林》:此见五陵豪侠之家当春游之日,极其奢华妖艳,往来驰逐;因自叹倦游之客,惟有乘兴一过酒家而已,……言外有无限感慨。

《唐风定》:从纤细中出,自是佳语,第单寻此一路不得。

《此木轩五言七言律诗选读本》:句句字字工,以工为事。

《唐诗近体》:"奔"字、"过"字、"倦"字、"欢"字,于此得炼字法,言因倦而憩酒家。

送日本国僧敬龙归

扶桑已在渺茫中，家在扶桑东更东。
此去与师谁共到，一船明月一帆风。

古离别

晴烟漠漠柳毵毵，不那离情酒半酣。
更把玉鞭云外指，断肠春色在江南。

【汇评】

《升庵诗话》："晴烟漠漠柳毵毵，……"韦端己送别诗多佳，经诸家选者不载。

《增定评注唐诗正声》：李云：结有馀恨。

《唐诗广选》：高廷礼曰：晚唐绝句兴象不同，而声律亦未远。如韦庄《离别》诸篇，尚有盛唐馀韵。

《唐诗选脉会通评林》：杨慎曰：妙品。　　周珽曰：古色古貌，杂诸王、李，何辨。　　后二句正是第二句意。与陆鲁望《有别》后联语意相同：陆以留别者言，居人登楼所望，有不堪增愁处；韦以送别者言，行人玉鞭所指，有不胜断肠处。

《唐诗摘钞》：读此益知王昌龄"更吹羌笛关山月，无那金闺万里愁"倒叙之妙。常建云"即令江北还如此，愁杀江南离别情"，与此同意，此作较饶风韵。

《唐人万首绝句选评》：觉字字有情有味，得盛唐馀韵。

柳谷道中作却寄

马前红叶正纷纷，马上离情断杀魂。
晓发独辞残月店，暮程遥宿隔云村。
心如岳色留秦地，梦逐河声出禹门。
莫怪苦吟鞭拂地，有谁倾盖待王孙。

【汇评】

《贯华堂选批唐才子诗》：写着青袍、冲红叶，穷日之力，望望而去。去则意欲至何处乎？可悲也（首四句下）。　　写心虽欲留，身自不能不去。然身虽已去，心则何恃而敢去乎？愈可悲也。（末四句下）。

《网师园唐诗笺》：无限低徊（"心如岳色"联下）。

《唐诗近体》：悲壮（"心如岳色"二句下）。

灞陵道中作

春桥南望水溶溶，一桁晴山倒碧峰。
秦苑落花零露湿，灞陵新酒拨醅浓。
青龙夭矫盘双阙，丹凤褵褷隔九重。
万古行人离别地，不堪吟罢夕阳钟。

【汇评】

《近体秋阳》：痴肥不贯勋络（"青龙夭矫"联下）。　　虚浩字法。

《贯华堂选批唐才子诗》：写灞桥上人望灞桥下水，窥见晴山倒映，其影如衣一桁。时又正值春花烂发，地又饶有客舍新醅。斯诚上国之壮观，豪人之快瞩也（首四句下）。　　然此地所以自来招致普天下人俱来集会，因而无端生出无数离别者，只为双阙盘龙、九重隔凤，尊荣豪富，尽出于斯。于是奔走贤愚，颠倒老少，如我今日即为不免之人，固不可以一一致诘也（末四句下）。

叹落花

一夜霏微露湿烟，晓来和泪丧婵娟。
不随残雪埋芳草，尽逐香风上舞筵。
西子去时遗笑靥，谢娥行处落金钿。
飘红堕白堪惆怅，少别秾华又隔年。

【汇评】

《唐诗鼓吹笺注》：不随残雪，又逐春风，反将落花写得异样有情。又以拟之西子遗笑靥、谢女落金钿，更将落花写得异样可爱。然写得愈有情，愈觉伤心；写得愈可爱，愈觉可怜。此皆唐人妙法，不可不学也。

《唐风采》：震青曰：落花诗最难作，此独妙在流连无尽，绝处生情，所以为佳。

《唐诗笺注》：虽少味，而韵致却好，故昔人传诵。

题盘豆驿水馆后轩

极目晴川展画屏，地从桃塞接蒲城。
滩头鹭占清波立，原上人侵落照耕。
去雁数行天际没，孤云一点净中生。
冯轩尽日不回首，楚水吴山无限情。

【汇评】

《贯华堂选批唐才子诗》：前解写景，后解叙怀。　　"极目"，言在驿馆后轩极目也。"展画屏",言其日天晴,川光如练,自此至彼,一望迤逦,如曲屏初展也。滩头鹭立,原上人耕,虽写极目所见,然言外实见鹭亦有占,人亦有耕,而己独漂摇道涂,不得休息,遂生出后一解诗来也(首四句下)。　　　　五、六,要知其直从雁未没、云未生前,早已凭轩不回首;直至雁已没,云亦没后,只是凭轩不回首,谓之"尽日凭轩不回首"也。不知其不回首,凡经多少时,始有去雁?又不回首,凡经多少时,去雁始没?又不回首,凡经多少时,始又云生?总之,只要想此雁没、云生之处,则为何处,而为其"尽日不回首"处,便叹此五、六,又另是全唐人所未道也(末四句下)。

咸　通

咸通时代物情奢,欢杀金张许史家。
破产竞留天上乐,铸山争买洞中花。
诸郎宴罢银灯合,仙子游回璧月斜。
人意似知今日事,急催弦管送年华。

【汇评】

《中晚唐诗叩弹集》:庭珠按:懿宗在位十四年,荒诞失德,臣下晏安宠禄,自是内盗迭兴,南诏再乱,民逐其上而唐室大坏矣。

辛丑年

九衢漂杵已成川,塞上黄云战马闲。
但有赢兵填渭水,更无奇士出商山。
田园已没红尘里,弟妹相逢白刃间。
西望翠华殊未返,泪痕空湿剑文斑。

【汇评】

《五朝诗善鸣集》：结句有少陵"至尊亦蒙尘"之意，遂尔深远。

思 归

暖丝无力自悠扬，牵引东风断客肠。
外地见花终寂寞，异乡闻乐更凄凉。
红垂野岸樱还熟，绿染回汀草又芳。
旧里若为归去好，子期凋谢吕安亡。

【汇评】

《唐体肤诠》：好起手，宛然崔涂《春夕》诗（首二句下）。

忆 昔

昔年曾向五陵游，子夜歌清月满楼。
银烛树前长似昼，露桃华里不知秋。
西园公子名无忌，南国佳人号莫愁。
今日乱离俱是梦，夕阳唯见水东流。

【汇评】

《升庵诗话》：韦庄"昔年曾向五陵游"一首，罗隐《梅花》"吴王醉处十馀里"一首，李郢《上裴晋公》"四朝忧国鬓成丝"一首，皆晚唐之绝唱，可与盛唐峥嵘，唯具眼者知之。

《唐诗广选》：意尽（"今日乱离"句侧）。

《唐诗解》：黄巢之乱，京师荡然，端已避难于蜀，故言我昔游五陵。

《唐诗选脉会通评林》：唐孟庄曰：五六取对亦巧，尾句不说出，妙甚。　　陈继儒曰：三、四晚唐高调。　　蒋一梅曰：用事切题,出人意表,有游戏三昧之意。

《贯华堂选批唐才子诗》：前解,写昔年,后解,写今日。此是唐人大起大落文字。　　细玩午夜"午"字、清歌"清"字、月满楼"满"字,此一句七字中间便全有"长似昼"、"不知秋"一片靡曼连延之意。不谓后解一变,遂成夕阳流水,如此迫蹙(首四句下)!此"西园公子"、"南国佳人"二句,正如谚云"点鬼簿"相似。言如许若干人数,今日一总化为乌有。"惟见水东流"上,又加"夕阳"二字,眼看如此一片荒凉迫蹙也(末四句下)。

《二冯先生评阅才调集》：冯班：韦公诗篇篇有"夕阳"。

《唐诗快》：凡读此等诗,未有不眉飞色舞者。

《东岩草堂评订唐诗鼓吹》：朱东岩曰：此篇通首着眼在"昔年"、"今日"四字。一是忆其游,二是忆其盛。三四紧承次句,细玩"午夜清歌月满楼"七字中,便含有"长似昼"、"不知秋"一片繁华景色在内。"西园公子"、"南国佳人",乃是诗家点染笔墨处,言如许豪华歌舞,今日总付一梦。"惟见水东流"上,又加"夕阳"二字,眼见一派都是荒凉景色也。

《柳亭诗话》：韦庄诗"西园公子名无忌,南国佳人字莫愁",对偶甚工,然以魏文作信陵,殊招物议。

《中晚唐诗叩弹集》：诏按：此诗以时遭乱离,追思长安盛时而作。所云"西园公子名无忌",不过谓当日五陵年少恣意行乐,直当以"无忌"名之,非误以子建为信陵也。焦竑《笔乘》谓其流利可喜,独以一语之疵,终损连城之价,不亦以辞害志乎!

《删订唐诗解》：吴昌祺云："长似昼"、"不知秋",语有微意。五六取对之工,故以"西园"称信陵。

《唐诗成法》：前六皆忆昔,七、八伤今。

《唐诗别裁》：此诗时遭乱离,追忆昔时而作,极风美流发。唯第五语"西园公子",或指陈思,然与魏无忌、长孙无忌俱不相合,不免有凑句之病。

《诗法易简录》：无限感慨。

《唐诗笺注》：上六句俱言昔日宴游，太平时叙，极意欢娱。结言乱离之后回首当时，竟成梦寐，而夕阳西下，水自东流，真令人悲叹不尽也。

《历代诗发》：上六句都是昔年佳境，结用"今日"掉转，"忆"字神理尽出。

《唐贤小三昧集续集》：婉约可爱。

《随园诗话》：咏史有三体：一借古人往事，抒自己之怀抱，左太冲之《咏史》是也。一为隐括其事，而以咏叹出之，张景阳之《咏二疏》、卢子谅之《咏蔺生》是也。一取对仗之巧，义山之"牵牛"对"驻马"，韦庄之"无忌"对"莫愁"是也。

《北江诗话》：作富贵语，不必金、玉、珠、宝也，如"夜深斜搭秋千索，楼阁冥濛细雨中"，……仅写雨及月，而富贵气象宛然。然尚有楼、台、殿、阁字也。温八叉诗云"隔竹见笼疑有鹤，卷帘看画静无人"，韦端己诗"银烛树前长似昼，露桃花里不知秋"，第二等人家即无此气象。

赠边将

昔因征远向金微，马出榆关一鸟飞。
万里只携孤剑去，十年空逐塞鸿归。
手招都护新降虏，身著文皇旧赐衣。
只待烟尘报天子，满头霜雪为兵机。

【汇评】

《唐七律选》：故是俊句（"手招都护"二句下）。

《唐体肤诠》：此边将之老于塞上者。曰"昔"，曰"十年"，曰

"旧赐衣",曰"满头霜雪",无意点缀,自成结构。

《唐诗别裁》:"只待"二字语病("只待烟尘"句下)。

寄江南逐客

二年音信阻湘潭,花下相思酒半酣。

记得竹斋风雨夜,对床孤枕话江南。

清河县楼作

有客微吟独凭楼,碧云红树不胜愁。

盘雕迥印天心没,远水斜牵日脚流。

千里战尘连上苑,九江归路隔东周。

故人此地扬帆去,何处相思雪满头。

【汇评】

《唐体馀编》:暗藏结意(首二句下)。

《坚瓠集》:少陵又有"日脚下平地"句,韦庄诗"远水斜牵日脚流",石曼卿诗"花影长随日脚流",……日、月、霞、露称"脚"俱新。

赠戍兵

汉皇无事暂游汾,底事狐狸啸作群。

夜指碧天占晋分,晓磨孤剑望秦云。

红旌不卷风长急,画角闲吹日又曛。

止竟有征须有战,洛阳何用久屯军。

【汇评】

《诗源辩体》:(韦庄)七言律如"万里只携孤剑去,十年空逐塞鸿归"、"夜指碧天占晋分,晓磨孤剑望秦云。红旗不卷风长急,画角闲吹日又曛"、"心如岳色留秦地,梦逐河声出禹门"、"千年王气浮清洛,万古坤灵镇碧嵩"、"江声似激秦军破,山势如匡晋祚危"等句,声气实雄于(许)浑。

立 春

青帝东来日驭迟,暖烟轻逐晓风吹。
屈袍公子樽前觉,锦帐佳人梦里知。
雪圃乍开红菜甲,彩幡新剪绿杨丝。
殷勤为作宜春曲,题向花笺帖绣楣。

【汇评】

《唐诗别裁》:以气相感也("屈袍公子"句下)。

残 花

和烟和露雪离披,金蕊红须尚满枝。
十日笙歌一宵梦,苎萝因雨失西施。

【汇评】

《载酒园诗话》:韩偓《哭花》:"若是有情争不哭?夜来风雨葬西施。"韦庄《残花》:"十日笙歌一宵梦,苎萝烟雨失西施。"两君同时,当非相袭,然韩语自胜。　　黄白山评:予谓韦语胜。

上元县

原注:浙西作。

南朝三十六英雄,角逐兴亡尽此中。

有国有家皆是梦，为龙为虎亦成空。

残花旧宅悲江令，落日青山吊谢公。

止竟霸图何物在，石麟无主卧秋风。

金陵图

谁谓伤心画不成，画人心逐世人情。

君看六幅南朝事，老木寒云满故城。

【汇评】

《唐人万首绝句选评》：翻高蟾意，高唱而入，已得机得势。次句又接得玲珑。末句一点，画意已足，经营入妙。

闻再幸梁洋

才喜中原息战鼙，又闻天子幸巴西。

延烧魏阙非关燕，大狩陈仓不为鸡。

兴庆玉龙寒自跃，昭陵石马夜空嘶。

遥思万里行宫梦，太白山前月欲低。

【汇评】

《载酒园诗话又编》：《闻再幸梁洋》曰："兴庆玉龙寒自跃，昭陵石马夜空嘶。"《赠边将》曰："手招都护新降虏，身著文皇旧赐衣。"尤为警策。但美尽言内，又集中浅淡者亦多，未免如晋武帝火浣布耳。

《中晚唐诗叩弹集》：庭珠按：僖宗光启元年冬十月，田令孜遣朱玫、李昌符攻河中，李克用救之。十一月，进逼京师，上奔凤翔。二年春正月，田令孜劫上如宝鸡，二月至兴元。梁洋即兴元府，今陕西汉中府也。　　诏按：朱玫数遣人潜入京焚积，声言李克用所为。又僖宗之出幸，宰相朝臣皆不知，故以"燕雀处堂"为喻也。僖宗被劫而曰"大狩"，讳之也。"玉龙自跃"，比僖宗之不得安其位也；"石马空嘶"，讥诸将也。末乃自言其思恋行在之意云。

陪金陵府相中堂夜宴

满耳笙歌满眼花，满楼珠翠胜吴娃。
因知海上神仙窟，只似人间富贵家。
绣户夜攒红烛市，舞衣晴曳碧天霞。
却愁宴罢青蛾散，扬子江头月半斜。

【汇评】

《载酒园诗话又编》：韦庄诗飘逸，有轻燕受风之致，尤善写豪华之景。如"流水带花穿巷陌，夕阳和树入帘栊"、"银烛树前长似昼，露桃花里不知秋"、"绣户夜攒红烛市，舞衣晴曳碧天霞"，秾丽殆不减于韩翃。

《唐七律选》：尚见跳掷之致（"因知海上"二句下）。　　以巧语入诗，中晚唐多有之，然全在调度。假如"海上"二句云"人间富贵似海上神仙"，则索然矣。

《唐诗成法》："笙歌"、"珠翠"极写夜宴之盛。三、四再用实写，便成赘语，此换虚笔，自然灵动。然不曰富贵家似神仙府，而曰神仙府只是富贵家，过一步法，不落套语，而相府中堂移动不得。五、六再写夜宴，能不复一、二。七、八言外见己之客路无聊也。以"宴罢"结全篇，以"扬子"结金陵，周密之甚。

《唐诗别裁》：只是说人间富贵，几如海上神仙，一用倒说，顿然换境。

《诗境浅说》：诗纪府中夜宴之盛。前二句……三用"满"字，见府第之繁华。几无隙地，真如锦洞天矣。三、四句若言人间富贵不异仙家，不过寻常意境，诗用倒装句法，言海上神仙只似人间富贵，便点化常语为新颖之词。五句言石家蜡烛辉映千枝，疑入五都夜市；六句言舞袖争翻，如曳碧天之霞绮。厉樊榭《游仙诗》："天母衣裳云汉锦，九光灯里舞夜飘。"可为五、六句之注脚也。末句言所愁者酒阑客散、斜月楼空耳，所谓"绝顶楼台人散后，满场袍笏戏阑时"。作者不为谀颂语以悦贵人，而作当头棒喝，为酬酢诗中所仅见。韦庄著才名，府相招致词客，本以张其盛会，而得此冷落之词，能无败兴耶？

寓　言

为儒逢世乱，吾道欲何之。
学剑已应晚，归山今又迟。
故人三载别，明月两乡悲。
惆怅沧江上，星星鬓有丝。

【汇评】

《诗源辩体》：韦庄律诗，七言胜于五言。五言如"拜书辞玉帐"、"月照临官渡"、"为儒逢世乱"三篇，略与许浑相类。

台　城

江雨霏霏江草齐，六朝如梦鸟空啼。
无情最是台城柳，依旧烟笼十里堤。

【汇评】

《注解选唐诗》：台城乃梁武帝馁死之地。国亡主灭，陵谷变迁，人物换世，唯草木无情，只如前日。此柳必梁朝所种，至唐犹存，"无情"、"依旧"四字最妙。

《唐诗选脉会通评林》：何新之为奇隽体。　　吴山民曰：就图发《黍离》之悲。　　徐充曰："依旧"二字，得刘禹锡用"旧时"意。　　郭濬曰：听歌《麦秀》。　　胡次焱曰：始责烟柳无情，不顾兴亡；终羡烟柳自若，付兴亡于无可奈何，意味深长。端平北使王楫诗："到处江山是战场，淮民依旧说耕桑。梅花不识兴亡恨，犹向东风笑夕阳。"北将胡谘议留江州诗："寂寞武矶山上庙，萧条罗伏水中船。垂杨不管兴亡事，依旧青青两岸边。"二诗俱讥本朝文武不知国势危急，随时偷乐也。皆从此诗变化。

《五朝诗善鸣集》：多少台城凭吊诗，总被"六朝如梦"四字说尽。

《唐贤清雅集》：端己声调宏壮，亦晚唐好手。此诗厚而有味。

《删订唐诗解》：唐汝询云：此赋图上之景，因发吊古之悲。　　吴昌祺云：呜呼，古今何限台城柳耶？横种亦生，倒种亦生，态弱花狂，无往不可。

《唐贤小三昧集续集》：韵足与牧之"商女后庭"之作同妙。

《诗法易简录》：题画而寓兴亡之感，言外别有寄托。

《历代诗发》：陵谷变迁之感，人自多情，故觉柳无情耳。

《唐人万首绝句选评》：咏柳从无人说"无情"者，一翻用，觉感慨不尽。

《挑灯诗话》：韦端己《台城》，赋凄凉之景，想昔日盛时，无限感慨，都在言外，使人思而得之。

《唐人绝句精华》："六朝如梦"，一切皆空也。"依旧"之物，惟柳而已，故曰"无情"。然则有情者不免感慨可知矣。此种写法，王士禛所谓神韵也。

过扬州

当年人未识兵戈，处处青楼夜夜歌。

花发洞中春日永，月明衣上好风多。

淮王去后无鸡犬，炀帝归来葬绮罗。

二十四桥空寂寂，绿杨摧折旧官河。

【汇评】

《近体秋阳》：太平汉子真实受用，却不堪对此七字（首句下）。　　八句两截，前四句言其盛，后四句言其衰。后四句凄急，至不可多读；前四句数过并言其盛者，而亦不可辄读矣。以故劈头七字试漫读之，便足令汗浃。

《五七言今体诗钞》：高骈、吕用之妄事神仙，故借称淮南，而实叹兵火之后鸡犬皆尽。"归来"字用《招魂》，然"葬"字不稳贴，疑本是"丧"字。

江上题所居

故人相别尽朝天，苦竹江头独闭关。

落日乱禅萧帝寺，碧云归鸟谢家山。

青州从事来偏熟，泉布先生老渐悭。

不是对花长酩酊，永嘉时代不如闲。

【汇评】

《贯华堂选批唐才子诗》：故人朝天，本是恒事；故人因朝天而别，亦本是恒事。今是故人一时尽别，问之却是一时尽去朝天，则胡为是纷纷者乎？江头独闭关，因特加"苦竹"二字，写尽孤寒自守。三承一，画出故人好笑。四承二，画出自家闲畅也（首四句下）。　　后解又说明所以江头闭关之故，言如此时代，无手可措，不如醉酒，且尽一生也（末四句下）。

江外思乡

年年春日异乡悲,杜曲黄莺可得知。
更被夕阳江岸上,断肠烟柳一丝丝。

稻　田

绿波春浪满前陂,极目连云䅩稏肥。
更被鹭鹚千点雪,破烟来入画屏飞。

衢州江上别李秀才

千山红树万山云,把酒相看日又曛。
一曲离歌两行泪,更知何地再逢君。

【汇评】

《唐诗选脉会通评林》:何新之为平淡体。　　谢枋得曰:眼前说话,形容惜别,未有如此紧切。　　周珽曰:端己《江上》二诗,别情婉至,黯然魂消。又俱一气清空,全不着力,妙。　　敖英曰:唐人别诗,多用"泪"字,恳切有情。

鄠杜旧居二首(其一)

却到山阳事事非,谷云溪鸟尚相依。
阮咸贫去田园尽,向秀归来父老稀。
秋雨几家红稻熟,野塘何处锦鳞肥。
年年为献东堂策,长是芦花别钓矶。

【汇评】

《贯华堂选批唐才子诗》："事事非"，不止诉田园，兼诉父老，便是名士风流。不尔，岂非乞儿叫街耶？然又妙于二句之"惟馀溪鸟"七字，无此便不成诗（首四句下）。　　　　"谁家"，以反写自家；"何处"，以反写此处也。"年年"二字，是深悔之辞，便知其今年更不然也（末四句下）。

《唐体肤诠》：追忆别时，以深著归时之可喜也，反笔灵矫。

绥州作

雕阴无树水难流，雉堞连云古帝州。
带雨晚驼鸣远戍，望乡孤客倚高楼。
明妃去日花应笑，蔡琰归时鬓已秋。
一曲单于暮烽起，扶苏城上月如钩。

【汇评】

《唐诗评选》：轻俊不佻。

《唐贤小三昧集续集》：此句写得别，连下句都妙（"带雨晚驼"句下）。

与东吴生相遇

原注：及第后出关作。

十年身事各如萍，白首相逢泪满缨。
老去不知花有态，乱来唯觉酒多情。
贫疑陋巷春偏少，贵想豪家月最明。
且对一尊开口笑，未衰应见泰阶平。

《删正二冯评阅才调集》：纪昀：诗特深稳，结句尤为忠厚。

《唐贤小三昧集续集》：确有此情（"贫疑陋巷"二句下）。

丙辰年鄜州遇寒食城外醉吟五首（选二首）

其一

满街杨柳绿丝烟，画出清明二月天。

好是隔帘花树动，女郎撩乱送秋千。

【汇评】

《唐诗笺注》："画出"二字妙。下二句玩"隔帘"及"撩乱"字意，还是跟"杨柳绿丝烟"写照，分明于柳丝荡漾中形出。可知古人用笔，实景中皆用虚情描绘，上下必相关动也。

其五

雨丝烟柳欲清明，金屋人闲暖凤笙。

永日迟迟无一事，隔街闻筑气毬声。

乞彩笺歌

浣花溪上如花客，绿暗红藏人不识。

留得溪头瑟瑟波，泼成纸上猩猩色。

手把金刀擘彩云，有时剪破秋天碧。

不使红霓段段飞，一时驱上丹霞壁。

蜀客才多染不供，卓文醉后开无力。

孔雀衔来向日飞，翩翩压折黄金翼。

我有歌诗一千首，磨砻山岳罗星斗。

开卷长疑雷电惊，挥毫只怕龙蛇走。

班班布在时人口，满袖松花都未有。

人间无处买烟霞，须知得自神仙手。

也知价重连城璧，一纸万金犹不惜。

薛涛昨夜梦中来，殷勤劝向君边觅。

白牡丹

闺中莫妒新妆妇，陌上须惭傅粉郎。

昨夜月明浑似水，入门唯觉一庭香。

【汇评】

《北江诗话》：白牡丹诗，以唐韦端己"入门惟觉一庭香"，及开元明公"别有玉盘承露冷，无人起向月中看"为最。

悯耕者

何代何王不战争，尽从离乱见清平。

如今暴骨多于土，犹点乡兵作戍兵。

虎　迹

白额频频夜到门，水边踪迹渐成群。

我今避世栖岩穴，岩穴如何又见君。

【汇评】

《石园诗话》：韦端己疏旷不拘小节。……如"咏诗信行马，载酒喜逢人"、"树老风声壮，山高腊候融"、"万物不如酒，四时唯爱春"、"一杯今日酒，万里故乡心"、"静极却嫌流水闹，闲多翻笑野云忙"、"老去不知花有态，乱来唯觉酒多情"，及《忆昔》、《陪金陵府相中堂夜宴》、《题姑苏凌处士庄》、《过内黄县》、《南昌晚眺》、《投寄旧知》、《咸阳怀古》、《长安清明》、《古离别》、《立春日作》、《寄江南逐客》、《离筵诉酒》、《台城》、《燕来》、《令狐亭》、《虎迹》诸诗，感时怀旧，颇似老杜笔力。

长安清明

蚤是伤春梦雨天，可堪芳草更芊芊。
内官初赐清明火，上相闲分白打钱。
紫陌乱嘶红叱拨，绿杨高映画秋千。
游人记得承平事，暗喜风光似昔年。

【汇评】

《东岩草堂评订唐诗鼓吹》：朱东岩曰：曰"早是"，曰"可堪"，皆触景感怀口吻也。"内官"、"上相"，皆追忆昔年升平之事；"叱拨"、"蹴踘"，皆追忆昔年升平之景：独是升平虽异，而风光不改。曰"暗喜"者，乃游人暗喜耳。

《知新录》：王建《宫词》云："寒食内人长白打，库家先散与金钱。"又唐诗云："上相闲分白打钱。"……齐云论曰："白打，蹴毱戏也。两人对踢为白对，三人角踢为官场。"

《唐贤小三昧集续集》：一起宕漾有神（首句下）。

《五七言今体诗钞》：伤乱而作此，故佳。若正序承平而为是语，则无味矣。

饮散呈主人

梦觉笙歌散，空堂寂寞秋。
更闻城角弄，烟雨不胜愁。

长安春

长安二月多香尘,六街车马声辚辚。
家家楼上如花人,千枝万枝红艳新。
帘间笑语自相问,何人占得长安春。
长安春色本无主,古来尽属红楼女。
如今无奈杏园人,骏马轻车拥将去。

下邽感旧

昔为童稚不知愁,竹马闲乘绕县游。
曾为看花偷出郭,也因逃学暂登楼。
招他邑客来还醉,儌得先生去始休。
今日故人何处问,夕阳衰草尽荒丘。

【汇评】

《太平广记》:韦庄幼时,常在华州下邽县侨居,多与邻巷诸儿会戏。及广明乱后,再经旧里,追思往事,但有遗踪,因赋诗以纪之。……《下邽》诗曰:"昔为童稚不知愁……"

《石园诗话》:韦端己《下邽感旧》云:"招他邑客来还醉,儌得先生去始休。"《逢李氏兄弟感旧》云:"晓傍柳阴骑竹马,夜隈灯影弄先生。"写幼时与邻巷诸儿会戏塾中,光景如画。味两诗,可以知其少时之狡狯无赖,不畏老成也。

江上别李秀才

前年相送灞陵春,今日天涯各避秦。

莫向尊前惜沉醉,与君俱是异乡人。

【汇评】

《注解选唐诗》:此诗后二句只是眼前说话,形容惜别,未有如此紧切。

《唐诗品汇》:谢云:客中送客最易伤怀,唐人如"今日劝君须尽醉"、"劝君更尽一杯酒",皆不若此之妙(末二句下)。

《唐诗选脉会通评林》:顾璘曰:真情语,故别。　　周珽曰:夫客中送客,最易伤怀;且别非为功名、为省觐,而各为避乱免祸,如之何可惜一沉醉!

《删订唐诗解》:唐汝询曰:相送灞陵,犹不忍别;今乃避乱天涯,安可惜醉也?

秦妇吟

中和癸卯春三月,洛阳城外花如雪。
东西南北路人绝,绿杨悄悄香尘灭。
路旁忽见如花人,独向绿杨阴下歇。
凤侧鸾欹鬓脚斜,红攒黛敛眉心折。
借问女郎何处来?含嚬欲语声先咽。
回头敛袂谢行人;丧乱漂沦何堪说!
三年陷贼留秦地,依稀记得秦中事。
君能为妾解金鞍,妾亦与君停玉趾。
前年庚子腊月五,正闭金笼教鹦鹉。
斜开鸾镜懒梳头,闲凭雕栏慵不语。
忽看门外起红尘,已见街中擂金鼓。
居人走出半仓惶,朝士归来尚疑误。
是时西面官军入,拟向潼关为警急;

皆言博野自相持，尽道贼军来未及。
须臾主父乘奔至，下马入门痴似醉。
适逢紫盖去蒙尘，已见白旗来匝地。
扶羸携幼竞相呼，上屋缘墙不知次，
南邻走入北邻藏，东邻走向西邻避；
北邻诸妇咸相凑，户外崩腾如走兽。
轰轰崐崐乾坤动，万马雷声从地涌。
火迸金星上九天，十二官街烟烘炯。
日轮西下寒光白，上帝无言空脉脉。
阴云晕气若重围，宦者流星如血色。
紫气潜随帝座移，妖光暗射台星拆。
家家流血如泉沸，处处冤声声动地。
舞伎歌姬尽暗损，婴儿稚女皆生弃。
东邻有女眉新画，倾国倾城不知价；
长戈拥得上戎车，回首香闺泪盈把。
旋抽金线学缝旗，才上雕鞍教走马。
有时马上见良人，不敢回眸空泪下。
西邻有女真仙子，一寸横波剪秋水，
妆成只对镜中春，年幼不知门外事。
一夫跳跃上金阶，斜袒半肩欲相耻。
牵衣不肯出朱门，红粉香脂刀下死。
南邻有女不记姓，昨日良媒新纳聘。
琉璃阶上不闻行，翡翠帘间空见影。
忽见庭际刀刃鸣，身首支离在俄顷。
仰天掩面哭一声，女弟女兄同入井。
北邻少妇行相促，旋拆云鬟拭眉绿。
已闻击托坏高门，不觉攀缘上重屋。

须臾四面火光来，欲下回梯梯又摧。
烟中大叫犹求救，梁上悬尸已作灰。
妾身幸得全刀锯，不敢踟蹰久回顾。
旋梳蝉鬓逐军行，强展蛾眉出门去。
旧里从兹不得归，六亲自此无寻处。
一从陷贼经三载，终日惊忧心胆碎。
夜卧千重剑戟围，朝餐一味人肝脍。
鸳帏纵入岂成欢？宝货虽多非所爱。
蓬头垢面犹眉赤，几转横波看不得。
衣裳颠倒言语异，面上夸功雕作字。
柏台多士尽狐精，兰省诸郎皆鼠魅。
还将短发戴华簪，不脱朝衣缠绣被。
翻持象笏作三公，倒佩金鱼为两史。
朝闻奏对入朝堂，暮见喧呼来酒市。
一朝五鼓人惊起，呼啸喧争如窃语。
夜来探马入皇城，昨日官军收赤水；
赤水去城一百里，朝若来分暮应至。
凶徒马上暗吞声，女伴闺中潜生喜。
皆言冤愤此时销，必谓妖徒今日死，
逡巡走马传声急，又道官军全阵入；
大彭小彭相顾扰，二郎四郎抱鞍泣。
沉沉数日无消息，必谓军前已衔璧；
籤旗掉剑却来归，又道官军悉败绩。
四面从兹多厄束，一斗黄金一升粟。
尚让厨中食木皮，黄巢机上刽人肉。
东南断绝无粮道，沟壑渐平人渐少。
六军门外倚僵尸，七架营中填饿殍。

长安寂寂今何有？废市荒街麦苗秀。
采樵斫尽杏园花，修寨诛残御沟柳。
华轩绣毂皆销散，甲第朱门无一半。
含元殿上狐兔行，花萼楼前荆棘满。
昔时繁盛皆埋没，举目凄凉无故物。
内库烧为锦绣灰，天街踏尽公卿骨。
来时晓出城东陌，城外风烟如塞色。
路旁时见游奕军，坡下寂无迎送客。
霸陵东望人烟绝，树锁骊山金翠灭。
大道俱成棘子林，行人夜宿墙匡月。
明朝晓至三峰路，百万人家无一户。
破落田园但有蒿，催残竹树皆无主。
路旁试问金天神，金天无语愁于人。
庙前古柏有残桥，殿上金炉生暗尘。
一从狂寇陷中国，天地晦冥风雨黑；
案前神水咒不成，壁上阴兵驱不得。
闲日徒歆莫缮思，危时不助神通力。
我今愧恋拙为神，且向山中深避匿；
寰中箫管不曾闻，筵上牺牲无处觅。
旋教魇鬼傍乡村，诛剥生灵过朝夕。
妾闻此语愁更愁，天遣时灾非自由。
神在山中犹避难，何须责望东诸侯！
前年又出杨震关，举头云际见荆山。
如从地府到人间，顿觉时清天地闲。
陕州主帅忠且贞，不动干戈唯守城。
蒲津主帅能戢兵，千里晏然无戈声。
朝携宝货无人问，夜插金钗唯独行。

明朝又过新安东,路人乞浆逢一翁。

苍苍面带苔藓色,隐隐身藏蓬荻中。

问翁本是何乡曲?底是寒天霜露宿?

老翁暂起欲陈辞,却坐支颐仰天哭。

乡园本贯东畿县,岁岁耕桑临近甸;

岁种良田二百廛,年输户税三千万。

小姑惯织褐䌷袍,中妇能炊红黍饭。

千间仓兮万丝箱,黄巢过后犹残半。

自从洛下屯师旅,日夜巡兵入村坞;

匣中秋水拔青蛇,旗上高风吹白虎。

入门下马若旋风,罄室倾囊如卷土。

家财既尽骨肉离,今日垂年一身苦。

一身苦兮何足嗟,山中更有千万家,

朝饥山上寻蓬子,夜宿霜中卧荻花!

妾闻此父伤心语,竟日阑干泪如雨。

出门惟见乱枭鸣,更欲东奔何处所?

仍闻汴路舟车绝,又道彭门自相杀;

野色徒销战士魂,河津半是冤人血。

适闻有客金陵至,见说江南风景异。

自从大寇犯中原,戎马不曾生四鄙,

诛锄窃盗若神功,惠爱生灵如赤子。

城壕固护教金汤,赋税如云送军垒。

奈何四海尽滔滔,湛然一境平如砥。

避难徒为阙下人,怀安却羡江南鬼。

愿君举棹东复东,咏此长歌献相公。

【汇评】

《北梦琐言》:蜀相韦庄应举时,遇黄巢犯阙,著《秦妇吟》一篇,内一联云:"内库烧为锦绣灰,天街踏尽公卿骨。"尔后公卿亦多垂讶,庄乃讳之。时人号"秦妇吟秀才"。他日撰家戒,内不许垂《秦妇吟》障子,以此止谤,亦无及也。

王贞白

王贞白,生卒年不详,字有道,信州永丰(今江西广丰南)人。乾宁二年(895),登进士第。七年后,方授校书郎。天复中,朱全忠犯阙,昭宗奔凤翔,遂退居著书,不复仕进,卒于家山。明《易》能诗,与罗隐、方干、郑谷、贯休等唱和。自编《灵溪集》七卷,已佚。《全唐诗》存诗一卷。

【汇评】

王贞白《寄郑谷郎中》曰:"五百首新诗,缄封寄去时。只凭夫子鉴,不要俗人知。火鼠重浣布,冰蚕乍吐丝。直须天上手,裁作领巾披。"(《唐摭言》)

昭宗皇帝颇为寒畯开路,崔合州凝典贡举,但是子弟,无问文章厚薄,其间屈人不少。孤寒中唯程宴、黄滔擅场之外,其馀以呈试考之,滥得亦不少矣。然如贞白、张蠙诗,赵观文古风之作,皆臻前辈之阃阈者也。(《唐诗纪事》)

(贞白)诗虽多,在一时侪辈,未为工也。(《直斋书录解题》)

贞白学力精赡,笃志于诗,清润典雅,呼吸间两获科甲,自致于青云之上。文价可知矣。深惟存亡取舍之义,进而就禄,退而保

身,君子也。(《唐才子传》)

王贞白《御沟》一律,吟家喜谈其事,亦由微含比兴,故佳。咏苇排句,轻趣可追姚监。馀概少快心。(《唐音癸签》)

御沟水

一带御沟水,绿槐相荫清。

此中涵帝泽,无处濯尘缨。

鸟道来虽险,龙池到自平。

朝宗本心切,愿向急流倾。

【汇评】

《郡阁雅言》:王贞白,唐末大播诗名,《御沟》为卷首,云:"一派御沟水,绿槐相荫清。此波涵帝泽,无处濯尘缨。鸟道来虽险,龙池到自平。朝宗心本切,愿向急流倾。"自为冠绝无瑕,呈僧贯休,休公曰:"此甚好,只是剩一字。"贞白扬袂而去。休公云:"此公思敏。"取笔书"中"字掌中,逡巡贞白回,忻然曰:"已得一字,云:'此中涵帝泽'。"休公将掌中字示之。

《唐诗选脉会通评林》:周珽曰:风调弥远,构峭独擅。 此因御沟水以寄兴也。三、四见国恩常溢、沾沐无由意。五、六咏御沟水流止出于自然,平险无心。结复借喻效忠之诚,急欲承恩,奈此愿之空切,何也?

《围炉诗话》:唐人王贞白《太液池》诗"此波涵帝泽",以"波"与"泽"犯而改为"中"。

《网师园唐诗笺》:用意犹近少陵("此中"联下)。

《唐诗选胜直解》:写得有情致。

金陵怀古

恃险不种德，兴亡叹数穷。

石城几换主，天堑谩连空。

御路叠民冢，台基聚牧童。

折碑犹有字，多记晋英雄。

【汇评】

《五朝诗善鸣集》：感慨得有本领，不同泛泛吊古之言。

商　山

商山名利路，夜亦有人行。

四皓卧云处，千秋叠藓生。

昼烧笼涧黑，残雪隔林明。

我待酬恩了，来听水石声。

【汇评】

《唐诗归》：钟云：自嘲、嘲世，俱妙。

题严陵钓台

山色四时碧，溪声七里清。

严陵爱此景，下视汉公卿。

垂钓月初上，放歌风正轻。

应怜渭滨叟，匡国正论兵。

【汇评】

《唐诗归》：钟云：眼中旷甚。　　　谭云：识力俱上一层。

《唐诗矩》：尾联寓意格。　子陵尘泥轩冕，主意别自有在，岂其爱此水而不出哉？但诗与文用各不同，文之用在实，诗之用在虚。实者主理，理贵不移；虚者主趣，趣非一执也。

《唐诗别裁》：正以不著断语为高，笔力亦复遒劲。

《网师园唐诗笺》：纯任自然，在晚唐中高出一格（首四句下）。

《唐诗近体》：四语一气，清健异常（首四句下）。　以太公相形，见此台之风独高（末二句下）。

《诗境浅说》：此咏钓台之起句也。虽系平写，而下联云"严陵爱此景，下视汉公卿"，笔力遒健，且写出子陵身分，可谓此题杰作。觉"子陵有钓台，光武无寸土"，犹着议论也（首二句下）。

庾楼晓望

独凭朱槛亦凌晨，山色初明水色新。
竹雾晓笼衔岭月，蘋风暖送过江春。
子城阴处犹残雪，衙鼓声前未有尘。
三百年来庾楼上，曾经多少望乡人。

【汇评】

《唐诗肤诠》：深细闲远，绰有大历风味。此诗亦刻乐天集中，恐乐天不能为此也。

张蠙

张蠙,生卒年不详,字象文,清河(今属河北)人。咸通中,屡举进士不第,与许棠、张乔等合称"咸通十哲"。乾宁二年(895),登进士第,授校书郎。历栎阳尉、犀浦令。王建称帝,拜膳部员外郎,为金堂令。后主王衍游大慈寺,见蠙壁间题诗,甚爱赏之,欲召掌制诰,为宦官朱光嗣所阻。有《张蠙诗集》二卷,已佚。《全唐诗》存诗一卷。

【汇评】

蠙生而秀颖,幼能为诗,登单于台有"白日地中出,黄河天上来"句,由是知名。初以家贫累,下第留滞长安,赋诗云:"月里路从何处上,江边身合几时归?十年九陌寒风夜,梦扫芦花絮客衣。"主司知为非滥成名。馀诗皆佳,各有意度,过人远矣。(《唐才子传》)

蠙诗稍通格调,力去补衲之弊,遂不复用事。然天才本少,英旨未奇,至于写物象情,乃多肖似。(《唐诗品》)

象文有"夜烧冲星赤"句,自上而言;"烽高影入河"句,自下而言,皆极奇警。(《五朝诗善鸣集》)

蠙诗亦多佳,但其最警处,辄不能出前人范围。如《丛苇》诗是集中之冠,"花明无月夜,声急正秋天",又一时之冠也,不觉已犯义

山《李花》诗"自明无月夜"矣。(《载酒园诗话又编》)

登单于台

　　边兵春尽回,独上单于台。
　　白日地中出,黄河天外来。
　　沙翻痕似浪,风急响疑雷。
　　欲向阴关度,阴关晓不开。

【汇评】

　　《郡斋读书志》:(张)蠙生而颖秀,幼能诗,作《登单于台》,有"白日地中出,黄河天外来"之句,为世所称。

　　《诗薮》:"白日地中出,黄河天外来",蠙句也。唐诗之壮浑者终于此。

　　《五朝诗善鸣集》:浑成圆厚。

　　《唐诗快》:此地几人能到? 读此诗,仿佛如目睹矣。"白日"二句,雄而且险。

寄友人

　　恋道欲何如,东西远索居。
　　长疑即见面,翻致久无书。
　　旬麦深藏雉,淮苔浅露鱼。
　　相思不我会,明月几盈虚。

【汇评】

　　《唐诗归》:钟云:别离真境("长疑"二句下)。　　谭云:("几盈虚")三字有身分(末句下)。

　　《唐诗选脉会通评林》:周启琦曰:三、四句写出实情。蠙诗晚出,如"白日地中出,黄河天上来"、"水向昆明阔,山通大厦深",句皆雄浑。 周珽曰:次联从第二句"远索居"生出。三联从首句"欲何如"生下,见道贵在含蓄不炫:夫"甸麦"惟深,故能藏文雉;"淮苔"惟浅,则毕露潜鱼,欲友人敛才养晦也。……通篇深厚恳到。

《柳亭诗话》:司空曙"乍见翻疑梦,相悲各问年",张蠙"长疑即见面,翻致久无书",此二联,足以慰友朋离索之情。

过萧关

出得萧关北,儒衣不称身。
陇狐来试客,沙鹘下欺人。
晓戍残烽火,晴原起猎尘。
边戎莫相忌,非是霍家亲。

【汇评】

《石园诗话》:张象文以"墙头细雨垂纤草,水面回风聚落花"句,见赏于王衍。然其诗如"陇狐来试客,沙鹘下欺人"、"白日地中出,黄河天上来"、"古坟时出火,荒壁悄无邻",《边将》云:"闻名敌国惧,轻命故人稀",……《寄友》云"长疑即见面,翻致久无书",写物象情,颇能肖似也。

吊孟浩然

每每樵家说,孤坟亦夜吟。
若重生此世,应更苦前心。
名与襄阳远,诗同汉水深。
亲栽鹿门树,犹盖石床阴。

【汇评】

《五朝诗善鸣集》：吊孟诗，微有孟意。

长安春望

明时不敢卧烟霞，又见秦城换物华。
残雪未销双凤阙，新春已发五侯家。
甘贫只拟长缄酒，忍病犹期强采花。
故国别来桑柘尽，十年兵践海西艖。

边　情

穷荒始得静天骄，又说天兵拟渡辽。
圣主尚嫌蕃界近，将军莫恨汉庭遥。
草枯朔野春难发，冰结河源夏半销。
惆怅临戎皆效国，岂无人似霍嫖姚。

【汇评】

《贯华堂选批唐才子诗》：一，"始得"二字，已不知费却何限人死战！二，"又说"二字，又不知将费何限人死战也。三、四以调笑承之，"尚嫌"，妙！"莫恨"，妙！真写尽穷兵黩武之可恨也。前解只是直书其事，至后解始论之（首四句下）。　　此解乃极论前解之得失，言塞外春不草发，夏不冰销，得其地不足耕，得其人不足治。然则圣主之必欲渡辽扩之，此是何故？因言此非圣主之意，皆彼临戎诸臣之罪也。看他七八，乃用如此十二字成壮语，上却轻轻加以"惆怅"二字，妙！并无讥讪之嫌，而闻者乃更不得不心动矣（末四句下）！

《唐体肤诠》：紧接起联，讽谕婉切（"圣主尚嫌"联下）。

夏日题老将林亭

百战功成翻爱静，侯门渐欲似仙家。
墙头雨细垂纤草，水面风回聚落花。
井放辘轳闲浸酒，笼开鹦鹉报煎茶。
几人图在凌烟阁，曾不交锋向塞沙。

【汇评】

《郡斋读书志》：（蜀主）王衍与徐后游大慈寺，见壁间书"墙头细雨垂纤草，水面回风聚落花"，爱之。问知蟾作，给札令以诗进。蟾以二百首献，衍颇重之，将召为知制诰。宋光嗣以其轻傲，止赐白金而已。

《优古堂诗话》：沈君攸《羽觞飞上苑》云："石径断丝闲蔓草，山流细沫拥浮花。"《外史梼杌》载张蟾诗："墙头细雨垂纤草，水面微风聚落花。"盖本于沈耳。

《唐诗别裁》：如"绿杨花扑一溪烟"，如"荇荷翻雨泼鸳鸯"，皆近小样。惟"水面回风聚落花"归于自然，宜王衍、徐后见其诗而欲官之也。

《说诗晬语》：晚唐人诗："鹭鸶飞破夕阳烟"、"水面风回聚落花"、"荇荷翻雨泼鸳鸯"，固是好句，然句好而意尽句中矣。

《诗境浅说》：此诗在唐律中非上乘，惟第四句传诵一时耳。七律中如"绿杨花扑一溪烟"、"荇荷翻雨泼鸳鸯"、"鹭鸶飞破夕阳烟"，虽佳句而有意雕琢。张诗"水面回风聚落花"七字，妙出自然，但三句之墙头纤草，五、六之浸酒煎茶，皆寻常语，结句亦无深意。乃王衍与徐后见其诗而激赏之，欲授以官。唐代之重诗如是。文人每藉诗卷进身也。

古战场

荒骨潜销垒已平,汉家曾说此交兵。
如何万古冤魂在,风雨时闻有战声。

翁承赞

　　翁承赞,生卒年不详,字文尧,晚年自号狷鸥翁,福唐(今福建福清)人。乾宁三年(896),登进士第,又擢宏词科,任京兆府参军。天祐元年,昭宗册福州威武军节度使王审知为琅琊郡王,承赞以右拾遗为册礼使。返命,迁户部员外郎、谏议大夫。后梁开平三年,梁太祖册封王审知为闽王,以承赞为册礼副使。寻官守谏议大夫、福建盐铁副使,就加左散骑常侍、御史大夫。遂依王审知,审知以为相。卒。能诗,与黄滔友善。有《翁承赞诗》一卷,已佚。《全唐诗》存诗一卷。

【汇评】

　　承赞工诗,体貌甚伟,且诙谐,名动公侯。……尝奉使来福州,见友僧亚齐,赠诗云:"萧萧风雨建阳溪,溪畔维舟见亚齐。一轴新诗剑潭北,十年旧识华山西。吟魂惜向江村老,空性元知世路迷。应笑乘轺青琐客,此时无暇听猿啼。"他诗高妙称是。(《唐才子传》)

汉上登舟忆闽

汉皋亭畔起西风,半挂征帆立向东。

久客自怜归路近，算程不怕酒觞空。

参差雁阵天初碧，零落渔家蓼欲红。

一片归心随去棹，愿言指日拜文翁。

【汇评】

《榕阴新检》：（翁承赞诗一卷）俱佚不传。余家收得册封闽王时律诗三十馀首，中多佳句，如"窗含孤岫影，牧卧断霞阴"、"早凉生户牖，孤月照关河"、"参差雁阵天初碧，寥落渔家蓼欲红"，……诚晚唐作手也。

题　槐

雨中妆点望中黄，句引蝉声送夕阳。

忆昔当年随计吏，马蹄终日为君忙。

【汇评】

《诗话总龟》引《遯斋闲览》：俗云："槐花黄，举子忙。"谓槐之方花，乃进士赴举之时。而唐诗人翁承赞诗云："雨中妆点望中黄，勾引蝉声送夕阳。忆得当年随计吏，马蹄终日为君忙。"乃知俗语亦有所自也。

《唐才子传》：唐人应试，每在八月。谚云："槐花黄，举子忙。"承赞《咏槐花云》："雨中妆点望中黄，……"甚为当时传诵。

黄　滔

　　黄滔,生卒年不详,字文江,莆田(今属福建)人。咸通末即应举,久不第。乾宁二年(895),登进士第,授校书。光化中,任四门博士,迁监察御史。天复元年(901),归闽,以监察御史充威武军节度使王审知推官。卒。滔工诗能文,尤长律赋。有《黄滔集》十五卷,又集唐闽人诗为《泉山秀句集》三十卷,均佚。宋人辑有《莆田黄御史集》十卷行世。《全唐诗》编诗三卷。

【汇评】

　　黄文江力屡韵清,妮妮如与人对语。(《唐音癸签》)

　　中州名士避地于闽者,若李绚、韩偓、王涤、崔道融、王标、夏侯淑、王拯、杨承休、杨赞图、王倜、归传懿辈,悉主于滔。有《泉山秀句集》及文集行世。洪迈序滔文瞻蔚典则,策扶教化;诗清淳丰润,若与人对语,郁郁有贞元、长庆风。(《闽书》)

　　(滔)诗类韦庄,源出齐梁,惟七言高华,气力自胜,无卑靡之习。(《诗学渊源》)

贾客

大舟有深利，沧海无浅波。
利深波也深，君意竟如何？
鲸鲵齿上路，何如少经过。

退居

老归江上村，孤寂欲何言。
世乱时人物，家贫后子孙。
青山寒带雨，古木夜啼猿。
惆怅西川举，戎装度剑门。

【汇评】

《唐音戊签》：杨万里云：诗至晚唐益工。滔诗如"寺寒三伏雨，松偃数朝枝"，如"青山寒带雨，古木夜啼猿"，又如《闻雁》之"一声初触梦，半白已侵头"，与韩致光、吴融辈并游，未知孰先！

游东林寺

平生爱山水，下马虎溪时。
已到终嫌晚，重游预作期。
寺寒三伏雨，松偃数朝枝。
翻译如曾见，白莲开旧池。

【汇评】

《瀛奎律髓》：黄滔何人？此诗三、四，举唐人无此淡而有味之作。五、六佳。

《唐诗选脉会通评林》：周弼为前虚后实体。　　次联极言爱山水之情无穷。三联写寺中景物幽隐邃古，见所以为已到嫌晚、重游预期处。……斑以诗人触景感情，因兴成咏，何必究物之有无，人之在否？细玩"如曾"二字，即云：此白莲之池，旧为翻经之所，今游其地，想像其时，恍然身处神越，如曾见白莲开满池中者乎？

《瀛奎律髓汇评》：查慎行：三、四两句似一串，却有转折。

何义门：次联顿挫曲折，极饶情味。落句以谢公山水自负，就东林故实收足前四句，真跃出拘挛外也。落句呼应，神味俱越。灵运在东林缮经、植莲。　　纪昀：结少力。　　许印芳：三、四固佳。五、六用皮袭美"三伏"、"六朝"语，换一"数"字，亦不佳。结句语太无味，故纪批云少力，今为易作"筑室思灵运，莲花又满池"。

书　事

> 望岁心空切，耕夫尽把弓。
> 千家数人在，一税十年空。
> 没阵风沙黑，烧城水陆红。
> 飞章奏西蜀，明诏与殊功。

【汇评】

《五朝诗善鸣集》：红兼水陆，说得烽火薰天，可骇可畏。

下第东归留辞刑部郑郎中诚

> 去违知己住违亲，欲发羸蹄进退频。
> 万里家山归养志，数年门馆受恩身。
> 莺声历历秦城晓，柳色依依灞水春。
> 明日蓝田关外路，连天风雨一行人。

《唐体肤诠》：单收奇，然"去"、"住"两意俱动。

雁

> 楚岸花晴塞柳衰，年年南北去来期。
> 江城日暮见飞处，旅馆月明闻过时。
> 万里风霜休更恨，满川烟草且须疑。
> 洞庭云水潇湘雨，好把寒更一一知。

【汇评】

《贯华堂选批唐才子诗》："楚岸花晴"是年年北去期，"柳塞衰"是年年南来期。此句法，固是前人所遗也。三、四止是"飞"字、"过"字，写雁。其"江城"、"旅馆"、"日暮"、"月明"、"见处"、"闻时"，凡十二字，皆非写雁。真为幽怨之作也（首四句下）。　此必暗遭人中，故特托雁自鸣，易知（末四句下）。

辇下书事

> 北阙新王业，东城入羽书。
> 秋风满林起，谁道有鲈鱼？

殷文圭

殷文圭，生卒年不详，字表儒，小字桂郎，池州青阳（今安徽青阳）人。少居九华山，苦学，砚底为之成穴。乾宁五年（898），因朱全忠荐进士及第，为汴州宣谕使裴枢判官。南归。时宁国节度使田頵雅重儒士，与杜荀鹤、康骈、杨夔等均为頵上客。頵为置田宅，迎养其母。天复三年（903），頵败，又事淮南杨行密父子，为掌书记。武义元年（919），拜翰林学士。或云终左千牛卫将军。有《登龙集》十五卷，又《冥搜集》、《笔耕词》、《从军稿》、《镂冰集》各二十卷，均佚。《全唐诗》存诗一卷。

【汇评】

李德诚加司空，守临川，殷文圭草麻。德诚濡毫之赂久而未至，（殷）以诗督之曰："紫殿西头月欲斜，曾草临川上相麻。润笔已曾关奏谢，更飞章句问张华。"时皆少之。（《诗话总龟》引《南唐近事》）

唐季，文体浇漓，才调荒秽，稍稍作者，强名曰诗，南郭之竽，苟存于众响，非复盛时之万一也。如王周、刘兼、司马札、苏拯、许琳、李咸用等数人，虽有集相传，皆气卑格下，负鱼目唐突之惭，窃碔砆

韫袭之滥,所谓家有弊帚,享之千金,不自见之患也。文圭稍入风度,间见奇崛,其殆庶几乎!(《唐才子传》)

八月十五夜

万里无云镜九州,最团圆夜是中秋。

满衣冰彩拂不落,遍地水光凝欲流。

华岳影寒清露掌,海门风急白潮头。

因君照我丹心事,减得愁人一夕愁。

【汇评】

《五朝诗善鸣集》:"冰彩"、"水光",从来绘月无此妙句("满衣冰彩"二句下)。

《唐诗贯珠》:全首有神彩。三、四佳。五因在长安,六思故乡。

徐 夤

　　徐夤，生卒年不详，一作徐寅，字昭梦，莆田（今属福建）人。乾宁
元年（894），登进士第，授秘书省正字。后归闽，王审知辟掌书记。
初，夤游汴州，时朱全忠与沙陀李克用为敌，克用眇一目，夤作《过大
梁赋》献全忠，有"一眼伧夫，望英风而胆落"之句。及克用子存勖灭
梁，闽使朝贺，存勖以夤辱及先人，命审知杀之。审知但戒阍者不使
引接，夤遂拂衣归隐。夤工诗能文，有《探龙集》、《钓矶集》，均佚。元
时裔孙徐子元辑成《钓矶文集》十卷行世。《全唐诗》编诗四卷。

【汇评】

　　读威武军殿中侍御史刘公山甫撰公（按指徐夤）墓志铭，谓公
所著词赋，感动鬼神，搜括造化。又谓悲泣百灵，包罗万象，明珠无
价，至道不文，穷达理性，讽诫浇浮，合先圣贤之意矣。（徐玩《钓矶
文集序》）

　　（夤）妻字月君，有赠内诗，中一联"神传尊圣陀罗咒，佛授金刚
般若经"，即此堪偕隐者矣。夤有《探龙》、《钓矶》二集，作诗甚多，
中以东西南北为题。（《涌幢小品》）

　　昭梦在晚唐诗名甚重，兴致豪富，无意不搜，无词不炼，以七律

见长,后人学之者多。然意味不深,亦无远致。(马允刚《唐诗正声》)

人　事

　　人事飘如一炷烟,且须求佛与求仙。
　　丰年甲子春无雨,良夜庚申夏足眠。
　　颜氏岂嫌瓢里饮,孟光非取镜中妍。
　　平生生计何为者?三径苍苔十亩田。

【汇评】

　　《后村诗话》:徐夤先辈诗,如"丰年甲子春无雨,良夜庚申夏足眠",如"身闲不厌常来客,年老偏怜最小儿",皆律切。

览柳浑汀洲采白蘋之什因成一章

　　采尽汀蘋恨别离,鸳鸯鸂鶒总双飞。
　　月明南浦梦初断,花落洞庭人未归。
　　天远有书随驿使,夜长无烛照寒机。
　　年来泣泪知多少?重叠成痕在绣衣。

【汇评】

　　《五朝诗善鸣集》:宛似刘沧。

　　《贯华堂选批唐才子诗》:蘋至洁白,采尽汀蘋,则洁白至底,宜乎并无此诗也。然礼者先王之所贵也,情者又圣人之所禁也。人生会合,则鼓歌以导其欢,别离则泣涕以摅其恨,此亦自然必至之极致,又谁制之,使必不得自说哉。于是叠写鸳鸯、鸂鶒,言世间无物不双飞者,因承三、四自悲我独于罹,真绝妙好辞也(首四句下)。　　后解又翻织锦、回文案成新构。言天既远,仍有驿使,然夜虽长，不碍裁诗。所谓"但拼憔悴死，不解害相思"也。"泪痕在绣衣"，言教他自看也。旧传女郎离魂，读此诗，真欲魂离而去矣（末四句下）。

荔枝二首（其二）

日日薰风卷瘴烟，南园珍果荔枝先。
灵鸦啄破琼津滴，宝器盛来蚌腹圆。
锦里只闻销醉客，芯宫惟合赠神仙。
何人刺出猩猩血，深染罗纹遍壳鲜。

【汇评】

《唐体馀编》：是联工炼之极，但嫌与次句相犯（"灵鸦啄破"二句下）。

咏 钱

多蓄多藏岂足论，有谁还议济王孙？
能于祸处翻为福，解向仇家买得恩。
几怪邓通难免饿，须知夷甫不曾言。
朝争暮竞归何处？尽入权门与幸门。

【汇评】

《唐诗快》：如此等诗，若俗儒以初、盛律之，必以为刻露而少含蓄矣。然不刻不露，复安得快？吾惟取其快而已，安用含蓄哉！

《柳亭诗话》：徐夤《咏钱》诗云："能于祸处翻为福，解向仇家买得恩。"黄九烟曰："亦知有'于福处翻为祸，向恩家买得仇'者乎？"罗昭谏诗："朱门狼虎性，一半逐君回。"陈元孝诗："只用上边三四字，从来深愧读书多。"可与孔方兄汇成一宗案。

路旁草

楚甸秦原万里平，谁教根向路旁生？

轻蹄绣毂长相蹋，合是荣时不得荣。

【汇评】

《唐才子传》：（徐夤）工诗，尝赋《路旁草》云："楚甸秦川万里平，……"时人知其蹭蹬。后果须鬓交白，始得秘书正字。

马　嵬

二百年来事远闻，从龙谁解尽如云？

张均兄弟皆何在？却是杨妃死报君。

【汇评】

《载酒园诗话》：晚唐人多好翻案。如温飞卿则有"但得戚姬甘定分，不应真有紫芝翁"，徐寅则有"张均兄弟今何在？却是杨妃死报君"。此犹阴平之师，出奇幸胜则可，若认为通衢，岂止壶头之困！

《拜经楼诗话》：唐人赋《马嵬》诗者，动辄归咎太真。惟徐寅一首……足为此娃吐气。

伤进士谢庭皓

献书犹未达明君，何事先游岱岳云？

惟有春风护冤魂，与生青草盖孤坟。

【汇评】

《唐摭言》：谢廷浩（庭皓），闽人也。大顺中，颇以辞赋著名，与徐夤不相上下,时号"锦绣堆"。

初夏戏题

长养薰风拂晓吹,渐开荷芰落蔷薇。
青虫也学庄周梦,化作南园蛱蝶飞。

【汇评】

《才调集补法》:《南方草木状》:媚草,上有虫,老蜕为蝶,赤黄色。女子藏之,谓之媚蝶,能致其夫怜爱。

钱　珝

钱珝,生卒年不详,字瑞文,吴兴(今属浙江)人。钱起曾孙。善文辞。乾符六年(879),登进士第。龙纪元年(889),官太常博士。乾宁二年(895),宰相王抟擢为膳部郎中、知制诰,迁中书舍人。光化三年(900),王抟贬官,珝亦获谴,出为抚州司马。赴任途中,自编诗文为《舟中录》二十卷。后不知所终。其《舟中录》已佚。《全唐诗》存诗一卷。

【汇评】

(钱徽)子珝,字瑞文,善文辞。(《新唐书·钱徽传》)

(珝)工诗,有集传于世。(《唐才子传》)

江行无题一百首(选九首)

其八

雾云疏有叶,雨浪细无花。

稳放扁舟去,江天自有涯。

其十二

翳日多乔木，维舟取束薪。

静听江叟语，尽是厌兵人。

【汇评】

《增定评注唐诗正声》：无限悲感。

《唐诗归》：其妙亦在此句（"维舟"句下）。

《唐诗解》：乔木虽在，民人实稀，故维舟之际，但闻江叟厌兵，丁壮无存者。

其十四

山雨夜来涨，喜鱼跳满江。

岸沙平欲尽，垂蓼入船窗。

【汇评】

《唐诗笺注》：一幅江行图，只难得好手写之。

其三十四

睡稳叶舟轻，风微浪不惊。

人居芦苇岸，终夜动秋声。

【汇评】

《唐诗解》：舟行既稳，客卧甚适，芦苇秋声不足以乱之。

其四十三

兵火有馀烬，贫村才数家。

无人争晓渡，残月下寒沙。

【汇评】

《唐诗解》：被兵之馀，人物萧条如此。

其六十五

橹慢生轻浪,帆虚带白云。

客船虽狭小,容得瘦将军。

【汇评】

《唐音戊签》:晋冠军将军柳退免官。桓温怪其瘦,答云:"不能不恨于破甑。"珝用此聊自谲耳。

《诗境浅说续编》:前二句,状舟行风景,橹轻开浪,帆远入云,描写入细。后二句,言扁舟如叶,而中有兼资文武之人,尺泽之中,安见无蛟龙蛰处?姚惜抱诗"江天小阁坐人豪",与此诗同意。曾文正公极称姚句,谓英雄能使江山增重。庾将军亦其人也。

其六十八

咫尺愁风雨,匡庐不可登。

只疑云雾窟,犹有六朝僧。

【汇评】

《增定评注唐诗正声》:周云:下二句从"不可登"想出。

《唐诗解》:江行每以风雨为忧,是以匡庐虽近,而不可登。因疑此山云雾深杳,六朝之僧当有存者,亦苦世网而起方外慕也。

《唐诗选脉会通评林》:杨慎曰:雅健。

《唐人万首绝句选评》:此望匡庐而托慕方外也。

《诗境浅说续编》:匡庐秀出南斗,为江介之名山。唐代去六朝未远,当有百岁高僧在云深林密中,物外翛然,长亨灵山甲子。托想殊高。

其八十八

细竹渔家路,晴阳看结罾。

喜来邀客坐,分与折腰菱。

其九十八

万木已清霜，江边村事忙。

故溪黄稻熟，一夜梦中香。

【总评】

《诗史》：唐大清宫使翰林学士钱起多作佳篇，人收起诗，不过百首；有钱蒙仲得《江行无题》一百绝，皆人家藏本所无。有云："霁云疏有叶，雨浪细无声。稳放扁舟去，江天自有程。"又"憔悴异灵均，非谗作逐臣。如逢渔父问，未是独醒人。"又"烟渚复烟渚，画屏非画屏。引惹天末去，数点暮山青。"又"堤坏漏江水，地坳成野塘。晚荷从不折，留取作秋香。"

《唐音戊签》：（《江行无题一百首》）旧作珝祖起诗。今考诗系迁谪途中杂咏。起无谪宦事，而声调更复不类。珝自中书谪抚州，其《舟中集序》见《文苑英华》者云：秋八月，从襄阳浮江而行，诗中"润色非东里，官曹更建章"之咏；中书"去指龙沙路"及"身到章江日"之咏，谪抚州所从岘山、沔、武昌、匡庐、鄱湖、浔阳诸地名之咏，襄阳而下之，经途皆一一吻合。而"好日当秋半"与"九日自佳节"、"扁舟无一杯"等句，尤秋八月启行之左验，其为珝诗无疑也。

《唐人绝句精华》：此题共百首，皆咏谪抚州途中见闻。诗人对乡村景物，兴会甚佳，故入咏者多。

未展芭蕉

冷烛无烟绿蜡干，芳心犹卷怯春寒。

一缄书札藏何事？会被东风暗拆看。

【汇评】

《柳亭诗话》：结语较辛稼轩"芭蕉渐展山公启"尤为风韵。若路延德(《芭蕉》)诗:"叶如斜界纸,心似倒抽书。"未免近俗焉。

　　《网师园唐诗笺》:韵极(末二句下)。　　　徐文长曰:贺知章《咏柳》诗:"不知细叶谁裁出,二月春风似剪刀。"与此诗后二句相似。

喻坦之

喻坦之,生卒年不详,睦州(今浙江建德)人。咸通中,累举进士不第,久困长安。以诗名,与许棠、张乔等合称"咸通十哲"。后归故山。与薛能、李频友善。有《喻坦之集》一卷,已佚。《全唐诗》存诗一卷。

【汇评】

咸通末,京兆府解,李建州时为京兆参军主试,同时有许棠与(张)乔,及喻坦之、剧燕、任涛、吴罕、张蠙、周繇、郑谷、李栖远、温宪、李昌符,谓之"十哲"。(《唐摭言》)

大中、咸通之后,每岁试礼部者千馀人。其间有名声,如……贾鸟、平曾、李淘、刘得仁、喻坦之、张乔、剧燕、许琳、陈觉,以律诗传。(《唐语林》)

(坦之)咸通中,举进士不第,久寓长安,囊罄,忆渔樵,还居旧山。与李建州频为友,频以诗送归云:"从容心自切,饮水胜衔杯。共在山中住,相随阙下来。修身空有道,取事各无媒。不信升平代,终遗草泽才。"……盖因于穷蹇,情见于辞矣。同时严维、徐凝、章八元粉榆相望,前后唱和亦多。(《唐才子传》)

题樟亭驿楼

危槛倚山城,风帆槛外行。

日生沧海赤,潮落浙江清。

秋晚遥峰出,沙干细草平。

西陵烟树色,长见伍员情。

【汇评】

《五朝诗善鸣集》:坦之诗亦生妙,岂在喻凫之下?辨者以为二人。有以为以诗论之似出一手,而我谓凫诗闲远,坦之牵率,判然为二,此强作分别者,大谬大谬!

崔道融

崔道融(？—907)，荆州(今湖北江陵)人，郡望博陵(今河北安平)。黄巢起义时，避地东浮，隐居温州仙岩山，自号东瓯散人。征为永嘉令。后入闽，依王审知，征为右补阙，未行，病卒。道融工诗，与方干、司空图唱和，又与黄滔友善。乾宁二年(895)，曾自编诗文为《东浮集》九卷，又撰四言诗六十九篇，述中唐以前事实，一事为一篇，编为三卷，名曰《申唐诗》，均佚。《全唐诗》存诗一卷。

【汇评】

（道融）工绝句，语意妙甚，如《铜雀妓》云："歌咽新翻曲，香销旧赐衣。陵园风雨暗，不见六龙归。"《春闺》云："寒食月明雨，落花香满泥。佳人持锦字，无雁寄征西。"《寄人》云："澹澹长江水，悠悠远客情。落花相与恨，到地一无声。"《寒食夜》云："满地梨花白，风吹碎月明。大家寒食夜，独贮远乡情。"等，尚众。谁谓晚唐间，忽有此作，使古人复生，亦不多让，可谓出乎其类、拔乎其萃者矣。人悉推服其风情雅度，犹恨出处未能梗概之也。（《唐才子传》）

梅　花

数萼初含雪,孤标画本难。

香中别有韵,清极不知寒。

横笛和愁听,斜枝倚病看。

朔风如解意,容易莫摧残。

【汇评】

《升庵诗话》:杨诚斋爱唐人崔道融《咏梅》云:"香中别有韵,清极不知寒。"方虚谷云:"惜不见全篇。"

《唐诗选脉会通评林》:梅为百卉首领,韵清香远,淡寂孤洁,最为幽人所契。唐人咏之者,偏不多见。此篇前四句,已尽梅本来丰骨面目。后四句,以对梅深情,致爱惜之意。国家岂少孤芳之士,安得怜才者,可与言诗!

《诗法易简录》:不假刻画,自然切合咏梅,而有性情流贯于其间也。

《问花楼诗话》:齐己诗(按指《早梅》),表圣所谓"空山鼓琴,沉思独往"者也。道融(《梅花》诗),袁昂评书"舞女低腰,仙人啸树",正复似之。二首虽使和靖诵之,当亦叹绝。

《诗境浅说》:咏梅诗夥矣,推"疏影横斜水清浅,暗香浮动月黄昏"为绝唱。此诗不着色相,而上句写梅之香韵,次句写梅之品格,足高压百花矣("香中"二句下)。

春闺二首（其二）

欲剪宜春字,春寒入剪刀。

辽阳在何处? 莫望寄征袍。

【汇评】

《而庵说唐诗》：此一时不得意，作此不耐烦语，勿谓其实然也。妙在"辽阳何处"一语，好是割断肚肠一般；"莫望"句又来得凄折，如听其亲口向我耳边道出来者。笔舌之妙有如此。

田 上

雨足高田白，披蓑半夜耕。
人牛力俱尽，东方殊未明。

月 夕

月上随人意，人闲月更清。
朱楼高百尺，不见到天明。

【汇评】

《唐人绝句精华》：三、四句讽意甚明，楼纵高而人不闲，不知辜负若干风月。

寄人二首（其二）

澹澹长江水，悠悠远客情。
落花相与恨，到地一无声。

【汇评】

《唐诗解》：江流不已，正如客情；花落无声，若解人恨。

《唐诗摘钞》：即"黯然销魂"意，点染有情。"一"字即"总"字，然换"总"字即不佳。

《唐诗评注读本》：以江水引起客情，以落花写出己恨，怨而不怒,深得风人之旨。

春　晚

三月寒食时,日色浓于酒。

落尽墙头花,莺声隔原柳。

【汇评】

《唐诗笺注》:通首只写景,而惜春之意自见。

班婕妤

宠极辞同辇,恩深弃后宫。

自题秋扇后,不敢怨春风。

【汇评】

《唐诗解》:唐人赋此题者不下百篇,独此得婕妤本意。

《七修类稿》:唐崔道融题《班婕妤》曰:“宠极辞同辇,恩深弃后宫。自题秋扇后,不敢怨春风。”曹邺题《庭草》曰:“庭草根自浅,造化无遗功。低回一寸心,不敢怨春风。”元陈自堂题《春风》曰:“着柳成新绿,吹桃作故红。衰颜与华发,不敢怨春风。”三诗句意相似,而工拙自异。首诗婉转含蕴,着题说到不怨处。

《唐诗选脉会通评林》:吴山民曰:温厚。　　周明辅曰:怨在“不敢”二字。

《唐诗摘钞》:浑而婉,犹是盛唐之遗。

《删订唐诗解》:吴昌祺云:说得高(末句下)。

《网师园唐诗笺》:蕴蓄(末二句下)。

《唐诗近体》:怨而不怒,忠厚之旨。

归 燕

海燕频来去,西人独滞留。

天边又相送,肠断故园秋。

【汇评】

《增定评注唐诗正声》:郭云:"又"字接"频"、"独"二字……妙,妙。

《唐诗选脉会通评林》:吴山民曰:"又"字紧跟着"频"字、"独"字来,见所以肠断处。"秋"字则点明归燕矣。　人之留滞,不能如燕去来,已不堪情,而相别又在天涯,有不更添故国之悲?此因送人,见归燕而兴感也。

《删订唐诗解》:下"又"字方有味。

溪上遇雨二首(其二)

坐看黑云衔猛雨,喷洒前山此独晴。

忽惊云雨在头上,却是前山晚照明。

【汇评】

《唐人绝句精华》:深得夏雨之趣。

长门怨

长门花泣一枝春,争奈君恩别处新。

错把黄金买词赋,相如自是薄情人。

【汇评】

《唐诗选脉会通评林》:何新之为奇隽体。　　魏庆之曰:诗有句中无其辞而句外有其意者,此诗生有于无,甚妙。　　周敬曰:"错把"二字应"争奈"二字转出无穷怨思。后二句道前人所未道。

《网师园唐诗笺》:钱牧斋曰:末二句诗家翻案法,凡用故实当如此,则能化陈腐为新奇。

读杜紫微集

紫微才调复知兵,长觉风雷笔下生。

还有枉抛心力处,多于五柳赋闲情。

【汇评】

《升庵诗话》:梁昭明太子序《陶渊明集》云:"白璧微瑕,惟在《闲情》一赋。"杜牧尝著《孙武子》,又作《守论》、《战论》、《原十六卫》,皆有经济之略,故道融以此绝句少之。

《唐人绝句精华》:杜牧为人倜傥,好言兵,所著有《战论》、《守论》,故有"风雷笔下生"之句。牧又不拘细节,诗有咏冶游之作,故曰"多于五柳赋闲情"。

鸡

买得晨鸡共鸡语,常时不用等闲鸣。

深山月黑风雨夜,欲近晓天啼一声。

曹　松

曹松(830？—？)，字梦徵，舒州(今安徽潜山)人。学贾岛为诗。应进士举，久困名场。曾栖于洪州西山，与贯休、方干唱和，又曾游吴越、湖南、岭南等地。乾符初，依李频于建州。天复元年(901)，登进士第，授秘书省正字。时同榜王希羽、刘象、柯崇、郑希颜与松均年逾七十，时号"五老榜"。或云其年松年五十四，以第八人登第。后归洪州。卒。有《曹松诗集》三卷，已佚。《全唐诗》存诗二卷。

【汇评】

(曹)松，舒州人也，学贾司仓为诗，此外无他能。时号松启事为送羊脚状。(《唐摭言》)

(松)学贾岛为诗，深入幽境，然无枯淡之癖。……野性方直，罕尝俗事，故拙于进宦，构身林泽，寓情虚无，苦极于诗，然别有一种风味，不沦乎怪也。(《唐才子传》)

"华岳影寒清露掌，海门风急白潮头。"松诗多浅俗，此二句差有中唐之意。(《升庵诗话》)

曹秘书致语似项斯，壮音间似李洞。五字如"白浪吹亡国，秋霜洗太虚"、"盘蹙陵阳壮，孤标建邺瞻"，七字如"吸回日月过千顷，

铺尽星河剩一重"、"城头早角吹霜尽,郭里残潮荡月回":点缀末运,赖此名场一叟。(《唐音癸签》)

曹梦徵长炼字,如"郭里残潮荡月回"、"约开莲叶上兰舟"之类。(《一瓢诗话》)

梦徵刻苦深思,老志不衰,气骨已不可及。其学贾氏亦专攻近体。虽生末世,诗格不以气运而降。奉为入室,与喻昆陵伯仲焉。(《重订中晚唐诗主客图》)

(松)诗思切至,虽学贾岛,初未若岛之艰僻,亦逊其自然;七绝则不逮远甚。(《诗学渊源》)

晨　起

晓色教不睡,卷帘清气中。

林残数枝月,发冷一梳风。

并鸟含钟语,敧荷隔雾空。

莫疑营白日,道路本无穷。

【汇评】

《瀛奎律髓》:三、四世所称名句。

《唐诗选脉会通评林》:"教"字奇。"清气中"三字,爽然有身分。残月在林,冷风飘发,已是妙景;曰"数枝",曰"一梳",不独咏早句法,更饶萧疏清洒之趣。并栖林鸟,闻钟动而相鸣;斜流天汉,当雾起而旋没。虽写晨起物象,亦见由夜趋晓,从寂趋喧,营营日务,无有息期。故末复云"道路本无穷",所谓"世事茫茫难自料"者;玩"莫徒"二字,欲人自知生惜,莫徒为白日所驰也。

《瀛奎律髓汇评》:冯舒:起二句好。　　查慎行:起句轻率无味,试思老杜"客睡何曾着,秋天不肯明",是何等手法?　　纪昀:前四句一气涌出,意境甚高。得力全在起二句,不止三、四之工。虚谷唯知选句，于此等处多不解。五、六太造作，七句尤生拗。

秋日送方干游上元

天高淮泗白，料子趁修程。
汲水疑山动，扬帆觉岸行。
云离京口树，雁入石头城。
后夜分遥念，诸峰霜露生。

【汇评】

《瀛奎律髓》：中四句俱有位置处方。

《碛砂唐诗》：谦曰：此二句极似小儿语，偏使诵者不觉稚气，故佳（"汲水"二句下）。

《瀛奎律髓汇评》：纪昀："修程"二字腐，三、四景真而语拙。

《重订中晚唐诗主客图》：传句不虚（"汲水"二句下）。　　远妙（"云离"二句下）。

《葚原诗说》：对法不可合掌，如一动必一静，一高必一下，一纵必一横，一多必一少，此类可以递推。……曹松"汲水疑山动，扬帆觉岸行"，"行"，"动"合掌。

山中言事

岚霭润窗棂，吟诗得冷症。
教餐有效药，多愧独行僧。
云湿煎茶火，冰封汲井绳。
片扉深著掩，经国自无能。

【汇评】

《瀛奎律髓》："冷症"二字奇。第六句太奇，与"苔惹取泉瓶"同。

《载酒园诗话又编》：曹氏亦学贾氏诗，颇能为苦寒之句。如"野火风吹阔，春冰鹤啄穿"，甚肖野步；"云湿煎茶火，冰封汲井绳"，甚肖山中也。

《瀛奎律髓汇评》：冯舒：入长江室。　　冯班：入长江之门户矣，"四灵"辈门外汉也。言事结。　　又云："苔惹"、"冰封"孰胜？予曰："冰封"胜矣，盖自然之奇也。若"苔惹"则刻苦做出。

何义门：第五透出第二。"吟诗"与"经国"呼应，正以大业自负也。　　纪昀："得冷症"三字粗鄙，三句亦俚。五、六句小有致。七、八和平深厚，非晚唐人所能。

题甘露寺

香门接巨垒，画角间清钟。
北固一何峭，西僧多此逢。
天垂无际海，云白久晴峰。
旦暮然灯外，涛头振蛰龙。

【汇评】

《五朝诗善鸣集》：梦微咏海有"共天无别始知宽"句，已入选矣，得"天垂无际海"句，更佳于彼，遂去之（"天垂"句下）。

《载酒园诗话又编》：（曹松诗）有《送方干》："汲水疑山动，扬帆觉岸行"，俱为宋人所称。余意尚不如"天垂无际海，云白久晴峰"、"衰条难定鸟，缺月易依山"，刻划尤精也。

《近体秋阳》："画角"跟"巨垒"，"清钟"跟"香门"；《文苑》作"画阁"，则"间"字不通矣。一"外"字，疏而密，细腻而大。

《重订中晚唐主客图》：生造（"天垂"二句下）。

己亥岁二首（其一）

原注：僖宗广明元年。

泽国江山入战图，生民何计乐樵苏。

凭君莫话封侯事，一将功成万骨枯。

【汇评】

《笺注唐贤三体诗法》：此诗自来错会，用意深切尤在上。

《唐诗品汇》：谢（枋得）云：仁人君子闻此诗者，必不以干戈立功名矣。

《增定评注唐诗正声》：郭云：仁人之句，卫、霍亦当含愧（末句下）。

《唐诗选脉会通评林》：周弼为实接体。　　何新之为豪放体。　　敖英曰：千古滴泪，后之仗钺临戎者，读此诗而不感动者，是无人心也。　　吴山民曰：惨语动情。　　金献之曰：边城诗不过叙从军之苦而已。若此诗可写一通，置之人主座右。按唐史：僖宗乾符六年己亥春，高骈破黄巢于亳州。巢趋广南，十一月复趋襄阳，刘巨容又破之，所谓"江山入战图"也。时诸将多乐于贪功，忍视民肝脑涂地，故松发此叹。

《载酒园诗话又编》：（曹松）集中之最，终当以《己亥岁》首篇为冠。

《唐诗快》：此即无定河边之骨也。一且不忍，何况于万！然则，此侯竟当封为"万骨侯"可矣。

《删订唐诗解》：吴昌祺云：不及"无定河"二语，而亦足警世。

《说诗晬语》：曹松之"一将功成万骨枯"，……此粗派也。

《唐人绝句精华》：末句极沉痛，以万骨换侯封，是何政策！

南海旅次

忆归休上越王台，归思临高不易裁。

为客正当无雁处，故园谁道有书来？

城头早角吹霜尽，郭里残潮荡月回。

心似百花开未得，年年争发被春催。

【汇评】

《瀛奎律髓》：后四句平正。

《贯华堂选批唐才子诗》：忽然快翻"远望当归"旧语，成此斩新，妙！起言彼远望当归，自是不复求归人语，今我直欲真归，故更不敢上此高台也。三、四极写南海之远，言彼空空之书，尚自难来，我累累之身，如何得去，正是不敢登台之缘故也（首四句下）。　　五、六写通夜不寐神理如画，此非只一夜，乃是夜夜也。"心"即思归之心，言年年春初，纷纷乱发，故曰"似百花""被春催"也（末四句下）。

《唐诗摘钞》：起将"远望可以当归"语，突然翻过一层，便觉旅怀诗斩然新特。结云花当春而思发，人当春而思归，故心之不闲与花无异者也。

《唐诗成法》："正当"、"谁道"承"不易裁"，最得神味。前四皆写情，五、六写景，既切题，景中有情。七、八写归心，结全篇。句雅意远，晚唐所少。　　声调高亮，结不衰飒，尤难得。

《网师园唐诗笺》：情词斐亹。

《瀛奎律髓汇评》：纪昀：起得峭拔，接得遒健，后四句亦称。

苏 拯

苏拯，生卒年里贯均未详。昭宗光化中人。《全唐诗》存诗一卷。

【汇评】

拯诗盖得于汉魏之流。汉魏流为六代，既靡而不返；唐末诸子返六代为汉魏，则又木而无文。其流之弊，亦势使然尔。夫风气开朗，则宣文振藻，以扬盛丽，固风人之宗也。不然则明堂徒设，而上阶由崇；朱弦欲鸣，而瓦缸可乱。虽有人文，将复奈何？（《唐诗品》）

晚季以五言古诗鸣者，曹邺、刘驾、聂夷中、于濆、邵谒、苏拯数家，……唯拯平平，为似学究耳。（《唐音癸签》）

猎犬行

猎犬未成行，狐兔无奈何。

猎犬今盈群，狐兔依旧多。

自尔初跳跃，人言多跉躩。

常指天外狼，立可口中嚼。

骨长毛衣重，烧残烟草薄。

狡兔何曾擒，时把家鸡捉。

食尽者饭翻，增养者恶壮。

可嗟猎犬壮复壮，不堪兔绝良弓丧。

寄　远

游子虽惜别，一去何时见。

飞鸟犹恋巢，万里亦何远。

妾愿化为霜，日日下河梁。

若能侵鬓色，先染薄情郎。

路德延

路德延，生卒年未详，字昌远，魏州冠氏（今山东冠县）人。少有才俊，以叔路岩贬谪故，蹭蹬不遇。光化元年(898)，登进士第。天祐二年，任左拾遗。后依河中节度使朱友谦，为掌书记。性凌傲，多忤世，终因作《小儿诗》得罪友谦，被沉杀于黄河。《全唐诗》存诗三首。

【汇评】

（德延）光化初，方就举攉第，大有诗价。（《太平广记》）

德延，儋州岩相之犹子。数岁，尝赋《芭蕉》诗曰："一种灵苗异，天然体性虚。叶如斜界纸，心似倒抽书。"诗成，翌日传于都下。会儋州坐事诛，故德延久不能振。（《唐诗纪事》）

小儿诗

情态任天然，桃红两颊鲜。

乍行人共看，初语客多怜。

臂膊肥如瓠，肌肤软胜绵。

长头才覆额，分角渐垂肩。

散诞无尘虑,逍遥占地仙。

排衙朱阁上,喝道画堂前。

合调歌杨柳,齐声踏采莲。

走堤行细雨,奔巷趁轻烟。

嫩竹乘为马,新蒲折作鞭。

莺雏金镞系,猫子彩丝牵。

拥鹤归晴岛,驱鹅入暖泉。

杨花争弄雪,榆叶共收钱。

锡镜当胸挂,银珠对耳悬。

头依苍鹘裹,袖学柘枝揎。

酒殢丹砂暖,茶催小玉煎。

频邀筹箸挣,时乞绣针穿。

宝篚挐红豆,妆奁拾翠钿。

戏袍披按褥,劣帽戴靴毡。

展画趋三圣,开屏笑七贤。

贮怀青杏小,垂额绿荷圆。

惊滴沾罗泪,娇流污锦涎。

倦书饶娅姹,憎药巧迁延。

弄帐鸾绡映,藏衾凤绮缠。

指敲迎使鼓,筋拨赛神弦。

帘拂鱼钩动,筝推雁柱偏。

棋图添路画,笛管欠声镌。

恼客初酣睡,惊僧半入禅。

寻蛛穷屋瓦,探雀遍楼椽。

抛果忙开口,藏钩乱出拳。

夜分围榾柮,朝聚打秋千。

折竹装泥燕,添丝放纸鸢。

互夸轮水碓，相教放风旋。
旗小裁红绢，书幽截碧笺。
远铺张鸽网，低控射蝇弦。
诨语时时道，谣歌处处传。
匿窗眉乍曲，遮路臂相连。
斗草当春径，争毬出晚田。
柳旁慵独坐，花底困横眠。
等鹊前篱畔，听蛩伏砌边。
傍枝粘舞蝶，隈树捉鸣蝉。
平岛夸趫上，层崖逞捷缘。
嫩苔车迹小，深雪履痕全。
竞指云生岫，齐呼月上天。
蚁窠寻径斫，蜂穴绕阶填。
樵唱回深岭，牛歌下远川。
垒柴为屋木，和土作盘筵。
险砌高台石，危跳峻塔砖。
忽升邻舍树，偷上后池船。
项橐称师日，甘罗作相年。
明时方任德，劝尔减狂颠。

【汇评】

《太平广记》：（路德延）天祐中，授左拾遗。会河中节度使朱友谦领镇，辟掌书记。友谦初颇礼待之，然德延性浮薄骄慢，动多忤物。友谦稍解礼，德延乃作《孩儿诗》五十韵以刺友谦。友谦闻而大怒，有以掇祸，乃因醉沉之黄河。诗实佳作也。尔后虽继有和者，皆去德延远矣。

《归田诗话》：（德延）晚依朱友宁，赋《孩儿》诗一百韵。感谗于友宁，谓以孩童喻之，竟以掇祸。然诗多佳句，如"共指云生岫,齐呼月上天",曲尽儿嬉之状。又云"项橐为师日,甘罗拜相年",亦有劝勉之意。但末句云:"明时方重德,劝尔减狂颠。"诚若讥之矣。

卢 频

卢频,生卒年里贯均未详。唐末诗人,张为曾取其诗入《诗人主客图》。《全唐诗》存诗四首。

【汇评】

瑰奇美丽主:武元衡。……升堂四人:卢频、陈羽、许浑、张萧远。(《诗人主客图》)

东西行

种荷玉盆里,不及沟中水。

养雉黄金笼,见草心先喜。

裴　说

裴说,生卒年里贯均未详。唐末人。曾飘泊湖南、江西等地,与曹松、王贞白、诗僧贯休、处默为友。天祐三年(906),状元及第。历补阙,官终礼部员外郎。有《裴说集》一卷。《全唐诗》编诗一卷。

【汇评】

裴说应举,只行五言诗一卷。至来年秋,复行旧卷。人有讥者,裴曰:"只此十九首苦吟,尚未有人见知,何暇别行卷哉!"咸谓知言。(《南部新书》)

(裴)说天复六年登甲科,其诗以苦吟难得为工,且拘格律。尝有诗曰:"苦吟僧入定,得句将成功。"又《赠贯休》云:"总无方是法,难得始为诗。"(《唐诗纪事》)

说工诗,得盛名。……为诗足奇思,非意表琢炼不举笔,有岛、洞之风也。(《唐才子传》)

裴说诗以苦吟难得为工,时出意外句耸人观;《寄边衣》等歌,亦绵宛中情,不嫌格下。(《唐音癸签》)

今读其诗,风骨矫矫,宜学贾氏有得者。其峭削微不及周、喻诸君,而沉刻过之。位马虞臣下,为升堂之次。(《重订中晚唐诗主

客图》)

寄边衣

深闺乍冷鉴开箧，玉箸微微湿红颊。
一阵霜风杀柳条，浓烟半夜成黄叶。
垂垂白练明如雪，独下闲阶转凄切。
只知抱杵捣秋砧，不觉高楼已无月。
时闻寒雁声相唤，纱窗只有灯相伴。
几展齐纨又懒裁，离肠恐逐金刀断。
细想仪形执牙尺，回刀剪破澄江色。
愁捻银针信手缝，惆怅无人试宽窄。
时时举袖匀红泪，红笺谩有千行字。
书中不尽心中事，一片殷勤寄边使。

【汇评】

《后山诗话》：礼部员外裴说《寄边衣》诗云："深闺乍冷开香箧，玉箸微微湿红颊。……"裴说诗句甚丽。《零陵总记》载说诗一篇，尤诙诡也。

《直斋书录解题》：世传其《寄边衣》古诗，甚丽。此（按指《裴说集》）集无之，仅有短律而已，非全集也。

《载酒园诗话》：谢惠连《捣衣》："腰带准畴昔，不知今是非。"……裴说《寄边衣》则曰："愁捻银针信手缝，惆怅无人试宽窄。"虽语益加妍，意实原本于谢。正子瞻所云"鹿人公庖，馔之百方，究其所以美处，总无加于煮食时"也。然庖馔变换得宜，实亦可口。

《一瓢诗话》：有就此处说者，有就彼处说者，皆比兴之流也。如裴说《寄边衣》诗曰："愁捻金针信手缝，惆怅无人试宽窄。"就此处说者也。

春早寄华下同人

正是花时节，思君寝复兴。
市沽终不醉，春梦亦无凭。
岳面悬青雨，河心走浊冰。
东门一条路，离恨镇相仍。

【汇评】

《对床夜语》：虽句中不可无好诗，亦看人用之何如耳。岑参有句云："愁山悬空雨"，"悬"字不易及；裴说用之云："岳面悬青雨"，点化既工，尤胜于岑。

《瀛奎律髓》：五、六巧，第七句颇俗。

《五朝诗善鸣集》：奇警。

《瀛奎律髓汇评》：陆贻典：七佳句也，何以为俗？　　何义门：雨未作，冻已释，言不应阻滞也。落句以今日会难，追憾向时之别易也。　　纪昀：五、六极刻画而不佳，五句尤不佳。评七句（俗）是。

《重订中晚唐诗主客图》："悬"字、"走"字炼，似生强，正取真意。"青雨"、"浊水"则学贾而成峭病也（"岳面"二句下）。

冬日作

粝食拥败絮，苦吟吟过冬。
稍寒人却健，太饱事多慵。
树老生烟薄，墙阴贮雪重。
安能只如此，公道会相容。

《瀛奎律髓》：两诗皆冬至诗，前诗（按指裴说《冬日后作》）三、四佳，后诗三、四尤佳，乃应破首句所谓"粝食"、"败絮"，有针线不苟作也。第五句"树"字疑作"厨"，则与下句尤称。

《瀛奎律髓汇评》：查慎行：远树生烟，见谢朓诗；若改"树"为"厨"，则"老"字不通矣。　　纪昀：树密则烟重，树老则疏，疏则烟薄，此亦易解。改为"厨老"，非是。　　又云：尾句太激。　　无名氏（甲）：若作"厨"，便与"太饱"字重。

《重订中晚唐诗主客图》：不惟诗格似贾，性情乃绝相近（"粝食"二句下）。　　确妙（"稍寒"句下）。　　确妙，妙切冬日。二句却似王仲初（"太饱"句下）。

题岳州僧舍

喜到重湖北，孤州横晚烟。

鹭衔鱼入寺，鸦接饭随船。

松桧君山迥，菰蒲梦泽连。

与师吟论处，秋水浸遥天。

【汇评】

《瀛奎律髓》：三、四极其新异。五、六亦状岳州僧舍，可谓切题。予尝登岳阳楼，乃知此诗之佳。

《瀛奎律髓汇评》：冯班：腹联佳。　　纪昀：三句刻意求新，而不免造作；四句自然。　　无名氏（甲）：洞庭、青草相连，故曰"重湖"。

经杜工部坟

骚人久不出，安得国风清？

拟掘孤坟破，重教大雅生。

皇天高莫问，白酒恨难平。

怏怏寒江上，谁人知此情？

【汇评】

《重订中晚唐诗主客图》：工部为诗之圣，不待言也；人人爱工部之诗，亦不待言也。必如此十分奇辟，乃能写出用情真至。后来吊工部诗，惟王荆公稍具气格，然亦不免衍叙。近时所作，不过随声赞叹而已，何足有无！

李　洞

李洞（？—893？），字才江，祖籍陇西成纪（今甘肃秦安），居京兆（今陕西西安）。唐宗室。屡举进士不第。广明中，僖宗奔蜀，洞亦游蜀。后还京。大顺二年（891），裴贽知贡举，洞献诗有"公道此时如不得，昭陵恸哭一生休"之句，然终未及第，人以为屈。复客游蜀，病卒，郑谷有诗哭之。洞酷慕贾岛为诗，集贾岛及唐诸人警句各五十联为《诗句图》，其诗亦类贾岛。有《李洞诗》一卷。《全唐诗》编诗三卷。

【汇评】

李洞，唐诸王孙也。尝游两川，慕贾阆仙为诗，铜铸为像，事之如神。（《唐摭言》）

进士李洞慕贾岛，欲铸而顶戴，尝念"贾岛佛"。而其诗体又僻于贾。（《北梦琐言》）

李洞佛名阆仙，所谓瓣香之师。执而不宏，捧心过甚，空圆萧散之气，不复少有，岂非不善学柳下惠邪？（《深雪偶谈》）

（洞）家贫，吟极苦，至废寝食。酷慕贾长江，遂铜写岛像，载之巾中。常持数珠念贾岛佛，一日千遍。人有喜岛者，洞必手录岛诗赠之，叮咛再四曰："此无异佛经，归焚香拜之。"其仰慕一何如此之

切也！然洞诗逼真于岛，新奇或过之。时人多诮僻涩，不贵其卓峭，唯吴融赏异。（《唐才子传》）

李洞字才江，诸王孙也。诗慕贾岛，意弥僻涩，当时多不贵之。洞益自信，不能取荣时路，竟以客死。（《唐诗品》）

才江虽学贾岛，要为自具生面，所恨刻求新异，艰僻良苦耳。《终南》一篇，句与韵斗险，中叶来长律仅觏，恐阆翁亦未办也。（《唐音癸签》）

才江造语之精，殆有过于阆仙者。……取境虽近，运思则远，真"穿天心，出月肋"而成，虽曰雕虫，亦岂易及！（《载酒园诗话又编》）

才江无古诗，五、七律及绝句、长排，俱师阆仙。五言尤逼肖，一字一句，必依贾生格式，当其得意，几于绿玉楮叶。而负性孤僻，笔端峭直，实由天授，非他人所能及。惜生也晚，不能如朱庆馀之遇水部，落拓终身，抱郁以卒。然其诚心铸像，克肖厥师，宜有阆仙神助，即亦不啻朱君之爱律格也。推为上入室，学者不得与唐末诗体同论。（《重订中晚唐诗主客图》）

送云卿上人游安南

春往海南边，秋闻半夜蝉。
鲸吞洗钵水，犀触点灯船。
岛屿分诸国，星河共一天。
长安却回日，松偃旧房前。

【汇评】

《瀛奎律髓》：洞学贾岛为诗。五佳。

《唐诗选脉会通评林》：周弼为四实体。　　首联见南行途远。次联见上人道法所到，辄多奇幻景物。三联，《金针诗格》云：

如"岛屿分诸国,星河共一天",言明君理化一统也。末以日后归来之景作结,自多远韵。

《唐诗矩》：全篇直叙格。　　　起言其路之远。结言其归之迟,俱用景语衬出,意便不枯。

《五朝诗善鸣集》：泛海上下,四旁俱到,抵得木华一赋。

《唐诗评选》：浓亦不厌。

《瀛奎律髓汇评》：冯舒：第六句怯。第八句出"僧"字。冯班：句句用意。陆贻典：句法刻炼,惜无老杜馀情耳。　　　查慎行：五六非浪仙所能道。　　　纪昀：五、六是一气,虚谷何以但赏上句?　　　许印芳：五、六并佳,晓岚不密圈,亦是苛论。今密圈之。

《重订中晚唐诗主客图》：力搜奇险,何必真见,确如真也("鲸吞"二句下)。　　　偏于此处说,妙("岛屿"二句下)。

古　柏

手植知何代? 年齐偃盖松。

结根生别树,吹子落邻峰。

古干经龙嗅,高烟过雁冲。

可佳繁叶尽,声不碍秋钟。

【汇评】

《五朝诗善鸣集》：真僻涩,亦真奇峭,四字俱有。

《近体秋阳》：奇解逸兴,脱越凡秽。

《重订中晚唐诗主客图》："古"字神妙。言"古"而高大可知,然写高大处都用加倍法,无一常意("结根"二句下)。　　　意奇("古干"句下)。　　　意新("高烟"句下)。

过野叟居

野人居止处，竹色与山光。
留客羞蔬饭，洒泉开草堂。
雨馀松子落，风过朮苗香。
尽日无炎暑，眠君青石床。

【汇评】

《唐诗摘钞》：昔卫协画北风图，见者觉寒。余谓三伏郁蒸时试诵此诗一过，便如石床偃仰，风雨过庭，竹色山光，苍翠欲滴，自不知烦暑之去体矣。

赠曹郎中崇贤所居

闲坊宅枕穿宫水，听水分衾盖蜀缯。
药杵声中捣残梦，茶铛影里煮孤灯。
刑曹树荫千年井，华岳楼开万仞冰。
诗句变风官渐紧，夜涛春断海边藤。

【汇评】

《唐摭言》：（李洞）曰："药杵声中捣残梦，茶铛影里煮孤灯。"复送人归日东云："岛屿分诸国，星河共一天。"时人但诮其僻涩，而不能贵其奇峭，唯吴子华深知之。

《唐才子传》：洞诗大略如《终南山》云："残阳高照蜀，败叶远浮泾。斫竹烟岚冻，偷湫雨雹腥。……远平丹凤阙，冷射五侯厅。"《赠司空图》云："马饥餐落叶，鹤病晒残阳。"又曰："卷箔清溪月，敲松紫阁书。"《送僧》云："越讲迎骑象，蕃斋忏射雕。"《归日本》云："岛屿分诸国，星河共一天。"《夜》云："药杵声中捣残梦，茶铛影里煮孤灯。"皆伟拔时流者。

《西圃诗说》：晚唐人诗"药杵声中捣残梦，茶铛影里煮孤灯"，与宋人诗"绿搅寒芜出，红争暖树归"，句非不工，而语意俱尽，殆纤巧而非大雅者。

《秋窗随笔》：李洞"药杵声中捣残梦，茶铛影里煮孤灯"，不及岑参"孤灯燃客梦，寒杵捣乡愁"。

《石园诗话》：（李洞）诗如"齿因吟后冷，心向静中圆"、"树沉孤岛远，风逆蹇驴迟"、"一镜双垂鬓，全家老半峰"、"药杵声中捣残梦，茶铛影里煮孤灯"，奇峭处逼真浪仙。

毙 驴

蹇驴秋毙瘗荒田，忍把敲吟旧竹鞭。
三尺焦桐背残月，一条藜杖卓寒烟。
通吴白浪宽围国，倚蜀青山峭入天。
如画海门撑肘望，阿谁家卖钓鱼船？

【汇评】

《贯华堂选批唐才子诗》：一解只写得一"忍"字。"忍"字为言"不忍"也。言我一鞭、一桐、一藤，当时与此一驴，乃至并一李先生，是真所谓五一合为一副者也。今日不幸，一既毙而埋矣，而如之何其一犹把，其一犹背，其一犹卓，是可忍孰不可忍者乎！一"忍"字便领尽三句，此亦暗用黄公酒垆不能重过，西州路门恸哭叩扉故事也（首四句下）。　　　想到游吴，想到游蜀，想到游海门。言从今一总不复再往。纵或兴会偶及，亦只撑肘一望即休。昨日有人教买钓船，粗毕馀年，想不能负此心也。一毙驴，写来便如先主既失诸葛相似，奇绝（末四句下）。

《五朝诗善鸣集》：背琴扶杖，撑肘买船，都是驴毙后事。深入题间。

《唐律偶评》：此俗题，发端一笔提过，下七句只从毙驴之后写意，脱化最高。

《唐诗成法》：一起后全不著题，句句是题，出神入鬼。金铸阆仙人方能如此。

送僧清演归山

毛褐斜肩背负经，晓思吟入窦山青。

峰前野水横官道，踏着秋天三四星。

【汇评】

《五朝诗善鸣集》：无一熟语。

绣岭宫词

春日迟迟春草绿，野棠开尽飘香玉。

绣岭宫前鹤发翁，犹唱开元太平曲。

【汇评】

《诗薮》：七言绝，李、王二家外，王翰《凉州词》、……陈陶《陇西行》、李洞《绣岭词》、卢弼《四时词》，皆乐府也。然音响自是唐人，与五言绝稍异。

《唐诗选脉会通评林》：周珽曰：草萋水绿，野棠开谢；宫前春色，不改盛时，故鹤发翁尚追其旧曲而唱之。今日荒凉情景，不言自在，妙于含蓄者；若骊山游者（按其有《翠微寺》诗，结句云："天子不来僧又去，樵夫时倒一株松。"），感慨毕集矣。合读俱成异响。

《唐风定》：与"白头宫女"句同意、同工。

《历代诗发》：字字声泪迸出。

唐 求

　　唐求，生卒年不详，一作唐球，成都（今属四川）人。性疏放旷逸，不乐仕进，居灌县味江山，人称唐隐居。王建为蜀帅，召为参谋，不就。好吟诗，每诗成，即捻稿成丸纳大瓢中。后病，投瓢于江，曰："斯文苟不沉没，得者方知吾苦心尔。"有《唐求集》一卷。《全唐诗》存诗一卷。

【汇评】

　　唐末蜀州青城县味江山人唐求，至性纯悫，笃好雅道，放旷疏逸，几乎方外之士也。每入市，骑一青牛，至暮醺酣而归。非其类，不与之交。或吟咏有所得，则将稿捻成为丸，内于大瓢中。二十馀年，莫知其数，亦不复吟咏。其赠送寄别人之诗，布于人口。暮年因卧病，索瓢致于江中，曰："斯文苟不沉没于水，后之人得，方知我苦心尔。"漂至新渠江口，有识者云："唐山人诗瓢也。"探得之，已遭漂润损坏，十得其二三，凡三十馀篇，行于世。（《茅亭客语》）

　　郑棨诗思在灞桥风雪中驴子上，唐求诗所游历不出二百里，则所谓思者，岂寻常咫尺之间所能发哉！（《韵语阳秋》）

　　球有诗名，如《临池洗砚》云："恰似有龙深处卧，被人惊起黑云

生。"又有"渐寒沙上路,欲暖水边树",亦佳句也。(《唐诗纪事》)

(求)酷耽吟调,气韵清新,每动奇趣,工而不僻,皆达者之词。所行览不出二百里间,无秋毫世虑之想。(《唐才子传》)

世称唐山人诗瓢,第谓隐居独善者流耳。以余观其行事,固介然节义士也。……盖山人生唐末,不屈志权帅,亮节高风,可干霄汉。其之于诗,精灵炳朗,……苍劲闲逸,犹可想见其人。(《十三唐人诗·唐球诗吕潜序》)

(唐)隐居负性高古,诗冷峻,得贾生之骨。观其不苟传于后世,诗志可知矣。惜瓢中之诗,大半为屈正则所收,流传人间者,如食罕味,忽忽欲尽耳。特附贾氏升堂之后,以褒其志。(《重订中晚唐诗主客图》)

唐求字字著意,稜露不凡。(《东目馆诗见》)

晓　发

旅馆候天曙,整车趋远程。
几处晓钟断,半桥残月明。
沙上鸟犹在,渡头人未行。
去去古时道,马嘶三两声。

【汇评】

《瀛奎律髓》:此所谓诗瓢唐山人者。四联皆侧入,自是一体。诗亦清润。

《瀛奎律髓汇评》:陆贻典:五、六又从崔涂"高树鸟已息,古原人尚耕"脱出。何义门:次联与飞卿《早行》诗,各自擅绝。　　纪昀:一结少力。

《重订中晚唐诗主客图》:此当与贾师《早行》诗合看,极澹极常语,却有深味,若温飞卿"鸡声茅店月,人迹板桥霜",非不佳也,然有意煊染，不免取俗人喜悦矣。譬之近代画品，此如王麓台，而飞卿则王石谷耳。此中色味分寸，能辨者亦只数人，若单廉夫、潘兰公、王颖叔及吾家松圃、五星，其庶几乎！

题郑处士隐居

不信最清旷，及来愁已空。
数点石泉雨，一溪霜叶风。
业在有山处，道成无事中。
酌尽一尊酒，病夫颜亦红。

【汇评】

《唐诗归》：钟云："亦"字凄然（末句下）。

《唐诗选脉会通评林》：唐汝询曰：起得劈空。此诗与《山东兰若》作，俱自苦心中得来。　　中二联清旷景事，正人所羡慕，若不之信者。病颜藉酒亦红，应次句"愁空"言。总见处士所居清旷，能移人心趣色兴也。通篇古浑清劲，有常建丰骨。"业在"、"道成"二语，更饶理趣，却不着色相。晚唐奇品。

《五朝诗善鸣集》：以唐隐居赠郑隐居，逐若自道所以。

《重订中晚唐诗主客图》：通首不粘，亦一拗体。　　刻清见骨（首二句下）。高致（末二句下）。

山东兰若遇静公夜归

松门一径微，苔滑往来稀。
半夜闻钟后，浑身带雪归。
问寒僧接杖，辨语犬衔衣。
又是安禅去，呼童闭竹扉。

【汇评】

《唐诗归》：钟云：如见（"问寒"句下）。　　钟云：妙景一气。

《唐诗选脉会通评林》：吴山民曰：三、四想头清澈。　　唐汝询曰：结静极。首言兰若幽僻，向少人迹。中联咏其夜归情景，俱本真实妙趣，佐以雅淡新语。结美静公禅深本性，见已得遇之，亲睹其行藏也。

《五朝诗善鸣集》：何其真婉详悉至此！

《唐律消夏录》：情真、景真，恰好写出，便是好手。　　二句照应"归"字（末二句下）。

《唐诗成法》："微"字一层，"滑"字、"稀"字一层，"半夜"字一层；三句跌下已妙，又添"雪"字更有势。五、六停笔写情景。结应"归"字，合法。

《近体秋阳》：流对轻工，气味壮浑（"半夜"二句下）。　　婉款质逸，描画不尽（"问寒"二句下）。

《唐诗笺要》：情景可想，非此句不能接领联（"问寒"句下）。

《重订中晚唐诗主客图》：此题情事本佳，故诗亦高妙，然非闲心活眼则不能相得此题。故欲学古人作诗，先当学古人置题。

写生乎（"半夜"二句下）？　　长江得意句（"问寒"二句下）。

胡令能

胡令能，生卒年不详，贞元、元和时人，隐居莆田（今属福建），以负局锼钉为业，人称"胡钉铰"。《全唐诗》存诗四首。

【汇评】

令能，圃田隐者，少为负局锼钉之业。以所居列子之里，家贫，遇茶果必祭列子，以求聪明。或梦人割其腹，以一卷书内之，遂能吟咏，禅学尤邃，世谓"胡钉铰"者也。（《唐诗纪事》）

观郑州崔郎中诸妓绣样

日暮堂前花蕊娇，争拈小笔上床描。
绣成安向春园里，引得黄莺下柳条。

【汇评】

《云溪友议》：（胡令能）既成卷轴，尚不弃于猥贱之事，真隐者之风，远近号为"胡钉铰"。太守名流，皆仰瞻之，而门多长者。或有遗赂，必见拒也；或持茶酒而来，则忻然接奉。其文略记数篇，资其异论耳。……《观郑州崔郎中诸妓绣样》："日暮堂前花蕊娇，……"《江际小儿垂钓》曰："蓬头稚子学垂纶，……"

　　《鉴诚录》：王右丞有《题云母障子》，胡令能有《题绣障子》，虽异代殊名，而才调相继。右丞诗曰："君家云母障，持向野庭开。自有山泉入，非关彩画来。"胡生诗曰："日暮堂前花蕊娇，……"

小儿垂钓

蓬头稚子学垂纶，侧坐莓苔草映身。

路人借问遥招手，怕得鱼惊不应人。

【汇评】

　　《唐人绝句精华》：此写儿童情态亦自生动。

任　翻

> 任翻,生卒年不详,一作任蕃,江东人。会昌时人。家贫,初举进士不第。归,放浪江湖,以弹琴吟诗自娱。有《任翻诗》一卷,又《文章玄妙》一卷,论对偶声律之类,均佚。《全唐诗》存诗十八首。

【汇评】

　　清奇雅正主:李益。……升堂七人:方干、马戴、任蕃、贾岛、厉玄、项斯、薛寿。(《诗人主客图》)

　　晚唐之诗分为二派:一派学张籍,则朱庆馀、陈标、任蕃、章孝标、司空图、项斯其人也。(《升庵诗话》)

　　张洎称翻为水部门人,……其用笔颇生峭,微近阆仙,然细玩其风韵,自是水部一派。(《重订中晚唐诗主客图》)

洛阳道

憧憧洛阳道,尘下生春草。
行者岂无家? 无人在家老。
鸡鸣前结束,争去恐不早。

百年路旁尽，白日车中晓。

求富江海狭，取贵山岳小。

二端立在途，奔走无由了。

【汇评】

《五朝诗善鸣集》：此亦东野之流语，皆生创。

春　晴

楚国多春雨，柴门喜晚晴。

幽人临水坐，好鸟隔花鸣。

野色临空阔，江流接海平。

门前到溪路，今夜月分明。

【汇评】

《五朝诗善鸣集》：此君诗五古是晚唐，五律气格闲静，似出晚唐之上。

《小清华园诗谈》：何谓清？曰：如谢希逸之"夕天霁晚气，轻霞澄暮阴。微风清幽幌，馀日照青林。收光渐窗歇，穷园自荒深。绿池翻素景，秋槐响寒音。伊人倘同爱，弦酒共栖寻。"……任翻之"楚国多春雨，柴门喜晚晴。……"

宿巾子山禅寺

绝顶新秋生夜凉，鹤翻松露滴衣裳。

前峰月映半江水，僧在翠微开竹房。

【汇评】

《唐音戊签》：《方舆胜览》：山在明州城中，横峙江之下流，两峰如帕帻，其顶双塔差肩，有明庆塔院，胜概名天下。

《唐诗选脉会通评林》：敖英曰：缀景楚楚，无斧凿痕。　　周珽曰：清机隽气逼人。　　按：任翻每三十年，一至巾子峰寺，每至留题一诗。初至有僧、有鹤、有松、有月。次至，僧已圆寂。后至，并松、鹤俱无，惟馀峰、月照江。……焦弱侯曰：三诗前后相应，无穷感慨，自寄其中。有是哉！

黄　巢

　　黄巢(? —884),曹州冤句(今山东菏泽西南)人。出身盐商家庭,曾应进士举,不第。乾符二年(875),率众参加王仙芝义军。仙芝战死,被推为义军首领,称"冲天大将军",年号王霸。广明元年(880),攻入长安,即帝位,国号大齐,年号金统。中和四年(884),兵败自杀于泰山狼虎谷。巢能诗,《全唐诗》存诗三首,其中《自题像》一首乃后人伪托。

题菊花

颯颯西风满院栽,蕊寒香冷蝶难来。

他年我若为青帝,报与桃花一处开。

【汇评】

　　《贵耳集》:黄巢五岁侍翁、父为菊花联句。翁思索未至,巢信口应曰:"堪与百花为总首,自然天赐赭黄衣。"巢之父怪,欲击巢。乃翁曰:"孙能诗,但未知轻重,可令再赋一篇。"巢应之曰:"颯颯西风满院栽,……"跋扈之意,已见婴孩之时。加以数年,岂不为神器之大盗耶！

不第后赋菊

待到秋来九月八，我花开后百花杀。

冲天香阵透长安，满城尽带黄金甲。

【汇评】

《七修类稿》：《清暇录》载：黄巢下第，有《菊花》诗曰："待到秋
来九月八，我花开后百花杀。冲天香阵透长安，满城尽带黄金甲。"
尝闻我（朱）太祖亦有咏《菊花》诗："百花发，我不发；我若发，都骇
杀。要与西风战一场，遍身穿就黄金甲。"人看二诗，彼此一意：成
则为明，而败则为黄也。

罗绍威

罗绍威(876—909),字端己,魏州贵乡(今河北大名东北)人。光化元年(898),父天雄军节度使罗弘信卒,绍威代为节度,累加检校太尉、守侍中,封邺王。入梁,位至守太师、兼中书令,卒。绍威好儒术,能诗。时罗隐有当世诗名,自号江东生,绍威酷嗜其作,目己所为诗为《偷江东集》,凡五卷,已佚。《全唐诗》存诗二首,残句一。

【汇评】

威性明敏,达于吏道。伏膺儒术,招纳文人,聚书至万卷。每花朝月夕,与宾佐赋咏,甚有情致。(《旧唐书》本传)

(绍威)唐末袭父弘信为魏博节度使,喜为诗。江东罗隐有诗名,绍威厚礼之,与通属籍。目己所为诗号《偷江东集》。如"楼前淡淡云头日,帘外萧萧雨脚风",无愧隐矣。(《唐诗纪事》)

白　菊

虽被风霜竞欲催,皎然颜色不低摧。

已疑素手能妆出，又似金钱未染来。
香散自宜飘渌酒，叶交仍得荫苍苔。
寻思闭户中宵见，应认寒窗雪一堆。

李 京

李京,生卒年里贯均未详。唐末五代人。梁贞明六年(920),登进士第。《全唐诗》存诗一首。

除夜长安作

长安朔风起,穷巷掩双扉。
新岁明朝是,故乡何路归?
冀丝饶镜色,陈雪夺灯辉。
却羡秦州雁,逢春尽北飞。

和　凝

和凝（898—955），字成绩，郓州须昌（今山东东平）人。幼聪敏。梁乾化四年（914），年十七，明经及第；贞明二年（916），复登进士第。初历诸府从事。后唐天成中，入拜殿中侍御史，累官工部侍郎、翰林学士。晋初，拜端明殿学士。天福五年（940），拜中书侍郎、平章事。汉兴，授太子太保。入周，迁太子太傅，卒。凝为文章，长于短歌艳曲，尤好声誉，有集百馀卷，自镂版印刷以赠人，已佚。《花间集》录其词二十首。《全唐诗》存诗一卷。

【汇评】

和凝，字成绩，生平撰述共分为六种，《香奁集》其一也，今独此传。其句多浮艳，如"仙树有花难问种，御香闻气不知名"、"鬅鬙香颈云遮藕，粉著兰胸雪压梅"、"静中楼阁春深雨，远处帘栊夜半灯"，皆见《瀛奎律髓》。方氏以为韩偓，叶少蕴以为韩熙载。大概晚唐五代，调率相似。第偓当乱离际，以忠鲠几杀身，其诗气骨有足取者，与《香奁》殊不类，谓凝及熙载则意颇近之。《诗话总龟》又载凝"桃花脸薄难成醉，柳叶眉长易搅愁"之句，可证云。（《诗薮·杂编》）

宫词百首（选二首）

其五十六

宝瑟凄锵夜漏馀，玉阶闲坐对蟾蜍。

秋光寂历银河转，已见宫花露滴疏。

其八十二

缕金团扇对纤绨，正是深宫捧日时。

要对君王说幽意，低头佯念婕妤诗。

【汇评】

《诗学渊源》：凝宫词百首，不减王建，风华绮丽，后人殆难为继矣。

王仁裕

王仁裕(880—956),字德辇,天水(今属甘肃)人。少不知书,以狗马弹射为乐,年二十五始就学,以文辞知名。唐末为秦州节度判官。入蜀为中书舍人、翰林学士。蜀亡,仕后唐为秦州节度判官。王思同镇兴元,辟为从事。废帝举兵凤翔,击败思同,得仁裕,置军中,掌檄文诏诰,迁都官郎中、翰林学士。历仕晋、汉、周,官终兵部尚书、太子少保。仁裕性晓音律,以文章知名,尝集其平生所为诗万馀首为百卷,号《西江集》,已佚。有笔记《开元天宝遗事》四卷行世。《全唐诗》存诗一卷。

【汇评】

(仁裕)惟《玉堂闲话》尚行世,中载七言律数首,皆清雅,特格卑弱耳。(《诗薮·杂编》)

仁裕晓音律,喜为诗,微伤于浮艳,而其佳处亦足追温、李。(《诗学渊源》)

放　猿

放尔丁宁复故林，旧来行处好追寻。
月明巫峡堪怜静，路隔巴山莫厌深。
栖宿免劳青嶂梦，跻攀应惬白云心。
三秋果熟松梢健，任抱高枝彻晓吟。

【汇评】

《太平广记》：王仁裕尝从事于汉中，家于公署。巴山有采捕者，献猿儿焉。怜其小而慧黠，使人养之，名曰野宾。呼之则声声应对，经年则充博壮盛；縻絷稍解，逢人必啮之，颇亦为患。仁裕叱之，则弭伏不动，馀人纵鞭箠，亦不畏。……于是（猿）颈上系红丝一缕，题诗送之曰："放尔丁宁复故林，旧来行处好追寻。……"又使人送入孤云两角山，且使縻在山家，旬日后方解而纵之，不复来矣。后罢职入蜀，行次嶓冢庙前，汉江之壖有群猿自峭岩中连臂而下，饮于清流。有巨猿舍群而前，于道畔古木之间，垂身下顾，红绡仿佛尚在。从者指之曰："此野宾也。"呼之，声声相应，立马移时，不觉恻然。及耸辔之际，哀叫数声而去。及陟山路，转壑回溪之际，尚闻呜咽之音，疑其肠断矣。遂继之一篇曰："嶓冢祠边汉水滨，饮猿连臂下嶙峋，……"

《山满楼笺注唐诗七言律》：放猿事韵，送之以诗尤韵。"丁宁"二字是通篇眼目。前半，巫峡乎？巴山乎？不知故林何在，教他自去追寻。后半慰其得复故林之后，有如此许多快活。猿如有知，宁不感再生之赐乎？

遇放猿再作

嶓冢祠前汉水滨,饮猿连臂下嶙峋。
渐来子细窥行客,认得依稀是野宾。
月宿纵劳羁绁梦,松餐非复稻粱身。
数声肠断和云叫,识是前时旧主人。

【汇评】

《五朝诗善鸣集》:《放猿》诗妙矣,《遇猿》诗更妙,诗以事传,事以诗传,脍炙千古。

《山满楼笺注唐诗七言律》:二作(按指《放猿》、《遇猿》二诗)皆是信笔直书,曾无一语雕琢,然都写得曲折淋漓,入情入理。可见好诗只在真,初无事于雕琢也。

韩熙载

韩熙载(902—970),字叔言,祖籍昌黎(今辽宁义县),后迁居潍州北海(今山东潍坊)。后唐同光中,登进士第。南奔吴,释褐校书郎,为滁、和、常三州从事。南唐烈祖受禅,官秘书郎。中主即位,以为虞部员外郎,史馆修撰,复以本官知制诰,为权要所嫉,贬和州司士参军。征拜中书舍人,迁户部侍郎,充铸钱使。后主即位,历吏部侍郎、秘书监、兵部侍郎,迁中书侍郎、光政殿学士承旨,卒。熙载审音律,善书画,工文辞,有《格言》五卷、《拟议集》十五卷、《定居集》二卷,均佚。《全唐诗》存诗五首,残句一。

【汇评】

韩熙载字叔言,事江南三主,时谓之神仙中人,风彩照物。……制诰典雅,有元和之风。(《湘山野录》)

韩熙载初知贡举,人皆以为巨题。熙载是夕自赋五首,旦视诸生,皆有可观。及著格言五十馀篇,时辈罕及。诱掖后进,号"韩夫子"。(《江南野录》)

感怀诗二章（其一）

原注：奉使中原署馆壁。

仆本江北人，今作江南客。
再去江北游，举目无相识。
金风吹我寒，秋月为谁白？
不如归去来，江南有人忆。

【汇评】

《苕溪渔隐丛话后集》：《南唐书》云：韩熙载自江南奉使中原，为《感怀》诗，题于馆壁，云："仆本江北人，今作江南客。……"苕溪渔隐曰：余家有韩熙载家宴图，图中题此诗后四句。尝以问相识间，云是古乐府。今览此书，方知其误也。

《五朝诗善鸣集》：叔言在南唐，当时以为风流之冠，其《感怀》如此情怀，可知不过狎客之流，说者以为江右得人，不足夸也。

潘　佑

潘佑(938—973)，幽州(今北京西南)人。仕南唐中主，为秘书省正字。后主即位，除虞部员外郎、史馆修撰。改知制诰，草《劝南汉书》数千言，文不加点，情词款洽，迁中书舍人。开宝间，国势日削，佑七上疏指陈时政，词甚激讦。后主不能用，命专修国史，悉罢他职。佑复上疏，后主怒，欲收下狱，佑闻命自杀。有《荣阳集》十卷，已佚。《全唐诗》存诗四首，残句一。

【汇评】

佑方冠，未入学，已能文。命笔题壁曰："朝游沧海东，暮归何太速。只因骑折玉龙腰，谪向人间三十六。"果当其岁诛死。(《湘山野录》)

余记太白有诗云："野禽啼杜宇，山蝶舞庄周。"后又见潘佑有《感怀》诗："幽禽唤杜宇，宿蝶梦庄周。席地一尊酒，思与元化浮。但莫孤明月，何必秉烛游。"余谓才思暗合，古今无殊，不可怪也。(《法藏碎金》)

失　题

谁家旧宅春无主？深院帘垂杏花雨。

香飞绿琐人未归，巢燕承尘默无语。

【汇评】

《野客丛书》：前辈谓"深院无人杏花雨"之句极佳。此非四"雨"之数，当作去声呼。此句正祖南唐潘佑之意，佑有诗曰："谁家旧宅春无主，深院帘垂杏花雨。"佑两句意，此作一句言耳。然佑句作上声，非去声也。……唐《花间集》亦曰："红窗寂无人语，黯淡梨花雨。"

李建勋

李建勋(?—952),字致尧,广陵(今江苏扬州)人。初仕吴,为金陵巡官。李昪镇金陵,用为副使,预禅代之谋。及昪即位,拜相,昪元五年(941)方罢,在相位最久。中主立,出为昭武军节度使。后召拜司空,乃营亭榭于钟山。以司徒致仕,赐号钟山公,卒。建勋少好学,工诗文,有《李建勋集》二十卷,已佚。《全唐诗》存诗一卷。

【汇评】

(建勋)为诗,少犹浮靡,晚年方造平淡。(《玉壶清话》)

(建勋)能文赋诗,琢炼颇工,调既平妥,终少惊人之句也。(《唐才子传》)

晚唐诸子,不选格调,专事情景,"诗中觅画"之说盖出于此,遂使浑厚鸿明之气,萧然谢绝。建勋诗,每联必设景象,盖工写之极,流而为俳,亦不自知也。(《唐诗品》)

今五代诗集传者,仅建勋一家而已。集中佳句颇多,虽晚唐卑下格,然模写情事殊工。(《诗薮·杂编》)

李建勋诗格最弱,然情致迷离,故亦能动人。如《残牡丹》诗,……气骨安在?却有倚门人流目送盼之致,虽庄士雅人所卑,亦为轻俊佻达者喜。又如《闲出书怀》曰："断酒只携僧共去,看山从听马行迟。"《春雪》曰："全移暖律何方去? 似误新莺昨日来。"《梅花寄所亲》曰："云鬓自沾飘处粉,玉鞭谁指出墙枝。"《春水》曰:"青岸渐平濡柳带,旧溪应暖负莼丝。"语皆纤冶,能眩人目。(《载酒园诗话又编》)

田家三首（其二）

不识城中路,熙熙乐有年。
木盘擎社酒,瓦鼓送神钱。
霜落牛归屋,禾收雀满田。
遥陂过秋水,闲阁钓鱼船。

【汇评】

《围炉诗话》:李建勋《田家诗》,可见徐知诰之有功于民也。

寺居陆处士相访感怀却寄二三友人

湘寺闲居亦半年,就中昨夜好清然。
人归远岫疏钟后,雪打高杉古屋前。
投足正逢他国乱,冥心未解祖师禅。
炉烟向冷孤灯下,唯有寒吟到曙天。

【汇评】

《诗源辩体》:(李建勋)七言律如"人归远岫疏钟后,雪打高杉古屋前"、"云暗半空藏万仞,雪迷双瀑在中峰",……皆清新峭拔,另为一种。究其所自,乃贾岛、张、王之馀。至宋刘后村,益加工美矣。

迎　神

擂蛮鼍，吟塞笛，女巫结束分行立。

空中再拜神且来，满奠椒浆齐献揖。

阴风窣窣吹纸钱，妖巫瞑目传神言。

与君降福为丰年，莫教赛祀亏常筵。

【汇评】

《载酒园诗话又编》：《迎神》一篇，不愧名家，张司业之耳孙，近来高季迪之鼻祖也。

宫　词

宫门长闭舞衣闲，略识君王鬓便斑。

却羡落花春不管，御沟流得到人间。

【汇评】

《增订评注唐诗正声》：顾云：含情自远。　　郭云："春不管"三字，此诗佳处在此，病处亦在此。

《唐诗直解》：二、三句虽含恨，却无痕，真是作手。

《唐诗广选》：令人讽咏不尽。

《唐诗训解》：幽闭之苦，览此为恻。

《唐诗解》：摹写至此，少伯浑厚之风荡然。

《而庵说唐诗》：宫门空闭，舞衣只是闲叠箧中，略一识君王之面，而已老矣。识且不能得再，而况承宠？宫人幽闭得苦，所以羡落花之无管束，而犹得到人间也。此诗流于荡矣。

孟宾于

孟宾于,生卒年不详,字国仪,连州(今广东连县)人。幼擅诗名,吟咏忘倦。后唐长兴末赴举,和凝等咸推荐之,游举场十年。晋天福九年(944),符蒙知举,宾于献诗,大得称赏,遂登第。初仕楚,为零陵从事。楚亡,归南唐。建隆二年(961),官丰城令。又官溧阳令,因赃贿系狱,后主释之。后起为水部员外郎,致仕,居吉州新淦玉笥山,自号群玉峰叟。南唐亡,归老连州,卒年八十三。有《金鳌集》二卷,已佚。《全唐诗》存诗八首,残句若干。

【汇评】

(宾于)幼擅诗名,吟味忘倦。(王禹偁《孟水部诗集序》)

(宾于)少修儒学,早失其父,事母以孝闻。长好篇咏,有能诗名。……天祐末,工部侍郎李若虚廉察于湘沅,宾于有诗数百篇,自命为《金鳌集》,献之,大为称誉。因采择集中有可举者十数联,记之于书,使宾于驰诣洛阳,皆为数之,其誉蔼然。(《江南野史》)

五代孟宾于,少游乡校,力学不怠。父以家贫,且鲜兄弟,题诗壁上云:"他家养儿三四五,我家养儿独且苦。"宾于归,见之,续曰:"众星不如孤月明,牛羊满山独畏虎。"父奇之。(《小草斋诗话》)

公子行

锦衣红夺彩霞明，侵晓春游向野庭。

不识农夫辛苦力，骄骢蹋烂麦青青。

【汇评】

《小草斋诗话》：（孟宾于）尝作《公子行》云："锦衣红夺彩霞明，侵晓春游向野亭。不识农夫心力苦，骄骢驰处麦青青。"有诗数百篇，号《金鳌集》。与李昉同年相友善，……昉寄诗曰："幼携书剑别湘潭，金榜标名第十三。昔日声名喧洛下，只今诗价满江南。"

《唐人绝句精华》：唐人《公子行》皆形容纨袴子弟之无知，但务享乐而不知稼穑之艰难，一旦得祖父馀荫，出仕朝中，安得不举措乖方，殃民误国！

献主司

那堪雨后更闻蝉，溪隔重湖路七千。

忆昔故园杨柳岸，全家送上渡头船。^①

【原注】

①主司得诗，自谓得宾于之晚。后宾于致仕，归连上，过庐陵，吉守赠诗，有"今日还家莫惆怅，不同初上渡船头"，用此。

【汇评】

王禹偁《孟水部诗集序》：余总角之岁，就学于乡先生。授经之外，日讽律诗一章。其中有绝句云："那堪雨后更闻蝉……"余固未知谁氏之诗矣。及长，闻此句大播人口，询于时辈，则曰：江南孟水部诗也。

《雅言系述》：孟宾于《献主司》诗云："那堪雨后更闻蝉，……"主司得诗，自谓得宾于之晚，当年中第。

刘　洞

> 刘洞（？—约 976），庐陵（今江西吉安）人。少游庐山，学诗于陈
> 贶。贶卒，犹居庐山二十年。南唐后主即位，诣金陵献诗百篇，不得
> 召见。还庐陵，与同门夏宝松为诗友。金陵被围，洞有诗伤悼，未几
> 卒。洞诗学贾岛，长于五律，其《夜坐诗》见称一时，人称"刘夜坐"。
> 有集已佚。《全唐诗》存诗一首，残句三。

【汇评】

刘洞，庐陵人。少游庐山，学诗于陈贶，精思不懈，或至浃日不
盥。居庐山二十年，长于五字唐律，自号"五言金城"，得贾岛遗法。
（《十国春秋》）

（夏宝松）与诗人刘洞俱显名当世。百胜军节度使陈德诚以诗
美之曰："建水旧传刘夜坐，螺川新有夏江城。"（《南唐书》）

（刘洞）长五言诗，……与同门夏宝松相善，为倡和俦侣。然洞
之诗，格新而意古，语新而理粹，常自谓得浪仙之遗态，但恨不与同
时言诗也。（《江南野史》）

石城怀古

石城古岸头，一望思悠悠。

几许六朝事，不禁江水流。

【汇评】

《江南野录》：刘洞尝以诗献李煜，首篇名《石城怀古》，云："石城古岸头……"后主览之，掩卷改容。

《十国春秋》：后主嗣位，尤属意诗人。或以（刘）洞言者，洞遂献诗百篇，卷以《石城篇》为首。……后主读之，感怆不怡者久之，因弃去，洞亦不复见省。

江 为

江为,生卒年不详,其先宋州(今河南商丘)人,后徙居建阳(今属福建)。初游庐山,师陈贶为诗,居二十年。南唐中宗南迁,过庐山,见其《题白鹿寺》诗,称善久之,为由是傲肆。诣金陵求举,屡试不第,常怏怏,欲东奔吴越,为同谋者告发,被杀。或云为居闽,欲奔南唐,被杀。有《江为集》一卷,已佚。《全唐诗》存诗八首,残句二。

【汇评】

　　(江)为工诗,如"天形围泽国,秋气露人家"之句,极脍炙人口。少游江南,有诗曰:"吟登萧寺旃檀阁,醉倚王家玳瑁筵。"后主见之,曰:"此人大是富贵家。"而刘夜坐、夏江城等并就传句法,后以谗死。(《艺苑雌黄》)

　　江为诗"竹影横斜水清浅,桂香浮动月黄昏",林君复只改二字为"疏影"、"暗香"以咏梅,遂成千古绝调。诗字点化之妙,如丹头在手,瓦砾皆金。(《紫桃轩杂缀》)

临刑诗

街鼓侵人急,西倾日欲斜。
黄泉无旅店,今夜宿谁家?

【汇评】

《五代史补》:江为,建州人,工诗。……(有故人)将奔江南,乃间道谒为,经数日,为且与草投江南表。其人未出境,遭边吏所擒,乃于囊中得所撰表章,于是收为与奔者,俱械而送。为临刑,词色不挠,且曰:"嵇康之将死也,顾日影而弹琴。吾今琴则不暇,弹赋一篇可矣。"乃索笔为诗曰:"衔鼓侵人急……"闻者莫不伤之。

《诗学渊源》:(江为)坐与故人谋逆,诛死,《临刑》一诗至今传诵,然刻露过甚,且近谐谑,非诗之正轨。而他诗清丽,皆大历之佳构也。

张　泌

张泌，生卒年不详，唐末五代人。事蜀为舍人。《花间集》载其词二十七首，《全唐诗》存诗一卷，均出《才调集》。或以为即南唐张泌。然南唐张泌后主朝方第进士，入宋后官至谏议大夫，淳化五年尚在，其诗词必不能收入《才调集》及《花间集》，故别是一人。

【汇评】

张泌无全集，仅《才调集》及《鼓吹》、《品汇》所录二十餘篇而已。其七言古一篇，乃诗馀之调也。七言律，……亦晚唐俊调。（《诗源辩体》）

此君端己对手。（《二冯先生评阅才调集》）

南唐又有张泌，其诗如乌衣、马粪诸郎，虽非干理之才，却无伧父容貌词气，定其诗格，当韦相、李司徒季孟间。（《载酒园诗话又编》）

张泌……为诗清雅绝尘，绝句尤楚楚有致，虽杜牧、许浑不能过也。（《诗学渊源》）

寄 人 （其一）

别梦依依到谢家，小廊回合曲阑斜。

多情只有春庭月，犹为离人照落花。

【汇评】

《唐诗绝句类选》：末二句无情翻出有情。

《唐诗选脉会通评林》：张泌《寄人》二诗，俱情痴之语。

《网师园唐诗笺》：蕴藉（末二句下）。

《精选评注五朝诗学津梁》：以多情春光为寓意，末二句结构佳妙。

《词苑丛谈》：张泌仕南唐为内史舍人，初与邻女浣衣相善，作《江神子》词云："浣花溪上见卿卿，眼波明，黛眉轻。高绾绿云，低簇小蜻蜓。好是问他知得么？和笑道，莫多情。"后经年不复相见。张夜梦之，寄绝句云："别梦依依到谢家……"

《养一斋诗话》：佖（泌）有《寄人》一绝，云："别梦依依到谢家，……"比之司空表圣"故国春归未有涯，小栏高槛别人家。五更惆怅回孤枕，犹自残灯照落花"，风流略似。

洞庭阻风

空江浩荡景萧然，尽日菰蒲泊钓船。
青草浪高三月渡，绿杨花扑一溪烟。
情多莫举伤春目，愁极兼无买酒钱。
犹有渔人数家住，不成村落夕阳边。

【汇评】

《五朝诗善鸣集》：洞庭大境也，阻风就其一小处而言，风景宛然。

《唐诗绎》：三、四写阻风之景，声势俱出。

《唐诗鼓吹笺注》：此言洞庭浩荡，景物凄凉，终日钓船于菰蒲之畔。　第四虚对实，即以风中之絮自比，起下"情多"、"愁极"句，回抱"萧然"。"住"字又正与絮飞无定相反也，摆脱变化，不可捉摸。

《山满楼笺注唐诗七言律》：一江中无船，二岸边有船，其我之船不得开，不必言而自明矣。此避实击虚之法也，妙，妙。"青草"、"绿杨"，借对甚奇，巧而不纤。

《唐诗别裁》：夜泊洞庭湖边港汊，故有"绿杨花扑一溪烟"句，否则风景全不合矣，玩末句自明。

《网师园唐诗笺》：写景自然（"青草浪高"二句下）。

《唐贤小三昧集续集》：绝顶好句（"绿杨花扑"句下）。

《养一斋诗话》：《洞庭阻风》云："青草浪高三月渡，绿杨花扑一溪烟。"岂似咏洞庭者？气局之琐可知。

秋晚过洞庭

征帆初挂酒初酣，暮景离情两不堪。
千里晚霞云梦北，一洲霜桔洞庭南。
溪风送雨过秋寺，涧石惊泷落夜潭。
莫把羁魂吊湘魄，九疑愁绝锁烟岚。

【汇评】

《升庵诗话》：唐张泌诗："溪风送雨过秋寺，涧石惊泷落夜潭。"泷，奔湍也。今本作"龙"，非。

《唐诗摘钞》：中二联应暮景。尾联应离情。

《唐七律隽》：笔极流利，起结复工，自刘随州而后，绝响久矣，不意复得见此。

《问花楼诗话》：先广文尝言："古人诗文字有疑，似不可轻改。坊刻舛累尤多，须得善本校对乃可。"……唐张泌诗"溪风送雨过秋寺，涧石惊泷落夜潭"，佳句也。今本讹作"奔龙"，殊骇人听。

题华严寺木塔

六街晴色动秋光，雨霁凭高只易伤。
一曲晚烟浮渭水，半桥斜日照咸阳。
休将世路悲尘事，莫指云山认故乡。
回首汉宫楼阁暮，数声钟鼓自微茫。

【汇评】

《诗源辩体》：（张泌）七言律如"千里暮烟愁不尽，一川秋草思无穷"、"一曲晚烟浮渭水，半桥斜日照咸阳"、"鸡唱未沉函谷月，雁声新度灞陵烟"、"千里晚霞云梦北，一洲霜桔洞庭南。溪风送雨过秋寺，涧石惊泷落夜潭"等句，亦晚唐俊调。

《唐诗鼓吹笺注》：二联自伤之景，三联自伤之情，末联兼情景而言之，总见木塔之高也。

春晚谣

雨微微，烟霏霏，小庭半拆红蔷薇。
钿筝斜倚画屏曲，零落几行金雁飞。
萧关梦断无寻处，万叠春波起南浦。
凌乱杨花扑绣帘，晚窗时有流莺语。

【汇评】

《网师园唐诗笺》：逸韵（末二句下）。

《唐诗选脉会通评林》：周珽曰：语溜。　烟雨霏微，莺花历乱，春晓之景，动人远思。倚屏理曲，梦断萧关，春晓之情，不胜黯然。

春江雨

雨溟溟，风泠泠，老松瘦竹临烟汀。
空江冷落野云重，村中鬼火微如星。
夜惊溪上渔人起，滴沥篷声满愁耳。
子规叫断独未眠，罟岸春涛打船尾。

【汇评】

《升庵诗话》：画家称"罨画"，杂彩色画也。吴兴有罨画溪，然其字当用"醓"。"罟"乃鱼网，非其训也。张泌诗："罟岸春涛打船尾。"谓鱼网遮岸也。此用字最得字义。

《唐贤小三昧集续集》：颇近昌谷。

《养一斋诗话》：南唐张泌《春晚谣》云："雨微微，烟霏霏，……"《春江雨》云："雨冥冥，风泠泠，……"二诗字字精润可爱，然大可阑入《花间》、《草堂》词选中矣。固不解李、杜大境界，即义山、牧之辈豪爽之气亦无之也。

孙　鲂

孙鲂，生卒年不详，字伯鱼，南昌（今属江西）人。画工之子。唐末，诗人郑谷避乱归宜春，鲂从之游，得其诗歌体法。杨行密据有江淮，文雅之士骈集，鲂亦东游，与沈彬、李建勋结为诗社。南唐建国。烈祖召见，授宗正郎，卒。有《孙鲂诗集》一卷，已佚。《全唐诗》存诗七首，残句三。

【汇评】

时（孙）鲂有《夜坐》句，美于时辈。（李）建勋因试之。先匿鲂斋中，候（沈）彬至，乃问鲂之为诗何如。彬答曰："人言鲂非有国风雅颂之体，实得田舍翁火炉头之作，何足称哉。"鲂闻之怒，突然而出，乃让彬曰："公何诽谤之甚，而比'田舍翁'言，无乃太过乎？"彬答曰："子《夜坐》句云：'画多灰渐冷，坐久席成痕'，此非田舍翁炉上作而何！"阖座大笑，善彬能近取譬也。（《江南野史》）

鲂，南昌人。唐末，郑谷避乱归宜春。鲂往依之，颇为诱掖。后有能诗声，终于南唐。（《唐诗纪事》）

题金山寺

万古波心寺，金山名目新。

天多剩得月，地少不生尘。

过橹妨僧定，惊涛溅佛身。

谁言张处士，题后更无人？

【汇评】

《南唐书·孙鲂传》：金山寺题咏，众因称道唐张祜有"僧归夜船月，龙出晓堂云"之句，欲和，众皆阁笔。鲂复吟云："山载江心寺，鱼龙是四邻。楼台悬倒影，钟磬隔嚣尘。过橹妨僧定，惊涛溅佛身。谁言题咏处，流响更无人？"时人号为绝唱。

《唐诗纪事》：润州金山寺，张祜、孙鲂留诗，为第一篇。山居大江中，迥然孤秀，诗意难尽。罗隐云："老僧斋罢关门睡，不管波涛四面生。"孙生句云："结宇孤峰上，安禅巨浪间。"又曰："万古波心寺，金山名日新。……"

《苕溪渔隐丛话》：祜诗全篇皆好，鲂诗不及之，有疵病。如"惊涛溅佛身"之句，则金山寺何其低而且小哉！"谁言张处士，诗后更无人"，仍自矜衒如此，尤可嗤也。

《唐才子传》：《金山寺》诗云："天多剩得月，地少不生尘。"当时谓骚情风韵，不减张祜云。

沈　彬

沈彬(约865—?)，字子文，洪州高安(今江西高安)人。唐末，应进士举不第，浪迹衡湘，与诗僧齐己、虚中游。又曾入蜀，与韦庄、贯休、杜光庭唱和。后入吴，与孙鲂、李建勋结为诗社。李昪表为秘书郎，历员外郎，以吏部郎中致仕。南唐中主南迁洪州，彬尚在。有《沈彬集》一卷，已佚。《全唐诗》存诗十九首，残句若干。

【汇评】

沈彬，字子美，高安人。为诗天才狂逸，下笔成章，好神仙之事。(《诗话总龟》引《雅言杂载》)

(彬)读书能诗。属唐末乱离，南游湖湘，隐于云阳山十年馀，与僧虚中、齐己为诗侣。(《南唐书》)

彬赴(李昪)辟，知昪欲取杨氏，因献《画山水》诗云："须知笔力安排定，不怕山河整顿难。"昪览之大喜，授秘书郎。(《唐才子传》)

入塞二首(其二)

苦战沙门卧箭痕，戍楼闲上望星文。

生希国泽分偏将，死夺河源答圣君。

鸢觑败兵眠白草，马惊边鬼哭阴云。

功多地远无人纪，汉阁笙歌日又曛。

【汇评】

《升庵诗话》：唐沈彬有诗二卷，旧藏有之。其《入塞》诗云："年少辞乡事冠军，戍楼闲上望星文。……"此言尽边塞之苦。郭茂倩《乐府》亦载之，而字句不同。其本集所载为胜，特具录之。

《唐诗选脉会通评林》：周珽曰：次联丈夫壮语。三联边场苦调。结联从军怨刺之词。抚膺流涕，由风入雅，骀荡多姿。　怀忠勇之志者，生死惟以建树报君为念，岂知胜败相循，非身历战阵，莫见沙场冤苦。奈何功多地远，无人为之记录，而朝廷辄安于宴乐，信赏不明，致忠于殉国者抱恨九泉，是谁之过也！

塞下三首（其一）

塞叶声悲秋欲霜，寒山数点下牛羊。

映霞旅雁随疏雨，向碛行人带夕阳。

边骑不来沙路失，国恩深后海城荒。

胡儿向化新成长，犹自千回问汉王。

【汇评】

《唐诗归》：谭云：千古边臣欲死（末四句下）。　钟云：晚唐七言律奇澹有妙于此者，而此以调高气平居其胜，故诸妙者皆安而逊之。

《汇编唐诗十集》：责边臣多矣，不过失地覆军为言。此以胡儿向化、路失城荒为汉国羞，隐而不露，光景一新。

《唐诗成法》：塞上诗多慷慨悲壮，此作气味和平，另开生面，令读者想见太平景象也。

《唐诗别裁》：塞下诗防其粗豪，此首最见品格。　　下半说武备废弛，胡人窥伺，而措语婉曲，于唐末得之，尤为仅见。

伍 乔

> 伍乔，生卒年未详，庐江人。少嗜学，入庐山国学，苦节自励。南唐中主时，应进士举，状元及第。署宣州幕府，迁考功员外郎，卒。乔工诗，与史虚白善。有集一卷。《全唐诗》存诗一卷。

【汇评】

伍乔诗一卷，类刻唐百家仅七言律二十首，盖类书钞合者……其句如"登阁共看彭蠡浪，围炉同忆杜陵秋"、"石楼待月横琴久，渔浦惊风下钓迟"，亦有风韵。（《诗薮·杂编》）

伍乔七言律，入录者亦小有致。（《诗源辩体》）

（乔）庐江人。诗调寒苦，每有瘦童羸马之叹。（《贯华堂选批唐才子诗》）

游西禅

远岫当轩列翠光，高僧一纳万缘忘。

碧松影里地长润，白藕花中水亦香。

云自雨前生净石，鹤于钟后宿长廊。

游人恋此吟终日，盛暑楼台早有凉。

【汇评】

《瀛奎律髓》：三四自然工美，末句尤有味。

《瀛奎律髓汇评》：何义门：一路逼出"凉"字。　　纪昀：五六刻意做出，而不免于笨。末句平平。

晚秋同何秀才溪上

闲步秋光思杳然，荷蓑因共过林烟。

期收野药寻幽路，欲采溪菱上小船。

云吐晚阴藏霁岫，柳含馀霭咽残蝉。

倒尊尽日忘归处，山磬数声敲暝天。

【汇评】

《唐诗归》：谭云："步秋光"、"过林烟"，"步"字、"过"字用得妙（首二句下）。　　又云：幽细（"云吐晚阴"二句下）。　　钟云：结得有景，却是中晚气调（末二句下）。

《唐诗选脉会通评林》：周敬曰：伍乔晚出，为诗机法迅敏，清景空人。如《晚秋溪上》、《宿澛山》二诗，宁让大历诸子？　　前四咏晚秋同游情事，后四句即溪上晚秋之景，有得兴悠悠之趣。

《贯华堂选批唐才子诗》：一二写同何秀才，亦不必定同何秀才，溪上亦不必定溪上，只是随身所至，随遇所有，随心所起，随境所合，写出一片纯是天趣，其中并无一点成见。三四承之，犹言收药采菱，无所不可也（首四句下）。　　五六之"晚阴"、"馀霭"，即其"尽日忘归"之实在景物也。又加"冥磬"句，以见主犹未倦，客亦不发，是日遂至于尽而又尽也（末四句下）。

陈　陶

陈陶（803? —879?），字嵩伯，长江以北人。初举进士，不第。大和初南游，足迹遍今闽、浙、苏、皖、赣、桂、粤诸省，作诗投献赵棨、桂仲武、罗让、周墀、韦廑等方伯连帅。与任晚友善。大中中，隐于洪州西山，与蔡京、贯休往还，令山童卖柑为山赀，日以读书种兰吟诗饮酒为事。卒，方干、曹松、杜荀鹤均有诗哭之。其事迹与南唐另一陈陶相混，宋以后多将二人混为一人。陶工诗，长于乐府，有《文录》十卷，已佚。后人辑有《陈嵩伯诗集》一卷行世。《全唐诗》编诗二卷，亦混入南唐陈陶及他人作品。

【汇评】

大中年，洪州处士陈陶者，有逸才，歌诗中似负神仙之术，或露王霸之说，虽文章之士，亦未足凭，而以诗见志，乃宣父之遗训也。（《北梦琐言》）

陈陶之诗，在晚唐人中最无可观。（《沧浪诗话》）

陶工赋诗，无一点尘气，于晚唐诸人中，最得平淡，要非时流所能企及者。（《唐才子传》）

陈宏渚刻陈集书后云：陶瑰响骤发，杰思突来，如《鸡鸣曲》、

《陇西行》,千古绝调也。(《唐绝诗钞注略》)

陈陶……诗宗元和,格调高于诸人,而诙奇间类长吉,乐府诸作尤神似焉。(《诗学渊源》)

步虚引

小隐山人十洲客,莓苔为衣双耳白。
青编为我忽降书,暮雨虹霓一千尺。
赤城门闭六丁直,晓日已烧东海色。
朝天半夜闻玉鸡,星斗离离碍龙翼。

【汇评】

《笔精》:剑浦陈陶,唐末隐西山。《步虚引》云:"小隐山人十洲客……"奇峭不减李贺。

《稗史汇编》:扶桑山有玉鸡,鸣则金鸡鸣,而后石鸡鸣,天下鸡皆鸣,所谓"天鸡"也。李诗"半壁见海日,空中闻天鸡"、温庭筠诗"漏转霞高沧海低,玻璃枕上闻天鸡",俱用"天鸡"耳。陈陶诗"朝天半夜闻玉鸡,星斗离离碍龙翼",盖用"玉鸡"矣。诗人独无用石鸡者,毋乃贵玉贱石欤?

钟陵道中作

原隰经霜蕙草黄,塞鸿消息怨流芳。
秋山落照见麋鹿,南国异花开雪霜。
烟火近通槃瓠俗,水云深入武陵乡。
曾逢啮缺话东海,长忆萧家青玉床。

【汇评】

《唐诗选脉会通评林》:唐汝询曰:通篇匀称,结复幽远,晚唐之可讽者。

续古二十九首（其七）

吴洲采芳客，桂棹木兰船。
日晚欲有寄，裴回春风前。

【汇评】

《唐诗摘钞》：贤者于遇合之际，盘桓而不敢轻进，故其言如此。

水调词十首（其七）

长夜孤眠倦锦衾，秦楼霜月苦边心。
征衣一倍装绵厚，犹虑交河雪冻深。

【汇评】

《唐诗笺注》：曰"一倍"，曰"犹虑"，写得沉着。

闲居杂兴五首（其二）

一顾成周力有馀，白云闲钓五溪鱼。
中原莫道无麟凤，自是皇家结网疏。

【汇评】

《蔡宽夫诗话》：世传陈陶诗数百篇，间有佳语，如"中原不是无麟凤，自是皇家结网疏"、"可怜无定河边骨，犹是春闺梦里人"之类，人多传诵之。

《十国春秋》：陶，剑浦人，居南昌之西山。宋齐丘守南昌，因有蒲安之觑，乃自咏云："中原莫道无麟凤，自是皇家结网疏。"

《唐诗品汇》：谢云：天下有非常之才，朝不能用，乃隐于渔钓，未可谓世无英雄也。

陇西行四首（其二）

誓扫匈奴不顾身，五千貂锦丧胡尘。
可怜无定河边骨，犹是春闺梦里人。

【汇评】

《临汉隐居诗话》：李华《吊古战场文》："其存其没，家莫闻知。人或有云，将信将疑。恫恫心目，寝寐见之。"陈陶则云："可怜无定河边骨，犹是春闺梦里人。"盖工于前也。

《升庵诗话》：后汉肃宗诏曰："父战于前，子死于后。弱女乘于亭障，孤儿号于道路。老母寡妻设虚祭，饮泣泪，想望归魂于沙漠之表，岂不哀哉！"李华《吊古战场文》祖之。陈陶《陇西行》云："可怜无定河边骨，犹是春闺梦里人。"可谓得夺胎之妙。

《艺苑卮言》："可怜无定河边骨，犹是春闺梦里人。"用意工妙至此，可谓绝唱矣。惜为前二句所累，筋骨毕露，令人厌憎。"葡萄美酒"一绝，便是无瑕之璧。盛唐地位不凡乃尔。

《雪涛小书》：唐人题沙场诗，愈思愈深，愈形容愈凄惨。其初但云"凭君莫话封侯事，一将功成万骨枯"，则愈悲矣，然其情尤显。若晚唐诗云"可怜无定河边骨，犹是春闺梦里人"，则悲惨之甚，令人一字一泪，几不能读。诗之穷工极变，此亦足以观矣。

《唐诗镜》：此诗不减盛唐，第格力稍下耳。

《唐诗解》：余谓是联晚唐中堪泣鬼神，于鳞莫之选，直为首句欠浑厚耳，然经尺之璧，正不当以纤瑕弃之（末二句下）。

《汇编唐诗十集》：唐云：想头入细，堪泣鬼神，盛唐人所未发。

《唐诗选脉会通评林》：何新之为镂意体。　　杨慎列为神品。　　梅纯曰：后二句命意，可谓精到。初玩似不经意者，若在（他）人，不知费几多词说。　　周启琦曰："穿天心，破月胁"之语，能使沙场磷火焰天。

《五朝诗善鸣集》：嵩伯《陇西行》四首，"可怜无定河边骨，犹是春闺梦里人"，皆是此题佳句。

《唐诗快》：不曰"梦里魂"，而曰"梦里人"，殊令想者难想，读者难读。

《载酒园诗话又编》：陈陶《陇西行》"五千貂锦丧胡尘"，必为李陵事而作。汉武欲使匈奴兵毋得专向贰师，故令陵旁挠之。一念之动，杀五千人。陶讥此事，而但言闺情，唐诗所以深厚也。

《唐诗别裁》：作苦诗无过于此者，然使王之涣、王昌龄为之，更有馀蕴。此时代使然，作者亦不知其然而然也。

《网师园唐诗笺》：刺骨寒心（末二句下）。

《唐诗笺要》：风骨棱露，与文昌《凉州》同一意境。唐中、晚时事日非，形之歌咏者，促切如此，风气所不能强也。

《唐贤小三昧集续集》：刻骨伤心，感动顽艳。

《唐诗三百首》：较之"一将功成万骨枯"句更为沉痛。

《唐宋诗举要》：升庵推许不免太过，元美（按即《艺苑卮言》）谓为前二句所累亦不然。若前二句不若此说，则后二句何从著笔？此特横亘一盛唐、晚唐之见于胸中，故言之不能平允。

《唐人绝句精华》：此诗以第三句"无定河边骨"与第四句"春闺梦里人"一对照，自然使人读之生感，较沈彬之"白骨已枯"二句，沉着相同，而辞采则此诗为胜。王世贞《艺苑卮言》虽赏此诗工妙，却谓"惜为前二句所累，筋骨毕露，令人厌憎"，其立论殊怪诞。不知无前二句则不见后二句之妙。且貂锦五千乃精练之军，一旦丧于胡尘，尤为可惜，散作者于前二句着重描绘，何以反病其"筋骨毕露"，至"令人厌憎"邪？

李 中

李中，生卒年不详，字有中，九江（今属江西）人，郡望出陇西（今属甘肃）。南唐烈祖时，曾读书于庐山国学。中主时，从军海州，后为上蔡令。以父母年高，兄弟去世，表乞归养。后主朝，曾任吉水尉、淦阳令。又曾历官安福、晋陵、新淦、新喻等地，仕终水部郎中。与沈彬、史虚白、左偃、刘钧交游唱和。开宝六年（973），自编诗三百首为《碧云集》三卷，孟宾于为之序，今存。《全唐诗》编诗四卷。

【汇评】

（李中诗）缘情入妙，丽则可知。出示全编，备多奇句。（孟宾于《碧云集序》）

（中诗）孟宾于赏其工吟，绝似方干、贾岛，时复过之。（《唐才子传》）

李中《碧云集》，孟宾于历举其佳句于序，今读之殊多平平。余更喜其"竹风醒晚醉，窗月伴秋吟"、"虚阁静眠听远浪，扁舟闲上泛斜阳"、"步月怕伤三径藓，取琴因拂一床尘"、"江近好听菱芡雨，径香偏爱蕙兰风"、"公署静眠思水石，古屏闲展看潇湘"，虽轻浅，尚有闲澹之致。（《载酒园诗话又编》）

中诗澂复、微挚，出口耸人心目，费人留连，如《昭君》、《闻笛》等篇，真堪卓绝终古。晚唐作者林立，吾于张、郑之外，又得李君，其人于戏观斯止矣。（《近体秋阳》）

（中）为诗略似元、白，辞旨蕴藉，文采内映，五代之际，得此殊不易矣。（《诗学渊源》）

寒江暮泊寄左偃

维舟芦荻岸，离恨若为宽。
烟火人家远，汀洲暮雨寒。
天涯孤梦去，篷底一灯残。
不是凭骚雅，相思写亦难。

【汇评】

孟宾于《碧云集序》：《寒江暮泊寄左偃》云："烟火人家远，汀洲暮雨寒。"诗人之作，客况凄然。

《唐音癸签》：孟宾于撰（李中）集序，摘其警联，五言如《春日》："乾坤一夕雨，草木万方春。"《姑苏怀古》："歌舞一场梦，烟波千古愁。"《书王秀才壁》："贫来卖书剑，病起忆江湖。"《听琴》："秋月空山寂，淳风一夜生。"《寒江暮泊》："烟火人家远，汀洲暮雨寒。"

赠　别

行杯酌罢歌声歇，不觉前汀月又生。
自是离人魂易断，落花芳草本无情。

海上从事秋日书怀

悠悠旅宦役尘埃，旧业那堪信未回。
千里梦随残月断，一声蝉送早秋来。
壶倾浊酒终难醉，匣锁青萍久不开。
唯有搜吟遣怀抱，凉风时复上高台。

【汇评】

孟宾于《碧云集序》：《海上从事秋日书怀》句："千里梦随残月断，一声蝉送早秋来。"又《夜泊寄友》诗："鱼龙不动澄江远，烟雾皆收皎月高。"……众目所观，他心不到。

《唐才子传》：（李中诗）如"暖风医病草，甘雨洗荒村"，又"贫来卖书剑，病起忆江湖"，又"闲花半落处，幽鸟未来时"，又"千里梦随残月断，一声蝉送早秋来"，……惊人泣鬼之语也。

春日野望怀故人

野外登临望，苍苍烟景昏。
暖风医病草，甘雨洗荒村。
云散天边野，潮回岛上痕。
故人不可见，倚杖役吟魂。

【汇评】

《瀛奎律髓》：第三句新异，第四句淡而有味。

《唐诗镜》：《春日野望》："暖风医病草，甘雨洗荒村。"句虽琢，雅趣似少。

《瀛奎律髓汇评》：纪昀：情景俱佳，格亦不俗。末句不好，"役吟魂"三字劣。　　许印芳：首句原本云："野外登临望"，下三字凑合,不成句法。尾句原本云:"倚杖役吟魂",纪批云"下三字劣"。今并易之,首句改为"野外闲登望",尾句改为"倚杖暗销魂"。

江行夜泊

扁舟倦行役,寂寂宿江干。
半夜风雷过,一天星斗寒。
潮平沙觜没,霜苦雁声残。
渔父何疏逸,扣舷歌未阑。

【汇评】

孟宾于《碧云集序》:《江行夜泊》句:"半夜风雷过,一天星斗寒。"恐怖一场,虚明彻晓。

忆溪居

竹轩临水静无尘,别后凫鹥入梦频。
杜若菰蒲烟雨歇,一溪春色属何人?

【汇评】

《唐诗快》:如此溪居,岂可轻别(末句下)!

《唐人绝句精华》:数诗(按指本首及《村行》、《溪边吟》诸篇)皆能说村居景色者,作者盖于此中得其乐趣,故言之津津。

晚春客次偶吟

暂驻征轮野店间,悠悠时节又春残。
落花风急宿醒解,芳草雨昏春梦寒。
惭逐利名头易白,欲眠云水志犹难。

却怜村寺僧相引,闲上虚楼共倚栏。

【汇评】

《唐体馀编》:幽思入微("悠悠时节"句下)。

春　云

阴去为膏泽,晴来媚晓空。

无心亦无滞,舒卷在东风。

【汇评】

《五朝诗善鸣集》:用行舍藏,闲云可法。

徐　铉

徐铉（916—991），字鼎臣，会稽（今浙江绍兴）人，徙居广陵（今江苏扬州）。十岁能文，与韩熙载齐名，人称"韩徐"。仕吴为校书郎。南唐中主时，试知制诰，为宋齐丘所诬，贬泰州司户。召为祠部郎中、知制诰，巡抚楚州屯田，因措置失宜流舒州，徙饶州。复召知制诰，迁中书舍人。后主时，历任礼兵二部侍郎、尚书右丞、吏部尚书等职。国亡，入宋，官太子率更令、左散骑常侍，贬靖难军行军司马，卒。铉工诗能文，尤精小学，与弟锴齐名，时号"二徐"。宋雍熙中受诏校定《说文解字》，世称"大徐本"。有《骑省集》（一名《徐公文集》）三十卷，乃其婿吴淑所编，又《稽神录》六卷，均存。《全唐诗》编其在南唐时所作诗为六卷。

【汇评】

江南冯延巳曰：凡人为文，皆事奇语，不尔则不足观。惟徐公率意而成，自造精极，诗冶衍遒丽，具元和风律，而无洓涩纤阿之习。（《五代诗话》）

和元帅书记萧郎中观习水师

元帅楼船出治兵,落星山外火旗明。
千帆日助江陵势,万里风驰下濑声。
杀气晚严波上鹢,凯歌遥骇海边鲸。
仲宣一作从军咏,回顾儒衣自不平。

【汇评】

《玉壶清话》:(徐)铉晚年于诗愈工。《游木兰亭》云:"兰舟破浪城阴直,玉勒穿花苑树深。"《观水战》云:"千帆日助阴山势,万里风驰下濑声。"《病中》云:"向空咄咄频书字,与世滔滔莫问津。"《谪居》云:"野日苍茫悲鹏舍,水风阴湿敝貂裘。"《陈秘监归泉州》云:"三朝恩泽冯唐老,万里江关贺监归。"《宿山寺》云:"落月依楼角,归云拥殿廊。"

送蒯司录归京

早年闻有蒯先生,二十馀年道不行。
抵掌曾论天下事,折腰犹悟俗人情。
老还上国欢娱少,贫聚归资结束轻。
迁客临流倍惆怅,冷风黄叶满山城。

【汇评】

《诗史》:徐铉仕宦海州,蒯亮为录事参军,多与往还。未几,亮受代,徐铉之诗曰:"昔年闻有蒯先生,二十年来道不行。……"

又听霓裳羽衣曲送陈君

清商一曲远人行，桃叶津头月正明。

此是开元太平曲，莫教偏作别离声。

【汇评】

　　《五代诗话》引《渔隐丛话》：《明皇杂录》云道士叶法善尝引上至月宫聆天乐。上自晓音律，默记其音，为《霓裳羽衣曲》。此说虽怪，然唐人大抵如此言。按：唐有两《霓裳曲》。开成初，尉迟璋尝仿古作《霓裳羽衣曲》以献，诏以曲名赐贡院为题，此自一曲也。是岁榜首李肱所试诗即此题，其诗始言"开元太平时，万国贺丰岁。梨园献旧曲，玉座流新制"，……则亦是祖述开元遗声耳。此曲世无谱，好事者每惜之。《江表志》载周后独能按谱求之。徐常侍铉有《听霓裳羽衣曲》，纪以诗云："此是开元太平曲，……"则江南时犹在也。

徐　锴

徐锴（920—974），字楚金，会稽（今浙江绍兴）人，徙居广陵（今江苏扬州）。南唐中主即位，起家秘书郎、齐王记室，贬乌江尉。岁徐，召为右拾遗、集贤殿直学士，重忤权要，以秘书郎分司东都，复召为虞部员外郎。后主立，擢屯田郎中、知制诰，官至右内史舍人，兼兵、吏部选事，四知贡举，号为得人。卒。锴与兄铉俱以文辞知名，时号"二徐"。又精小学，著《说文解字系传》四十卷，世称"小徐本"。有文集十五卷，已佚。《全唐诗》存诗五首。

【汇评】

徐锴字楚金，仕江左至中书舍人。时吴淑为校理，古乐府中，"掺"字多改为"操"字，盖章草之变。锴曰："非可一例言。若《渔阳掺》者，三挝鼓也。祢衡作《渔阳掺》。古歌云：'城中宴闻《渔阳掺》，黄尘萧萧白日暗。'"淑叹服。（《五代诗话》引《彦周诗话》）

初，锴久次当迁中书舍人，游简言当国，每抑之。锴乃诣简言，……简言徐出妓佐酒，所歌词皆锴所为，锴大喜。（《南唐书》）

秋　词

井梧纷堕砌，寒雁远横空。

雨久莓苔紫，霜浓薜荔红。

【汇评】

《玉壶清话》：（徐铉）弟锴，词藻尤赡。年十岁，群从宴集，令赋《秋声》诗，顷刻而就。略云："井梧分堕砌，……"尽见秋声之意。

陈　沆

陈沆,生卒年不详,莆田(今属福建)人。后梁开平二年(908),登进士第。后归南唐,隐于庐山。《全唐诗》存诗一首,残句三。

【汇评】

陈沆(沈),庐山人。立性僻野,不接俗士。黄损、熊皦、虚中师事之。《寒食后》云:"罢却儿女戏,放他花木生。"《闲居》云:"扫地雪枯帚,耕山鸟怕牛。"《题水》云:"点入旱云千古仰,力浮尘世一毫轻。"齐己赠沆(沈)云:"四海方磨剑,深山自读书。"(《五代诗话》引《雅言杂载》)

嘲庐山道士

啖肉先生欲上升,黄云踏破紫云崩。

龙腰鹤背无多力,传与麻姑借大鹏。

【汇评】

《南唐近事》:庐山九天使者庙,有道士忘其姓名。体貌魁伟,饮啖酒肉,有兼人之量。晚节服饵丹砂,躁于冲举。魏王之镇浔阳也,郡斋有双鹤,因风所飘,憩于道馆;回翔嘹唳,若自天降。道士且惊且喜,焚香端简,前瞻云霓,自谓当赴上天之召,命山童控而乘之。羽仪清弱,莫胜其载,毛伤背折,血洒庭除。抑按久之,是夕皆毙。……处士陈沅(沆)闻之,为绝句以讽云:"唉肉先生欲上升,……"

李　询

李询,生卒年里贯均未详。南唐时人。《全唐诗》存诗一首。

【汇评】

　　(李)询以小词为后主所赏,常制《浣溪沙》词,有"早为不逢巫峡夜,那堪虚度锦江春",词家互相传诵。(《十国春秋》)

　　询有诗名,以秀才豫宾贡,事蜀主衍。国亡,不仕。有《琼瑶集》,多感慨之音。(《历代诗馀》引《茅亭客话》)

赠织锦人

　　札札机声晓复晡,眼穿力尽竟何如?
　　美人一曲成千赐,心里犹嫌花样疏。

【汇评】

　　《优古堂诗话》:《翰府名谈》载寇莱公妾蒨桃《赠歌者》诗云:"一曲清歌一束绫,美人犹似意嫌轻。不知织女寒窗下,几度抛梭织得成。"予尝记南唐李询《赠织锦》诗云:"札札机声晓复晡,……"蒨桃诗意本此,而不及也。

孟　贯

孟贯,生卒年不详,字一之,建安(今福建建瓯)人。初客南唐,与伍乔、江为为诗友。周世宗南征,至广陵,贯献诗一卷,首篇有"不伐有巢树,多移无主花"之句。世宗不悦,不复终卷,赐释褐进士而已。《全唐诗》存诗一卷。

【汇评】

周世宗伐淮之岁,建阳孟贯于驾前献所业,其首篇《贻栖隐洞章先生》,有"不伐有巢树,多移无主花"之句。世宗宣见,问贯曰:"朕伐罪吊民,何'有巢'、'无主'之有? 然献朕则可,他人应不汝容矣。"(《钓矶立谈》)

孟子曰:"子之不遇鲁侯,天也。"至唐开元,孟浩然流落帝心,和璧堕地。孟郊之出处梗概苦艰,生平薄宦而死。今孟贯坐此诗穷,转喉触讳,非意相干,竟尔埋没,与前贤俱亦相似,命也。孟氏之不遇,一何多耶!(《唐才子传》)

寄山中高逸人

烟霞多放旷，吟啸是寻常。
猿共摘山果，僧邻住石房。
蹑云双屐冷，采药一身香。
我忆相逢夜，松潭月色凉。

【汇评】

《唐诗选脉会通评林》：周弼为前虚后实体。　　徐充曰：中两联俱工。前六句羡美之词，结致寄忆之情也。

《唐诗摘钞》：晚唐人骨格本不高，若再行枯率之笔，便入打油，不复成诗矣。如此冷隽幽润之篇，亦当亟赏。

寄张山人

草堂南涧边，有客啸云烟。
扫叶林风后，拾薪山雨前。
野桥通竹径，流水入芝田。
琴月相亲夜，更深恋不眠。

【汇评】

《诗史》：闽岭孟贯，为性疏野，不以名宦为意，喜篇章，大谏杨徽之称之。如《寄张山人草堂》云："扫叶林风后，拾薪山雨前。"

成彦雄

成彦雄,生卒年不详,字文干,上谷(今河北怀来西)人。工诗,昇元二年(938),诗歌已盈数百篇,徐铉为之序。后举南唐进士。有《梅岭集》五卷,已佚。《全唐诗》存诗一卷。

中秋月

王母妆成镜未收,倚栏人在水精楼。
笙歌莫占清光尽,留与溪翁一钓舟。

寒夜吟

洞房脉脉寒宵永,烛影香消金凤冷。
猧儿睡魇唤不醒,满窗扑落银蟾影。

欧阳炯

欧阳炯(896—971),益州华阳(今四川成都)人。初事前蜀王衍,为中书舍人。后唐庄宗时,为秦州从事。孟知祥镇成都,炯复入蜀。知祥即帝位,以炯为中书舍人,拜翰林学士,迁礼部侍郎、陵州刺史。后蜀亡,炯随孟昶降宋,官右散骑常侍、翰林学士,卒。炯能吹长笛,喜为歌词,《花间集》录其词十七首。《全唐诗》存诗六首,残句一。

【汇评】

(欧阳炯)曾为赵崇祚叙《花间集》。每言:"愁苦之音易好,欢愉之语难工。"其词大抵婉约轻和,不欲强作愁思者也。(《历代诗馀》引《蓉城集》)

贯休应梦罗汉画歌

西岳高僧名贯休,孤情峭拔凌清秋。
天教水墨画罗汉,魁岸古容生笔头。
时捎大绢泥高壁,闭目焚香坐禅室。
忽然梦里见真仪,脱下袈裟点神笔。

高握节腕当空掷，窸窣毫端任狂逸。

逡巡便是两三躯，不似画工虚费日。

怪石安拂嵌复枯，真僧列坐连跏趺。

形如瘦鹤精神健，顶似伏犀头骨粗。

倚松根，傍岩缝，曲录腰身长欲动。

看经弟子拟闻声，瞌睡山童疑有梦。

不知夏腊几多年，一手搘颐偏袒肩。

口开或若共人语，身定复疑初坐禅。

案前卧象低垂鼻，崖畔戏猿斜展臂。

芭蕉花里刷轻红，苔藓文中晕深翠。

硬筇杖，矮松床，雪色眉毛一寸长。

绳开梵夹两三片，线补衲衣千万行。

林间乱叶纷纷堕，一印残香断烟火。

皮穿木屐不曾拖，笋织蒲团镇长坐。

休公休公逸艺无人加，声誉喧喧遍海涯。

五七字句一千首，大小篆书三十家。

唐朝历历多名士，萧子云兼吴道子。

若将书画比休公，只恐当时浪生死。

休公休公始自江南来入秦，于今到蜀无交亲。

诗名画手皆奇绝，觑你凡人争是人。

瓦棺寺里维摩诘，舍卫城中辟支佛。

若将此画比量看，总在人间为第一。

【汇评】

《五代诗话》引《野人闲话》：唐沙门贯休，本婺州兰溪人，能诗，善书，妙画。王氏建国时，来居蜀中龙华之精舍，因纵笔用水墨画罗汉一十六身，并一大士，巨石紫云，枯松带蔓，其诸古貌与他人画不同。或曰"梦中所睹，觉后图之"，谓之"应梦罗汉"。门人昙或、昙弗等甚秘重之。蜀主曾宣入内，叹其笔迹狂逸，供养经月。翰林学士欧阳炯亦曾观之，赠以歌曰："西岳高僧名贯休，……"

刘昭禹

刘昭禹，生卒年不详，字休明，桂阳（今湖南郴州）人，或云婺州（今浙江金华）人。曾为湖南某县令，后事马殷父子。天福四年（904），晋高祖加马希范天策上将军。希范设天策府文学馆，昭禹自容管节度推官为学士。终岩州刺史。少师林宽为诗，有集一卷，已佚。《全唐诗》存诗九首，残句七。

【汇评】

（昭禹）少师林宽，为诗刻苦，不惮风雪。诗云："句向夜深得，心从天外归。"（《唐诗纪事》）

（昭禹）尝与人论诗曰："五言如四十个贤人，乱著一字，屠沽辈也。觅句者若掘得玉匣，有底有盖；但精求，必得其宝。"（《诗话总龟》引《郡阁雅谈》）

经费冠卿旧隐

节高终不起，死恋九华山。
圣主情何切，孤云性本闲。

名传中国外，坟在乱松间。

依约曾栖处，斜阳鸟自还。

【汇评】

《五朝诗善鸣集》：如此作，亦可谓掘得玉合子矣。

送休公归衡

草履初登南岳船，铜瓶犹贮北山泉。

衡阳旧寺春归晚，门锁寒潭几树蝉。

【汇评】

《诗薮》：《品汇》有刘昭属《送休上人之衡岳》诗一绝，此必昭禹作，"禹"与"属"文相乱耳。休上人即贯休，事楚图，尝居衡岳间。诗云："草履初登南岳船，……"

《十国春秋》：昭禹有《送休上人之衡岳》、《经费冠卿旧居》二章，甚称于时。

徐仲雅

徐仲雅（922—?），字东野，其先秦中（今陕西）人，徙居长沙（今属湖南）。少有俊才，长于诗文。初为昭顺军观察判官。天福四年，晋高祖授马希范天策上将军，希范设天策府文学馆，仲雅年十八，为十八学士之一，时人荣之。周行逢为武安节度使，署为判官，固辞。行逢怒，放之邵州。《全唐诗》存诗六首，残句若干。

【汇评】

文莹至长沙，首访故国马氏天策府诸学士所著文章。擅其名者，惟徐东野、李宏皋尔。遂得东野诗，浮脆轻艳，皆铅华妩媚，侪一时尊俎尔。（《玉壶清话》）

湖南徐仲雅与李宏皋、刘昭禹齐名。所业百馀卷，并行于世。《耕夫谣》一首云："张绪逞风流，王衍事轻薄。出门逢耕夫，颜色必不乐。肥肤如玉洁，刀拗丝不折。半日无耕夫，此辈总饿杀。"（《五代诗话》引《雅言杂载》）

宫　词

内人晓起怯春寒，轻揭珠帘看牡丹。

一把柳丝收不得，和风搭在玉栏干。

【汇评】

《苕溪渔隐丛话》：《西清诗话》云：长沙徐仲雅《宫词》曰："内人晓起怯春寒，……"其富贵潇洒可爱。苕溪渔隐曰：余尝作《春寒》绝句云："小院春寒闭寂寥，杏花枝上雨潇潇。午窗归梦无人唤，银菜龙涎香渐销。"聊效其体也。

翁　宏

> 　　翁宏，生卒年不详，字大举，桂州（今广西桂林）人，或云桂岭（今广西贺县东北）人，寓居韶（今广东韶关）、贺（今广西贺县）间。当五代十国楚时，隐居不仕。宋开宝间，与廖融、王元等交游唱和。有集一卷，已佚。《全唐诗》存诗三首，残句三。

【汇评】

　　衡山处士廖融南游，……（翁）宏以百篇示融，融谢云："高奇一百篇，见造化工全。积思游沧海，冥搜入洞天。神珠迷罔象，瑞玉失雕镌。休叹不得力，《离骚》万古传。"（《雅言系述》）

春　残

又是春残也，如何出翠帏。
落花人独立，微雨燕双飞。
寓目魂将断，经年梦亦非。
那堪向愁夕，萧飒暮蝉辉。

【汇评】

　　《雅言系述》：翁宏字大举，桂岭人。隐居韵贤间，不仕能诗。《宫词》云：“又是春残也，如何出翠帷。……”

　　《诗薮》：（翁宏）《宫词》“落花人独立，微雨燕双飞”最佳。

孙光宪

孙光宪(? —968),字孟文,陵州贵平(今四川仁寿东北)人。初为陵州判官,后唐天成初,避地江陵,为高季兴掌书记。历事高从诲、保融、继冲三世,自支使、郎中,累官至荆南节度副使、检校秘书少监兼御史大夫。乾德元年(963),力劝高继冲以三州之地降宋,宋太祖授黄州刺史。卒。光宪博通经史,尤勤学,聚书数千卷,抄写雠校,老而不废。工诗词,《花间集》录其词六十首。有《荆台集》、《北梦琐言》各三十卷,又有《巩湖编玩》、《笔佣集》、《桔斋集》、《蚕书》、《续通历》等,今唯存《北梦琐言》二十卷。《全唐诗》存诗八首;残句一。

【汇评】

光宪每患兵戈之际,书籍不备,遇发使诸道,未尝不厚与金帛购求焉,于是三年间收书及数万卷。然自负文学,常怏怏不得志。又常慕史氏之作,自恨诸侯幕府,不足展其才力,每谓交亲曰:"安知获麟之笔,反为倚马之用。"因吟刘禹锡诗曰:"一生不得文章力,百口空为饱暖家。"(《五代诗话》引《三楚新录》)

竹枝词二首（其一）

门前春水白蘋花，岸上无人小艇斜。

商女经过江欲暮，散抛残食饲神鸦。

【汇评】

《古今词统》：偶然小事，写得幽诞。

《五代词选释》：此竹枝女儿词也。神鸦纯黑，有黄色约其半身如带，随客舟飞舞，不避人，抛食辄衔去。昔年在川楚江行亲见之。此词因《竹枝》妍唱，即作七言绝句诵之，亦是晚唐风调。

杨柳枝词四首（选一首）

其一

阊门风暖落花干，飞遍江城雪不寒。

独有晚来临水驿，闲人多凭赤栏干。

【汇评】

《古今词统》："干"字奇。

《栩庄漫纪》："飞遍江城雪不寒"，得咏絮之妙。

采　莲

菡萏香连十顷陂，小姑贪戏采莲迟。

晚来弄水船头湿，更脱红裙裹鸭儿。

【汇评】

《唐诗选脉会通评林》：钟惺云：写出憨态便奇。

《唐人绝句精华》：五代诗人所作乐府，每与词曲不分。光宪有《采莲曲》"菡萏香连十顷陂"，即诗、词并收。

谭用之

谭用之,生卒年里贯均未详,字藏用,五代人,入宋。工诗而官不达,游踪遍关中、河洛、潇湘等地。有《谭藏用诗》一卷,早佚。后人辑有《谭藏用诗集》一卷行世,颇有他人所作搀杂其间。《全唐诗》存诗一卷。

【汇评】

谭用之最多杜撰句法,硬用事实;偶有不杜撰,不硬用处,便佳。(《一瓢诗话》)

藏用善为丽句。(《网师园唐诗笺》)

赠索处士

不将桂子种诸天,长得寻君水石边。
玄豹夜寒和雾隐,骊龙春暖抱珠眠。
山中宰相陶弘景,洞里真人葛稚川。
一度相思一惆怅,水寒烟澹落花前。

【汇评】

《贯华堂选批唐才子诗》:看来一、二是懊悔语,言当时若不通籍，必得相从至今。乃三、四却又不说所以欲相从者何故，又只自叙云：我如果得相从，便当尽卷所学，无冬无春，休去歇去，以为一生胜算云尔。则是一、二不懊悔不得寻君水石边，正懊悔误将桂子种诸天也（首四句下）。　　五、六只作遥呼处士。遥呼之也者，欲问其知我不知我，而遂告以昔年桂子人，今日只是落花人，为懊悔之至也。看他特地用"宰相"、"真官"字，指东骂西，妙，妙！亦不减唐初人妙笔（末四句下）。

《唐诗摘钞》：结"落花前"，春时；"水寒烟淡"，则秋冬之际；此盖言逢时遇景，无不相思耳。　　胡元瑞谓谭为宋人，《鼓吹》误收。予谓此君果系宋人，宋朝诸公诗话曾未及之，且声调自属晚唐，与宋诗气味有别，其为唐人无疑也。

《唐体肤诠》：结处点景，神理更遒。

秋宿湘江遇雨

> 江上阴云锁梦魂，江边深夜舞刘琨。
> 秋风万里芙蓉国，暮雨千家薜荔村。
> 乡思不堪悲橘柚，旅游谁肯重王孙？
> 渔人相见不相问，长笛一声归岛门。

【汇评】

《唐诗鼓吹注解大全》：异乡寥寂之景，其何能无惆怅哉？

《唐诗归》：钟云：孤情高响，却生成是中、晚妙律，移上不得。

《唐诗选脉会通评林》：周珽曰：午夜晨钟发猛省，最耐咀嚼。

江边夜深起舞，亦有心于世者。三、四即江上所见之景，五、六慨叹无聊。渔人不相慰问，吹笛自归，以志趣不同故也。兴言至此，志士何以为情？

《五朝诗善鸣集》：飘逸又复完浑。

《贯华堂选批唐才子诗》：前解只一句七字写遇雨，其馀却是写自己胸前一段意思。言以夜犹起舞之人，而今滞于芙蓉国下，薜荔村中，敬问苍天，是何道理乎。若说只是雨景，便不是律诗（首四句下）。　　后解又透过《离骚》、《渔父》篇一层。五、六言寻常不相惜何足怪，七、八言乃至渔父亦不与语。此其颜色憔悴，形容枯槁，真可为之痛哭也（末四句下）。

《山满楼笺注唐诗七言律》：此只是自写旅人之牢骚也。

《删订唐诗解》：吴昌祺云："闻鸡起舞"，借作太尉事，言江边不寐，起舞消愁。当此"芙蓉"、"薜荔"之区，想故乡而尚遥，为旅人而莫恤，渔笛自去，孤舟谁依乎？中三用草木，亦一病。

《历代诗发》："芙蓉"、"薜荔"、"橘柚"许多字面，赖以气行，尚不觉其强排硬叠。

《唐诗近体》：旅情（"乡思不堪"二句下）。

《小清华园诗谈》：诗之天然成韵者，如……温飞卿之"波上马嘶看棹去，柳边人歇待船归"，李义山之"内苑只知含凤嘴，属车无复插鸡翘"，李郢之"兰叶露光秋月上，芦花风起夜潮来"，谭用之之"秋风万里芙蓉国，暮雨千家薜荔村"之类是也。

金昌绪

金昌绪,生卒年不详,餘杭(今浙江杭州)人,生平无可考。大中中,顾陶编选《唐诗类选》,录其诗一首。《全唐诗》存诗一首。

春　怨

打起黄莺儿,莫教枝上啼。

啼时惊妾梦,不得到辽西。

【汇评】

《贵耳集》:作诗有句法,意连句圆。"打起黄莺儿,……"一句一接,未尝间断。作诗当参此意,便有神圣工巧。

《唐诗品汇》:刘须溪云:恨恨无绝。

《陵阳室中语》云:大概作诗从首至尾辄联属,如有理词状,此四句可为标准矣。

《艺苑卮言》:"打起黄莺儿,……"不惟语意之高妙而已,其句法圆紧,中间增一字不得,着一意不得,起结极斩绝,而中自纡缓。无馀法而有馀味。

《唐诗选脉会通评林》：顾璘曰：此所谓调古者。　　周敬曰：极真极细，愈浅愈深。　　唐汝询曰：想头高，托意更苦。

《唐诗摘钞》：闺人梦远是常意，只要想头曲折如此，便佳。

《载酒园诗话》：金昌绪"打起黄莺儿，……"令狐楚则曰："绮席春眠觉，纱窗晓望迷。朦胧残梦里，犹自在辽西。"张仲素更曰："袅袅城边柳，青青陌上桑。提笼忘采叶，昨夜梦渔阳。"或反语以见奇，或寻蹊而别悟。

《辍锻录》：唐人最善于脱胎，变化无迹，读者惟觉其妙，莫测其源。金昌绪"打起黄莺儿"云云，岑嘉州脱而为"枕上片时春梦中，行尽江南数千里"。至家三拜先生（指方干），则又从岑诗翻出云："昨日草枯今日生，羁人又动故乡情。夜来有梦登归路，未到桐庐已及明。"或触景生情，或当机别悟，唐人如此等类，不可枚举。

《唐诗别裁》：语音一何脆！一气蝉联而下者，以此为法。

《唐诗笺注》：忆辽西而怨思无那，闻莺语而迁怒相惊，天然白描文笔，无可移易一字。此诗前辈以为一气团结，增减不得一字，与"三日入厨下"诗，俱为五绝之最。

《网师园唐诗笺》：真情发为天籁，一句一意，仍一首如一句。

《诗法易简录》：此诗有一气相生之妙，音节清脆可爱。唯梦中得到辽西，则相见无期可知，言外意须微参。不怨在辽西者之不得归，而但怨黄莺之惊梦，乃深于怨者。

《南苑一知集》：望辽西，情也。欲到辽西，情紧矣。除是梦中可到辽西，又恐莺儿惊起，使梦不成，须于预先安排莫教他啼。夫梦中未必即到辽西，莺儿未必即来惊梦，无聊极思，故至若此，较思归望归者，不深数层乎？

《读雪山房唐诗序例》：司空曙之"知有前期在"，金昌绪之"打却黄莺儿"，张仲素之"提笼忘采桑"，……或天真烂漫，或寄意深微，虽使王维、李白为之，未能远过。

《诗镜浅说续编》：此等诗虽分四句，实系一事，蝉联而下，脱口一气呵成。五七绝中，如"松下问童子"诗，"君自故乡来"诗，"少小离家老大回"诗，纯是天籁，唐诗中不易得也。

郑铱

郑铱，生卒年里贯均未详，事迹无考。元和年间令狐楚编《御览诗》，收郑铱诗四首，据以推断当为代宗至宪宗时人。《全唐诗》存诗四首，皆乐府。

【汇评】

唐《御览诗》郑铱四首皆艳丽，令狐楚所选，大率取此体，不主平淡，而主丰硕云。（《瀛奎律髓》）

邯郸侠少年

夜渡浊河津，衣中剑满身。

兵符劫晋鄙，匕首刺秦人。

执事非无胆，高堂念有亲。

昨缘秦苦赵，来往大梁频。

【汇评】

《瀛奎律髓》：第六句有味。

《载酒园诗话又编》：末二语妙甚。道得此语出，亦非泛泛者，惜未见其集。

《瀛奎律髓汇评》：冯班：高甚。　　　纪昀：次句不佳。

朱 绛

朱绛,生卒年里贯均未详,生平亦无考。大中中,顾陶选编《唐诗类选》,录其诗一首。《全唐诗》存诗一首。

春女怨

独坐纱窗刺绣迟,紫荆花下啭黄鹂。

欲知无限伤春意,尽在停针不语时。

【汇评】

《唐诗选脉会通评林》:何仲德曰:写出情感。 徐充曰:情而不说破,为有含蓄。甚妙。 鸟啭花枝,正春意动人之天。"停针",所以"刺绣迟"也;"停针不语",此时不知几许伤感、几许想念、几许怨悼矣,故曰"无限";用"尽在"二字,正见默默思维,深于言说。

张 起

张起，生卒年里贯均未详。代宗朝人。有《早过梨岭喜雪书情呈崔判官》诗，知起曾奉使入闽。刘长卿大历后期贬睦州司马，有《送张起崔载华之闽中》诗，知二人同时。《全唐诗》存诗二首。

春 情

画阁馀寒在，新年旧燕归。
梅花犹带雪，未得试春衣。

【汇评】

《唐贤小三昧集续集》：自然好语。

《诗境浅说续编》：此诗设色纤秾，托思绵邈，齐梁之精品也。诗句皆咏春寒，而诗题标曰《春情》，可见诗句皆含情思矣。

宋　雍

宋雍，一作宋邕，生卒年里贯均未详，世次亦无考。初无美誉，及失明后，诗名方显。《全唐诗》存诗二首。

春　日

轻花细叶满林端，昨夜春风晓色寒。

黄鸟不堪愁里听，绿杨宜向雨中看。

【汇评】

《云溪友议》：宋雍初无令誉，及婴瞽疾，其诗名始彰。卢员外纶作拟僧之诗，僧清江作七夕之咏，刘随州有眼作无眼之诗，宋雍无眼作有眼之诗：诗流以为"四背"，或云"四倒"，然辞意悉为佳致乎！……宋君诗曰："黄鸟不堪愁里听，绿杨宜向雨中看。"

蒋　吉

　　蒋吉,生卒年里贯均未详,事迹亦无可考。《直斋书录解题》卷十九著录《蒋吉集》一卷。岑仲勉《读全唐诗札记》疑即大中末宰相蒋伸之弟蒋佶。《全唐诗》存诗十五首。

汉东道中

九十九冈遥,天寒雪未消。
羸童牵瘦马,不敢过危桥。

马　逢

马逢，生卒年不详，扶风茂陵（今陕西兴平东北）人。贞元五年（789），登进士第。二十年，官盩厔尉。元和二年（807），官咸阳尉，内兄吕元膺奏为大理评事，充京兆观察支使，被劾。八年，入东川幕，官监察御史。逢有才名，工诗，与刘禹锡、元稹、白居易唱和。《全唐诗》存诗五首。

宫词二首（其二）

玉楼天半起笙歌，风送宫人笑语和。
月影殿开闻晓漏，水晶帘卷近秋河。

【汇评】

《唐诗选脉会通评林》：吴山民曰：前二句可欣可羡，后二句但写景而情具备，妙。　　徐用吾曰：只用一"秋"字，便含多少言外意。

冷朝光

冷朝光,生卒年里贯均未详,事迹亦无考。《全唐诗》存诗一首。

越谿怨

越王宫里如花人,越水溪头采白蘋。

白蘋未尽人先尽,谁见江南春复春。

【汇评】

《升庵诗话》:朝光诗仅此一首,亦奇作也。

《唐诗镜》:绝快,绝隽。

《唐诗归》:钟云:说得废然,读不得(末二句下)。

吉师老

吉师老，生卒年里贯均未详，事迹亦无考。《全唐诗》存诗四首。

看蜀女转昭君变

妖姬未著石榴裙，自道家连锦水濆。

檀口解知千载事，清词堪叹九秋文。

翠眉颦处楚边月，画卷开时塞外云。

说尽绮罗当日恨，昭君传意向文君。

【汇评】

《才调集补注》：“文君”，卓文君，蜀人，卓王孙女，故以指蜀女。

吴商浩

吴商浩，生卒年里贯均未详，事迹亦无考。《全唐诗》存诗九首。

塞上即事

身似星流迹似蓬，玉关孤望杳溟濛。

寒沙万里平铺月，晓角一声高卷风。

战士殁边魂尚哭，单于猎处火犹红。

分明更想残宵梦，故国依然在甬东。

【汇评】

《近体秋阳》：此诗浩绽壮往，虽有首句之累，而不损体气。收结虚怆缭绕，好。

荆　叔

荆叔，生卒年里贯均未详，事迹亦无考。《全唐诗》存诗一首。

题慈恩塔

汉国山河在，秦陵草树深。

暮云千里色，无处不伤心。

【汇评】

《增定评注唐诗正声》：李云：于眺望处生情。

《唐诗直解》：意旨高远。

《唐诗训解》：于眺望处生情，妙。　　旨意高远，最为感人，必名流也。

《唐诗广选》：洪景卢曰：慈恩塔有荆叔一绝，字极小而端劲。其旨意高远，必唐世诗流也。

《唐诗解》：荆叔，史不载其爵里，读其诗有盛唐之音，想其意多衰世之慨，未可定其时也。

《唐诗选脉会通评林》：唐汝询曰：似浅实深。　　咸阳，秦汉国都,陵寝在焉。今所存者,特"山河"、"草树",凭吊者谁不伤心!下二句极叹古迹泯灭,意多衰世之慨也。

《唐诗别裁》:暗合少陵《春望》起法。

唐 备

唐备,生卒年里贯均未详。龙纪元年(889),登进士第。其诗咸多比讽,颇干教化。《全唐诗》存诗三首。

【汇评】

有唐备者,与(于)濆同声,咸多比讽。有诗曰:"天若无雪霜。青松不如草。地若无山川,何人重平道?"(《诗话总龟》)

(备)工古诗,多极讽刺,颇干教化,非浮艳轻斐之作。同时于濆者,共一机轴,大为时流所许。(《唐才子传》)

道旁木

狂风拔倒树,树倒根已露。

上有数枝藤,青青犹未悟。

【汇评】

《诗人玉屑》引卢怀《抒情录》:(唐备)题《路旁木》云:"狂风拔倒树,树倒根已露。上有数枝藤,青青犹未悟。"又曰:"一日天无风,四溟波尽息。人心风不吹,波浪高百尺。"皆协骚雅。

吴象之

　　吴象之（生卒年未详），或作吴象之，误。河东（今山西永济）人。天宝十二载（753），官大理评事，附杨国忠，诬告韦陟与御史中丞吉温结托，欲谋陷朝廷，迁监察御史。后官至主客员外郎。《全唐诗》存诗二首。

少年行

承恩借猎小平津，使气常游中贵人。

一掷千金浑是胆，家无四壁不知贫。

【汇评】

　　《唐诗直解》：妙在"浑是"两字。

　　《唐诗广选》：当与杜"马上谁家白面郎"并看。

　　《唐诗选脉会通评林》：周敬曰：极尽侠少行径，亦此题绝唱。

朱　晦

朱晦，生卒年里贯均未详，事迹亦无考。《全唐诗》存诗一首。

秋日送别

荒郊古陌时时断，野水浮云处处秋。

唯有河边衰柳树，蝉声相送到扬州。

石 召

石召,生卒年里贯均未详,事迹亦无考。《宋史·艺文志》著录其集一卷,已佚。《全唐诗》存诗二首。

送人归山

相逢唯道在,谁不共知贫。

归路分残雨,停舟别故人。

霜明松岭晓,花暗竹房春。

亦有栖闲意,何年可寄身?

【汇评】

《唐诗归》:钟云:细("归路"句下)。

《唐诗选脉会通评林》:周弼为前虚后实体。　何新之为推敲体。　唐汝询曰:第六句对语自然。　有道足重,贫原何病?由相送还思所与,相依松竹,道友心期,大率如此。

卫 叶

卫叶,生卒年里贯均未详,事迹亦无考。《全唐诗》存诗一首。

晚投南村

客行逢日暮,原野散秋晖。

南陌人初断,西林鸟尽归。

暗蓬沙上转,寒叶月中飞。

村落无多在,声声近捣衣。

【汇评】

《唐诗选脉会通评林》:周珽曰:通咏客行逢日暮之景,而情寓其中。以末一语见投南村,有无限凄清悲感之思,所谓熟于走坂悲泉,哽咽相引,觉数尺有万丈之势。

洪州军将

洪州军将,姓名里贯等均未详。唐末人,为洪州衙前军将。曾题诗岳州汨罗江上屈原祠,为《全唐诗》所收。

题屈原祠

苍藤古木几经春,旧祀祠堂小水滨。

行客谩陈三酹酒,大夫元是独醒人。

【汇评】

《青琐集》:屈子沉沙之处,在岳州境内汨罗江,上有祠,以渔父配享。唐末,有洪州衙前军将,忘其姓名,题一绝,自后能诗者不能措手。

西鄙人

西鄙人,天宝时西北边境人,姓名无考。时哥舒翰为河西、陇右节度使,抗击吐蕃,威名甚著,故西鄙人为作《哥舒歌》,收入《全唐诗》。

哥舒歌

北斗七星高,哥舒夜带刀。

至今窥牧马,不敢过临洮。

【汇评】

《唐诗广选》:气骨高劲,不域于中唐者。

《唐诗训解》:为中国长气。

《唐诗选脉会通评林》:唐汝询曰:哥舒御吐蕃,信悍勇。潼关之败,耄矣。此歌盖不欲以一眚掩之。

《唐诗别裁》:与《敕勒歌》同是天籁,不可以工拙求之。

《唐诗三百首》:先着此五字,比兴极奇(首句下)。

《诗境浅说续编》:《诗三百篇》,无作者姓氏,天怀陶写,不以诗鸣，而诗传千古。三代下唯恐不好名，汉魏以降，作者林立矣。……此西鄙之人，姓氏湮没，而高歌慷慨，与"敕勒川，阴山下"之歌，同是天籁。如风高大漠，古戍闻笳，令壮心飞动也。首句排空疾下，与卢纶之"月黑雁飞高"皆工于发端。惟卢诗含意不尽，此诗意尽而止，各极其妙。

华山老人

华山老人,姓名里贯等均未详。《全唐诗》存诗一首。

月 夜

涧水泠泠声不绝,溪流茫茫野花发。

自去自来人不知,归时常对空山月。

【汇评】

《唐诗选脉会通评林》:周珽曰:(君山父老《闲吟》)烟霞口吻,自多道气。并读华山老人《月夜》、终南山翁《终南》、吕洞宾《黄鹤楼》等诗,何如听钧天广乐,随风或凝或散,悠扬于竹烟波月之际者。

无名氏

绝　句

石沉辽海阔，剑别楚山长。

会合知无日，离心满夕阳。

【汇评】

　　《唐诗选脉会通评林》：周珽曰：聚散异情，今昔异景，骚人到此，得无悲感。意融气贯，格调新颖，可玩。

杂　诗（选四首）

其一

劝君莫惜金缕衣，劝君须惜少年时。

有花堪折直须折，莫待无花空折枝。

【汇评】

　　杜牧《杜秋娘诗》："老濞即山铸，后庭千蛾眉。秋持玉斝饮，与唱《金缕衣》。"自注："'劝君莫惜金缕衣，……'李锜长唱此词。"

　　《才调集补注》：洪遂《侍女小名录》：唐杜秋娘，金陵女子也。

年十五,为浙西观察使李锜妾,尝为锜辞云尔。

其三

空赐罗衣不赐恩,一薰香后一销魂。

虽然舞袖何曾舞,常对春风裛泪痕。

【汇评】

《唐诗选脉会通评林》:陆时雍曰:语语深情。

其十三

近寒食雨草萋萋,著麦苗风柳映堤。

早是有家归未得,杜鹃休向耳边啼。

【汇评】

《唐诗选脉会通评林》:周珽曰:真情、真趣、真话写得出,惟有情痴者能知之。

《唐人万首绝句选评》:沉郁深痛。

《精选评注五朝诗学津梁》:十分懊恼,而怪杜鹃,可云匪夷所思。

《唐诗三百首》:二句十数层(首二句下)。

其十六

无定河边暮角声,赫连台畔旅人情。

函关归路千馀里,一夕秋风白发生。

【汇评】

《增定评注唐诗正声》:王云:对仗严整。只一句写愁。

宫　词

花萼楼前春正浓,濛濛柳絮舞晴空。

金钱掷罢娇无力，笑倚栏干屈曲中。

【汇评】

《唐诗摘钞》：宫词如此，何必王仲初。

杨柳枝

万里长江一带开，岸边杨柳几千栽。

锦帆未落西风起，惆怅龙舟去不回。

【汇评】

《升庵诗话》："万里长江一带开，……"此吊隋炀帝也。俯仰感慨，盖初唐之诗，后世《柳枝词》祖之。

《唐诗选脉会通评林》：杨慎曰：唐人《柳枝词》，刘禹锡、白居易而下，凡数十者，予独爱无名氏"万里长江一带开"篇。此词咏史、咏物，两极其妙。首句见隋开汴河通江，次句"是谁栽"三字作问词，尤含蓄；不言炀帝而讥吊之意在其中。末二句俯仰今古，悲感溢于言外。若情致则(推)"清江一曲柳千条"篇。《柳枝词》当以二首为冠。

水调歌（选二首）

其一

平沙落日大荒西，陇上明星高复低。

孤山几处看烽火，壮士连营候鼓鼙。

【汇评】

《唐诗选脉会通评林》：杨慎列为神品。　蒋一葵曰：赋事而其情自见。　汪道昆曰：如画塞下图。　周珽曰：雄才浩气，干霄薄云。　言当日落星明之际，能登山而望烽火，连营而候鼓鼙，则军律严整有备，更何虏寇之能犯可患也！

其二

猛将关西意气多，能骑骏马弄雕戈。

金鞍宝铰精神出，笛倚新翻水调歌。

【汇评】

《唐诗选脉会通评林》：杨慎列为妙品。　　周珽曰：边将勇于镇敌，因能倚曲，以鸣得意。固朝廷赖以为长城者多也。此诗当有所指。

《唐诗笺注》：画出少年从军边庭喜事光景，曰"意气多"，曰"精神出"，已妙；"倚笛新翻"句，犹颊上生三毫也。

《诗薮》：乐府《水调歌》五叠、《伊州歌》三叠，皆韵格高远；是盛唐诸公得意作，惜姓名不可深考。

凉州歌（其二）

朔风吹叶雁门秋，万里烟尘昏戍楼。

征马长思青海北，胡笳夜听陇山头。

【汇评】

《唐诗选脉会通评林》：上联见边塞多警，下联见守御有备，着意在"长思"、"夜听"四字。

开元宫人

开元宫人，姓名无考。尝作诗置赐边军纩衣中，事见孟棨《本事诗》。《全唐诗》收入此诗。

袍中诗

沙场征戍客，寒苦若为眠。

战袍经手作，知落阿谁边？

蓄意多添线，含情更著绵。

今生已过也，结取后生缘。

【汇评】

《本事诗》：开元中，颁赐边军纩衣，制于宫中。有兵士于短袍中得诗曰："沙场征戍客，寒苦若为眠。……"兵士以诗白于帅，帅进之。玄宗命以诗遍示六宫曰："有作者勿隐，吾不罪汝。"有一宫人自言万死。玄宗深悯之，遂以嫁得诗人，仍谓之曰："我与汝结今身缘。"边人皆感泣。

宣宗宫人

宣宗宫人,姓名不详,《全唐诗》称之为韩氏,误。尝题诗红叶,置于御沟,为卢渥所得,事见范摅《云溪友议》。《全唐诗》收入此诗。

题红叶

流水何太急,深宫尽日闲。

殷勤谢红叶,好去到人间。

【汇评】

《云溪友议》:卢渥舍人应举之岁,偶临御沟,见一红叶,命仆搴来。叶上乃有一绝句,置于巾箱,或呈于同志。及宣宗既省宫人,初下诏,许从百官司吏,独不许贡举人。后(卢渥)亦一任范阳,获其退宫,睹红叶而吁怨久之,曰:"当时偶题随流,不谓郎君收藏巾箧。"验其书,无不讶焉。诗曰:"水流何太急,……"

《唐诗选脉会通评林》:唐汝询曰:情态不露,与缝衣结缘者自别。　　周珽曰:斩断六朝浮靡妖艳蹊径,是真性情之诗。"谢"字,"好去"字,涵无限情绪、无限风趣。

《唐诗摘钞》：绝不言情，无限幽忧之意，自在言外。文人作宫词，便有多少无聊怨望之语；岂知身历其地者，转觉难言耳。

《唐诗别裁》：僖宗时，于祐步禁衢，得红叶诗。亦题一叶云："曾闻叶上题红怨，叶上题诗寄阿谁？"后娶宫人韩氏，见叶惊曰："此妾所作。妾于水中亦得一叶。"验之相合。

《茝原诗说》：五言绝有两种：有意尽而言止者，有言止而意不尽者。言止意不尽，深得味外之味，此从五言律而来，故为正格。……"流水何太急，深宫尽日闲。殷勤谢红叶，好去到人间。"此五绝之正格也。正格最难，唐人亦不多得。

花蕊夫人

花蕊夫人（？—926），姓徐。父耕，为唐眉州刺史，二女皆国色。长女为前蜀王建贤妃，称大徐妃。次女为王建淑妃，称小徐妃，宫中号花蕊夫人。王衍继位，尊为皇太妃。蜀亡，随王衍降唐，被杀。又，后蜀孟昶妃费氏（一说姓徐），亦号花蕊夫人，青城（今四川灌县西）人，昶降宋后，宋太祖召入宫中，有宠。《全唐诗》中小徐妃存诗八首。另世传花蕊夫人《宫词》百首，《全唐诗》归入后蜀孟昶妃名下，浦江清考定为王建小徐妃所作，内中且羼入诗人王建等人作品。

【汇评】

"冰肌玉骨清无汗，水殿风来暗香满。绣帘一点月窥人，欹枕钗横云鬓乱。起来庭户悄无声，时见疏星渡河汉。屈指西风几时来？不道流年暗中换。"世传此诗为花蕊夫人作，东坡尝用此诗作《洞仙歌》曲。或谓东坡托花蕊以自解耳，不可不知也。（《竹坡诗话》）

蜀王孟昶花蕊夫人有七言绝《宫词》一百首，其词本于王建。大约以全集观，王语不雅驯，而花蕊时近浅稚。（《诗源辩体》）

世传其（按指花蕊夫人）宫词百首，清斯艳丽，足夺王建、张籍

之席。盖外间摹写,自多泛设,终是看人富贵语,固不若内家本色,天然流丽也。(《五代诗话》)

宋岳倦翁有《宫词》百首,……其自叙略云:"诗发乎情,止乎礼义,当有以寓讽谏而美音容。若王建世托近幸,花蕊自处宫闱,言多涉于亵俚。"(《拜经楼诗话》)

宫 词（选六首）

其三

龙池九曲远相通,杨柳丝牵两岸风。

长似江南好风景,画船来去碧波中。

【汇评】

《雪涛小书》:费氏(按即花蕊夫人)《宫词》百首,与王建齐名。此但摘其一二(按指"龙池九曲远相通"、"侍女争挥玉弹弓"、"太液波清水殿凉"三首),然尝鼎一脔,知禁味矣。

其七

厨船进食簇时新,侍宴无非列近臣。

日午殿头宣索鲙,隔花催唤打鱼人。

【汇评】

《优古堂诗话》:刘贡父《诗话》载花蕊夫人《宫词》云:"厨头进食簇时新,……"予观王建《宫词》云:"御厨进食索时新,每到花开即苦春。白日卧多娇似病,隔帘教唤女医人。"不惟第一句,而末章词意皆相缘以起也。

《苕溪渔隐丛话后集》:苕溪渔隐曰:王建《宫词》云:"御厨不食索时新,……"花蕊夫人《宫词》云:"厨船进食簇时新,……"二词记事则异,造语颇同;第花蕊之词工,王建为不及也。

其二十一

殿前宫女总纤腰,初学乘骑怯又娇。

上得马来才欲走,几回抛鞚抱鞍桥。

【汇评】

《五代诗话》引《续湘山野录》:王平甫安国奉诏定蜀民、楚民、秦民三家所献书可入三馆者,令令史李希颜料理之。其书多剥脱,而中有弊纸所书花蕊夫人诗笔书,乃花蕊手写,而其辞甚奇,与王建《宫词》无异。……(余)口诵数篇与荆公,荆公明日在中书语及之,而禹玉相公、当世参政愿传其本,于是盛行于世。文莹亲于平甫处得副本,凡三十二章,因录于此。其词曰:"春风一面晓妆成,偷折花枝旁水行。却被内监遥觑见,故将红豆打黄莺。""梨园弟子簇池头,小乐携来俟燕游。旋炙银笙先按拍,海棠花下合《梁州》。"……"殿前宫女总纤腰,初学乘骑怯又娇。上得马来才欲走,几回抛鞚抱鞍鞯。"……"内人追逐采莲时,惊起沙鸥两岸飞。兰桨棹来齐拍水,并船相斗湿罗衣。"

其二十四

内家追逐采莲时,惊起沙鸥两岸飞。

兰棹把来齐拍水,并船相斗湿罗衣。

其八十八

月头支给买花钱,满殿宫人近数千。

遇著唱名多不语,含羞走过御床前。

【汇评】

《中山诗话》:孟蜀时,花蕊夫人号能诗,而世不传。王平父因治馆中废书,得一轴八九十首,而存者才三十馀篇,大约似王建句。若"厨船进食簇时新,列坐无非侍从臣。日午殿头宣索脍,隔花催唤打鱼人"、"月头支给买花钱,满殿宫娥近数千。遇著唱名都不语,含羞急过御床前"。

《韵语阳秋》:花蕊夫人亦有《宫词》百篇,如"月头支给买花钱,……"之类,亦可喜也。

其九十六

梨园子弟簇池头,小乐携来候宴游。

旋炙银笙先按拍,海棠花下合梁州。

【汇评】

《五代诗话》引《渔隐丛话》:余阅此诗(按指花蕊《宫词》),如"龙池九曲远相通,……""梨园弟子簇池头,……""月头支给买花钱,……""内人追逐采莲时,……""厨船进食簇时新……",皆清婉可喜。

述国亡诗

君王城上竖降旗,妾在深宫那得知。

十四万人齐解甲,宁无一个是男儿。

【汇评】

《后山诗话》:费氏,蜀之青城人,以才色入蜀宫。后主嬖之,号花蕊夫人,效王建作《宫词》百首。国亡,入备后宫。太祖闻之,召使陈诗。诵其《国亡》诗云:"君王城上竖降旗,……"太祖悦。盖蜀兵十四万,而王师数万尔。

《优古堂诗话》:前蜀王衍降后,唐王承旨作诗云:"蜀朝昏主出降时,衔璧牵羊倒系旗。二十万人齐拱手,更无一个是男儿。"其后花蕊夫人记孟昶之亡,作诗云:"君王城上竖降旗,妾在深宫那得知。二十万人齐解甲,宁无一个是男儿。"陈无己诗话载之,乃知沿袭前作。

《五代诗话》引《稗史汇编》：蜀既破，其（按即花蕊夫人）亡国诗云："君王城上竖降旗，……"亦愤而悲矣。

《一瓢诗话》：落句云："十四万人齐解甲，更无一个是男儿。"何等气魄？何等忠愤？当令普天下须眉一时俯首。

七岁女子

七岁女子，武后时南海（今广东广州）人。《全唐诗》存诗一首。

送　兄

别路云初起，离亭叶正飞。

所嗟人异雁，不作一行归。

【汇评】

《类说》引《唐宋遗史》：如意中，有女子，七岁能诗。则天召见，令赋《送别兄弟》，云："别路云初起，……"

《增定评注唐诗正声》：郭云：何物女子，有此典雅！

《唐诗选脉会通评林》：云起，遗别后之思；叶飞，重别时之感；人异雁归，怆别情之莫诉。语切送兄，意纯气老。

《评注精选五朝诗学津梁》：以"雁"字陪衬"兄"字，琢句不群。

《唐诗真趣编》：自然中饶气骨。当下应声而成，真大奇事。

"不作一行飞"者，惟其为女子，不得与兄同去也，是之谓切。

王韫秀

王韫秀，据传为代宗时宰相元载妻。按《旧唐书·元载传》：载妻王氏，开元中河西节度使王忠嗣女，大历十二年(777)，与载同被代宗赐死。《全唐诗》收韫秀与元载赠答诗三首，出《云溪友议》，且云元载妻王氏字韫秀，乃王维之侄、王缙之女。后人见《友议》所云与史不合，遂改称韫秀为忠嗣女，致与诗中"家风第一右丞诗"等语矛盾。《友议》小说家言，元载妻是否名韫秀，诗是否王氏所作，均可疑。

同夫游秦

路扫饥寒迹，天哀志气人。

休零离别泪，携手入西秦。

【汇评】

《云溪友议》：元丞相载妻王氏，字韫秀。初，王相公镇北京，以韫秀嫁元载；岁久而见轻怠。韫秀谓夫曰："何不增学？妾有奁幌资装，尽为纸墨之费。"王氏父母，未或知之。亲属以载夫妻皆乞儿，厌薄之甚。元乃游秦，为诗别韫秀曰："年来谁不厌龙钟，虽在侯门似不容。看取海山寒翠树，苦遭霜霰到秦封。"妻请偕行，曰：
"路扫饥寒迹，天哀志气人。休零离别泪，携手入西秦。"元秀才既
到京，屡陈时务，深符上旨，肃宗擢拜中书。

《唐诗归》：钟云：五字是千古作丈夫本领（"天哀"句下）。

《唐诗选脉会通评林》：唐汝询曰：韫秀志节可嘉，诗不必论；
所恨作元载妻。

《唐诗快》：秀亦女中俊杰也哉！惜所匹非其人也。至今读其
诗，犹足动人怜婉。

《诗境浅说续编》：韫秀为元载之妻。诗首句言：此去所经之
路，若骅骝开道；举往昔饥寒之迹，扫荡而前。次句承上句之意，言
世莫己知，幸有天心，当哀我誓扫饥寒之志气，挽颓运而履康衢。
三四谓勿以离乡远役，别泪沾巾，且携手而揽秦地山川，同心并力，
百挫毋惮。此诗英词壮志，以弱女子而有终军弃繻、司马题桥
之慨。

张夫人

　　张夫人,生卒年里贯均未详,贞元初户部侍郎吉中孚妻。《全唐诗》存诗五首,残句三。

拜新月

拜新月,拜月出堂前。

暗魄初笼桂,虚弓未引弦。

拜新月,拜月妆楼上。

鸾镜始安台,蛾眉已相向。

拜新月,拜月不胜情,

庭花风露清。

月临人自老,人望月长明。

东家阿母亦拜月,一拜一悲声断绝。

昔年拜月逞容辉,如今拜月双泪垂。

回看众女拜新月,却忆红闺年少时。

【汇评】

《唐诗镜》：语不能深，知其才之有限。

《唐音癸签》：吉中孚妻张氏《拜月》七言古，籍、建新调，尤彤管之铮铮者。

《唐诗选脉会通评林》：胡应麟曰：此可参张籍、王建间。

《唐诗笺要》：儿女口角，似从老成阅历中来。裁云制霞，不伤天工，洵佳制也。

张文姬

　　张文姬，生卒年里贯均未详。《全唐诗》存诗四首。小传云鲍参军妻。

溪口云

溪溪溪口云，才向溪中吐。

不复归溪中，还作溪中雨。

【汇评】

《唐诗镜》：趣甚，俏甚。

《唐诗别裁》：音节竟是古诗。

《诗境浅说续编》：诗言溪中水气，蒸化为云，既腾上天空，当不得更归溪内，而酿云成雨，仍落溪中。雨复化水，水更生云，云水循环而不穷，可见无往不复，不生不灭，名理即禅机也。以诗格论，如游九曲武夷，一句一转，愈转愈深；以音节论，颇近汉魏古诗。在诗家集中，亦称佳咏，出自闺秀，可谓难能。

姚月华

姚月华，生卒年里贯均未详。后人有《月华本传》记其事迹，谓幼失母，尝梦月轮坠于妆台，觉而能诗。后随父至扬子江，与邻舟书生杨达以诗传情，终未能结合。事出附会与否，不可考。《全唐诗》存诗六首，有白居易、张籍诗混入。

怨诗寄杨达（其二）

与君形影分吴越，玉枕经年对离别。

登台北望烟雨深，回身泣向寥天月。

【汇评】

《唐诗选脉会通评林》：周启琦曰：熟读古艳史，斯有此艳情、艳调。　　按：月华少失母，随父寓扬子江，出观竞渡。有杨达者，见其容色美异，怀思潜制曲，投之。月华情动，私命侍儿，乞其旧稿。达出非望，立缀艳体致情；然终不易近。月华作《古怨》（按即本诗）寄之。……何物女郎，才情撩人如此！

崔公达

崔公达，一作崔公远，生卒年里贯均未详，事迹亦无考。《全唐诗》存诗一首，残句四。

独夜词

晴天霜落寒风急，锦帐罗帏羞更入。

秦筝不复续断弦，回身掩泪挑灯立。

【汇评】

《唐诗归》：钟云："羞"字别有情想（"锦帐罗帏"句下）。

《唐诗选脉会通评林》：唐汝询曰：读之惨然，是此女真胸臆。

刘　媛

刘媛,生卒年里贯均未详。韦庄《又玄集》选录其诗一首,称"女郎刘媛"。《全唐诗》存诗三首,残句二。

长门怨二首（其一）

雨滴梧桐秋夜长,愁心和雨到昭阳。

泪痕不学君恩断,拭却千行更万行。

【汇评】

《唐诗镜》:老气深情,似不出绮罗之手。

《唐诗选脉会通评林》:雨声无尽,愁心亦无尽;君恩无限,泪痕亦无限。下二句得不怒之旨。有谓"君恩断绝而泪痕不学他有断",非。

葛鸦儿

葛鸦儿,生卒年里贯均未详。韦庄《又玄集》选录其诗一首,称"女郎葛鸦儿"。《全唐诗》存诗三首。

怀良人

蓬鬓荆钗世所稀,布裙犹是嫁时衣。

胡麻好种无人种,正是归时不见归。

【汇评】

《本事诗》:朱滔括兵,不择士族,悉令赴军。自阅于毬场,有士人容止可观,进趋淹雅。滔自问之曰:"所业者何?"曰:"学为诗。"问:"有妻否?"曰:"有。"即令作寄内诗。援笔立成,词曰:"握笔题诗易,荷戈征戍难。惯从鸳被暖,怯向雁门寒。瘦尽宽衣带,啼多渍枕檀。试留青黛着,回日画眉看。"又令代妻作诗答,曰:"蓬鬓荆钗世所稀,……"滔遗以束帛,放归。

《国雅品》:相传(陈)少卿弃而取妾,(妻)作《寄夫》云:"新人貌如花,不如旧人能绩麻。绩麻做衫郎得着,眼见花开又花落。"晚唐葛鸦儿《寄良人》云："胡麻好种无人种，正是归时不见归。"稍与同调。

《夷白斋诗话》：南方谚语有"长老种芝麻，未见得"，余不解其意。偶阅唐诗，始悟斯言，其来远矣。诗云："……胡麻好种无人种，正是归时不见归。"胡麻，即今芝麻也。种时必夫妇两手同种，其麻倍收；长老，言僧也，必无可得之理。故云。

《唐诗镜》：一如常语，正入诗情。

《唐诗别裁》：以耕凿望夫之归，比"悔教夫婿觅封侯"，较切较正（末二句下）。

湘驿女子

湘驿女子,姓名事迹均无考。《全唐诗》存诗一首。

题玉泉溪

红叶醉秋色,碧溪弹夜弦。

佳期不可再,风雨杳如年。

【汇评】

《唐诗选脉会通评林》:周珽曰:笃情,描景亦脱。 《树萱录》:番阳郑仆射尝游湘中,宿于驿楼。夜遇女子诵此诗,顷刻不见。

《诗境浅说续编》:首二句词采清丽,音节入古。后二句言回首佳期,但觉沉沉风雨,绵渺如年,叹胜会之不常耶?怅伊人之长往耶?唐人五绝中,有安邑坊女子《幽恨诗》云:"卜得上峡日,秋江风浪多。江陵一夜雨,肠断《木兰歌》。"与此诗皆出女郎声口,感余心之未宁,溯流风而独写,如闻阳阿激楚之洞箫也。

刘采春

刘采春，生卒年里贯均未详。俳优周季南妻，美貌善歌，亦能诗。大和初，与夫自淮甸至越州，时元稹为浙东观察使，甚赏之，曾赠以诗。《全唐诗》存诗六首。

【汇评】

（刘采春）善弄陆参军，歌声彻云。篇韵虽不及（薛）涛，容华莫之比也。元公（稹）似忘薛涛，而赠采春诗曰："新妆巧样画双蛾，慢裹恒州透额罗。正面偷轮光滑笏，缓行轻踏皱文靴。言词雅措风流足，举止低徊秀媚多。更有恼人肠断处，选词能唱《望夫歌》。"《望夫歌》者，即《罗唝》之曲也。采春所唱一百二十首，皆当代才子所作。（《云溪友议》）

唐妓女多习歌一时名士诗，如《集异记》载高适、二王酒楼事，又一女子能歌白《长恨》，遂索值百万是也。刘采春所歌"清江一曲柳干条"，是禹锡诗，杨用修以置神品。又五言六绝中四首工甚，非晚唐调。盖亦诸名士作，惜其人不可考。今系采春，非也。（《诗薮》）

啰唝曲六首（选三首）

其一

不喜秦淮水，生憎江上船。

载儿夫婿去，经岁又经年。

【汇评】

《唐音癸签》：《啰唝曲》一名《望夫歌》。啰唝，古楼名，陈后主所建。元稹廉问浙东，有妓女刘采春自淮甸而来，能唱此曲，闺妇、行人闻者莫不涟泣。

《雪涛小书》：三诗（按指"不喜秦淮水"、"借问东园柳"、"莫作商人妇"三首）商彝周鼎，古色照人。不意闺门能为此语也。

《唐风怀》：南邨曰：怨水憎船，妇人痴语，然非痴无以言情。

《唐诗别裁》："不喜"、"生憎"、"经岁"、"经年"，重复可笑，的是儿女子口角。

《唐诗笺注》："自家夫婿无消息，却恨桥头卖卜人"，犹于真处传神。"不喜秦淮水，生憎江上船"，却是非非想，真白描神手。

《诗法易简录》：不怨夫婿之不归，而怨水与船之载去，妙于措词，"打起黄莺儿"之亚。

《诗境浅说续编》：沈归愚评此诗，谓"不喜"、"生憎"、"经岁"、"经年"，重复可笑，的是儿女子口角。余谓故意重复，取其姿势生动，固合歌曲古逸之趣，且其重复，皆有用意：首二句言"不喜秦淮水"，与"生憎江上船"者，乃因"水"与"船"之无情，为第三句张本，故接续言无情之"船"与"水"，竟载夫婿去矣。第四句"经岁复经年"，即年复一年，乃习用之语，极言分离之久，已历多年。虽用重复字，而各有用意。

其三

莫作商人妇，金钗当卜钱。

朝朝江口望，错认几人船。

【汇评】

《诗法易简录》：此首方明写其望归之情。卜掷金钗，望穿江上，而终不见其归。"错认"者，望之切也；"几人"者，无定之数，望之久也。所以如此者，则以夫婿为商人，重利轻别离故也。"莫作"者，怨之至也。怨之至而但曰"莫作"，则既作商人妇，又分当如是矣。

《唐诗选脉会通评林》：唐汝询曰：无限懊恨。

《诗境浅说续编》：言凝盼归舟，眼为心乱也。

其四

那年别离日，只道住桐庐。

桐庐人不见，今得广州书。

【汇评】

《升庵诗话》：唐刘采春诗："那年离别日，只道往桐庐。桐庐人不见，今得广州书。"此本《诗疏》"何斯违斯"一句，其疏云："君子既行王命于彼远方，谓适居此一处，今复乃去此，更转远于余方。"

《四溟诗话》：陆士衡《为周夫人寄车骑》云："昔者得君书，闻君在高平。今者得君书，闻君在京城。"及观刘采春《啰唝曲》云："那年离别日，只道往桐庐。桐庐人不见，今得广州书。"此二绝同意，作者粗直，述者深婉。

《诗法易简录》：前首言离别之久，此又言夫婿之行踪靡定也。桐庐已无归期，今在广州，去家益远，归期益无日矣。只淡淡叙事，而深情无尽。

《甃原诗说》：五言绝有两种：有意尽而言止者，有言止而意不尽者。……意尽言止,则突然而起,斩然而住,中间更无委曲;此实乐府之遗音,故为变调。意尽言止,如"打起黄莺儿,莫教枝上啼。啼时惊妾梦,不得到辽西"、"那年离别日,只道往桐庐。桐庐人不见,今得广州书"。

太原妓

太原妓，姓名里贯均未详。德宗贞元时人。与进士欧阳詹相识交好，后詹入京，思念成疾，遗诗而卒。事见黄璞《欧阳行周传》。《全唐诗》收其诗。

寄欧阳詹

自从别后减容光，半是思郎半恨郎。

欲识旧来云髻样，为奴开取缕金箱。

【汇评】

《太平广记》引《闽川名士传》：（欧阳詹）薄游太原，于乐籍中因有所悦，情甚相得。及归，乃与之盟曰："至都，当相迎耳。"……（詹至京）寻除国子四门助教，住京。籍中者思之不已，得疾且甚，危妆引髻，刃而匣之，顾谓女弟曰："吾其死矣。苟欧阳生至，可以是为信。"又遗之诗曰："自从别后减容光，……"绝笔而逝，及詹使至，女弟如言，径持归京，具白其事。詹启函阅之，观其诗，一恸而卒。

《唐诗镜》：二语趣甚。

武昌妓

武昌妓,姓名里贯均未详,僖宗朝人。乾符中,于祖侅鄂岳观察使韦蟾席上续诗而受嘉叹。事见《太平广记》。《全唐诗》收其诗。

续韦蟾句

悲莫悲兮生别离,登山临水送将归。

武昌无限新栽柳,不见杨花扑面飞。

【汇评】

《太平广记》引《抒情诗》:韦蟾廉问鄂州,及罢任,宾僚盛陈祖席。蟾遂书《文选》句云:"悲莫悲兮生别离,登山临水送将归。"以笺毫授宾从,请续其句。座中怅望,皆思不属。逡巡,女妓泫然起曰:"某不才,不敢染翰,欲口占两句。"韦大惊异,令随口写之:"武昌无限新栽柳,不见杨花扑面飞。"座客无不嘉叹。韦令唱作《杨柳枝》词,极欢而散。

《唐诗别裁》:上二句集得好,下二句续得好。

徐月英

徐月英,生卒年未详,五代吴、南唐之际江淮名妓,与徐温诸子游。工诗,有诗集传于时,今佚。《全唐诗》存诗二首,残句二。

送　人

惆怅人间万事违,两人同去一人归。

生憎平望亭前水,忍照鸳鸯相背飞。

【汇评】

《北梦琐言》:江淮间有徐月英,名娼也。其《送人》诗云:"惆怅人间事久违,……"亦有诗集。

薛　涛

薛涛(？—832)，字洪度，长安(今陕西西安)人，后随父入蜀。幼聪慧辩给，晓音律，能书善诗。贞元中，韦皋镇蜀，召令侍酒赋诗，遂入乐籍，蜀中呼为"女校书"。曾被罚赴边，后返成都。历事十一镇，与节帅王播、武元衡、段文昌、李德裕，诗人元稹、王建、白居易等均有诗作往还。晚年居浣花溪畔，好吟小诗，因自制彩笺，时称"薛涛笺"。有《锦江集》五卷，已佚。后人辑有《薛涛诗》一卷行世。《全唐诗》编诗一卷。

【汇评】

万里桥边女校书，枇杷树下闭门居。扫眉才子知多少，管领春风总不如。(王建《寄蜀中薛涛校书》)

有乐妓而工篇什者，成都薛涛；有家僮而善章句者，郭氏奴：皆文之妖也。(《国史补》)

友人元相国(稹)，应制科之选，历天禄畿尉，则闻西蜀乐籍有薛涛者，能篇咏，饶词辩，常悄然于怀抱也。(《云溪友议》)

薛涛者，容仪颇丽，才调尤佳，言谑之间，立有酬对。(《鉴诚录》)

元和中，成都乐籍薛涛者，善篇章，足辞辩，虽无风讽教化之旨，亦有题花咏月之才，当时营妓之中尤物也。（《牧竖闲谈》）

妇人薛涛，成都倡妇也，以诗名当时，虽失身卑下，而有林下风致。故词翰一出，则人争传以为玩。……每喜写己所作诗，语亦工，思致俊逸，法书警句，因而得名。（《宣和书谱》）

涛工为小诗，……其所作诗，稍欺良匠，词意不苟，情尽笔墨，翰苑崇高，辄能攀附。殊不意裙裾之中出此异物，岂得以匪人而弃其学哉！（《唐才子传》）

薛涛诗气色清老，是此中第一流人。（《唐诗镜》）

薛工绝句，无雌声，自寿者相。（《唐音癸签》）

唐有天下三百年，妇人女子能诗者不过十数，娼妓诗最佳者薛洪度、关盼盼而已。彤管所载，不得一二；女史所收，不得三四。近曹能始参西蜀，梓而行之。洪度诗五百首，此亦断珪残璧，非完璞也。（徐𤊹《红雨楼题跋记》）

春望词四首（选二首）

其一

花开不同赏，花落不同悲。

欲问相思处，花开花落时。

【汇评】

《唐诗快》：二诗（按指同题中"花开不同赏"、"风花日将老"二首）皆以浅近而入情，故妙。

其三

风花日将老，佳期犹渺渺。

不结同心人，空结同心草。

【汇评】

《名媛诗归》：细讽四诗（按指《春望词四首》），觉有"望"字意在。若率然读去，但知其幽恨，不知其怅叹。

罚赴边有怀上韦令公二首（其一）

闻道边城苦，今来到始知。

羞将门下曲，唱与陇头儿。

【汇评】

《升庵诗话》：此薛涛在高骈宴上闻边报乐府也，有讽喻而不露，得诗人之妙。使李白见之，亦当叩首，元、白流纷纷停笔，不亦宜乎？

《名媛诗归》：二诗（按指同题二首）如边城画角，别是一番哀怨。

《柳亭诗话》：薛涛以女校书驰名当世，其诗颇有可观。若高骈筵上闻边报一首，竟似高、岑短什矣。

谒巫山庙

乱猿啼处访高唐，路入烟霞草木香。

山色未能忘宋玉，水声犹是哭襄王。

朝朝夜夜阳台下，为雨为云楚国亡。

惆怅庙前多少柳，春来空斗画眉长。

【汇评】

《名媛诗归》："惆怅"二句不但幽媚动人，觉修约宛退中，多少矜荡不尽意。

送友人

水国蒹葭夜有霜，月寒山色共苍苍。
谁言千里自今夕，离梦杳如关塞长。

【汇评】

《名媛诗归》：月寒乎？山寒乎？非"共苍苍"三字不能摹写。浅浅语，幻入深意，此不独意态淡宕也。

《唐诗选脉会通评林》：周珽曰：征途万里，莫如关塞梦魂无阻，今夕似之，非深于离愁者孰能道焉？　　徐用吾曰：情景亦自浓艳，却绝无脂粉气。虽不能律以初、盛门径，然亦妓中翘楚也。

上联送别凄景，下联惜别深情。

《才调集补注》：默庵云：名句（首二句下）。

题竹郎庙

竹郎庙前多古木，夕阳沉沉山更绿。
何处江村有笛声，声声尽是迎郎曲。

【汇评】

《名媛诗归》："更绿"二字，在沉沉中想象出来，不必映带古木，已复深杳。语气一直说下，愈缓愈悲。

柳　絮

二月杨花轻复微，春风摇荡惹人衣。

他家本是无情物，一任南飞又北飞。

【汇评】

《名媛诗归》："他家"、"一向"，本是俗语，灵心映带，便觉飘洒不尽。

《唐诗艳逸品》：是自况语，"多情怕逐杨花絮"，与此词异而情同。

筹边楼

平临云鸟八窗秋，壮压西川四十州。

诸将莫贪羌族马，最高层处见边头。

【汇评】

《名媛诗归》：教戒诸将，何等心眼，洪度岂直女子哉，固一代之雄也！

《四库全书总目》：涛《送友人》及《题竹郎庙》诗，为向来传诵。然如《筹边楼》诗，……其寄托深远，有"鲁嫠不恤纬，漆室女坐啸"之思，非寻常裙屐所及，宜其名重一时。

寄旧诗与元微之

诗篇调态人皆有，细腻风光我独知。

月下咏花怜暗澹，雨朝题柳为敧垂。

长教碧玉藏深处，总向红笺写自随。

老大不能收拾得，与君开似教男儿。

【汇评】

《名媛诗归》：通诗笔老，而气骨遒紧，虽用婉媚处，皆以朴静裹之，挺然声调间。

鱼玄机

鱼玄机(?—868),字幼微,一字蕙兰,长安(今陕西西安)人。喜读书,善属文。初为补阙李亿妾。咸通中,出家为女道士,隶长安咸宜观,与温庭筠、李郢等以诗篇相唱和。后因笞杀女婢绿翘事下狱,为京兆尹温璋所杀。后人辑有《唐女郎鱼玄机诗》一卷行世。《全唐诗》编诗一卷。

【汇评】

西京咸宜观女道士鱼玄机,字幼微,长安里家女也。色既倾国,思乃入神,喜读书属文,尤致意于一吟一咏。破瓜之岁,志慕清虚。咸通初,遂从冠帔于咸宜;而风月赏玩之佳句,往往播于士林。(皇甫枚《三水小牍》)

唐女道鱼玄机,字蕙兰,甚有才思。(《北梦琐言》)

(玄机)性聪慧,好读书,尤工韵调,情致繁缛。(《唐才子传》)

玄机形气幽柔,心惊流散,其于子安,情寄已甚,而《感怀》、《期友》,及《迎李近仁员外》诸作,持思翩翩,尚有馀恨,虽桑间濮上,何复自殊?其诗婉媚悲凄,有风人之调。女郎间求之,则兰英绮密,左芬充腴,生与同时,亦非廊庑间客也。(《唐诗品》)

玄机善吟咏,美风调,虽未免涉于多情,而幽柔融雅,有足悲焉。妇人之集,其仅存者,岂多见邪?(朱警《鱼玄机诗集题跋》)

李冶、鱼玄机、薛涛,女德正同。……鱼最淫荡,诗体亦靡弱。(《唐音癸签》)

赋得江边柳

翠色连荒岸,烟姿入远楼。

影铺秋水面,花落钓人头。

根老藏鱼窟,枝低系客舟。

萧萧风雨夜,惊梦复添愁。

【汇评】

《唐诗镜》:三、四佳,似大方语致。

《雪涛小书》:二诗(按另一指《赠邻女》)苍老古拙,如孔明庙柏,柯石根铜。

《名媛诗归》:"影铺"两句,俱妙在神气静,语气朗。

《唐诗快》:"翠色"两句,情景俱绝。

赠邻女

羞日遮罗袖,愁春懒起妆。

易求无价宝,难得有心郎。

枕上潜垂泪,花间暗断肠。

自能窥宋玉,何必恨王昌。

【汇评】

《三水小牍》:(鱼玄机)在狱中亦有诗曰:"易求无价宝,难得有心郎"、"明月照幽隙,清风开短襟",此其美者也。

《唐诗镜》：三、四俚而旨。

《唐诗艳逸品》：字字伤神。

《名媛诗归》：娇在无端生想便有，痴在全由慧性使成；非有才有色人，不能容易到也。

《才调集补注》：默庵云：名句（"易求"二句下）。　　钝吟云：太用意。

《唐风采》："有心"诚难，有心则必一心矣。

《唐诗快》：鱼老师可谓教猱升木，诱人犯法矣，罪过，罪过！

《春草堂诗话》：此诗系和东邻姊妹威光褒韵也。……和人之意，述己之意，天壤矣。

游崇真观南楼睹新及第题名处

云峰满目放春晴，历历银钩指下生。
自恨罗衣掩诗句，举头空羡榜中名。

【汇评】

《唐才子传》：（鱼玄机）尝登崇真观南楼，睹新进士题名，赋诗曰："云峰满目放春情，……"观其意激切，使为一男子，必有用之才，作者颇怜赏之。

《唐诗镜》：意气娇雄。

《名媛诗归》：风流艳冶，偏与文士相宜，故其语亦矜重自喜。

江　行（其一）

大江横抱武昌斜，鹦鹉洲前户万家。
画舸春眠朝未足，梦为蝴蝶也寻花。

《唐诗镜》：末句最佳，种情无复馀地。

《名媛诗归》：要知题是《江行》，而诗又侧入下二句，了不似《江行》诗中语，却不得不认作《江行》诗，则其才情可知矣。

《唐诗选脉会通评林》：如此诗句新，令人可诵。

《唐诗快》：岂非妖冶之尤！

寄子安

醉别千卮不浣愁，离肠百结解无由。

蕙兰销歇归春圃，杨柳东西绊客舟。

聚散已悲云不定，恩情须学水长流。

有花时节知难遇，未肯厌厌醉玉楼。

【汇评】

《北梦琐言》：（玄机）咸通中，为李亿补阙执箕帚。后爱衰下山，隶咸宜观为女道士，有怨李公诗曰："易求无价宝，难得有心郎。"又云："蕙兰销歇归春浦，杨柳东西伴客舟。"自是纵怀，乃娼妇也。

《唐诗镜》：语有芬气。

《才调集补注》：钝吟云：二句托兴，真诗人也（"蕙兰销歇"二句下）。　　钝吟云：名作。领联之妙，虽风人无以过之。不以人废言可也。

送　别

水柔逐器知难定，云出无心肯再归。

惆怅春风楚江暮，鸳鸯一只失群飞。

【汇评】

《名媛诗归》：味后诗（按指本篇），则知前诗（按指同题"秦楼几夜惬心期"一首）气尚和平。前诗第三句直，故转一语，词意放松一步。后诗第四句直，却无可转处矣，其意亦遂悲痛而不堪了。

李　冶

李冶（？—784），一作李裕，字季兰，以字行。乌程（今浙江吴兴）人。幼聪慧，六岁能诗，善弹琴，出家为女道士。曾应诏赴阙，留宫中月馀，放还。大历中在湖州，与诗僧皎然及刘长卿、陆羽等唱和，又与阎伯均最善，人目为"风情女子"。朱泚据长安反，季兰曾上诗朱泚，故后为德宗命人扑杀。有《李季兰集》一卷。《全唐诗》编诗一卷。

【汇评】

士有百行，女惟四德。季兰则不然，形气既雌，诗意亦荡。自鲍照以下，罕有其伦。如"远水浮仙棹，寒星伴使车"，盖五言之佳境也。上仿班姬则不足，下比韩英则有馀。不以迟暮，亦一俊妪。（《中兴间气集》）

刘长卿谓季兰为女中诗豪。（《唐诗纪事》）

（季兰）美姿容，神情萧散，专心翰墨，善弹琴，尤工格律。当时才子，颇夸纤丽，殊少荒艳之态。……时往来剡中，与山人陆羽、上人皎然意甚相得。皎然尝有诗云："天女来相试，将花欲染衣。禅心竟不起，还捧旧花归。"其谑浪至此。（《唐才子传》）

闺阁之诗，不能与士大夫争胜，以其学力终浅也。独李冶"远水浮仙棹,寒星伴使车",比同时所称刘长卿"楚国苍山古,幽州白日寒"、钱起"破镜催归客,残阳见旧山"、郎士元"荒城背流水,远雁入寒云"、韩翃"潮声当昼起,山翠近南深"、皇甫冉"岸明残雪在,潮满夕阳多"、于良史"风兼残雪起,河带断冰流"等句,殆皆有过无不及。《中兴》高步,若准周才之例,吾必以作者与焉。(《读雪山房唐诗序例》)

寄校书七兄

无事乌程县,蹉跎岁月馀。

不知芸阁使,寂寞竟何如?

远水浮仙棹,寒星伴使车。

因过大雷岸,莫忘八行书。

【汇评】

《唐诗品汇》:高仲武云:五言之佳境也("远水"二句下)。

《唐诗正声》:吴逸一评:口吻神韵,文房诸君如何对付?

《增定评注唐诗正声》:唐云:三、四不必对偶,神韵自逸。

《名媛诗归》:声律高亮,即用虚字,亦自得力,此全在有厚气耳。用事不肤不浅,自然情致,只"远水"、"寒星"略涉意,便妙。

《诗薮》:薛奇童"禁苑春风起",全篇典丽精工,王摩诘无以加。李季兰"远水浮仙棹"二语幽闲和适,孟浩然莫能过。宁可以妇人、童子忽之?

《唐音癸签》:李"远水浮仙棹,寒星伴使车"及《听琴》一歌,并大历正音。

《唐诗选脉会通评林》:吴山民曰:何物女子,有此词意两至语! 周敬曰:五、六用事入化。 前四句,叙阔别之情,因其淹留,想及寂寥也;后四句,致怀念之殷,冀其使便,无忘裁答。按:

季兰与刘文房辈联社乌程,故有此寄。末盖以明远之妹自居也。

《唐风定》：工炼造极,绝无追琢之迹。

《唐诗评选》：托意远,神情密,平缓而有沉酣之趣。班、蔡以后,唯此为足当诗,鲍令晖、沈满愿犹妆阁物耳。

《唐诗快》：竟是词坛老手。

《删订唐诗解》：吴昌祺曰：诗极清雅。

《唐诗别裁》：不求深邃,自足雅音。

送韩揆之江西

相看指杨柳,别恨转依依。

万里江西水,孤舟何处归?

溢城潮不到,夏口信应稀。

唯有衡阳雁,年年来去飞。

【汇评】

《名媛诗归》：情深则语特寄耳。只四十字中,往复难尽。想其直书别况,全不作怨恨语,而怨恨之气,自有忿然不平在。

《唐诗选脉会通评林》：二诗(按另一指《送阎二十六赴剡县》)前联俱不对,简明轻捷。

《唐诗快》：亦复澹逸。

《四库全书总目》：冶诗以五言擅长,如《寄校书七兄》诗,《送韩揆之江西》诗、《送阎二十六赴剡县》诗,置之大历十子之中,不复可辨。其风格又远在(薛涛)上,未可以篇什之少弃之矣。

从萧叔子听弹琴赋得三峡流泉歌

妾家本住巫山云,巫山流泉常自闻。

玉琴弹出转寥寥，直是当时梦里听。

三峡迢迢几千里，一时流入幽闺里。

巨石崩崖指下生，飞泉走浪弦中起。

初疑愤怒含雷风，又似呜咽流不通。

回湍曲濑势将尽，时复滴沥平沙中。

忆昔阮公为此曲，能令仲容听不足。

一弹既罢复一弹，愿作流泉镇相续。

【汇评】

《名媛诗归》：清适转便，亦不必委曲艰深。观其情生气动，想见流美之度。

《唐音癸签》：李"远水浮仙棹，寒星伴使车"，及《听琴》一歌，并大历正音。

《唐诗选脉会通评林》：蒋一梅曰：言言来自题外，言言说向题上，大是神王。　　徐中行曰：情思好。　　周珽曰：首尾照应有情，状曲声如画；词格疏畅老练，真是天花乱坠。

《唐诗快》：此诗似幽而实壮，颇无脂粉习气。

相思怨

人道海水深，不抵相思半。

海水尚有涯，相思渺无畔。

携琴上高楼，楼虚月华满。

弹著相思曲，弦肠一时断。

【汇评】

《名媛诗归》：直语能转，便生出情来，此全从灵气排宕耳。

《唐诗快》：此女冠之弹《相思曲》，亦犹任夫人之书相思字耳。但幸而书遇好风，则心与字俱圆；不幸而曲怨满月，则肠与弦俱断。

相思海中,苦乐固天渊耶?

八　至

　　至近至远东西,至深至浅清溪。

　　至高至明日月,至亲至疏夫妻。

【汇评】

　　《名媛诗归》:字字至理,第四句尤是至情。

　　《唐诗快》:六字出自男子之口,则为薄幸无情;出自妇人之口,则为防微虑患。大抵从老成历练中来,可为惕然戒惧(末句下)。

偶　居

　　心远浮云知不还,心云并在有无间。

　　狂风何事相摇荡,吹向南山复北山。

【汇评】

　　《名媛诗归》:妙在全不似题。一欲着题,便入庸流一路去矣。

春闺怨

　　百尺井栏上,数株桃已红。

　　念君辽海北,抛妾宋家东。

【汇评】

　　《名媛诗归》:殊难为情。

寒　山

寒山，生卒年里贯均未详。唐诗僧，曾游历四方，行千万里，后居始丰县（今浙江天台）西之寒岩。又称寒山子。与天台国清寺诗僧拾得为友。旧传为贞观时人，据近人考证，当玄宗时人，贞元中犹在世。其诗通俗诙谐。宣扬佛教出世思想，讽刺世态人情，近王梵志体。有诗三百馀首，后人辑为《寒山子诗集》一卷。《全唐诗》编诗一卷。

【汇评】

（寒山）出言成章，缔实至理，凡人不测，谓风狂子。（闾丘元《寒山子诗集序》）

寒山子好为诗，每得一篇一句，辄题于树间石上，有好事者随而录之，凡三百馀首。桐柏征君徐灵府序而集之，分为三卷，行于人间。（王舟瑶《跋寒山子诗集》）

“若有人兮坐山楹，云衮兮霞缨。秉芳兮欲寄，路漫兮难征。独惆怅而狐疑，蹇独立兮忠贞。”此寒山语，虽使屈、宋复生，不能过也。（《彦周诗话》）

其诗有工语，有率语，有庄语，有谐语。至云“不烦郑氏笺，岂待毛公解”，又似儒生语。大抵佛语菩萨语也。今观所作，皆信手

拈弄,全作禅门偈语,不可复以诗格绳之。而机趣横溢,多足以资劝戒。(《四库全书总目》)

寒山、拾得诗冲口而出,半是藏身,半是醒世,别为一格,无以摹拟。(《东目馆诗见》)

诗三百三首（选六首）

其十二

鹦鹉宅西国,虞罗捕得归。

美人朝夕弄,出入在庭帏。

赐以金笼贮,扃哉损羽衣。

不如鸿与鹤,飘飏入云飞。

【汇评】

王舟瑶《跋寒山子诗集》:寒山诗如"鹦鹉宅西国"篇、"春女衒容仪"篇、"妾家邯郸住"篇、"花上黄莺子"篇、"城中娥眉女"篇、"璨璨卢家女"篇,皆似古乐府。

其十四

城中娥眉女,珠珮珂珊珊。

鹦鹉花前弄,琵琶月下弹。

长歌三月响,短舞万人看。

未必长如此,芙蓉不耐寒。

【汇评】

《艇斋诗话》:吕东莱诗云:"非关秋后多霜露,自是芙蓉不耐寒。"盖用寒山、拾得"芙蓉不耐寒"五字。

《雪涛小书》:寒山诗,其中五言一首,绝是唐调。诗云:"城中峨眉女,珠珮何珊珊。……"

《唐诗评选》:一似阮公,一似太白,天然成章,非元、白所能望津。

《一瓢诗话》:寒山诗本无佳者。而"城中蛾眉女"云云,"长歌"、"短舞"紧紧作对,已属不佳;而"未知长如此"五字,气尽语漓,害杀"芙蓉不耐寒"之句。

其二十九

白云高嵯峨,渌水荡潭波。
此处闻渔父,时时鼓棹歌。
声声不可听,令我愁思多。
谁谓雀无角,其如穿屋何!

【汇评】   '

王舟谣《跋寒山子诗集》:"白云高嵯峨,……令人愁思多",在王、孟集中亦当推为上乘也。

其三十五

东家一老婆,富来三五年。
昔日贫于我,今笑我无钱。
渠笑我在后,我笑渠在前。
相笑傥不止,东边复西边。

其一百二十九

人生不满百,常怀千载忧。
自身病始可,又为子孙愁。
下视禾根土,上看桑树头。
秤锤落东海,到底始知休。

其二百九十六

有人笑我诗，我诗合典雅。

不烦郑氏笺，岂用毛公解。

不恨会人稀，只为知音寡。

若遣趁宫商，余病莫能罢。

忽遇明眼人，即自流天下。

拾 得

拾得，生卒年不详，本为赤城（在今浙江天台境）孤儿，天台国清寺僧丰干漫步赤城道上，拾而养之，故名拾得。旧传贞观时人，据近人考证，约玄宗时在世。与寒山为友，亦能诗。后人辑寒山集，附其诗于集中。《全唐诗》编诗一卷。

【汇评】

（寒山诗）云："一为书剑客，三遇圣明君。东守文不赏，西征武不勋。学文兼学武，学武兼学文。今日既老矣，馀生不足云。"拾得诗云："少年学书剑，叱驭到京州。闻伐匈奴尽，婆娑无处游。归来翠岩下，席草枕清流。"则二人固挟文武材，有意世用，不得志而逃于禅也。其诗近偈语为多。（王舟瑶《跋寒山子诗集》）

诗（其二十六）

银星钉称衡，绿丝作称钮。
买人推向前，卖人推向后。
不顾他心怨，唯言我好手。
死去见阎王，背后插扫帚。

景 云

景云，生卒年不详，山阴（今浙江绍兴）人。诗僧，安史乱后在世。幼通经论，性识超悟，尤善草书。初学张旭，久而精熟，有意外之妙。《全唐诗》存诗三首。

画 松

画松一似真松树，且待寻思记得无？

曾在天台山上见，石桥南畔第三株。

【汇评】

《木天禁语》：绝句篇法：首句起："画松一似真松树，待我寻思记得无？曾在天台山上见，石桥南畔第三株。"

《唐诗镜》：末二语有野意，自是僧家语致。

《唐诗选脉会通评林》：周珽曰：口头浅语，便成天然奇句。

《蠖斋诗话》：太白、龙标外，（绝句）人各擅能。有一口直述，绝无含蓄转折，自然入妙，如……"画松一似真松树，待我寻思记得无？曾在天台山上见，石桥南畔第三株。"此等着不得气力、学问，所谓诗家三昧，直让唐贤独步。宋贤要人议论，着见解，力可拔山，去之弥远。

《纫斋诗谈》：一气承接如话，不惟工于赞画，连追想神情，声口俱活，极明快，却有蕴藉风味。

《唐诗笺注》：前辈以此诗一气浑成，不加斧凿，为唐人绝句所难，是矣。只是绝句之妙，不尽在此。此诗枯淡得妙，正如画家以枯木竹石见长，亦是各家数耳。

灵 一

灵一（727—762），俗姓吴，广陵（今江苏扬州）人。九岁出家，十三削发。初师扬州法慎，后居若耶溪云门寺，又徙杭州宜丰寺。与李华、朱放、李纾、张继、皇甫冉、张南史、严维等为尘外之交，讲德论道，朗咏终日，酬和甚多。终于杭州龙兴寺，独孤及为撰塔铭。有《灵一集》一卷。《全唐诗》编诗一卷。

【汇评】

（灵一）肤清气和，方寸地灵，与自然妙有合其纯粹。……骚雅之遗韵，陶、谢之缺文，公能缀之。（独孤及《扬州庆云寺一公塔碑》）

（灵一）思入无间，兴含飞动，潘、阮之遗韵，江、谢之阙文，必能缀之。（《宋僧传·灵一传》）

（灵一）尤工诗，气质淳和，格律清畅。……与皇甫昆季、严少府、朱山人、彻上人等为诗友，酬赠甚多。刻意声调，苦心不倦，骋誉丛林。（《唐才子传》）

一公诗虽复剪刻，弥精律调，要之泓泛微波，未胜皎然，而净密之致，终当独步。如"月影沉秋水，风声落暮山"，又"水容愁暮急，花影动春迟",又"孤烟生暮景,远岫带春辉",皆有雅思可采。林居静僻,游心象外,固宜有尔,然超悟会心,尚在烟花山水之间,未能了人真境。(《唐诗品》)

(灵一为)越中云门寺律师,持律甚严,以清高为世所推,尤善声诗,与刘长卿、皇甫冉、严维相倡和。(《唐诗镜》)

溪行即事

近夜山更碧,入林溪转清。
不知伏牛路,潭洞何从横。
曲岸烟初合,平湖月未生。
孤舟屡失道,但听秋泉声。

【汇评】

《唐诗归》:钟云:不须作禅语,自是定慧中有获之言(末二句下)。

宿天柱观

石室初投宿,仙翁喜暂容。
花源隔水见,洞府过山逢。
泉涌阶前地,云生户外峰。
中宵自入定,非是欲降龙。

【汇评】

《中兴间气集》:自齐梁以来,道人工文者多矣,少有入其流者。一公乃能刻意精妙,与士大夫更唱迭和,不其伟欤!如"泉涌阶前地,云生户外峰",则道猷、宝月,曾何及此!

《诗人玉屑》:"幽野"(句),……"泉涌阶前地,云生户外峰"。

雨后欲寻天目山问元骆二公溪路

昨夜云生天井东,春山一雨一回风。

林花并逐溪流下,欲上龙池通不通?

题僧院

虎溪闲月引相过,带雪松枝挂薜萝。

无限青山行欲尽,白云深处老僧多。

【汇评】

《唐诗训解》:二句分明画出(首二句下)。

《唐诗选脉会通评林》:唐汝询曰:"老僧多"三字亦好。　又曰:语不入禅,而有禅韵;是诗僧,非悟道僧。　闲月引行,松萝带雪,景何幽也;山云应接,禅隐众多,境何胜也;总见僧院之雅僻。

送王法师之西川

旅游无近远,要自别魂销。

官柳乡愁乱,春山客路遥。

伴行芳草远,缘兴野花飘。

计日功成后,还将辅圣朝。

【汇评】

《葚原诗说》:句法最忌直率,直率则浅薄而少深婉之致。……韩愈之"况与故人别,那堪羁宦秋",不若灵一"官柳乡愁乱,春山客路遥"。贯休之"故国在何处?多年归未得",不若司马札"芳草失归路,故乡空暮云"。两相比较,浅薄深婉自见。

灵　澈

灵澈(746—816),字源澄,俗姓汤,会稽(今浙江绍兴)人。于云门寺出家,虽受经论,笃好篇章,从严维学诗。建中末,居吴兴何山,与皎然游。皎然以书荐于包佶、李纾。贞元初,北游长安,曾居嵩山兰若。南返,至庐山,后归越州。贞元中复至京师,为飞语所中,得罪徙汀州。后遇赦归越。元和初,复游江西,又至润州、湖州,终于宣州开元寺。有《灵澈诗集》及《酬唱集》各十卷,均佚。《全唐诗》存诗十六首,残句若干。

【汇评】

灵澈上人,足下素识,其文章挺拔瑰奇,自齐梁以来,诗僧未见其偶。但此子迹冥累迁,心无营营,虽然,至于月下风前,犹未废是。(皎然《答权从事德舆书》)

世之言诗僧多出江左,灵一导其源,护国袭之,清江扬其波,法振沿之。如么弦孤韵,瞥入人耳,非大乐之音。独吴兴昼公,能备众体,澈公承之。至如《芙蓉园新寺》诗云:"经来白马寺,僧到赤乌年。"《谪汀州》云:"青蝇为吊客,黄犬寄家书。"可谓入作者阃域,岂独雄于诗僧间耶!(刘禹锡《澈上人文集纪》)

《雪浪斋日记》云：灵澈诗，僧中第一，如"海月生残夜，江春入暮年"、"窗风枯砚水，小雨慢琴弦"、"经来白马寺，僧到赤乌年"，前辈评此诗云："转石下千仞江"。（《苕溪渔隐丛话》）

（灵澈）上人诗多警句，能备众体。……虽结念云壑，而才名拘牵，謦息经微，吟讽无已。所谓拔乎其萃，游方之外者也。（《唐才子传》）

九日和于使君思上京亲故

清晨有高会，宾从出东方。
楚俗风烟古，汀洲草木凉。
山情来远思，菊意在重阳。
心忆华池上，从容鸳鹭行。

【汇评】

《唐诗评选》：（灵）彻、（灵）一二僧，颇有合作，贤于皎然者十倍以上。此诗起句入古，终篇畅适，即以登之作者可矣。

天姥岑望天台山

天台众峰外，华顶当寒空。
有时半不见，崔嵬在云中。

【汇评】

《升庵诗话》：僧灵彻有诗名于中唐。《古墓》诗云："松树有死枝，冢墓惟莓苔。石门无人入，古木花不开。"《天台山》云："天台众山外，岁晚当寒空。有时半不见，崔嵬在云中。"《九日》云："山僧不记重阳节，因见茱萸忆去年。"诸篇为刘长卿、皇甫冉所称。予独取《天台山》一绝，真绝唱也。

《唐诗归》：钟云：极深、极广、极孤、极高，二十字中抵一篇大游记。

《唐诗摘钞》：浑沦空旷，绝似太白笔兴。

东林寺酬韦丹刺史

年老心闲无外事，麻衣草座亦容身。
相逢尽道休官好，林下何曾见一人。

【汇评】

《云溪友议》：江西韦大夫丹，与东林灵澈上人，隋忘形之契。篇诗唱和，月惟四五焉。序曰："澈公近以《匡庐七咏》见寄，及吟味之，皆丽绝文圃也。此七篇者，俾予益起'归欤'之兴……"（韦丹诗）："王事纷纷无暇日，浮生冉冉只如云。已为平子归休计，五老岩前必共君。"澈奉酬诗曰："年老身闲无外事，……"

《砦溪诗话》：灵澈有"相逢尽道休官去，林下何曾见一人"，世传为口实，凡语有及抽簪，即以此讥之。

《七修类稿》：今世所道俗语，多诗也。如"十指有长短，痛惜皆相似"，曹植诗；"何人更向死前休"，韩退之诗；"林下何曾见一人"，灵澈诗。

《唐三体诗评》：文明诗亦清丽。

法　振

　　法振,生卒年里贯均未详。大历、贞元间诗僧。大历初,在长安,李益有诗送其赴越。《全唐诗》存诗十六首,残句一。

【汇评】

　　唐诗僧有法震、法照、无可、护国、灵一、清江、无本、齐己、贯休也。(《沧浪诗话》)

送友人之上都

　　玉帛征贤楚客稀,猿啼相送武陵归。

　　湖头望入桃花去,一片春帆带雨飞。

【汇评】

　　《增定评注唐诗正声》:郭云:此景此兴,亦不落寞。

　　《唐诗选脉会通评林》:皇甫访曰:词调亦自清俊。　　唐汝询曰:是入都好光景。　　首述初召之荣,次述送别之意,后述承恩应召入都,飘然若仙也。

《唐三体诗评》：妙在不露。

《删订唐诗解》：吴昌祺云：堪匹惠休矣。

《网师园唐诗笺》：诗中有画。

清 江

清江,生卒年不详,会稽(今浙江绍兴)人。大历初出家,从杭州灵隐山天竺寺守直求法,又曾居越州云门寺。后北游,曾至汴州,返越。建中中复北游,至陕州。晚年居襄州辨觉寺。卒,刘言史有诗哭之。工诗,与严维、卢纶等友善,又与清昼(皎然)齐名,时谓之"会稽二清"。《全唐诗》存诗一卷。

【汇评】

贞元、元和以来,越州有清江、清昼,婺州有乾俊、乾辅,时谓之"会稽二清"、"东阳二乾"。(《因话录》)

(清江)还,听习一公相疏并南山律钞,间岁精义入神,举皆通畅,而善篇章。(《宋僧传·清江传》)

小 雪

落雪临风不厌看,更多还恐蔽林峦。

愁人正在书窗下,一片飞来一片寒。

无　可

　　无可,生卒年不详,俗姓贾,范阳(今河北涿县)人,或云长安(今陕西西安)人。贾岛从弟。元和中,居长安青龙寺,后又居长安先天寺及终南白阁寺。又曾游吴越、岭南、江西等地。会昌中,居华山树谷,自称树谷僧。约会昌末、大中初卒。可善书,工五言诗,与姚合、朱庆馀、贾岛、殷尧藩、章孝标、顾非熊、马戴、段成式、雍陶、厉玄等为诗友,唱和甚多。有《无可集》一卷。《全唐诗》编诗二卷。

【汇评】

　　(无可)工诗,多为五言。初,贾岛弃俗,时同居青龙寺,呼岛为从兄。与马戴、姚合、厉玄多有酬唱,律调谨严,属兴清越,比物以意,谓之象外句。如曰:"听雨寒更尽,开门落叶深。"又曰:"微阳下乔木,远烧入秋山。"凡此等新奇,当时翕然称尚,妙在言用而不失其名耳。(《唐才子传》)

　　无可诗与兄岛同调,亦时出雄句,咄咄火攻。(《唐音癸签》)

　　唐释子以诗传者数十家,然自皎然外,应推无可、清塞(按即周贺)、齐己、贯休数人为最,以此数人诗无钵盂气也。(《诗筏》)

　　无可诗如秋涧流泉,虽波涛不兴,亦自清冷可悦。……但多与

郎士元相杂,殊不能辨。(《载酒园诗话又编》)

寄青龙寺原上人

敛履入寒竹,安禅过漏声。
高杉残子落,深井冻痕生。
罢磬风枝动,悬灯雪屋明。
何当招我友,乘月上方行。

【汇评】

《瀛奎律髓》:三、四极天下之清苦。

《唐诗归》:钟云:写幽事入细(首句下)。

《唐诗摘钞》:通篇皆写夜景之幽,不得与上人共,故结句呼
"我友"而告之。

《唐诗归折衷》:敬夫云:矜秀(首句下)。

《瀛奎律髓汇评》:查慎行:"深井冻痕",恐未必然。　纪
昀:三四警拔,通体亦圆足。

秋寄从兄贾岛

暝虫喧暮色,默思坐西林。
听雨寒更尽,开门落叶深。
昔因京邑病,并起洞庭心。
亦是吾兄事,迟回共至今。

【汇评】

《诗史》:唐僧多佳句,其琢句法,有比物以意而不言物,谓之
"象外句"。如无可上人诗曰"听雨寒更尽,开门落叶声",是落叶比
雨声也。又曰"微阳下乔木,远烧入秋山",是微阳比远烧也。用事

琢句,妙在言其用,而不言其名耳。此惟荆公、山谷、东坡知之。

《瀛奎律髓》：听雨彻夜,既而开门,乃是落叶如雨,此体极少而绝佳。"微阳下乔木,远烧入秋山",亦然。陈后山"辉辉垂重露,点点缀流萤",谓柏枝垂露若缀萤然,一句指事,一句设譬,诗中之奇变者也。

《唐诗成法》：虽不及乃兄"落叶满长安",亦自精采。

《瀛奎律髓汇评》：何义门：《冷斋夜话》亦如此(按如方回评)解上、下、虚、实。借对固自有意,然即二句皆实,亦悲秋真景也。

纪昀：此说(按指"落叶如雨")自通,然作雨后叶落,亦未尝不佳。　又云：格韵颇高。

《重订中晚唐诗主客图》：寒僻之思,幽宵之兴,真是本公难弟("听雨"二句下)。　只拈一事,寓感俱集("昔因"二句下)。古极,朴直处亦是本公(末二句下)。

秋日寄厉玄先辈

> 杨柳起秋色,故人犹未还。
> 别离俱自苦,少壮岂能闲。
> 夜雨吟残烛,秋城忆远山。
> 何当一相见,语默此林间。

【汇评】

《唐诗摘钞》："夜雨吟残烛,秋城忆远山"分装对。

《载酒园诗话又编》：无可诗……如"磬寒彻千里,云白已经霄"、"雾交高顶草,云隐下方灯"、"夜雨吟残烛,秋城忆远山",亦不在"听雨寒更彻,开门落叶深"之下。

《历代诗发》：读"少壮岂能闲"之句,唾壶欲碎。

送　僧

四海无拘系，行心兴自浓。

百年三事衲，万里一枝筇。

夜减当晴影，春消过雪踪。

白云深处去，知宿在何峰？

【汇评】

《瀛奎律髓》：第五句最高绝。日晴有影为伴，至夜则又减去，言其孤之极也。为僧不孤，又恶乎可？

《瀛奎律髓汇评》：纪昀：次句不佳。

《重订中晚唐诗主客图》：从乃兄"独行潭底影"一联翻出；传授心法者，可公也（"夜减"二句下）。

皎 然

　　皎然(约720—约800),俗姓谢,晚年字清昼,湖州长城(今浙江长兴)人。早年勤学,出入经史百家,中年慕神仙。玄宗时,曾访名山,游长安,干王侯。后隐居霅溪,皈依佛教。从杭州灵隐寺僧守直受戒。复居湖州杼山妙喜寺,与陆羽、吴季德、李萼、皇甫曾、崔子向等交游。颜真卿守湖州,修《韵海镜源》,皎然亦襄其事。历任湖州刺史如崔论、卢幼平、陆长源、于頔等,俱与之交游唱和。工诗,著述甚多,与清江并称“会稽二清”。贞元五年(789),撰成《诗式》五卷,乃唐代较系统之诗论专著,今存。八年,集贤院征其文集,刺史于頔编其诗文十卷,纳之。有《杼山集》(一名《皎然集》)十卷行世。《全唐诗》编诗七卷。

【汇评】

　　吴兴长老昼公,撰六义之精英,首冠方外。(权德舆《送灵澈上人庐山回归沃州序》)

　　有唐吴兴开士释皎然,字清昼,即康乐之十世孙,得诗人之奥旨,传乃祖之菁华,江南词人,莫不楷范。极于缘情绮靡,故辞多芳泽;师古兴制,故律尚清壮。其或发明之理,则深契真如,又不可得

而思议也。（于頔《释皎然杼山集序》）

吴兴僧昼，字皎然，工律诗。尝谒韦苏州，恐诗体不合，乃于舟中抒思，作古体十数篇为贽。韦公全不称赏。昼极失望。明日，写其旧制献之。韦公吟咏，大加叹咏，因语昼云："师几失声名。何不但以所工见投，而猥希老夫之意？人各有所得，非卒能致。"昼大伏其鉴别之精。（《因话录》）

楚僧灵一，律行高洁，而能为诗。吴僧皎然，一名昼一，工篇什，著《诗评》三卷。及卒，德宗遣使取其遗文。中世文僧，二人首出。（《唐语林》）

释皎然之诗，在唐诸僧之上。（《沧浪诗话》）

唐僧诗，除皎然、灵澈三两辈外，馀者率皆衰败不可救，盖气宇不宏而见闻不广也。（《对床夜语》）

（皎然）外学超然，诗兴闲适，居第一流、第二流不过也。（《唐才子传》）

皎师卧深山壑，思绕沧州，游从既胜，兴致复远。其诗深窥色相，骋其才力，在诸衲间，一公之外，卓非等等。然禅悟未彻，机锋犹近。（《唐诗品》）

钟云：僧诗有僧诗气习，僧而必不作僧诗，便有不作僧诗气习。皎然清淳淹远，当于诗中求之，不当于僧中求之。（《唐诗归》）

皎然不能为唐初盛诗，而谈诗得唐初盛法，时代所限，难以自超。（李维桢《汪文宏诗序》）

皎然《杼山集》清机逸响，闲淡自如，读之觉别有异味，在咀嚼之表，当由雅慕曲江，取则不远尔。（《唐音癸签》）

皎然精于诗法，而己作不能称，较之清江气骨，故应却步。（《诗辩坻》）

皎公诗婉隽，不特为诗僧冠，可与文房、仲文并辔中原。（《唐七律隽》）

皎然兴高词赡,各体皆备,诗僧中豪者也。昔人评永师书有冷斋饭气。昼诗不然,知非菜肚阿师矣。(《东目馆诗见》)

寻陆鸿渐不遇

　　移家虽带郭,野径入桑麻。
　　近种篱边菊,秋来未著花。
　　扣门无犬吠,欲去问西家。
　　报道山中去,归时每日斜。

【汇评】

《升庵诗话》:五言律八句不对,太白、浩然集有之,乃是平仄稳贴古诗也。僧皎然有《访陆鸿渐不遇》一首,……虽不及李白之雄丽,亦清致可喜。

《唐诗归》:钟云:不遇之妙,在此二语,不须下文注明("近种"二句下)。

《才调集补注》:默庵云:寻(首二句下)。　　　　不遇("叩门"句下)。

《唐诗快》:只如未曾作诗,岂非无字禅耶?

《唐诗摘钞》:极淡极真,绝似孟襄阳笔意。此全首不对格,太白、浩然集中多有之。二公皆古诗手,不喜为律所缚,故但变古诗之音节而创为此体也。

《碛砂唐诗选》:与古意稍远。

《唐三体诗评》:上四句"寻"字,下四句"不遇"。诗至此都无笔墨之痕。

《唐诗别裁》:通首散语,存此以识标格。

《说诗晬语》:(五律)又有通体俱散者,李太白《夜泊牛渚》、孟浩然《晚泊浔阳》、释皎然《寻陆鸿渐》等章,兴到成诗,人力无与;匪垂典则,偶存标格而已。

《诗境浅说》:此诗晓畅,无待浅说,四十字振笔写成,清空如话。唐人五律间有此格,李白《牛渚夜泊》诗亦然。作诗者于声律对偶之馀,偶效为之,以畅其气,如五侯鲭馔,杂以蔬笋烹茅,别有隽味;若多作,则流于空滑。况李白诗之英气盖世。此诗之萧洒出尘,有在章句外者,非务为高调也。

《五七言今体诗钞》:似孟公。

怀旧山

一坐西林寺,从来未下山。
不因寻长者,无事到人间。
宿雨愁为客,寒花笑未还。
空怀旧山月,童子念经闲。

【汇评】

《瀛奎律髓》:杼山皎然,诗意句律平淡。

《瀛奎律髓汇评》:纪昀:吐属清稳,不失雅音。　　　许印芳:"未"字、"山"字俱犯复。

独游二首（其二）

临水兴不尽,虚舟可同嬉。
还云与归鸟,若共山僧期。
世事吾不预,此心谁得知?
西峰有禅老,应见独游时。

【汇评】

《汇编唐诗十集》:唐云:拘古调入律,犹存盛唐典型。

晚春寻桃源观

武陵何处访仙乡？古观云根路已荒。
细草拥坛人迹绝，落花沉涧水流香。
山深有雨寒犹在，松老无风韵亦长。
全觉此身离俗境，玄机亦可照迷方。

【汇评】

《五朝诗善鸣集》："风入松林韵不休"，佳在有韵之处；"松老无风韵亦长"，佳在无韵之处。无韵之韵，谁能听之？

《贯华堂选批唐才子诗》：一、二写真灵境界，欲寻即无路可寻。三、四再写之，言若问别处，则实更无别处，除非此处，则任汝谛认此处，所谓特与痛拶一上者也（首四句下）。　　五、六写太上消息，不寻即又满街抛撒。"只此"妙妙（末四句下）。

待山月

夜夜忆故人，长教山月待。
今宵故人至，山月知何在？

塞下曲二首（其一）

寒塞无因见落梅，胡人吹入笛声来。
劳劳亭上春应度，夜夜城南战未回。

【汇评】

《增定评注唐诗正声》：王云：闲处着紧。

《唐诗解》：于麟选《塞下》诸作，大都取后对之工者，如"雕乡"、"朔风"、"平沙"、"寒塞"四章,骨力虽高,气韵绝少。

南池杂咏五首并序（选一首）

余草堂在池上洲,昔柳吴兴诗"汀洲采白蘋",即此地也。左右云山满目,一坐遂有终焉之志。会广德中寇盗淮海骚动,宵人肆志,吾属不安,因赋《南池五咏》,聊以自适。

寒　山

侵空撩乱色,独爱我中峰。

无事负轻策,闲行蹑幽踪。

众山摇落尽,寒翠更重重。

观王右丞维沧洲图歌

沧洲误是真,萋萋忽盈视。

便有春渚情,褰裳掇芳芷。

飒然风至草不动,始悟丹青得如此。

丹青变化不可寻,翻空作有移人心。

犹言雨色斜拂座,乍似水凉来入襟。

沧洲说近三湘口,谁知卷得在君手。

披图拥褐临水时,翛然不异沧洲叟。

【汇评】

《石洲诗话》:杼山《观王右丞维沧洲图歌》云:"沧洲说近三湘口,谁知卷得在君手。披图拥褐临水时,翛然不异沧洲叟。"此篇在唐人本非杰出之作,而何仲默题吴伟画,用此调法,遂成巨观。此所贵乎相机布势,脱胎换骨之妙也。

栖　白

栖白，生卒年里贯均未详。江南僧，后居长安荐福寺，宣宗朝为内供奉，赐紫，历三朝。诗名甚著，与诗人刘沧、许棠、张乔、曹松、李洞、贯休、齐己等均有酬唱。有《栖白集》一卷。《全唐诗》存诗一卷。

哭刘得仁

为爱诗名吟至死，风魂雪魄去难招。

直须桂子落坟上，生得一枝冤始消。

【汇评】

《唐摭言》：刘得仁，贵主之子。自开成至大中三朝，昆弟皆历贵仕，而得仁苦于诗，出入举场三十年，竟无所成。……既终，诗人争为诗以吊之，唯供奉僧栖白擅名。诗曰："忍苦为诗身到此，冰魂雪魄已难招。直教桂子落坟上，生得一枝冤始销。"

子 兰

子兰，生卒年里贯均未详。唐末僧，与张乔同时，曾以文章供奉内廷。僖宗时在长安。能诗，有《僧子兰诗》一卷。《全唐诗》存诗一卷。

华严寺望樊川

万木叶初红，人家树色中。

疏钟摇雨脚，秋水浸云容。

雪碛回寒雁，村灯促夜春。

旧山归未得，生计欲何从？

【汇评】

《对床夜语》：唐僧诗，除皎然、灵澈三两辈外，馀者率皆衰败不可救，盖气宇不宏而见闻不广也。今择其稍胜者数联于后，……子兰云："疏钟摇雨脚，积水浸云容。"怀浦云："月没栖禽动，霜晴冻叶飞。"亦足以见其清苦之致。

《瀛奎律髓》：子兰《饮马长城窟》一诗传世。此诗五、六，通亦可取。

《瀛奎律髓汇评》：纪昀：诗亦清润，但无深味。中四句调同，亦一病。又云：僧不应虑及"生计"。

城上吟

古冢密于草，新坟侵官道。
城外无闲地，城中人又老。

隐峦

隐峦,生卒年里贯均未详,唐末庐山僧,后入蜀。《全唐诗》存诗五首。

蜀中送人游庐山

居游正值芳春月,蜀道千山皆秀发。
溪边十里五里花,云外三峰两峰雪。
君上匡山我旧居,松萝抛掷十年馀。
君行试到山前问,山鸟只今相忆无?

【汇评】

《网师园唐诗笺》:云行水止,笔意绝似高、岑,无纤毫枯衲气。

贯 休

　　贯休（832—913），婺州兰溪（今属浙江）人。俗姓姜，字德隐。少向佛，师安和寺僧圆贞。与邻院童子处默于习经之馀更相唱和，诗名渐著，大中中受戒。咸通中，于洪州开元寺听《法华经》。数年后，亲登讲筵。后返婺州。乾宁初，谒浙东钱镠。西游江陵，初为成汭所礼，居龙兴寺，后被谮，流放黔州。遂入蜀，王建甚礼遇之，呼为“得得来和尚”，赐号禅月大师，卒。休善画，师阎立本，又工草书，世称“姜体”。集初名《西岳集》，吴融为序；休卒后，弟子昙域集其诗文为《禅月集》三十卷，今本存诗二十五卷，佚去文五卷。《全唐诗》编诗十二卷。

【汇评】

　　（贯休）上人之作，多以理胜，复能创新意，其语往往得景物于混茫之际，然其旨归必合于道。太白、乐天既殁，可嗣其美者，非上人而谁？（吴融《禅月集序》）

　　议者以唐末诗僧，唯贯休禅师骨气混成，境意卓异，殆难俦敌。（孙光宪《白莲集序》）

　　唐有十僧诗，选在诸集中，唯禅月大师所吟千首，吴融侍郎序

之,号曰《巨岳集》,多为古体,穷尽物情。议者称白乐天为"广大教化主",禅月次焉。(《鉴诫录》)

至于罗隐、贯休,得志于偏霸,争雄逞奇,语欲高而意未尝不卑,乃知天禀自然,有一定而不能易者。(《五代诗话》引《西清诗话》)

(贯休)为诗有极奇处,亦有太粗处。"尽日觅不得,有时还自来",为人嘲作《失猫》诗,此类是也。然道价甚高,年寿亦高。(《瀛奎律髓》)

(贯)休一条直气,海内无双,意度高疏,学问丛脞,天赋敏速之才,笔吐猛锐之气,乐府古律,当时所宗。虽尚崛奇,每得神助,馀人走下风者多矣。昔谓"龙象蹴踏,非驴所堪",果僧中之一豪也。后少其比者,前以方支道林,不过也。(《唐才子传》)

贯休诗奇思奇句,一似从天坠得;无奈发村,忽作怒骂,令人不堪受。(《唐音癸签》)

诗至晚唐而败坏极矣,不待宋人,……其则粗鄙陋劣,如杜荀鹤、僧贯休者。贯休村野处殊不可耐。如《怀素草书歌》中云:"忽如鄂公喝住单雄信,秦王肩上搭着枣木棚。"此何异伧父所唱鼓儿词?又如《山居》第八篇末句云:"从他人说从他笑,地覆天翻也只宁。"岂不可丑!然犹在周存、卢延让上,以尚有"叶和秋蚁落,僧带野云来"、"青云名士如相访,茶渚西峰瀑布冰"数语,殊涵清气也。(《载酒园诗话又编》)

贯休不肯平易,时极崚嵚之致,而意旨颇嫌径露。(《东目馆诗见》)

古离别

离恨如旨酒,古今饮皆醉。

只恐长江水,尽是儿女泪。

伊余非此辈,送人空把臂。

他日再相逢,清风动天地。

【汇评】

《老生常谈》:贯休诗是三唐好手,不仅冠于诸僧也。《临高台》云:"凉风吹远念,使我升高台。宁知数片云,不是旧山来?"《古离别》云:"离恨如旨酒,古今饮皆醉。只恐长江水,尽是儿女泪。"此种妙思,非太白不能。

战城南二首（其一）

万里桑乾傍,茫茫古蕃壤。

将军貌憔悴,抚剑悲年长。

胡兵尚陵逼,久住亦非强。

邯郸少年辈,个个有伎俩。

拖枪半夜去,雪片大如掌。

【汇评】

《老生常谈》:诗有奇气,绝不同于貌肖古人。

少年行（其一）

锦衣鲜华手擎鹘,闲行气貌多轻忽。

稼穑艰难总不知,五帝三皇是何物?

【汇评】

《蜀梼杌》:永平二年二月朔,（王建）游龙华禅院,召僧贯休坐,赐药茶彩缎,仍令口诵近诗。时诸王贵戚皆赐坐。贯休欲讽,因作《公子行》曰:"锦衣鲜华手擎鹘,……"建称善。贵幸皆怨之。

酷吏词

霡雨潏潏，风吼如斫。

有叟有叟，暮投我宿。

吁叹自语，云太守酷。

如何如何，掠脂斡肉。

吴姬唱一曲，等闲破红束。

韩娥唱一曲，锦段鲜照屋。

宁知一曲两曲歌，曾使千人万人哭。

不惟哭，亦白其头，饥其族。

所以祥风不来，和气不复。

蝗乎蟊乎，东西南北。

【汇评】

《五代诗话》引《十国春秋》：王（按指高季昌）虽武人，颇折节，好宾客，游士缁流至者，无不倾怀结纳。诗僧贯休、齐己，皆在所延揽。而贯休以忤成汭故，递放黔中。后复来游江陵，王优礼之，馆于龙兴寺。会有谒宿者言时政不治，贯休乃作《酷吏辞》刺之，辞云："霡雨潏潏，风吼如斫。……"王闻之，虽被疏远，而亦不甚罪焉。

江边祠

松森森，江浑浑，江边古祠空闭门。

精灵应醉社日酒，白龟咬断菖蒲根。

花残泠红宿雨滴，土龙甲湿鬼眼赤。

天符早晚下空碧，昨夜前村行霹雳。

【汇评】

《老生常谈》:《江边祠》:"松森森,江浑浑,江边古祠空闭门。……"《匡山老僧庵》云:"笕笱红实好鸟语,银髯瘦僧貌如祖。香烟濛濛衣上聚,黑心缥缈入铁围。白虀作梦枕藤屦,东峰山媪贡瓜乳。"此种诗上追长吉,下启皋羽、铁崖,诗教广大,正不可删去此等。缘能抱奇气行于文字之间,不同行尸走肉,所以不可弃掷。

夜夜曲

蟋蛄切切风骚骚,芙蓉喷香蟾蜍高。

孤灯耿耿征妇劳,更深扑落金错刀。

【汇评】

《才调集补注》:《乐府解题》:《夜夜曲》,伤独处也。

读顾况歌行

雪泥露金冰滴瓦,枫柽火著僧留坐。

忽睹遗翁一轴歌,始觉诗魔辜负我。

花飞飞,雪霏霏,三珠树晓珠累累。

妖狐爬出西子骨,雷车拶破织女机。

忆昔鄱阳寺中见一碣,遗翁词兮遗翁札。

庾翼未伏王右军,李白不知谁拟杀!

别,别,若非仙眼应难别。

不可说,不可说,离乱乱离应打折。

边上作三首 (其二)

阵云忽向沙中起,探得胡兵过辽水。
堪嗟护塞征戍儿,未战已疑身是鬼。

秋寄李频使君二首 (其二)

务简趣难陪,清吟共绿苔。
叶和秋蚁落,僧带野风来。
留客朝尝酒,忧民夜画灰。
终期冒风雪,江上见宗雷。

【汇评】

《瀛奎律髓》:此诗第四、第六句好。

《载酒园诗话又编》:"叶和秋蚁落,僧带野风来",……数语殊
涵清气。

《瀛奎律髓汇评》:查慎行:第四句恶道。　　纪昀:三、四乃
想象之词,不应作目击之景,未免疏于律法。"谁陪"、"终期",一气
呼应。

登鄱阳寺阁

寺楼闲纵望,不觉到斜晖。
故国在何处?多年未得归。
寒江平楚外,细雨一鸿飞。
终效于陵子,吴山有绿薇。

《唐诗归》：钟云：至傲而浑（首二句下）。　　钟云：调悲气傲。

《载酒园诗话》：（贯休）尝登鄱阳寺阁，有"故国在何处？多年未得归。终学于陵子，吴中有绿薇"之句。士大夫平时以无父无君讥释子，唐亡以后，满朝皆朱梁佐命，欲再求一"凝碧"诗，几不复得。岂知僧中尚有贯休，将无令士大夫入地耶！

《唐诗归折衷》：唐云：二诗（按指此诗与贯休《春日行天台》）俱超，首篇更胜。

《近体秋阳》：诗志贞严，而语情纵逸，佳作也。

《葚原诗说》：句法最忌直率，直率则浅薄而少深婉之致。……贯休之"故国在何处？多年未得归"，不若司马扎"芳草失归路，故乡空暮云"。两相比较，浅薄深婉自见。

马上作

柳岸花堤夕照红，风清禁袖辔璁珑。

行人莫讶频回首，家在凝岚一点中。

【汇评】

《唐诗笺注》："家在凝岚一点中"入神之笔。然首二句写马上神情，已注末句。

陈情献蜀皇帝

河北江东处处灾，唯闻全蜀少尘埃。

一瓶一钵垂垂老，千水千山得得来。

奈苑幽栖多胜景，巴歈陈贡愧非才。

自惭林薮龙钟者，亦得亲登郭隗台。

【汇评】

《贯华堂选批唐才子诗》：只是寻常一直说话，喜其"老"上用"垂垂"字，"垂垂"上用"一瓶一钵"字；"来"上用"得得"字，"得得"上用"千水千山"字。自述本意万分不来，而今不免于来。笔态一曲一直，浑然律诗前解，自然合式也（首四句下）。　皆一直寻常说话，自然律诗后解合式也（末四句下）。

春游灵泉寺

水蹴危梁翠拥沙，钟声微径入深花。
嘴红涧鸟啼芳草，头白山僧自扞茶。
松色摧残遭贼火，水声幽咽落人家。
因寻古迹空惆怅，满袖香风白日斜。

【汇评】

《唐诗笺注》："钟声"句窈而曲，"嘴红"一联极新颖而又自然。通首锤炼镌刻，宜其为名僧也。

招友人宿

银地无尘金菊开，紫梨红枣堕莓苔。
一泓秋水一轮月，今夜故人来不来？

献钱尚父

贵逼身来不自由，几年勤苦踏林丘。
满堂花醉三千客，一剑霜寒十四州。

莱子衣裳宫锦窄,谢公篇咏绮霞羞。

他年名上凌烟阁,谁美当时万户侯。

【汇评】

《古今诗话》：唐昭宗以钱武肃平董昌功,拜镇东军节度使。自称吴越国王。贯休投诗曰："遄遄身心不自由,几年勤苦蹋林丘。满堂花醉三千客,一剑霜寒十四州。……"武肃爱其诗,遣谕令改为"四十州",乃可相见。贯休性褊,答曰："州亦难添,诗亦难改。闲云孤鹤,何天不可飞?"遂入蜀,以诗投孟知祥(按系"王建"之误),诗云："一瓶一钵垂垂老,万水千山得得来。"

《载酒园诗话》：贯休诗气幽骨劲,所不待言。余更奇其投钱镠诗云："满堂花醉三千客,一剑霜寒十四州。"钱谕改为"四十州"乃相见。休云："州亦难添,诗亦难改。"遂去。贯休于唐亡后,有《湘江怀古》诗,极感愤不平之恨。

月　夕

霜月夜裴回,楼中羌笛催。

晓风吹不尽,江上落残梅。

【汇评】

《升庵诗话》：休在晚唐有名。此首有乐府声调,虽非僧家本色,亦犹惠休之"碧云"也。

《诗境浅说续编》：释贯休闻笛诗云："霜月夜徘徊,楼中羌笛吹。晓风吹不尽,江上落残梅。"同是风前闻笛,太白诗(按指《春夜洛阳闻笛》)有磊落之气,贯休诗得蕴藉之神。大家、名家之别,正在虚处会之。

齐己

　　齐己（约 860—约 937），自号衡岳沙门，潭州（今湖南长沙）人。俗姓胡，名得生，本佃户子。幼颖悟，与儿童牧牛，常以竹枝画牛背为诗。后于大沩山同庆寺出家。曾至洪州，居豫章观音院。又曾至袁州，谒退居林下之郑谷，结为诗友。后居长沙道林寺，与马殷幕中文士徐仲雅辈交游。齐己有赘疣，爱其诗者戏呼为"诗囊"。将入蜀，至江陵，为高季兴所留，龙德元年(921)，于龙兴寺安置，署为僧正，与孙光宪、梁震友善，卒。有《白莲集》十卷，《风骚旨格》一卷，今存。《全唐诗》编诗十卷。

【汇评】

　　师趣尚孤洁，词韵清润，平淡而意远，冷峭而（下阙十三字）。（孙光宪《白莲集序》）

　　僧齐己往袁州谒郑谷，献诗曰："高名喧省闼，雅颂出吾唐。叠嶂供秋望，飞云到夕阳。自封修乐院，别下着僧床。几许朝中事，久离鸳鸯行。"谷览之云："请改一字，方得相见。"经数日再谒，称已改得诗，云："别扫着僧床"。谷嘉赏，结为诗友。（《诗话总龟》引《郡阁雅谈》）

齐己潭州人，与贯休并有声。同师石霜。二僧诗，唐之尤晚者。（《瀛奎律髓》）

钟云：齐己诗有一种高浑灵妙之气，翼其心手。（《唐诗归》）

齐己诗清润平淡，亦复高远冷峭，一径都官点化，《白莲》一集，驾出《云台》之上，可谓智过其师。（《唐音癸签》）

己公精神力量，细大不捐，无所不有。（《五朝诗善鸣集》）

唐释齐己作《风骚旨格》，六诗、六义、十体、十势、二十式、四十门、六断、三格，皆系以诗，不减司空表圣。独是"十势"立名最恶，宛然少林棍谱，暇日当为易去乃妙。（《一瓢诗话》）

释齐己诗，蹑迹云边，落想天外，烟火绝尽，服食自如，妙在一不犹人，而掉尾回龙，亡不适当。其馀如《剑客》、《原上》等篇，此岂可与区区缁品同日语者？篇多佳，收不可尽，三唐虽多多金钵，吾于齐师又何以加诸！（《近体秋阳》）

唐代缁流能诗者众。其有集传于今者，惟皎然、贯休及齐己。皎然清而弱，贯休豪而粗。齐己七言律诗不出当时之习。其七言古诗以卢仝、马异之体缩为短章，诘屈聱牙，尤不足取。惟五言律诗居全集十分之六，虽颇沿武功一派，而风格独遒，如《剑客》、《听琴》、《祝融峰》诸篇，犹有大历以还遗意。其绝句《中庚午年十五夜对月》诗曰："海澄空碧正团圞，吟想元宗此夜寒。玉兔有情应记得，西边不见归长安。"惓惓故君，尤非他释子所及，宜其与司空图相契矣。（《四库全书总目》）

纪昀：唐诗僧以齐己为第一，杼山实不及，阅全集自见。
许印芳：按昼公乃盛唐人，尝著《杼山诗式》，鉴裁颇精，所作诗格高气清。然高而近空滑，清而多薄弱，非王、孟精深华妙之比。齐己虽唐末人，其诗颇有盛唐人气骨。如《秋夜听业上人弹琴》，……《剑客》，……二诗皆以气胜，不甚拘对偶，而有情思贯注其间，非若昼公徒标高格，全无意味也。晓岚谓齐己第一，真笃论哉！（《瀛奎

寄镜湖方干处士

贺监旧山川,空来近百年。

闻君与琴鹤,终日在渔船。

岛露深秋石,湖澄半夜天。

云门几回去,题遍好林泉。

【汇评】

《唐诗归》:钟云:合作三事说,便奇("闻君"句下)。

《唐诗矩》:全篇直叙格。　　起法浑峭而响,在晚唐亦不多得。　　只将贺监抬出,在山川上长价,方处士之人品不言而自见,笔意高人十倍。

《唐诗别裁》:方处士呼之欲出("闻君"句下)。

新秋雨后

夜雨洗河汉,诗怀觉有灵。

篱声新蟋蟀,草影老蜻蜓。

静引闲机发,凉吹远思醒。

逍遥向谁说? 时注漆园经。

【汇评】

《瀛奎律髓》:此诗起句自然,第六句尤好。

《瀛奎律髓汇评》:纪昀:三、四新脆,"觉有灵"三字不佳。

许印芳:此诗次句即老杜"诗成觉有神"意,语虽不佳,却无疵颣。三、四佳在"新"字、"老"字,若用"闻"、"见"等字,便是小儿语。五、六亦颇细致,六句暗藏"风"字,措语亦较五句有味,故虚谷以为尤好。

尾联……上句太空,下句太滞,故为易之:"逍遥吾自得,不假漆园经。"

剑　客

拔剑绕残樽,歌终便出门。

西风满天雪,何处报人恩?

勇死寻常事,轻仇不足论。

翻嫌易水上,细碎动离魂。

【汇评】

《唐诗归》:钟云:写出一"爽"字,不爽不豪。

《五朝诗善鸣集》:气魄在荆、聂之上,出自高僧之手,超脱。

《唐诗归折衷》:唐云:咏剑客不厌其粗豪。　　敬夫云:今僧家作禅寂语偏粗,此作豪爽语殊隽。

《载酒园诗话》:黄白山评:余尝欲删齐己《剑客》诗、赵微明《古离别》二首后四语,作绝句乃佳。……前诗写剑客行径风生,后诗写思妇痴情可掬,赘后四语,其妙顿减。

《围炉诗话》:齐己《剑客》诗,杰作也。

《唐诗成法》:前四传剑客侠气,勃勃欲生。不如作绝句妙。

《唐诗别裁》:豪爽,何尝是僧诗?

《近体秋阳》:"翻嫌"一见,紧承颈联,"细碎"二字,足令庆卿心服。

《瀛奎律髓汇评》:许印芳:(齐己)亦有豪而近粗者。如《剑客》诗,……三、四及结句极佳,起句及五、六则粗矣。

登祝融峰

猿鸟共不到,我来身欲浮。

四边空碧落，绝顶正清秋。

宇宙知何极，华夷见细流。

坛西独立久，白日转神州。

【汇评】

《唐诗评选》：近情语自远。南岳诸作，此空其群。

秋夜听业上人弹琴

万物都寂寂，堪闻弹正声。

人心尽如此，天下自和平。

湘水泻秋碧，古风吹太清。

往年庐岳奏，今夕更分明。

【汇评】

《唐诗归》：钟云：深直在李颀、元结之间。　　　谭云：胸中有一段渊渊浩浩，立于声诗之先，即用此作古诗、乐府，已高一层矣，况近体耶？

《唐诗快》：友夏云："胸中渊渊浩浩，即用此作古诗、乐府，已高一层，何况近体。"其赏此诗至矣。顾何以得此于晚季耶？

《五朝诗善鸣集》：此诗能移我情。

《唐诗别裁》：太和元气，从来咏琴诗俱未写到（首二句下）。渊灏之气，应在李颀、常建之间。

《网师园唐诗笺》：二语远胜昌黎作（"人心"二句下）。

《律髓辑要》：以气胜，不甚拘对偶，而有情思贯注其间，非若昼公徒标高格，全无意味也。

酬元员外

清洛碧嵩根，寒流白照门。
园林经难别，桃李几株存？
衰老江南日，凄凉海上村。
闲来晒朱绂，泪滴旧朝恩。

【汇评】

《唐诗归》：钟云：极悲、极厚（末二句下）。

《唐诗矩》：尾联见意格。　嵩洛大山水，写得如此轻细，另是一种笔法。

《唐诗选脉会通评林》：周敬曰：起似岑嘉州。　起联即元所居言，所谓"海上村"也。园林既经离乱后，物类伤残，交游凋谢，自多衰老凄凉之感。重得闲晒朱绂，宁忘国恩之渥乎？泫然泪滴，所必至也。悲调怆情，为元员外写衷，亦曲以尽矣。

扑满子

只爱满我腹，争如满害身。
到头须扑破，却散与他人。

早　梅

万木冻欲折，孤根暖独回。
前村深雪里，昨夜一枝开。
风递幽香去，禽窥素艳来。
明年如应律，先发映春台。

【汇评】

《五代史补》：时郑谷在袁州，齐己因携所为诗往谒焉。有《早梅》诗曰："前村深雪里，昨夜数枝开。"谷笑谓："数枝非'早'也，不如'一枝'则佳。"齐己矍然，不觉兼三衣叩地膜拜。自是士林以谷为齐己"一字之师"。

《瀛奎律髓》：寻常只将前四句作绝读，其实二十字绝妙。五、六亦幽致。

《唐诗选脉会通评林》：周珽曰：此与《听泉》篇可称咏物之矫矫者。

《唐诗别裁》：三、四格胜，五、六只是凡语。

《唐诗笺注》：气格矫健，绝不似僧家寒俭光景，宜其为少陵所赏识也。

《网师园唐诗笺》：方外人乃有此领会（"前村"二句下）。

《瀛奎律髓汇评》：冯班：方君云"二十字绝妙"，然气格未完，住不得。　　又云：出色。　　查慎行：造意、造语俱佳。　　纪昀：起四句极有神力，五、六亦可，七、八则辞意并竭矣。

《历代诗发》：幽洁，自为写照。

听　泉

落石几万仞，冷声飘远空。
高秋初雨后，半夜乱山中。
只有照壁月，更无吹叶风。
几曾庐岳听，到晓与僧同。

【汇评】

《对床夜语》：齐己云："只有照壁月，更无吹叶风"、"湘水泻秋碧，古风吹太清"，……亦足以见其清苦之致。

《唐诗归》：钟云：二语妙在不是说月与风，却是说泉，孤深在目（"只有"二句下）。

《唐诗选脉会通评林》：唐汝询曰：起峻爽，结想头几穷。纵观唐人咏泉诗，多有人妙者，如储光羲、刘长卿、张籍、刘得仁、齐己等作，俱以静远幽厚，发为清响。若此诗五六，结思沉细，即刘得仁《听夜泉》"寒助空山月，复畏有风生"，皆借神风月有味，尤（犹）不及此二语，一片真气在内。

《唐诗摘钞》：首二语已将本题尽情说透，以后只从题外层出，此前紧后松法也。

寄庐岳僧

一闻飞锡别区中，深入西南瀑布峰。
天际雪埋千片石，洞门冰折几株松？
烟霞明媚栖心地，苔藓萦纡出世踪。
莫问江边旧居寺，火烧兵劫断秋钟。

【汇评】

《贯华堂选批唐才子诗》：一声锡响，去得恁疾，雪埋冰折，入得恁深。一解诗分明便是"一自泥牛斗入海，直至于今无消息"句也（首四句下）。　　此僧不知何人，辱己公写到如许。真大死后重更活人，诸佛不奈之何者也。写心地不用寂寞字，偏说"烟霞明媚"；写行履不用孤峭字，偏说"藤竹萦纡"。此是"雪埋"、"冰折"后自然无碍境界，非他人所得滥叨也。若夫世间未经冰雪之士，即有如士人所云矣（末四句下）。

早 莺

何事经年绝好音,暖风催出噒乔林。

羽毛新刷陶潜菊,喉舌初调叔夜琴。

怕雨并栖红杏密,避人双入绿杨深。

晓来枝上千般语,应共桃花说旧心。

【汇评】

《唐诗快》:"旧心"二字生,妙,从无人用。然有吴(融)侍郎《还俗尼》之"旧身",自有己公"桃花"、"莺"之"旧心"。程伊川所谓"天下之理,无独必有对",岂不信然?

闻尚颜上人创居有寄

麓山南面橘洲西,别构新斋与竹齐。

野客已闻将鹤赠,江僧未说有诗题。

窗临杳霭寒千嶂,枕遍潺湲月一溪。

可想乍移禅榻处,松阴冷湿壁新泥。

【汇评】

《贯华堂选批唐才子诗》:一句分明是写"创",三、四分明是写"新",只有二句之"与竹齐"三字,却是写景。甚矣,律诗之不肯写景也(首四句下)。前解写新居之新,此解写新居之受用也,易解。末句只写得"壁泥新"三字耳。上四字只如一人问云:松阴何故冷湿?因答之云:非冷湿也,乃壁新泥耳(末四句下)。

《小清华园诗谈》:何谓超然?……僧齐己之"麓山南面橘洲西,闻道新斋与竹齐。……"等作是也。

庚午岁十五夜对月

海澄空碧正团圆，吟想玄宗此夜寒。
玉兔有情应记得，西边不见旧长安。

【汇评】

《四库全书总目》：惓惓故君，尤非他释子所及。

红蔷薇花

晴日当楼晓香歇，锦带盘空欲成结。
莺声渐老柳飞时，狂风吹落猩猩血。

尚　颜

　　尚颜，生卒年里贯均未详。俗姓薛，字茂圣。唐末五代诗僧。工五言诗。咸通、乾符中，受知于徐州节度使薛能。后居荆门十年。昭宗光化中入京，以文章供奉内廷，赐紫。又曾居庐山、潭州、峡州等地。卒年九十馀。与诗人方干、陈陶、陆龟蒙、郑谷、司空图、吴融、李洞、齐己等均有唱和。有《荆门集》五卷，已佚。《全唐诗》编诗一卷。

【汇评】

　　(尚颜)少工为五言诗，天赋其才，迥超名辈。……故许州节度使尚书薛公字大拙，以文人不言其名，擅诗名于天下，无所与让，唯于颜公，许待优异。(颜荛《颜上人集序》)

　　尚颜诗不入声相，直以清寂境构成，当时人叹其功妙旨深，非诬也。(《唐音癸签》)

夷陵即事

　　不难饶白发，相续是滩波。
　　避世嫌身晚，思家乞梦多。

暑衣经雪着，冻砚向阳呵。

岂谓临岐路，还闻圣主过。

【汇评】

《瀛奎律髓》：尚颜诗，唐之季也。此恐是僖宗幸蜀之时。第五句其穷已甚，然今之穷者，何但此事？尚颜又有句云："合国诸卿相，皆曾着布衣。"

《瀛奎律髓汇评》：纪昀：首句言路险头易白耳。三句言自恨生晚，不见太平。出语皆笨，结亦笨。

虚 中

虚中,生卒年不详,宜春(今属江西)人。唐末五代诗僧,与郑谷、司空图相唱和,与齐己唱酬尤多。后依湖南马殷父子,居湘西粟城寺。有《碧云集》一卷,已佚。《全唐诗》存诗十四首。

【汇评】

僧虚中,宜春人。游潇湘山,与齐己、(尚)颜、栖蟾为诗友,住湘江西宗成寺。潭州马氏子希振侍中好事,每延纳于书阁。中好烧柴火,烟昏彩翠,去后复饰。题马侍中池亭云:"嘉鱼在深处,幽鸟立多时。"(《诗话总龟》引《郡阁雅谈》)

寄华山司空图二首 (其一)

门径放莎垂,往来投刺稀。

有时开御札,特地挂朝衣。

岳信僧传去,仙香鹤带归。

他年二南化,无复更衰微。

【汇评】

《诗话总龟》引《郡阁雅谈》：僧虚中……集首《寄华山司空图侍郎》云："门径放莎垂，……"司空侍郎有诗言怀云："十年华岳峰前住，只得虚中一首诗。"

《全唐诗话》：柳璨为相，臣僚多被放逐。图为监察御史，尤加畏慎。昭宗郊礼毕，上章恳乞致仕，曰："察臣本意，非为官荣，可验衰羸，庶全名节。"上特赐归山。……时多以四皓、二疏誉之。惟僧虚中云："道装汀鹤识，春醉野人扶。"言其操履检身，非傲世者也。又云："有时看御札，特地挂朝衣。"言其尊戴存诚，非要君也。

栖蟾

栖蟾，生卒年里贯均未详，俗姓胡。唐末五代诗僧，与虚中、齐己友善。曾游汉阳、润州、岭南等地，又曾居南岳。《全唐诗》存诗十二首。

【汇评】

今体雕镂妙，古风研考精。何人忘律韵？为子辨诗声。贾岛苦兼此，孟郊清独行。荆门见编集，愧我老无成。（齐己《览延栖上人卷》）

唐僧栖蟾《题豫章邑中》云："楚树七回凋茂叶，江人三至宿秋风。蟾蜍竹老摇疏白，菡萏池干滴碎红。"山谷诸人皆和此诗。（《五代诗话》引《雪浪斋日记》）

顾栖蟾者，亦洞庭人，以声律闻，今不见其作也。（《唐才子传》）

宿巴江

江声五十里，泻碧急于弦。
不觉日又夜，争教人少年。
一汀巫峡月，两岸子规天。

山影似相伴,浓遮到晓船。

【汇评】

《唐诗选脉会通评林》:周珽曰:景象切至,气格方之齐己,亦狂狷之类。因听江流急逝,无有已时,感人无长少之年。五、六即夜宿情景之凄楚言。结以山影浓遮,伙伴自遣,亦善得旅途之兴者矣。

游　边

边云四顾浓,饥马嗅枯丛。
万里八九月,一身西北风。
偷营天正黑,战地雪多红。
昨夜东归梦,桃花暖色中。

【汇评】

《唐诗摘钞》:前六句形容边境之状,阴惨极矣。结处换一新鲜妍媚之景,殊出意外。盖前路句句狠作,不如此转笔作一开合,局法便不松动;又要知写梦中景色之佳,所以反击目前景色之惨,局法虽松,关目实紧。

可 朋

可朋,生卒年不详,丹稜(今属四川)人。唐末五代诗僧,能诗,与方干、卢延让为友。好酒,自号"醉髡"。居蜀,与欧阳炯友善。有《玉垒集》十卷,已佚。《全唐诗》存诗四首,残句六。

【汇评】

闽僧可朋多诗,如"虹收千瘴雨,潮展半江天",又曰:"诗因试客分题僻,棋为饶人下著低。"亦巧思也。(《中山诗话》)

可朋,丹陵人。少与卢延让为风雅之交,有诗千馀篇,号《玉垒集》。曾题《洞庭》诗曰:"水涵天影阔,山拔地形高。"《赠友人》曰:"来多不似客,坐久却垂帘。"欧阳炯以此比孟郊、贾岛。(《全唐诗话》)

僧可朋,丹稜人。能诗,好饮酒,贫无以偿酒债,或作诗酬之,遂自号曰"醉髡",少与卢延让、方干为诗友。来蜀与欧阳炯相善,炯比之孟郊、贾岛,力荐于后主,后主赐钱帛有加等。(《十国春秋·可朋传》)

耕田鼓诗

农舍田头鼓，王孙筵上鼓。

击鼓兮皆为鼓，一何乐兮一何苦！

上有烈日，下有焦土，

愿我天翁，降之以雨。

令桑麻熟，仓箱富，

不饥不寒，上下一般。

【汇评】

《唐诗纪事》：孟昶广政十九年，赐诗僧可朋钱十万、帛五十匹。孟蜀欧阳炯与可朋为友，是岁酷暑中，欧阳命同僚纳凉于净众寺，依林亭列樽俎，众方欢适。寺之外，皆耕者，曝背烈日中耘田，击腰鼓以适倦。可朋遂作《耘田鼓》诗以赞欧阳，众宾阅已，遽命撤饮。诗曰："农舍田头鼓，王孙筵上鼓。……"言虽浅近，而极于理。君子谓可朋善谏，而欧阳善听焉。

栖 一

栖一,生卒年不详,武昌(今属湖北)人,唐末五代诗僧,与贯休同时。《全唐诗》存诗二首。

武昌怀古

一代君臣尽悄然,空遣闲话遍山川。

笙歌罢吹几何日,台榭荒凉七百年。

蝉响夕阳风满树,雁横秋浦雨连天。

长江日夜东流水,两岸芦花一钓船。

【汇评】

《贯华堂选批唐才子诗》:"一代君臣",字法;"悄然",字法。此亦只是平平句,却为字法惊人,使我不乐移时也。"话遍山川",妙!如某泉是某公饮马泉,某石是某王试剑石。"闲"字,妙!仔细听之,直是并无交涉。"几何日"、"七百年",妙。顺流下来,真乃不过瞬眼;逆推转去,却已遥遥甚久。盖一切世间,总被公六字题破也。至于三承"一代君臣"、四承"尽悄然",想人皆知之(首四句下)。　　后解自

"蝉响"至"芦花",凡二十五字,皆写"悄然",却将"一钓船"三字,写"一代君臣",使人有眼泪亦复不能落。此又唐一代人并未曾有之极笔矣(末四句下)。

《山满楼笺注唐诗七言律》:下四句:蝉也,雁也,夕阳也,秋浦也,风满树也,雨连天也,长江也,芦花也,钓船也,拉拉杂杂,一派都是凄凉景况。须知此正是"尽悄然"三字中之神理,非有闲工夫为今日之武昌别作一幅淡墨画图也。

处　默

处默（约 832—?），婺州兰溪（今浙江兰溪）人。初，与贯休同削染，邻院而居，时相唱和，诗名渐著。曾游润州、钱塘，与罗隐友善，后居留庐山。有《处默诗》一卷，已佚。《全唐诗》存诗八首，残句一。

【汇评】

（贯休）与处默同削染，邻院而居，每隔篱论诗互吟，寻偶对。僧有见之，皆惊异焉。（《宋僧传·处默传》）

吴越僧又有处默，能诗，多奇句。罗隐见其"到江吴地尽，隔岸越山多"之联，诧曰："此吾句也，乃为师所得邪？"（《十国春秋·处默传》）

圣果寺

路自中峰上，盘回出薜萝。

到江吴地尽，隔岸越山多。

古木丛青霭，遥天浸白波。

下方城郭近，钟磬杂笙歌。

【汇评】

《瀛奎律髓》：寺在钱塘，故有"吴地"、"越山"之联。或以田庄牙人讥之，似不害写物之妙。后山缩为一句"吴越到江分"，高矣。譬之"共君一夜话，胜读十年书"，山谷缩为一句，曰"话胜十年书"是也。因书诸此，以见诗法之无穷。

《唐诗选》：玉遮曰：即境殊切，而语自出人意表。

《唐诗直解》：二语是武林舆图，觉"楼观沧海"更深（"到江"二句下）。

《唐诗训解》：次联遂为武林佳偶。　　程泰之曰："到江吴地尽，隔岸越山多"，陈后山鄙其语不文，曰："是分界埂子耳。"及后山在钱塘，乃有句云"吴越到江分"。此如李光弼用郭子仪旗帜，士卒号令所及，精采皆变者也。

《唐诗解》：唐人探物之作，惟右丞最深，他皆影响，独此出比丘之口，无一语及禅，落句又俗，人所不屑道。然则右丞固词坛之佛祖，处默为祇园之俗僧欤？

《汇编唐诗十集》：唐云：尚存盛唐风骨。

《诗薮》：自宋有田庄牙人之说，诗流往往惑之；此大不解事者。盛唐"窗中三楚尽，林外九江平"，中唐"东屯沧海阔，南瀼洞庭宽"，晚唐"到江吴地尽，隔岸越山多"，皆一时警句。杜如"地利西通蜀，天文北照秦"。尤不胜数，何用为嫌？惟近时作者粘带皮骨太甚，乃反觉有昧斯言耳。

《唐诗镜》：三、四可作地志。

《唐诗选脉会通评林》：唐汝询曰：三、四尚有盛唐风骨。五、六"丛"、"浸"二字有力。

《唐诗评选》：只写寺景，不入粗禅语，一结纯净生色。僧诗第一首，足与李季兰《寄兄》作为格外双清。

《唐三体诗评》：先著"出薜萝"三字，从幽蔚中忽现出一片奇旷也，顿挫得妙。……中四句层次回环，第七恰落到城郭作结。

《唐律消夏录》："青霭"、"白波"，即是"吴地"、"越山"中间之江景，抽出另写，不但平实，连三四两句味亦浅薄矣。若二句转写中峰，便有变换，且与结句紧凑。

《唐诗成法》：一二圣果寺。中四皆所见景。结尘市喧闹，是言寺之所嫌在此，而语气浑然不露。较"吴越到江分"各有好处，又无一语及禅。结句俗人亦不肯道。

《网师园唐诗笺》：名贵语，不必尽合图经（"到江"二句下）。

《瀛奎律髓汇评》：冯班：落句与承吉《金山》同格，语意转胜。陆贻典：题只《胜果寺》，无"登"、"望"、"临"、"眺"等字，故但写景亲切，便是合作。　　纪昀：三四自佳，后四句无味。　　许印芳：此诗后四句虽不出色，而前后相称，晓岚斥为无味，亦是苛论。

无名氏：接出第四句，自然缥渺。

《小清华园诗谈》：唐人之诗，有清和纯粹可诵而可法者，如……僧处默之"路自中峰上，盘回出薜萝。……"

修　睦

修睦(？—918)，号楚湘，唐末五代诗僧。与齐己、贯休、虚中、李咸用同时，有诗赠答。曾经行长安、扬州、岳阳等地。昭宗时，居庐山东林寺，为洪州僧正。后赴吴辟命。天祐十五年，朱瑾杀徐知训，为府兵所攻，瑾自刭，修睦亦及于祸。有《东林集》一卷。《全唐诗》存诗二十七首。

【汇评】

李白亡，李贺死，陈陶赵睦寻相次。须知代不乏骚人，贯休之后唯修睦而已矣。睦公睦公真可畏，开口向人无所忌。才似烟霞生则媚，直如屈轶佞则指。意下纷纷造化机，笔头滴滴文章髓。明月清风三十年，被君驱使如奴婢。(李咸用《读修睦上人歌篇》)

齐己殊艰涩，栖蟾、修睦较可，亚栖佐以书法，馀可朋，以下无取。(《东目馆诗见》)

宿岳阳开元寺

竟夕凭虚槛，何当兴叹频。

往来人自老，今古月常新。

风逆沉鱼唱，松疏露鹤身。

无眠钟又动，几客在迷津。

【汇评】

《瀛奎律髓》：第六句亦眼前事，但下得着，自然好。

《瀛奎律髓汇评》：纪昀：此评是。出句亦好。

清 尚

清尚,生卒年里贯均未详。唐末五代诗僧。齐己有《览清尚卷》诗,谓其"癖"与李洞相似。《全唐诗》存诗一首。

哭 僧

道力自超然,身亡同坐禅。

水流元在海,月落不离天。

溪白葬时雪,风香焚处烟。

世人频下泪,不见我师玄。

司马退之

　　司马退之,生卒年里贯均未详。玄宗开元年间道士。《全唐诗》
存诗一首。

洗　心

　　不践名利道,始觉尘土腥。

　　不味稻粱食,始觉精神清。

　　罗浮奔走外,日月无短明。

　　山瘦松亦劲,鹤老飞更轻。

　　逍遥此中客,翠发皆长生。

　　草木多古色,鸡犬无新声。

　　君有出俗志,不贪英雄名。

　　傲然脱冠带,改换人间情。

　　去矣丹霄路,向晓云冥冥。

【汇评】

　　《唐诗归》:钟云:"无短明"三字,非神仙口中说不出("日月"

句下）。　　钟云：樵采斧声，用"知音"二字；鸡犬，用"无新声"三字，是何等心胸、何等耳目（"山瘦"六句下）！　　钟云："不贪英雄名"，非真正英雄不能。古今人为贪此名，误却多少英雄！意谓"不贪英雄名"，乃可作神仙耳；不知此更难于神仙。自古仙佛，名根更重（"不贪"句下）。　　谭云：妙（"傲然"二句下）。　　钟云：句句是游仙深妙语，题却不是游仙，所以深妙。

《唐诗选脉会通评林》：唐汝询曰：远想深思，非张彪"神仙"之比。　　"不践"、"不昧"，总以"不贪"为道根；仙佛要诀，所以先戒贪性。此诗前说真论，以励道志；后述真乐，自相劝勉。言言玄理，何必读《参同契》、《养生论》等书也！

吴 筠

吴筠(?—773),字贞节,华州华阴(今陕西华阴)人。年十五,向道,隐居南阳倚帝山。后被征召入京,度为道士,居嵩山,受学于冯齐整。天宝中,玄宗诏至京,敕待诏翰林,苦求还山。无何,安史乱起,乃避地江南,栖隐于庐山、越州等地。大历末,卒于宣城。门人私谥曰宗玄先生。善为诗。有《吴筠集》一卷,已佚。后人辑有《宗玄集》三卷行世。《全唐诗》编诗一卷。

【汇评】

(筠)属词之中,尤工比兴。观其自古王化诗,与《大雅吟》、《步虚词》、《游仙》、《杂感》之作,或遐想理古,以哀世道,或磅礴万象,用冥环枢,稽性命之纪,达人事之变,大率以啬神挫锐为本;至于奇采逸响,琅琅然若夏云璘而凌倒景,昆阆松乔,森然在目。近古游方外而言六义者,先生实主盟焉。(权德舆《中岳宗玄先生吴尊师集序》)

(筠)凡为文,词理疏通,文采焕发,每制一篇,人皆传写。虽李白之放荡、杜甫之壮丽,能兼之者,其唯筠乎!(权德舆《吴尊师传》)

筠尤善著述,在剡与越中文士为诗酒之会,所著歌篇,传于京师……尝于天台、剡中往来,与诗人李白、孔巢父诗篇酬和,逍遥泉石,人多从之。(《旧唐书》本传)

(筠)通经谊,美文辞。……性高鲠,不耐沉浮于时。……所善孔巢父、李白,歌诗略相甲乙云。(《新唐书》本传)

游庐山五老峰

彭蠡隐深翠,沧波照芙蓉。
日初金光满,景落黛色浓。
云外听猿鸟,烟中见杉松。
自然符幽情,潇洒惬所从。
整策务探讨,嬉游任从容。
玉膏正滴沥,瑶草多芊茸。
羽人栖层崖,道合乃一逢。
挥手欲轻举,为余扣琼钟。
空香清人心,正气信有宗。
永用谢物累,吾将乘鸾龙。

【汇评】

《唐诗归》:钟云:奇丽("日初"句下)。　钟云:(任从容)三字深于游理,对忙人说不得("嬉游"句下)。　谭云:妙语真事("羽人"二句下)。　谭云:与"心清闻妙香"同幻。"妙"字、"空"字,可以尽"香"之理,"香"岂易言("空香"句下)!

别章叟

平昔同邑里,经年不相思。

今日成远别,相对心凄其。

【汇评】

　　《升庵诗话》：余又记羽士吴筠《别章叟》一首，……能道人情，亦前人未说破也。

杜光庭

杜光庭(850—933)，字宾圣，处州缙云(今浙江缙云)人。一云长安(今陕西西安)人。博极群书。咸通中应举不第，遂入天台山学道。僖宗召见，赐紫，为道门领袖。中和初，从僖宗入蜀，竟留居成都青城山，号东瀛子。初事王建，为谏议大夫，封蔡国公，赐号广成先生。后主立，进户部侍郎，为传真天师、崇文馆大学士。卒。善属文，有《录异记》、《墉城集仙录》、《神仙感遇传》等著作传世。文集《广成集》三十卷，已佚。后人辑有十二卷本(或作十七卷)行世。《全唐诗》编诗一卷。

【汇评】

王蜀广德杜先生，学海千浔，词林万叶，凡所著述，与乐天齐肩。……杜先生为诗，悉去浮游，迥为标准；区分理本，实契真筌。如《山居百韵》云："丹灶河车休矻矻，蚌胎龟息且绵绵。驭景必能趋日域，骑箕终拟蹑星躔。"又："返朴还淳皆至理，遗形忘性尽真诠。"玄妙之门，实为奇句。又吟一言至十五言《纪道德》、《怀古今》两篇，不唯体依风雅，抑且言征典谟。名公之中，可谓大制也。(《北梦琐言》)

（杜光庭）尝撰《混元图》、《纪圣赋》、《广圣义历帝纪》暨歌诗杂文共百馀卷。喜自录所为诗文，而字皆楷书；人争得之，故其书因诗文而有传。（《宣和书谱》）

初　月

始看东上又西浮，圆缺何曾得自由。
照物不能长似镜，当天多是曲如钩。
定无列宿敢争耀，好伴晴河相映流。
直使奔波急于箭，只应白尽世间头。

郑遨

郑遨（约869—约942），字云叟，滑州白马（今江南滑县东）人。咸通中，举进士不第，入少室山为道士。后居华山，与道士李道盛、罗隐之为友，世以为三高士。晋高祖即位，召为谏议大夫，称疾不起，赐号逍遥先生，诏以谏议大夫致仕。遨好酒能诗，善弈棋长啸。尝为《酒咏诗》千三百言，传布甚广，有诗集《拟峰集》，已佚。《全唐诗》存诗十七首，多与杜光庭诗相混。

【汇评】

（杜光庭）与郑征君（云叟）同应百篇（科），两战不胜，遂各挂羽服。郑则后唐三诏不起，杜则王蜀九命不从，可谓高尚隐逸之士也。（《鉴诫录》）

富贵曲

美人梳洗时，满头间珠翠。
岂知两片云，戴却数乡税。

【汇评】

《鉴诫录》：郑征君为诗，皆祛淫靡，迥绝嚣尘。如《富贵曲云》："美人梳洗时，满头间珠翠。岂知两片云，戴却两乡税。"……又《景福中作》："闷见戈铤匝四溟，恨无奇策救生灵。如何饮酒得长醉，直到太平时节醒。"

《随园诗话》："美人梳洗时"四语，是"小雅"、"正风"。

《秋窗随笔》：此等诗读之，令人知衣食艰难，有关风化，得《三百篇》遗意焉。

伤 农

一粒红稻饭，几滴牛领血。

珊瑚枝下人，衔杯吐不歇。

【汇评】

《鉴诫录》：李相公绅有《伤农》之什，郑征君云曳继之，名公不敢优劣。李公诗曰："锄禾日当午，汗滴禾下土。岂知盘中餐，粒粒皆辛苦。"郑君诗曰："一粒红稻饭，几滴牛领血。珊瑚树下人，衔杯吐不歇。"

佚　名

　　佚名，姓名不详，《全唐诗外编》存诗五十九首，乃自敦煌遗书伯2555号卷子录出。由诗知作者乃中唐时人。建中二年(781)，吐蕃攻占敦煌，作者被虏离开敦煌，经墨离海、青海、赤岭、白水，押解至临蕃。

至墨离海奉怀敦煌知己

朝行傍海涯，暮宿幕为家。
千山空皓雪，万里尽黄沙。
戎俗途将近，知音道已赊。
回瞻云岭外，挥涕独咨嗟。

冬夜非所

长夜闭荒城，更深恨转盈。
星流数道赤，月出半山明。
不闻村犬吠，空听虎狼声。
愁卧眠难着，时时梦里惊。

王梵志

　　王梵志，生卒年不详，卫州黎阳（今河南浚县）人。初唐时人，曾为通玄学士。长于五言通俗诗，诙谐嘲谑，说理劝世，宣扬佛教思想，讽刺世态人情，人称"梵志体"。有《王梵志诗集》一卷，原佚。清末敦煌石室中发现其诗抄本多种，今人辑有《王梵志诗校辑》。《全唐诗外编》存诗一卷。

【汇评】

　　（无住禅师）寻常教戒诸学道，空着言说，时时引稻田中螃蟹问众人，会不？又引王梵志诗："慧心近空心，非关髑髅孔。对面说不识，饶你母姓董。"（《历代法宝记》）

　　王梵志，卫州黎阳人也。黎阳城东十五里有王德祖者，当隋之时，家有林檎树，生瘿，大如斗。经三年，其瘿朽烂。德祖见之，乃撤其皮，遂见一孩儿，……因曰："林木而生，曰梵天。"后改曰"志"。"我家长育，可姓王也。"作诗讽人，甚有义志。盖菩萨示化也。（《桂苑丛谈》）

　　山谷以茅季韦事亲，引梵志"翻袜"之句，人喜道之。予尝见梵志数颂，词朴而理到，今记于此。（《梁溪漫志》）

吾有十亩田

吾有十亩田，种在南山坡。

青松四五树，绿豆两三窠。

热即池中浴，凉便岸上歌。

遨游自取足，谁能奈我何！

多置庄田广修宅

多置庄田广修宅，四邻买尽犹嫌窄。

雕墙竣宇无歇时，几日能为宅中客？

造作庄田犹未已

造作庄田犹未已，堂上哭声身已死。

哭人尽是分钱人，口哭元来心里喜。

【汇评】

《云溪友议》：朗公（按即玄朗上人）或遇高才亡智者，则论六度迷津，三明启道，此灭彼往，无荣绝辱也。或有愚士昧学之流，欲其开悟，别吟王梵志诗。梵志者，生于西域林木之上，因以梵志为名。其言虽鄙，其理归真，所谓归真悟道、徇俗乖真也。诗云："多置庄田广修宅，四邻买尽犹嫌窄。雕墙峻宇无歇时，几日能为宅中客？""造作庄田犹未已，堂上哭声身已死。哭人尽是分钱人，口哭元来心里喜。"

世无百年人

世无百年人，强作千年调。

打铁作门限，鬼见拍手笑。

【汇评】

《鸡肋编》：杜少陵《新婚别》云："鸡狗亦得将。"世谓谚云"嫁得鸡，逐鸡飞；嫁得狗，逐狗走"之语也。而陈无己诗，亦多用一时俚语。如……"早作千年调"、"一生也作千年调"。　寒山诗：人是黑头虫，刚作千年调。铸铁作门限，鬼见拍手笑。

曹组《相思会》：人无百年人，刚作千年调。待把门关铁铸，鬼见失笑。多愁早老，惹尽闲烦恼。

梵志翻著袜

梵志翻著袜，人皆道是错。
乍可刺你眼，不可隐我脚。

【汇评】

《林间录》：予尝爱王梵志诗云："梵志翻著袜，人皆道是错。宁可刺你眼，不可隐我脚。"寒山子诗云："人是黑头虫，刚作千年调。铸铁作门限，鬼见拍手笑。"道人自观行处，又观世间，当如是游戏耳。

《诗话总龟》："梵志翻著袜，人皆道是错。……"一切众生颠倒，皆类如此，乃知梵志是大修行人也。昔茅容季伟，田家子尔。杀鸡饭其母，而以草具饭郭林宗。林宗起拜之，因劝使就学，遂为四海名士。此"翻着袜"法也。

《扪虱新话》：文章虽工，而观人文章，亦自难识。知梵志"翻着袜"法，则可以作文。

城外土馒头

城外土馒头，馅草在城里。

一人吃一个，莫嫌没滋味。

【汇评】

《冷斋夜话》：梵志诗曰："城外土馒头，馅草在城里。一人吃一个，莫嫌没滋味。"鲁直曰："既是馅草，何缘更知滋味？"易之曰："预先以酒浇，且图有滋味。"

《云卧纪谭》：建炎三年元日，圆悟禅师在云居尝曰："隐士王梵志颂：'城外土馒头，馅草在城里。每人吃一个，莫嫌没滋味。'而黄鲁直谓：'己且为土馒头，当使谁食？'由是东坡为易其后二句：'预先著酒浇，使教有滋味。'"然王梵志作前颂，殊有意思，但语差背。而东坡革后句，终未尽馀兴。

道情诗

我昔未生时，冥冥无所知。
天公强生我，生我复何为？
无衣使我寒，无食使我饥。
还你天公我，还我未生时。

【汇评】

《诗式·跌宕格二品》："骇俗"：其道如楚有接舆，鲁有原壤，外示惊俗之貌，内藏达人之度。郭景纯《游仙诗》："姮娥扬妙音，洪厓颔其颐。"王梵志《道情诗》："我昔未生时，冥冥无所知。天公强生我，生我复何为？无衣使我寒，无食使我饥。还你天公我，还我未生时。"

诗人笔画索引

五画

七画

十一画

汇评引用书目

总　集

河岳英灵集　（唐）殷璠辑。1978年上海古籍出版社《唐人选唐诗十种》本。

箧中集　（唐）元结辑。《唐人选唐诗十种》本。

中兴间气集　（唐）高仲武辑。《唐人选唐诗十种》本。

才调集　（后蜀）韦縠辑。《唐人选唐诗十种》本。

删正二冯评阅才调集　（清）纪昀批点。清纪氏《镜烟堂十种》本。

才调集补注　（清）殷元勋笺注，宋邦绥补注。清乾隆五十八年（1793）思补堂刻本。

唐文粹　（宋）姚铉辑。《四库全书》本。

文苑英华　（宋）李昉等编。1966年中华书局影印本。

乐府诗集　（宋）郭茂倩辑。1979年中华书局校点本。

笺注唐贤三体诗法　（宋）周弼辑，（元）释圆至注。明嘉靖二十八年（1549）吴春刻本。

碛砂唐诗 （宋）周弼辑，（元）释圆至注，（清）盛传敏、王谦纂释。清康熙十九年（1680）刻本。

唐三体诗评 （清）高士奇补注，何焯评。清光绪十二年（1886）刻本。

注解选唐诗 （宋）赵蕃、韩淲辑，谢枋得、胡次焱注。《谢叠山先生评注四种合刻》本。

唐诗鼓吹注解大全 （金）元好问辑，（元）郝天挺注，（明）廖文炳补注。清修竹斋刻本。

唐诗鼓吹笺注 （清）钱朝鼒、陆贻典等笺注。清顺治十六年（1659）陆贻典、钱朝鼒刻本。

唐诗鼓吹评注 （清）钱谦益、何焯评注。1919年上海文明书局石印本。

东岩草堂评订唐诗鼓吹 （清）朱三锡评订。清康熙二十七年（1688）刻本。

评点唐诗鼓吹 （清）吴汝纶评点。1925年南宫邢氏刻本。

瀛奎律髓 （元）方回辑。清康熙四十九年（1710）陆士泰刻本。

瀛奎律髓汇评 （今人）李庆甲集评。上海古籍出版社1986年排印本。

批点唐音 （元）杨士弘辑，（明）顾璘批点。明嘉靖二十年（1541）洛阳温氏刻本。

唐诗品汇 （明）高棅辑。1982年上海古籍出版社影印本。

唐诗品汇删 （清）朱克生删辑。清康熙五年（1666）刻本。

唐诗正声 （明）高棅辑，吴逸一评。明天启六年（1626）刻本。

批点唐诗正声 （明）桂天祥批点。明嘉靖胡缵宗刻本。

增定评注唐诗正声 （明）郭濬评点，周明辅等参订。明天启六年(1626)郭濬刻本。

唐诗绝句类选 （明）敖英辑,凌云补辑。明吴兴凌氏刻三色套印本。

唐诗选 （明）李攀龙辑,王穉登评。明万历闵氏刻朱墨套印本。

邠庵重订李于鳞唐诗选 （明）李攀龙辑,蒋一葵笺释,黄家鼎评定。明崇祯元年(1628)黄家鼎刻本。

钟伯敬评注唐诗选 （明）李攀龙辑,钟惺评注,刘孔敦批点。明刻本。

唐诗广选 （明）李攀龙辑,凌宏宪集评。明凌氏刻朱墨套印本。

唐诗训解 （明）李攀龙辑,袁宏道校。明万历四十六年(1618)居仁堂余献可刻本。

唐诗直解 （明）李攀龙辑,叶羲昂直解。清博士斋刻本。

唐诗选注 （明）李攀龙辑,陈继儒笺释。明万历刻本。

精选唐诗分类评释绳尺 （明）徐用吾辑。明万历二十五年(1597)刻本。

唐诗类苑 （明）张之象辑,王彻补订。明万历二十九年(1601)曹仁孙刻本。

唐诗解 （明）唐汝询辑。清顺治十六年(1659)赵孟龙万笈堂刻本。

删订唐诗解 （清）吴昌棋评订。清康熙陈咸和刻本。

唐诗归 （明）钟惺、谭元春辑。明末刻三色套印本。

唐诗归折衷 （清）刘邦彦重订。上海图书馆稿本。

汇编唐诗十集 （明）唐汝询辑。明天启三年(1623)刻本。

唐诗会选 （明）李栻辑。明万历二年(1574)刻本。

唐诗援 （明）李沂辑。明崇祯五年(1632)刻本。

全唐风雅 （明）黄克缵、卫一凤辑。明万历四十六年（1618）黄氏刻本。

唐诗艳逸品 （明）杨肇祉辑。明刻本。

批选唐诗 （明）郝敬批选。明崇祯元年（1628）刻本。

唐诗选脉会通评林 （明）周敬、周珽辑，陈继儒等评点。明崇祯八年（1635）毂采斋刻本。

唐诗隽 （明）李维桢辑。明萧世熙刻本。

唐诗镜 （明）陆时雍辑。《四库全书》本。

唐风定 （明）邢昉辑。1934年贵阳邢氏思适斋影明刻本。

唐诗绪笺 （明）程元初辑，陶望龄参订。明刻本。

唐诗英华 （清）顾有孝辑。清顺治十四年（1657）顾氏宁远堂刻本。

唐风怀 （清）张揔辑。清顺治十七年（1660）雨花草堂刻本。

贯华堂选批唐才子诗 （清）金人瑞选批，金雍注。1985年江苏古籍出版社《金圣叹全集》本。

明文海 （清）黄宗羲编。中华书局影印本。

近体秋阳 （清）谭宗辑。清初刻本。

唐诗评选 （清）王夫之辑。《船山遗书》本。

而庵说唐诗 （清）徐增辑。清康熙九诰堂刻本。

唐贤三昧集笺注 （清）王士禛辑，吴煊、胡崇注。清光绪九年（1883）广州翰墨园刻本。

唐贤小三昧集・续集 （清）史承豫、周咏棠辑。清抄本。

唐诗快 （清）黄周星辑。清康熙二十六年（1687）书带草堂刊本。

唐律消夏录 （清）顾安辑。清乾隆二十七年（1762）何文焕刻本。

历代诗发 （清）邵干辑，范大士评。清康熙三十八年（1699）

虚白山房刻本。

　　唐人试贴　（清）毛奇龄辑。清康熙四十年(1701)刻本。

　　唐七律选　（清）毛奇龄、王锡等辑。清康熙四十一年(1702)刻本。

　　晚唐诗钞　（清）查克弘、凌绍乾辑。清康熙四十二年(1703)栖凤阁刻本。

　　中晚唐诗叩弹集　（清）杜诏、杜庭珠辑。1984 年北京中国书店影印本。

　　唐音审体　（清）钱良择辑。清康熙四十三年(1704)昭质堂刻本。

　　放胆诗　（清）吴震方辑。清康熙四十四年(1705)刻本。

　　唐体肤诠　（清）毛张健辑。清康熙四十八年(1709)刻本。

　　唐体馀编　（清）毛张健辑。清康熙刻本。

　　唐诗贯珠　（清）胡以梅辑。清康熙五十四年(1715)素心堂刻本。

　　唐诗别裁集　（清）沈德潜辑。1979 年上海古籍出版社校点本。

　　唐诗摘钞　（清）黄生辑。清康熙六十一年(1722)是亦山房刻本。

　　增订唐诗摘钞　（清）朱之荆增订。清乾隆十五年(1750)南屏草堂刻本。

　　唐诗矩　（清）黄生辑。《周氏师古堂所编书》本。

　　唐诗正　（清）俞南史、汪森辑。清康熙金阊天禄阁刻本。

　　唐五言六韵诗豫　（清）花豫楼主人辑。清康熙刻本。

　　五朝诗善鸣集　（清）陆次云辑。清康熙蓉江怀古堂刻本。

　　山满楼笺注唐诗七言律　（清）赵臣瑗辑。清康熙山满楼刻本。

唐诗选胜直解 （清）吴烻辑。清康熙刻本。

古唐诗合解 （清）王尧衢辑。清宝翰楼刻本。

唐诗成法 （清）屈复辑。清乾隆八年（1743）弱水草堂刻本。

唐宋诗醇 （清）高宗弘历敕编。清光绪七年（1881）浙江巡抚谭钟麟刻本。

唐诗五言排律 （清）蒋鹏翻辑。清乾隆二十二年（1757）刻本。

唐诗观澜集 （清）李因培辑，凌应曾注。清乾隆二十四年（1759）刻本。

唐诗笺要 （清）吴瑞荣辑。清乾隆二十四年（1759）金陵三乐斋刻本。

唐省试诗 （清）陈汙辑。清师简堂刻本。

唐诗向荣集 （清）陶元藻辑。清乾隆二十六年（1761）刻本。

唐诗从绳 佚名辑。清乾隆二十六年（1761）巢父抄本。

唐人试律说 （清）纪昀辑。《镜烟堂十种》本。

唐诗笺注 （清）黄叔灿辑。清乾隆三十年（1765）刻本。

唐贤清雅集 （清）张文荪辑。清乾隆三十年（1765）抄本。

万首唐人绝句选评 （清）王士禛辑，宋顾乐评。稿本。

诗法易简录 （清）李瑛辑。清道光二年（1822）十二笔舫刻本。

网师园唐诗笺 （清）宋宗元辑。清乾隆三十二年（1767）尚絅堂刻本。

大历诗略 （清）乔亿辑。清乾隆三十七年（1772）刻本。

唐诗绎 （清）杨逢春辑。清乾隆三十九年（1774）刻本。

七言律诗钞 （清）翁方纲辑。清乾隆四十六年（1781）刻本。

闻鹤轩初盛唐近体读本 （清）卢莪、王溥辑。清乾隆五十五年（1790）刻本。

五七言今体诗钞 （清）姚鼐辑。清嘉庆三年(1798)历城方氏刻本。

唐人绝句诗钞注略 （清）姚鼐辑，赵彦传注。清光绪四年(1878)刻本。

重订中晚唐诗主客图 （清）李怀民辑。清嘉庆十年(1805)刻本。

诗比兴笺 （清）陈沆辑。清光绪九年(1883)刻本。

读雪山房唐诗钞 （清）管世铭辑。清嘉庆十二年(1807)刻本。

全唐文 （清）董诰编。1983年中华书局影印本。

唐诗正声 （清）马允刚辑。清嘉庆二十一年(1816)耘经堂刻本。

葵青居七绝诗三百纂释 （清）石渠纂释。清同治十二年(1873)清素堂刻本。

唐诗三百首注疏 （清）蘅塘退士(孙洙)辑，章燮注。1983年浙江文艺出版社排印本。

唐诗三百首续选 （清）于庆元辑。清道光十四年(1888)北京龙文阁刻《唐诗三百首注疏》附。

唐诗三百首补注 （清）陈婉俊补注。清光绪十一年(1885)四藤吟社重刻本。

精选五七律耐吟集 （清）杨成栋辑。清道光十八年(1838)刻本。

求志居唐诗选 （清）陈世镕辑。清道光二十五年(1845)独秀山庄刻本。

十八家诗钞评注 （清）吴汝纶评注。1914年京师国群铸一社排印本。

唐诗合选详解 （清）刘文蔚辑。1917年上海扫叶山房石印本。

唐诗近体 （清）胡本渊辑。清光绪二年(1876)刻本。

唐诗选 （清）王闿运辑。1987年上海古籍出版社影印本。

唐诗析类集训 （清）曹锡彤辑。清光绪八年(1882)刻本。

诗伦 （清）汪薇辑。清光绪二十年(1894)刊本。

此木轩五言七言律诗选读本 （清）焦袁熹辑。《此木轩全集》本。

唐七律隽 （清）张世炜辑。稿本。

唐诗真趣编 （清）刘宏煦、李惥举辑。清刻本。

唐诗品 （清）鲍桂星辑。稿本。

唐诗意 （清）叶蓁辑。稿本。

唐诗评注读本 （近人）王文濡辑。1936年上海中华书局印行。

诗式 （近人）朱宝莹辑。1921年上海中华书局排印本。

唐宋诗举要 （近人）高步瀛辑。1959年中华书局上海编辑所排印本。

唐绝句选 （近人）邵裴子辑。1939年上海商务印书馆排印本。

历代五言诗评选 （近人）杨钟羲辑。1939年商务印书馆排印本。

诗境浅说·续编 （近人）俞陛云辑。1984年上海书店影印本。

唐人绝句精华 （近人）刘永济辑。1981年人民出版社排印本。

千首唐人绝句 （近人）刘拜山、富寿荪评解。1985年上海古籍出版社排印本。

合　集

窦氏联珠集　（唐）褚藏言辑。《四库全书》本。

王孟诗评　（宋）刘辰翁评。清光绪五年（1879）巴陵方氏碧琳琅馆刻朱墨套印本。

十二家唐诗　（明）张逊业辑。明嘉靖三十一年（1552）江都黄墇东壁图书府刻本。

李杜二家诗钞评林　（明）梅鼎祚辑，屠隆集评。明万历刻本。

合刻分体李杜全集　（明）刘世教辑。明万历四十年（1612）刻本。

唐诗三集合编　（明）沈子来辑。明天启四年（1624）宁远山房刻本。

李杜诗选　（明）张含辑，杨慎等评。明乌程闵氏朱墨套印本。

李杜诗通　（明）胡震亨辑。清顺治七年（1650）朱茂时刻本。

寒瘦集　（清）岳端辑。清康熙三十八年（1699）岳端红兰室刻套印本。

唐八家诗钞　（清）陈明善辑。清乾隆三十四年（1769）刻本。

唐人三家集　（清）秦恩复辑。清道光十年（1830）江都秦氏石砚斋影宋刻本。

韩柳诗选　（清）汪森辑。稿本。

增评韩苏诗钞　（日本）赖襄评。明治十三年（1881）印本。

别　集

沈诗评　（唐）沈佺期撰，（明）张延登评。明刻蓝印本。

孟浩然集　（唐）孟浩然撰。1982 年上海古籍出版社影印本。

颜鲁公文集　（唐）颜真卿撰。《四部备要》本。

分类补注李太白诗　（唐）李白撰,(宋)杨齐贤集注,(元)萧士赟补注。明天启书林汪复初刻本。

李太白诗集　（唐）李白撰,(宋)严羽评点。明崇祯二年(1629)闻启祥刻《李杜全集》本。

李翰林诗范德机批选　（唐）李白撰,(元)范梈批点。明嘉靖郑蒨刻本。

李太白全集　（唐）李白撰,(清)王琦辑注。1977 年中华书局排印本。

李太白诗醇　（唐）李白撰,(日本)近藤元粹编纂。明治四十二年(1909)青木嵩山堂刊本。

杜工部集　（唐）杜甫撰,(清)郑沄辑校。1957 年中华书局排印本。

九家集注杜诗　（唐）杜甫撰,(宋)郭知达辑。《四库全书》本。

读杜私言　（唐）杜甫撰,(明)卢世㴶辑。汲古阁《钱卢两先生读杜合刻》本。

杜臆　（唐）杜甫撰,(明)王嗣奭辑。1983 年上海古籍出版社排印本。

杜诗解　（唐）杜甫撰,(清)金人瑞解,钟来因整理。1984 年上海古籍出版社排印本。

钱注杜诗　（唐）杜甫撰,(清)钱谦益注。1979 年上海古籍出版社排印本。

杜工部诗集　（唐）杜甫撰,(清)朱鹤龄辑注。清康熙叶永茹万卷楼刻本。

杜工部诗说　（唐）杜甫撰,(清)黄生辑。清康熙三十五年

（1696）一木堂刻本。

读杜心解 （唐）杜甫撰，（清）浦起龙解。1961 年中华书局本。

杜诗详注 （唐）杜甫撰，（清）仇兆鳌注。1979 年中华书局点校本。

杜诗镜铨 （唐）杜甫撰，（清）杨伦注。1962 年中华书局点校本。

杜诗集评 （唐）杜甫撰，（清）刘濬辑。清嘉庆九年（1804）海宁刘氏藜照堂刻本。

岑嘉州集 （唐）岑参撰。1981 年上海古籍出版社影印本。

唐皇甫冉诗集 （唐）皇甫冉撰。《四部丛刊三编》本。

权载之文集 （唐）权德舆撰。《四部丛刊》本。

音注韩文公文集 （唐）韩愈撰，（宋）祝充注。1934 年文禄堂影印本。

新刊五百家注音辨昌黎先生文集 （唐）韩愈撰，（宋）魏仲举辑。1918 年上海商务印书馆影印本。

韩文考异 （唐）韩愈撰，（宋）朱熹考。商务印书馆影印本。

昌黎先生集 （唐）韩愈撰，（宋）廖莹中校注。1937 年蟫隐庐影印本。

辑注唐韩昌黎集 （唐）韩愈撰，（明）蒋之翘辑注。明崇祯蒋氏三经堂刻本。

昌黎先生诗集注 （唐）韩愈撰，（清）顾嗣立注。清光绪九年（1883）广州翰墨园三色套印本。

韩昌黎诗编年笺注 （唐）韩愈撰，（清）方世举注。清乾隆德州卢氏雅西堂原刻本。

韩诗增注证讹 （唐）韩愈撰。（清）顾嗣立注、黄钺增注证讹。清道光二十八年（1848）刻本。

刘宾客文集　（唐）刘禹锡撰。《四部备要》本。

元氏长庆集　（唐）元稹撰。1956年古籍刊行社影印本。

白氏长庆集　（唐）白居易撰。《四库全书》本。

白香山诗集　（唐）白居易撰，（清）汪立名编注。《四库全书》本。

李长吉诗集　（唐）李贺撰，（明）黄淳耀评点，（清）黎简批点。清光绪扫叶山房石印本。

昌谷集注　（唐）李贺撰，（清）姚文燮注。1978年上海古籍出版社刊《李贺诗歌集注》本。

李长吉诗集批注　（唐）李贺撰。（清）方世举批注。1978年上海古籍出版社刊《李贺诗歌集注》本。

李长吉歌诗汇解　（唐）李贺撰，（清）王琦汇解。1978年上海古籍出版社刊《李贺诗歌集注》本。

樊川文集　（唐）杜牧撰。1978年上海古籍出版社校点本。

李义山诗集　（唐）李商隐撰，（清）朱鹤龄笺注。清乾隆五十八年（1793）三多斋重刊本。

重订李义山诗集笺注　（唐）李商隐撰，（清）朱鹤龄注、程梦星删补。清乾隆八年（1743）东柯草堂刻本。

李义山诗解　（唐）李商隐撰，（清）陆昆曾解。1985年上海书店影印本。

李义山七律会意　（唐）李商隐撰，（清）姚廷谦解。清雍正刻本。

西昆发微　（唐）李商隐撰，（清）吴乔笺释。清嘉庆张海鹏辑《借月山房汇钞》本。

玉谿生诗意　（唐）李商隐撰，（清）屈复解。清乾隆四年（1739）扬州芝古堂刻本。

李义山诗集笺注　（唐）李商隐撰，（清）姚培谦笺注。1918年中华书局影印本。

玉谿生诗集笺注 （唐）李商隐撰，（清）冯浩笺注。1979 年上海古籍出版社校点本。

选玉谿生诗补说 （唐）李商隐撰，（清）姜炳璋选释、郝世峰辑。1985 年南开大学出版社排印本。

李义山诗集辑评 （唐）李商隐撰，（清）朱鹤龄笺注、沈厚塽辑评。1957 年四川人民出版社排印本。

罗昭谏集 （唐）罗隐撰。《四库全书》本。

皮子文薮 （唐）皮日休撰。1959 年中华书局上海编辑所校点本。

河东先生集 （宋）柳开撰。《四部丛刊》本。

欧阳文忠公集 （宋）欧阳修撰。1958 年商务印书馆《国学基本丛书》本。

文正集 （宋）范仲淹撰。《四部丛刊初编》本。

姑溪居士文集 （宋）李之仪撰。《四库全书》本。

宛陵先生集 （宋）梅尧臣撰。《四部丛刊初编》本。

镡津集 （宋）释契嵩撰。明弘治十二年（1499）释如卺刻本。

芸庵类稿 （宋）李洪撰。《四库全书》本。

蛟峰文集 （宋）方逢辰撰。明天顺七年（1463）方中刻本。

絜斋集 （宋）袁燮撰。《四库全书》本。

苏轼文集 （宋）苏轼撰。1986 年中华书局排印本。

栾城集 （宋）苏辙撰。《四部丛刊》本。

豫章黄先生文集 （宋）黄庭坚撰。明弘治天爵刻嘉靖六年（1527）重修本。

元丰类稿 （宋）曾巩撰。明成化八年（1472）南丰刻本。

阆风集 （宋）舒岳祥撰。《四库全书》本。

柳塘外集 （宋）释道璨撰。《四库全书》本。

太仓稊米集 （宋）周紫芝撰。《四库全书》本。

筠溪集 （宋）李遴逊撰。《四库全书》本。

诚斋集 （宋）杨万里撰。《四部丛刊》本。

攻媿集 （宋）楼钥撰。《四部丛刊》本。

象山先生全集 （宋）陆九渊撰。《四部丛刊》本。

鹤山先生大全集 （宋）魏了翁撰。《四部丛刊》本。

后村先生大全集 （宋）刘克庄撰。《四部丛刊》本。

晦庵先生朱文公集 （宋）朱熹撰。《四部丛刊》本。

柴氏四隐集 （宋）柴望等撰。《四库全书》本。

遗山先生文集 （金）元好问撰。《四部丛刊》本。

桐江集 （元）方回撰。宛委别藏本。

傅与砺诗文集 （元）傅若金撰。《四库全书》本。

倪云林先生诗集 （元）倪瓒撰。清康熙刻本。

清閟阁全集 （元）倪瓒撰。《四库全书》本。

双溪醉隐集 （元）耶律铸撰。《四库全书》本。

霏雪录 （元）刘绩撰，（清）曹溶编。1920 年上海涵芬楼刊《学海类编》本。

紫山大全集 （元）胡祗遹撰。《四库全书》本。

东维子文集 （元）杨维桢撰。《四库全书》本。

水云村稿 （元）刘壎撰。《四库全书》本。

圭斋文集 （元）欧阳元撰。《四库全书》本。

陵川集 （元）郝经撰。《四库全书》本。

宋文宪公全集 （明）宋濂撰。明刻本。

东里文集 （明）杨士奇撰。《四库全书》本。

空同集 （明）李梦阳撰。明万历刻本。

何大复先生集 （明）何景明撰。明万历刻本。

王忠文公集 （明）王祎撰。《四库全书》本。

薛文清公读书录 （明）薛瑄撰。清乾隆十一年（1746）重刻本。

震泽集 （明）王鏊撰。《四库全书》本。

白沙集 （明）陈献章撰。《四库全书》本。

苏门集 （明）高叔嗣撰。《四库全书》本。

白云稿 （明）朱右撰。《四库全书》本。

泊庵集 （明）梁潜撰。《四库全书》本。

见素集 （明）林俊撰。《四库全书》本。

茅檐集 （明）魏学洢撰。《四库全书》本。

沧溟集 （明）李攀龙撰。《四库全书》本。

弇州四部稿 （明）王世贞撰。《四库全书》本。

弇州续稿 （明）王世贞撰。《四库全书》本。

读书后 （明）王世贞撰。《四库全书》本。

山中集 （明）顾璘撰。《四库全书》本。

息园存稿 （明）顾璘撰。《四库全书》本。

凭几集续编 （明）顾璘撰。《四库全书》本。

俨山集 （明）陆深撰。《四库全书》本。

升庵集 （明）杨慎撰。《四库全书》本。

胡文敬集 （明）胡居仁撰。《四库全书》本。

岘泉集 （明）张宇初撰。《四库全书》本。

鸣盛集 （明）林鸿撰。《四库全书》本。

翠屏集 （明）张以宁撰。《四库全书》本。

大泌山房文集 （明）李维桢撰。明刻本。

白榆集 （明）屠隆撰。明秀水朱仁刻本。

鸿苞 （明）屠隆撰。明万历刻本。

陈忠裕公全集 （明）陈子龙撰。清嘉庆八年（1803）刻本。

牧斋初学集 （清）钱谦益撰。1985 年上海古籍出版社排印本。

牧斋有学集 （清）钱谦益撰。《四部丛刊》本。

尧峰文钞 （清）汪琬撰。《四部丛刊》本。

钝吟文稿 （清）冯班撰。清康熙刻本。

鸣鹤堂文集 （清）任源祥撰。清刻本。

壮悔堂全集 （清）侯方域撰。清宣统元年（1909）中国图书公司校刻本。

曝书亭集 （清）朱彝尊撰。清贻安书屋刻本。

带经堂集 （清）王士禛撰。上海锦文堂刻七略书堂初印本。

通志堂集 （清）纳兰性德撰。上海古籍出版社影印本。

通古堂文集 （清）杭世骏撰。清光绪刻本。

郑板桥集 （清）郑燮撰。上海古籍出版社排印本。

小仓山房文集 （清）袁枚撰。《随园全集》本。

大云山房文稿 （清）恽敬撰。《四部丛刊》本。

忠雅堂文集 （清）蒋士铨撰。清嘉庆二十一年（1816）藏园重刻本。

复初斋文集 （清）翁方纲撰。清光绪刻本。

韫山堂文集 （清）管世铭撰。清光绪十七年（1891）存厚堂刻本。

春融堂集 （清）王昶撰。清嘉庆十二年（1807）刻本。

纪文达公遗集 （清）纪昀撰。清嘉庆刻本。

绿漪草堂文集 （清）罗汝怀撰。清光绪刻本。

龚自珍全集 （清）龚自珍撰。1975年上海人民出版社排印本。

曾文正公文集 （清）曾国藩撰。1974年台湾文海出版社校刊本。

谭嗣同全集 （清）谭嗣同撰。1954年三联书店排印本。

石遗室文集　（清）陈衍撰。1913 年刊本。

评论及资料

诗格　（唐）王昌龄撰。《格致丛书》本。

乐府古题要解　（唐）吴兢撰。《历代诗话续编本》。

诗式　（唐）皎然撰。《历代诗话》本。

文镜秘府论　[日]遍照金刚撰。1975 年人民文学出版社排印本。

文苑诗格　旧题（唐）白居易撰。《格致丛书》本。

二南密旨　旧题（唐）贾岛撰。《格致丛书》本。

隋唐嘉话　（唐）刘餗撰。1979 年中华书局校点本。

大唐新语　（唐）刘肃撰。1957 年古典文学出版社校点本。

唐国史补　（唐）李肇撰。1979 年上海古籍出版社排印本。

酉阳杂俎　（唐）段成式撰。1981 年中华书局校点本。

刘宾客嘉话录　（唐）韦绚撰。《丛书集成初编》本。

三水小牍　（唐）皇甫枚撰。中华书局上海编辑所排印本。

明皇杂录　（唐）郑处诲撰。《四库全书》本。

因话录　（唐）赵璘撰。1979 年上海古籍出版社排印本。

云溪友议　（唐）范摅撰。1957 年古典文学出版社校点本。

松窗杂录　（唐）李濬撰。1958 年中华书局上海编辑所校点本。

杜阳杂编　（唐）苏鹗撰。1958 年中华书局上海编辑所校点本。

开天传信记　（唐）郑棨撰。1985 年上海古籍出版社刊《开元天宝遗事十种》本。

本事诗　（唐）孟棨撰。《历代诗话续编》本。

诗人主客图　（唐）张为撰。《历代诗话续编》本。

钓矶立谈　（南唐）钓矶闲客撰。台湾新兴书局有限公司刊《笔记小说大观》本。

桂苑丛谈　（五代）冯翊子撰。1958 年中华书局上海编辑所校点本。

唐阙史　（五代）高彦休撰。《四库全书》本。

唐摭言　（五代）王定保撰。1957 年古典文学出版社校点本。

旧唐书　（五代）刘昫等撰。中华书局校点本。

鉴诫录　（五代）何光远撰。《丛书集成初编》本。

北梦琐言　（五代）孙光宪撰。1981 年上海古籍出版社重校本。

云仙杂记　（五代）冯贽撰。《四库全书》本。

风骚要式　（五代）徐衍撰。《格致丛书》本。

雅道机要　（五代）徐寅撰。《格致丛书》本。

太平广记　（宋）李昉编。1961 年中华书局排印本。

南部新书　（宋）钱易撰。1958 年中华书局上海编辑所校点本。

唐语林　（宋）王谠撰。1978 年上海古籍出版社重印本。

六一诗话　（宋）欧阳修撰。《历代诗话》本。

新唐书　（宋）欧阳修撰。中华书局校点本。

温公续诗话　（宋）司马光撰。《历代诗话》本。

中山诗话　（宋）刘攽撰。《历代诗话》本。

湘山野录　（宋）释文莹撰。《四库全书》本。

东坡志林　（宋）苏轼撰。1981 年中华书局校点本。

仇池笔记　（宋）苏轼撰。1919 年上海商务印书馆排印本。

续金针诗格　（宋）梅尧臣撰。《格致丛书》本。

麈史　（宋）王得臣撰。《四库全书》本。

龟山先生语录 （宋）杨时撰。1934 年上海商务印书馆影印《四部丛刊续编》本。

孔氏杂说 （宋）孔平仲撰。《宝颜堂秘笈》本。

明道杂志 （宋）张耒撰。《学海类编》本。

后山诗话 （宋）陈师道撰。《历代诗话》本。

临汉隐居诗话 （宋）魏泰撰。《历代诗话》本。

王直方诗话 （宋）王直方撰。《宋诗话辑佚》本。

古今诗话 （宋）李颀撰。《宋诗话辑佚》本。

吴船录 （宋）范成大撰。台湾新兴书局有限公司刊《笔记小说大观》本。

侯鲭录 （宋）赵令畤撰。《四库全书》本。

西清诗话 （宋）蔡絛撰。《萤雪轩丛书》本。

冷斋夜话 （宋）惠洪撰。1988 年中华书局排印本。

嫩真子 （宋）马永卿撰。《稗海》本。

邵氏闻见录 （宋）邵伯温撰。1983 年中华书局排印本。

缃素杂记 （宋）黄朝英撰。1986 年上海古籍出版社排印本。

潜溪诗眼 （宋）范温撰。《宋诗话辑佚》本。

桐江诗话 （宋）佚名撰。《宋诗话辑佚》本。

蔡宽夫诗话 （宋）蔡启撰。《宋诗话辑佚》本。

洪驹父诗话 （宋）洪刍撰。《宋诗话辑佚》本。

优古堂诗话 （宋）吴开撰。《历代诗话续编》本。

诗史 （宋）蔡居厚撰。《宋诗话辑佚》本。

李希声诗话 （宋）李錞撰。《宋诗话辑佚》本。

高斋诗话 （宋）曾慥撰。《宋诗话辑佚》本。

类说 （宋）曾慥撰。1956 年北京文学古籍出版社影印本。

松江诗话 （宋）周知和撰。《宋诗话辑佚》本。

艺苑雌黄 （宋）严有翼撰。《宋诗话辑佚》本。

诗话总龟 （宋）阮阅编。1987 年人民文学出版社校点本。

能改斋漫录 （宋）吴曾撰。1960 年中华书局上海编辑所校点本。

容斋随笔 （宋）洪迈撰。1978 年上海古籍出版社标点本。

墨庄漫录 （宋）张邦基撰。《丛书集成》本。

石林诗话 （宋）叶少蕴撰。《历代诗话》本。

藏海诗话 （宋）吴可撰。《历代诗话续编》本。

彦周诗话 （宋）许颛撰。《历代诗话》本。

童蒙诗训 （宋）吕本中撰。《宋诗话辑佚》本。

紫微诗话 （宋）吕本中撰。《历代诗话》本。

风月堂诗话 （宋）朱弁撰。《宝颜堂秘笈》本。

竹坡诗话 （宋）周紫芝撰。《历代诗话》本。

唐子西文录 （宋）强幼安撰。《历代诗话》本。

岁寒堂诗话 （宋）张戒撰。《历代诗话续编》本。

猗觉寮杂记 （宋）朱翌撰。《知不足斋丛书》本。

珊瑚钩诗话 （宋）张表臣撰。《历代诗话》本。

碧溪诗话 （宋）黄彻撰。《历代诗话续编》本。

艇斋诗话 （宋）曾季狸撰。《历代诗话续编》本。

唐诗纪事 （宋）计有功撰。1987 年上海古籍出版社排印本。

鹤林玉露 （宋）罗大经撰。明万历十年（1582）莆田林肃友重校本。

野客丛书 （宋）王楙撰。《丛书集成初编》本。

韵语阳秋 （宋）葛立方撰。《历代诗话》本。

梁溪漫志 （宋）费衮撰。1985 年上海古籍出版社刊《宋元笔记丛书》本。

扪虱新话 （宋）陈善撰。《宝颜堂秘笈》本。

环溪诗话 （宋）吴沆撰。《学海类编》本。

苕溪渔隐丛话 （宋）胡仔撰辑。1962年人民文学出版社校点本。

庚溪诗话 （宋）陈岩肖撰。《历代诗话续编》本。

二老堂诗话 （宋）周必大撰。《历代诗话》本。

杜工部草堂诗话 （宋）蔡梦弼撰。《历代诗话续编》本。

竹庄诗话 （宋）何汶撰。1984年中华书局校点本。

娱书堂诗话 （宋）赵与虤撰。《历代诗话续编》本。

郡斋读书志 （宋）晁公武撰。清光绪十年(1884)长沙王先谦校刻本。

直斋书录解题 （宋）陈振孙撰。清乾隆二十八年(1773)武英殿丛书本。

诚斋诗话 （宋）杨万里撰。《历代诗话续编》本。

朱子语类 （宋）黎靖德编。1986年中华书局校点本。

晦庵诗说 （宋）朱熹撰。《谈艺珠丛》本。

九华集 （宋）员兴宗撰。《四库全书珍本初集》本。

臞翁诗评 （宋）敖陶孙撰。《丛书集成初编》本。

沧浪诗话 （宋）严羽撰。《历代诗话》本。

深雪偶谈 （宋）方岳撰。《学海类编》本。

诗人玉屑 （宋）魏庆之辑。1959年中华书局上海编辑所排印本。

后村诗话 （宋）刘克庄撰。1983年中华书局校点本。

全唐诗话 （宋）尤袤撰。《历代诗话》本。

吴氏诗话 （宋）吴子良撰。《学海类编》本。

吹剑录 （宋）俞文豹撰。1958年上海古典文学出版社排印本。

瓮牖闲评 （宋）袁文撰。1985年上海古籍出版社刊《宋元笔记丛书》本。

对床夜语　（宋）范晞文撰。《历代诗话续编》本。

芥隐笔记　（宋）龚颐正撰。清乾隆后刊本。

碧鸡漫志　（宋）王灼撰。《四库全书》本。

老学庵笔记　（宋）陆游撰。1979 年中华书局校点本。

习学记言序目　（宋）叶适撰。1979 年中华书局排印本。

玉林诗话　（宋）黄昇撰。《宋诗话辑佚》本。

清波杂志　（宋）周辉撰。《知不足斋丛书》本。

馀师录　（宋）王正德撰。《守山阁丛书》本。

黄氏日钞　（宋）黄震撰。《四库全书》本。

爱日斋丛钞　（宋）叶寘撰。《守山阁丛书》本。

佩韦斋辑闻　（宋）俞德邻撰。《学海类编》本。

诗林广记　（宋）蔡正孙辑。1982 年中华书局校点本。

贵耳集　（宋）张端义撰。1958 年中华书局校点本。

困学纪闻　（宋）王应麟撰。《四部丛刊三编》本。

木天禁语　（元）范梈撰。《历代诗话》本。

梅磵诗话　（元）韦居安撰。《历代诗话续编》本。

元好问论诗三十首小笺　郭绍虞笺释。1978 年人民文学出版社排印本。

吴礼部诗话　（元）吴师道撰。《历代诗话续编》本。

古赋辨体　（元）祝尧撰。明嘉靖刻本。

燕石斋补　（元）陈秀明撰。《学海类编》本。

文献通考　（元）马端临撰。商务印书馆《万有文库》本。

唐才子传　（元）辛文房撰。1988 年黑龙江人民出版社校订本。

诗法正宗　（元）揭傒斯撰。《格致丛书》本。

诗法正论　（元）傅若金撰。《格致丛书》本。

归田诗话　（明）瞿佑撰。《历代诗话续编》本。

文章辨体 （明）吴讷撰。1962 年人民文学出版社排印本。

寒夜录 （明）陈宏绪撰。台湾新兴书局有限公司刊《笔记小说大观》本。

逸老堂诗话 （明）俞弁撰。《历代诗话续编》本。

麓堂诗话 （明）李东阳撰。《历代诗话续编》本。

南濠诗话 （明）都穆撰。《历代诗话续编》本。

谈艺录 （明）徐祯卿撰。《历代诗话》本。

文体明辨序说 （明）徐师曾撰。1962 年人民文学出版社。

佘山诗话 （明）陈继儒撰。《丛书集成初编》本。

骚坛秘语 （明）周履靖撰。《丛书集成初编》本。

馀冬诗话 （明）何孟春撰。《学海类编》本。

馀冬序录 （明）何孟春撰。明嘉靖刻本。

升庵诗话 （明）杨慎撰。《历代诗话续编》本。

丹铅总录 （明）杨慎撰。《宝颜堂秘笈》本。

雨航杂录 （明）冯时可撰。台湾新兴书局有限公司刊《笔记小说大观》本。

震泽长语 （明）王鏊撰。《万有文库》本。

蔗山笔麈 （明）商辂撰。台湾新兴书局有限公司刊《笔记小说大观》本。

画禅室随笔 （明）董其昌撰。台湾新兴书局有限公司刊《笔记小说大观》本。

蓉塘诗话 （明）姜南撰。明嘉靖二十二年(1543)刻本。

唐诗品 （明）徐献忠撰。明嘉靖十九年(1540)刻《唐百家诗》本。

李诗辨疑 （明）朱谏撰。明隆庆六年(1572)朱守行刻《李诗选注》本。

四溟诗话 （明）谢榛撰。《历代诗话续编》本。

艺苑卮言 （明）王世贞撰。《历代诗话续编》本。

艺圃撷馀 （明）王世懋撰。《历代诗话》本。

诗薮 （明）胡应麟撰。1958 年中华书局上海编辑所校订本。

少室山房笔丛 （明）胡应麟撰。1958 年中华书局校点本。

诗源辩体 （明）许学夷撰。1987 年人民文学出版社校点本。

七修类稿 （明）郎瑛撰。1959 年中华书局《明清笔记丛刊》本。

四友斋丛说 （明）何良俊撰。1959 年中华书局排印本。

唐音癸签 （明）胡震亨撰。1981 年上海古籍出版社校点本。

恬志堂诗话 （明）李日华撰。《丛书集成初编》本。

紫桃轩杂缀 （明）李日华撰。1935 年襟霞阁排印本。

国雅品 （明）顾起纶撰。《历代诗话续编》本。

存馀堂诗话 （明）朱承爵撰。《历代诗话》本。

夷白斋诗话 （明）顾元庆撰。《历代诗话》本。

红雨楼书目 （明）徐𤊹撰。1957 年古典文学出版社排印本。

汲古阁书目 （明）毛晋撰。1958 年古典文学出版社排印本。

姜斋诗话 （明）王夫之撰。《清诗话》本。

诗法火传 （明）马上巘撰。清顺治十年(1661)槜李马氏古香斋刻本。

钝吟杂录 （清）冯班撰。《清诗话》本。

答万季野问 （清）吴乔撰。《清诗话》本。

围炉诗话 （清）吴乔撰。《清诗话续编》本。

诗筏 （清）贺贻孙撰。《清诗话续编》本。

十国春秋 （清）吴任臣撰。1983 年中华书局校点本。

诗辩坻 （清）毛先舒撰。《清诗话续编》本。

春酒堂诗话 （清）周容撰。《清诗话续编》本。

抱真堂诗话 （清）宋徵璧撰。《清诗话续编》本。

西河诗话 （清）毛奇龄撰。《西河合集》本。

原诗 （清）叶燮撰。《清诗话》本。

香祖笔记 （清）王士禛撰。清康熙四十四年(1705)刻本。

渔洋诗话 （清）王士禛撰。《清诗话》本。

带经堂诗话 （清）王士禛撰,张宗柟辑。1963年人民文学出版社校点本。

五代诗话 （清）王士禛撰,郑方坤补删。《四库全书》本。

然灯记闻 （清）王士禛口授,何世璂记述。《清诗话》本。

分甘馀话 （清）王士禛撰。《清代史料笔记丛刊》本。

诗义固说 （清）庞垲撰。《清诗话续编》本。

不下带编 （清）金埴撰。《清代史料笔记丛刊》本。

师友诗传录 （清）郎廷槐楫。《清诗话》本。

师友诗传续录 （清）刘大勤辑。《清诗话》本。

交翠轩笔记 （清）沈涛撰。台湾新兴书局有限公司刊《笔记小说大观》本。

词苑丛谈 （清）徐釚撰。清康熙十七年(1678)刻本。

历代诗话 （清）吴景旭撰。1958年中华书局上海编辑所校点本。

古欢堂杂著 （清）田雯撰。《清诗话续编》本。

兰丛诗话 （清）方世举撰。《清诗话续编》本。

柳亭诗话 （清）宋长白撰。清光绪宋氏刻本。

杜诗言志 （清）佚名撰。1979年扬州广陵古籍刻印社校点本。

漫堂说诗 （清）宋荦撰。《清诗话》本。

蠖斋诗话 （清）施闰章撰。《清诗话》本。

载酒园诗话 （清）贺裳撰。《清诗话续编》本。

初白庵诗评 （清）查慎行撰。民国间上海扫叶山房石印本。

寒厅诗话 （清）顾嗣立撰。《清诗话》本。

谈龙录 （清）赵执信撰。《清诗话》本。

声调谱 （清）赵执信撰。《清诗话》本。

西圃诗说 （清）田同之撰。《清诗话续编》本。

说诗晬语 （清）沈德潜撰。《清诗话》本。

杜诗偶评 （清）沈德潜撰。清乾隆十二年（1747）赋闲草堂刻本。

贞一斋诗说 （清）李重华撰。《清诗话》本。

说铃 （清）吴震方撰。清康熙刻本。

义门读书记 （清）何焯撰，蒋维钧辑。清乾隆三十四年（1709）承恩堂刻本。

援鹑堂笔记 （清）姚范撰。清道光刻本。

蛾术编 （清）王鸣盛撰。清道光二十一年（1842）世楷堂刻本。

剑溪说诗 （清）乔亿撰。《清诗话续编》本。

絸斋诗谈 （清）张谦宜撰。《清诗话续编》本。

一瓢诗话 （清）薛雪撰。《清诗话》本。

野鸿诗的 （清）黄子云撰。《清诗话》本。

莲坡诗话 （清）查为仁撰。《清诗话》本。

秋窗随笔 （清）马位撰。《清诗话》本。

诗学纂闻 （清）汪师韩撰。《清诗话》本。

随园诗话 （清）袁枚撰。1960 年人民文学出版社校点本。

玉谿生诗说 （清）纪昀撰。清光绪十三年（1887）朱氏行素草堂刻本。

纪河间诗话 （清）纪昀撰，邵承照辑。北京图书馆藏本。

四库全书总目 （清）永瑢等撰。1965 年中华书局影印断句本。

小澥草堂杂论诗 （清）牟愿相撰。《清诗话续编》本。

龙性堂诗话 （清）叶矫然撰。《清诗话续编》本。

消寒诗话 （清）秦朝钎撰。《清诗话》本。

瓯北诗话 （清）赵翼撰。《清诗话续编》本。

陔馀丛考 （清）赵翼撰。1957 年商务印书馆排印本。

雨村诗话 （清）李调元撰。《清诗话续编》本。

石园诗话 （清）余成教撰。《清诗话续编》本。

石洲诗话 （清）翁方纲撰。《清诗话续编》本。

王文简古诗平仄论 （清）翁方纲撰。《清诗话》本。

赵秋谷所传声调谱 （清）翁方纲撰。《清诗话》本。

七言诗平仄举隅 （清）翁方纲撰。《清诗话》本。

凫亭诗话 （清）陶元藻撰。清道光刻本。

小清华园诗谈 （清）王寿昌撰。《清诗话续编》本。

茗香诗论 （清）宋大樽撰。《清诗话》本。

柳南随笔 （清）王应奎撰。《借月山房汇钞》本。

梅崖诗话 （清）郭兆麟撰。《山右丛书初编》本。

退馀丛话 （清）鲍依云撰。《聚学轩丛书》本。

履园谭诗 （清）钱泳撰。《清诗话》本。

葚原诗说 （清）冒春荣撰。《清诗话续编》本。

静居绪言 （清）佚名撰。《清诗话续编》本。

老生常谈 （清）延君寿撰。《清诗话续编》本。

辍锻录 （清）方南堂撰。《清诗话续编》本。

养一斋诗话 （清）潘德舆撰。《清诗话续编》本。

白华山人说诗 （清）厉志撰。《清诗话续编》本。

问花楼诗话 （清）陆蓥撰。《清诗话续编》本。

竹林问答 （清）陈仅撰。《清诗话续编》本。

药栏诗话 （清）严廷中撰。《云南丛书初编》本。

东目馆诗见 （清）胡寿芝撰。清嘉庆刻本。

国朝诗话 （清）杨际昌撰。《清诗话续编》本。

尊西诗话 （清）张曰斑撰。清道光十五年(1835)刻本。

诗学源流考 （清）鲁九皋撰。《清诗话续编》本。

憨斋诗话 （清）马桐芳撰。抄本。

婠雅堂诗话 （清）赵文哲撰。《荔墙丛刻》本。

北江诗话 （清）洪亮吉撰。1983年人民文学出版社校点本。

灵芬馆诗话 （清）郭麐撰。清嘉庆二十一年(1816)吴江郭氏刻本。

艺舟双楫 （清）包世臣撰。世界书局《艺林名著丛刊》本。

东泉诗话 （清）马星翼撰。清道光秋宝汉斋刻本。

射鹰楼诗话 （清）林昌彝撰。清咸丰元年(1851)刻本。

海天琴思录 （清）林昌彝撰。清同治三年(1864)刻本。

望天诗论 （清）施山撰。旧钞本。

酌雅诗话 （清）陈伟勋撰。《云南丛书》本。

小匏庵诗话 （清）吴仰贤撰。清光绪刻本。

观我生斋诗话 （清）钟秀撰。清光绪四年(1878)刻本。

挹翠楼诗话 （清）潘清撰。清同治刻本。

越缦堂诗话 （清）李慈铭撰，蒋瑞藻编。1925年上海商务印书馆铅印本。

越缦堂读书记 （清）李慈铭撰，由云龙辑。1959年商务印书馆铅印本。

卧雪诗话 （清）袁嘉毂撰。云南崇文印书馆代印本。

求阙斋诗书录 （清）曾国藩撰。湖北咸宁郝经祖刻本。

艺概 （清）刘熙载撰。1978年上海古籍出版社校点本。

南苑一知集 （清）马鲁撰。清同治十二年(1873)马氏敦伦堂刻本。

筱园诗话 （清）朱庭珍撰。《清诗话续编》本。

香石诗话 （清）黄培芳撰。1985 年上海书店影印本。

昭昧詹言 （清）方东树撰。1961 年人民文学出版社校点本。

三唐诗品 （清）宋育仁撰。《古今文艺丛书》本。

诗法指南 （清）顾亭鉴撰。1916 年诗学斋影印本。

定庵诗话 （清）由云龙撰。民国间铅印本。

芳菲菲堂诗话 （清）毕希卓撰。清宣统元年（1909）海上嫏嬛社铅印本。

诗学渊源 （清）丁仪撰。1930 年铅印本。

岘佣说诗 （清）施补华撰。《清诗话》本。

石遗室诗话 （清）陈衍撰。1929 年商务印书馆排印本。

陈石遗先生谈艺录 （清）陈衍撰。民国旧钞本。

湘绮楼说诗 （清）王闿运撰，王简辑。1934 年成都日新社铅印本。

春觉斋论文 （清）林纾撰。1959 年人民文学出版社排印本。

瓶粟斋诗论 （清）沈其光撰。1948—1953 年间铅印本。

海日楼札丛 （清）沈曾植撰。中华书局排印本。

通斋诗话 （清）蒋伯超辑。1915 年宜秋馆铅印本。

韩诗臆说 （近人）程学恂撰。1934 年上海商务印书馆铅印本。

玉谿生年谱会笺 （近人）张采田撰。1963 年中华书局上海编辑所排印本。

李义山诗辩证 （近人）张采田撰。《玉谿生年谱会笺》附。

元白诗笺证稿 （近人）陈寅恪撰。1959 年中华书局上海编辑所排印本。

增订本后记

　　本书初版于 1995 年，当时甚受欢迎，一年间加印 3 次，前后 2 万多套，不数年即已售罄，足证这类大型唐诗读本与评语资料汇编确有其较为宽广而持久的社会需要。现将其辑入我们规划的"唐诗学书系"，作为其中的重头部分，由上海古籍出版社重新推出，望能再次受到读者关注。

　　这次再版，除删去原附录的"历代唐诗论评辑要"一项（因其与"书系"中的《唐诗论评辑要》重出）外，对全书做了三方面的内容加工。

　　一是适当增补了选诗与评语。之所以这样做，是因为初版时遗漏了一些本应选入的作品。当时为考虑所选诗人之间的平衡关系，我曾有意略去选诗较多的大家、名家的部分佳作，以致事后常有"遗珠"之憾，于是趁这次机会稍作弥补。本来也只想增补少量必须补入的名篇，后来发现有的诗虽未必够得上"名篇"，而在这位诗人名下却能显示其某一方面特色，值得一顾，抑或其所附评语具有一定价值，可细加品味。这一来，补入诗篇竟有 92 首之多，连前总选诗 5219 首，附以评语计达 400 万字以上，也算得上洋洋大观了。

　　第二件工作是对诗歌本文及其评语重加审读，改正了部分讹误。本书初版时，编者与出版社方面在全文审校上是花了工夫的，前后修改不计其数，但因卷帙繁多，且资料采自各处，翻检不便，仍不免时有脱漏。这次重校，又改动了三百来处（包括一部分形体不规范的字），其中好些是原来按照中华书局版《全唐诗》排印时误植之字，今一依四库本及诗人别集等古籍作了校正，当有助于书的质量的提高。

再版时，还对书中诗人小传作了若干修订。小传的撰写原由湘潭师范学院的陶敏和李一飞两位教授承担，他们是这方面研究的专家，修订自应请他们担当。但我知道陶敏先生之前身患重病，动了手术，并接受过化疗。所以在 2011 年底确定书稿要修订再版，打电话到他家里求告时，是怀着极其忐忑不安的心情的，没料到他居然一口应承，并说近年来出土的唐代碑文甚多，确有必要会同李先生一起对原有小传作一番修订工作。我自然大喜过望，可没想到四个月后即传来他突然去世的噩耗，只能归诸天意了。又过一个多月，意外地接到李一飞先生来电，询及陶敏先生生前有无交付稿子，我答云无，李先生表示惋惜，但同时允诺独自承担小传修订的任务。此后他果然将修订稿寄来了，虽只修订了十多条，却每处都注明材料依据，凿实可信。由此我深感两位老先生的高情厚谊及其做学问的负责精神，特记存于此，以表敬意。

除小传外，再版修订的各项工作均由原编写人员中的池洁、朱子锐、欧阳忠伟三位具体承担。他们分头审读全书，校改错字，并细心翻检过去积累的资料卡片，从中发掘可供增补的诗作与评语，由池洁整理汇总后交我审定。没有他们的共同努力，增补与校改的任务是无法实现的。这次再版对书稿作了重新编排与审校，上海古籍出版社负责人田松青先生和责任编辑为此付出辛勤劳动，一并申以谢忱。

尚须提及的是，本书副主编孙菊园女士为书稿编撰做过大量工作,近年来又一直惦念着修订再版之事,而当此项工作正式启动时,却住进医院,未及见书了。回想上世纪80年代中叶书稿工程开张动工时的情景,匆匆已过去了三十个年头,不禁感慨系之。是以为记。

陈伯海

2014年3月于沪上